博雅

Liberal Arts

文质彬彬　然后君子

博雅经典

章宏伟 主编

闲情偶寄

[清]李渔 著

王永宽 王梅格 注解

中州古籍出版社
·郑州·

图书在版编目(CIP)数据

闲情偶寄/(清)李渔著；王永宽,王梅格注解.
—郑州：中州古籍出版社，2013.11（2020.9重印）
（博雅经典／章宏伟主编）
ISBN 978-7-5348-4453-9

Ⅰ.①闲… Ⅱ.①李…②王…③王… Ⅲ.①杂文集－中国－清代②《闲情偶寄》－注释 Ⅳ.①I264.9

中国版本图书馆CIP数据核字(2013)第244023号

出版发行	中州古籍出版社
	地址：郑州市郑东新区祥盛街27号6层
	邮编：450016　电话：0371-65788693
经　销	河南省新华书店
印　刷	河南大美印刷有限公司
开　本	16开（640毫米×960毫米）
印　张	29.75
印　数	8 001-10 000册
版　次	2013年11月第1版
印　次	2020年9月第3次印刷
定　价	36.00元

本书如有印装质量问题，由承印厂负责调换。

目 录

导　读 ·· 1
余怀序 ·· 12
尤侗序 ·· 17
凡例七则（四期三戒） ····························· 23

卷一　词曲部

结构第一 ·· 30
戒讽刺/35　立主脑/39　脱窠臼/41　密针线/43　减头绪/45
戒荒唐/46　审虚实/48

词采第二 ·· 51
贵显浅/52　重机趣/54　戒浮泛/56　忌填塞/58

音律第三 ·· 60
恪守词韵/68　凛遵曲谱/69　鱼模当分/71　廉监宜避/73
拗句难好/73　合韵易重/76　慎用上声/77　少填入韵/78
别解务头/79

宾白第四 ·· 82
声务铿锵/83　语求肖似/85　词别繁减/86　字分南北/88
文贵洁净/88　意取尖新/90　少用方言/91　时防漏孔/93

科诨第五 ·· 95

戒淫亵/97　忌俗恶/97　重关系/98　贵自然/99

格局第六 101
家门/101　冲场/103　出脚色/105　小收煞/105　大收煞/106
填词馀论/107

卷二　演习部
选剧第一 110
别古今/111　剂冷热/113
变调第二 114
缩长为短/114　变旧成新/116
附：《琵琶记·寻夫》改本/121　《明珠记·煎茶》改本……126

授曲第三 132
解明曲意/133　调熟字音/134　字忌模糊/136　曲严分合/136
锣鼓忌杂/138　吹合宜低/138

教白第四 142
高低抑扬/143　缓急顿挫/145

脱套第五 147
衣冠恶习/147　声音恶习/149　语言恶习/150　科诨恶习/151

卷三　声容部
选姿第一 153
肌肤/155　眉眼/157　手足/160　态度/163

修容第二 167
盥栉/168　薰陶/173　点染/175

治服第三 180
首饰/182　衣衫/186　鞋袜/193

习技第四 200

文艺/202　　丝竹/207　　歌舞/211

卷四　居室部

房舍第一 ·· 220
　　向背/223　　途径/223　　高下/223　　出檐深浅/224　　置顶格/224
　　甃地/225　　洒扫/226　　藏垢纳污/228

窗栏第二 ·· 230
　　制体宜坚/230　　取景在借/234

墙壁第三 ·· 243
　　界墙/243　　女墙/244　　厅壁/245　　书房壁/246

联匾第四 ·· 250
　　蕉叶联/251　　此君联/252　　碑文额/254　　手卷额/255
　　册页匾/256　　虚白匾/257　　石光匾/258　　秋叶匾/259

山石第五 ·· 260
　　大山/261　　小山/262　　石壁/263　　石洞/264　　零星小石/264

卷五　器玩部

制度第一 ·· 267
　　几案/268　　椅杌/270　　床帐/275　　橱柜/278　　箱笼箧笥/280
　　骨董/282　　炉瓶/284　　屏轴/287　　茶具/288　　酒具/290
　　碗碟/291　　灯烛/294　　笺简/296

位置第二 ·· 300
　　忌排偶/301　　贵活变/302

卷六　饮馔部

蔬食第一 ·· 306
　　笋/308　　蕈/310　　莼/310　　菜/311　　瓜茄瓠芋山药/313

闲情偶寄　3

葱 蒜 韭/313　萝卜/314　芥辣汁/314

谷食第二 ·· 316

饭 粥/316　汤/318　糕 饼/319　面/320　粉/321

肉食第三 ·· 323

猪/324　羊/325　牛 犬/325　鸡/326　鹅/326　鸭/328

野禽 野兽/329　鱼/330　虾/332　鳖/332　蟹/333

零星水族/335　不载果食茶酒说/338

卷七　种植部

木本第一 ·· 341

牡丹/341　梅/343　桃/344　李/346　杏/347　梨/347

海棠/348　玉兰/352　辛夷/353　山茶/353　紫薇/354

绣球/355　紫荆/356　栀子/357　杜鹃　樱桃/358

石榴/358　木槿/359　桂/360　合欢/361　木芙蓉/362

夹竹桃/363　瑞香/364　茉莉/365

藤本第二 ·· 367

蔷薇/368　木香/369　酴醾/369　月月红/370　姊妹花/370

玫瑰/371　素馨/371　凌霄/372　真珠兰/373

草本第三 ·· 374

芍药/374　兰/376　蕙/377　水仙/378　芙蕖/379　罂粟/381

葵/382　萱/383　鸡冠/384　玉簪/385　凤仙/386　金钱/387

蝴蝶花/389　菊/390　菜/392

众卉第四 ·· 394

芭蕉/394　翠云/395　虞美人/396　书带草/397　老少年/398

天竹/399　虎刺/399　苔/400　萍/400

竹木第五 ·· 402

竹/402　松柏/404　梧桐/405　槐榆/406　柳/407　黄杨/408

棕榈/409　　枫柏/409　　冬青/409

卷八　颐养部

行乐第一 ···················· 412
贵人行乐之法/413　　富人行乐之法/415　　贫贱行乐之法/417

家庭行乐之法/420　　道途行乐之法/421　　春季行乐之法/423

夏季行乐之法/424　　秋季行乐之法/425　　冬季行乐之法/427

随时即景就事行乐之法/428

止忧第二 ···················· 440
止眼前可备之忧/441　　止身外不测之忧/441

调饮啜第三 ···················· 443
爱食者多食/444　　怕食者少食/444

太饥勿饱/445　　太饱勿饥/445

怒时哀时勿食/446　　倦时闷时勿食/446

节色欲第四 ···················· 447
节快乐过情之欲/449　　节忧患伤情之欲/449

节饥饱方殷之欲/450　　节劳苦初停之欲/450

节新婚乍御之欲/450　　节隆冬盛暑之欲/451

却病第五 ···················· 453
病未至而防之/453　　病将至而止之/454　　病已至而退之/454

疗病第六 ···················· 456
本性酷好之药/458　　其人急需之药/460　　一心钟爱之药/462

一生未见之药/463　　平时契慕之药/464　　素常乐为之药/465

生平痛恶之药/465

导　读

把《闲情偶寄》列为"博雅经典"丛书之一，对于体现本丛书的编纂宗旨来说，是最合适不过的了。因为它的内容极其广博，格调极其高雅，而它的作者李渔正是中国古代文化史上一位著名的知识广博、情趣高雅的奇人。

李渔的名字及其雅号笠翁，见于各种辞书和工具书，人们并不陌生；关于李渔的全集、诗文集、戏曲集、小说集等著作的整理，关于李渔的研究著作，关于他的这一本《闲情偶寄》，都已经出版了好多种了。但是，对于一位贡献巨大的作家，对于一部内涵丰富的作品，总是需要反复研讨、反复品读的。欧洲文学史上曾有"说不尽的莎士比亚"的俗语，当代中国学术文化界也常听人言"说不尽的《红楼梦》""说不尽的《金瓶梅》""说不尽的《诗经》""说不尽的李白杜甫"等，如今，我们还可以依此类比，提出"说不尽的李笠翁""说不尽的《闲情偶寄》"，也未尝不可。

生活于17世纪的李渔（1611—1680），一生经历很不平凡。他初名仙侣，字谪凡，号天徒，后改为名渔，字笠鸿，号笠翁。他的作品中使用的别号还有伊园主人、湖上笠翁、随庵主人、笠道人、觉道人、觉世稗官、新亭樵客、回道人、情隐道人、情痴子等。其宗族中人们还尊称他为"佳九公"，文坛上还有人称他为"李十郎"。明万历三十九年夏历八月初七日（1611年9月13日），李渔出生于浙江兰溪，即今浙江省兰溪市孟湖乡夏李村。其父李如松曾在江苏如皋做药材生意，李渔随父在如皋生活，十七八岁时才回到故乡。明崇祯八年（1635），他赴婺州（今浙江金华）应童子试，受到试官许豸赏识。之后，他两次参加省试都未考中，于是就放弃科举，在家乡居住。时值明清易代的政治变动时期，李渔曾亲身经受乱离，被迫剃发，成为清朝顺民。清顺治七年（1650），李渔移家杭州；

从顺治十四年（1657）起，他开始移家南京，康熙元年（1662）正式在南京定居。康熙五年（1666），李渔前往北京，又经山西平阳前往甘肃兰州、陕西西安等地，此后他组建起以其姬妾为主体的家庭戏班，并带领这个戏班游历于燕、晋、陕、豫、江、浙、闽、粤等地，周旋于封疆大吏及达官显贵之门，靠富家施赠为生计。后来其家庭戏班解体，游历生活结束，于是于康熙十六年（1677）离开南京，重回杭州居住。晚年生活陷于贫困，加上患病，穷苦不堪，于康熙十九年正月十三日（1680年2月12日）去世，终年70岁。

李渔的著作，其在世时曾将诗文部分编定为《笠翁一家言》初集、二集，至雍正年间后人编定为《笠翁一家言全集》和《李笠翁一家言全集》。小说作品有《无声戏》《连城璧》《十二楼》《合锦回文传》，学术界还有人认为小说《肉蒲团》也出自其手。其戏曲作品传世者有《笠翁传奇十种》，包括《怜香伴》《风筝误》《蜃中楼》《意中缘》《凰求凤》《奈何天》《比目鱼》《玉搔头》《巧团圆》《慎鸾交》。其史学著作有《古今史略》《千古奇闻》《资治新书》等。其杂学专著则有《闲情偶寄》，另有《笠翁诗韵》《笠翁词韵》《笠翁对韵》《芥子园图章汇纂》等。此外，李渔还批阅过史籍《三国志》，评阅过小说《金瓶梅》，评鉴过朱素臣的传奇《秦楼月》和徐沁的传奇《香草吟》。上述各种著作，今人单锦珩整理合编为《李渔全集》。

李渔的各类著作各具特色，其中《闲情偶寄》更是特色鲜明的一部奇书。本书分为八部，即《词曲部》《演习部》《声容部》《居室部》《器玩部》《饮馔部》《种植部》《颐养部》。其中《词曲部》和《演习部》可以说是戏曲理论专著，后人曾将此二部抽出来单独出版（详见后）。《词曲部》和《演习部》论述剧本创作、表演诸问题，可以说是古代曲论中自成系统的编剧学和导演学；《声容部》论述女子的仪态、梳妆、服饰、习技诸问题，可以说是古代的女性审美学；《居室部》论述房屋建造、室内装修、联匾制作、环境布置诸问题，可以说是古代的建筑学、装饰学与环境美学；《器玩部》论述家具设计、古董收藏诸问题，可以说是古代的器物制作学、古董鉴赏学；《饮馔部》论述蔬食、谷食、肉食等各种饭菜的制作，可以说是古代的烹饪学；《种植部》论述木本、藤本、草本等各种树木与花卉的栽种与欣赏，可以说是古代的园林学；《颐养部》论述行乐、饮食、节欲、防治疾病诸问题，可以说是古代的养生学。上述方方面面的学问，充分反映出李渔的博学、精思与机巧，也反映出他的高超智慧和创造精神。20世纪30年代著名学者林语堂评论李渔说："他极富创作思想，对每件东西都有新颖的议论。他所创作的器具中，有许多至今为人所乐用。最著名的是他在世时即已有人仿制出售的芥子园信笺和窗户板壁的制法。他那部讨论生活艺术的书虽不为人所知道，但初学画家所奉为圭臬的《芥子园画谱》，则极为著名。此外则《笠翁十种曲》也很著名。因为他是一个戏剧家、音乐家、享乐家、服装设计家、美容专家兼业余发明家，真所谓多才多艺。"（《生活的艺术》，1937年出版）这段议论，主要是指李渔在《闲情偶寄》一书中所表现出来的知识与成就。

《闲情偶寄》一书最突出的特色，在于创新，林语堂说他"对每件东西都有新颖的议论"，绝非虚语。李渔在本书的"凡例"中说："不佞半世操觚，不攘他人一字，空疏自愧者有之，诞妄贻讥者有之，至于剿窠袭臼，嚼前人唾馀，而谓舌花新发者，则不特自信其无，而海内名贤，亦尽知其不屑有也。"又说："阅是编者，请由始迄终验其是新是旧。如觅得一语为他书所现载，人口所既言者，则作者非他，即武库之穿窬，词场之大盗也。"这里的表态性的语言，说得是多么自信，也是多么的可贵！古时历代的著书立说者，对前人的著作或引录，或综述，或类编，或阐发，这是司空见惯的事情，像李渔这样自诩标新立异、不剽窃陈言的作者，实属罕见。从《闲情偶寄》的实际内容来看，李渔的自我标榜大体是属实的。书中所论诸事，观点新奇，思路新颖，自始至终贯穿着独立思考的智慧和求实创新的精神。

《词曲部》和《演习部》中戏曲创作与导演的理论，在当代许多相关的戏曲史著作、戏曲理论研究著作及研究文章中已有充分的论述，其中对于李渔在戏曲理论方面的创新之处，给予了高度的肯定，此处就不再详细展开分析。这里需要着重强调的是，李渔的论著与他自身的实践有密切关系。李渔本人撰作了十余种传奇（见本书《词曲部·音律第三》注㉔），对于编剧有丰富的实际创作经验和深刻的体会，他在《词曲部》论述戏曲的结构、词采、音律、宾白、科诨等问题时的系统性见解，如立主脑、脱窠臼、密针线、减头绪、贵显浅、重机趣等，可以说是他的创作经验的总结，也是他从实践经验升华而成的理性认识。李渔自己拥有家庭戏班，多年来排演了大量的戏曲剧目并到全国许多地方演出，李渔本人有丰富的导演与临场经验，对戏曲演出的选剧、变调、授曲、教白、脱套等问题有系统而深刻的见解，如恪守词韵、凛遵曲谱、声务铿锵、语求肖似，以及戒淫亵、忌俗恶等，可以说是他从事戏曲演出的实践经验的总结，是他从亲身经历中得出的理性认识。李渔的戏曲理论来自实践，并在实践中得到一定的检验，因而他的戏曲理论就更具有科学性，对于进行戏曲创作及导演活动也具有切实可行的指导意义。

  从《词曲部》与《演习部》的理论，以及李渔一生的主要活动来看，李渔首先是一个戏剧家，他在戏曲创作和导演方面的理论，是《闲情偶寄》中其他方面理论的基础与起点。这在《声容部》的内容中有突出的体现。李渔的家庭戏班中，主要的和出彩的角色是女优，而戏曲演出时女角的表现对于演出效果具有至关重要的作用。俗语说"吃饺子吃馅，看戏看旦"，在元杂剧及明清传奇的演出时代已是如此。李渔靠经营戏班谋生，他就必然格外注意女演员的容貌、形象与装扮，于是在女性的肌肤、眉眼、手足、态度以及梳洗、化装、服饰、鞋袜等方面都有精细而深入的思考，形成系统而独到的见解。关于女子的习技，即文艺、器乐、歌舞的学习与表演方面，更是与戏曲的专业学习有直接的关系。李渔的女性审美学，实际上出自他的戏曲演出生涯中对于女演员的职业要求。他理想的女优，首先要容貌好，身材好，而且特别要求具有"媚态"。他说："媚态之在人身，犹火之有焰，灯之有光，珠贝金银之有宝色，是无形之物，非有形之物也。"女子有此媚态，即可成为能够勾魂摄魄的尤物，成为能够以秋波一转吸住观众视线的美神。女角的美好形象同她在唱腔、歌舞、表演等方面的才能结合在一起，才能使整台戏曲的演出水平达到理想的艺术境界。当然，李渔的女性审美理论不排除男性的享乐成分，即如同书中《眉眼》一节所谓的"为温柔乡择人，非为娘子军择将"，但是，在这样的目的之下，李渔仍然注意女性的才艺修养。《歌舞》一节之末说，面对美女所扮的小生，"无论场上生姿，曲中耀目，即于花前月下偶作此形，与之坐谈对弈，啜茗焚香，虽歌舞之馀文，实温柔乡之异趣也"。可见，《声容部》所论述的女性审美学，已经超越了旧时代男性单纯玩弄女姓的浅薄，显示出有才学文士的高雅层次。

《居室部》论述房屋及园亭建造、室内装修等问题，也与他的戏曲理论有一定的关系。《房舍第一》一节说："予尝谓人曰：生平有两绝技，自不能用，而人亦不能用之，殊可惜也。人问：绝技维何？予曰：一则辨审音乐，一则置造园亭。性嗜填词，每多撰著，海内共见之矣。设处得为之地，自选优伶，使歌自撰之词曲，口授而躬试之，无论新裁之曲，可使迥异时腔，即旧日传奇，一概删其腐习而益以新格，为往时作者别开生面，此一技也。一则创造园亭，因地制宜，不拘成见，一榱一桷，必令出自己裁，使经其地、入其室者，如读湖上笠翁之书，虽乏高才，颇饶别致，岂非圣明之世，文物之邦，一点缀太平之具哉？"这里，李渔自谓的两项绝技，把审音乐和造园亭并提，二者的专业知识领域尽管不同，其实是有内在联系的。从行为目的上看，二者皆为点缀太平之具，这固然是二者的一致之处；而从人的切身生活来看，二者都是对人的生存空间品位的追求，辨审音乐讲究的是精神生活空间，置造园亭讲究的是人的物质生活空间。李渔的论述，表现的是文人雅士的格调，其见解与做法处处标新立异。

从《居室部》的内容，可以看出李渔在房屋建造及环境装修方面确实是一位高明的设计家。如在房檐下设置板棚，在屋内房顶处设置顶格，地面的铺砖及洒扫方法，设置供储藏之用的套房，以及窗栏设计、墙壁的样式、联匾的制作等，思路奇巧，方法精细，在建筑学与装饰学的技术层面上堪称大师。而从李渔的设计思想、设计方法所反映的人文科学的层面来看，又鲜明地体现着他的以人为本的艺术理念，体现着追求人与自然和谐的环境美学思想。首先，李渔关于房舍内外环境的种种设计，一切从在房中居住的人的需要和感受出发，一切为着人的方便与美观。设置顶格与套房，主要目的是掩盖杂乱，呈现整洁。各种装饰的艺术性追求，主要目的是满足房中居住的人的精神需求。在书房旁边的墙壁上凿一小孔插入竹管，使人在室内小解而可排尿液于外，虽然是小技术，但是可解决夜间如厕之急，这和当代居室在室内建有卫生间的原理非常近似。人是房舍的主体，以人为本永远是房舍建造、环境装修的最基本的出发点。同时，李渔关于房舍内外环境的种种设计，处处考虑到房中活动的人同周围自然环境的关系。《取景在借》一节关于"便面"的设计，使人坐其中则湖光山色、寺观浮屠、云烟竹树以及往来之樵人牧竖、醉翁游女，连人带马，尽入"便面"之中。关于"尺幅窗"的设计，使人坐其中则可观丹崖碧水、茂林修竹、鸣禽响瀑、茅屋板桥，"是山也，而可以作画；是画也，而可以为窗"。关于"梅窗"的设计，使窗上之梅枝盘曲如画，人坐室内而得赏梅之乐。关于便面窗的"外推板装花式""花卉式""虫鸟式"及"山水图窗"的设计，皆意在使房舍中的人与房舍之外的天光山水树木花鸟等共处同一环境中，构成优美和谐的宜居境界。李渔所处的时代还没有环境艺术及环境美学的概念与学科，但是李渔的思想和当代环境艺术及环境美学中的人与自然和谐的思想已经相通了。

　　李渔的设计机巧和奇思妙想也表现在本书的《器玩部》中。同样，在家庭所用的器物的制作过程中，技术的层面之外也体现着他的以人为本的理念。暖椅的制作可称一绝，其好友宋澹仙评论说："暖椅之制，众美毕具，慧心巧思，登峰造极，直名之曰'笠翁椅'。"《箱笼箧笥》一节中，李渔对于《七星箱》的改造，关于暗闩与锁钮的设计又是一绝，工艺的实用性和观赏性相得益彰，直使专业匠人赞赏不已。"灯烛"一节的挂灯、点灯之法更是别出心裁，而且与他带领戏班夜场演出时需要点灯的实践密切相关。在这些精巧绝伦的设计过程中，李渔特别关注的仍是使用器物的人的实际需要、使用效果及审美感受。这样的理念，在"床帐"

的设计与制作中有更明确的表述。他说："是床也者，乃我半生相共之物，较之结发糟糠，犹分先后者也。人之待物，其最厚者当莫过此。"在李渔看来，床虽为生活用具，但由于它同人的生活关系极其密切，它就成为人的生命的重要伴随之物，甚至成为人的生命的一部分。这样看待器物，其设计理念当然也就不局限于技术的层面了，还包含着李渔的世界观、人生观和美学观。由此来看待《闲情偶寄》，本书就不仅反映着李渔在专业技术方面的文化创造，而且更重要的是在人文社会科学方面反映着他的丰富而深刻的文化思想。

在其他各卷中，同样也是在介绍专业或技能方面的新知识时，处处表现出其在文化思想方面的新见解与新观点。《饮馔部》记述了蔬食、谷食、肉食等各种食品的特性及一些饭菜的做法，但是，更重要的是，李渔的立意在于表达他在饮食方面的一些重要认识。《蔬食第一》明确指出："吾辑《饮馔》一卷，后肉食而首蔬菜，一以崇俭，一以复古；至重宰割而惜生命，又其念兹在兹，而不忍或忘者矣。"在李渔看来，人的肉食吃的是有生命的动物，因而肉食者须常怀不忍之心。这是以仁人爱物、利生厚生之心来看待动物，其思想的文化内容已不在烹饪的技术方面了。为此，李渔特别反感对动物的"虐食"。《鹅》一节记述某人将活鹅炮制鹅掌的吃法之后，写道："予曰：惨哉斯言！予不愿听之矣。物不幸而为人所畜，食人之食，死人之事。偿之以死亦足矣，奈何未死之先，又加若是之惨刑乎？二掌虽美，入口即消，其受痛楚之时，则有百倍于此者。以生物多时之痛楚，易我片刻之甘甜，忍人不为，况稍具婆心者乎？地狱之设，正为此人，其死后炮烙之刑，必有过于此者。""虐食"是人类的一种野蛮行为，历代多有记述，如红烧活鱼、吃活猴脑、活取驴肠驴肉等，骇人听闻，直至当代仍然未能绝迹。李渔的观点表达了一种文明的呼声，是对人类虐食动物这种野蛮行为的批判。《野禽 野兽》一节，李渔又说："食野味者，当作如是观。惜禽而更当惜兽，以其取死之道为可原也。"这里所谓的惜禽惜兽的观点，无疑是进步的思想。当代的社会进步使人们认识到必须注意保护动物，尤其是保护那些濒临灭绝的珍奇动物，而李渔在三百多年前就提出了这样的观点，应该是非常可贵的。

《种植部》中也有不少这一类精彩的议论。《紫薇》一节谈到此花树有怕痒的特性时，认为禽兽和草木都是有知觉的生命，只不过是禽兽的知觉不同于人，而草木的知觉又不同于禽兽罢了。紫薇的怕痒，说明植物也是有痛痒感觉的。于是李渔说："由是观之，草木之受诛锄，犹禽兽之被宰杀，其苦其痛，俱有不忍言者。人能以待紫薇者待一切草木，待一切草木者待禽兽与人，则斩伐不敢妄施，而有疾痛相关之义矣。"这里，李渔又把善待动物的观点扩展为善待植物，认为植物也是有生命之物，不应该任意地残害它们。这样的认识，既有儒家的仁爱思想，又有道家的厚生意识，也和西方宗教珍爱生命的观念有相通之处。而且，李渔谈论种植，常用看待人的眼光来看待植物。《草本第三》一节说："予谈草木，辄以人喻。岂好为是哓哓者哉？世间万物，皆为人设。观感一理，备人观者，即备人感。天之生此，岂仅供耳目之玩、情性之适而已哉？"这里表述了一个重要观点，即以人喻草木，也以草木喻人，草木为人而设，人由草木而得观感，因此人与草木是生死相依、灵魂相通的。人能够关注草木的生死，并有意识地在住所庭院种植草木花卉，即是有意识地营造与这些草木花卉和谐相处、互依互感的生存环境，也是在营造人生的快乐与趣味。人在此环境中面对草木花卉，就像是面对人一样地尊重它们，和它们对话，并由此获取各种人生的感悟。谈论种竹时，李渔说："然移草木就人，当随人便，不能尽随草木之便。无论是花是竹，皆有正面，有反面，正面向人，反面向空隙，理也。"这里，李渔把花卉与竹皆拟人化了，种植时使它们的"正面"与人相对，形成与人面对面进行情感交流的情景，这样的构想是对花与竹的尊重，也是对于自然环境的尊重。谈论种柳时，李渔又说："种树非止娱目，兼为悦耳。目有时而不娱，以在卧榻之上也；耳则无时不悦。鸟声之最可爱者，不在人之坐时，而偏在睡时。"这里特别指出树的娱目与悦耳功能并重，树在受人观赏时可以娱目，而树木能招引鸟类，鸟声则有悦耳之快感。房舍之旁有树，人在房中卧榻之上即可观见树影之婆娑摇曳，闻听鸟声之啁啾，此时的人与树，树与鸟，人与鸟，在人的感觉中浑然一体，构成优美和谐的宜居境界。此情此景中，树木的生物学意义与生态学意义同时得以彰显，这也就是李渔论述种植所体现的真正价值。

另外，李渔不仅以拟人化的心态感受草木花卉带给人的愉悦，还以拟人化的心态感受草木花卉的品格。论种兰时赞赏"兰生幽谷，无人自芳"的高雅，论种芭蕉时美誉"蕉能韵人而免于俗"的风韵，论黄杨时则说："莲为花之君子，此树当为木之君子。莲为花之君子，茂叔知之；黄杨为木之君子，非稍能格物之笠翁，孰知之哉？"茂叔即是作《爱莲说》的周敦颐，他以"出淤泥而不染"的莲花为君子，而李渔以"知命树"黄杨为君子，他们眼中的莲花与黄杨已不是作为植物的花木，而是被人格化了的花木，因此李渔的论种植也就蕴含了更深层的文化意义。当代生态学的观点，主张保护地球的自然生态环境，保护绿色的森林，保护净水资源，保护地球上现有的一切物种，在自然界建立人与动植物相依共生、融洽和谐的生态关系，为此就要像珍爱人的生命一样珍爱自然界的动植物，要认识到保护地球的生态环境也就是在保护人类本身。联系这些当代科学的知识，李渔关于种植的论述，可以说是17世纪中国的生态学理论。

《颐养部》论述养生及防治疾病等问题，也并未局限于具体知识与方法的介绍和应用，而是多谈人对于养生及防治疾病应当具有的思想与心态。关于人所追求的享乐，如贫富贵贱等不同身份的人的享乐，在家庭或在路途等不同地方的享乐，春夏秋冬等不同季节的享乐，以及坐卧行走饮食睡眠等日常生活中的养生诀窍等，李渔特别强调的是人的自我心态调适。他多次提出"退一步"法，认为"以不如己者视己，则日见可乐；以胜于己者视己，则时觉可忧"。即是说，知足心安则常乐，贪得无厌则常忧。同时，李渔还强调，人的享乐要使自身适应生活的环境，与周围的景物及人事和谐相处，"处之得宜，亦各有其乐。苟能见景生情，逢场作戏，即可悲可涕之事，亦变欢娱"。即是说，随遇而安则常乐，遇事计较则常忧。这样谈养生之道，显然不在物质与方法的层面，而是在观念与心态的层面。李渔还专论看花听鸟、蓄养禽鱼、浇灌花木对于养生的重要作用，这实际上是强调人与动植物的和谐相处，人与自然环境的和谐相处，这是前述《种植部》中所论生态观在此养生问题上的体现。他说："夜则后花而眠，朝则先鸟而起，惟恐一声一色之偶遗也。及至莺老花残，辄怏怏如有所失。是我之一生，可谓不负花鸟；而花鸟得予，亦所称'一人知己，死可无恨'者乎！"像这样以花鸟为友，终生不厌，是深得养生之道的金玉之言。

关于治病防病，李渔的论述多不在疾病与医药本身，而在于人对待疾病的态度与心情。李渔不赞成凡有小病即求医服药，而说"'病不服药，如得中医。'此八字金丹，救出世间几许危命"，意思是说，有病不服药，这才是真正符合医学原理的。而对于有病用药，也不必一定是医学意义上的药物，而是"一生未见之物可以当药"。即是说，"文士之于异书，武人之于宝剑，醉翁之于名酒，佳人之于美饰"，皆是可以当药者。所谓"异书"，他又解释说："凡属新编，未经目睹者，即是异书，如陈琳之檄，枚乘之文，皆前人已试之药也。"李渔还提出"忘病"的理论，他认为："御疾之道，贵在能忘；切切在心，则我为疾用，而死生听之矣。知其力乏，而故授以事，非扰之使困，乃迫之使忘也。"意思是说：人对于疾病的正确态度，贵在善于忘掉有病；如果时刻把病放在心上，本来没病也会生病，小病会酿成大病，这实际上是让病来主宰自己的生死；不如该干什么就干什么，一忙碌起来，工作就会迫使自己忘掉有病，身体也许会真的就没事了。诸如此类的"药物"，李渔自谓"创自笠翁，当呼为《笠翁本草》"，其新奇妙论，真让人叹为观止。

从以上综述可知，李渔《闲情偶寄》中新见迭出，文化内涵极其丰富。《饮馔部》不是一般意义上的烹饪学，而是包含着饮食卫生学和饮食营养学；《种植部》不是一般意义上的栽培学，而是包含着种植生态学和种植社会学；《颐养部》不是一般意义上的养生学，而是包含着养生保健学和养生心理学。从文化学的角度来品读《闲情偶寄》，才能真正从实际出发认识《闲情偶寄》，并且进而真正从实际出发认识李渔并理解他的文化思想。

《闲情偶寄》的最早版本，为康熙十年（1671）翼圣堂刻本，16卷。后来又有雍正八年（1730）芥子园刻《笠翁一家言全集》本，后改名为《笠翁偶集》，由16卷改为6卷。20世纪中期，曹聚仁把《词曲部》《演习部》加以校订，名为《李笠翁曲话》，列为"文艺丛书"之一，上海梁溪图书馆1925年排印；任中敏把《词曲部》《演习部》收入他所编纂的《新曲苑》中，命名为《笠翁剧论》，中华书局1940年出版；中国戏曲研究院编辑《中国古典戏曲论著集成》，也收录了《词曲部》和《演习部》，仍用全书的书名《闲情偶寄》，中国戏剧出版社1959年出版；单锦珩编辑整理的《李渔全集》，共20册，浙江古籍出版社1991年出版，其中第三卷为《闲情偶寄》。此次重新进行整理，即以《李渔全集》中的《闲情偶寄》为底本，参照翼圣堂刊本、芥子园刊本中的异文，从其正者，不再烦琐地罗列校勘记；个别字诸书皆误者，本书则酌情改正，在注释中加以说明。同当代已经出版的《闲情偶寄》的各种注释本相比，本书的注释力求详尽，对于原书中涉及的历史人物、事件、罕见名词、成语典故等，注释时尽可能地指明出处。由于李渔的学识极其渊博，使用古代文献典籍中的成语典故时，常常是顺手拈来，随时嵌入，并不说明出自何人何书，而本书整理者自叹学力不及，对于此书中某些词语在注释时仍未能准确说明来源，深感抱歉，期待各位师长、学界同行及读者朋友批评指正。

王永宽　王梅格
2012年6月

余怀序

  《周礼》一书，本言王道，乃上自井田军国之大，下至酒浆扉屦^①之细，无不纤悉具备，位置得宜，故曰：王道本乎人情^②。然王莽一用之于汉而败，王安石再用之于宋而又败者，其故何哉？盖以莽与安石，皆不近人情之人，用《周礼》固败，不用《周礼》亦败。《周礼》不幸为两人所用，用《周礼》之过，非《周礼》之过也。苏明允^③曰："凡事之不近人情者，鲜不为大奸慝。"古今来大勋业、真文章，总不出人情之外。其在人情之外者，非鬼神荒忽虚诞之事，则诪张伪幻狉獉^④之辞，其切于男女饮食日用平常者，盖已希矣。余读李子笠翁《闲情偶寄》而深有感也。昔陶元亮作《闲情赋》^⑤，其间为领、为带、为席、为履、为黛、为泽、为影、为烛、为扇、为桐，缠绵婉娈，聊一寄其闲情。而万虑之存，八表之憩，即于此可类推焉。今李子《偶寄》一书，事在耳目之内，思出风云之表，前人所欲发而未竟发者，李子尽发之；今人所欲言而不能言者，李子尽言之。其言近，其旨远，其取情多而用物闳。潆潆^⑥乎、缁缁^⑦乎，汶^⑧者读之旷，㒃^⑨者读之通，悲者读之愉，拙者读之巧，愁者读之忻且舞，病者读之霍然兴。此非李子偶寄之书，而天下雅人韵士家弦户诵之书也。吾知此书出将不胫而走，百济^⑩之使维舟而求，鸡林^⑪之贾辇金而购矣。而世之腐儒，犹谓李子不为经国之大业，而为破道之小言者。余应之曰：唯唯否否。昔谢文靖^⑫高卧东山，系天下苍生之望，而游必携妓，墅则围棋。谢玄破贼，桓冲初忧之，郗超曰："玄必能破贼。吾尝共事桓公府，履屐间皆得其用，是以知之。"^⑬白香山道风雅量^⑭，为世所钦，而谢好、陈结、紫绡、菱角，惊破霓裳羽衣之曲；罢刑部侍郎时，得臧获⑮之习管磬弦歌者指百以归。苏文忠⑯秉心刚正，不立异，不诡随，而琴操朝云，螭头鹊尾，有每闻清歌辄唤奈何之致⑰。韩昌黎⑱开云驱鳄，师表朝廷，而每当宾客之会，辄出二侍女合弹琵琶筝。故古今来能建大勋业、作真文章者，必有超世绝俗之情，磊落嶔崎之韵，如文靖诸公是也。今李子以雅淡之才，巧妙之思，经营惨淡，缔造周详，即经国之大业，何遽不在是？而岂破道之小言也哉！往余年少驰骋，自命江左风流，选妓填词，吹箫跕屣，曾以一曲之狂歌，回两行之红粉，而今老矣，不复为矣！独是冥心高寄，千载相关，深恶王莽、王安石之不近人情，而独爱陶元亮之闲情作赋，读李子之书，又未免见猎心喜也。王右军云："年在桑榆，正赖丝竹陶写。"⑲余虽颓然自放，倘遇洞房绮疏，交鼓绲瑟，宫商迭奏，竹肉竞陈，犹当支颐郭袖⑳，倾耳而听之。

　　时康熙辛亥㉑立秋日，建邺弟余怀㉒无怀氏撰

[注释]

　　①酒浆扉（fěi）屦：《周礼》中有《酒人》《浆人》《屦人》等篇，记述生活方面的设置与礼仪。"扉"，即草鞋。《左传·僖公四年》云："若出于陈郑之间，共其资粮扉屦，其可也。"前人注解说："丝作之曰屦，麻作之曰扉。""屦"，即鞋。

　　②王道本乎人情：见本书《词曲部·结构第一·戒荒唐》注③。此处余怀赞同李渔的见解，并引《周礼》加以解说。

　　③苏明允：即宋代苏洵（1009—1066），字明允，号老泉，苏轼之父。他说的这段话，见《辨奸论》一文，收入《宋文鉴》卷九十七。《泊宅编》（三卷本）卷上记苏洵在司马光处做客，座中有王安石在，其形状为"囚首丧面"，就对司马光说："以某观之，此人异时必乱天下，使其得志于朝，虽聪明之主亦将为其诳惑，内翰何为与之游乎？"于是，就作《辨奸论》行于世。前代也有人认为《辨奸论》一文是邵博伪作。而在明代至清初的文人笔记及小说戏曲中，一般仍认为是苏洵所作。如《醒世恒言·苏小妹三

闲情偶寄　13

难新郎》一篇中，写王安石"平时常不洗面，不脱衣，身上虱子无数"，"老泉恶其不近人情，异日必为奸臣，曾作《辨奸论》以讥之，荆公怀恨在心"。

④诪（zhōu）张伪幻狯猾（kuàixù）："诪张伪幻"，出自《尚书·周书·无逸》："古之人……胥教诲，民无或胥诪张为幻。"前人注解说："诪张，诳也。君臣以道相正，故下民无有相欺诳幻惑也。"本文将"为幻"改作"伪幻"，强调其虚假欺骗之意。"狯"，即狡猾。"猾"，狂悖无状之态。诪张伪幻狯猾，指各种不近人情的言辞。

⑤陶元亮作《闲情赋》：陶元亮即陶潜，字元亮，又字渊明。其《闲情赋》今存于严可均编《全晋文》。其中排比诸事的顺序是为领、为带、为泽、为黛、为席、为履、为影、为烛、为扇、为桐，余怀此序中所述并未全按原文。

⑥漻漻（liúliú）：形容文章清晰而流畅。《庄子·天道》云："夫道，渊乎其居也，漻乎其清也。"

⑦缅缅（sǎsǎ）：形容文章次序井然而分明。《韩非子·难言》云："言顺比滑泽，洋洋缅缅然。"前人注解说："缅缅，有编次也。"

⑧汶（mén）：昏暗不明。《楚辞》中屈原《渔父》云："安能以身之察察，受物之汶汶者乎？"《史记·屈原贾生列传》中亦引用此语，司马贞索隐谓"汶汶"为昏暗不明。本文中称赞李渔之文能使昏暗不明的人通达事理。

⑨儴（sài）：轻薄、不真诚之意。《史记·高祖本纪》云："小人以儴，故救儴莫若以忠。"前人注解说：儴者，无悃诚也。本文中谓"儴者读之通"，"儴"字似有闭塞不通之意。

⑩百济：古国名，本出扶馀，在今朝鲜半岛西南部。传说为东汉末年扶馀王尉仇台之后，起初以百家济海而立国，故名百济。见《旧唐书·百济传》。

⑪鸡林：古国名，即新罗，在今朝鲜半岛南部。唐龙朔三年（663）置新罗为鸡林州，见《旧唐书·新罗传》。

⑫谢文靖：即谢安（320—385），字安石，谥号文靖。其"游必携妓"

事见《晋书·谢安传》:"安虽放情丘壑,然每游赏,必以妓女从。"

⑬郗超语见《晋书·谢玄传》。又《世说新语·识鉴》亦有记述。

⑭白香山道风雅量:白香山即白居易,其晚年住在洛阳龙门香山,号香山居士。谢好(即谢好好)、陈结等都是白居易相识的歌妓。《唐语林》卷二记白居易于长庆二年(822)官杭州刺史时,"以诗酒寄兴,官妓高玲珑、谢好好,巧于应对,善歌舞"。白居易有《代谢好妓答崔员外》诗,见《白氏长庆集》卷十九。白居易又有《霓裳羽衣舞歌》(和微之)诗云:"移领钱塘第二年,始有心情问丝竹。玲珑箜篌谢好筝,陈宠觱栗沈平笙。清弦脆管纤纤手,教得霓裳一曲成。"见《白香山诗集》卷二十一。这里提到的歌妓除高玲珑、谢好好之外,还有陈宠和沈平。宋洪迈《容斋随笔》卷一《乐天侍儿》一节云:"世言白乐天侍儿唯小蛮、樊素二人,予读集中《小庭亦有月》一篇云:'菱角执笙簧,谷儿抹琵琶。红绡信手舞,紫绡随意歌。'自注曰:'菱谷紫红皆小臧获名。'若然,则红紫二绡亦女奴也。"其《小庭亦有月》诗见《白香山诗集》卷二十二。《旧唐书·白居易传》引其所作《池上篇》一文云:"罢刑部侍郎时,有粟千斛,书一车,泊臧获之习管磬弦歌者指百以归。"

⑮臧获:即奴婢,见本书《居室部·房舍第一·洒扫》注④。

⑯苏文忠:即宋代苏轼,谥号为文忠。此处所谓琴操,是苏轼在杭州时认识的一位妓女,常携之游,一日苏轼与她一同演习参禅,琴操顿悟禅理,削发为尼。《古今事文类聚》后集卷十七《妓学问禅》一则记琴操事,谓引录方勺《泊宅编》,今查《泊宅编》,三卷本及十卷本皆未见,当是辗转引录时有误。而吴曾《能改斋漫录》卷十六记琴操事较详。朝云,苏轼之妾,姓王,钱塘人,苏轼贬惠州时朝云相随,后卒于惠州,年仅34岁。苏轼为之作《朝云墓志铭》,见《东坡集》续集卷十二。

⑰蟹头鹊尾:指苏轼乘画船出游,时常有女妓清歌相随。苏轼有《瑞鹧鸪》诗云:"城头月落尚啼乌,朱舰红船早满湖。鼓吹未容迎五马,水云先已漾双凫。映山黄帽蟹头舫,夹岸青山鹊尾炉。老病逢春只思睡,独求僧榻寄须臾。"见《东坡诗集注》卷二,或题为《寒食未明至湖上太守未来两县令先在》;《东坡词》有《瑞鹧鸪》二首,其二同。"每闻清歌辄唤奈

何",原为晋桓伊的典故。《世说新语·任诞》云:"桓子野(伊)每闻清歌,辄唤'奈何',谢公(安)闻之,曰:'子野可谓一往有深情。'"本文中用来指苏轼也是有深情之人。

⑱韩昌黎:即韩愈,其郡望为昌黎,世称韩昌黎。他在举行宴会时让侍女弹琵琶筝之事,唐代野史笔记多有记述。

⑲王羲之此语见《世说新语·言语》,原文是:"王曰:'年在桑榆,自然至此,正赖丝竹陶写,恒恐儿辈觉,损欣乐之趣。'"

⑳支颐鄣(zhàng)袖:支颐,用手托着面颊。鄣袖,即障袖,用衣袖遮挡着风。表示静心倾听音乐演奏或别人讲话时的专注神态。唐司空曙《风筝》诗有"坐与真僧听,支颐向寂寥"句,见《全唐诗》卷二九二。宋陆游《长干行》诗有"鄣袖庭花下,东风吹鬓斜"句,见《剑南诗稿》卷四十三。

㉑康熙辛亥:即康熙十年(1671)。此年李渔住在南京,与余怀等文友过往密切,《闲情偶寄》即在此年定稿。

㉒余怀(1616—1696):明末清初著名文士,文学家、戏剧作家。字澹心、无怀,号广霞、曼翁等,福建莆田人。明末为诸生,入清后未出仕,长期住在金陵,著作丰富,主要有《甲申集》《板桥杂记》等;戏曲作品有杂剧《集翠裘》和传奇《封发记》等多种。余怀与李渔为挚友,交往密切,李渔诗文中涉及与余怀交往之事甚多,其中给余怀的信札即有五篇,第五札云:"此册专言女妆,恐非男儿所能评骘,当以嫂夫人为大总裁。"可见李渔与余怀的交情非同一般。余怀为《闲情偶寄》作序并写眉评,又是李渔家庭戏班的"顾曲周郎"。

尤侗序

声色者，才人之寄旅；文章者，造物之工师。我思古人，如子胥吹箫①，正平挝鼓②，叔夜弹琴③，季长弄笛④，王维为"琵琶弟子"⑤，和凝称"曲子相公"⑥，以至京兆画眉⑦，幼舆折齿⑧，子建傅粉⑨，相如挂冠⑩，子京之半臂忍寒⑪，熙载之衲衣乞食⑫，此皆绝世才人，落魄无聊，有所托而逃焉。犹之行百里者，车殆马烦，寄宿旅舍已尔，其视宜春院里画鼓三千⑬，梓泽园中金钗十二⑭，雅俗之别，奚翅径庭哉！然是物也，虽自然之妙丽，借文章而始传。前人如《琴》《笛》《洞箫》诸赋⑮，固已分刌节度，穷极幼眇；乃至《巫山》陈兰若之芳⑯，《洛浦》写瑶碧之饰⑰，东家之子比其赤白⑱，上官之女状其艳光⑲，数行之内，若拂馨香，尺幅之中，如亲巧笑，岂非笔精墨妙，为选声之金管，练色之宝镜乎？抑有进焉，江淹有云："蓝朱成彩，错杂之变无穷；宫商为音，靡曼之态不极。"⑳蛾眉岂同貌而俱动于魄？芳草宁共气而皆悦于魂？故相其体裁，既家妍而户媚；考其程式，亦日异而月新。假使飞燕、太真生在今时，则必不奏《归风》之歌，播《羽衣》之舞㉑；文君、孙寿来于此地，则必不扫远山之黛，施堕马之妆㉒。何也？数见不鲜也。客有歌于郢中者，《阳春》《白雪》，和者不过数人，非曲高而和寡也，和者日多，则歌者日卑。《阳春》《白雪》，何异于《巴人》《下里》乎？西子捧心而颦，丑妇效之，见者却走。其妇未必丑也，使西子效颦，亦同嫫姆㉓矣。由此观之，声色之道千变万化。造物者有时而穷，物不可以终穷也，故受之以才。天地炉锤，铸之不尽；吾心橐籥㉔，动而愈出。三寸不律，能凿混沌之窍㉕；五色赫蹄，可炼女娲之石㉖。则斯人者，诚宫闱之刀尺而帷簿之班输㉗。天下文章,莫大乎是矣。读笠翁先生之书,吾惊焉。所著《闲情偶寄》若干卷,用狡狯伎俩,作游戏神通。入公子行以当场,现美人身而说法。洎乎平章土木,勾当烟花,哺啜之事亦复可观,屦履之间皆得其任。虽才人三昧,笔补天工,而镂空绘影,索隐钓奇,窃恐犯造物之忌矣。乃笠翁不徒托诸空言,遂已演为本事。家居长干,山楼水阁,药栏花砌,辄引人著胜地。薄游吴市,集名优数辈,度其梨园法曲,红弦翠袖,烛影参差,望者疑为神仙中人。若是乎笠翁之才,造物不惟不忌,而且惜其劳、美其报焉。人生百年,为乐苦不足也,笠翁何以得此于天哉!仆本恨人㉘,幸适良宴,正如秦穆睹《钧天》之乐㉙。赵武听孟姚之歌㉚,非不醉心,仿佛梦中而已矣。

吴门同学弟尤侗㉛拜撰

[注释]

①子胥吹箫:子胥即春秋时楚国伍员,字子胥,其父伍奢、兄伍尚被楚平王杀害后,他逃到吴国,曾在吴都闹市吹箫乞食。事见《史记·伍子胥列传》,元李寿卿有杂剧《伍员吹箫》演其事,《东周列国志》第七十三回《伍员吹箫乞吴市》亦有描写。

②正平挝鼓:正平即东汉末祢衡,字正平,他曾裸体击鼓骂曹操,事见《后汉书·祢衡传》,《三国演义》第二十三回《祢正平裸衣骂曹》亦有描写。

③叔夜弹琴:叔夜即三国时魏国嵇康,字叔夜,善鼓琴,被司马昭杀害,临刑时还索琴弹一曲《广陵散》,见《晋书·嵇康传》及《世说新语·雅量》。

④季长弄笛:季长,即东汉经学家马融,字季长。他撰有《长笛赋》,其序云:"融既博览典雅,精核数术,又性好音律,能鼓琴吹笛。"

⑤王维为"琵琶弟子":唐郑处诲《明皇杂录》记云:"贵妃每抱琵琶奏之,音韵凄清,飘出云外,诸贵主洎虢国夫人,皆师贵妃为琵琶弟子。"

当时著名诗人王维通音律，善弹琵琶，或谓他也在"琵琶弟子"之列。

⑥曲子相公：见本书《词曲部·宾白第四·文贵洁净》注⑤。

⑦京兆画眉：京兆即汉代张敞，见本书《声容部·选姿第一·眉眼》注④。

⑧幼舆折齿：幼舆即晋代谢鲲，字幼舆，《晋书·谢鲲传》记载，谢之邻家高氏有女美貌，谢鲲挑逗她，此女用织布梭子打过来，谢鲲被打折两颗牙齿。时人语曰："任达不已，幼舆折齿。"

⑨子建傅粉：子建即三国时魏国曹植，字子建。《魏略》记邯郸淳博学有才，曹操派他去见曹植，曹植"延入坐，不先与谈，时天暑热，植取水自澡，讫，傅粉，科头拍袒，旋舞五椎锻……"后世对此事多有引述，如明胡应麟《少室山房笔丛》正集卷二十二、徐应秋《玉芝堂谈荟》卷八等。

⑩相如挂冠：相如即汉司马相如，挂冠即辞官。《史记·司马相如列传》记他在汉景帝时为武骑常侍，因病辞官，后来回到成都才得以遇见卓文君，相爱而私奔。

⑪子京之半臂忍寒：子京即宋代宋祁，字子京，官至工部尚书。宋魏泰《东轩笔录》卷十五记宋祁参与编纂《新唐书》时，春日与弟宋郊及张先等往郊外踏青闲游，因天气尚寒，宋祁让人回家中取来半臂（相当于夹层背心），诸姬妾各送一件，宋祁怕因厚此薄彼而引起姬妾之间的误会，就忍着寒一件未穿。明末清初南山逸史曾据此故事撰成《半臂寒》杂剧。

⑫熙载之衲衣乞食：韩熙载，五代时南唐中书舍人，郑文宝《南唐近事》记云："韩熙载放旷不稽，所得俸钱，即为诸姬分去，乃著衲衣，负筐，令门生舒雅执手板，于诸姬院乞食，以为笑乐。"

⑬宜春院里画鼓三千：宜春院，唐长安宫中歌妓居住习乐的院名，开元二年（714）置，其中擅长歌舞的女伎甚多，称为"内人"。其中各种乐器俱有，见崔令钦《教坊记》。"画鼓三千"，极言其乐器之多。

⑭梓泽园中金钗十二：梓泽园是晋代著名富豪石崇家别墅。《晋书·石崇传》云："崇有别馆在河阳金谷，一名梓泽。"金钗十二，形容姬妾众多，古代诗文中常见，本来未必是专说石崇。本文中泛指富豪人家美女如云的享乐生活。

⑮《琴》《笛》《洞箫》诸赋：东汉蔡邕有《琴赋》，见《全后汉文》卷六十九。汉马融有《长笛赋》，见《全后汉文》卷十八。汉王褒有《洞箫赋》，见《艺文类聚》卷四十四引。

⑯《巫山》陈兰若之芳：《巫山》即宋玉所撰《神女赋》，其中写楚襄王在巫山会见神女，有"吐芬芳其若兰"之句。

⑰《洛浦》写瑶碧之饰：《洛浦》即三国魏曹植所作《洛神赋》，文中写洛神的服饰有"珥瑶碧之华琚"之句。

⑱东家之子比其赤白：宋玉所著《登徒子好色赋》云："天下之佳人莫若楚国，楚之丽者莫若臣里，臣里之美者莫若东家之子……著粉则太白，施朱则太赤。"

⑲上宫之女状其艳光：《诗经·鄘风·桑中》云："期我乎桑中，要我乎上宫，送我乎淇之上矣。"后世常以上宫代指美人居处或与美人私会之所，如司马相如《美人赋》云："朝发溱洧，暮宿上宫……有女独处，婉若在床。"

⑳此语为江淹《休上人怨别》诗序中的句子，见逯钦立辑校《先秦汉魏晋南北朝诗》第1569页。

㉑飞燕：即汉成帝的皇后赵飞燕。太真：即唐明皇的宠妃杨玉环，其小字太真。《归风》：赵飞燕所歌之曲。《西京杂记》云："赵后有宝琴……亦善为《归风送远》之操焉。"又《飞燕外传》云："成帝起瀛洲榭，高四十尺，后于榭上歌《归风送远》之曲。"《羽衣》：即杨贵妃所创《霓裳羽衣》之舞，见本书《词曲部·科诨第五》注③。全句的意思是，汉代的赵飞燕、唐朝的杨玉环生在今世，她们不必再歌《归风》之曲，不必再跳《霓裳》之舞，而是可以从李渔的《闲情偶寄》中学到新鲜的歌舞知识。

㉒文君：即司马相如妻卓文君。孙寿：即东汉外戚梁冀妻。远山之黛：《飞燕外传》记赵飞燕与其妹赵合德用黛画眉，如远山，称为远山黛。这里亦指卓文君所画之眉。汉刘歆《西京杂记》云："（卓）文君姣好，眉色如望远山。"堕马之妆：即头发梳成堕马髻之形。《后汉书·梁冀传》云：梁冀之妻孙寿"色美而善作妖态，作愁眉、啼妆、堕马髻"。前人注解说："堕马髻者，侧在一边。"还有一说，发髻蓬松，像是要坠落的样子，因此

也叫"坠马髻"。或云堕马髻在汉武帝时已有，五代时马缟《中华古今注》卷中"头髻"一节云："武帝又令梳十二鬟髻，又梳堕马髻。"全句的意思是，像卓文君、孙寿这样的美女来到这里，可不必再画远山眉，也不必再梳堕马髻了，而是可以从李渔的《闲情偶寄》中学到新鲜的化妆技巧。

㉓嫫姆：古代传说中的丑妇，后世常以嫫姆、无盐作为丑女的代名词。见本书《器玩部·制度第一·床帐》注④。

㉔橐籥（tuó yuè）：橐，古时冶炼时鼓风的风箱。籥，吹火的竹筒，或解释为风箱里面的送风管。橐籥，就是为冶炼而鼓风的设备，比喻为动力或源泉。《老子》第五章中云："天地之间，其犹橐籥乎？虚而不屈，动而愈出。"本文云"吾心橐籥，动而愈出"，直接借用《老子》之语，意思是说文人的心思就像风箱一样，运作起来就会产生动力，创造出文化。

㉕三寸不律，能凿混沌之窍：不律，即笔。《尔雅·释器》云："不律谓之笔。"前人注解说："蜀人呼笔为不律也。"本文以笔代指写作。"凿混沌之窍"，语出《庄子·应帝王》："儵与忽谋报浑沌之德，曰：'人皆有七窍以视听食息，此独无有，尝试凿之。'日凿一窍，七日而浑沌死。"本义指违反自然，致成祸害，后用为开通耳目、增人知识之义。本文意思是说，文章能够开启愚蒙，给人智慧。

㉖五色赫（xì）蹄，可炼女娲之石：赫蹄，东汉末期流行的一种薄幅小纸，后世也以此代称纸。本文中以"赫蹄"代指文章，意思是说，文章有救世功能，能够成为女娲的补天之石。

㉗宫闱之刀尺而帷薄之班输：刀尺，剪刀和尺子，代指女子常用的工具。"帷薄"，也作"帷薄"，即帷帐和门帘，指家庭居室之内。班输，即春秋时鲁国的著名匠人公输班，即鲁班，传说为木匠的祖师；或谓公输班是公输氏和鲁班二人。后世以"班输"代指能工巧匠。本文以"宫闱之刀尺而帷薄之班输"比喻《闲情偶寄》这样的著作，是闺阁之中、家庭之内具有实用与指南意义的著作。

㉘恨人：失意抱恨之人。语出南朝江淹《别赋》："于是仆本恨人，心惊不已。"后世诗文中常见文士以此自抒胸臆，如清王士禛《秋柳》诗序云："仆本恨人，性多感慨。"见《带经堂集》。

㉙秦穆睹《钧天》之乐：秦穆，或谓秦缪公，张衡《西京赋》云："昔者大帝说秦缪公而觐之，飨以钧天广乐，帝有醉焉。"《钧天》之乐即钧天广乐，见本书《词曲部·科诨第五》注②。

㉚赵武听孟姚之歌：孟姚是战国时赵武灵王的王后，名娃嬴，又称惠后，善歌舞，得宠。本文以秦穆公所观《钧天》之舞、赵武灵王所听孟姚之歌，比喻观李渔所作《闲情偶寄》的感受，令人陶醉。

㉛尤侗（1618—1704）：清初文学家、戏曲作家，字同人、展成，号悔庵、艮斋，晚年号西堂老人，长洲（今属苏州市）人。康熙十八年（1679）应试博学鸿词，得官为翰林院检讨。平生博学多才，著作甚多，编为《西堂全集》65卷；戏曲作品有传奇《钧天乐》和杂剧《读离骚》等共6种，合称为《西堂曲腋》，其中杂剧5种又合称《西堂乐府》。尤侗与李渔交往密切。尤侗为李渔的《闲情偶寄》《论古》和《名词选胜》作序，为李渔的《闲情偶寄》和诗文集写眉评；尤侗的诗文集中有《笠翁席上顾曲和澹心韵七首》《再集笠翁寓斋顾曲叠韵七首》及词《二郎神慢·李笠翁招饮观家姬新剧》。李渔为尤侗校雠传奇《钧天乐》，李渔的《笠翁一家言文集》中有给尤侗的信札五篇。

凡例七则 （四期三戒）

一期点缀太平

圣主当阳，力崇文教。庙堂既陈诗赋，草野合奏风谣，所谓上行而下效也。武士之戈矛，文人之笔墨，乃治乱均需之物；乱则以之削平反侧，治则以之点缀太平。方今海甸澄清，太平有象，正文人点缀之秋也。故于暇日抽毫，以代康衢鼓腹①。所言八事无一事不新，所著万言无一言稍故者，以鼎新之盛世，应有一二未睹之事、未闻之言以扩耳目，犹之美厦告成，非残朱剩碧所能涂饰榱楹②者也。草莽微臣，敢辞粉藻之力！

一期崇尚俭朴

创立新制，最忌导人以奢。奢则贫者难行，而使富贵之家日流于侈，是败坏风俗之书，非扶持名教之书也。是集惟《演习》《声容》二种为显者陶情之事，欲俭不能，然亦节去靡费之半；其馀如《居室》《器玩》《饮馔》《种植》《颐养》诸部，皆寓节俭于制度之中，黜奢靡于绳墨之外，富有天下者可行，贫无卓锥者亦可行。盖缘身处极贫之地，知物力之最艰，谬谓天下之贫皆同于我，我所不欲，勿施于人，故不觉其言之似吝也。然靡荡世风，或反因之有裨。

一期规正风俗

风俗之靡，日甚一日。究其日甚之故，则以喜新而尚异也。新异不诡于法，但须新之有道，异之有方。有道有方，总期不失情理之正。以索隐行怪之俗，而责其全返中庸，必不得之数也，不若以有道之新易无道之新，以有方之异变无方之异，庶彼乐于从事，而吾点缀太平之念为不虚矣。是集所载，皆极新、极异之谈，然无一不轨于正道，其可告无罪于世者此耳。

一期警惕人心

风俗之靡，犹于人心之坏，正俗必先正心。然近日人情喜读闲书，畏听庄论，有心劝世者正告则不足，旁引曲譬则有馀。是集也，纯以劝惩为心，而又不标劝惩之目，名曰《闲情偶寄》者，虑人目为庄论而避之也。劝惩之语，下半居多，前数帙俱谈风雅。正论不载于始而丽于终者，冀人由雅及庄，渐入渐深，而不觉其可畏也。劝惩之意，绝不明言，或假草木昆虫之微，或借活命养生之大以寓之者，即所谓正告不足、旁引曲譬则有馀也。实具婆心，非同客语，正人奇士，当共谅之。

一戒剿窃陈言

不佞半世操觚，不攘他人一字，空疏自愧者有之，诞妄贻讥者有之，至于剿窠袭臼，嚼前人唾馀，而谓舌花新发者，则不特自信其无，而海内名贤，亦尽知其不屑有也。然从前杂刻，新则新矣，犹是一岁一生之草，非百年一伐之木。草之青也可爱，枯则可焚；

木即不堪为栋为梁，然欲刈而薪之，则人有不忍于心者矣。故知是集也者，其初出则为乍生之草，即其既陈既腐，犹可比于不忍为薪之木，以其可斫可雕而适于用也。以较邺架名编③则不足，以角奚囊④旧著则有馀。阅是编者，请由始迄终验其是新是旧。如觅得一语为他书所现载，人口所既言者，则作者非他，即武库之穿窬⑤，词场之大盗也。

一戒网罗旧集

数十年来，述作名家皆有著书捷径，以只字片言之少，可酿为连篇累牍之繁，如有连篇累牍之繁，即可变为汗牛充栋之富。何也？以其制作新言缀于简首，随集古今名论附而益之。如说天文，即纂天文所有诸往事及前人所作诸词赋以实之，地理亦然，人物、鸟兽、草木诸类尽然。作而兼之以述，有事半功倍之能，真良法也。鄙见则谓著则成著，述则成述，不应首鼠二端。宁捉襟肘以露贫，不借丧马以彰富。有则还吾故有，无则安其本无，不载旧本之一言，以补新书之偶缺，不借前人之只字，以证后事之不经。观者于诸项之中，幸勿事事求全，言言责备。此新耳目之书，非备考核之书也。

一戒支离补凑

有怪此书立法未备者，谓既有心作古，当使物物尽有成规，胡一类之中止言数事？予应之曰：医贵专门，忌其杂也，杂则有验有不验矣。史贵能缺，"夏五""郭公"⑥之不增一字，不正其讹者，以示能缺；缺斯可信，备则开天下后世之疑矣。使如子言而求诸事皆备，一物不遗，则支离补凑之病见，人将疑其可疑，而并疑其可信。是故良法不行于世，皆求全一念误之也。予以一人而僭陈八事，由词曲、演习以及种植、颐养，虽曰多能鄙事，贱者之常，然犹自病其太杂，终不得比于专门之医，奈何欲举星相、医卜、堪舆、日者⑦之事，而并责之一人乎？其人否否而退。八事之中，事事立法者止有六种，至《饮馔》《种植》二部之所言者，不尽是法，多以评论间之，宁以支离二字立论，不敢以之立法者，恐误天下之人也。然自谓立论之长，犹胜于立法，请质之海内名公，果能免于支离之诮否？

湖上笠翁李渔识

[注释]

①康衢鼓腹：康衢，平坦的大路，这里指康衢谣或康衢歌。《列子·仲尼》云，尧时天下太平，尧微服出巡游于康衢，见儿童唱歌："立我蒸民，莫匪尔极。不识不知，顺帝之则。"问这歌是谁教的，儿童回答说："我闻之大夫。"尧问大夫，大夫说这是一首古诗。后世以康衢谣作为表现太古盛世时民众歌功颂德类歌谣的代表。清代蒋士铨有杂剧《康衢乐》，吕星垣把他撰作的一组杂剧命名为《康衢新乐府》，都有对当代统治者歌功颂德之意。鼓腹，即饱食无事而袒胸凸肚的闲散安逸之态。本文中李渔自谓撰作《闲情偶寄》和饱食无事而唱着康衢歌的行为有同样意义。

②榱楹（cuīyíng）：榱，椽子。楹，厅堂的前柱。榱楹合在一处指房屋的木头结构需要上油漆的地方。

③邺架：唐代李泌被封邺侯，《邺侯家传》云，李泌之父李承休家藏图书两万馀册。韩愈《送诸葛觉往随州读书》诗云："邺侯家多书，插架三万轴。"见《昌黎集》卷七。后世以邺架指私人藏书。

④奚囊：奚即书童。《新唐书·李贺传》云，李贺外出与诸公游，带个小奚奴，背个破锦囊，遇有所得就写下来投入囊中。后世即称诗囊为奚囊。本文指李渔自谓他往日所作的诗稿。

⑤穿窬：在墙上打洞或翻越墙壁，指入室盗窃。《论语·阳货》云：

"色厉而内荏,譬诸小人,其犹穿窬之盗也与?"前人注云:"穿,穿壁;窬,窬墙。"

⑥"夏五""郭公":孔子著《春秋》,于桓公十四年书"夏五",无"月"字;又于庄公二十四年书"郭公",下无事。这两处显然有缺漏。因此后世以"夏五""郭公"比喻文字有残缺。

⑦日者:古代以占卜为职业的人。《墨子·贵义》云:"子墨子北之齐,遇日者。"《史记》有褚少孙补《日者列传》。宋洪迈《容斋续笔》卷四《日者》一节又云:"徐广曰:古人占候卜筮,通谓之日者。"

卷一　词曲部

结构第一

填词一道，文人之末技也。然能抑而为此，犹觉愈于驰马试剑，纵酒呼卢。孔子有言："不有博弈者乎？为之犹贤乎已。"①博弈虽戏具，犹贤于"饱食终日，无所用心"；填词虽小道，不又贤于博弈乎？吾谓技无大小，贵在能精；才乏纤洪，利于善用。能精善用，虽寸长尺短，亦可成名。否则才夸八斗，胸号五车，为文仅称点鬼之谈②，著书惟供覆瓿③之用，虽多奚以为？填词一道，非特文人工此者足以成名，即前代帝王，亦有以本朝词曲擅长，遂能不泯其国事者。请历言之：高则诚④、王实甫⑤诸人，元之名士也，舍填词一无表见。使两人不撰《琵琶》《西厢》，则沿至今日，谁复知其姓字？是则诚、实甫之传，《琵琶》《西厢》传之也。汤若士⑥，明之才人也，诗文尺牍，尽有可观，而其脍炙人口者，不在尺牍诗文，而在《还魂》一剧。使若士不草《还魂》，则当日之若士，已虽有而若无，况后代乎？是若士之传，《还魂》传之也。此人以填词而得名者也。历朝文字之盛，其名各有所归，"汉史""唐诗""宋文""元曲"，此世人口头语也。《汉书》《史记》，千古不磨，尚矣。唐则诗人济济，宋有文士跄跄，宜其鼎足文坛，为三代后之三代也。元有天下，非特政刑礼乐一无可宗，即语言文学之末，图书翰墨之微，亦少概见。使非崇尚词曲，得《琵琶》《西厢》以及《元人百种》⑦诸书传于后代，则当日之元，亦与五代、金、辽同其泯灭，焉能附三朝骥尾，而挂学士文人之齿颊哉？此帝王国事，以填词而得名者也。由是观之，填词非末技，乃与史传诗文同源而异派者也。近日雅慕此道，刻欲追踪元人、配飨若士者尽多，而究竟作者寥寥，未闻绝唱。其故维何？止因词曲一道，但有前书堪读，并无成法可宗。暗室无灯，有眼皆同瞽目，无怪乎觅途不得，问津无人，半途而废者居多，差毫厘而谬千里者，亦复不少也。尝怪天地之间有一种文字，即有一种文字之法脉准绳，载之于书者，不异耳提而命，独于填词制曲之事，非但略而未详，亦且置之不道。揣摩其故，殆有三焉：一则为此理甚难，非可言传，止堪意会。想入云霄之际，作者神魂飞越，如在梦中，不至终篇，不能返魂收魄。谈真则易，说梦为难，非不欲传，不能传也。若是，则诚异诚难，诚为不可道矣。吾谓此等至理，皆言最上一乘，非填词之学节节皆如是也，岂可为精者难言，而粗者亦置弗道乎？一则为填词之理变幻不常，言当如是，又有不当如是者。如填生旦之词，贵于庄雅，制净丑之曲，务带诙谐，此理之常也。乃忽遇风流放佚之生旦，反觉庄雅为非，作迂腐不情之净丑，转以诙谐为忌。诸如此类者，悉难胶柱⑧。恐以一定之陈言，误泥古拘方之作者，是以宁为阙疑，不生蛇足。若是，则此种变幻之理，不独词曲为然，帖括⑨诗文皆若是也。岂有执死法为文，而能见赏于人，相传于后者乎？一则为从来名士以诗赋见重者十之九，以词曲相传者犹不及什一，盖千百人一见者也。凡有能此者，悉皆剖腹藏珠，务求自秘，谓此法无人授我，我岂独肯传人。使家家制曲，户户填词，则无论《白雪》盈车，《阳春》遍世，淘金选玉者未必不使后来居上，而觉糠秕在前⑩。且使周郎⑪渐出，顾曲者多，攻出瑕疵，令前人无可藏拙，是自为后羿而教出无数逢蒙⑫，环执干戈而害我也，不如仍仿前人，缄口不提之为是。（吴梅村⑬评：真金不畏火，凡虑此者，必其金质有亏。）吾揣摩不传之故，虽三者并列，窃恐此意居多。以我论之：文章者，天下之公器，非我之所能私；是非者，千古之定评，岂人之所能倒？不若出我所有，公之于人，收天下后世之名贤，悉为同调。胜我者，我师之，仍不失为起予⑭之高足；类我者，我友之，亦不愧为攻玉之他山⑮。持此为心，遂不觉以生平底里，和盘托出,并前人已传之书,亦为取长弃短,别出瑕瑜,使人知所从违,而不为诵读所误。知我,罪我,怜我,杀我,悉听世人,不复能顾其后矣。但恐我所言者,自以为是而未必果是;人所趋者,我以为非而未必尽非。但矢一字之公,可谢千秋之罚。噫!元人可作,当必贯予。

填词首重音律,而予独先结构者,以音律有书可考,其理彰明较著。自《中原音韵》⑯一出,则阴阳平仄画有膝区,如舟行水中,车推岸上,稍知率由者,虽欲故犯而不能矣。《啸馀》⑰《九宫》⑱二谱一出,则葫芦有样,粉本昭然。前人呼制曲为填词,填者,布也,犹棋枰之中画有定格,见一格,布一子,止有黑白之分,从无出入之弊,彼用韵而我叶之,彼不用韵而我纵横流荡之。至于引商刻羽,戛玉敲金,虽曰神而明之,匪可言喻,亦由勉强而臻自然,盖遵守成法之化境也。至于结构二字,则在引商刻羽之先,拈韵抽毫之始。如造物之赋形,当其精血初凝,胞胎未就,先为制定全形,使点血而具五官百骸之势。倘先无成局,而由顶及踵,逐段滋生,则人之一身,当有无数断续之痕,而血气为之中阻矣。工师之建宅亦然。基址初平,间架未立,先筹何处建厅,何方开户,栋需何木,梁用何材,必俟成局了然,始可挥斤运斧。倘造成一架而后再筹一架,则便于前者,不便于后,势必改而就之,未成先毁,犹之筑舍道旁,兼数宅之匠资,不足供一厅一堂之用矣。故作传奇者,不宜卒急拈毫,袖手于前,始能疾书于后。有奇事,方有奇文,未有命题不佳,而能出其锦心,扬为绣口者也。尝读时髦所撰,惜其惨淡经营,用心良苦,而不得被管弦、副优孟者,非审音协律之难,而结构全部规模之未善也。(陆丽京⑲评:此等妙喻,惟心花笔花合而为一、开成并蒂者能之。他人即具此锦心,亦不能为此绣口。)

词采似属可缓,而亦置音律之前者,以有才技之分也。文词稍胜者,即号才人,音律极精者,终为艺士。师旷㉓止能审乐,不能作乐;龟年㉔但能度词,不能制词。使与作乐制词者同堂,吾知必居末席矣。事有极细而亦不可不严者,此类是也。(尤展成评:此论极允,不则张打油塞满世界矣。)

[注释]

①此二句见《论语·阳货》,原文是:"子曰:'饱食终日,无所用心,难矣哉!不有博弈者乎?为之,犹贤乎已。'"意思是说,整天吃饱了饭闲着没事干是不行的,不是有掷彩下棋的事吗?干干也比闲着好啊。

②点鬼之谈:唐初杨炯作文,爱排比古人姓名,时人讥之为"点鬼簿"。见张鹫《朝野佥载》卷六。

③覆瓿:此词出自《汉书·扬雄传》,刘歆谈到扬雄所著《太玄经》和《法言》时谓扬雄曰:"空自苦!今学者有禄利,尚不能明《易》,又如《玄》何?吾恐后人用覆酱瓿也。"后世即以覆瓿作为自谦之词,喻自己的作品价值不大,只能用来盖酱罐。

④高则诚:元代南戏作家。原名高明,字则诚,号菜根道人,温州瑞安(今属浙江)人。著有南戏《琵琶记》。

⑤王实甫:元代杂剧作家,大都(今北京)人。一说名德信。著有杂剧《西厢记》《丽春堂》《破窑记》《双蕖怨》《芙蓉亭》等14种,《西厢记》最为著名。

⑥汤若士:即汤显祖(1550—1616),字义仍,号若士,自号清远道人,江西临川人。明代传奇作家,著有传奇《紫钗记》《牡丹亭》《南柯记》《邯郸记》,合称为"临川四梦";又有《紫箫记》,现存34出,是《紫钗记》的未完成本。其中《牡丹亭》又名《还魂记》,在戏曲史上影响巨大。

⑦《元人百种》:即明代臧懋循选编的《元曲选》,收录元代杂剧作品100种,分为10集,故名《元人百种曲》,简称《元人百种》。今存原刻本,当代有中华书局1958年出版的隋树森点校本。

⑧胶柱：即"胶柱鼓瑟"的缩语。"柱"是乐器瑟上面调音的转轴，如果胶其柱，那么音之高低则无法调节。比喻拘泥而不知变通。语出《史记·廉颇蔺相如列传》，赵王欲用赵括为将代替廉颇，蔺相如曰："王以名使括，若胶柱而鼓瑟耳。括徒能读其父书传，不知合变也。"

⑨帖（tiě）括：唐代考试制度以"帖经"取士，考生便把经文编为歌诀，熟读记忆，以应付考试，称为"帖括"。《新唐书·选举志上》记杨绾上疏云："故为进士者，皆诵当代之文，而不通经史，明经者但记帖括。"后世因称应试文章为帖括。

⑩糠秕在前：语出《晋书·孙绰传》："尝与习凿齿共行，绰在前，顾谓凿齿曰：'沙之汰之，瓦石在后。'凿齿曰：'簸之扬之，糠秕在前。'"原为孙、习二人斗口的风趣之语，本文用"糠秕在前"一词，意为前面的不好应当扬弃之义。

⑪周郎：即三国时周瑜，相传他善知音律，当时有"曲有误，周郎顾"之语，意思是说周郎能准确指出唱曲中的差误。见《三国志·吴书·周瑜传》。

⑫自为后羿而教出无数逢蒙：后羿和逢蒙都是古代传说中善射箭者，逢蒙师从后羿，却杀害了他的老师。《孟子·离娄下》云："逢蒙学射于羿，尽羿之道，思天下惟羿为愈，于是杀羿。"后世以逢蒙其人代指那些背师忘恩之徒。

⑬吴梅村：即吴伟业（1609—1671），字骏公，号梅村，江苏太仓人。明崇祯四年（1631）进士，入清后官至国子监祭酒。李渔与吴伟业交往密切。吴伟业除为《闲情偶寄》写眉评之外，还为李渔的《尺牍初征》作序，为李渔的诗文集作评；又有《赠武林李笠翁》诗，广为流传，见《梅村诗集》卷十。李渔《笠翁一家言》集中有给吴伟业的诗文及信札多篇。

⑭起予：语出《论语·八佾》："子曰：起予者商也，始可与言诗已矣。"前人注解说："起，发也；予，我也。"孔子的意思是：能发明我意者，是子夏也。后世以"起予"指得自他人的教益。

⑮攻玉之他山："他山"，本作"它山"，《诗经·小雅·鹤鸣》云："它山之石，可以攻玉。"本义是说，别的山上的石头可以作为琢磨玉器的

砺石，后世以此比喻能够帮助自己改正缺点的外力，一般多指朋友。

⑯《中原音韵》：古代的北曲音韵专著，元周德清撰。本书分两部分。前一部分为韵谱，以北方实际语音（一说为大都语音，一说为洛阳语音）为用韵标准，分列19部，每部下为字，分阴平、阳平、上声、去声四类，入声字派入其他三声，这就是所谓的"平分阴阳，入派三声"。它是北曲最早的韵书，后世作曲者及演唱者的正音咬字都以此韵书为根据。

⑰《啸馀》：即《啸馀谱》，明代戏曲声韵著作丛书，程明善辑。收录有关声韵著作11种。编者认为"人有啸而后有声"，乐府词曲皆其馀绪，故名啸馀。原书成于明万历四十七年（1619），今存原刻本及清康熙年间重校本。

⑱《九宫》：即《九宫正始》，明末徐庆卿和钮少雅合作编纂的南曲谱，全称为《汇纂元谱南曲九宫正始》。据钮少雅序，可知此书是根据元人《九宫十三调曲谱》并参以他书考订增补而成的。收录曲牌约1000个，标注平仄、句式、韵脚及板眼等，并有论析。编纂工作历时20馀年，清顺治八年（1651）始得完成。原有抄本流行，今收入《善本戏曲丛刊》。

⑲陆丽京：即陆圻，字丽京、景宣，号讲山，浙江钱塘人。名列"西泠十子"之首，李渔文友之一。《笠翁一家言诗集》卷一有《闻老友陆丽京弃家逃禅寄赠二首》，卷二有《癸卯元日》，皆为陆丽京而作。

⑳师旷：春秋时晋国的乐师，字子野，生而双目失明，却善能审辨音乐。《孟子·离娄上》云："师旷之聪，不以六律，不能正五音。"

㉑龟年：即李龟年，唐玄宗时宫中梨园乐师，"安史之乱"后流落江南，不知所终，杜甫有《江南逢李龟年》诗。

戒讽刺

武人之刀，文士之笔，皆杀人之具也。刀能杀人，人尽知之；笔能杀人，人则未尽知也。然笔能杀人，犹有或知之者；至笔之杀人较刀之杀人，其快其凶更加百倍，则未有能知之而明言以戒世者。予请深言其故。何以知之？知之于刑人之际。杀之与剐，同是一死，而轻重别焉者。以杀止一刀，为时不久，头落而事毕矣；剐必数十百刀，为时必经数刻，死而不死，痛而复痛，求为头落事毕而不可得者，只在久与暂之分耳。然则笔之杀人，其为痛也，岂止数刻而已哉！窃怪传奇一书，昔人以代木铎①，因愚夫愚妇识字知书者少，劝使为善，诫使勿恶，其道无由，故设此种文词，借优人说法，与大众齐听。谓善者如此收场，不善者如此结果，使人知所趋避，是药人寿世之方，救苦弭灾之具也。（余澹心云：文人笔舌，菩萨心肠，直欲以填词作《太上感应篇》②矣。）后世刻薄之流，以此意倒行逆施，借此文报仇泄怨。心之所喜者，处以生旦之位，意之所怒者，变以净丑之形，且举千百年未闻之丑行，幻设而加于一人之身，使梨园习而传之，几为定案，虽有孝子慈孙，不能改也。噫！岂千古文章止为杀人而设，一生诵读徒备行凶造孽之需乎？苍颉造字而鬼夜哭，造物之心，未必非逆料至此也。凡作传奇者，先要涤去此种肺肠，务存忠厚之心，勿为残毒之事。以之报恩则可，以之报怨则不可；以之劝善惩恶则可，以之欺善作恶则不可。

人谓《琵琶》一书，为讥王四而设③。因其不孝于亲，故加以入赘豪门，致亲饿死之事。何以知之？因"琵琶"二字，有四"王"字冒于其上，则其寓意可知也。噫！此非君子之言，齐东野人之语也。（尤展成云：《杜甫游春》④一剧，终是文人轻薄。）凡作传世之文者，必先有可以传世之心，而后鬼神效灵，予以生花之笔，撰为倒峡⑤之词，使人人赞美，百世流芳。传非文字之传，一念之正气使传也。"五经"、"四书"、《左》、《国》、《史》、《汉》诸书，与大地山河同其不朽，试问当年作者有一不肖之人、轻薄之子厕⑥于其间乎？但观《琵琶》得传至今，则高则诚之为人，必有善行可予，是以天寿其名，使不与身俱没，岂残忍刻薄之徒哉！（曹顾庵⑦云：盛名必由盛德，千古至论，有功名教不浅！）即使当日与王四有隙，故以不孝加之，然则彼与蔡邕未必有隙，何以有隙之人，止暗寓其姓，不明叱其名，而以未必有隙之人，反蒙李代桃僵之实乎？此显而易见之事，从无一人辩之。创为是说者，其不学无术可知矣。

予向梓传奇，尝埒誓词于首，其略云：加生旦以美名，原非市恩于有托；抹净丑以花面，亦属调笑于无心；凡以点缀词场，使不岑寂而已。但虑七情之内，无境不生，六命之中，何所不有？幻设一事，即有一事之偶同；乔命一名，即有一名之巧合。焉知不以无基之楼阁，认为有样之葫芦？是用沥血鸣神，剖心告世，倘有一毫所指，甘为三世之喑，即漏显诛，难逭阴罚。此种血忱，业已沁入梨枣，印政寰中久矣。而好事之家，犹有不尽相谅者，每观一剧，必问所指何人。噫！如其尽有所指，则誓词之设，已经二十余年，上帝有赫，实式临之⑧，胡不降之以罚？兹以身后之事，且置勿论，论其现在者：年将六十，即旦夕就木，不为夭矣。向忧伯道之忧⑨，今且五其男，二其女，孕而未诞、诞而待孕者，尚不一其人，虽尽属景升豚犬⑩，然得此以慰桑榆，不忧穷民之无告⑪矣。年虽迈而筋力未衰，涉水登山，少年场往往追予弗及；貌虽癯而精血未耗，寻花觅柳，儿女事犹然自觉情长。所患在贫，贫也，非病也；所少在贵，贵岂人人可幸致乎？是造物之悯予，亦云至矣。非悯其才，非悯其德，悯其方寸之无他也。生平所著之书，虽无裨于人心世道，若止论等身，几与曹交⑫食粟之躯等其高下。使其间稍伏机心，略藏匕首，造物且诛之夺之不暇，肯容自作孽者老而不死，犹得徉狂自肆于笔墨之林哉？吾于发端之始，即以讽刺戒人，且若嚣嚣自鸣得意者，非敢故作夜郎，窃恐词人不究立言初意，谬信"琵琶王四"之说，因谬成真。谁无恩怨？谁乏牢骚？悉以填词泄愤，是此一书者，非阐明词学之书，乃教人行险播恶之书也。上帝讨无礼，予其首诛乎？现身说法，盖为此耳。

[注释]

①木铎：以木为舌的大铃。古代宣布政教法令时，巡行者摇此铃唤起人们注意。《周礼·天官·小宰》有"徇以木铎"一句，前人注解说："古者将有新令，必奋木铎以警众，使明德也……文事奋木铎，武事奋金铎。"又解释说："铎，皆以金为之，以木为舌则曰木铎，以金为舌则曰金铎。"后来又以木铎引申为宣扬某种政教或学说的人，如《论语·八佾》云："天下之无道也久矣，天将以夫子为木铎。"本文取《论语》之义。

②《太上感应篇》：书名，见《道藏·太清部》著录，清初于顺治十三年（1656）皇帝上谕刊行，其内容多为劝人行善及因果报应说教。此处余怀以此书与李渔之论相比。

③为讥王四而设：此为高则诚《琵琶记》创作缘起的说法之一。明田艺蘅《留青日札》卷十九《琵琶记》一节云："有王四者，以学闻，则诚与之友善，劝之仕。登第后，即弃其妻而赘于太师不花家。则诚悔之，因作此记以讽谏。名之曰《琵琶》者，取其上四'王'字为王四云耳。"本文中李渔不赞成这一说法。

④《杜甫游春》：明代王九思所撰杂剧，全名为《杜子美沽酒游春》，又名《曲江春》，今存于《盛明杂剧》，又收入《古本戏曲丛刊四集》。相传此剧是为讥刺大学士李东阳而作。

⑤倒峡：杜甫《醉歌行》诗云："词源倒倾三峡水，笔阵独扫千人军。"见《全唐诗》卷二一六。后以"倒峡"比喻文才高迈，文章气势磅礴，如长江三峡之水，倾泻而下。

⑥厕：置于、参加。如《史记·乐毅列传》云"厕之宾客之中"。

⑦曹顾庵：即曹尔堪，字子顾，号顾庵，浙江嘉善人。顺治进士，曾官至侍讲学士。曹尔堪除为《闲情偶寄》写眉评之外，还曾为李渔的诗文写评语。

⑧上帝有赫，实式临之：《诗经·大雅·皇矣》云："皇矣上帝，临下有赫。"赫，即发怒。

⑨伯道之忧：晋邓攸，字伯道，官至尚书右仆射。遇石勒兵乱，他带了

儿子和侄儿一同逃难，路遇危急，他丢掉了自己的儿子而保全了侄儿。《世说新语·赏誉》云："谢太傅（安）重邓仆射，常言天地无知，使伯道无儿。"后世即以"伯道无儿"为典故，指人没有儿子。如《牡丹亭》传奇中杜宝只有一个女儿杜丽娘，第三出他出场时念白云："中郎学富单传女，伯道官贫更少儿。"本文中李渔自谓原来曾担忧自己没有儿子。

⑩景升豚犬：景升，东汉末刘表字。《三国志·吴书·孙权传》记曹操赞孙权军容严整，前人注解引《吴历》云："公（曹操）叹曰：'生子当如孙仲谋，刘景升（表）儿子豚犬耳。'"后人借用此语，谦称自己的儿子为豚犬或豚儿、犬子。

⑪穷民之无告：《孟子·梁惠王下》云："老而无妻曰鳏，老而无夫曰寡，老而无子曰独，幼而无父曰孤。此四者，天下之穷民而无告者。"

⑫曹交：春秋时曹君的弟弟，个子很高。《孟子·告子下》云："曹交问曰：'人皆可以为尧舜，有诸？'孟子曰：'然。''交闻，文王十尺，汤九尺，今交九尺四寸以长，食粟而已，如何则可？'"后世常以曹交作为高个子的代表。

立主脑

古人作文一篇，定有一篇之主脑。主脑非他，即作者立言之本意也。传奇亦然。一本戏中有无数人名，究竟俱属陪宾，原其初心，止为一人而设。即此一人之身，自始至终，离合悲欢，中具无限情由，无穷关目，究竟俱属衍文①，原其初心，又止为一事而设。此一人一事，即作传奇之主脑也。然必此一人一事果然奇特，实在可传而后传之，则不愧传奇之目，而其人其事与作者姓名皆千古矣。如一部《琵琶》，止为蔡伯喈一人，而蔡伯喈一人又止为"重婚牛府"（图1-01）一事，其馀枝节皆从此一事而生。二亲之遭凶，五娘之尽孝，拐儿之骗财匿书，张大公之疏财仗义，皆由于此。是"重婚牛府"四字，即作《琵琶记》之主脑也。一部《西

图1-01 《琵琶记·强就鸾凰》插图

厢》,止为张君瑞一人,而张君瑞一人,又止为"白马解围"一事,其馀枝节皆从此一事而生。夫人之许婚,张生之望配,红娘之勇于作合,莺莺之敢于失身,与郑恒之力争原配而不得,皆由于此。是"白马解围"四字,即作《西厢记》之主脑也。(王左车[②]云:金针度人[③],婆心尔尔。)馀剧皆然,不能悉指。后人作传奇,但知为一人而作,不知为一事而作。尽此一人所行之事,逐节铺陈,有如散金碎玉,以作零出则可,谓之全本,则为断线之珠,无梁之屋。作者茫然无绪,观者寂然无声,又怪乎有识梨园望之而却走也。此语未经提破,故犯者孔多,而今而后,吾知鲜矣。

[注释]

①衍文：古籍中书写或印刷过程中因讹误而多出来的文字。如《中庸》中"子曰好学近乎知"，宋朱熹《四书章句》谓"'子曰'二字衍文"。

②王左车：名之辅，字左车，浙江秀水人。性孤僻，不应科举，未出仕。居于江宁，与李渔过从甚密，李渔《笠翁诗集》卷一有《怀王左车》诗。

③金针度人：元好问《论诗》诗之三云："鸳鸯绣了从教看，莫把金针度与人。"见《元遗山集》卷十四。后来称把某种技术的诀窍传授给别人为金针度人。

脱窠臼

"人惟求旧，物惟求新。"①新也者，天下事物之美称也。而文章一道，较之他物，尤加倍焉。戛戛乎陈言务去②，求新之谓也。至于填词一道，较之诗赋古文，又加倍焉。非特前人所作，于今为旧，即出我一人之手，今之视昨，亦有间焉。昨已见而今未见也，知未见之为新，即知已见之为旧矣。（王左车云：此笠翁有本之言，自汤之《盘铭》③得来，修身作文，同是一理。）古人呼剧本为"传奇"者，因其事甚奇特，未经人见而传之，是以得名，可见非奇不传。"新"即"奇"之别名也。若此等情节业已见之戏场，则千人共见，万人共见，绝无奇矣，焉用传之？是以填词之家，务解"传奇"二字。欲为此剧，先问古今院本中曾有此等情节与否，如其未有，则急急传之，否则枉费辛勤，徒作效颦之妇。东施之貌未必丑于西施，止为效颦于人，遂蒙千古之诮。使当日逆料至此，即劝之捧心，知不屑矣。吾谓填词之难，莫难于洗涤窠臼，而填词之陋，亦莫陋于盗袭窠臼。吾观近日之新剧，非新剧也，皆老僧碎补之衲衣，医士合成之汤药。取众剧之所有，彼割一段，此割一段，合而成之，即是一种"传奇"。但有耳所未闻之姓名，从无目不经见之事实。语云"千金之裘，非一狐之腋"④，以此赞时人新剧，可谓定评。但不知前人所作，又从何处集来？岂《西厢》以前，别有跳墙之张珙，《琵琶》以上，另有剪发之赵五娘乎？若是，则何以原本不传，而传其抄本也？窠臼不脱，难语填词，凡我同心，急宜参酌。

[注释]

①人惟求旧，物惟求新：此语出自《尚书·盘庚上》："迟任有言曰：人惟求旧，器非求旧，惟新。"意思是对于人的交往来说，故人胜于新人；对于使用的物件来说，还是新的好。又见汉乐府古诗《上山采蘼芜》云"将缣来比素，新人不如故"，这应是"人惟求旧"一语的新变。

②戛戛乎陈言务去：此语出韩愈《答李翊书》："惟陈言之务去，戛戛乎其难哉。"

③汤之《盘铭》：指商汤沐浴所用盘上之铭文。《礼记·大学》云："汤之《盘铭》曰：'苟日新，日日新，又日新。'"盘铭文的九字有不同的说法。金元好问《续夷坚志》卷二《汤盘周鼎》一则云："秀岩安常，字顺之，常从党承旨学大篆，多识古文奇字。太和末，尝见内府所藏汤盘，作白玉方斗，四寸，底铭九字，即'德日新，日日新，又日新'也。章宗有旨，令辨之。"清末俞樾《茶香室续钞》卷十二《汤盘》一则引述元好问的记述之后云："按此必后人伪作，非古器。"本文眉评王左车说李渔关于求新的说法得自于"汤之《盘铭》"，不十分准确，应是得自于《尚书·盘庚上》之文。

④此语出自《慎子·内篇》，原文是："廊庙之材，非一木之枝；狐白之裘，非一狐之腋。""腋"是狐狸腋下的那块皮毛，用它制成的皮衣最为贵重。原话的意思是说，上等的皮衣不是一只狐狸的腋下皮可以制成的，因此有"集腋成裘"的成语。本文转化其意，讽刺某些剧作家割取许多种他人作品而成一剧。

密针线

　　编戏有如缝衣，其初则以完全者剪碎，其后又以剪碎者凑成。剪碎易，凑成难，凑成之工，全在针线紧密。一节偶疏，全篇之破绽出矣。每编一折，必须前顾数折，后顾数折，顾前者欲其照映，顾后者便于埋伏。照映埋伏，不止照映一人、埋伏一事，凡是此剧中有名之人、关涉之事，与前此后此所说之话，节节俱要想到，宁使想到而不用，勿使有用而忽之。吾观今日之传奇，事事皆逊元人，独于埋伏照映处胜彼一筹。非今人之太工，以元人所长全不在此也。若以针线论，元曲之最疏者，莫过于《琵琶》。无论大关节目背谬甚多，如：子中状元三载，而家人不知；身赘相府，享尽荣华，不能自遣一仆，而附家报于路人；赵五娘千里寻夫，只身无伴，未审果能全节与否，其谁证之？诸如此类，皆背理妨伦之甚者。再取小节论之，如：五娘之剪发，乃作者自为之，当日必无其事。以有疏财仗义之张大公在，受人之托，必能终人之事，未有坐视不顾，而致其剪发者也。然不剪发，不足以见五娘之孝。以我作《琵琶》，《剪发》一折亦必不能少，但须回护张大公，使之自留地步。（宋澹仙云①：余向读《琵琶》，曾作此论，不意被笠翁拈出，真堪折服则诚。）吾读《剪发》之曲，并无一字照管大公，且若有心讥刺者。据五娘云"前日婆婆没了，亏大公周济。如今公公又死，无钱资送，不好再去求他，只得剪发"②云云。若是，则剪发一事乃自愿为之，非时势迫之使然也，奈何曲中云："非奴苦要孝名传，只为上山擒虎易，开口告人难。"此二语虽属恒言，人人可道，独不宜出五娘之口。彼自不肯告人，何以言其难也？观此二语，不似怼怨大公之词乎？然此犹属背后私言，或可免于照顾。迨其哭倒在地，大公见之，许送钱米相资，以备衣衾棺椁，则感之颂之，当有不啻口出者矣，奈何曲中又云："只恐奴身死也，兀自没人埋，谁还你恩债？"试问公死而埋者何人？姑死而埋者何人？对埋殁公姑之人而自言暴露，将置大公于何地乎？且大公之相资，尚义也，非图利也，"谁还恩债"一语，不几抹倒大公，将一片热肠付之冷水乎？（宋澹仙云③：一经点破，便觉拂情，则诚复生，何词以辩？）此等词曲，幸而出自元人，若出我辈，则群口讪之，不识置身何地矣。予非敢于仇古，既为词曲立言，必使人知取法，若扭于世俗之见，谓事事当法元人，吾恐未得其瑜，先有其瑕。人或非之，即举元人借口，乌知圣人千虑，必有一失；圣人之事，犹有不可尽法者，况其他乎？《琵琶》之可法者原多，请举所长以盖短。如《中秋赏月》一折，同一月也，出于牛氏之口者，言言欢悦；出于伯喈之口者，字字凄凉。一座两情，两情一事，此其针线之最密者。瑕不掩瑜，何妨并举其略。然传奇一事也，其中义理分为三项：曲也，白也，穿插联络之关目也。元人所长者止居其一，曲是也，白与关目皆其所短。吾于元人，但守其词中绳墨④而已矣。

[注释]

①这一条眉评，翼圣堂刊本缺，芥子园刊本作"宋澹仙云"。《中国古典戏曲论著集成》第七册所收《闲情偶寄》的《词曲部》，此处改作"余澹心云"，并加注云"芥子园本误作'宋澹仙云'"，亦不确。此处应是宋澹仙语。宋澹仙，名未详，其字或号澹仙，李渔文友之一。康熙十年（1671）李渔游苏州，宋澹仙与尤侗、余怀等一同在其寓所观家姬演剧。宋亦晓词曲及音律，此眉评应是宋澹仙所作。

②此处引录的赵五娘的几句戏曲台词，见《琵琶记》第二十五出《祝发买葬》。今见《六十种曲》本《琵琶记》中的此段文字，以及下文所引录的几段文字，皆与本文引录的有所不同。李渔所阅《琵琶记》，当是另一版本，或者李渔记忆有误。

③这一条眉评，翼圣堂刊本缺，芥子园刊本作"余澹仙云"。《中国古

典戏曲论著集成》第七册所收《闲情偶寄》的《词曲部》，此处亦改作"余澹心云"。实应亦是"宋澹仙云"。

④绳墨：木工用线绳濡墨在木材上打直线的工具。《荀子·儒效》云："设规矩，陈绳墨，君子不如工人。"后来也以绳墨指规矩或法度。

减头绪

头绪繁多，传奇之大病也。《荆》（图1-02）、《刘》、《拜》（图1-03）、《杀》（《荆钗记》《刘知远》《拜月亭》《杀狗记》）之得传于后，止为一线到底，并无旁见侧出之情。三尺童子观演此剧，皆能了了于心，便便于口，以其始终无二事，贯串只一人也。（陆丽京云：说得病透，下得药真，笠翁诚医国手！）后来作者不讲根源，单筹枝节，谓多一人可增一人之事。事多则关目亦多，令观场者如入山阴道中①，人人应接不暇。殊不知戏场脚色止此数人，便换千百个姓名，也只此数人装扮，止在上场之勤不勤，不在姓名之换不换。与其忽张忽李，令人莫识从来，何如只扮数人，使之频上频下，易其事而不易其人，使观者各畅怀来、如逢故物之为愈乎？作传奇者，能以"头绪忌繁"四字，刻刻关心，则思路不分，文情专一，其为词也如孤桐劲竹，直上无枝，虽难保其必传，然已有《荆》《刘》《拜》《杀》之势矣。

[注释]

①山阴道中：出自《世说新语·言语》："王子敬（献之）云：'从山阴道上行，山川自相映发，使人应接不暇。'"意思是说这一路山水秀美如画，看不胜看，后人以此句为成语，专取后半句之意，形容头绪繁多，应付不过来。

图1-02 《荆钗记·投江》插图

图1-03 《拜月亭》插图

戒荒唐

昔人云："画鬼魅易，画狗马难。"① 以鬼魅无形，画之不似，难于稽考；狗马为人所习见，一笔稍乖，是人得以指摘。可见事涉荒唐，即文人藏拙之具也。而近日传奇，独工于为此。噫！活人见鬼，其兆不祥，矧有吉事之家，动出魑魅魍魉为寿乎？移风易俗，当自此始。（尤展成云：昔人传奇，今则传怪矣。笠翁此论，真斩蛟手！）吾谓剧本非他，即三代以后之《韶》《濩》②也。殷俗尚鬼，犹不闻以怪诞不经之事被诸声乐，奏于庙堂，矧辟谬崇真之盛世乎？王道本乎人情③，凡作传奇，只当求于耳目之前，不当索诸闻见之外。无论词曲，古今文字皆然。凡说人情物理者，千古相传；凡涉荒唐怪异者，当日即朽。"五经"、"四书"、《左》、《国》、

《史》、《汉》，以及唐宋诸大家，何一不说人情？何一不关物理？及今家传户颂，有怪其平易而废之者乎？《齐谐》④，志怪之书也，当日仅存其名，后世未见其实。此非平易可久、怪诞不传之明验欤？人谓家常日用之事，已被前人做尽，穷微极隐，纤芥无遗，非好奇也，求为平而不可得也。予曰不然。世间奇事无多，常事为多，物理易尽，人情难尽。有一日之君臣父子，即有一日之忠孝节义。性之所发，愈出愈奇，尽有前人未作之事，留之以待后人，后人猛发之心，较之胜于先辈者。即就妇人女子言之，女德莫过于贞，妇愆无甚于妒。古来贞女守节之事，自剪发、断臂、刺面、毁身，以至刎颈而止矣。近日矢贞⑤之妇，竟有刲肠剖腹、自涂肝脑于贵人之庭以鸣不屈者；又有不持利器，谈笑而终其身，若老衲高僧之坐化者。岂非五伦以内，自有变化不穷之事乎？古来妒妇制夫之条，自罚跪、戒眠、捧灯、戴水，以至扑臀而止矣。近日妒悍之流，竟有锁门绝食，迁怒于人，使族党避祸难前，坐视其死而莫之救者；又有鞭扑不加，囹圄不设，宽仁大度，若有刑措之风，而其夫慑于不怒之威，自遣其妾而归化者。岂非闺阃以内，便有日异月新之事乎？此类繁多，不能枚举。（王安节⑥云：近日人情世故，总以翻案见奇，刑于之化，倒行逆施，其一端也。）此言前人未见之事，后人见之，可备填词制曲之用者也。即前人已见之事，尽有摹写未尽之情，描画不全之态。若能设身处地，伐隐攻微，彼泉下之人自能效灵于我，授以生花之笔，假以蕴绣之肠，制为杂剧，使人但赏极新极艳之词，而竟忘其为极腐极陈之事者。此为最上一乘，予有志焉，而未之逮也。

[注释]

①画鬼魅易，画狗马难：此语出自《韩非子·外储说左上》，原文是："客有为齐王画者，齐王问曰：'画孰最难者？'曰：'犬马难。'曰：'孰易

者?'曰:'鬼魅最易。夫犬马,人所知也,旦暮罄于前,不可类之,故难。鬼魅无形者,不罄于前,故易之也。'"

②《韶》《濩》:古乐名。或合称为"韶濩"或"韶护"。《左传·襄公二十九年》云:"见舞韶濩者。"前人注解说:"以其防濩下民,故称濩也……韶亦绍也,言其能绍继大禹也。"也有人认为,《韶》是舜时之乐,《濩》是汤时之乐。后世常以"韶濩"代指庙堂之乐,或泛指古乐。本文中李渔把戏曲比之为"韶濩",对于戏曲的社会作用给予高度评价。

③王道本乎人情:王道,谓先王所行之正道。古时说"王道",常见相对于霸道而言。《孟子·梁惠王上》云:"养生丧死无憾,王道之始也。"人情,即指人的正常感情,如喜、怒、哀、惧、爱、恶、欲等。汉刘向《新序·善谋》云:"王道如砥,本乎人情,出乎礼义。"他的说法后世人常有引用或发挥。如王夫之《四书训义》卷二十六云:"王道本乎人情,人情者,君子与小人同有之情也。"

④《齐谐》:《庄子·逍遥游》云:"齐谐,志怪之书也。"后世人对于《庄子》原文的理解不同,或认为齐谐是人名,或认为齐谐是书名,认为是书名者居多。历代出现的一些志怪类小说常见用"齐谐"命名,如南朝宋东阳无疑有《齐谐记》7卷,吴均有《续齐谐记》1卷,清代袁枚的《子不语》又名《新齐谐》。

⑤矢贞:"矢"有发誓之义,如《论语·雍也》云:"夫子矢之曰:'予所否者,天厌之,天厌之。'"矢贞,指女子发誓坚守贞节。

⑥王安节:王左车长子,原名概,字安节,号东郭。李渔呼之为"小友"。他除为《闲情偶寄》写眉评之外,还为李渔的诗文集写评语。

审虚实

传奇所用之事,或古或今,有虚有实,随人拈取。古者,书籍所载,古人现成之事也;今者,耳目传闻,当时仅见之事也;实者,就事敷陈,不假造作,有根有据之谓也;虚者,空中楼阁,随

图1-04 明刊本《西厢记》插图中的崔莺莺

意构成,无影无形之谓也。人谓古事多实,近事多虚。予曰不然。传奇无实,大半皆寓言耳。欲劝人为孝,则举一孝子出名,但有一行可纪,则不必尽有其事。凡属孝亲所应有者,悉取而加之,亦犹纣之不善,不如是之甚也,一居下流,天下之恶皆归焉①。其馀表忠表节,与种种劝人为善之剧,率同于此。若谓古事皆实,则《西厢》《琵琶》推为曲中之祖,莺莺果嫁君瑞乎?(图1-04)蔡邕之饿莩其亲,五娘之干蛊②其夫,见于何书?果有实据乎?孟子云"尽信书,不如无书"③,盖指《武成》而言也。经史且然,矧杂剧乎?凡阅传奇而必考其事从何来、人居何地者,皆说梦之痴人,可以不答者也。然作者秉笔,又不宜尽作是观。若纪目前之事,无所考究,则非特事迹可以幻生,并其人之姓名亦可以凭空捏造,是谓虚则虚到底也。若用往事为题,以一古人出名,则满场脚色皆用古人,捏一姓名不得;其人所行之事,又必本于载籍,班班可考,创一事实不得。非用古人姓字为难,使与满场脚色同时共事之为难也;非查古人事实为难,使与本等情由贯串合一之为难也。予即谓传奇无实,大半寓言,何以又云姓名事实必须有本?要知古人填古事易,今人填古事难。古人填古事,犹之今人填今事,非其不虑人考,无可考也。传至于今,则其人其事,观者烂熟于胸中,欺之不得,罔之不能,所以必求可据,是谓实则实到底也。若用一二古人作主,因无陪客,幻设姓名以代之,则虚不似虚,实不成实,词家之丑态也,切忌犯之。

[注释]

①此语见《论语·子张》,原文是:"子贡曰:纣之不善,不如是之甚也。是以君子恶居下流,天下之恶皆归焉。"意思是说,商纣王虽然不好,但也没有传说的那样坏。所以君子耻于居于下流地位,一旦居于下流,天下什么样的坏名声都会归到他的头上。②干蛊:《易·蛊卦》有"干父之蛊""干母之蛊"语,前人注解说,"蛊者事也"。《易》中的本义,是指儿子要为父母任事。本文中谓"干蛊其夫",意思是赵五娘替丈夫蔡伯喈尽到侍奉父母并养老送终的责任。

③尽信书,不如无书,见《孟子·尽心下》,原文是:"尽信书,则不如无书。吾于《武成》,取二三策而已矣。"孟子所言"书",本是单指《书经》,即《尚书》。《武成》是《尚书》中的一篇,其中记武王伐纣,血流漂杵。孟子认为不足相信。后来人们引用《孟子》此语,把"书"泛指一般的书籍,解释为如果对于书上记载的内容全都相信,不如没有这些书。本文中,李渔也是用后来的引申意义,认为戏曲中表演的内容不能全部信以为真。

词采第二

　　曲与诗馀①，同是一种文字。古今刻本中，诗馀能佳而曲不能尽佳者，诗馀可选而曲不可选也。诗馀最短，每篇不过数十字，作者虽多，入选者不多，弃短取长，是以但见其美。曲文最长，每折必须数曲，每部必须数十折，非八斗长才，不能始终如一。微疵偶见者有之，瑕瑜并陈者有之，尚有踊跃于前，懈弛于后，不得已而为狗尾貂续者亦有之。演者观者既存此曲，只得取其所长，恕其所短，首尾并录，无一部而删去数折，止存数折，一出而抹去数曲，止存数曲之理。此戏曲不能尽佳，有为数折可取而挈带全篇，一曲可取而挈带全折，使瓦缶与金石齐鸣者，职是故也。予谓既工此道，当如画士之传真，闺女之刺绣，一笔稍差，便虑神情不似，一针偶缺，即防花鸟变形。使全部传奇之曲，得似诗馀选本如《花间》②《草堂》③诸集，首首有可珍之句，句句有可宝之字，则不愧填词之名，无论必传，即传之千万年，亦非侥幸而得者矣。吾于古曲之中，取其全本不懈、多瑜鲜瑕者，惟《西厢》能之。《琵琶》则如汉高用兵，胜败不一，其得一胜而王者，命也，非战之力也。《荆》《刘》《拜》《杀》之传，则全赖音律。文章一道，置之不论可矣。

[注释]

　　①诗馀：即词的别名。古时认为，由诗变为乐府，由乐府变为长短句，所以称词为诗馀。于是词集就称为《草堂诗馀》《历代诗馀》等。后来又认为词变为曲，于是宋元以后的剧曲又称为"词馀"。

　　②《花间》：即《花间集》，五代后蜀赵崇祚编的词集，10卷，收录晚

唐至五代十八家的词作500首。这是现存最早的词集，其内容大都是表现冶游享乐，词藻华艳。后世称风格香艳的词派为"花间派"，即源于此。

③《草堂》：即《草堂诗馀》，词总集，未署编纂者，或作"书坊编集者"，元至正十一年（1351）刊本则题为何士信编选。书中以四时景物天文地理饮馔花禽分类，便于歌者临时取用。此集在诗词发展史上有一定的影响。

贵显浅

曲文之词采，与诗文之词采非但不同，且要判然相反。何也？诗文之词采，贵典雅而贱粗俗，宜蕴藉而忌分明。词曲不然，话则本之街谈巷议，事则取其直说明言。凡读传奇而有令人费解，或初阅不见其佳，深思而后得其意之所在者，便非绝妙好词，不问而知为今曲，非元曲也。元人非不读书，而所制之曲，绝无一毫书本气，以其有书而不用，非当用而无书也，后人之曲则满纸皆书矣。元人非不深心，而所填之词，皆觉过于浅近，以其深而出之以浅，非借浅以文其不深也，后人之词则心口皆深矣。无论其他，即汤若士《还魂》一剧，世以配飨元人，宜也。问其精华所在，则以《惊梦》（图1-05）、《寻梦》二折对。予谓二折虽佳，犹是今曲，非元曲也。《惊梦》首句云："袅晴丝吹来闲庭院，摇漾春如线。"以游丝一缕，逗起情丝，发端一语，即费如许深心，可谓惨淡经营矣。然听歌《牡丹亭》者，百人之中有一二人解出此意否？若谓制曲初心并不在此，不过因所见以起兴，则瞥见游丝，不妨直说，何须曲而又曲，由晴丝而说及春，由春与晴丝而悟其如线也？若云作此原有深心，则恐索解人不易得矣。索解人既不易得，又何必奏之歌筵，俾雅人俗子同闻而共见乎？其馀"停半晌，整花钿，没揣菱花，偷人半面"，及"良辰美景奈何天，赏心乐事谁家院"，"遍青

图1-05 汤显祖《牡丹亭·惊梦》插图

山,啼红了杜鹃"等语,字字俱费经营,字字皆欠明爽。此等妙语,止可作文字观,不得作传奇观。至如末幅"似虫儿般蠢动把风情扇",与"恨不得肉儿般团成片也,逗的个日下胭脂雨上鲜",《寻梦》曲云"明放着白日青天,猛教人抓不到梦魂前","是这答儿压黄金钏匾",此等曲则去元人不远矣。而予最赏心者,不专在《惊梦》《寻梦》二折,谓其心花笔蕊,散见于前后各折之中。《诊祟》曲云:"看你春归何处归,春睡何曾睡,气丝儿怎度的长天日。""梦去知他实实谁,病来只送得个虚虚的你。做行云,先渴倒在巫阳会。""又不是因人天气,中酒心期,魆魆的常如醉。""承尊觑,何时何日,来看这女颜回?"《忆女》曲云:"地老天昏,没处把老娘安顿。""你怎撇得下万里无儿白发亲。""赏春香还是你

闲情偶寄　　53

旧罗裙。"《玩真》曲云："如愁欲语，只少口气儿呵！""叫的你喷嚏似天花唾。动凌波，盈盈欲下，不见影儿那。"此等曲，则纯乎元人，置之《百种》①前后，几不能辨，以其意深词浅，全无一毫书本气也。

若论填词家宜用之书，则无论经传子史以及诗赋古文，无一不当熟读，即道家佛氏九流百工之书，下至孩童所习《千字文》《百家姓》，无一不在所用之中。至于形之笔端，落于纸上，则宜洗濯殆尽。亦偶有用着成语之处，点出旧事之时，妙在信手拈来，无心巧合，竟似古人寻我，并非我觅古人。此等造诣，非可言传，只宜多购元曲，寝食其中，自能为其所化。而元曲之最佳者，不单在《西厢》《琵琶》二剧，而在《元人百种》之中。《百种》亦不能尽佳，十有一二可列高、王之上，其不致家弦户诵，出与二剧争雄者，以其是杂剧而非全本，多北曲而少南音，又止可被诸管弦，不便奏之场上。今时所重，皆在彼而不在此，即欲不为纨扇之捐②，其可得乎？

[注释]

①《百种》：《元人百种》的简称，即《元曲选》，见前《结构第一》注⑦。

②纨扇之捐：纨扇，细绢制成的团扇。夏去秋来，纨扇没用了就放置起来。蔡邕《团扇赋》云："春夏用事，秋冬潜处。"见《全后汉文》卷六十九。纨扇之捐，比喻抛开过时而无用的东西。

重机趣①

"机趣"二字，填词家必不可少。机者传奇之精神，趣者传奇之风致，少此二物，则如泥人土马，有生形而无生气。因作者逐句凑成，遂使观场者逐段记忆，稍不留心，则看到第二曲，不记头一曲是何等情形，看到第二折，不知第三折要作何勾当。是心口徒劳，耳目俱涩，何必以此自苦，而复苦百千万亿之人哉？故填词之中，勿使有断续痕，勿使有道学气。所谓无断续痕者，非止一出接一出，一人顶一人，务使承上接下，血脉相连，即于情事截然绝不相关之处，亦有连环细笋伏于其中，看到后来方知其妙，如藕于未切之时先长暗丝以待，丝于络成之后才知作茧之精，此言机之不可少也。（余澹心云：微妙语，从《楞严经》中参悟得来。）所谓无道学气者，非但风流跌宕之曲、花前月下之情当以板腐为戒，即谈忠孝节义与说悲苦哀怨之情，亦当抑圣为狂，寓哭于笑，如王阳明之讲道学，则得词中三昧矣。阳明登坛讲学，反复辨说"良知"二字，一愚人讯之曰："请问'良知'这件东西，还是白的？还是黑的？"阳明曰："也不白，也不黑，只是一点带赤的，便是良知了。"②照此法填词，则离合悲欢，嘻笑怒骂，无一语一字不带机趣而止矣。

予又谓填词种子，要在性中带来，性中无此，做杀不佳。人问：性之有无，何从辨识？予曰不难，观其说话行文，即知之矣。说话不迂腐，十句之中定有一二句超脱，行文不板实，一篇之内但有一二段空灵，此即可以填词之人也。不则另寻别计，不当以有用精神，费之无益之地。噫！"性中带来"一语，事事皆然，不独填词一节。凡作诗文书画、饮酒斗棋与百工技艺之事，无一不具夙根，无一不本天授。强而后能者，毕竟是半路出家，止可冒斋饭吃，不能成佛作祖也。（余澹心云：是汤、许真传，借此阐发笠翁之意，举业工矣。③）

[注释]

①机趣：机趣是李渔关于戏曲理论的重要观点之一，富有创见而且含义深刻。机，机巧、灵变之意。趣，情趣、风趣之意。机趣是指戏曲的曲词与说白都要表现出聪明智慧与随机应变的巧思，而且要活泼有趣。古代戏曲理论早

就重视趣味性。元周德清《中原音韵·定格》评"商调梧叶儿"云"俊哉语也",即是机趣的意思。明何良俊《曲论》中评郑光祖《㑇梅香》的曲词"蕴藉有趣",汤显祖《答吕姜山》一文中提出"凡文以意趣神色为主",陈继儒《批评幽闺记》评《绿林寄迹》一出云"无谑不成戏,无趣不成文"等,都特别重视趣的问题。吕天成《曲品》卷上评云"此中别有机神情趣,一毫妆点不来",首先采用了"机神情趣"一词。与李渔同时代的黄周星在《制曲枝语》中说:"制曲之诀,虽尽于'雅俗共赏'四字,仍可以一字括之,曰'趣'。古云'诗有别趣',曲为诗之流派,且被之弦歌,自当专以趣胜。今人遇情景之可喜者,辄曰'有趣,有趣'。则一切语言文字,未有无趣而可以感人者。……知此者,可与论曲。"李渔在前人及同时代人相关观点的基础上,进一步深入思考,更加系统地论述了机趣的问题。

②王阳明:即王守仁(1472—1528),字伯安,弘治十二年(1499)进士,官至南京兵部尚书。明代著名学者、思想家,因他曾筑室于故乡阳明洞,学者称他为阳明先生,其学说被称为阳明学派。其所著《传习录》中有大量关于良知的论述,本文引录的这段话见《皇明世说新语》。良知:此词原出自《孟子·尽心下》:"人之所不学而能者,其良能也;所不虑而知者,其良知也。"前人注解说:"不待思虑而自然知者,是谓良知者也。"

③这条眉评,翼圣堂刊本作:"余澹仙云:是汤、许真传,借此阐发,笠翁之于举业粹矣。"汤、许,即汤焕与许光祚。清倪涛《六艺之一录》引《杭州府志》云:"许光祚字灵长,与汤焕同郡,得其书法,时人号曰汤许。举于乡,知太平县。"

戒浮泛

词贵显浅之说,前已道之详矣。然一味显浅而不知分别,则将日流粗俗,求为文人之笔而不可得矣。元曲多犯此病,乃矫艰深隐晦之弊而过焉者也。极粗极俗之语,未尝不入填词,但宜从脚色起见。如在花面口中,则惟恐不粗不俗,一涉生旦之曲,便宜斟酌其词。无论生为衣冠仕宦，旦为小姐夫人，出言吐词当有隽雅春容①之度。即使生为仆从，旦作梅香，亦须择言而发，不与净丑同声。以生旦有生旦之体，净丑有净丑之腔故也。元人不察，多混用之。观《幽闺记》之陀满兴福，乃小生脚色，初屈后伸之人也。其《避兵》曲云："遥观巡捕卒，都是棒和枪。"②此花面口吻，非小生曲也。均是常谈俗语，有当用于此者，有当用于彼者。又有极粗极俗之语，止更一二字，或增减一二字，便成绝新绝雅之文者。神而明之，只在一熟。当存其说，以俟其人。

填词义理无穷，说何人肖何人，议某事切某事，文章头绪之最繁者，莫填词若矣。予谓总其大纲，则不出"情景"二字。景书所睹，情发欲言，情自中生，景由外得，二者难易之分，判如霄壤。以情乃一人之情，说张三要像张三，难通融于李四；景乃众人之景，写春夏尽是春夏，止分别于秋冬。善填词者，当为所难，勿趋其易。批点传奇者，每遇游山玩水、赏月观花等曲，见其止书所见，不及中情者，有十分佳处只好算得五分，以风云月露之词工者尽多，不从此剧始也。善咏物者，妙在即景生情。如前所云《琵琶·赏月》四曲，同一月也，牛氏有牛氏之月，伯喈有伯喈之月。所言者月，所寓者心。牛氏所说之月，可移一句于伯喈，伯喈所说之月，可挪一字于牛氏乎？夫妻二人之语，犹不可挪移混用，况他人乎？人谓此等妙曲，工者有几，强人以所不能，是塞填词之路也。予曰不然。作文之事，贵于专一，专则生巧，散乃入愚；专则易于奏工，散者难于责效。百工居肆③，欲其专也；众楚群咻④，喻其散也。舍情言景，不过图其省力，殊不知眼前景物繁多，当从何处说起？咏花既愁遗鸟，赋月又想兼风。若使逐件铺张，则虑事多曲少；欲以数言包括，又防事短情长。展转推敲，已费心思几许，何如只就本人生发，自有欲为之事，自有待说之情，念不旁分，妙理自出。如发科发甲之人，窗下作文每日止能一篇二篇，场中遂至七篇。窗下之一篇二篇未必尽好，而场中之七篇，反能尽发所长而夺千人之帜者，以其念不旁分，舍本题之外并无别题可做，只得走此一条路也。吾欲填词家舍景言情，非责人以难，正欲其舍难就易耳。

[注释]

①春容：本义为撞击。《礼记·学记》云："善待问者如撞钟……待其从容，然后尽其声。"前人注解说，"从"，读如"舂"；"舂容"，谓重撞击也。引申为雍容畅达之声音。

②此二句见《幽闺记》第七出《文武同盟》。今见《六十种曲》本《幽闺记》中，陀满兴福所唱《油葫芦》一曲云："则见几个巡捕弓兵如虎狼……手里拿着的都是枪和棒。"本节引文有所不同。

③百工居肆：语出《论语·子张》："百工居肆以成其事，君子学以致其道。"前一句的意思是，各种工匠居住于制造场所完成他们的工作。本文借用此语，意在说明做事要像百工那样心神专一。

④众楚群咻：语出《孟子·滕文公下》："一齐人傅之，众楚人咻之。"咻，即喧嚷。孟子原话的意思是，一个齐国人教他说齐国话，很多楚国人却在那里大声叫嚷着楚国话，那么这个人是学不好齐国话的。本文引用此语，取其散乱干扰之意。

忌填塞

填塞之病有三：多引古事，迭用人名，直书成句。其所以致病之由亦有三：借典核以明博雅，假脂粉以见风姿，取现成以免思索。而总此三病与致病之由之故，则在一语。一语维何？曰：从未经人道破。一经道破，则俗语云"说破不值半文钱"，再犯此病者鲜矣。古来填词之家，未尝不引古事，未尝不用人名，未尝不书现成之句，而所引所用与所书者，则有别焉：其事不取幽深，其人不搜隐僻，其句则采街谈巷议。即有时偶涉诗书，亦系耳根听熟之语，舌端调惯之文，虽出诗书，实与街谈巷议无别者。总而言之，传奇不比文章，文章做与读书人看，故不怪其深，戏文做与读书人与不读书人同看，又与不读书之妇人小儿同看，故贵浅不贵深。使文章之设，亦为与读书人、不读书人及妇人小儿同看，则古来圣贤所作之经传，亦只浅而不深，如今世之为小说矣。人曰：文人之传奇与著书无别，假此以见其才也，浅则才于何见？予曰：能于浅处见才，方是文章高手。施耐庵之《水浒》，王实甫之《西厢》，世人尽作戏文小说看，金圣叹①特标其名曰"五才子书"②"六才子书"③者，其意何居？盖愤天下之小视其道，不知为古今来绝大文章，故作此等惊人语以标其目。噫！知言哉！（陆梯霞④云："惊人语"三字，剖出圣叹心肝，立言之意，端的如此。）

[注释]

①金圣叹：即金人瑞（1608—1661），原名采，字若采，后改名人瑞，又名喟，法名圣叹，长洲（今属苏州市）人。明末清初著名学者、小说戏曲评论家。少年时曾补长洲博士弟子员，后被革除学籍。一生没有做过官，以评书衡文、设座讲学为业。清顺治十八年（1661）因"哭庙案"牵连，被清廷处死刑。

②五才子书：即金圣叹批点的七十回本《水浒传》，明崇祯末年成书，贯华堂刊行，题为《第五才子书施耐庵水浒传》。其做法是把一百二十回《水浒传》第七十一回之后的内容砍去，把原书"引首"和第一回合并为"楔子"，正文从第二回开始，到第七十一回《梁山泊英雄排座次》为止。这是小说《水浒传》的一个重要版本，通常称为"金批水浒"，广为流行。

③六才子书：即金圣叹批点的《西厢记》，成书于清初，名为《贯华堂第六才子书西厢记》，通常称为"金批西厢"。李渔对于金圣叹批点的《西厢记》评价很高，参见本书《词曲部·格局第六》之末所附"填词馀论"。

④陆梯霞：即陆堦，陆圻三弟，李渔文友之一。他除为《闲情偶寄》写眉评之外，还曾为李渔诗文集写评语。

音律第三

作文之最乐者莫如填词，其最苦者亦莫如填词。填词之乐，详后《宾白》之第二幅①，上天入地，作佛成仙，无一不随意到，较之南面百城②，洵有过焉者矣。至说其苦，亦有千态万状，拟之悲伤疾痛、桎梏幽囚诸逆境，殆有甚焉者。请详言之。

他种文字，随人长短，听我张弛，总无限定之资格。今置散体弗论，而论其分股、限字与调声叶律者。分股则帖括时文是已。先破后承，始开终结，内分八股，股股相对，绳墨不为不严矣；然其股法、句法，长短由人，未尝限之以数，虽严而不谓之严也。限字则四六排偶之文是已。语有一定之字，字有一定之声，对必同心，意难合掌，矩度不为不肃矣；然止限以数，未定以位，止限以声，未拘以格，上四下六可，上六下四亦未尝不可，仄平平仄可，平仄仄平亦未尝不可，虽肃而实未尝肃也。调声叶律，又兼分股限字之文，则诗中之近体是已。起句五言则句句五言，起句七言则句句七言；起句用某韵，则以下俱用某韵；起句第二字用平声，则下句第二字定用仄声，第三、第四又复颠倒用之，前人立法亦云苛且密矣。然起句五言句句五言，起句七言句句七言，便有成法可守，想入五言一路，则七言之句不来矣；起句用某韵，以下俱用某韵，起句第二字用平声，下句第二字定用仄声，则拈得平声之韵，上去入三声之韵皆可置之不问矣；守定平仄、仄平二语，再无变更，自一首以至千百首皆出一辙，保无朝更夕改之令阻人适从矣，是其苛犹未甚，密犹未至也。

至于填词一道，则句之长短，字之多寡，声之平上去入，韵之清浊阴阳，皆有一定不移之格。长者短一线不能，少者增一字不得,又复忽长忽短,时少时多,令人把握不定。当平者平,用一仄字不得;当阴者阴,换一阳字不能。调得平仄成文,又虑阴阳反复;分得阴阳清楚,又与声韵乖张。令人搅断肺肠,烦苦欲绝。此等苛法,尽勾磨人。作者处此,但能布置得宜,安顿极妥,便是千幸万幸之事,尚能计其词品之低昂,文情之工拙乎?(王左车云:数语自道其实。)予襁褓识字,总角③成篇,于诗书六艺④之文,虽未精穷其义,然皆浅涉一过。总诸体百家而论之,觉文字之难,未有过于填词者,予童而习之,于今老矣,尚未窥见一斑。只以管窥蛙见之识,谬语同心;虚赤帜于词坛,以待将来。作者能于此种艰难文字显出奇能,字字在声音律法之中,言言无资格拘挛之苦,如莲花生在火上⑤,仙叟弈于橘中⑥,始为盘根错节之才,八面玲珑之笔,寿名千古,袭影何惭⑦!而千古上下之题品文艺者,看到传奇一种,当易心换眼,别置典刑。要知此种文字作之可怜,出之不易,其楮墨⑧笔砚非同己物,有如假自他人,耳目心思效用不能,到处为人掣肘,非若诗赋古文,容其得意疾书,不受神牵鬼制者。七分佳处,便可许作十分,若到十分,即可敌他种文字之二十分矣。予非左袒词家,实欲主持公道,如其不信,但请作者同拈一题,先作文一篇或诗一首,再作填词一曲,试其孰难孰易,谁拙谁工,即知予言之不谬矣。然难易自知,工拙必须人辨。

词曲中音律之坏,坏于《南西厢》⑨。凡有作者,当以之为戒,不当取之为法。非止音律,文艺亦然。请详言之。填词除杂剧不论,止论全本,其文字之佳,音律之妙,未有过于《北西厢》⑩者。自南本一出,遂变极佳者为极不佳,极妙者为极不妙。推其初意,亦有可原,不过因北本为词曲之豪,人人赞羡,但可被之管弦,不便奏诸场上,但宜于弋阳、四平⑪等俗优,不便强施于昆调⑫,以系北曲而非南曲也。兹请先言其故。北曲一折止隶一人,虽有数人在场,其曲止出一口,从无互歌迭咏之事。弋阳、四平等腔,字多音少，一泄而尽，又有一人启口，数人接腔者，名为一人，实出众口，故演《北西厢》甚易。昆调悠长，一字可抵数字，每唱一曲，又必一人始之，一人终之，无可助一臂者，以长江大河之全曲，而专责一人，即有铜喉铁齿，其能胜此重任乎？此北本虽佳，吴音不能奏也。作《南西厢》者，意在补此缺陷，遂割裂其词，增添其白，易北为南，撰成此剧，亦可谓善用古人，喜传佳事者矣。然自予论之，此人之于作者，可谓功之首而罪之魁矣。所谓功之首者，非得此人则俗优竞演，雅调无闻，作者苦心，虽传实没。所谓罪之魁者，千金狐腋，剪作鸿毛，一片精金，点成顽铁。若是者何？以其有用古之心而无其具也。今之观演此剧者，但知关目动人，词曲悦耳，亦曾细尝其味，深绎其词乎？使读书作古之人，取《西厢》南本一阅，句栉字比，未有不废卷掩鼻，而怪秽气熏人者也。若曰：词曲情文不浃，以其就北本增删，割彼凑此，自难贴合，虽有才力无所施也。然则宾白之文，皆由己作，并未依傍原本，何以有才不用，有力不施，而为俗口鄙恶之谈，以秽听者之耳乎？且曲文之中，尽有不就原本增删，或自填一折以补原本之缺略，自撰一曲以作诸曲之过文⑬者，此则束缚无人，操纵由我，何以有才不用，有力不施，亦作勉强支吾之句，以混观者之目乎？使王实甫复生，看演此剧，非狂叫怒骂，索改本而付之祝融⑭，即痛哭流涕，对原本而悲其不幸矣。

嘻！续《西厢》者之才，去作《西厢》者止争一间，观者群加非议，谓《惊梦》以后诸曲，有如狗尾续貂。以彼之才，较之作《南西厢》者，岂特奴婢之于郎主⑮，直帝王之视乞丐！乃今之观者，彼施责备，而此独包容，已不可解；且令家尸户祝⑯，居然配飨《琵琶》，非特实甫呼冤，且使则诚号屈矣！予生平最恶弋阳、四平等剧，见则趋而避之，但闻其搬演《西厢》，则乐观恐后。何也？以其腔调虽恶，而曲文未改，仍是完全不破之《西厢》，非改头换面、折手跛足之《西厢》也。南本则聋瞽、喑哑、驮背、折腰诸恶状，无一不备于身矣。此但责其文词，未究音律。从来词曲之旨，首严宫调，次及声音，次及字格。九宫十三调，南曲之门户也。小出可以不拘，其成套大曲，则分门别户，各有依归，非但彼此不可通融，次第亦难紊乱。此剧只因改北成南，遂变尽词场格局：或因前曲与前曲字句相同，后曲与后曲体段不合，遂向别宫别调随取一曲以联络之，此宫调之不能尽合也；或彼曲与此曲牌名巧凑，其中但有一二句字数不符，如其可增可减，即增减就之，否则任其多寡，以解补凑不来之厄，此字格之不能尽符也；至于平仄阴阳与逐句所叶之韵，较此二者其难十倍，诛之将不胜诛，此声音之不能尽叶也。词家所重在此三者，而三者之弊，未尝缺一，能使天下相传，久而不废，岂非咄咄怪事[17]乎？更可异者，近日词人因其熟于梨园之口，习于观者之目，谓此曲第一当行，可以取法，用作曲谱；所填之词，凡有不合成律者，他人执而讯之，则曰："我用《南西厢》某折作对子，如何得错！"噫！玷《西厢》名目者此人，坏词场矩度者此人，误天下后世之苍生者，亦此人也。此等情弊，予不急为拈出，则《南西厢》之流毒，当至何年何代而已乎！

　　向在都门，魏贞庵[18]相国取崔郑合葬墓志铭示予，命予作《北西厢》翻本，以正从前之谬。予谢不敏，谓天下已传之书，无论是非可否，悉宜听之，不当奋其死力与较短长。较之而非，举世起而非我；即较之而是，举世亦起而非我。何也？贵远贱近，慕古薄今，天下之通情也，谁肯以千古不朽之名人，抑之使出时流下？彼文足以传世，业有明征；我力足以降人，尚无实据。以无据敌有征，其败可立见也。时龚芝麓[19]先生亦在座，与贞庵相国均以予言为然。向有一人欲改《北西厢》，又有一人欲续《水浒传》，同商于余，余曰："《西厢》非不可改，《水浒》非不可续，然无奈二书已传，万口交赞，其高踞词坛之坐位，业如泰山之稳，磐石之固，欲遽叱之使起而让席于余，此万不可得之数也。无论所改之《西厢》，所续之《水浒》，未必可继后尘，即使高出前人数倍，吾知举世之人不约而同，皆以'续貂蛇足'四字为新作之定评矣。"二人唯唯而去。此予由衷之言，向以诚人，而今不以之绳己，动数前人之过者，其意何居？曰：存其是也。放郑声[20]者，非仇郑声，存雅乐也；辟异端者，非仇异端，存正道也；予之力斥《南西厢》，非仇《南西厢》，欲存《北西厢》之本来面目也。若谓前人尽不可议，前书尽不可毁，则杨朱、墨翟亦是前人，郑声未必无底本，有之亦是前书，何以古圣贤放之辟之，不遗馀力哉？予又谓《北西厢》不可改，《南西厢》则不可不翻。何也？世人喜观此剧，非故嗜痂[21]，因此剧之外别无善本，欲睹崔张旧事，舍此无由。地乏朱砂，赤土为佳，《南西厢》之得以浪传，职是故也。使得一人焉，起而痛反其失，别出新裁，创为南本，师实甫之意，而不必更袭其词，祖汉卿之心，而不独仅续其后，若与《北西厢》角胜争雄，则可谓难之又难，若止与《南西厢》赌长较短，则犹恐屑而不屑。予虽乏才，请当斯任，救饥有暇，当即拈毫。

　　《南西厢》翻本既不可无，予又因此及彼，而有志于《北琵琶》一剧。蔡中郎夫妇之传，既以《琵琶》得名，则"琵琶"二字乃一篇之主，而当年作者何以仅标其名，不见拈弄其实？使赵五娘描容之后，果然身背琵琶，往别张大公，弹出北曲哀声一大套，使观者听者涕泗横流，岂非《琵琶记》中一大畅事？而当年见不及此者，岂元人各有所长，工南词者不善制北曲耶？使王实甫作《琵琶》，吾知与千载后之李笠翁必有同心矣。予虽乏才，亦不敢不当斯任。向填一折付优人，补则诚原本之不逮，兹已附入四卷之末[22]，尚思扩为全本，以备词人采择，如其可用，谱为弦索[23]新声。若是，则《南西厢》《北琵琶》二书可以并行。虽不敢望追踪前哲，并辔时贤，但能保与自手所填诸曲，如已经行世之前后八种，及已填未刻之内外八种㉔，合而较之，必有浅深疏密之分矣。然著此二书，必须杜门累月，窃恐饥来驱人，势不由我。安得雨珠雨粟之天，为数十口家人筹生计乎？伤哉！贫也。

[注释]

① 《宾白》之第二幅：即后文《宾白第四》的第二节《语求肖似》。

② 南面百城：南面，古代皇帝总是坐北面南，因此以南面指地位的崇高。百城，指所统治的地域广大。南面百城，指统治者的尊荣富有。《三国志·魏书·李谧传》云："每曰：'丈夫拥书万卷，何假南面百城？'"

③ 总角：古代男女儿童时期头发束成两个结，像两只角，故称总角。如《诗经·卫风·氓》云："总角之宴，言笑晏晏。"后世即以总角代指儿童时。

④ 六艺：汉代以前指儒家的六种科目，即礼、乐、射、御、书、数。汉以后指儒家的"六经"，而六经的说法却前后不一。"六经"的名词东周时已有，如《庄子·天运》云："丘治《诗》《书》《礼》《乐》《易》《春秋》，自以为久矣。"这里所说的六经即《诗经》《尚书》《礼经》《乐经》《易经》《春秋》。汉代学者认为，《乐经》本来不是单独的经书，而只是附在《诗经》后面的一种乐谱；或者说《乐经》本来有书，但在秦始皇焚书坑儒时已经烧毁，未能流传。因此，西汉开始称六经，或者六艺，后来就改称五经，如西汉时设有一种官职为"五经博士"。后来各朝代一般都说五经，如"五经四书"等。明代起流行的《三字经》中说"如六经，始可读"，又说"号六经，当讲求"，是沿用一种古老的说法。本文所说的"诗书六艺之文"，泛指接受儒家教育所必读的经典著作，当是包括四书、五经及《孝经》等。

⑤ 如莲花生在火上：或云"火中生莲"，本为佛家语。《维摩诘经·佛道品》云："火中生莲华，是可谓希有，在欲而行禅，希有亦如是。"本义比喻稀有或难得，或者比喻身陷于火坑困境之中而能洁身不毁弃。

⑥ 仙叟弈于橘中：唐牛僧孺《幽怪录》云："巴邛人有园，霜后两橘大如三斗盎。剖开，有二老叟相对象戏，谈笑自若。"后世因称下象棋为橘中

乐、橘中戏或橘中趣，明清之际朱晋桢编著的象棋谱即名为《橘中秘》。

⑦衾影何惭：《宋史·蔡元定传》云："独行不愧影，独寝不愧衾。"意即不做不良之事而问心无愧。

⑧楮墨：即纸和墨。古代多用楮树之皮造纸，因此以楮作为纸的代称。

⑨《南西厢》：即《南调西厢记》，明李日华、崔时佩改编王实甫《西厢记》而成，他们认为北曲《西厢记》不便于昆山腔演唱，遂改为南调，剧情与王实甫原作基本相同。此改本文词拙劣，远逊于原作，受到后世曲家批评，但它适合用南曲演唱，因而广为流行。有多种刊本，常见者为《六十种曲》本，今存于《古本戏曲丛刊初集》。凌濛初《谭曲杂札》云："改北调为南曲者，有李日华《西厢》……真是点金成铁手！乃《西厢》为情词之宗，而不便吴人清唱，欲歌南音，不得不取之李本，亦无可奈何耳。"

⑩《北西厢》：即王实甫所撰作的杂剧《西厢记》，因用北曲演唱，故名《北西厢》。

⑪弋阳、四平：即弋阳腔和四平腔。弋阳腔是古代戏曲的主要声腔之一，元末明初产生于江西弋阳一带，初流行于江西、两京、湖南、闽广等地，又传播至云南、贵州一带。明代后期，弋阳腔向周围地区发展，与各地方言、曲调、剧种结合而产生了其他声腔。入清以后发展为各地的高腔。四平腔是明代嘉靖年间由传入徽州一带的弋阳腔演变而成。"四平"是由句尾落四拍子的板式而得名。明末清初时，四平腔受昆腔影响，发展为吹腔。后来到清代中期，四平腔被徽调、高腔等腔调所吸收，不复独立存在。

⑫昆调：即昆山腔，简称昆腔、昆曲。元代后期产生，流行于江苏昆山一带，由南戏与当地语音及音乐结合而形成的戏曲声腔。明初已有"昆山腔"的名称，明清两代又有较大发展。

⑬过文：文章中承上启下的过渡文字。本书中多处用"过文"一词，如《词曲部·宾白第四·声务铿锵》《演习部·脱套第五·语言恶习》《声容部·修容第二·点染》等处，其比喻意义略有差异，大抵皆为过渡之义。

⑭祝融：传说中高辛氏时任火正之官者名祝融。《吕氏春秋·四月》云："其帝炎帝，其神祝融。"前人注解说："祝融，颛顼氏后，老童之子吴回也，为高辛氏火正，死为火官之神。"后世亦以祝融代指火。付之祝融，

即投入火中烧掉。

⑮郎主：门生家吏称其主人为郎，称其主人之子为郎主。如李贺《江楼曲》诗中有"黄粉油衫寄郎主"句，见《全唐诗》卷三九三。也以郎主代指奴婢称其主人。

⑯家尸户祝：尸，代表鬼神受享祭的人；祝，传告鬼神言辞的人。《庄子·逍遥游》云："庖人虽不治庖，尸祝不越樽俎而代之矣。"前人注解说："庖人尸祝，各安其所。"本文谓"家尸户祝"，是风趣之语，意为家家户户皆为尸祝，即是说《南西厢》竟然能够家喻户晓、脍炙人口。

⑰咄咄怪事：形容某事出人意料，令人惊异。此语出自《世说新语·黜免》及《晋书》殷浩本传，晋殷浩被桓温罢官为民，就在家里一天到晚用手在空中写"咄咄怪事"四字。

⑱魏贞庵：即魏裔介（1616—1686），字石生，号贞庵，又号昆林，直隶柏乡（今属河北）人。顺治三年（1646）进士，康熙九年（1670）官至保和殿大学士兼礼部尚书，因此李渔称他"相国"。李渔与他有交往，亦有书信往来，如《与魏贞庵相国》，见《笠翁文集》卷三。

⑲龚芝麓：即龚鼎孳（1615—1673），字孝升，号芝麓，合肥人。明崇祯七年（1634）进士，入清后曾官刑、礼、兵三部尚书。著作有《定山堂集》。李渔和龚鼎孳有交往。龚为李渔题芥子园碑文额，见后《居室部·联匾第四·碑文额》。龚鼎孳去世时，李渔作《大宗伯龚芝麓先生挽歌》，见《笠翁一家言诗集》卷一。李渔与龚有书信往来，如《与龚芝麓大宗伯》，见《笠翁一家言文集》卷三。

⑳放郑声：本为孔子语，见《论语·卫灵公》："乐者韶舞，放郑声，远佞人；郑声淫，佞人殆。"郑声本为郑国一带的俗乐，与卫国一带的俗乐合称为"郑卫之音"。《礼记·乐记》记魏文侯对子夏说："吾端冕而听古乐，则唯恐卧；听郑卫之音，则不知倦。"据此知郑卫之音为地方俗乐，其音调与雅乐不同。

㉑嗜痂：或称嗜痂之癖。南朝宋刘穆之的孙子刘邕爱食疮痂（疮疤皮），认为味道如鳆鱼。见《宋书·刘穆之传》。后以嗜痂泛指人的怪癖。

㉒附入四卷之末：即后文《演习部·变调第二·变旧成新》一节之后

附录的《琵琶记·寻夫》改本。本文中谓"附于四卷之末",是原来写作此书稿时的安排,与后来《闲情偶寄》成书刊本的安排有所不同。

㉓弦索:本义是各种丝弦乐器的总称。唐代说"弦索"指这一类乐器,金元以后,北曲多以弦索类乐器伴奏,于是北曲亦称弦索。如明沈宠绥著有《弦索辨讹》,即是对于北曲声调的辨析。本文中"弦索"指北曲。

㉔已经行世之前后八种,及已填未刻之内外八种:据此说,李渔所撰传奇作品共有16种。后文《拗句难好》一节又云:"予作传奇数十种。"但是,今天已知李渔传奇只有10种,总称为《笠翁传奇十种》。所谓"已经行世之前后八种",应包括顺治十六年(1659)刊刻的《李氏五种》。《李氏五种》未见传本,其中为哪五种传奇难以详知。今见孙治《李氏五种总序》,仅提到其中的《怜香伴》与《风筝误》两种,见《孙宇台集》卷七。又已知李渔的《奈何天》《意中缘》《玉搔头》三剧于顺治十六年皆已撰成,当也在"五种"之内。孙治为另一传奇《蜃中楼》作序,此剧当也在顺治十六年已完成。其后,顺治十八年撰成《比目鱼》传奇,康熙四年(1665)完成《凰求凤》传奇。以上8种,即是所谓"已经行世之前后八种"。而"已填未刻之内外八种"中,当包括《巧团圆》《慎鸾交》2种,其他传奇的名目不详。

恪守词韵

一出用一韵到底,半字不容出入,此为定格。旧曲韵杂出入无常者,因其法制未备,原无成格可守,不足怪也。既有《中原音韵》一书,则犹畛域画定,寸步不容越矣。常见文人制曲,一折之中,定有一二出韵之字,非曰明知故犯,以偶得好句不在韵中,而又不肯割爱,故勉强入之,以快一时之目者也。杭有才人沈孚中[①]者,所制《绾春园》《息宰河》二剧,不施浮采,纯用白描,大是元人后劲。予初阅时,不忍释卷,及考其声韵,则一无定轨。不惟偶犯数字,竟以寒山、桓欢二韵,合为一处用之,又有以支思、齐微、鱼模三韵并用者，甚至以真文、庚青、侵寻三韵，不论开口闭口，同作一韵用者。长于用才而短于择术，致使佳调不传，殊可痛惜！夫作诗填词，同一理也。未有沈休文《诗韵》[2]以前，大同小异之韵，或可叶入诗中；既有此书，即三百篇之风人复作，亦当俯就范围。李白诗仙，杜甫诗圣，其才岂出沈约下，未闻以才思纵横而跃出韵外，况其他乎？设有一诗于此，言言中的，字字惊人，而以一东二冬并叶，或三江七阳互施，吾知司选政者必加摈黜，岂有以才高句美而破格收之者乎？词家绳墨，只在谱、韵二书，合谱合韵，方可言才，不则八斗难克升合，五车不敌片纸，虽多虽富，亦奚以为？

[注释]

①沈孚中：即沈嵊（？—1645），字孚中，明末浙江仁和（今属杭州市）人。戏曲作家，撰作有《宰戍记》《绾春园》《息宰河》3种传奇，后两种今存。

②沈休文《诗韵》：即沈约所著《四声韵谱》，已佚。沈休文，即沈约（441—513），字休文，南朝宋武康人。

凛遵曲谱[1]

曲谱者，填词之粉本，犹妇人刺绣之花样也。描一朵，刺一朵，画一叶，绣一叶，拙者不可稍减，巧者亦不能略增。然花样无定式，尽可日异月新；曲谱则愈旧愈佳，稍稍趋新，则以毫厘之差而成千里之谬[2]。情事新奇百出，文章变化无穷，总不出谱内刊成之定格。是束缚文人而使有才不得自展者，曲谱是也；私厚词人而使有才得以独展者，亦曲谱是也。使曲无定谱，亦可日异月新，则凡属淹通文艺者，皆可填词，何元人、我辈之足重哉？"依样画葫芦"一语，竟似为填词而发。妙在依样之中，别出好歹，稍有一线之出入，则葫芦体样不圆，非近于方，则类乎扁矣。葫芦岂易画者哉！明朝三百年，善画葫芦者，止有汤临川③一人，而犹有病其声韵偶乖，字句多寡之不合者。甚矣，画葫芦之难，而一定之成样不可擅改也。

曲谱无新，曲牌名有新。盖词人好奇嗜巧，而又不得展其伎俩，无可奈何，故以二曲三曲合为一曲，熔铸成名，如《金索挂梧桐》《倾杯赏芙蓉》《倚马待风云》之类是也。此皆老于词学、文人善歌者能之，不则上调不接下调，徒受歌者揶揄。然音调虽协，亦须文理贯通，始可串离使合。如《金络索》《梧桐树》是两曲，串为一曲而名曰《金索挂梧桐》，以金索挂树，是情理所有之事也。《倾杯序》《玉芙蓉》是两曲，串为一曲而名曰《倾杯赏芙蓉》，倾杯酒而赏芙蓉，虽系捏成，犹口头语也。《驻马听》《一江风》《驻云飞》是三曲，串为一曲而名曰《倚马待风云》，倚马而待风云之会，此语即入诗文中，亦自成句。凡此皆系有伦有脊④之言，虽巧而不厌其巧。竟有只顾串合，不询文义之通塞，事理之有无，生扭数字作曲名者，殊失顾名思义之体，反不若前人不列名目，只以"犯"字加之。如本曲《江儿水》而串入二别曲，则曰《二犯江儿水》；本曲《集贤宾》而串入三别曲，则曰《三犯集贤宾》。又有以"摊破"⑤二字概之者，如本曲《簇御林》、本曲《地锦花》而串入别曲，则曰《摊破簇御林》《摊破地锦花》之类，何等浑然，何等藏拙。更有以十数曲串为一曲而标以总名，如《六犯清音》《七贤过关》《九回肠》《十二峰》之类，更觉浑雅。予谓串旧作新，终是填词末着。只求文字好，音律正，即牌名旧杀，终觉新奇可喜。如以极新极美之名，而填以庸腐乖张之曲，谁其好之？善恶在实，不在名也。

[注释]

①曲谱：记录曲牌格律体式及唱腔唱法的工具书。记录曲牌格律体式的称为格律谱，俗称"平仄谱"；记录唱腔唱法的称为宫谱，俗称"工尺谱"。李渔所处的时代之前已有的曲谱，著名者有明朱权的《太和正音谱》，蒋孝编的《旧编南九宫十三调曲谱》，沈璟编的《南九宫谱》，沈自晋的《南词新谱》，明末清初张大复编的《寒山堂曲谱》，钮少雅、徐于室合编的《汇纂元谱南曲九宫正始》，李玉的《北词广正谱》等。李渔之后著名的曲谱有康熙年间王奕清等奉敕编纂的《钦定曲谱》，乾隆年间庄亲王允禄等奉敕编纂的《九宫大成南北词宫谱》，叶堂编的《纳书楹曲谱》，王锡纯编订的《遏云阁曲谱》等。

②以毫厘之差而成千里之谬：此成语原出自《大戴礼记·保傅》："失之毫厘，差之千里，故君子慎始也。"后世引用时有所变化，或作"差以毫厘，谬以千里"。而《史记·太史公自序》中"集解"云："差之毫厘，失之千里。"本文中李渔又加以变化，意思相同。

③汤临川：即汤显祖，因其籍贯为江西临川，故人称汤临川，以他为代表的戏曲流派即被称为"临川派"。

④有伦有脊：《诗经·小雅·正月》云："维号斯言，有伦有脊。"前人注解说："伦，道；脊，理也。"

⑤摊破：填词术语，又名"摊声"，即南曲犯调，指词牌乐曲节拍的变动所引起的歌词句法及协韵的变化。本文举《摊破簇御林》《摊破地锦花》为例，此外还有《摊破浣溪沙》等。杨恩寿《续词馀丛话》卷一云："又有以'摊破'二字概之者，如本曲《簇御林》、本曲《地锦花》而串入别曲，则曰《摊破簇御林》《摊破地锦花》之类，较为浑脱。"此即采用李渔的说法。

鱼模当分

词曲韵书，止靠《中原音韵》一种，此系北韵，非南韵也。十年之前，武林陈次升①先生欲补此缺陷，作《南词音韵》一书，工垂成而复辍，殊为可惜。予谓南韵深渺，卒难成书。填词之家即将《中原音韵》一书，就平上去三音之中，抽出入声字，另为一声，私置案头，亦可暂备南词之用。然此犹可缓。更有急于此者，则鱼模一韵，断宜分别为二。鱼之与模，相去甚远，不知周德清②当日何故比而同之，岂仿沈休文《诗韵》③之例，以元、繁、孙三韵，合为十三元之一韵，必欲于纯中示杂，以存"大音希声"④之一线耶？无论一曲数音，听到歇脚处，觉其散漫无归，即我辈置之案头，自作文字读，亦觉字句聱牙，声韵逆耳。倘有词学专家，欲其文字与声音媲美者，当令鱼自鱼而模自模，两不相混，斯为极妥。即不能全出皆分，或每曲各为一韵，如前曲用鱼，则用鱼韵到底，后曲用模，则用模韵到底，犹之一诗一韵，后不同前，亦简便可行之法也。自愚见推之，作诗用韵，亦当仿此。另钞元字一韵，区别为三，拈得十三元者，首句用元，则用元韵到底，凡涉繁、孙二韵者勿用；拈得繁、孙者亦然。出韵则犯诗家之忌，未有以用韵太严而反来指谪者也。

[注释]

①陈次升：家世及生平未详。梁廷楠《曲话》卷五云："顺治末，武林陈次升作《南曲词韵》，欲与周韵并行，缘事中辍。"此段即引录《闲情偶寄》此节中语。书名所引略不同。

②周德清：即《中原音韵》的作者。见前《结构第一》注⑯。

③沈休文《诗韵》：参见前《恪守词韵》注②。沈约的《诗韵》已经失传很久了，清初的李渔未必能够看到。本文所言是反诘之语，意思是说：难道元代的周德清是仿照沈约《诗韵》的做法吗？

④大音希声：见《老子》第四十一章。原文为："大音希声，大象无形。"意思是：能发出特大的声音却不轻易作响，具有特大的形体却不轻易让人看见。

廉监宜避

侵寻、监咸、廉纤三韵,同属闭口之音,而侵寻一韵,较之监咸、廉纤,独觉稍异。每至收音处,侵寻闭口,而其音犹带清亮,至监咸、廉纤二韵,则微有不同。此二韵者,以作急板小曲则可,若填悠扬大套之词,则宜避之。《西厢》"不念《法华经》,不理《梁王忏》"一折①用之者,以出惠明口中,声口恰相合耳。此二韵宜避者,不止单为声音,以其一韵之中,可用者不过数字,馀皆险僻艰生,备而不用者也。若惠明曲中之"揸"字、"挦"字、"燀"字、"賸"字、"馅"字、"蘸"字、"彫"字,惟惠明可用,亦惟才大如天之王实甫能用,以第二人作《西厢》,即不敢用此险韵矣。初学填词者不知,每于一折开手处,误用此韵,致累全篇无好句;又有作不终篇,弃去此韵而另作者,失计妨时。故用韵不可不择。

[注释]

①一折:即《西厢记》第二本第二折,惠明唱《正宫·端正好》一曲云:"不念《法华经》,不礼《梁皇忏》,彫了僧伽帽,袒下我这偏衫。杀人尽逗起英雄胆,两只手将乌龙尾钢橡揸。"本节李渔的引文有差误。

拗句难好

音律之难,不难于铿锵顺口之文,而难于佶强聱牙之句。铿锵顺口者,如此字声韵不合,随取一字换之,纵横顺逆,皆可成文,何难一时数曲。至于佶强聱牙之句,即不拘音律,任意挥写,尚难见才,况有清浊阴阳,及明用韵,暗用韵,又断断不宜用韵之成格,死死限在其中乎?词名之最易填者,如《皂罗袍》《醉扶归》

《解三酲》《步步娇》《园林好》《江儿水》等曲，韵脚虽多，字句虽有长短，然读者顺口，作者自能随笔。即有一二句宜作拗体，亦如诗内之古风，无才者处此，亦能勉力见才。至如《小桃红》《下山虎》等曲，则有最难下笔之句矣。《幽闺记·小桃红》[①]之中段云："轻轻将袖儿掀，露春纤，盏儿拈，低娇面也。"每句只三字，末字叶韵，而每句之第二字，又断该用平，不可犯仄。此等处，似难而尚未尽难。其《下山虎》云："大人家体面，委实多般，有眼何曾见！懒能向前，弄盏传杯，恁般腼腆。这里新人忒杀虐，待推怎地展？主婚人不见怜，配合夫妻事，事非偶然。好恶姻缘总在天。"只须"懒能向前""待推怎地展""事非偶然"之三句，便能搅断词肠。"懒能向前""事非偶然"二句，每句四字，两平两仄，末字叶韵。"待推怎地展"一句五字，末字叶韵，五字之中，平居其一，仄居其四。此等拗句，如何措手？南曲中此类极多，其难有十倍于此者，若逐个牌名援引，则不胜其繁，而观者厌矣；不引一二处定其难易，人又未必尽晓。兹只随拈旧诗一句，颠倒声韵以喻之。如"云淡风轻近午天"[②]，此等句法，自然容易见好，若变为"风轻云淡近午天"，则虽有好句，不夺目矣。况"风轻云淡近午天"七字之中，未必言言合律，或是阴阳相左，或是平仄尚乖，必须再易数字，始能合拍。或改为"风轻云淡午近天"，或又改为"风轻午近云淡天"，此等句法，揆之音律则或谐矣，若以文理绳之，尚得名为词曲乎？海内观者，肯曰此句为音律所限，自难求工，姑为体贴人情之善念而恕之乎？曰：不能也。既曰不能，则作者将删去此句而不作乎？抑自创一格而畅我所欲言乎？曰：亦不能也。然则攻此道者，亦甚难矣！

变难成易，其道何居？曰：有一方便法门，词人或有行之者，未必尽有知之者。行之者偶然合拍，如路逢故人，出之不意，非我知其在路而往投之也。凡作倔强聱牙之句，不合自造新言，只当引用成语。成语在人口头，即稍更数字，略变声音，念来亦觉顺口。新造之句，一字聱牙，非止念不顺口，且令人不解其意。今亦随拈一二句试之。如"柴米油盐酱醋茶"，口头语也，试变为"油盐柴米酱醋茶"，或再变为"酱醋油盐柴米茶"，未有不明其义，不辨其声者。"东边日出西边雨，道是无情却有情"③，口头语也，试将上句变为"日出东边西边雨"，下句变为"道是有情却无情"，亦未有不明其义，不辨其声者。若使新造之言而作此等拗句，则几与海外方言无别，必经重译④而后知之矣。即取前引《幽闺》之二句，定其工拙。"懒能向前""事非偶然"二句，皆拗体也。"懒能向前"一句，系作者新构，此句便觉生涩，读不顺口。"事非偶然"一句，系家常俗语，此句便觉自然，读之溜亮，岂非用成语易工，作新句难好之验乎？予作传奇数十种，所谓"三折肱为良医"⑤，此折肱语也。因觅知音，尽倾肝膈。孔子云："益者三友：友直，友谅，友多闻。"⑥多闻，吾不敢居，谨自呼为直谅。

[注释]

①《幽闺记·小桃红》及《下山虎》二曲：今查《六十种曲》中的《幽闺记》，未见这两支曲子，李渔所引当是另一版本。

②云淡风轻近午天：这是宋程颢《春日偶成》诗中的句子，原诗是："云淡风轻近午天，傍花随柳过前川。时人不识余心乐，将谓偷闲学少年。"此诗为《千家诗》的第一首。

③此二句是唐刘禹锡《竹枝词》中的句子，见《全唐诗》卷三六五。情，一作"晴"。

④重（chóng）译：辗转翻译。《汉书·平帝纪》云："越裳氏重译献白雉一，黑雉二。"前人注解说："重译，译谓传言也。道路绝远，风俗殊隔，故累译而后乃通。"

⑤三折肱为良医：三折肱，即三次折断手臂。《左传·定公十三年》云："三折肱，知为良医。"意思是说经过多次折断手臂，就能懂得医治折

闲情偶寄 75

臂的方法。后来以此比喻对于某事阅历多，就有这方面的经验，自能造诣精深。

⑥此语见《论语·季氏》，原文是："益者三友，损者三友。友直，友谅，友多闻，益矣。"

合韵易重

句末一字之当叶者，名为韵脚。一曲之中，有几韵脚，前后各别，不可犯重。此理谁不知之？谁其犯之？所不尽知而易犯者，惟有"合前"数句。兹请先言合前之故。同一牌名而为数曲者，止于首只列名，其后在南曲则曰"前腔"，在北曲则曰"么篇"，犹诗题之有其二、其三、其四也。末后数语，有前后各别者，有前后相同，不复另作，名为"合前"者。此虽词人躲懒法，然付之优人，实有二便：初学之时，少读数句新词，省费几番记忆，一便也；登场之际，前曲各人分唱，合前之曲必通场合唱，既省精神，又不寂寞，二便也。然合前之韵脚最易犯重。何也？大凡作首曲，则知查韵，用过之字不肯复用，迨做到第二、三曲，则止图省力，但做前词，不顾后语，置合前数句于度外，谓前曲已有，不必费心，而乌知此数句之韵脚，在前曲则语语各别，凑入此曲，焉知不有偶合者乎？故作前腔之曲，而有合前之句者，必将末后数句之韵脚紧记在心，不可复用；作完之后，又必再查，始能不犯此病。此就韵脚而言也。韵脚犯重，犹是小病，更有大于此者，则在词意与人不相合。何也？合前之曲既使同唱，则此数句之词意必有同情。如生旦净丑四人在场，生旦之意如是，净丑之意亦如是，即可谓之同情，即可使之同唱；若生旦如是，净丑未尽如是，则两情不一，已无同唱之理；况有生旦如是，净丑必不如是，则岂有相反之曲而同唱者乎？此等关窍，若不经人道破，则填词之家既顾阴阳平仄，又调角徵宫商，心绪万端，岂能复筹及此？予作是编，其于词学之精微，则万不得一，如此等粗浅之论，则可谓知无不言，言无不尽者矣。后来作者，当锡①予一字，命曰"词奴"，以其为千古词人，尝效纪纲②奔走之力也。（尤展成云：笠翁真曲夫子，允宜俎豆词场。"词奴"之称，无乃过抑。）

[注释]

①锡：给予。《尚书·尧典》云："师锡帝曰：有鳏在下。"前人注解说："锡，与也。"又《春秋公羊传·庄公元年》云："王使荣叔来锡桓公命。锡者何？赐也。"

②纪纲：即仆人。本来"纪纲"一词有"管理"之意，引申为做管理工作的人，再转义为仆人。《左传·僖公二十四年》云："秦伯送卫于晋三千人，实纪纲之仆。"明清笔记小说中多直接称仆人为纪纲，如蒲松龄《聊斋志异·清僧》云："夫人遣纪纲至，多所馈遗。"

慎用上声

平上去入四声，惟上声一音最别。用之词曲，较他音独低，用之宾白，又较他音独高。填词者每用此声，最宜斟酌。此声利于幽静之词，不利于发扬之曲；即幽静之词，亦宜偶用间用，切忌一句之中连用二三四字。盖曲到上声字，不求低而自低，不低则此字唱不出口。如十数字高而忽有一字之低，亦觉抑扬有致；若重复数字皆低，则不特无音，且无曲矣。至于发扬之曲，每到吃紧关头，即当用阴字①，而易以阳字尚不发调，况为上声之极细者乎？予尝谓物有雌雄，字亦有雌雄。平去入三声以及阴字，乃字与声之雄飞者也；上声及阳字，乃字与声之雌伏者也。此理不明，难于制曲。初学填词者，每犯抑扬倒置之病，其故何居？正为上声之字入曲低，而入白反高耳。词人之能度曲者，世间颇少。其握管捻髭②之际，大约口内吟哦，皆同说话，每逢此字，即作高声；且上声之字出口最亮，入耳极清，因其高而且清，清而且亮，自然得意疾书。孰知唱曲之道与此相反，念来高者，唱出反低，此文人妙曲利于案头而不利于场上之通病也。非笠翁为千古痴人，不分一毫人我，不留一点渣滓者，孰肯尽出家私底蕴，以博慷慨好义之虚名乎？

[注释]

①阴字：即声调为阴平之字。下句之"阳字"，即声调为阳平之字。

②握管捻髭：握管，即执笔，因笔别称"管城子"。捻髭，或谓"捻须"，即用手指捻着胡子，形容写作时苦心思考的神态。如唐卢延让《苦吟》诗云："吟安一个字，捻断数茎须。"见《全唐诗》卷七一五。

少填入韵

入声韵脚，宜于北而不宜于南。以韵脚一字之音，较他字更须明亮，北曲止有三声，有平上去而无入，用入声字作韵脚，与用他声无异也。南曲四声俱备，遇入声之字，定宜唱作入声，稍类三音，即同北调矣，以北音唱南曲可乎？予每以入韵作南词，随口念来，皆似北调，是以知之。若填北曲，则莫妙于此，一用入声，即是天然北调。然入声韵脚，最易见才，而又最难藏拙。工于入韵，即是词坛祭酒。以入韵之字，雅驯自然者少，粗俗倔强者多。填词老手，用惯此等字样，始能点铁成金。浅乎此者，运用不来，熔铸不出，非失之太生，则失之太鄙。但以《西厢》《琵琶》二剧较其短长：作《西厢》者，工于北调，用入韵是其所长。如《闹会》①曲中"二月春雷响殿角"，"早成就了幽期密约"，"内性儿聪明，冠世才学。扭捏着身子，百般做作"。"角"字，"约"字，"学"

字,"作"字,何等雅驯!何等自然!《琵琶》工于南曲,用入韵是其所短。如《描容》②曲中"两处堪悲,万愁怎摸?"愁是何物,而可摸乎?入声韵脚宜北不宜南之论,盖为初学者设,久于此道而得三昧者,则左之右之,无不宜之矣。

[注释]

① 《闹会》:即《西厢记》第一本第四折,以下所引是本折中《驻马听》《锦上花》二曲中的句子。

② 《描容》:即《琵琶记》第二十九出《乞丐寻夫》,以下所引"两处堪悲,万愁怎摸",是赵五娘所唱《斗黑麻》一曲中的句子。

别解务头①

填词者必讲"务头",然务头二字,千古难明。《啸馀谱》②中载《务头》一卷,前后胪列岂止万言,究竟务头二字未经说明,不知何物。止于卷尾开列诸旧曲,以为体样,言某曲中第几句是务头,其间阴阳不可混用,去上、上去等字不可混施。若迹此求之,则除却此句之外,其平仄阴阳皆可混用混施而不论矣。又云某句是务头,可施俊语于其上。若是,则一曲之中止该用一俊语,其馀字句皆可潦草涂鸦,而不必计其工拙矣。予谓立言之人,与当权秉轴者无异。政令之出,关乎从违,断断可从,而后使民从之,稍背于此者,即在当违之列。凿凿能信,始可发令,措词又须言之极明,论之极畅,使人一目了然。今单提某句为务头,谓阴阳平仄断宜加严,俊语可施于上。此言未尝不是,其如举一废百,当从者寡,当违者众,是我欲加严,而天下之法律反从此而宽矣。况又嗫嚅其词,吞多吐少,何所取义而称为务头,绝无一字之诠释。然则"葫芦提"③三字,何以服天下?吾恐狐疑者读之愈重其狐疑,明了者观之顿丧其明了，非立言之善策也。予谓务头二字既然不得其解，只当以不解解之。曲中有务头，犹棋中有眼，有此则活，无此则死。进不可战，退不可守者，无眼之棋，死棋也；看不动情，唱不发调者，无务头之曲，死曲也。一曲有一曲之务头，一句有一句之务头。字不聱牙，音不泛调，一曲中得此一句，即使全曲皆灵，一句中得此一二字，即使全句皆健者，务头也。由此推之，则不特曲有务头，诗词歌赋以及举子业，无一不有务头矣。人亦照谱按格，发舒性灵，求为一代之传书而已矣，岂得为谜语欺人者所惑，而阻塞词源，使不得顺流而下乎？

[注释]

①务头：古代戏曲中术语，其定义说法不一。或指曲中最紧要的句与字，或指一曲中声文并美最动听的部分，或指曲中平、上、去三音连串之处。周德清《中原音韵》云："要知某调、某句、某字是务头，可施俊语于其上，后注于定格各调内。"王骥德《曲律》卷二《论务头》云："务头之说，《中原音韵》于北曲胪列甚详，南曲则绝无人及之者。然南、北一法，系是调中最紧要句字，凡曲遇揭起其音，而宛转其调，如俗之所谓'做腔'处，每调或一句、或二三句，每句或一字、或二三字，即是务头。"李渔所论异于前人，故称"别解"。然而此论在以后仍未能使曲界一致认同。近代吴梅《顾曲麈谈》第一章第四节《论北曲作法》，特别提出"要明务头"，他说："李笠翁别解务头曰：……此论尤难辨别。"于是吴梅说："余寻绎再三，竭十馀年之功，始有豁然之境，乃为之说曰：务头者，曲中平上去三音联串之处也。如七字句，则第三、第四、第五之三字，不可用同一之音。大抵阳去与阴上相连，阴上与阳平相连，或阴去与阳上相连，阳上与阴平相连亦可。每一曲中，必须有三音相连之一二语，或二音（或去上，或去平，或上平，看牌名以定之）相连之一二语，此即为务头处。"吴梅此说仍为一家之言，究竟难成定论。

②《啸馀谱》：见前《结构第一》注⑰。

③葫芦提：即糊里糊涂、不明不白之意。也作"葫芦蹄"。最早见宋张耒《明道杂志》：钱勰以文翰风流著称，苏轼赞誉说："此霹雳手也。"钱回答说："安能霹雳手？仅免葫芦蹄也。"并注云："葫音鹘（hú）。"此后诗文中就以此词表示糊涂或者故作糊涂。元、明、清戏曲小说作品中此词甚为常见。如关汉卿的杂剧《窦娥冤》第三折《快活林》一曲云："念窦娥葫芦提当罪愆，念窦娥身首不完全。"即是说不明不白地遭受了冤枉。

宾白①第四

　　自来作传奇者，止重填词，视宾白为末着，常有"白雪阳春"其调，而"巴人下里"其言者，予窃怪之。原其所以轻此之故，殆有说焉。元以填词擅长，名人所作，北曲多而南曲少。北曲之介白者，每折不过数言，即抹去宾白而止阅填词，亦皆一气呵成，无有断续，似并此数言亦可略而不备者。由是观之，则初时止有填词，其介白之文，未必不系后来添设。在元人，则以当时所重不在于此，是以轻之。后来之人，又谓元人尚在不重，我辈工此何为？遂不觉日轻一日，而竟置此道于不讲也。予则不然。尝谓曲之有白，就文字论之，则犹经文之于传注；就物理论之，则如栋梁之于榱桷②；就人身论之，则如肢体之于血脉。非但不可相无，且觉稍有不称，即因此贱彼，竟作无用观者。故知宾白一道，当与曲文等视，有最得意之曲文，即当有最得意之宾白，但使笔酣墨饱，其势自能相生。常有因得一句好白，而引起无限曲情，又有因填一首好词，而生出无穷话柄者。是文与文自相触发，我止乐观厥成，无所容其思议。此系作文恒情，不得幽渺其说，而作化境观也。（王安节曰：先生之恒情，即他人之化境。）

[**注释**]

①宾白：古代戏曲中曲词之外的说话，相当于现代戏剧中的"说白"或"道白"。然而对于宾白前人有三种不同的说法：其一，明徐渭《南词叙录》云："唱为主，白为宾，故曰宾白。"其二，明姜南《抱璞简记》云："北曲中有全宾全白，两人对说为宾，一人自说曰白。"其三，清毛奇龄《西河词话》云："元曲唱者只一人，若他杂色人，入第有白而无唱，谓之

宾白。"本文中李渔从剧本写作的角度来谈，除了按照曲牌填词的唱词之外，说的部分都为宾白。

②榱桷（cuījué）：即椽子。《国语·鲁语下》云："夫栋折而榱崩。"前人注解说："榱即椽也，亦名为桷。"《春秋穀梁传·庄公二十四年》云："刻桓宫桷。"前人注解说："桷，榱也。方曰桷，圆曰椽。"本文以此比喻宾白在剧本中的重要性，犹如对于房屋来说，曲词为梁栋，宾白为椽榱，都不可少。

声务铿锵

宾白之学，首务铿锵。一句聱牙，俾听者耳中生棘；数言清亮，使观者倦处生神。世人但以音韵二字用之曲中，不知宾白之文，更宜调声协律。世人但知四六之句平间仄，仄间平，非可混施迭用，不知散体之文亦复如是。"平仄仄平平仄仄，仄平平仄仄平平"二语，乃千古作文之通诀，无一语一字可废声音者也。如上句末一字用平，则下句末一字定宜用仄，连用二平，则声带喑哑，不能耸听。下句末一字用仄，则接此一句之上句，其末一字定宜用平，连用二仄，则音类咆哮，不能悦耳。此言通篇之大较，非逐句逐字皆然也。能以作四六平仄之法，用于宾白之中，则字字铿锵，人人乐听，有"金声掷地"①之评矣。

声务铿锵之法，不出平仄、仄平二语是已。然有时连用数平，或连用数仄，明知声欠铿锵，而限于情事，欲改平为仄，改仄为平，而决无平声仄声之字可代者。此则千古词人未穷其秘，予以探骊觅珠之苦，入万丈深潭者，既久而后得之，以告同心。（余云：泄从前未泄之秘，铿锵鼓舞，绝倒乎予矣。）虽示无私，然未免可惜。字有四声，平上去入是也。平居其一，仄居其三，是上、去、入三声皆丽于仄。而不知上之为声，虽与去入无异，而实可介于平仄之间，以其别有一种声音，较之于平则略高，比之去入则又略低。古人造字审音，使居平仄之介，明明是一过文，由平至仄，从此始也。譬如四方声音，到处各别，吴有吴音，越有越语，相去不啻天渊，而一至接壤之处，则吴越之音相半，吴人听之觉其同，越人听之亦不觉其异。晋、楚、燕、秦以至黔、蜀，在在皆然，此即声音之过文，犹上声介于平去入之间也。作宾白者，欲求声韵铿锵，而限于情事，求一可代之字而不得者，即当用此法以济其穷。如两句三句皆平，或两句三句皆仄，求一可代之字而不得，即用一上声之字介乎其间，以之代平可，以之代去入亦可。如两句三句皆平，间一上声之字，则其声是仄，不必言矣。即两句三句皆去声入声，而间一上声之字，则其字明明是仄而却似平，令人听之不知其为连用数仄者。此理可解而不可解，此法可传而实不当传，一传之后，则遍地金声，求一瓦缶之鸣②而不可得矣。（余云：周挺斋③以入声派入平、上、去三声，今笠翁以上声介于仄、平之间，皆扼隐侯④之吭而夺其帜者。）

[注释]

①金声掷地：或作"掷地金声"。出自《世说新语·文学》："孙兴公作《天台赋》成，以示范荣期，云：'卿试掷地，要作金石声。'"孙兴公即孙绰，字兴公，晋人，曾官著作郎。后世以此作为成语，形容词赋作品文词优美，或者赞扬文士才华之高。如《幼学琼林·文事》云："孙绰词丽，诗赋掷地作金声。"

②瓦缶之鸣：缶，即瓦罐。敲击瓦罐发出的声音，和"掷地金声"相对比，形容所作文字拙劣。

③周挺斋：即周德清，字挺斋，见前《词曲部·结构第一》注⑯。

④隐侯：即晋代沈约，其谥号为"隐"，世称隐侯。这里余怀的评语谓李渔与周德清对于四声理论的新贡献超过了沈约的《四声韵谱》。

语求肖似

　　文字之最豪宕，最风雅，作之最健人脾胃者，莫过填词一种。若无此种，几于闷杀才人，困死豪杰。予生忧患之中，处落魄之境，自幼至长，自长至老，总无一刻舒眉，惟于制曲填词之顷，非但郁藉以舒，愠为之解，且尝僭作两间最乐之人，觉富贵荣华，其受用不过如此，未有真境之为所欲为，能出幻境纵横之上者。我欲做官，则顷刻之间便臻荣贵；我欲致仕，则转盼之际又入山林；我欲作人间才子，即为杜甫、李白之后身；我欲娶绝代佳人，即作王嫱、西施之元配；我欲成仙作佛，则西天蓬岛即在砚池笔架之前；我欲尽孝输忠，则君治亲年①，可跻尧、舜、彭篯②之上。非若他种文字，欲作寓言，必须远引曲譬，酝藉包含，十分牢骚，还须留住六七分，八斗才学，止可使出二三升。稍欠和平，略施纵送，即谓失风人之旨，犯佻达之嫌，求为家弦户诵者难矣。填词一家，则惟恐其蓄而不言，言之不尽。是则是矣，须知畅所欲言亦非易事。言者，心之声也，欲代此一人立言，先宜代此一人立心，若非梦往神游，何谓设身处地？无论立心端正者，我当设身处地，代生端正之想；即遇立心邪辟者，我亦当舍经从权，暂为邪辟之思。务使心曲隐微，随口唾出，说一人，肖一人，勿使雷同，弗使浮泛，若《水浒传》之叙事，吴道子③之写生，斯称此道中之绝技。果能若此，即欲不传，其可得乎？

[注释]

　　①君治亲年：君王能够天下大治，父母能够健康长寿，这是古人所追求的对于忠与孝的理想境界。

　　②彭篯（jiān）：即彭祖。传说他为颛顼帝玄孙陆终氏的第三子，姓篯

名铿,故又称彭篯。传说他活了800岁,因此后世称他为长寿的代表。

③吴道子:唐代画家,阳翟(今河南禹州)人。原名道玄,开元年间召入宫中供奉,授为内教博士。后世尊为画圣。

词别繁减

传奇中宾白之繁,实自予始。海内知我者与罪我者半。知我者曰:从来宾白作说话观,随口出之即是,笠翁宾白当文章做,字字俱费推敲。从来宾白只要纸上分明,不顾口中顺逆,常有观刻本极其透彻,奏之场上便觉糊涂者,岂一人之耳目,有聪明聋聩之分乎?因作者只顾挥毫,并未设身处地,既以口代优人,复以耳当听者,心口相维,询其好说不好说,中听不中听,此其所以判然之故也。笠翁手则握笔,口却登场,全以身代梨园,复以神魂四绕,考其关目,试其声音,好则直书,否则搁笔,此其所以观听咸宜也。罪我者曰:填词既曰"填词",即当以词为主;宾白既名"宾白",明言白乃其宾,奈何反主作客,而犯树大于根之弊乎?笠翁曰:始作俑者①,实实为予,责之诚是也。但其敢于若是,与其不得不若是者,则均有说焉。请先白其不得不若是者。前人宾白之少,非有一定当少之成格。盖彼只以填词自任,留馀地以待优人,谓引商刻羽我为政,饰听美观彼为政,我以约略数言,示之以意,彼自能增益成文。如今世之演《琵琶》《西厢》《荆》《刘》《拜》《杀》等曲,曲则仍之,其间宾白、科诨等事,有几处合于原本,以寥寥数言塞责者乎?且作新与演旧有别。《琵琶》《西厢》《荆》《刘》《拜》《杀》等曲,家弦户诵已久,童叟男妇皆能备悉情由,即使一句宾白不道,止唱曲文,观者亦能默会,是其宾白繁减可不问也。至于新演一剧,其间情事,观者茫然;词曲一道,止能传声,不能传情,欲观者悉其颠末,洞其幽微,单靠宾白一着。予非不图省力，亦留馀地以待优人，但优人之中，智愚不等，能保其增益成文者悉如作者之意，毫无赘疣蛇足于其间乎？与其留馀地以待增，不若留馀地以待减，减之不当，犹存作者深心之半，犹病不服药之得中医②也。此予不得不若是之故也。至其敢于若是者，则谓千古文章总无定格，有创始之人，即有守成不变之人，有守成不变之人，即有大仍其意，小变其形，自成一家而不顾天下非笑之人。古来文字之正变为奇，奇翻为正者，不知凡几，吾不具论，止以多寡增益之数论之。《左传》《国语》，纪事之书也，每一事不过数行，每一语不过数字，初时未病其少；迨班固之作《汉书》，司马迁之为《史记》，亦纪事之书也，遂益数行为数十百行，数字为数十百字，岂有病其过多，而废《史记》《汉书》于不读者乎？此言少之可变为多也。诗之为道，当日但有古风，古风之体，多则数十百句，少亦十数句，初时亦未病其多；迨近体一出，则约数十百句为八句，绝句一出，又敛八句为四句，岂有病其渐少，而选诗之家止载古风，删近体绝句于不录者乎？此言多之可变为少也。总之，文字短长，视其人之笔性。笔性遒劲者，不能强之使长；笔性纵肆者，不能缩之使短。文患不能长，又患其可以不长而必欲使之长。如其能长而又使人不可删逸，则虽为宾白中之古风、《史》、《汉》，亦何患哉？予则乌能当此，但为糠秕之导，以俟后来居上之人。

予之宾白，虽有微长，然初作之时，竿头未进，常有当俭不俭，因留馀幅以俟剪裁，遂不觉流为散漫者。自今观之，皆吴下阿蒙③手笔也。如其天假以年，得于所传十种④之外，别有新词，则能保为犬夜鸡晨，鸣乎其所当鸣，默乎其所不得不默者矣。

[注释]

①始作俑者：俑是古代用来陪葬的木偶人或泥偶人，《孟子·梁惠王上》云：“仲尼曰：始作俑者，其无后乎？”于是后世把创始称为作俑，一

般用于贬义。

②病不服药之得中（zhòng）医：语出《汉书·艺文志·经方》："（庸医）以热益热，以寒增寒，精气内伤……故谚曰：'有病不治，常得中医。'"意思是说，让庸医治病，不如不治为好（这时的不治是符合医理的）。本文是指对于文章来说，删减不当的话还不如不减。

③吴下阿蒙：原指三国时吴国吕蒙。据《三国志·吴书·吕蒙传》注引《江表传》，吕蒙受孙权劝勉，励志力学，才学与谋略皆超过常人，鲁肃称赞他说："至于今者，学识英博，非复吴下阿蒙。"吕蒙回答说："士别三日，即更刮目相待。"后世诗文中便以此为成语，指还没有学成的少年时期。本文中李渔以"吴下阿蒙手笔"称自己初学填词时还不成熟的作品。

④十种：即李渔传世的传奇作品《笠翁传奇十种》，见前"词曲部·音律第三"注㉔。

字分南北

北曲有北音之字，南曲有南音之字，如南音自呼为"我"，呼人为"你"，北音呼人为"您"，自呼为"俺"为"咱"之类是也。世人但知曲内宜分，乌知白随曲转，不应两截。此一折之曲为南，则此一折之白悉用南音之字；此一折之曲为北，则此一折之白悉用北音之字。时人传奇多有混用者，即能间施于净丑，不知加严于生旦；止能分用于男子，不知区别于妇人。以北字近于粗豪，易入刚劲之口，南音悉多娇媚，便施窈窕之人。殊不知声音驳杂，俗语呼为"两头蛮"，说话且然，况登场演剧乎？此论为全套南曲、全套北曲者言之，南北相间，如《新水令》《步步娇》之类，则在所不拘。

文贵洁净

白不厌多之说，前论极详，而此复言洁净。洁净者，简省之别名也。洁则忌多，减始能净，二说不无相悖乎？曰：不然。多而不觉其多者，多即是洁；少而尚病其多者，少亦近芜。予所谓多，谓不可删逸之多，非唱沙作米、强凫变鹤①之多也。作宾白者，意则期多，字惟求少，爱虽难割，嗜亦宜专。每作一段，即自删一段，万不可删者始存，稍有可削者即去。此言逐龄初填之际，全稿未脱之先，所谓慎之于始也。然我辈作文，常有人以为非，而自认作是者；又有初信为是，而后悔其非者。文章出自己手，无一非佳，诗赋论其初成，无语不妙，迨易日经时之后，取而观之，则妍媸好丑之间，非特人能辨别，我亦自解雌黄②矣。此论虽说填词，实各种诗文之通病，古今才士之恒情也。凡作传奇，当于开笔之初，以至脱稿之后，隔日一删，逾月一改，始能淘沙得金，无瑕瑜互见之失矣。此说予能言之不能行之者，则人与我中分其咎。予终岁饥驱，杜门日少，每有所作，率多草草成篇，章名急就，非不欲删，非不欲改，无可删可改之时也。每成一剧，才落毫端，即为坊人攫去，下半犹未脱稿，上半业已灾梨③，非止灾梨，彼伶工之捷足者，又复灾其肺肠，灾其唇舌，遂使一成不改，终为痼疾难医。予非不务洁净，天实使之，谓之何哉！（赵声伯④云：文章至此，可称无翼而飞，"曲子相公"⑤之不能收拾，即若是也。快哉！古今文人有几？）

[注释]

①唱沙作米、强凫变鹤："唱沙作米"，或谓"唱筹量沙"，此典故出自《南史·檀道济传》：南朝宋大将檀道济与北魏战，粮尽欲撤退，军无斗志，就于夜间高叫着用粮斗量沙，魏军闻知檀军中有粮，不敢追赶。"强凫变鹤"，语出《庄子·骈拇》："长者不为有馀，短者不为不足。是故凫胫虽短，续之则忧；鹤胫虽长，断之则悲。"本文使用这两个典故，意思是说该多则多，该少则少，该长则长，该短则短，都要根据实际的需要，遵循文章的自然逻辑。而不是像唱筹量沙那样以少充多，也不是像勉强凫变鹤那样把

其腿接长。

②雌黄：矿物名，可制成黄色颜料。古代人用黄纸写字，需要改动的地方就用雌黄涂抹掉，因此雌黄相当于当代的涂改液。于是后世称改易文字为雌黄。本文云"自解雌黄"，是说自己知道该怎么修改。

③灾梨：古代印刷雕版多用梨木或枣木，于是形容滥刻无用或不好的书便称为灾梨祸枣。如《阅微草堂笔记》卷六《滦阳消夏录六》云："至于交通声气，号召生徒，祸枣灾梨，递相神圣……"本文为李渔谦称自己的传奇付刻。

④赵声伯：名时揖，字声伯，浙江绍兴人，流寓江宁。李渔文友之一，李渔有《与赵声伯文学》及《柬赵声伯》书信，见《笠翁一家言文集》卷三。

⑤曲子相公：即五代时和凝（898—955），字成绩，郓州须昌（今山东东平）人。19岁中进士，历仕后梁、后唐、后晋、后汉、后周五朝。善作短歌艳词，人称"曲子相公"。

意取尖新

纤巧二字，行文之大忌也，处处皆然，而独不戒于传奇一种。传奇之为道也，愈纤愈密，愈巧愈精。词人忌在老实，老实二字，即纤巧之仇家敌国也。然纤巧二字，为文人鄙贱已久，言之似不中听，易以尖新二字，则似变瑕成瑜。其实尖新即是纤巧，犹之暮四朝三，未尝稍异。同一话也，以尖新出之，则令人眉扬目展，有如闻所未闻；以老实出之，则令人意懒心灰，有如听所不必听。白有尖新之文，文有尖新之句，句有尖新之字，则列之案头，不观则已，观则欲罢不能；奏之场上，不听则已，听则求归不得。尤物足以移人①，尖新二字，即文中之尤物也。

[注释]

①尤物足以移人：尤物，指特别突出的人物。《左传·昭公二十八年》云："夫有尤物，足以移人。"后世常以尤物指绝色的美女，如《红楼梦》第六十六回中，贾宝玉对柳湘莲说："我在那里和他们混了一个月，怎么不知？真真一对尤物，他又姓尤。"本文中以尤物指诗文中特别突出的字眼。

少用方言

填词中方言之多，莫过于《西厢》一种，其馀今词古曲，在在有之。非止词曲，即四书之中，《孟子》一书亦有方言，天下不知而予独知之，予读《孟子》五十馀年不知，而今知之，请先毕其说。（王宓草①云：石破天惊，轰雷四起。）儿时读"自反而缩，虽褐宽博，吾不惴焉"②，观朱注云："褐，贱者之服；宽博，宽大之衣。"③心甚惑之。因生南方，南方衣褐者寡，间有服者，强半富贵之家，名虽褐而实则绒也。因讯蒙师：谓褐乃贵人之衣，胡云贱者之服？既云贱矣，则当从约，短一尺，省一尺购办之资，少一寸，免一寸缝纫之力，胡不窄小其制而反宽大其形，是何以故？师默然不答，再询，则顾左右而言他④。具此狐疑，数十年未解。及近游秦塞，见其土著之民，人人衣褐，无论丝罗罕靓，即见一二衣布者，亦类空谷足音。因地寒不毛，止以牧养自活，织牛羊之毛以为衣，又皆粗而不密，其形似毯，诚哉其为贱者之服，非若南方贵人之衣也！又见其宽则倍身，长复扫地。即而讯之，则曰："此衣之外，不复有他，衫裳襦裤，总以一物代之，日则披之当服，夜则拥以为衾，非宽不能周遭其身，非长不能尽覆其足。《鲁论》'必有寝衣，长一身有半'⑤，即是类也。"予始幡然大悟曰："太史公著书，必游名山大川⑥，其斯之谓欤！"盖古来圣贤多生西北，所见皆然，故方言随口而出。朱文公⑦南人也，彼乌知之？故但释字义，不求甚解，使千古疑团，至今未破，非予远游绝塞，亲觏其人，乌知斯言之不谬哉？（胆大包身，始能发此快论。然有此识，方有此胆，胆亦不易大也⑧。）由是观之，四书之文犹不可尽法，况《西厢》之为词曲乎？

凡作传奇，不宜频用方言，令人不解。近日填词家，见花面登场，悉作姑苏口吻，遂以此为成律，每作净丑之白，即用方言。不知此等声音，止能通于吴越，过此以往，则听者茫然。传奇天下之书，岂仅为吴越而设？至于他处方言，虽云入曲者少，亦视填词者所生之地。如汤若士生于江右，即当规避江右之方言，藜花主人吴石渠生于阳羡⑨，即当规避阳羡之方言。盖生此一方，未免为一方所囿。有明是方言，而我不知其为方言，及入他境，对人言之而人不解，始知其为方言者。诸如此类，易地皆然。欲作传奇，不可不存桑弧蓬矢⑩之志。

[注释]

①王宓草：本名著，字安节，王左车次子，王安节之弟。除为《闲情偶寄》写眉评之外，还为李渔的诗文作评。

②此语见《孟子·公孙丑上》，原文是："自反而不缩，虽褐宽博，吾不惴焉；自反而缩，虽千万人，吾往矣。"李渔引述有误。

③此为朱熹《四书集注》中之语句。此处谓"褐，贱者之服"，并不准确。"褐"，应是"粗劣的衣服"。因贱者只能穿粗劣的衣服，所以朱熹解释为"贱者之服"。

④顾左右而言他：不正面回答问题，而是左顾右盼，岔开说别的事情。此语原出自《孟子·梁惠王下》，原文是："孟子谓齐宣王……曰：'四境之内不治，则如之何？'王顾左右而言他。"

⑤此语见《论语·乡党》。寝衣，即被，被的长度应是身长的一倍半。《鲁论》即《论语》。《论语》在汉代有《齐论》《鲁论》《古论》三种，前二者为今文，《古论》为古文。《鲁论》是鲁国人传世的《论语》，共20

篇，经汉代张禹讲授，成为后世流传的通行本《论语》。至清代仍然习惯于称《论语》为《鲁论》。

⑥太史公：即司马迁。《史记·太史公自序》和《汉书·司马迁传》俱载司马迁20岁以后出游全国各地，这样的阅历是他后来能够完成《史记》巨著的重要知识积累和必要准备。

⑦朱文公：即朱熹，谥号为"文"，世称朱文公，其著作后人编为《朱文公集》。

⑧此条眉评，原刊本未注明评者之名，当同前，即王宓草。

⑨阳羡：即江苏宜兴，因宜兴在汉代曾置阳羡县，属会稽郡，宋太平兴国初年改名宜兴。吴炳（1595—1648），初名寿元，字可先，号石渠，又号粲花主人，宜兴人。撰作传奇《西园记》《绿牡丹》《疗妒羹》《画中人》《情邮记》，合称为"粲花五种曲"或"石渠五种曲"，今俱存于吴梅编《奢摩他室曲丛》。

⑩桑弧蓬矢：少年时对于未来的远大志向。古时男子出生，以桑木作弓、蓬草为矢，使射人射天地四方，寓志在四方之意。《礼记·内则》云："国君世子生……射人以桑弧蓬矢六，射天地四方。"桑弧蓬矢，也作桑弧蒿矢。

时防漏孔

一部传奇之宾白，自始至终，奚啻千言万语。多言多失，保无前是后非，有呼不应，自相矛盾之病乎？如《玉簪记》之陈妙常，道姑也，非尼僧也，其白云"姑娘在禅堂打坐"，其曲云"从今孽债染缁衣"①，"禅堂""缁衣"皆尼僧字面，而用入道家，有是理乎？诸如此类者，不能枚举。总之，文字短少者易为检点，长大者难于照顾。吾于古今文字中，取其最长最大，而寻不出纤毫渗漏者，惟《水浒传》一书②。设以他人为此，几同笊篱贮水，珠箔遮风，出者多而进者少，岂止三十六漏孔而已哉！

[注释]

①此为《玉簪记》第十九出《词媾》中《猫儿坠》一曲中陈妙常的唱词:"从今孽债染缁衣,欢娱,看双双一似凤求鸾配。"

②寻不出纤毫渗漏者,惟《水浒传》一书:此语是李渔对小说《水浒传》的推崇。其实,《水浒传》中"渗漏"之处甚多,当代关于《水浒传》的研究文章多有指谬。如:第十一回《林冲雪夜上梁山》中,既点明"时遇暮冬天气,彤云密布,朔风紧起",此时的梁山水泊沿岸一带应是坚冰封冻,人可以在冰上行走。可是小说却写朱贵酒店里的酒保说:"此间去梁山泊只数里,却是水路,全无旱路。若要去时,须用船去,方才渡得到那里。"林冲果然由朱贵陪同,乘船前往。这是季节物候方面的渗漏。因为作者是浙江人,按照他所认识的江南冬天的景象来写北方的冬景。又如:第三十九回《梁山泊戴宗传假信》中,戴宗从江州往东京为蔡九知府传送家信,却要路过远在汴京东北方向数百里之处的梁山泊。第五十九回《宋江闹西岳华山》中,宋江率领7000人马,"离了梁山泊,直取华州来,在路趱行,不止一日,早过了半路"。试想,从梁山泊到华州近1000公里,中间隔着京师汴京,这7000人的军队竟然这样神速而且不受阻拦,绝对办不到。这是地理方面的渗漏。诸如此类,还有不少。若说《水浒传》中的渗漏之处对于评价小说的成就瑕不掩瑜,是符合实际的;而若说"寻不出纤毫渗漏",则不够客观。

科诨第五

　　插科打诨①，填词之末技也，然欲雅俗同欢，智愚共赏，则当全在此处留神。文字佳，情节佳，而科诨不佳，非特俗人怕看，即雅人韵士，亦有瞌睡之时。作传奇者，全要善驱睡魔，睡魔一至，则后乎此者虽有《钧天》②之乐（图1-06），《霓裳羽衣》③之舞（图1-07），皆付之不见不闻，如对泥人作揖、土佛谈经矣。予尝以此告优人，谓戏文好处，全在下半本。只消三两个瞌睡，便隔断一部神情，瞌睡醒时，上文下文已不接续，即使抖起精神再看，只好断章取义，作零出观。若是，则科诨非科诨，乃看戏之人参汤也。养精益神，使人不倦，全在于此，可作小道观乎？

图1-06　传说中的"钧天广乐"

图 1-07　杨贵妃作《霓裳羽衣》之舞

[注释]

①插科打诨：古代戏曲术语，简称"科诨"，指演剧中掺入诙谐言语及滑稽动作，引逗观众发笑。《琵琶记》第一出《副末开场》中《水调歌头》词云："休论插科打诨，也不寻宫数调，只看子孝共妻贤。"杂剧与传奇中都必有科诨，这是古代戏曲的一个重要特点。明王骥德《曲律》第三十九《论插科》云："插科打诨，须作得极巧，又下得恰好。如善说笑话者，不动声色，而令人绝倒，方妙。"也作"挦科撒诨"，明李开先《一笑散》中《题副净》云："挦科撒诨，笑口一齐开。"

②《钧天》：即"钧天广乐"的简称，指天上的音乐。钧天，本义为天之中央，即上帝所居之所。广乐，广大之乐。《史记·扁鹊仓公列传》记赵简子云："我之帝所甚乐，与百神游于钧天，广乐九奏万舞，不类三代之

乐，其声动心。"又汉张衡《西京赋》有"飨以钧天广乐"语。后世即以"钧天广乐"代指人间罕有的最广大最高雅之音乐。

③《霓裳羽衣》：本为唐代乐曲名，为商调曲，从西凉传入，经唐明皇润色，于天宝十三载（754）改称《霓裳羽衣曲》。杨贵妃以此乐曲作《霓裳羽衣舞》，后来"霓裳羽衣"又成为著名而高贵的舞蹈的代名词。

戒淫亵

戏文中花面插科，动及淫邪之事，有房中道不出口之话，公然道之戏场者。无论雅人塞耳，正士低头，惟恐恶声之污听，且防男女同观，共闻亵语，未必不开窥窃之门。郑声宜放，正为此也。不知科诨之设，止为发笑，人间戏语尽多，何必专谈欲事？即谈欲事，亦有"善戏谑兮，不为虐兮"①之法，何必以口代笔，画出一幅春意图，始为善谈欲事者哉？人问：善谈欲事，当用何法，请言一二以概之。予曰：如说口头俗语，人尽知之者，则说半句，留半句，或说一句，留一句，令人自思。则欲事不挂齿颊②，而与说出相同，此一法也。如讲最亵之话虑人触耳者，则借他事喻之，言虽在此，意实在彼，人尽了然，则欲事未入耳中，实与听见无异，此又一法也。得此二法，则无处不可类推矣。

[注释]

①善戏谑兮，不为虐兮：见《诗经·卫风·淇奥》。意思是说，君子之德，有张有弛，有时很会开玩笑，但是并不过分。

②齿颊：牙齿与腮颊，代指人的面容。本文谓"欲事不挂齿颊"，指讲说情欲之事不表现在脸上。

忌俗恶

科诨之妙，在于近俗，而所忌者，又在于太俗。不俗则类腐儒之谈，太俗即非文人之笔。吾于近剧中，取其俗而不俗者，《还魂》而外，则有"粲花五种"①，皆文人最妙之笔也。"粲花五种"之长，不仅在此，才锋笔藻，可继《还魂》，其稍逊一筹者，则在气与力之间耳。《还魂》气长，"粲花"稍促；《还魂》力足，"粲花"略亏。虽然，汤若士之"四梦"②，求其气长力足者，惟《还魂》一种，其馀三剧则与"粲花"比肩。使粲花主人及今犹在，奋其全力，另制一种新词，则词坛赤帜③，岂仅为若士一人所攫哉？所恨予生也晚，不及与二老同时。他日追及泉台，定有一番倾倒，必不作妒而欲杀之状，向阎罗天子掉舌，排挤后来人也。

[注释]

① "粲花五种"见前《宾白第四·少用方言》注⑨。
② 汤若士之"四梦"：见前《词曲部·结构第一》注⑥。
③ 词坛赤帜：词曲领域的红旗，指领军挂帅的主将。明代万历时期，词曲界有汤显祖为代表的"临川派"和沈璟为代表的"吴江派"之争。沈自晋《望湖亭》传奇开场《临江仙》词云："词隐登坛标赤帜，休将玉茗称尊。"词隐即指沈璟，玉茗即指汤显祖，二人分别为词坛赤帜。关于吴炳的传奇，李渔认为可与汤显祖的作品相颉颃，评价相当高。后来至清代中期，《曲海总目提要》中《画中人》一剧的评论说："其关目又仿佛《牡丹亭》，盖吴炳'粲花五种'，皆力摹汤显祖'四梦'。"可见李渔的评论对后世有一定的影响。

重关系

科诨二字，不止为花面而设，通场脚色皆不可少。生旦有生旦之科诨，外末有外末之科诨，净丑之科诨则其分内事也。然为净丑之科诨易，为生旦外末之科诨难。雅中带俗，又于俗中见雅；活处寓板，即于板处证活。此等虽难，犹是词客优为之事。所难者，要有关系。关系维何？曰：于嘻笑诙谐之处，包含绝大文章；使忠孝节义之心，得此愈显。如老莱子之舞斑衣①，简雍之说淫具②，东方朔之笑彭祖面长，此皆古人中之善于插科打诨者也。作传奇者，苟能取法于此，是科诨非科诨，乃引人入道之方便法门耳。

[注释]

①老莱子之舞斑衣：即老莱子彩衣娱亲的典故，或称"斑衣戏彩""彩衣之舞"。相传老莱子70岁时，父母俱健在，他常身穿五色彩衣，在堂上作卧地啼哭、嘻笑等小儿情状，引逗父母愉快。见《初学记》卷十七《孝子传》、《艺文类聚》卷二十《列女传》。

②简雍之说淫具：简雍事及下句东方朔事俱见下节《贵自然》及注释。

贵自然

科诨虽不可少，然非有意为之。如必欲于某折之中，插入某科诨一段，或预设某科诨一段，插入某折之中，则是觅妓追欢，寻人卖笑，其为笑也不真，其为乐也亦甚苦矣。妙在水到渠成，天机自露。"我本无心说笑话，谁知笑话逼人来"，斯为科诨之妙境耳。如前所云简雍说淫具，东方朔笑彭祖。即取二事论之。蜀先主时，天旱禁酒，有吏向一人家索出酿酒之具，论者欲置之法。雍与先主游，见男女各行道上，雍谓先主曰："彼欲行淫，请缚之。"先主曰："何以知其行淫？"雍曰："各有其具，与欲酿未酿者同，是以知之。"先主大笑，而释蓄酿具者。①汉武帝时，有善相者，谓人中长一寸，寿当百岁。东方朔大笑，有司奏以不敬。帝责之，朔曰："臣非笑陛下，乃笑彭祖耳。人中一寸则百岁，彭祖岁八百，其人中不几八寸乎？人中八寸，则面几长一丈矣，是以笑之。"②此二事，可谓绝妙之诙谐，戏场有此，岂非绝妙之科诨？然当时必亲见男女同行，因而说及淫具；必亲听人中一寸寿当百岁之说，始及彭祖面长，是以可笑，是以能悟人主。如其未见未闻，突然引此为喻，则怒之不暇，笑从何来？笑既不得，悟从何有？此即贵自然、不贵勉强之明证也。吾看演《南西厢》③，见法聪口中所说科诨，迂奇诞妄，不知何处生来，真令人欲逃欲呕，而观者听者绝无厌倦之色，岂文章一道，俗则争取，雅则共弃乎？

[注释]

①简雍故事，见《三国志·蜀书·简雍传》。

②东方朔故事，见明谢肇淛《五杂组》卷十六《事部四》。东方朔此故事及简雍故事在后世广为流传。明末冯梦龙编的《古今笑·塞语部第二十五》即收入《禁酿具》与《彭祖面长》两则。东方朔说彭祖面长故事又见明浮白斋主人《雅谑》。

③《南西厢》：即李日华所撰传奇《南调西厢记》。见前《音律第三》注⑨。

格局第六

传奇格局,有一定而不可移者,有可仍可改、听人自为政者。开场用末,冲场用生;开场数语,包括通篇,冲场一出,蕴酿全部,此一定不可移者。开手宜静不宜喧,终场忌冷不忌热,生旦合为夫妇,外与老旦非充父母即作翁姑,此常格也。然遇情事变更,势难仍旧,不得不通融兑换而用之,诸如此类,皆其可仍可改、听人为政者也。近日传奇,一味趋新,无论可变者变,即断断当仍者,亦加改窜,以示新奇。予谓文字之新奇,在中藏①不在外貌,在精液不在渣滓,犹之诗赋古文以及时艺,其中人才辈出,一人胜似一人,一作奇于一作,然止别其词华,未闻异其资格。有以古风之局而为近律者乎?有以时艺②之体而作古文者乎?绳墨不改,斧斤自若,而工师之奇巧出焉。行文之道,亦若是焉。

[注释]

①中藏(zàng):古时中医称人体的内脏。《史记·扁鹊仓公列传》云:"其色泽者,中藏无邪气及重病。"本文借此指文章的内容及内涵,以"外貌"指文章的形式。

②时艺:即明清时科举考试的文体八股文。因相对于古代的"古文"而言,故又称时文或制艺。

家　门①

开场数语,谓之"家门"。虽云为字不多,然非结构已完、胸有成竹者,不能措手。即使规模已定,犹虑做到其间,势有阻挠,不得顺流而下,未免小有更张,是以此折最难下笔。如机锋锐利,一往而前,所谓信手拈来,头头是道,则从此折做起,不则姑缺首篇,以俟终场补入。犹塑佛者不即开光,画龙者点睛有待,非故迟之,欲俟全像告成,其身向左则目宜左视,其身向右则目宜右观,俯仰低徊,皆从身转,非可预为计也。此是词家讨便宜法,开手即以告人,使后来作者未经捉笔,先省一番无益之劳,知笠翁为此道功臣,凡其所言,皆真切可行之事,非大言欺世者比也。

未说家门,先有一上场小曲,如《西江月》《蝶恋花》之类,总无成格,听人拈取。此曲向来不切本题,止是劝人对酒忘忧、逢场作戏诸套语。予谓词曲中开场一折,即古文之冒头,时文之破题,务使开门见山,不当借帽覆顶。即将本传中立言大意,包括成文,与后所说家门一词相为表里。前是暗说,后是明说,暗说似破题,明说似承题,如此立格,始为有根有据之文。场中阅卷,看至第二三行而始觉其好者,即是可取可弃之文;开卷之初,能将试官眼睛一把拿住,不放转移,始为必售之技。吾愿才人举笔,尽作是观,不止填词而已也。(王左车云:先生之文,篇篇若是;先生之书,部部若是。所谓现身说法者也。)

元词开场,止有冒头数语,谓之"正名"②,又曰"楔子"③,多则四句,少则二句,似为简捷。然不登场则已,既用副末上场,脚才点地,遂尔抽身,亦觉张皇失次。增出家门一段,甚为有理。然家门之前,另有一词,今之梨园皆略去前词,只就家门说起,止图省力,埋没作者一段深心。大凡说话作文,同是一理,入手之初,不宜太远,亦正不宜太近。文章所忌者,开口骂题,便说几句闲文,才归正传,亦未尝不可,胡遽惜字如金,而作此卤莽灭裂④之状也?作者万勿因其不读而作省文。至于末后四句,非止全该,又宜别俗。元人楔子,太近老实,不足法也。

[注释]

①家门：古代戏曲术语。其概念有两个含义。一是指南戏或传奇的第一出开始时，由副末或末上场说明作者的创作意图和剧情大意，也叫"副末登场"或"家门大意"。研究者一般认为这是从宋代乐舞的"致语"演变而来。二是角色上场时作一段自我介绍，叫"自报家门"。本文中"家门"单立一节进行阐述，是指第一种含义。

②正名：古代戏曲术语，即"题目正名"，又称"正目"或"题目"。即杂剧中用以总括全剧情节的对句，或者一联，或者两联，元杂剧剧本多把"正名"放在剧本之末，明杂剧剧本多放在开头。如元刊本关汉卿的杂剧《窦娥冤》之末的"正名"是"秉鉴持衡廉访法，感天动地窦娥冤"，《蝴蝶梦》之末的"题目正名"是"葛皇亲挟势行凶横，赵顽驴偷马残生送，王婆婆贤德抚前儿，包待制三勘蝴蝶梦"；明代王九思的杂剧《曲江春》的"正名"在剧本开头处："唐肃宗擢用文臣，曲江媪不识诗人，岑评事好奇邀客，杜子美沽酒游春。"

③楔子：古代戏曲术语。楔子本义是木工加入榫中的小木块，使构件牢固，借用来指杂剧剧本中于四折之外增加的独立的一折，一般放在开头，有时也放在中间。如元杂剧《窦娥冤》的"楔子"在开头第一折之前；高文秀的杂剧《刘玄德独赴襄阳会》在第三折、第四折之前各有一个"楔子"。

④卤莽灭裂：语出《庄子·则阳》，原文云："君为政焉勿卤莽，治民焉勿灭裂。"前人注解说："卤莽灭裂，轻脱末略，不尽其分。"后以此词指行为粗疏，轻率败事。《幼学琼林·人事》云："卤莽灭裂，言其不精。"

冲　场①

开场第二折，谓之"冲场"。冲场者，人未上而我先上也。必用一悠长引子②。引子唱完，继以诗词及四六排语，谓之"定场白"③，言其未说之先，人不知所演何剧，耳目摇摇，得此数语，方知下落，始未定而今方定也。此折之一引一词，较之前折家门一曲，犹难措手。务以寥寥数言，道尽本人一腔心事，又且蕴酿全部精神，犹家门之括尽无遗也。同属包括之词，而分难易于其间者，以家门可以明说，而冲场引子及定场诗词全用暗射，无一字可以明言故也。非特一本戏文之节目全于此处埋根，而作此一本戏文之好歹，亦即于此时定价。何也？开手笔机飞舞，墨势淋漓，有自由自得之妙，则把握在手，破竹之势已成，不忧此后不成完璧。如此时此际文情艰涩，勉强支吾，则朝气昏昏，到晚终无晴色，不如不作之为愈也。然则开手锐利者宁有几人？不几阻抑后辈，而塞填词之路乎？曰：不然。有养机使动之法在：如入手艰涩，姑置勿填，以避烦苦之势；自寻乐境，养动生机，俟襟怀略展之后，仍复拈毫，有兴即填，否则又置，如是者数四，未有不忽撞天机者。若因好句不来，遂以俚词塞责，则走入荒芜一路，求辟草昧而致文明，不可得矣。

[注释]

①冲场：古代戏曲术语。元杂剧中一般先由"冲末"上场，故名"冲场"，就是打开场面的意思。到明清传奇中这一形式有所发展，一般先用一段"引子"，接着是"定场白"，扼要介绍登场人物的身份、性格、环境及当时要表达的意思，并将全剧的主要内容对观众作些暗示。冲场与"家门"不同，"家门"可以明言，而"冲场"只能用暗示的方式。

②引子：古代戏曲术语。一般是指传奇开场之后主要角色出场时先念诵的一首慢词，起引导过曲或引起下文的意思，故称"引子"。正生出场时常用一种长引子，如《满庭芳》或《东风第一枝》等。"引子"是冲场的程序之一，其内容包括人物自我介绍及概括剧情等，文词要求精练而含蓄，使演剧一开始即引人入胜。焦循《剧说》卷三引录《渔矶漫钞》云，袁于令撰作的《瑞玉记》传奇，演明天启年间魏忠贤死党巡抚毛一鹭及织造太监李实构陷周顺昌故事，苏州的缙绅邀请袁于令一同观看优人的首次搬演，"是日诸公毕集，而袁尚未至，优人请曰：'剧中李实登场，尚少一引子，

乞足之。'于是诸公各拟一调。俄而袁至,告以优人所请。袁笑曰:'几忘之。'即索笔书《卜算子》云:'局势趋东厂,人面翻新样;织造平添一段忙,待织就迷天网。'语不多而句句双关巧妙,诸公叹服,遂各毁其所作"。从这一故事可知"引子"的特点和作用。

③定场白:古代戏曲术语。又称"坐场白"。传奇中主要人物出场时,在"引子"和"定场诗"之后,用散语或骈语自叙身世及当时的情境、心态等,是定场诗的进一步具体化,须点明问题或揭示矛盾。如《牡丹亭》第二出《言怀》,柳梦梅上场,所唱的《真珠帘》一曲是引子,接着念的《鹧鸪天》词是定场诗,再接下来言道:"小生姓柳,名梦梅,表字春卿。原系唐朝柳州司马柳宗元之后,留家岭南。父亲朝散之职,母亲县君之封……"即是定场白。

出脚色

本传中有名脚色,不宜出之太迟。如生为一家,旦为一家,生之父母随生而出,旦之父母随旦而出,以其为一部之主,馀皆客也。虽不定在一出二出,然不得出四五折之后。太迟则先有他脚色上场,观者反认为主,及见后来人,势必反认为客矣。即净丑脚色之关乎全部者,亦不宜出之太迟。善观场者,止于前数出所见,记其人之姓名;十出以后,皆是枝外生枝,节中长节,如遇行路之人,非止不问姓字,并形体面目皆可不必认矣。

小收煞①

上半部之末出,暂摄情形,略收锣鼓,名为"小收煞"。宜紧忌宽,宜热忌冷,宜作郑五歇后②,令人揣摩下文,不知此事如何结果。如做把戏者,暗藏一物于盆盎衣袖之中,做定而令人射覆③,此正做定之际、众人射覆之时也。戏法无真假,戏文无工拙,只是使人想不到、猜不着，便是好戏法、好戏文。猜破而后出之，则观者索然，作者赧然，不如藏拙之为妙矣。

[注释]

①小收煞：古代戏曲术语。传奇剧本通常分为上下两部，情节发展至上半部末出时，略为收煞，名为小收煞。

②郑五歇后：郑五即郑綮，唐末荥阳人，排行第五，故人称郑五。善作诗，多诙谐之语和歇后手法，时称"郑五歇后体"。所谓歇后，其特点是写作时引用成语或前人成句，字面上只用前面部分，而本意实在于后面部分，即故意把后面之字停歇下来，故称歇后，或称透字。郑綮于唐昭宗乾宁初年官拜中书门下平章事，诏下，他说："歇后郑五作宰相，事可知矣。"事见《旧唐书》《新唐书》本传。

③射覆：猜测覆盖之物，这是古代近似于占卜的一种游戏。史籍所载射覆的事例，多是有关术数家的传说，如《汉书·东方朔传》云："上尝使诸数家射覆，置守宫盂下；射之，皆不能中。朔自赞曰：'臣尝受《易》，请射之。'"前人注解说："数家，术数之家也。于覆器下而置诸物，令暗射之，故云射覆。"

大收煞①

全本收场，名为"大收煞"。此折之难，在无包括之痕，而有团圆之趣。如一部之内，要紧脚色共有五人，其先东西南北各自分开，到此必须会合。此理谁不知？但其会合之故，须要自然而然，水到渠成，非由车辇②。最忌无因而至，突如其来，与勉强生情，拉成一处，令观者识其有心如此，与恕其无可奈何者，皆非此道中绝技，因有包括之痕也。骨肉团聚，不过欢笑一场，以此收锣罢鼓，有何趣味？水穷山尽之处，偏宜突起波澜，或先惊而后喜，或始疑而终信，或喜极信极而反致惊疑，务使一折之中，七情俱备,始为到底不懈之笔,愈远愈大之才,所谓有团圆之趣者也。予训儿辈,尝云:"场中作文,有倒骗主司入彀③之法:开卷之初,当以奇句夺目,使之一见而惊,不敢弃去,此一法也;终篇之际,当以媚语摄魂,使之执卷留连,若难遽别,此一法也。"收场一出,即勾魂摄魄之具,使人看过数日,而犹觉声音在耳、情形在目者,全亏此出撒娇,作"临去秋波那一转"④也。

[注释]

①大收煞:古代戏曲术语。传奇剧本至末出收场,俗称"大团圆"。剧中情节经过种种曲折,至此终结;剧中的矛盾发展,至此得以解决或调和;剧中主要人物经过许多悲欢离别,至此得以会合。

②车戽(hù):水车和戽斗,都是汲水灌田的用具。戽斗的形制,明末徐光启《农政全书》卷十七《灌溉图谱》有详细介绍。中国古代使用水车和戽斗进行灌溉由来已久,而且使用的时间相当长。宋陆游《喜雨》诗云:"水车罢踏戽斗藏,家家买酒歌时康。"见《剑南诗稿》卷二十七。

③入彀:本义是指进入弓箭的有效射程之内。比喻意义是指人受到笼络或中了圈套而就范。五代王定保《唐摭言》卷一《述进士》上篇云,唐太宗驾临皇宫端门,见新科进士鱼贯而出,高兴地说:"天下英雄,入吾彀中矣。"后世因称科举考试得中为入彀。本文谓"倒骗主司入彀",是反其意而用此词,意思是说考生运用写作技巧骗得考官好感,从而达到科考得中的目的。

④临去秋波那一转:《西厢记》第一本第一折结尾时,张君瑞所唱《赚煞》曲中的句子:"怎当他临去秋波那一转。"

填词馀论

读金圣叹所评《西厢记》①,能令千古才人心死。夫人作文传世,欲天下后代知之也,且欲天下后代称许而赞叹之也。殆其文成矣，其书传矣，天下后代既群然知之，复群然称许而赞叹之矣，作者之苦心，不几大慰乎哉？予曰：未甚慰也。誉人而不得其实，其去毁也几希。但云千古传奇当推《西厢》第一，而不明言其所以为第一之故，是西施之美，不特有目者赞之，盲人亦能赞之矣。自有《西厢》以迄于今，四百馀载，推《西厢》为填词第一者，不知几千万人，而能历指其所以为第一之故者，独出一金圣叹。是作《西厢》者之心，四百馀年未死，而今死矣。不特作《西厢》者心死，凡千古上下操觚②立言者之心，无不死矣。人患不为王实甫耳，焉知数百年后，不复有金圣叹其人哉！

圣叹之评《西厢》，可谓晰毛辨发，穷幽极微，无复有遗议于其间矣。然以予论之，圣叹所评，乃文人把玩之《西厢》，非优人搬弄之《西厢》也。文字之三昧，圣叹已得之；优人搬弄之三昧，圣叹犹有待焉。如其至今不死，自撰新词几部，由浅及深，自生而熟，则又当自火其书，而别出一番诠解。甚矣，此道之难言也。

圣叹之评《西厢》，其长在密，其短在拘，拘即密之已甚者也。无一句一字不逆溯其源，而求命意之所在，是则密矣，然亦知作者于此，有出于有心，有不必尽出于有心者乎？心之所至，笔亦至焉，是人之所能为也；若夫笔之所至，心亦至焉，则人不能尽主之矣。且有心不欲然，而笔使之然，若有鬼物主持其间者，此等文字，尚可谓之有意乎哉？文章一道，实实通神，非欺人语。千古奇文，非人为之，神为之、鬼为之也，人则鬼神所附者耳。

[注释]

①金圣叹所评《西厢记》：即《贯华堂第六才子书西厢记》，见前《词采第二·忌填塞》注①、注③。

②操觚（gū）：觚，古代书写时用的木简，"操觚"即是提笔写作，后以此代指作文。

卷二 演习部

选脚色、正音韵等事，载在《歌舞》项下。男优女乐，事理相同，欲习声乐者，两类互观，始无缺略。

选剧第一

填词之设,专为登场;登场之道,盖亦难言之矣。词曲佳而搬演不得其人,歌童好而教率不得其法,皆是暴殄天物,此等罪过,与裂缯毁璧等也。方今贵戚通侯,恶谈杂技,单重声音,可谓雅人深致,崇尚得宜者矣。所可惜者:演剧之人美,而所演之剧难称尽美;崇雅之念真,而所崇之雅未必果真。尤可怪者:最有识见之客,亦作矮人观场①,人言此本最佳,而辄随声附和,见单即点,不问情理之有无,以致牛鬼蛇神塞满氍毹②之上。极长词赋之人,偏与文章为难,明知此剧最好,但恐偶违时好,呼名即避,不顾才士之屈伸,遂使锦篇绣帙,沉埋瓿瓮之间。汤若士之《牡丹亭》《邯郸梦》得以盛传于世,吴石渠之《绿牡丹》《画中人》得以偶登于场者,皆才人侥幸之事,非文至必传之常理也。若据时优本念,则愿秦皇复出,尽火文人已刻之书,止存优伶所撰诸抄本,以备家弦户诵而后已。伤哉,文字声音之厄,遂至此乎!吾谓《春秋》之法,责备贤者③,当今瓦缶雷鸣,金石绝响,非歌者投胎之误,优师指路之迷,皆顾曲周郎之过也。使要津之上,得一二主持风雅之人,凡见此等无情之剧,或弃而不点,或演不终篇而斥之使罢,上有憎者,下必有甚焉者矣。观者求精,则演者不敢浪习,黄绢色丝之曲,外孙齑臼之词④,不求而自至矣。吾论演习之工而首重选剧者,诚恐剧本不佳,则主人之心血,歌者之精神,皆施于无用之地。使观者口虽赞叹,心实咨嗟,何如择术务精,使人心口皆羡之为得也。

[注释]

①矮人观场：即矮子看戏，因个子矮看不见，就随人之议而附和。朱熹《朱子语类·一一六》云："如矮子看戏相似，见人道好，他也道好。及至问著他那里是好处，元不曾识。"明代李贽《圣教小引》云："余自幼读圣教，不知圣教；尊孔子，不知孔子何自可尊。所谓矮子观场，随人说妍，和声而已。"见《续焚书》卷二。

②氍毹（qúyú）：毛或毛麻混织的毛布、地毯之类。宋代以后杂剧及传奇的演出，常在铺设的红色氍毹上进行，因此即以氍毹代指戏曲演出的舞台或场所。

③《春秋》之法，责备贤者：孔子作《春秋》，褒贬分明。《春秋序》云："其微显阐幽，裁成义类者，皆据旧例而发义，指行事以正褒贬。"以此为宗旨，书中叙事对贤者的责难尤为严格。于是，《新唐书·太宗本纪·赞》云："《春秋》之法，常责备于贤者。"本文中指对于前代戏曲名家名作的批评也从严要求。

④黄绢色丝之曲，外孙齑臼之词：语出《世说新语·捷悟》："魏武尝过曹娥碑下，杨修从碑背上见题'黄绢幼妇，外孙齑臼'八字。……修曰：黄绢，色丝也，于字为绝；幼妇，少女也，于字为妙；外孙，女子也，于字为好；齑臼，受辛也，于字为辞。所谓绝妙好辞也。"本文中李渔的引述，代指"绝妙好辞"之意。

别古今

选剧授歌童，当自古本始。古本既熟，然后间以新词，切勿先今而后古。何也？优师教曲，每加工于旧，而草草于新。以旧本人人皆习，稍有谬误，即形出短长；新本偶尔一见，即有破绽，观者听者未必尽晓，其拙尽有可藏。且古本相传至今，历过几许名师，传有衣钵，未当而必归于当，已精而益求其精，犹时文中"大学之道"①"学而时习之"②诸篇，名作如林，非敢草草动笔者也。新剧则如巧搭新题，偶有微长，则动主司之目矣。故开手学戏，必宗古本。而古本又必从《琵琶》《荆钗》《幽闺》《寻亲》等曲唱起，盖腔板之正，未有正于此者。此曲善唱，则以后所唱之曲，腔板皆不谬矣。旧曲既熟，必须间以新词。切勿听拘士腐儒之言，谓新剧不如旧剧，一概弃而不习。盖演古戏，如唱清曲，只可悦知音数人之耳，不能娱满座宾朋之目。听古乐而思卧，听新乐而忘倦③。古乐不必《箫》《韶》④，《琵琶》《幽闺》等曲即今之古乐也。但选旧剧易，选新剧难。教歌习舞之家，主人必多冗事，且恐未必知音，势必委诸门客，询之优师。门客岂尽周郎，大半以优师之耳目为耳目。而优师之中，淹通文墨者少，每见才人所作，辄思避之，以凿枘⑤不相入也。故延优师者，必择文理稍通之人，使阅新词，方能定其美恶。又必藉文人墨客参酌其间，两议佥同，方可授之使习。此为主人多冗，不谙音乐者而言。若系风雅主盟，词坛领袖，则独断有馀，何必知而故询？噫！欲使梨园风气丕变维新，必得一二缙绅长者主持公道，俾词之佳者必传，剧之陋者必黜，则千古才人心死，现在名流，有不以沉香刻木而祀之者乎？

[注释]

①大学之道："四书"之一《大学》开篇的第一句话："大学之道，在明明德。"后世通常以此语代表《大学》。

②学而时习之：《论语》开篇的第一句话："子曰：学而时习之，不亦说乎？"

③听古乐而思卧，听新乐而忘倦：《礼记·乐记》云："魏文侯问于子夏曰：'吾端冕而听古乐，则唯恐卧；听郑卫之音，则不知倦。'"

④《箫》《韶》：相传为舜时的乐曲。《尚书·益稷》云："箫韶九成，凤凰来仪。"前人注解说，箫是乐器而非乐名。但是，后世的诗文词曲中常把《箫》与《韶》作为古代经典雅乐的代称，如清代以宋代杨家将忠心报国故事为题材的长篇宫廷大戏就命名为《昭代箫韶》。

⑤凿枘：凿，阴的榫卯；枘，阳的榫头。凿与枘本来是应当配合相称的，但若是圆凿而方枘则格格不入。《楚辞》中宋玉《九辩》云："圆凿而方枘兮，吾固知其鉏铻而难入。""鉏铻"或作"龃龉"。后世用"凿枘"一词，一般即取"圆凿方枘"之义，比喻不相配合。

剂冷热

今人之所尚，时优之所习，皆在热闹二字；冷静之词，文雅之曲，皆其深恶而痛绝者也。然戏文太冷，词曲太雅，原足令人生倦，此作者自取厌弃，非人有心置之也。然尽有外貌似冷而中藏极热，文章极雅而情事近俗者，何难稍加润色，播入管弦？乃不问短长，一概以冷落弃之，则难服才人之心矣。予谓传奇无冷热，只怕不合人情。如其离合悲欢，皆为人情所必至，能使人哭，能使人笑，能使人怒发冲冠，能使人惊魂欲绝，即使鼓板不动，场上寂然，而观者叫绝之声，反能震天动地。是以人口代鼓乐，赞叹为战争，较之满场杀伐，钲鼓雷鸣而人心不动，反欲掩耳避喧者为何如？岂非冷中之热，胜于热中之冷，俗中之雅，逊于雅中之俗乎哉？

变调第二

变调者，变古调为新调也。此事甚难，非其人不行，存此说以俟作者。才人所撰诗赋古文，与佳人所制锦绣花样，无不随时更变。变则新，不变则腐；变则活，不变则板。至于传奇一道，尤是新人耳目之事，与玩花赏月同一致也。使今日看此花，明日复看此花，昨夜对此月，今夜复对此月，则不特我厌其旧，而花与月亦自愧其不新矣。故桃陈则李代，月满即哉生①。花月无知，亦能自变其调，矧词曲出生人之口，独不能稍变其音，而百岁登场，乃为三万六千日雷同合掌之事乎？吾每观旧剧，一则以喜，一则以惧。喜则喜其音节不乖，耳中免生芒刺；惧则惧其情事太熟，眼角如悬赘疣。学书学画者，贵在仿佛大都，而细微曲折之间，正不妨增减出入，若止为依样葫芦，则是以纸印纸，虽云一线不差，少天然生动之趣矣。因创二法，以告世之执郢斤者②。

[注释]

①月满即哉生："哉"有"始""才"之意，"哉生"即初生。《尚书·武成》有"哉生明"语，是说每月的初三日月亮开始生光；《尚书·康诰》有"哉生魄"语，是说每月的十六日月亮开始缺，即开始出现月魄（月上无光的部分）；而每月的十五日即是"哉生"。

②郢斤：郢，春秋时楚国都城；斤，木工用的斧头。《庄子·徐无鬼》记有郢匠运斤成风、去掉某人鼻尖白灰的故事，后世以"郢政"比喻求人教正差错，以"郢匠""执郢斤者"比喻能给别人以指教的高手。

缩长为短

观场之事，宜晦不宜明。其说有二：优孟衣冠，原非实事，妙在隐隐跃跃之间。若于日间搬弄，则太觉分明，演者难施幻巧，十分音容，止作得五分观听，以耳目声音散而不聚故也。且人无论富贵贫贱，日间尽有当行之事，阅之未免妨工。抵暮登场，则主客心安，无妨时失事之虑，古人秉烛夜游，正为此也。然戏之好者必长，又不宜草草完事，势必阐扬志趣，摹拟神情，非达旦不能告阕。然求其可以达旦之人，十中不得一二，非迫于来朝之有事，即限于此际之欲眠，往往半部即行，使佳话截然而止。予尝谓好戏若逢贵客，必受腰斩之刑。虽属谑言，然实事也。与其长而不终，无宁短而有尾，故作传奇付优人，必先示以可长可短之法：取其情节可省之数折，另作暗号记之，遇清闲无事之人，则增入全演，否则拔而去之。此法是人皆知，在梨园亦乐于为此。但不知减省之中，又有增益之法，使所省数折，虽去若存，而无断文截角之患者，则在秉笔之人略加之意而已。法于所删之下折，另增数语，点出中间一段情节，如云昨日某人来说某话，我如何答应之类是也；或于所删之前一折，预为吸起，如云我明日当差某人去干某事之类是也。如此，则数语可当一折，观者虽未及看，实与看过无异，此一法也。予又谓多冗之客，并此最约者亦难终场，是删与不删等耳。尝见贵介命题，止索杂单，不用全本，皆为可行即行，不受戏文牵制计也。予谓全本太长，零出太短，酌乎二者之间，当仿《元人百种》①之意，而稍稍扩充之，另编十折一本，或十二折一本之新剧，以备应付忙人之用。或即将古书旧戏，用长房妙手②，缩而成之。但能沙汰得宜，一可当百，则寸金丈铁，贵贱攸分，识者重其简贵，未必不弃长取短，另开一种风气，亦未可知也。此等传奇，可以一席两本，如佳客并坐，势不低昂，皆当在命题之列者，则一后一先，皆可为政，是一举两得之法也。有暇即当属草，请以下里巴人，为白雪阳春之倡。

[注释]

①《元人百种》：见前《词曲部·结构第一》注⑦。

②长房妙手：指神仙费长房的缩地之法。《后汉书·方术传》记他能在一日之间，人或见其在千里之外数处。其事又见葛洪《神仙传》。

变旧成新

演新剧如看时文，妙在闻所未闻，见所未见；演旧剧如看古董，妙在身生后世，眼对前朝。然而古董之可爱者，以其体质愈陈愈古，色相愈变愈奇。如铜器玉器之在当年，不过一刮磨光莹之物耳，迨其历年既久，刮磨者浑全无迹，光莹者斑驳成文，是以人人相宝，非宝其本质如常，宝其能新而善变也。使其不异当年，犹然是一刮磨光莹之物，则与今时旋造者无别，何事什佰其价而购之哉？旧剧之可珍，亦若是也。今之梨园，购得一新本，则因其新而愈新之，饰怪妆奇，不遗馀力。演到旧剧，则千人一辙，万人一辙，不求稍异。观者如听蒙童背书，但赏其熟，求一换耳换目之字而不得，则是古董便为古董，却未尝易色生斑，依然是一刮磨光莹之物，我何不取旋造者观之，犹觉耳目一新，何必定为村学究，听蒙童背书之为乐哉？然则生斑易色，其理甚难，当用何法以处此？曰：有道焉。仍其体质，变其丰姿，如同一美人，而稍更衣饰，便足令人改观，不俟变形易貌，而始知别一神情也。体质维何？曲文与大段关目是已。丰姿维何？科诨与细微说白是已。曲文与大段关目不可改者，古人既费一片心血，自合常留天地之间，我与何仇，而必欲使之埋没？且时人是古非今，改之徒来讪笑，仍其大体，既慰作者之心，且杜时人之口。科诨与细微说白不可不变者，凡人作事，贵于见景生情。世道迁移，人心非旧，当日有当日之情态，今日有今日之情态，传奇妙在入情。即使作者至今未死，亦当与世迁移,自啭其舌,必不为胶柱鼓瑟之谈,以拂听者之耳。况古人脱稿之初,便觉其新,一经传播,演过数番,即觉听熟之言难于复听,即在当年,亦未必不自厌其繁,而思陈言之务去也。我能易以新词,透入世情三昧,虽观旧剧,如阅新篇,岂非作者功臣?使得为鸡皮三少①之女,前鱼不泣②之男,地下有灵,方颂德歌功之不暇,而忍以矫制责之哉?但须点铁成金,勿令画虎类狗。又须择其可增者增,当改者改,万勿故作知音,强为解事,令观者当场喷饭,而群罪作俑之人,则湖上笠翁不任咎也。此言润泽枯槁,变易陈腐之事。予尝痛改《南西厢》,如《游殿》《问斋》《逾墙》《惊梦》等科诨,及《玉簪·偷词》《幽闺·旅婚》诸宾白,付伶工搬演,以试旧新,业经词人谬赏,不以点窜为非矣③。尚有拾遗补缺之法,未语同人,兹请并终其说。

旧本传奇,每多缺略不全之事,刺谬④难解之情。非前人故为破绽,留话柄以贻后人,若唐诗所谓"欲得周郎顾,时时误拂弦"⑤,乃一时照管不到,致生漏孔,所谓"至人千虑,必有一失"。此等空隙,全靠后人泥补,不得听其缺陷,而使千古无全文也。女娲氏炼石补天,天尚可补,况其他乎?但恐不得五色石耳。姑举二事以概之。赵五娘于归两月,即别蔡邕,是一桃夭新妇。算至公姑已死、别墓寻夫之日,不及数年,是犹然一冶容诲淫之少妇也。身背琵琶,独行千里,即能自保无他,能免当时物议乎?张大公重诺轻财,资其困乏,仁人也,义士也。试问衣食名节,二者孰重?衣食不继则周之,名节所关则听之,义士仁人,曾若是乎?此等缺陷,就词人论之,几与天倾西北,地陷东南无异矣,可少补天塞地之人乎?若欲于本传之外,劈空添出一人,送赵五娘入京,与之随身作伴,妥则妥矣,犹觉伤筋动骨,太涉更张。不想本传内现有一人,尽可用之而不用,竟似张大公止图卸肩,不顾赵五娘之去后者。其人为谁?着送钱米助丧之小二是也。《剪发》白云:"你先

图2-01 《明珠记·煎茶》插图

回去,我少顷就着小二送来。"则是大公非无仆从之人,何以吝而不使?予为略增数语,补此缺略,附刻于后,以政同心。此一事也。《明珠记》之《煎茶》(图2-01),所用为传消递息之人者,塞鸿是也。塞鸿一男子,何以得事嫔妃?使宫禁之内可用男子煎茶,又得密谈私语,则此事可为,何事不可为乎?此等破绽,妇人小儿皆能指出,而作者绝不经心,观者亦听其疏漏;然明眼人遇之,未尝不哑然一笑,而作无是公⑥看者也。若欲于本家之外,凿空构一妇人,与无双小姐从不谋面,而送进驿内煎茶,使之先通姓名,后说情事,便则便矣,犹觉生枝长节,难免赘瘤。不知眼前现有一妇,理合使之而不使,非特王仙客至愚,亦觉彼妇太忍。彼妇为谁?无双自幼跟随之婢,仙客现在作妾之人,名为采苹是也。无论仙客觅人将意，计当出此，即就采苹论之，岂有主人一别数年，无由把臂，今在咫尺，不图一见，普天之下有若是之忍人乎？予亦为正此迷谬，止换宾白，不易填词，与《琵琶》改本并列于后，以政同心。（尤展成云：予亲见笠翁家姬演此二折，使高、陆二君⑦复生，定当绝倒。）又一事也。其馀改本尚多，以篇帙浩繁，不能尽附。总之，凡予所改者，皆出万不得已，眼看不过，耳听不过，故为铲削不平，以归至当，非勉强出头，与前人为难者比也。凡属高明，自能谅其心曲。

插科打诨之语，若欲变旧为新，其难易较此奚止百倍。无论剧剧可增，出出可改，即欲隔日一新，逾月一换，亦诚易事。可惜当世贵人，家蓄名优数辈，不得一诙谐弄笔之人，为种词林萱草，使之刻刻忘忧⑧。若天假笠翁以年，授以黄金一斗，使得自买歌童，自编词曲，口授而身导之，则戏场关目，日日更新，毡上诙谐，时时变相。此种技艺，非特自能夸之，天下人亦共信之。然谋生不给，遑问其他？只好作贫女缝衣，为他人助娇，看他人出阁而已矣。

[注释]

①鸡皮三少（shào）：指春秋时的夏姬。宋姚宽《西溪丛语》卷下引宇文士及《妆台记序》云："春秋之初，有晋楚之谚曰：'夏姬得道，鸡皮三少。'"意思是说夏姬驻颜有术，三次变老又都重获青春。本文中以"鸡皮三少之女"代指已经作古的女优们。

②前鱼不泣："前鱼"的典故出自《战国策·魏策四》。战国时魏王和他宠爱的男幸龙阳君一同钓鱼，龙阳君钓了十多条鱼就哭起来，魏王问他为什么哭，龙阳君回答说："臣之始得鱼也，臣甚喜，后得又益大。今臣直欲弃臣前之所得矣。今……四海之内，美人亦甚多矣，闻臣之得幸于王也，必褰裳而趋王，臣亦犹曩臣之前所得鱼也。臣亦将弃矣，臣安能无涕出乎？"后世诗文中即以"前鱼"或"前鱼之泣"比喻失宠而被遗弃的人。此文中

谓"前鱼不泣",是反用其意,以此代指已经作古的戏曲作者及男优们。

③业经词人谬赏,不以点窜为非矣:李渔修改的《琵琶记·寻夫》一出及《明珠记·煎茶》三折,受到其好友余怀、尤侗等曲家的赞赏,其赞赏语见于后附这两种改本的眉评。而且,李渔修改的《明珠记·煎茶》曾由本府家姬演出,请朋友观看,也得到朋友们的赞赏。李渔有《端阳前五日,尤展成、余澹心、宋澹仙诸子集姑苏寓中,观小鬟演剧。澹心首倡八绝,依韵和之》诗八首(中逸其二),其中第六首注云:"是夕演《明珠·煎茶》一折,未及终曲而晓。"诗见《笠翁诗集》卷三。可知李渔的改本演出时这些文友皆得以观赏,并有赞语。李渔又有《端阳后七日,诸君子重集寓斋,备观新剧。澹心又叠前韵,即席和之》诗六首,亦见《笠翁诗集》卷三,其中第五首云:"醉后一声齐鼓掌,千林宿鸟尽惊飞。"可知众友人观新剧演出时的热烈气氛。后世曲家对于李渔的做法也有赞扬者,清末杨恩寿《续词馀丛话》云:"后见笠翁改正此出(《琵琶记·寻夫》),其词笔直欲突过东嘉。"并且把李渔的改本全文录入自己的曲论著作中。可是,后世文人对于李渔修改《琵琶记》与《明珠记》的做法也有不赞同的意见,如梁廷楠《曲话》卷三云:"笠翁以《琵琶》五娘千里寻夫,只身无伴,因作一折补之,添出一人为伴侣,不知男女千里同途,此中更形暧昧。是盖矫《琵琶》之弊,而失之过;且必执今之关目以论元曲,则有改不胜改者矣。笠翁痛诋《南西厢》,其论诚正;至欲作《北琵琶》以补则诚之未逮,未免自信太过,毋论其才不及元人,即使能之,亦殊觉多此一事也。"

④剌(là)谬:相违背。语出司马迁《报任安书》云:"今少卿乃教以推贤进士,无乃与仆私心剌谬乎?"

⑤此二句是唐李端《听筝》诗中的句子,原诗是:"鸣筝金粟柱,素手玉房前。欲得周郎顾,时时误拂弦。"见《全唐诗》卷二八六。

⑥无是公:即"亡是公"。司马相如《子虚赋》中有"乌有先生""亡是公"等人,这样的化名皆为"没有此人"之意。

⑦高、陆二君:即《琵琶记》的作者高则诚和《明珠记》的作者陆采。

⑧忘忧:见后《种植部·草本第三·萱》注①。

附：《琵琶记·寻夫》①改本

【胡捣练】（旦上）辞别去，到荒丘，只愁出路煞生受。画取真容聊藉手，逢人将此勉哀求。

鬼神之道，虽则难明；感应之理，未尝不信。奴家昨日，在山上筑坟，偶然力乏，假寐片时。忽然梦见当山土地，带领着无数阴兵，前来助力。又亲口嘱付，着奴家改换衣装，往京寻取夫婿。及至醒来，那坟台果然筑就。可见真有神明，不是空空一梦。只得依了梦中之言，改换做道姑打扮。又编下一套凄凉北调，到途路之间，逢人弹唱，抄化些资粮糊口，也是一条生计。只是一件：我自做媳妇以来，终日与公姑厮守，如今虽死，还有个坟茔可拜；一旦撇他而去，真个是举目凄然。喜得奴家略晓丹青，只得借纸笔传神，权当个丁兰刻木，背在肩上行走，只当还与二亲相傍一般。遇着小祥忌日，也好展开祭奠，不枉做媳妇的一点孝心。有理！有理！颜料纸张，俱已备下，只是凭空摹拟，恐怕不肖神情，且待我想象起来。

【三仙桥】一从他每死后，要相逢，不能勾。除非梦里，暂时略聚首。如今该下笔了。〔欲画又止介〕苦要描，描不就。暗想象，教我未描先泪流。〔画介〕描不出他苦心头，描不出他饥症候。〔又想介〕描不出他望孩儿的睁睁两眸。〔又画介〕只画得他发飕飕，和那衣衫敝垢。画完了，待我细看一看。〔看介〕呀！像倒极像，只是画得太苦了些，全没些欢容笑口。呀！公婆，公婆，非是媳妇故意如此。休休，若画做好容颜，须不是赵五娘的姑舅。（《琵琶》如此等曲，方是化工，然不多见也。②）

待我悬挂起来，烧些纸钱，奠些酒饭，然后带出门去便了。〔挂介〕嗳！我那公公婆婆呵！媳妇只为往京寻取丈夫，撇你不下，故此图画仪容，以便随身供养。你须是有灵有感，时刻在暗里扶持。待媳妇早见你的孩儿，痛哭一场，说完了心事，然后赶到阴司，与你二人做伴便了。啊呀，我那公婆呵！〔哭介〕

【前腔】非是奴寻夫远游，只怕我公婆绝后。奴见夫便回，此行安敢久。路途中，奴怎走？望公婆，相保佑！拜完了，如今收拾起身。论起理来，该先别坟茔，然后去别张大公才是。只为要托他照管坟茔，须是先别了他，然后同至坟前，把公婆的骸骨，交付与他便了。〔锁门行介〕只怕奴去后，冷清清，有谁来祭扫？纵使遇春秋，一陌纸钱怎有？休休，你生是受冻馁的公婆，死做个绝祭祀的姑舅！

来此已是，大公在家么？〔丑上〕收拾草鞋行远路，安排包裹送娇娘。呀！五娘子来了。老员外有请！〔末上〕衰柳寒蝉不可闻，金风败叶正纷纷；长安古道休回首，西出阳关无故人。呀！五娘子，我正要过来送你，你却来了。〔旦〕因有远行，特来拜别。大公请端坐，受奴家几拜。〔末〕来到就是了，不劳拜罢。〔旦拜，末同拜介〕〔旦〕高厚恩难报，临岐泪满巾。〔末〕从今无别事，拭目待归人。〔末起，旦不起介〕（跪求不起，方见郑重其事。）〔末〕五娘子请起。呀！五娘子，你为何跪在地下不肯起来？〔旦〕奴家有两件大事奉求，要大公亲口许下，方敢起来。〔末〕孝妇所求，一定是纲常伦理之事，老夫一力担当，快些请起！〔旦起介〕〔末〕叫小二看椅子过来，与五娘子坐了讲话。〔旦〕告坐了。〔末〕五娘子，你方才说的，是那两件事？〔旦〕第一件，是怕奴家去后，公婆的坟茔没人照管，求大公不时看顾。每逢令节，代烧一陌纸钱。〔末〕这是我分内之事，自然照管，何须你嘱付。第二件呢？〔旦〕第二件，因奴家是个少年女子，远出寻夫，没人作伴，路上怕有嫌疑，求公公大发婆心，把小二借与奴家作伴，到京之日，即便遣人送还。这一件事，关系奴家的名节，断求慨允。〔末〕五娘子，这件事情，比照管坟茔还大，莫说待你拜求，方才肯许，不是个仗义之人；就是听你讲到此处，方才思念起来，把小二送你，也就不成个张广才了。我昨日思想，不但你只身行走，路上嫌疑；就是到了京中，与你丈夫相见，他问你在途路之中如何宿歇，你把甚么言语答应他？万一男子汉的心肠多疑少信，将你埋葬公婆的大事且不提起，反把形迹二字与你讲论起来，如何了得！（读到此处，毛骨悚然。始信作者之疏，改者断不可已。）这也还是小事。他三载不归，未必不在京中别有所娶。我想那房家小，看见前妻走到，还要无中生有，别寻说话，离间你的夫妻，何况是远远寻夫，没人作伴？若把几句恶言加你，岂不是有口难分？还有一说：你丈夫临行之日，把家中事情拜托于我，我若容你独自寻夫，有碍他终身名节，日后把甚么颜面见他？就是死到九泉，也难与你公婆相会。这个主意，我先定下多时了，已曾分付小二，着他伴你同行，不劳分付，放心前去便了。〔旦起拜介〕这等多谢公公！奴家告别了。〔末〕且慢些，再请坐下。我且问你：你既要寻夫，那路上的盘费，已曾备下了么？〔旦〕并不曾有。〔末〕既然没有，如何去得？〔旦指背上琵琶介〕这就是奴家的盘费。不瞒公公说，已曾编下一套凄凉北调，谱入丝弦，一路弹唱而行，讨些钱米度日。〔丑〕这等说来，竟是叫化了。这样生意，我做不惯。不要总承，快寻别个去罢！〔末〕我自有主意，不消多嘴！五娘子，你前日剪发葬亲，往街坊货卖，倒不曾问得你卖了几贯钱财，可勾用么？〔旦〕并无人买，全亏大公周济。〔末〕却又来！头发可以作髢，尚且卖不出钱财，何况是空空弹唱？万一没人与钱，你还是去的好？转来的好？流落在他乡，不来不去的好？那些长途资斧，我也曾与你备下，不劳费心。也罢，你既费精神，编成一套词曲，不可不使老朽闻之。你就唱来，待我与你发个利市。〔旦〕这等待奴家献丑。若有不到之处，求大公改正一二。〔末〕你且唱来。〔旦理弦弹唱，末不住掩泪，丑不住哭介〕

【北越调斗鹌鹑】静理冰弦，凝神息喘，待诉衷肠，将眉略展。怕的是听者愁听，闻声去远。虽不比杞梁妻，善哭天，也去那哭倒长城的孟姜不远。

【紫花儿序】俺不是好云游，闲离闺阃，也不是背人伦强抱琵琶，都则为远寻夫苦历山川。说甚么金莲窄小，道路迤逦。鞋穿，便做到骨葬沟渠首向天，保得过面无惭腆。（警句！）好追随地下姑嫜，得全名，死也无冤。

【天净沙】当初始配良缘，备饔飧尚有馀钱。只为儿夫去远，遇荒罹变，为妻庸祸及椿萱。（自答得体。）

【金蕉叶】他望赈济心穿眼穿，俺遭抢夺粮悬命悬。若不是遇高邻分粮助馆，怎能勾慰亲心将灰复燃？

【小桃红】可怜他游丝一缕命空牵，要续愁无线。俺也曾自餍糟糠备亲膳，要救馀年，又谁料攀辕卧辙翻成劢？因来灶边，窥奴私咽，一声儿哭倒便归泉。

【调笑令】可怜，葬无钱！亏的是一位恩人，竟做了两次天。他助丧非强由情愿。实指望吉回凶转，因灾致祥无他变，又谁知后运同前！

【秃厮儿】俺虽是厚面皮无羞不腆，怎忍得累高邻鬻产输田？只得把香云剪下自卖钱，到街坊哭声喧，谁怜？（情真语确，出之遂成至文。）

【圣药王】俺待要图卸肩，赴九泉，怎忍得亲骸朽露饱飞鸢？欲待把命苟延，较后先，算来无幸可徼天，哭倒在街前。

【麻郎儿】感义士施恩不倦，二天外又复加天。则为这好仗义的高邻忒煞贤，越显得受恩的浅深无辨。（说得明，写得畅。）

【么篇】徒跣，把罗裙自捻，裹黄泥去筑坟圈。感山灵神通昼显，又指去路，劝人赴远。

【络丝娘】因此上，顾不的鞋弓袜浅，讲不起抛头露面。手拨琵琶，原非自遣，要诉出衷肠一片。

【东原乐】暂把丧衣覆，乔将道服穿。为缺资财，致使得身容变。休怪俺孝妇啼痕学杜鹃，只为多愁怨，渍染得缥麻如茜。（压倒元人，全在粗中有细。）

【拙鲁速】可怜俺日不停，夜不眠，饥不餐，冷不燃。当日呵，辨不出桃花人面，分不开藕瓣金莲；到如今藕丝花片，落在谁边？自对菱花，错认椿萱。（"错认椿萱"，想落天际。）止为忧煎。才信道"家宽出少年"。

【尾】千愁万绪提难遍，只好绾绦中一线。听不出眼泪的休解囊，但有酸鼻的仁人，请将钞袋儿展。（归到乞食，此曲才有着落。老手！老手！）

〔末〕做也做得好，弹也弹得好，唱也唱得好，可称三绝。〔出银介〕这一封银子，就当润喉润笔之资，你请收下。〔旦谢介〕〔末〕小二过来。他方才弹唱的时节，我便为他声音凄楚，情节可怜，故此掉泪。你知道些甚么，也号号咷咷,哭个不了?〔丑〕不知甚么原故,听到其间,就不知不觉哭将起来,连我也不明白。〔末〕这等我且问你:方才送他的银子,万一途中不勾,依旧要叫化起来,你还是情愿不情愿?〔丑〕情愿!情愿!〔末〕为甚么以前不情愿,如今忽然情愿起来?〔丑想介〕正是,为甚么原故忽然改变起来?连我也不明白。(妙在不解!解得出,便不见声音之妙。)〔末〕好,这叫做:孝心所感,铁人流泪;高僧说法,顽石点头。五娘子,你一片孝心,就从今日效验起了,此去定然遂意。我且问你:你公婆的坟茔,曾去拜别了么?〔旦〕还不曾去。要屈大公同行,好对着公婆当面拜托。〔末〕一发见得到!就请同行。叫小二,与五娘子背了琵琶。〔丑〕自然。莫说琵琶,就是要带马桶,我也情愿挑着走了。〔末〕五娘子,我还有几句药石之言,要分付你,和你一面行走,一面讲罢。〔旦〕既有法言,便求赐教。〔行介〕

【斗黑麻】〔末〕伊夫婿,多应是贵官显爵。伊家去,须当审个好恶。只怕你这般乔打扮,他怎知觉?一贵一贫,怕他将错就错。〔合〕孤坟寂寞,路途滋味恶。两处堪悲,万愁怎摸!

〔末〕已到坟前了。蔡大哥!蔡大嫂!你这个孝顺媳妇,待你二人,可谓"生事以礼,死葬以礼,祭之以礼",无一事不全的了!如今远出寻夫,特来拜别,将坟墓交托于我。从今以后,我就当你媳妇,逢时化纸,遇节烧钱,你不消虑得。只是保佑他一路平安,早与丈夫相会。他一生行孝的事情,只有你夫妻两口与我张广才三人知道。你夫妻死了,止剩得我一个在此,万一不能勾见他,这孝妇一片苦心,谁人替他表白?趁我张广才未死,速速保佑他回来。待我见他一面,把你媳妇的好处,细细对他讲一遍,我张广才这个老头儿,就死也瞑目了。唉,我那老友呵!(世间苦戏尽多,但悲伤语皆出本人之口,虽使听者堕泪,未足称奇。此折之妙,妙在五娘缄口不提,张老代说,说到至情所感,人人流涕。此千古奇观,神哉技也。)〔旦〕我那公婆呵!〔同放声大哭,丑亦哭介〕〔末〕五娘子!

【忆多娇】我承委托,当领诺。这孤坟,我自看守,决不爽约。但愿你途中身安乐。〔合〕举目萧索,满眼盈盈泪落。

〔旦〕公婆,你媳妇如今去了!大公,奴家去了!〔末〕五娘子,你途间保重,早去早回!小二,你好生伏侍五娘子,不要叫他费心。〔丑〕晓得!

〔旦〕为寻夫婿别孤坟,〔末〕只怕儿夫不认真。

〔合〕流泪眼观流泪眼,断肠人送断肠人。

〔旦掩泪同丑先下〕〔末目送,作哽咽不能出声介〕嗳,我、我、我明日死了,那有这等一个孝顺媳妇!可怜!可怜!〔掩泪下〕

[注释]

①《琵琶记·寻夫》:即高则诚《琵琶记》第二十九出《乞丐寻夫》。

②这条眉评,在《闲情偶寄》原刊本中没有注明作评之人姓名,或即是承前,为尤侗所作。以下数条也是如此。

《明珠记·煎茶》①改本

第一折

【卜算子】〔生冠带上〕未遇费长房,已缩相思地。咫尺有佳音,可惜人难寄。

下官王仙客,叨授富平县尹。又为长乐驿缺了驿官,上司命我带管三月。近日朝廷差几员内官,带领三十名宫女,去备皇陵打扫之用,今日申牌时分,已到驿中。我想宫女三十名,焉知无双小姐不在其内?要托人探个消息,百计不能。喜得里面要取人伏侍,我把塞鸿扮做煎茶童子,送进去承值,万一遇见小姐,也好传个信儿。塞鸿那里?〔丑上〕蓝桥今夜好风光,天上群仙降下方。只恐云英难见面,裴航空自捣玄霜。塞鸿伺候。〔生〕今日送你进去煎茶,专为打探无双小姐的消息,你须要用心体访。〔丑〕小人理会得。〔生〕随着我来。〔行介〕你若见了小姐呵!

【玉交枝】道我因他憔悴,虽则是断机缘,心儿未灰,痴情还想成婚配。便今世不共鸳帏,私心愿将来世期,倒不如将生换死求连理。〔合〕料伊行冰心未移,料伊行柔肠更痴。

说话之间,已到馆驿前了。〔丑〕管门的公公在么?〔净上〕走马近来辞帝阙,奉差前去扫皇陵。甚么人?到此何干?〔生〕带管驿事富平县尹,送煎茶人役伺候。〔净〕着他进来。〔丑进见介〕〔净看怒介〕这是个男子,你为甚么送他进来呢？〔生〕是个幼年童子。〔净〕看他这个模样，也不是个幼年童子了。好个不通道理的县官！就是上司官员，带着家眷从此经过，也没有取男子服事之理，何况是皇宫内院的嫔妃，肯容男子见面？叫孩子们，快打出去，着他换妇人进来。这样不通道理，还叫他做官！〔骂下〕〔生〕这怎么处？

【前腔】 精神徒费。不收留翻加峻威，道是男儿怎入裙钗队。叹宾鸿，有翼难飞！〔丑〕老爷，你偌大一位县官，怕着遣妇人不动？拨几个民间妇女进去就是了，愁他怎的！〔生〕塞鸿，你那里知道。民间妇人尽有，只是我做官的人，怎好把心事托他？**幽情怎教民妇知，说来徒使旁人议。**〔合前〕

且自回衙，少时再作道理。正是：

不如意事常八九，可与人言无二三。

第二折

【破阵子】〔小旦上〕故主恩情难背，思之夜夜魂飞。

奴家采苹，自从抛离故主，寄养侯门，王将军待若亲生，王解元纳为侧室，唱随之礼不缺，伉俪之情颇谐，只是思忆旧恩，放心不下。闻得朝廷拨出宫女三十名，去备皇陵打扫，如今现在驿中。万一小姐也在数内，我和他咫尺之间，不能见面，令人何以为情？仔细想来，好凄惨人也！〔泪介〕

【黄莺儿】 从小便相依。弃中途，履祸危，经年没个音书寄。到如今呵，又不是他东我西，山遥路迷。宫门一入深无底，止不过隔层帏。身儿不近，怎免泪珠垂。

〔生上〕枉作千般计，空回九转肠；姻缘生割断，最狠是穹苍。〔见介〕〔小旦〕相公回来了。你着塞鸿去探消息，端的何如？为甚么面带愁容，不言不语？〔生〕不要说起！那守门的太监，不收男子，只要妇人。妇人尽有，都是民间之女，怎好托他代传心事，岂不闷杀我也！

【前腔】 无计可施为，眼巴巴看落晖。只今宵一过，便无机会。娘子，我便为此烦恼。你为何也带愁容？看你无端皱眉，无因泪垂，莫不是愁他夺取中宫位？那里知道这婚姻事呵！绝端倪。便图来世，那好事也难期。

〔小旦〕奴家不为别事，只因小姐在咫尺之间，不能见面，故主之情，难于割舍，所以在此伤心。〔生〕原来如此，这也是人之常情。〔小旦〕相公，你要传消递息，既苦无人；我要见面谈心，又愁无计。我如今有个两全之法，和你商量。〔生〕甚么两全之法？快些讲来。〔小旦〕他要取妇人承值，何不把奴家送去？只说民间之妇。若还见了小姐，妇人与妇人讲话，没有甚么嫌疑，岂不比塞鸿更强十倍？〔生〕如此甚妙！只是把个官人娘子扮作民间之妇，未免屈了你些。〔小旦〕我原以侍妾起家，何屈之有？〔生〕这等分付门上，唤一乘小轿进来，傍晚出去，黎明进来便了。

羡卿多智更多情，一计能收两泪零。

〔小旦〕鸡犬尚能怀故主，为人岂可负生成。

第三折（此折改白不改曲。曲照原本，不更一字。）

【长相思】〔旦上〕念奴娇，归国遥，为忆王孙心转焦，楚江秋色饶。月儿高，烛影摇，为忆秦娥梦转迢。苦呵！汉宫春信消。

街鼓咚咚动戍楼，倚床无寐数更筹。可怜今夜中庭月，一样清光两地愁。奴家自到驿内，看看天色晚来。〔内打二鼓介〕呀，谯楼上面，已打二鼓了。独眠孤馆，展转凄其，待与姊妹们闲活消遣，怎奈他们心上无事，一个个都去睡了。教奴家独守残灯，怎生睡得去！

【二郎神】良宵杳，为愁多，睡来还觉。手揽寒衾风料峭。也罢，待我剔起残灯，到阶除下闲步一回，以消长夜。徘徊灯侧，下阶闲步无聊。只见惨淡中庭新月小，画屏间馀香犹袅。漏声高，正三更，驿庭人静寥寥。

那帘儿外面，就是煎茶之所，不免去就着茶炉，饮一杯苦茗则个。正是：有水难浇心火热，无风可解泪冰寒。〔暂下〕〔小旦持扇上〕已入重围里，还愁见面遥。故人相对处，打点泪痕抛。奴家自进驿来，办眼偷瞧，不见我家小姐。〔内作长叹介〕〔小旦〕呀，如今夜深人静，为何有沉吟叹息之声？不免揭起帘儿，觑他一眼。

【前腔】偷瞧，把朱帘轻揭，金铃声小。呀！那阶除之下，缓步行来的,好似我家小姐。欲待唤他,又恐不是。我且只当不知,坐在这里煎茶,看他出来,有何话说。〔旦上〕**看,一缕茶烟香缭绕**。呀!那个煎茶女子,好生面善。**青衣执爨,分明旧识风标**。(笠翁曰:此《明珠》原曲。"风标"二字,加之采苹恰好,若照原本,是无双赞塞鸿之词矣。塞鸿而有风标,其情尚可问乎?)**悄语低声问分晓**。那煎茶女子,快取茶来!〔小旦〕娘娘请坐,待我取来。〔送茶,各看,背惊介〕〔旦〕呀!分明是采苹的模样,他为何来在这里?〔小旦〕竟是我家小姐!待他唤我,我才好认他。〔旦〕那女子走近前来!你莫非就是采苹么?〔小旦〕小姐在上,妾身就是。〔跪介〕〔旦抱哭介〕〔合〕天那!**何幸得萍水相遭**!〔旦〕你为何来在这里?〔小旦〕说起话长。今夜之来,是采苹一点孝心,费尽机谋,特地来寻故主。请问小姐,老夫人好么?〔旦〕还喜得康健。采苹,你晓得王官人的消息么?**郎年少,自分离,孤身何处飘飘**?

〔小旦〕他自分散之后,贼平到京。正要来图婚配,不想我家遭此横祸,他就落魄天涯。近得金吾将军题请得官,现做富平县尹,权知此驿。

【啅林莺】**他宦中薄禄权倚靠,知他未遂云霄**。〔旦〕这等说来,他也就在此处了。既然如此,你的近况何如?随着谁人?作何勾当?〔小旦〕采苹自别夫人小姐,蒙金吾将军收为义女,就嫁与王官人,目今现在一处。〔旦〕哦,你和他现在一处么?〔小旦〕是。〔旦作醋容介〕这等讲来,我倒不如你了!**鹡鹆已占枝头早,孤鸾拘锁,何日得归巢**?〔小旦〕小姐不要多心。奴家虽嫁王郎,议定权为侧室,虚却正夫人的坐位,还待着小姐哩!〔旦〕这等才是。我且问你,檀郎安否?**怕相思,瘦损潘安貌**。〔小旦〕他虽受折磨,却还志气不衰,容颜如旧。**志气好,千般折挫,风月未全消**。

他一片苦情,恐怕小姐不知,现付明珠一颗,是小姐赠与他的,他时时藏在身旁,不敢遗失。〔付珠介〕

【前腔】〔旦〕**双珠依旧成对好,我两人还是蓬飘**。采苹,我今夜要约他一会,你可唤得进来么?〔小旦〕这个使不得。老公公在外监守,又有军士巡更,那里唤得进来!〔旦〕莫非是你……〔小旦〕是我怎么样?哦,采苹知道了,莫非疑我吃醋么?若有此心,天不覆,地不载!小姐,利害所关,他委实进来不得。〔旦泪介〕嗳!**眼前欲见无由到,驿庭咫尺,翻做楚天遥**。〔小旦〕楚天犹小，着不得一腔烦恼。小姐有何心事，只消对采苹说知，待采苹转对他说，也与见面一般。〔旦〕枉心焦，我芳情自解，怎说与伊曹！

待我修书一封，与你带去便了。〔小旦〕说得有理，快写起来，一霎时天就明了。〔旦写介〕

【啄木公子】舒残茧，展兔毫，蚁脚蝇头随意扫。只怕我有万恨千愁，假饶会面难消。我有满腔愁怨，写向鸾笺怎得了？总有丹青别样巧，毕竟衷肠事怎描？只落得泪痕交。

【前腔】书才写，灯再挑，锦袋重封花押巧。书写完了，采苹，你与我传示他好自支持，休为我长皱眉梢。〔小旦〕小姐，你与他的姻缘毕竟如何？可有出宫相会的日子？〔旦〕为说汉宫人未老，怨粉愁香憔悴倒；寂寞园陵岁月遥，云雨隔蓝桥。

明珠封在书中，叫他依旧收好。〔小旦〕天色已明，采苹出去了。小姐，你千万保重！若有便信，替我致意老夫人。〔各哭介〕〔小旦〕小姐保重，采苹去了。〔掩泪下〕〔旦〕呀，采苹，你竟去了！〔顿足哭介〕

【哭相思尾】从此两下分离音信杳，无由再见亲人了。

〔哭倒介〕〔末上〕自不整衣毛，何须夜夜号。咱家一路辛苦，正要睡觉，不知那个宫人啾啾唧唧，一夜哭到天明，不免到里面去看来。呀！为何哭倒在地下？〔看介〕原来是刘宫人。刘宫人起来！〔摸介〕呀，不好了！浑身冰冷，只有心口还热。列位宫人快来！〔四宫女上〕并无奇祸至，何事疾声呼？呀！这是刘家姐姐，为何倒在地下？〔末〕列位宫人看好，待我去取姜汤上来。〔下〕〔二宫女〕刘家姐姐，快些苏醒！〔末取姜汤上〕姜汤在此，快灌下去。〔灌醒介〕〔宫女〕刘家姐姐，你为甚么事情哭得这般狼狈？

【黄莺儿】〔旦〕只为连日受勤劳，怯风霜，心胆遥，昨宵不睡挨到晓。〔末〕为甚么不睡呢？〔旦〕思家路遥，思亲寿高，因此蓦然愁绝昏沉倒。谢多娇，相将救取，免死向荒郊。

〔末〕好不小心！万一有些差池，都是咱家的干系哩！

【前腔】〔众〕人世水中泡。受皇恩，福怎消，何须苦忆家乡好！慈帏暂抛，相逢不遥，宽心莫把闲愁恼。〔内〕面汤热了，请列位宫人梳妆上轿。〔合〕曙光高，马嘶人起，梳洗上星轺。

〔宫女〕姊妹人人笑语阗，娘行何事独忧煎？

〔旦〕只因命带凄惶煞，心上无愁也泪涟。

[注释]

① 《明珠记·煎茶》：李渔改本的第一、第二、第三折，相当于陆采所撰《明珠记》原本的第二十四出《邮迎》和第二十五出《煎茶》。

授曲第三

声音之道，幽渺难知。予作一生柳七①，交无数周郎，虽未能如曲子相公②身都通显，然论其生平制作，塞满人间，亦类此君之不可收拾。然究竟于声音之道未尝尽解，所能解者，不过词学之章句，音理之皮毛，比之观场矮人，略高寸许，人赞美而我先之，我憎丑而人和之，举世不察，遂群然许为知音。噫！音岂易知者哉？人问：既不知音，何以制曲？予曰：酿酒之家，不必尽知酒味，然秫多水少则醇酽，曲好蘖精则香冽，此理则易谙也；此理既谙，则杜康不难为矣。造弓造矢之人，未必尽娴决拾③，然曲而劲者利于矢，直而锐者宜于鹄，此道则易明也；既明此道，即世为弓人矢人可矣。虽然，山民善跋，水民善涉，术疏则巧者亦拙，业久则粗者亦精；填过数十种新词，悉付优人，听其歌演，"近朱者赤，近墨者黑"④，况为朱墨所从出者乎？粗者自然拂耳，精者自能娱神，是其中菽麦亦稍辨矣。语云："耕当问奴，织当访婢。"⑤予虽不敏，亦曲中之老奴，歌中之黠婢也。请述所知，以备裁择。

[注释]

①柳七：即宋代词人柳永，字耆卿，原名三变，后改名永。排行第七，故人称柳七，《古今小说》中有《众名姬春风吊柳七》一篇。据《能改斋漫录》卷十六记载，柳永曾作《鹤冲天》词云："忍把浮名，换了浅斟低唱。"科考放榜竟然被黜，宋仁宗说："此人风前月下，好去浅斟低唱，且填词去。"于是柳自称"奉旨填词柳三变"。李渔一生主要精力在于词曲，因此自谓"作一生柳七"。

②曲子相公：见前《词曲部·宾白第四·文贵洁净》注⑤。

③决拾："决"通"抉",为射箭所用扳指,骨制,射者套于左手大拇指上,用以勾弦。"拾"为臂衣,革制,射箭时套在左臂上,起保护作用。《诗经·小雅·车攻》云:"决拾既佽,弓矢既调。"后世诗文中即以"决拾"指射箭。

④此语出自晋傅玄《太子少傅箴》:"夫金木无常,方员应形,亦有隐括,习以性成,故近朱者赤,近墨者黑。"见《北堂书钞》卷六十五。后世以此为成语,比喻因环境影响而变化。

⑤此语出自《晋书·沈庆之传》:"庆之曰:'治国如治家,耕当问奴,织当访婢。陛下今欲伐国,而与白面书生谋之,事何由济?'"后世以此为成语,比喻办事应当请教内行之人。

解明曲意

唱曲宜有曲情,曲情者,曲中之情节也。解明情节,知其意之所在,则唱出口时,俨然此种神情,问者是问,答者是答,悲者黯然魂消而不致反有喜色,欢者怡然自得而不见稍有瘁容,且其声音齿颊之间,各种俱有分别,此所谓曲情是也。吾观今世学曲者,始则诵读,继则歌咏,歌咏既成而事毕矣。至于"讲解"二字,非特废而不行,亦且从无此例。有终日唱此曲,终年唱此曲,甚至一生唱此曲,而不知此曲所言何事,所指何人,口唱而心不唱,口中有曲而面上身上无曲,此所谓无情,与蒙童背书,同一勉强而非自然者也。虽腔板极正,喉舌齿牙极清,终是第二、第三等词曲,非登峰造极之技也。欲唱好曲者,必先求明师讲明曲义。师或不解,不妨转询文人,得其义而后唱。唱时以精神贯串其中,务求酷肖。若是,则同一唱也,同一曲也,其转腔换字之间,别有一种声口,举目回头之际,另是一副神情,较之时优,自然迥别。变死音为活曲,化歌者为文人,只在"能解"二字,解之时义大矣哉!

调熟字音

　　调平仄,别阴阳,学歌之首务也。然世上歌童解此二事者,百不得一。不过口传心授,依样葫芦,求其师不甚谬,则习而不察,亦可以混过一生。独有必不可少之一事,较阴阳平仄为稍难,又不得因其难而忽视者,则为"出口""收音"二诀窍。世间有一字即有一字之头,所谓出口者是也;有一字即有一字之尾,所谓收音者是也。尾后又有馀音,收煞此字,方能了局。譬如吹箫、姓萧诸"箫"字,本音为箫,其出口之字头与收音之字尾,并不是"箫"。若出口作"箫",收音作"箫",其中间一段正音并不是"箫",而反为别一字之音矣。且出口作"箫",其音一泄而尽,曲之缓者,如何接得下板?故必有一字为之头,以备出口之用;有一字为之尾,以备收音之用;又有一字为馀音,以备煞板之用。字头为何?"西"字是也。字尾为何?"夭"字是也。尾后馀音为何?"乌"字是也。(余澹心云:门外汉那得知!)字字皆然,不能枚纪。《弦索辨讹》[①]等书载此颇详,阅之自得。要知此等字头、字尾及馀音,乃天造地设,自然而然,非后人扭捏成者也,但观切字[②]之法,即知之矣。(尤展成云:妙喻!)《篇海》[③]《字汇》[④]等书,逐字载有注脚,以两字切成一字。其两字者,上一字即为字头,出口者也;下一字即为字尾,收音者也;但不及馀音之一字耳。无此上下二字,切不出中间一字,其为天造地设可知。此理不明,如何唱曲?出口一错,即差谬到底,唱此字而讹为彼字,可使知音者听乎?故教曲必先审音。即使不能尽解,亦须讲明此义,使知字有头尾以及馀音,则不敢轻易开口,每字必询,久之自能惯熟。"曲有误,周郎顾。"苟明此道,即遇最刻之周郎,亦不能拂情而左顾矣。

　　字头、字尾及馀音,皆为慢曲而设,一字一板或一字数板者,皆不可无。其快板曲，止有正音，不及头尾。

缓音长曲之字，若无头尾，非止不合韵，唱者亦大费精神，但看青衿赞礼⑤之法，即知之矣。"拜""兴"二字皆属长音。"拜"字出口以至收音，必俟其人揖毕而跪，跪毕而拜，为时甚久。若止唱一"拜"字到底，则其音一泄而尽，不当歇而不得不歇，失傧相之体矣。得其窍者，以"不""爱"二字代之。"不"乃"拜"之头，"爱"乃"拜"之尾，中间恰好是一"拜"字。以一字而延数晷，则气力不足；分为三字，即有馀矣。"兴"字亦然，以"希""因"二字代之⑥。（尤展成云：又是妙喻！）赞礼且然，况于唱曲？婉譬曲喻，以至于此，总出一片苦心。审乐诸公，定须怜我。

字头、字尾及馀音，皆须隐而不现，使听者闻之，但有其音，并无其字，始称善用头尾者；一有字迹，则沾泥带水，有不如无矣。

[注释]

①《弦索辨讹》：明沈宠绥著，其内容是为弦索歌唱者指明应用的字音和口法的，书中列举了《北西厢》杂剧和当时流行的十来套北曲曲子，逐字注音，以示规范。此书问世后具有很大的实用价值，流行较广。今存明末崇祯年间原刊本，已收入《中国古典戏曲论著集成》第五册。

②切字：又称"切音"或"反切"。这是汉语的一种传统注音方法，用两字相切合，取前一字的声母，与第二字的韵母和声调，拼合成为一个字的音。如"友"字，注音即为"云久切"。

③《篇海》：金代韩孝彦编纂的一部字典，按《玉篇》的542部、按36字母编排，分15卷，579部。收字甚多，包括许多冷僻字及俗体字。此书问世，在金、元、明三代较为流行。

④《字汇》：明梅膺祚编纂的一部字典，按楷体字的笔画，按《说文解字》及《玉篇》的部首并加以简化，共分为214部，按地支分卷为12集。共收33179字，注音用反切。此书一出，成为明后期至清代非常实用的字

典,后来的《正字通》和《康熙字典》都沿用它的体例。

⑤青衿赞礼:《诗经·郑风·子衿》云:"青青子衿,悠悠我心。"前人注解说:"青衿,青领也,学子所服。"后世即以"青衿"代称学子。赞礼,举行仪式时唱呼仪程让当事人行礼的主持者,这样的角色一般由读书人担当。

⑥以"希""因"二字代之:此说有误。"兴"读音为xīng,应是"希"(xī)、"英"(yīng)二字的切音。"因"读yīn。"希""因"切音为"新"(xīn)字。

字忌模糊

学唱之人,勿论巧拙,只看有口无口;听曲之人,慢讲精粗,先问有字无字。字从口出,有字即有口。如出口不分明,有字若无字,是说话有口,唱曲无口,与哑人何异哉?哑人亦能唱曲,听其呼号之声即可见矣。常有唱完一曲,听者止闻其声,辨不出一字者,令人闷杀。此非唱曲之料,选材者任其咎,非本优之罪也。舌本生成,似难强造,然于开口学曲之初,先能净其齿颊,使出口之际,字字分明,然后使工腔板,此回天太力,无异点铁成金,然百中遇一,不能多也。

曲严分合

同场之曲,定宜同场,独唱之曲,还须独唱,词意分明,不可犯也。常有数人登场,每人一只之曲,而众口同声以出之者,在授曲之人,原有浅深二意:浅者虑其冷静,故以发越见长;深者示不参差,欲以禽如见好。尝见《琵琶·赏月》①一折(图2-02),自"长空万里"以至"几处寒衣织未成",俱作合唱之曲,谛听其声,

图2-02 《琵琶记·中秋望月》插图

如出一口,无高低断续之痕者,虽曰良工心苦,然作者深心,于兹埋没。此折之妙,全在共对月光,各谈心事,曲既分唱,身段即可分做,是清淡之内原有波澜。若混作同场,则无所见其情,亦无可施其态矣。惟"峭寒生"二曲②可以同唱,首四曲定该分唱,况有"合前"数句振起神情,原不虑其太冷。他剧类此者甚多,举一可以概百。戏场之曲,虽属一人而可以同唱者,惟行路出师等剧,不问词理异同,皆可使众声合一。场面似闹,曲声亦宜闹,静之则相反矣。

[注释]

① 《琵琶·赏月》:即《琵琶记》第二十八出《中秋望月》。下句之"长空万里"出自本出中《念奴娇序》的第一句"长空万里,见婵娟可爱,全无一点纤凝","几处寒衣织未成"是本出中末曲《馀文》一曲的末句。

② "峭寒生"二曲：《中秋望月》一出中的《古轮台》的两支曲子，为牛氏的保姆老姥姥和侍女惜春轮唱。

锣鼓忌杂

戏场锣鼓，筋节所关，当敲不敲，不当敲而敲，与宜重而轻、宜轻反重者，均足令戏文减价。此中亦具至理，非老于优孟者不知。最忌在要紧关头，忽然打断。如说白未了之际，曲调初起之时，横敲乱打，盖却声音，使听白者少听数句，以致前后情事不连；审音者未闻起调，不知以后所唱何曲。打断曲文，罪犹可恕，抹杀宾白，情理难容。予观场每见此等，故为揭出。又有一出戏文将了，止馀数句宾白未完，而此未完之数句，又系关键所在，乃戏房锣鼓早已催促收场，使说与不说同者，殊可痛恨。故疾徐轻重之间，不可不急讲也。场上之人将要说白，见锣鼓未歇，宜少停以待之，不则过难专委，曲白锣鼓，均分其咎矣。

吹合①宜低

丝、竹、肉三音②，向皆孤行独立，未有合用之者，合之自近年始。（图2-03）三籁③齐鸣，天人合一，亦金声玉振④之遗意也，未尝不佳；但须以肉为主，而丝竹副之，使不出自然者亦渐近自然，始有主行客随之妙。迩来戏房吹合之声，皆高于场上之曲，反以丝竹为主，而曲声和之，是座客非为听歌而来，乃听鼓乐而至矣。从来名优教曲，总使声与乐齐，箫笛高一字，曲亦高一字，箫笛低一字，曲亦低一字。然相同之中，即有高低轻重之别，以其教曲之初，即以箫笛代口，引之使唱，原系声随箫笛，非以箫笛随声，习久成性，一到场上，不知不觉而以曲随箫笛矣。正之当用何

图 2-03 器乐合奏（三图）

法？曰：家常理曲，不用吹合，止于场上用之，则有吹合亦唱，无吹合亦唱，不靠吹合为主。譬之小儿学行，终日倚墙靠壁，舍此不能举步，一旦去其墙壁，偏使独行，行过一次两次，则虽见墙壁而不靠矣。以予见论之，和箫和笛之时，当比曲低一字，曲声高于吹合，则丝竹之声亦变为肉，寻其附和之痕而不得矣。正音之法，有过此者乎？然此法不宜概行，当视唱曲之人之本领。如一班之中，有一二喉音最亮者，以此法行之，其馀中人以下之材，俱照常格。倘不分高下，一例举行，则良法不终，而怪予立言之误矣。

吹合之声，场上可少，教曲学唱之时，必不可少，以其能代师口，而司熔铸变化之权也。何则？不用箫笛，止凭口授，则师唱一遍，徒亦唱一遍，师住口而徒亦住口，聪慧者数遍即熟，资质稍钝者，非数十百遍不能，以师徒之间无一转相授受之人也。自有此物，只须师教数遍，齿牙稍利，即用箫笛引之。随箫随笛之际，若曰无师，则轻重疾徐之间，原有法脉准绳，引人归于胜地；若曰有师，则师口并无一字，已将此曲交付其徒。先则人随箫笛，后则箫笛随人，是金蝉脱壳之法也。"庾公之斯，学射于尹公之他；尹公之他，学射于我。"⑤箫笛二物，即曲中之尹公之他也。但庾公之斯与子濯孺子，昔未见面，而今同在一堂耳。若是，则吹合之力讵可少哉？予恐此书一出，好事者过听予言，谬视箫笛为可弃，故复补论及此。

[注释]

①吹合：即戏曲演出时的乐器伴奏，包括各种乐器之间的谐调配合及乐器声与优人演唱的谐调配合。

②丝、竹、肉三音："丝"指弦乐器，"竹"指管乐器，"肉"指优人演唱的声音。

③三籁：即天籁、地籁、人籁。《庄子·齐物论》云："女闻人籁而未

闻地籁，女闻地籁而未闻天籁夫。"又说："地籁，则众窍是已；人籁，则比竹是已。"本文以"三籁"指各种乐器配合演奏发出的谐和之音。

④金声玉振：此为孟子赞扬孔子之语。《孟子·万章上》云："孔子之谓集大成。集大成也者，金声而玉振之也。金声也者，始条理也；玉振之也者，终条理也。始条理者，智之事也；终条理者，圣之事也。"后世以此成语比喻伟人的声名传播久远。本文谓金声玉振，用其本义，意思是说演奏时的金属乐器（锣钹等）、玉器乐器（编磬等）及管弦乐器互相配合，声响激越，馀音长久。

⑤此二语见《孟子·离娄下》。所述故事是：春秋时郑卫交战，卫国的庾公之斯追击郑国的子濯孺子，两人都善射，但是子濯孺子因病不能执弓应战，得知追者是庾公之斯，就判断说自己不会死，其仆问为什么，子濯孺子说："庾公之斯，学射于尹公之他；尹公之他，学射于我。"就是说，子濯孺子是庾公之斯的老师的老师，而且尹公之他是个正直君子，庾公之斯既然是尹公之他的学生，也一定是个品行端正的人。果然，庾公之斯追到跟前，得知子濯孺子生病不能执弓的情况，就说："小人学射于尹公之他，尹公之他学射于夫子，我不忍以夫子之道反害于夫子。"于是，庾公之斯就"抽矢扣轮"（在车轮上磕掉金属箭头），射了四支，表示不能以私废公，之后转身回去了。孟子所述此事对后人影响很大。《三国演义》第五十回写关羽在华容道遇见曹操，曹操对关羽说："大丈夫以信义为重，将军深明《春秋》，岂不知庾公之斯追子濯孺子之事乎？"于是关羽就勒转马头，放过了曹操。本文中以箫笛比作尹公之他，指学习唱曲过程中的居于中间环节的老师。

教白第四

　　教习歌舞之家，演习声容之辈，咸谓唱曲难，说白易。宾白熟念即是，曲文念熟而后唱，唱必数十遍而始熟，是唱曲与说白之工，难易判如霄壤。时论皆然，予独怪其非是。唱曲难而易，说白易而难，知其难者始易，视为易者必难。盖词曲中之高低抑扬，缓急顿挫，皆有一定不移之格，谱载分明，师传严切，习之既惯，自然不出范围。至宾白中之高低抑扬，缓急顿挫，则无腔板可按、谱籍可查，止靠曲师口授；而曲师入门之初，亦系暗中摸索，彼既无传于人，何从转授于我？讹以传讹，此说白之理，日晦一日而人不知。人既不知，无怪乎念熟即以为是，而且以为易也。吾观梨园之中，善唱曲者十中必有二三，工说白者百中仅可一二。此一二人之工说白，若非本人自通文理，则其所传之师，乃一读书明理之人也。故曲师不可不择。教者通文识字，则学者之受益，东君①之省力，非止一端。苟得其人，必破优伶之格以待之，不则鹤困鸡群，与侪众②无异，孰肯抑而就之乎？然于此中索全人，颇不易得。不如仍苦立言者，再费几升心血，创为成格以示人。自制曲选词，以至登场演习，无一不作功臣，庶于为人为彻之义，无少缺陷。虽然，成格即设，亦止可为通文达理者道，不识字者闻之，未有不喷饭胡卢③，而怪迂人之多事者也。

[注释]

①东君：本为司春之神，也代指一般意义上的东家。本文指梨园班主。
②侪（chái）众：侪，即辈、类之义。侪众即同辈或同行伙伴。
③喷饭胡卢：指人忍不住而笑。喷饭是吃饭时笑不可忍，把饭喷出。苏

轼《筼筜谷偃竹记》云，文同（字与可）让苏轼作洋州诗三十咏，《筼筜谷》是其中的一首，诗稿寄给了文与可后，"与可是日与其妻游谷中，烧笋晚食，发函得诗，失笑喷饭满案"。见《经进东坡文集事略》卷四十九。又宋僧惠洪《冷斋夜话》卷二《留食戏语大笑喷饭》一则亦记云："一座大笑，喷饭满案。"胡卢，或作"卢胡"，是喉间发出的笑声，指强忍而不可忍之笑，如《后汉书·应劭传》云："夫睹之者掩口卢胡而笑。"

高低抑扬

宾白虽系常谈，其中悉具至理，请以寻常讲话喻之。明理人讲话，一句可当十句，不明理人讲话，十句抵不过一句，以其不中肯綮也。宾白虽系编就之言，说之不得法，其不中肯綮等也。犹之倩人传语，教之使说，亦与念白相同，善传者以之成事，不善传者以之偾事①，即此理也。此理甚难亦甚易，得其孔窍则易，不得孔窍则难。此等孔窍，天下人不知，予独知之。天下人即能知之，不能言之，而予复能言之，请揭出以示歌者。白有高低抑扬，何者当高而扬？何者当低而抑？曰：若唱曲然。曲文之中，有正字，有衬字。每遇正字，必声高而气长，若遇衬字，则声低气短而疾忙带过，此分别主客之法也。说白之中，亦有正字，亦有衬字，其理同，则其法亦同。一段有一段之主客，一句有一句之主客，主高而扬，客低而抑，此至当不易之理，即最简极便之法也。凡人说话，其理亦然。譬如呼人取茶取酒，其声云："取茶来！""取酒来！"此二句既为茶酒而发，则"茶""酒"二字为正字，其声必高而长，"取"字"来"字为衬字，其音必低而短。再取旧曲中宾白一段论之。《琵琶·分别》（图2-04）白云："云情雨意，虽可抛两月之夫妻；雪鬓霜鬟，竟不念八旬之父母！功名之念一起，甘旨之心顿忘，是何道理？"②首四句之中，前二句是客，宜略轻而稍快；

图2-04 《琵琶记·南浦嘱别》插图

后二句是主，宜略重而稍迟。"功名""甘旨"二句亦然。此句中之主客也。"虽可抛""竟不念"六个字，较之"两月夫妻""八旬父母"虽非衬字，却与衬字相同，其为轻快，又当稍别。至于"夫妻""父母"之上二"之"字，又为衬中之衬，其为轻快，更宜倍之。是白皆然，此字中之主客也。常见不解事梨园，每于四六句中之"之"字，与上下正文同其轻重疾徐，是谓菽麦不辨，尚可谓之能说白乎？此等皆言宾白，盖场上所说之话也。至于上场诗、定场白，以及长篇大幅叙事之文，定宜高低相错，缓急得宜，切勿作一片高声，或一派细语，俗言"水平调"是也。上场诗四句之中，三句皆高而缓，一句宜低而快。低而快者，大率宜在第三句，至第四句之高而缓，较首二句更宜倍之。如《浣纱记》定场诗云："少小豪雄侠气闻，飘零仗剑学从军。何年事了拂衣去，归卧荆南梦泽云。"③"少小"二句宜高而缓，不待言矣。"何年"一句必须轻轻带过，若与前二句相同，则煞尾一句不求低而自低矣。末句一低，则懈而无势，况其下接着通名道姓之语。如"下官姓范名蠡，字少伯"，"下官"二字例应稍低，若末句低而接者又低，则神气索然不振矣，故第三句之稍低而快，势有不得不然者。此理此法，谁能穷究至此？然不如此，则是寻常应付之戏，非孤标特出之戏也。高低抑扬之法，尽乎此矣。

　　优师既明此理，则授徒之际，又有一简便可行之法，索性取而予之：但于点脚本时，将宜高宜长之字用朱笔圈之，凡类衬字者不圈。至于衬中之衬，与当急急赶下、断断不宜沾滞者，亦用朱笔抹以细纹，如流水状，使一一皆能识认。则于念剧之初，便有高低抑扬，不俟登场摹拟。如此教曲，有不妙绝天下，而使百千万亿之人赞美者，吾不信也。（尤展成云：方便法门，然太便宜此辈。）

[注释]

　　①偾（fèn）事：即败事。《礼记·大学》云："此谓一言偾事，一人定国。"

　　②《琵琶记》第五出《南浦嘱别》中赵五娘对蔡伯喈的几句说白。

　　③此定场诗见《浣纱记》第二出《游春》。

缓急顿挫

　　缓急顿挫之法，较之高低抑扬，其理愈精，非数言可了。然了之必须数言，辩者愈繁，则听者愈惑，终身不能解矣。优师点脚本授歌童，不过一句一点，求其点不刺谬①，一句还一句，不致断者联而联者断，亦云幸矣，尚能询及其他？即以脚本授文人，倩其画文断句，亦不过每句一点，无他法也。而不知场上说白，尽有当断处不断，反至不当断处而忽断；当联处不联，忽至不当联处而反联者。此之谓缓急顿挫。此中微渺，但可意会，不可言传；但能口授，不能以笔舌喻者。不能言而强之使言，只有一法：大约两句三句而止言一事者，当一气赶下，中间断句处勿太迟缓；或一句止言一事，而下句又言别事，或同一事而另分一意者，则当稍断，不可竟连下句。是亦简便可行之法也。此言其粗，非论其精；此言其略，未及其详。精详之理，则终不可言也。

当断当联之处，亦照前法，分别于脚本之中，当断处用朱笔一画，使至此稍顿，馀俱连读，则无缓急相左之患矣。

妇人之态，不可明言，宾白中之缓急顿挫，亦不可明言，是二事一致。轻盈袅娜，妇人身上之态②也；缓急顿挫，优人口中之态也。予欲使优人之口，变为美人之身，故为讲究至此。欲为戏场尤物者，请从事予言，不则仍其故步。

[注释]

①刺谬：即违背。见前《演习部·变调第二·变旧成新》注④。

②妇人身上之态："态"即"态度"，亦即"媚态"，这是李渔关于女性审美的一个重要概念。详见后《声容部·选姿第一·态度》一节。

脱套第五

戏场恶套,情事多端,不能枚纪。以极鄙极俗之关目,一人作之,千万人效之,以致一定不移,守为成格,殊可怪也。西子捧心,尚不可效,况效东施之颦乎?且戏场关目,全在出奇变相,令人不能悬拟。若人人如是,事事皆然,则彼未演出而我先知之,忧者不觉其可忧,苦者不觉其为苦,即能令人发笑,亦笑其雷同他剧,不出范围,非有新奇莫测之可喜也。扫除恶习,拔去眼钉,亦高人造福之一事耳。

衣冠恶习

记予幼时观场,凡遇秀才赶考及谒见当涂贵人①,所衣之服,皆青素圆领,未有着蓝衫者,三十年来始见此服。近则蓝衫与青衫②并用,即以之别君子小人。凡以正生、小生及外、末脚色而为君子者,照旧衣青圆领,惟以净、丑脚色而为小人者,则着蓝衫。此例始于何人,殊不可解。夫青衿,朝廷之名器③也。以贤愚而论,则为圣人之徒者始得衣之;以贵贱而论,则备缙绅之选者始得衣之。名宦大贤尽于此出,何所见而为小人之服,必使净、丑衣之?此戏场恶习所当首革者也。或仍照旧例,止用青衫而不设蓝衫;若照新例,则君子小人互用,万勿独归花面,而令士子蒙羞也。(余澹心云:余向有此三疑,今得笠翁喝破,若披雾而睹天矣。然此物误人不浅,即以花面着之,亦不为过,但恐着青衫者未必尽君子耳。)

近来歌舞之衣,可谓穷奢极侈。富贵娱情之物,不得不然,似难责以俭朴。但有不可解者:妇人之服贵在轻柔,而近日舞衣,其坚硬有如盔甲。云肩大而且厚，面夹两层之外，又以销金锦缎围之。其下体前后二幅，名曰"遮羞"者，必以硬布裱骨而为之，此战场所用之物，名为"纸甲"者是也，歌台舞榭之上，胡为乎来哉？易以轻软之衣，使得随身环绕，似不容已。至于衣上所绣之物，止宜两种，勿及其他。上体凤鸟，下体云霞，此为定制。盖"霓裳羽衣"四字，业有成宪，非若点缀他衣，可以浑施色相者也。予非能创新，但能复古。

方巾与有带飘巾，同为儒者之服。飘巾儒雅风流，方巾老成持重，以之分别老少，可称得宜。近日梨园，每遇穷愁患难之士，即戴方巾，不知何所取义？至纱帽巾之有飘带者，制原不佳，戴于粗豪公子之首，果觉相称。至于软翅纱帽，极美观瞻，曩时《张生逾墙》④等剧往往用之，近皆除去，亦不得其解。

[注释]

①当涂贵人：当涂，即"当途"，指当权者。《韩非子·孤愤》云："当途之人擅事要，则内外为之用矣。"本文谓"当涂贵人"，即是指主宰仕路的权贵。

②蓝衫、青衫：蓝衫，古代儒生所穿的服装。青衫，古代级别较低的官员所穿的服装，因唐制规定八品、九品官员服为青色，如白居易《琵琶行》诗云"江州司马青衫湿"。本文中指舞台上角色的服装，扮儒生者应穿蓝衫，扮县官等身份较低的官员者穿青衫。

③名器：古代表示等级的称号及车服仪制等。《左传·成公二年》云："唯器与名，不可以假人。"本文中谓青衫是表示文士身份的服饰，故亦可称之为名器。

④《张生逾墙》：《西厢记》第三本第三折，演张君瑞跳墙与莺莺私会的一段。

声音恶习

　　花面口中，声音宜杂。如作各处乡语，及一切可憎可厌之声，无非为发笑计耳，然亦必须有故而然。如所演之剧，人系吴人，则作吴音，人系越人，则作越音，此从人起见者也。如演剧之地在吴则作吴音，在越则作越音，此从地起见者也。可怪近日之梨园，无论在南在北，在西在东，亦无论剧中之人生于何地，长于何方，凡系花面脚色，即作吴音①，岂吴人尽属花面乎？此与净丑着蓝衫，同一覆盆之事也。使范文正、韩襄毅②诸公有灵，闻此声，观此剧，未有不抱恨九原，而思痛革其弊者也。今三吴③缙绅之居要路者，欲易此俗，不过启吻之劳；从未有计及此者，度量优容，真不可及。且梨园尽属吴人，凡事皆能自顾，独此一着，不惟不自争气，偏欲故形其丑，岂非天下古今一绝大怪事乎？且三吴之音，止能通于三吴，出境言之，人多不解，求其发笑，而反使听者茫然，亦失计甚矣。吾请为词场易之：花面声音，亦如生旦外末，悉作官音，止以话头惹笑，不必故作方言。即作方言，亦随地转。如在杭州，即学杭人之话，在徽州，即学徽人之话，使妇人小儿皆能识辨。识者多，则笑者众矣。

[注释]

　　①凡系花面脚色，即作吴音：吴音，即苏州一带方言。明清传奇的某些作品中"花面"（净、丑）角色的说白用吴地方言，如朱素臣《翡翠园》中的差役王馒头，朱佐朝《渔家乐》中的相士万家春等，都说吴语。这样的风气一直延续到清代中期和后期，如乾隆年间沈起凤的"沈氏四种"中，剧中的一些小人物角色也都说吴语。

　　②范文正、韩襄毅：范文正即宋代名臣范仲淹，字希文，其谥号为文正公。韩襄毅，即明代韩雍，字永熙，正统年间进士及第，官至右都御史，正

德年间谥号襄毅。范仲淹是吴县人，韩雍是长洲人，都说吴语。因此李渔举这两位历史上的吴地名人，认为他们若在世也会对戏曲演出中优人说吴地方言的现象表示愤慨。

③三吴：古代典籍中关于三吴的概念诸说不一。《水经注》卷四十《渐江水》以吴兴、吴郡、会稽为三吴，《通典》卷一八二《州郡十二》以吴郡、吴兴、丹阳为三吴，《名义考》卷三《地部》以苏州、润州、湖州为三吴。通常认为三吴指长江下游流域的南京以东地区。

语言恶习

白中有"呀"字，惊骇之声也。如意中并无此事，而猝然遇之，一向未见其人，而偶尔逢之，则用此字开口，以示异也。近日梨园不明此义，凡见一人，凡遇一事，不论意中意外，久逢乍逢，即用此字开口，甚有差人请客而客至，亦以"呀"字为接见之声者，此等迷谬，尚可言乎？故为揭出，使知斟酌用之。

戏场惯用者，又有"且住"二字。此二字有两种用法。一则相反之事，用作过文，如正说此事，忽然想及彼事，彼事与此事势难并行，才想及而未曾出口，先以此二字截断前言，"且住"者，住此说以听彼说也。一则心上犹豫，假此以待沉吟，如此说自以为善，恐未尽善，务期必妥，当于是处寻非，故以此代心口相商，"且住"者，稍迟以待，不可竟行之意也。而今之梨园，不问是非好歹，开口说话，即用此二字作助语词，常有一段宾白之中，连说数十个"且住"者，此皆不详字义之故。一经点破，犯此病者鲜矣。

上场引子下场诗，此一出戏文之首尾。尾后不可增尾，犹头上不可加头也。可怪近时新例，下场诗念毕，仍不落台，定增几句淡话，以极紧凑之文，翻成极宽缓之局。此义何居，令人不解。曲有尾声及下场诗者，以曲音散漫，不得几句紧腔，如何截得板住？白文冗杂，不得几句约语，如何结得话成？若使结过之后，又复说起，何如不收竟下之为愈乎？且首尾一理，诗后既可添话，则何不于引子之先，亦加几句说白，说完而后唱乎？此积习之最无理最可厌者，急宜改革，然又不可尽革。如两人三人在场，二人先下，一人说话未了，必宜稍停以尽其说，此谓"吊场"，原系古格。然须万不得已，少此数句，必添以后一出戏文，或少此数句，即埋没从前说话之意者，方可如此。（亦有下场不及更衣者，故借此为缓兵计。）是龙足，非蛇足也。然只可偶一为之，若出出皆然，则是是貂皆可续矣，何世间狗尾之多乎？

科诨恶习

插科打诨处，陋习更多，革之将不胜革，且见过即忘，不能悉记，略举数则而已。如两人相殴，一胜一败，有人来劝，必使被殴者走脱，而误打劝解之人，《连环·掷戟》之董卓①是也。主人偷香窃玉，馆童吃醋拈酸，谓寻新不如守旧，说毕必以臀相向，如《玉簪》之进安、《西厢》之琴童②是也。戏中串戏，殊觉可厌，而优人惯增此种，其腔必效弋阳，《幽闺·旷野奇逢》之酒保③是也。

[注释]

①《连环·掷戟》之董卓：即明代王济所撰传奇《连环记》第二十六出《掷戟》，吕布与貂蝉在凤仪亭私会，董卓闯见，掷戟击打吕布，李儒赶来，董卓又打李儒。

②《玉簪》之进安、《西厢》之琴童：进安是《玉簪记》传奇中潘必正的书童，琴童是《西厢记》中张君瑞的书童。

③《幽闺·旷野奇逢》之酒保：今见《六十种曲》本《幽闺记》第十七出《旷野奇逢》中无酒保，酒保在第二十二出《招商偕偶》中。

卷三 声容部

选姿第一

"食色，性也。""不知子都之姣者，无目者也。"①古之大贤择言而发，其所以不拂人情，而数为是论者，以性所原有，不能强之使无耳。人有美妻美妾而我好之，是谓拂人之性；好之不惟损德，且以杀身。我有美妻美妾而我好之，是还吾性中所有，圣人复起，亦得我心之同然，非失德也。孔子云："素富贵，行乎富贵。"②人处得为之地，不买一二姬妾自娱，是素富贵而行乎贫贱矣。王道本乎人情③，焉用此矫清矫俭者为哉？但有狮吼④在堂，则应借此藏拙，不则好之实所以恶之，怜之适足以杀之，不得以红颜薄命借口，而为代天行罚之忍人也。予一介寒生，终身落魄，非止国色难亲，天香未遇，即强颜陋质之妇，能见几人，而敢谬次音容，侈谈歌舞，贻笑于眠花藉柳之人哉！然而缘虽不偶，兴则颇佳，事虽未经，理实易谙，想当然之妙境，较身醉温柔乡⑤者倍觉有情。如其不信，但以往事验之。楚襄王，人主也。六宫窈窕，充塞内庭，握雨携云，何事不有？而千古以下，不闻传其实事，止有阳台一梦⑥，脍炙人口。阳台今落何处？神女家在何方？（图3-01）朝为行云，暮为行雨，毕竟是何情状？岂有踪迹可考，实事可缕陈乎？皆幻境也。幻境之妙，十倍于真，故千古传之。能以十倍于真之事，谱而为法，未有不入闲情三昧者。凡读是书之人，欲考所学之从来，则请以楚国阳台之事对。

[注释]

①这两句话俱见《孟子·告子上》。"食色，性也"这句话，一般人都认为是孟子之语，其实原出自告子。《孟子》书中原文是："告子曰：食色

图 3-01 巫山神女

性也。仁，内也，非外也；义，外也，非内也。"意思是说，食欲和性欲是先天就具有的本性，这是人的内在的品质。孟子引述告子的话，并对所谓"仁内义外"作了解释。"不知子都之姣者，无目者也"，子都是春秋时著名的美男子，《诗经·郑风·山有扶苏》云："不见子都，乃见狂且。"前人注解说："子都，世之美好者也。"后世有人说这位子都就是郑国的大夫公孙阏，其字子都，见《左传·隐公十一年》，近代地方戏曲演《伐子都》或《火烧子都》即此人。但是也有人说郑国大夫子都只是名字偶然相同，和《诗经》及《孟子》书中的子都未必是一个人。

②孔子此语见《中庸》，原文是："素富贵，行乎富贵；素贫贱，行乎贫贱；素夷狄，行乎夷狄；素患难，行乎患难。君子无入而不自得焉。"这段话的基本意思是君子随遇而安，无论处于什么境况，都要面对眼前现实而悠游自在。

③王道本乎人情：见前《词曲部·结构第一·戒荒唐》注③。

④狮吼：比喻凶悍妻子的吼叫声。宋代陈慥的妻子厉害，苏轼作《寄吴德仁兼简陈季常》诗云："龙丘居士亦可怜，谈空说有夜不眠。忽闻河东狮子吼，拄杖落手心茫然。"见《分类东坡诗》卷十六。后世即以狮吼指悍妇。明汪廷讷曾据陈慥故事撰作传奇《狮吼记》。

⑤温柔乡：指美色迷人之境。汉伶玄《飞燕外传》云："是夜进合德，帝大悦，以辅属体，无所不靡，谓为温柔乡。"又唐冯贽《云仙杂记》卷十《赵后外传》云："成帝谓合德为温柔乡，曰：'吾老是乡矣，不能效武帝求白云乡也。'"此典故在后世诗词曲中常见使用，如白朴《双调·庆东原》云："黄金缕，碧玉箫，温柔乡里寻常到。"

⑥阳台一梦：此为楚襄王的典故，流传至今仍然脍炙人口。原出自宋玉《高唐赋》写楚襄王梦见巫山神女故事，神女对楚王说："妾朝为行云，暮为行雨，朝朝暮暮，阳台之下。"后世诗文小说词曲中即称男女欢会为阳台一梦，称男女交合为巫山云雨。本文中李渔对此提出质疑，认为所谓阳台一梦不过是文人之赋虚构的幻境。

肌　肤

妇人妩媚多端，毕竟以色为主。《诗》不云乎"素以为绚兮"①？素者，白也。妇人本质，惟白最难。常有眉目口齿般般入画，而缺陷独在肌肤者。岂造物生人之巧，反不同于染匠，未施漂练之力，而遽加文采之工乎？曰：非然。白难而色易也。曷言乎难？是物之生，皆视根本，根本何色，枝叶亦作何色。人之根本维何？精也，血也。精色带白，血则红而紫矣。多受父精而成胎者，其人之生也必白。父精母血交聚成胎，或血多而精少者，其人之生也必在黑白之间。若其血色浅红，结而为胎，虽在黑白之间，及其生也，豢以美食，处以曲房，犹可日趋于淡，以脚地未尽缁也。有幼时不白，长而始白者，此类是也。（周彬若②云：此等妙论，不知何处得来。予向在都门，人讯南方有异人否，予以笠翁对。又讯有怪物否，予亦以笠翁对。试读此书，即知予言不谬。）至其血色深紫，结而成胎，则其根本已缁，全无脚地可漂，及其生也，即服以水晶云母，居以玉殿琼楼，亦难望其变深为浅，但能守旧不迁，不致愈老愈黑，亦云幸矣。有富贵之家，生而不白，至长至老亦若是者，此类是也。知此，则知选材之法，当如染匠之受衣。有以白衣使漂者受之，易为力也；有白衣稍垢而使漂者亦受之，虽难为力，其力犹可施也；若以既染深色之衣，使之剥去他色，漂而为白，则虽什佰其工价，必辞之不受。以人力虽巧，难拗天工，不能强既有者而使之无也。

妇人之白者易相，黑者亦易相，惟在黑白之间者，相之不易。有三法焉：面黑于身者易白，身黑于面者难白；肌肤之黑而嫩者易白，黑而粗者难白；皮肉之黑而宽者易白，黑而紧且实者难白。面黑于身者，以面在外而身在内，在外则有风吹日晒，其渐白也为难；身在衣中，较面稍白，则其由深而浅，业有明征，使面亦同身，蔽之有物，其验亦若是矣，故易白。身黑于面者反此，故不易白。肌肤之细而嫩者，如绫罗纱绢，其体光滑，故受色易，退色亦易，稍受风吹，略经日照，则深者浅而浓者淡矣。粗则如布如毯，其受色之难，十倍于绫罗纱绢，至欲退之，其工又不止十倍，肌肤之理亦若是也，故知嫩者易白，而粗者难白。（余澹心云：此种议论，几于石破天惊。笠翁其身藏藕丝而口翻沧海者乎？）皮肉之黑而宽者，犹绸缎之未经熨，靴与履之未经楦③者，因其皱而未直，故浅者似深，淡者似浓，一经熨楦之后，则纹理陡变，非复曩时色相矣。肌肤之宽者，以其血肉未足，犹待长养，亦犹待楦之靴履，未经烫熨之绫罗纱绢，此际若此，则其血肉充满之后必不若此，故知宽者易白，紧而实者难白。相肌之法，备乎此矣。若是，则白者、嫩者、宽者为人争取，其黑而粗、紧而实者遂成弃物乎？曰：不然。薄命尽出红颜，厚福偏归陋质，此等非他，皆素封伉俪④之材，诰命夫人⑤之料也。（尤展成云：虽戏语，却是实录。）

[注释]

①素以为绚兮：《论语·八佾》云："子夏问曰：'巧笑倩兮，美目盼兮，素以为绚兮。'何谓也？"子夏引述的是《诗经》的诗句，前二句见于《诗经·卫风·硕人》，而第三句"素以为绚兮"在后世流传的《诗经》通行本中却看不到。清代学者王先谦《三家诗义集疏》认为此句见于《鲁诗》，即汉初鲁人申培公所传的《诗经》。

②周彬若：名未详，字彬若，与孙枝蔚同与李渔交往，孙枝蔚《溉堂集》中有《送周彬若游金陵》等诗作。

③楦（xuàn）：木制的楦头，形状如脚，置于新制成的鞋中使鞋定型合脚。本文中"楦"作动词，即用楦头楦鞋。

④素封伉俪：素封，古代指无官爵封邑而拥有大量资财的富人。《史记·货殖列传》云："今有无秩禄之奉，爵邑之入，而乐与之比者，命曰'素封'。"前人注解说："古不仕之人自有园田收养之给，其利比于封君，故曰'素封'。"李渔所撰传奇《奈何天》的主角名为阙素封，字里侯，就是一个这样的富人，剧中第二出《虑婚》中他出场时说："如今到了区区手里，差不多有二百万家资，也将就得过日子了。只是一件，自从祖上至今，只出有才之贝，不出无贝之才。"本文谓素封伉俪，就是这样的富人的妻子。

⑤诰命夫人：古代受朝廷封赠的妇女，一般为达官贵人的妻子，朝廷给封号时有敕命。

眉　眼

面为一身之主，目又为一面之主。相人必先相面，人尽知之，相面必先相目，人亦尽知，而未必尽穷其秘。吾谓相人之法，必先相心，心得而后观其形体。形体维何？眉发口齿，耳鼻手足之类是也。心在腹中，何由得见？曰：有目在，无忧也。察心之邪正，莫妙于观眸子，子舆氏笔之于书，业开风鉴之祖①。予无事赘陈其说，但言情性之刚柔，心思之愚慧。四者非他，即异日司花执爨之分途，而狮吼堂与温柔乡②接壤之地也。目细而长者，秉性必柔；目粗而大者，居心必悍；目善动而黑白分明者，必多聪慧；目常定而白多黑少，或白少黑多者，必近愚蒙。然初相之时，善转者亦未能遽转，不定者亦有时而定。何以试之？曰：有法在，无忧也。其法维何？一曰以静待动，一曰以卑瞩高。目随身转，未有动荡其身，而能胶柱其目者；使之乍往乍来，多行数武，而我回环其目以视之，则秋波不转而自转，此一法也。妇人避羞，目必下视，我若居高临卑，彼下而又下，永无见目之时矣。必当处之高位，或立台坡之上，或居楼阁之前，而我故降其躯以瞩之，则彼下无可下，势必环转其睛以避我。虽云善动者动，不善动者亦动，而勉强自然之中，即有贵贱妍媸之别，此又一法也。至于耳之大小，鼻之高卑，眉发之淡浓，唇齿之红白，无目者犹能按之以手，岂有识者不能鉴之以形？无俟哓哓③，徒滋繁渎。

眉之秀与不秀，亦复关系情性，当与眼目同视。然眉眼二物，其势往往相因。眼细者眉必长，眉粗者眼必巨，此大较也，然亦有不尽相合者。如长短粗细之间，未能一一尽善，则当取长恕短，要当视其可施人力与否。张京兆工于画眉④，则其夫人之双黛，必非浓淡得宜，无可润泽者。短者可长，则妙在用增；粗者可细，则妙在用减。但有必不可少之一字，而人多忽视之者，其名曰"曲"。必有天然之曲，而后人力可施其巧。"眉若远山"⑤，"眉如新月"⑥，皆言曲之至也。即不能酷肖远山，尽如新月，亦须稍带月形，略存山意，或弯其上而不弯其下，或细其外而不细其中，皆可自施人力。（图3-02）最忌平空一抹，有如太白经天；又忌两笔斜冲，俨然倒书八字。变远山为近瀑，反新月为长虹，虽有善画之张郎，

图3-02 自画双眉

亦将畏难而却走。非选姿者居心太刻,以其为温柔乡择人,非为娘子军择将也。(异藻纷来,赋手欲绝^⑦。)

[注释]

①子舆氏:即孟子,因其字子舆。他关于眸子的一段议论见《孟子·离娄上》:"存乎人者,莫良于眸子。眸子不能掩其恶。胸中正,则眸子瞭焉;胸中不正,则眸子眊焉。"风鉴:即看相术。李渔认为孟子可以称为看相术的祖师。

②狮吼堂与温柔乡:见前《选姿第一》注④、注⑤。本文谓"狮吼堂",指妻子所居内室。妻子柔顺则是温柔乡,妻子凶悍则是狮吼堂,故云接壤之地。

③哓(xiāo)哓:争辩声。韩愈《重答张籍书》云:"犹时与我悖,其声哓哓。"见《昌黎集》卷十四。本文中以"哓哓"代指争辩。

④张京兆工于画眉:张京兆即汉代张敞,曾官京兆尹。《汉书》本传记

闲情偶寄　159

述,有人举报他为妻画眉,汉宣帝问他,他回答说:"闺阁之事,有甚于画眉者。"元高文秀撰有杂剧《宣帝问张敞画眉》,明汪道昆撰有杂剧《远山戏》,明末清初南山逸史亦撰作杂剧《京兆眉》,皆演此故事。

⑤眉若远山:汉刘歆《西京杂记》记卓文君"眉色如望远山",后世诗文中常见有"眉若远山"一类的形容词语。

⑥眉如新月:新月弯而细,古诗文中常见用来形容美女之眉。如南朝梁武帝萧衍《游女曲》云"容色玉耀眉如月"(《乐府诗集》卷五)、白居易《天津桥》诗云"眉月晚生神女浦"(见《长庆集》卷五十八)等。

⑦此条眉评,原刊本未注明评者姓名,当是承前,为尤侗所作。

手　足

相女子者,有简便诀云:"上看头,下看脚。"似二语可概通身矣。予怪其最要一着,全未提起。两手十指,为一生巧拙之关,百岁荣枯所系,相女者首重在此,何以略而去之?且无论手嫩者必聪,指尖者多慧,臂丰而腕厚者,必享珠围翠绕之荣。即以现在所需而论之,手以挥弦,使其指节累累,几类弯弓之决拾①;手以品箫,如其臂形攘攘,几同伐竹之斧斤;抱枕携衾,观之兴索,捧卮进酒,受者眉攒,亦大失开门见山之初着矣。故相手一节,为观人要着,寻花问柳者不可不知,然此道亦难言之矣。选人选足,每多窄窄金莲;观手观人,绝少纤纤玉指。是最易者足,而最难者手,十百之中,不能一二觏也。须知立法不可不严,至于行法,则不容不恕。但于或嫩或柔或尖或细之中,取其一得,即可宽恕其他矣。

至于选足一事,如但求窄小,则可一目了然。倘欲由粗以及精,尽美而思善,使脚小而不受脚小之累,兼收脚小之用,则又比手更难,皆不可求而可遇者也。其累维何?因脚小而难行,动必扶墙靠壁,此累之在己者也;因脚小而致秽,令人掩鼻攒眉,此累之在人者也。(尤展成云:此则不如素足女矣。)其用维何?瘦欲无

图3-03 潘妃"步步生金莲"

图3-04 洛神"凌波微步,罗袜生尘"

形,越看越生怜惜,此用之在日者也;柔若无骨,愈亲愈耐抚摩,此用之在夜者也。昔有人谓予曰:"宜兴周相国②,以千金购一丽人,名为'抱小姐',因其脚小之至,寸步难移,每行必须人抱,是以得名。"予曰:"果若是,则一泥塑美人而已矣,数钱可买,奚事千金?"造物生人以足,欲其行也。昔形容女子娉婷者,非曰"步步生金莲"③(图3-03),即曰"行行如玉立"④,皆谓其脚小能行,又复行而入画,是以可珍可宝,如其小而不行,则与刖足⑤者何异?此小脚之累之不可有也。予遍游四方,见足之最小而无累,与最小而得用者,莫过于秦之兰州、晋之大同。兰州女子之足,大者三寸,小者犹不及焉,又能步履如飞,男子有时追之不及,然去其凌波⑥小袜(图3-04)而抚摩之,犹觉刚柔相半;即有柔若无骨者,然偶见则易,频遇为难。至大同名妓,则强半皆若是也。与之同榻者,抚及金莲,令人不忍释手,觉倚翠偎红之乐,

闲情偶寄　161

图3-05 卫庄姜

未有过于此者。向在都门,以此语人,人多不信。一席间拥二妓,一晋一燕,皆无丽色,而足则甚小。予请不信者即而验之,果觉晋胜于燕,大有刚柔之别。座客无不翻然,而罚不信者以金谷酒数⑦。此言小脚之用之不可无也。噫!"岂其娶妻,必齐之姜?"⑧(图3-05)就地取材,但不失立言之大意而已矣。

验足之法无他,只在多行几步,观其难行易动,察其勉强自然,则思过半矣。直则易动,曲即难行;正则自然,歪即勉强。直而正者,非止美观便走,亦少秽气。大约秽气之生,皆强勉造作之所致也。

[注释]

①决拾:古代射箭用的护指和护臂,见前《演习部·授曲第三》注③。

②周相国:即周延儒,字玉绳,江苏宜兴人。明万历四十一年(1613)状元,崇祯初拜大学士,为人性贪,崇祯十六年(1643)被削职赐死。《明

史》有传。

③步步生金莲：南朝齐东昏侯萧宝卷穷奢极欲，曾在宫中为其宠妃潘玉儿制贴地金莲，让潘妃步行其上，称为"步步生莲花"，或称"步步生金莲"。见《南史·废帝东昏侯传》。于是在后世流行缠足风习之后，即称女子裹成的小脚为金莲，如说"三寸金莲"等。

④行行如玉立："行行"，行走不停的状态。汉《古诗十九首》有"行行重行行"句，于是后世诗文中常见。玉立，形容人的风姿秀美，多用于形容女子。

⑤刖（yuè）足：古代砍掉脚的酷刑。

⑥凌波：曹植《洛神赋》有"凌波微步，罗袜生尘"句，后世即称女子的小脚为"凌波"，称女子小脚所穿之袜为"凌波袜"。如《西厢记》第三本第三折《驻马听》一曲云："夜凉苔径滑，露珠儿湿透凌波袜。"

⑦金谷酒数：古人饮酒时一种罚酒的规矩。金谷，指晋代石崇在洛阳金谷涧所建的别墅金谷园。《世说新语·品藻》记载："谢公云：'金谷中苏绍最胜。'"后有注引石崇《金谷诗序》云："遂各赋诗以叙中怀，或不能者，罚酒三斗。""斗"为古代饮酒之具，相当于杯。后世即称在饮宴时罚酒三杯为金谷酒数。如李白《春夜宴诸从弟桃李园序》云："如诗不成，罚依金谷酒数。"

⑧此二句见于《诗经·陈风·衡门》，原文云："岂其食鱼，必河之鲂？岂其取妻，必齐之姜？"春秋时齐国姜氏之女多有美貌者，其他诸侯国之君常有向齐求婚者，如齐侯之女庄姜嫁为卫侯夫人，《诗经·卫风·硕人》以"手如柔荑，肤如凝脂"等语赞扬她的美貌；又有齐僖公之女文姜，貌美，嫁为鲁桓公夫人。本文中以"齐之姜"代指远方的或异国的美女。

态　度

古云："尤物足以移人。"①尤物维何？媚态是已。世人不知，以为美色，乌知颜色虽美，是一物也，乌足移人？加之以态，则物而尤矣。如云美色即是尤物，即可移人，则今时绢做之美女，画上之娇娥，其颜色较之生人岂止十倍，何以不见移人，而使之害相思成郁病耶？是知"媚态"二字，必不可少。媚态之在人身，犹火之有焰，灯之有光，珠贝金银之有宝色，是无形之物，非有形之物也。惟其是物而非物，无形似有形，是以名为尤物。尤物者，怪物也，不可解说之事也。凡女子，一见即令人之而不能自已，遂至舍命以图，与生为难者，皆怪物也，皆不可解说之事也。（余澹心云：千古善状美人者，莫过陈思王《洛神》一赋，轻云蔽月，流风回雪，犹未形容到此。笠翁真尤物哉！）吾于"态"之一字，服天地生人之巧，鬼神体物之工。使以我作天地鬼神，形体吾能赋之，知识我能予之，至于是物而非物、无形似有形之态度，我实不能变之化之，使其自无而有，复自有而无也。态之为物，不特能使美者愈美，艳者愈艳，且能使老者少而媸者妍，无情之事变为有情，使人暗受笼络而不觉者。女子一有媚态，三四分姿色，便可抵过六七分。试以六七分姿色而无媚态之妇人，与三四分姿色而有媚态之妇人同立一处，则人止爱三四分而不爱六七分，是态度之于颜色，犹不止一倍当两倍也。试以二三分姿色而无媚态之妇人，与全无姿色而止有媚态之妇人同立一处，或与人各交数言，则人止为媚态所惑，而不为美色所惑，是态度之于颜色，犹不止于以少敌多，且能以无而敌有也。今之女子，每有状貌姿容一无可取，而能令人思之不倦，甚至舍命相从者，皆"态"之一字之为祟也。是知选貌选姿，总不如选态一着之为要。态自天生，非可强造。强造之态，不能饰美，止能愈增其陋。同一颦也，出于西施（图3-06）则可爱，出于东施则可憎者，天生、强造之别也。相面、相肌、相眉、相眼之法，皆可言传，独相态一事，则予心能知之，口实不能言之。口之所能言者，物也，非尤物也。噫！能使人知，而能使人欲言不得，其为物也何如！其为事也何如！岂非天地之间一大怪物，而从古及今，一件解说不来之事乎？

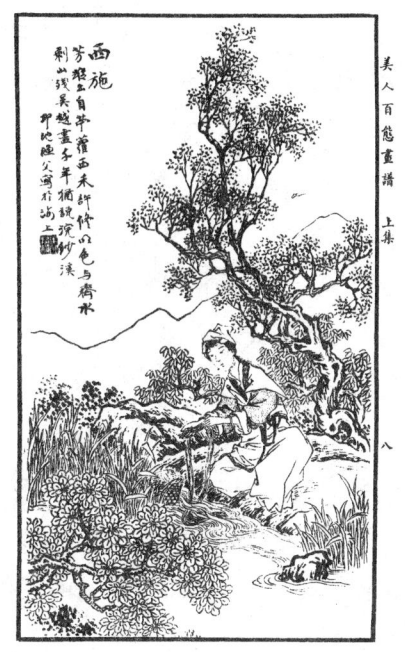

图3-06 西施浣纱

诘予者曰：既为态度立言，又不指人以法，终觉首鼠，盍亦舍精言粗，略示相女者以意乎？予曰：不得已而为言，止有直书所见，聊为榜样而已。向在维扬，代一贵人相妾。靓妆而至者不一其人，始皆俯首而立，及命之抬头，一人不作羞容而竟抬；一人娇羞腼腆，强之数四而后抬；一人初不即抬，及强而后可，先以眼光一瞬，似于看人而实非看人，瞬毕复定而后抬，俟人看毕，复以眼光一瞬而后俯，此即"态"也。记曩时春游遇雨，避一亭中，见无数女子，妍媸不一，皆踉跄而至。中一缟衣贫妇，年三十许，人皆趋入亭中，彼独徘徊檐下，以中无隙地故也；人皆抖擞衣衫，虑其太湿，彼独听其自然，以檐下雨侵，抖之无益，徒现丑态故也。及雨将止而告行，彼独迟疑稍后，去不数武而雨复作，乃趋入亭。彼则先立亭中，以逆料必转，先踞胜地故也。然臆虽偶中，绝无骄人之

闲情偶寄

色。见后入者反立檐下，衣衫之湿，数倍于前，而此妇代为振衣，姿态百出，竟若天集众丑，以形一人之媚者。自观者视之，其初之不动，似以郑重而养态；其后之故动，似以徜徉而生态。然彼岂能必天复雨，先储其才以俟用乎？其养也出之无心，其生也亦非有意，皆天机之自起自伏耳。当其养态之时，先有一种娇羞无那之致现于身外，令人生爱生怜，不俟娉婷大露而后觉也。斯二者，皆妇人媚态之一斑，举之以见大较。噫！以年三十许之贫妇，止为姿态稍异，遂使二八佳人与曳珠顶翠者皆出其下，然则态之为用，岂浅鲜哉！

人问：圣贤神化之事，皆可造诣而成，岂妇人媚态独不可学而至乎？予曰：学则可学，教则不能。人又问：既不能教，胡云可学？予曰：使无态之人与有态者同居，朝夕薰陶，或能为其所化；如蓬生麻中，不扶自直②，鹰变成鸠，形为气感，是则可矣。若欲耳提而面命之，则一部"廿一史"③，当从何处说起？还怕愈说愈增其木强④，奈何！

[注释]

①尤物足以移人：见前《词曲部·宾白第四·意取尖新》注①。

②蓬生麻中，不扶自直：语出《荀子·劝学》："蓬生麻中，不扶自直；白沙在涅，与之俱黑。"比喻人受环境的影响。

③廿一史：宋代时称前朝的官修史书为"十七史"，明代万历时国子监刊行的前代史书，在"十七史"的基础上加上《宋史》《辽史》《金史》《元史》四史，称为"二十一史"，或作"廿一史"。后来在乾隆时又加上《旧唐书》《旧五代史》和《明史》，才称为"二十四史"。李渔在清初作《闲情偶寄》时，流行的是"二十一史"的说法。

④木强：指人的性格质朴而倔强。《史记·绛侯周勃世家》云："勃为人木强敦厚，高帝以为可属大事。"

修容第二

妇人惟仙姿国色，无俟修容；稍去天工者，即不能免于人力矣。然予所谓"修饰"二字，无论妍媸美恶，均不可少。俗云："三分人材，七分妆饰。"此为中人以下者言之也。然则有七分人材者，可少三分妆饰乎？即有十分人材者，岂一分妆饰皆可不用乎？曰：不能也。若是，则修容之道不可不急讲矣。今世之讲修容者，非止穷工极巧，几能变鬼为神，我即欲勉竭心神，创为新说，其如人心至巧，我法难工，非但小巫见大巫，且如小巫之徒，往教大巫之师，其不遭喷饭而唾面者鲜矣。然一时风气所趋，往往失之过当。非始初立法之不佳，一人求胜于一人，一日务新于一日，趋而过之，致失其真之弊也。"楚王好细腰，宫中皆饿死；楚王好高髻，宫中皆一尺；楚王好大袖，宫中皆全帛。"①细腰非不可爱，高髻大袖非不美观，然至饿死，则人而鬼矣。髻至一尺，袖至全帛，非但不美观，直与魑魅魍魉无别矣。此非好细腰、好高髻大袖者之过，乃自为饿死、自为一尺、自为全帛者之过也。亦非自为饿死、自为一尺、自为全帛者之过，无一人痛惩其失，著为章程，谓止当如此，不可太过，不可不及，使有遵守者之过也。吾观今日之修容，大类楚宫之末俗，著为章程，非草野得为之事。但不经人提破，使知不可爱而可憎，听其日趋日甚，则在生而为魑魅魍魉者，已去死人不远，刓②腰成一缕，有饿而必死之势哉！予为修容立说，实具此段婆心，凡为西子者，自当曲体人情，万毋遽发娇嗔，罪其唐突。（尤展成云：不知者以为嘲风啸月之书，乌知为移风易俗之书哉！）

[注释]

①此数语所述楚王好细腰的典故,古籍中多见记载。最早为《墨子·兼爱中》云:"昔者楚灵王好细要,灵王之臣,皆以一饭为节,胁息然后带,扶墙然后起。"其中"细要"即"细腰"。此后,《荀子·君道》《韩非子·二柄》《管子·七主七臣》《尸子·处道》《尹文子·大道》《淮南子·主术训》等皆如是说,大同小异,其中荀子、尹文子说好细腰者是楚庄王。《后汉书·马廖传》记马廖上《长乐宫以劝成德政疏》中云:"传曰:'吴王好剑客,百姓多创瘢;楚王好细腰,宫中多饿死。'长安语曰:'城中好高髻,四方高一尺;城中好广眉,四方且半额;城中好大袖,四方全匹帛。'"此疏中引录"长安语云"的六句,又收入郭茂倩《乐府诗集》卷八十七《杂歌谣辞五》。司马光《资治通鉴》卷四十六《汉纪三十八》记马廖上书事引文全同《后汉书》。本文中李渔谓"楚王好细腰,宫中皆饿死;楚王好高髻,宫中皆一尺;楚王好大袖,宫中皆全帛",是把《后汉书·马廖传》中的两段歌谣混在一起,都冠以"楚王",对原歌谣词稍加改动。

②矧(shěn):虚词,相当于"何况"。如《诗经·小雅·伐木》云:"相彼鸟矣,犹求友声。矧伊人矣,不求友生。"

盥 栉①

盥面之法,无他奇巧,止是濯垢务尽。面上亦无他垢,所谓垢者,油而已矣。油有二种,有自生之油,有沾上之油。自生之油,从毛孔沁出,肥人多而瘦人少,似汗非汗者是也。沾上之油,从下而上者少,从上而下者多,以发与膏沐势不相离,发面交接之地,势难保其不侵。况以手按发,按毕之后,自上而下亦难保其不相挨擦,挨擦所至之处,即生油发亮之处也。生油发亮,于面似无大损,殊不知一日之美恶系焉,面之不白不匀即从此始。从来上粉着色之地,最怕有油,有即不能上色。倘于浴面初毕,未经搽粉之时,但有指大一痕为油手所污,迨加粉搽面之后,则满面皆白而此处独黑，又且黑而有光，此受病之在先者也。既经搽粉之后，而为油手所污，其黑而光也亦然，以粉上加油，但见油而不见粉也，此受病之在后者也。此二者之为患，虽似大而实小，以受病之处止在一隅，不及满面，闺人尽有知之者。尚有全体受伤之患，从古佳人暗受其害而不知者，予请攻而出之。从来拭面之巾帕，多不止于拭面，擦臂抹胸，随其所至；有腻即有油，则巾帕之不洁也久矣。即有好洁之人，止以拭面，不及其他，然能保其上不及发，将至额角而遂止乎？一沾膏沐，即非无油少腻之物矣。以此拭面，非拭面也，犹打磨细物之人，故以油布擦光，使其不沾他物也。他物不沾，粉独沾乎？凡有面不受妆，越匀越黑；同一粉也，一人搽之而白，一人搽之而不白者，职是故也。以拭面之巾有异同，非搽面之粉有善恶也。故善匀面者，必须先洁其巾。（图3-07）拭面之巾，止供拭面之用，又须用过即浣，勿使稍带油痕，此务本穷源之法也。

善栉不如善篦，篦者，栉之兄也。发内无尘，始得丝丝现相，不则一片如毡，求其界限而不得，是帽也，非髻也，是退光黑漆之器，非乌云蟠绕之头也。故善蓄姬妾者，当以百钱买梳，千钱购篦。篦精则发精，稍俭其值，则发损头痛，篦不数下而止矣。篦之极净，始便用梳②。而梳之为物，则越旧越精。"人惟求旧，物惟求新"③，古语虽然，非为论梳而设。求其旧而不得，则富者用牙，贫者用角④。新木之梳，即搜根剔齿者，非油浸十日，不可用也。

古人呼髻为"蟠龙"。蟠龙者，髻之本体，非由妆饰而成。随手绾成，皆作蟠龙之势，可见古人之妆，全用自然，毫无造作。然龙乃善变之物，发无一定之形，使其相传至今，物而不化，则龙非蟠龙，乃死龙矣；发非佳人之发，乃死人之发矣。无怪今人善变，变之诚是也。但其变之之形，只顾趋新，不求合理；只求变相，不顾失真。凡以彼物肖此物，必取其当然者肖之，必取其应有者肖之，

闲情偶寄　　169

图 3-07 女子盥洗

又必取其形色相类者肖之，未有凭空捏造，任意为之而不顾者。古人呼发为"乌云"，呼髻为"蟠龙"者，以二物生于天上，宜乎在顶。发之缭绕似云，发之蟠曲似龙，而云之色有乌云，龙之色有乌龙。是色也，相也，情也，理也，事事相合，是以得名，非凭捏造、任意为之而不顾者也。（周彬若云：不经点破，谁识古人之心？是知笠翁者，千载以下必不可少之人也。）窃怪今之所谓"牡丹头""荷花头""钵盂头"，种种新式，非不穷新极异，令人改观，然于当然应有、形色相类之义，则一无取焉。人之一身，手可生花，江淹之彩笔⑤是也；舌可生花，如来之广长⑥是也；头则未见其生花，生之自今日始。此言不当然而然也。发上虽有簪花之义，未有以头为花、而身为蒂者；钵盂乃盛饭之器，未有倒贮活人之首，而作覆盆之象者，此皆事所未闻，闻之自今日始。此言不应有而有也。

图3-08 日异月新之髻

（不经说破，谁识今人之谬？是知笠翁者，六合以内必不可无之人也。⑦）群花之色，万紫千红，独不见其有黑。设立一妇人于此，有人呼之为"黑牡丹""黑莲花""黑钵盂"者，此妇必艴然而怒，怒而继之以骂矣。以不喜呼名之怪物，居然自肖其形，岂非绝不可解之事乎？吾谓美人所梳之髻，不妨日异月新（图3-08），但须筹为理之所有。理之所有者，其象多端，然总莫妙于云龙二物。仍用其名而变更其实，则古制新裁，并行而不悖矣。勿谓止此二物，变来有限，须知普天下之物，取其千态万状，越变而越不穷者，无有过此二物者矣。龙虽善变，犹不过飞龙、游龙、伏龙、潜龙、戏珠龙、出海龙之数种。至于云之为物，顷刻数迁其位，须臾屡易其形，"千变万化"四字，犹为有定之称，其实云之变相，"千万"二字，犹不足以限量之也。若得聪明女子，日日仰观天象，既肖云而为髻，复肖髻而为云，即一日一更其式，犹不能尽其巧幻，毕其离奇，矧未必朝朝变相乎？("云鬟""云髻"等字义，得此益彰，为千古佳人重开生面。笠翁诚异人也。⑧) 若谓天高云远，视不分明，难于取法，则令画工绘出巧云数朵，以纸剪式，衬于发下，俟栉沐既成，而后去之，此简便易行之法也。云上尽可着色，或簪以时花，或饰以珠翠，幻作云端五彩，视之光怪陆离。但须位置得宜，使与云体相合，若其中应有此物者，勿露时花珠翠之本形，则尽善矣。肖龙之法：如欲作飞龙、游龙，则先以己发梳一光头于下，后以假髮⑨发制作龙形，盘旋缭绕，覆于其上。务使离发少许，勿使相粘相贴，始不失飞龙、游龙之义，相粘相贴则是潜龙、伏龙矣。悬空之法，不过用铁线一二条，衬于不见之处，其龙爪之向下者，以发作线，缝于光发之上，则不动矣。戏珠龙法，以髮作小龙二条，缀于两旁，尾向后而首向前，前缀大珠一颗，近于龙嘴，名为"二龙戏珠"。出海龙亦照前式，但以假髮作波浪纹，缀于龙身空隙之处，皆易为之。是数法者，皆以云龙二物分体为之，是云自云而龙自龙也。予又谓云龙二物势不宜分，"云从龙，风从虎"，《周易》业有成言⑩，是当合而用之。同用一髮，同作一假，何不幻作云龙二物，使龙勿露全身，云亦勿作全朵，忽而见龙，忽而见云，令人无可测识，是美人之头，尽有盘旋飞舞之势，朝为行云，暮为行雨，不几两擅其绝，而为阳台神女之现身哉？噫！笠翁于此搜尽枯肠，为此髻者，不可不加尸祝⑪。天年以后，倘得为神，则将往来绣阁之中，验其所制，果有裨于花容月貌否也。

[注释]

①盥栉：盥，本为洗手的器皿，引申义为洗手洗脸。栉，本为木梳与竹篦的总称，引申义为梳头。

②篦之极净，始便用梳：芥子园刊本于此处作"篦之极净，使便用梳"，费解，而翼圣堂刊本作"篦之极净，始便用梳"，今从翼本。意思是，

梳头时，先用篦子篦干净了，再用梳子定型。

③人惟求旧，物惟求新：见前《词曲部·结构第一·脱窠臼》注①。

④富者用牙，贫者用角：意思是说富家女子用象牙梳子，贫家女子用犀角梳子。

⑤江淹之彩笔：《南史·江淹传》记江淹少年时曾梦见神人授给他一支五色笔，于是神思敏捷，文才横溢；晚年又梦见一个自称郭璞的人索还其笔，此后作诗文再无佳句，人称"江郎才尽"。

⑥如来之广长：佛教谓如来佛祖有三十二相，其中第二十七相为广长舌相，此相舌叶广而长。《法华经》卷六《如来神力品》云："现大神力，出广长舌，上至梵世。"古诗文中又谓广长舌为生花之舌，比喻能言善辩。

⑦此条眉评，原刊本未注明评者，当承前为周彬若评。

⑧此条眉评，仍承前为周彬若评。

⑨髲（bì）：假发。

⑩《周易》业有成言：即《易·乾卦》云"云从龙，风从虎"。

⑪尸祝：见前《词曲部·音律第三》注⑯。

薰　陶

名花美女，气味相同，有国色者，必有天香①。天香结自胞胎，非由薰染，佳人身上实实有此一种，非饰美之词也②。此种香气，亦有姿貌不甚较艳，而能偶擅其奇者。总之，一有此种，即是夭折摧残之兆，红颜薄命未有捷于此者。有国色而有天香，与无国色而有天香，皆是千中遇一，其馀则薰染之力不可少也。其力维何？富贵之家，则需花露。花露者，摘取花瓣入甑，酝酿而成者也。蔷薇最上，群花次之。然用不须多，每于盥浴之后，挹取数匙入掌，拭体拍面而匀之。此香此味，妙在似花非花，是露非露，有其芬芳，而无其气息，是以为佳，不似他种香气，或速或沉，是兰是桂，一嗅即知者也。其次则用香皂浴身，香茶沁口，皆是闺中应有之事。

皂之为物，亦有一种神奇，人身偶染秽物，或偶沾秽气，用此一擦，则去尽无遗。由此推之，即以百和奇香拌入此中，未有不与垢秽并除，混入水中而不见者矣，乃独去秽而存香，似有攻邪不攻正之别。皂之佳者，一浴之后，香气经日不散，岂非天造地设，以供修容饰体之用者乎？香皂以江南六合县③出者为第一，但价值稍昂，又恐远不能致，多则浴体，少则止以浴面，亦权宜丰俭之策也。至于香荼沁口，费亦不多，世人但知其贵，不知每日所需，不过指大一片，重止毫厘，裂成数块，每于饭后及临睡时以少许润舌，则满吻皆香，多则味苦，而反成药气矣。凡此所言，皆人所共知，予特申明其说，以见美人之香不可使之或无耳。别有一种，为值更廉，世人食而但甘其味，嗅而不辨其香者，请揭出言之：果中荔子④，虽出人间，实与交梨火枣⑤无别，其色国色，其香天香，乃果中尤物也。予游闽粤，幸得饱啖而归，庶不虚生此口，但恨造物有私，不令四方皆出。陈不如鲜，夫人而知之矣。殊不知荔之陈者，香气未尝尽没，乃与橄榄同功，其好处却在回味时耳。佳人就寝，止啖一枚，则口脂之香，可以竟夕，多则甜而腻矣。须择道地⑥者用之，枫亭⑦是其选也。人问：沁口之香，为美人设乎？为伴美人者设乎？予曰：伴者居多。若论美人，则五官四体皆为人设，奚止口内之香？

[注释]

①有国色者，必有天香：古时形容名花的美丽与香艳。唐李正封《咏牡丹花》诗云："天香夜染衣，国色朝酣酒。"见《唐诗纪事》卷四十引《松窗杂录》。白居易《山石榴花十二韵》诗云："此时逢国色，何处觅天香？"见《长庆集》卷五十五。后人也以国色与天香比喻美女，如明史槃《鹣钗记》传奇剧中《家麻》一出有唱词云："但国色天香，未易描写；幽怀雅趣，难以形容。"本文以天香指美女身上自然生成的香味。

②佳人身上实实有此一种，非饰美之词也：认为美女身上有香，这是李渔关于女性审美的一个重要观点，在他的其他作品中也有所表现。李渔所撰传奇《怜香伴》中，小旦曹语花身上就有一种异香，名曰"美人香"，第六出《香咏》写正旦崔笺云作《美人香》诗云："溯温疑自焙衣笼，似冷还疑水殿风。一缕近从何许发，绦环宽处带围中。"这可以作为赏阅本文的参照。

③江南六合县：六合县，古时属扬州府，今为南京市的六合区。其地在长江以北，李渔谓为"江南六合县"，疑其记忆有误。

④荔子：即荔枝。韩愈《柳州罗池庙碑》云："荔子丹兮蕉黄，杂肴蔬兮进侯堂。"见《昌黎集》卷三十一。

⑤交梨火枣：道家称神仙所食的两种果品。南朝梁陶弘景《真诰》卷二云："玉醴金浆，交梨火枣，此则腾飞之药，不比于金丹也。"

⑥道地：真实的，真正的。常用来形容药材。汤显祖《牡丹亭》第三十四出《诇药》中说："好道地药材。"《肉蒲团》小说（相传为李渔著）第一回写道："人参、附子，是道地者佳，土产者服之无益。女色倒是土产者佳，道地者不惟无益，且能伤人。"

⑦枫亭：地名，在福建仙游县城东南五十里，此地又有枫亭溪，出产的荔枝名播天下。《徐霞客游记》卷一《游九里湖日记》云："……启行，正枫亭荔枝新熟时也。"《格致镜原》卷七十五记云："枫亭荔枝，名以'状元香'者为最。"

点　染

"却嫌脂粉污颜色，淡扫蛾眉朝至尊。"①此唐人妙句也。今世讳言脂粉，动称污人之物，有满面是粉而云粉不上面，遍唇皆脂而曰脂不沾唇者，皆信唐诗太过，而欲以虢国夫人②（图3-09）自居者也。噫！脂粉焉能污人，人自污耳。人谓脂粉二物，原为中材而设，美色可以不需。予曰：不然。惟美色可施脂粉，其馀似可不

图 3-09　虢国夫人

设。何也？二物颇带世情，大有趋炎附热之态，美者用之愈增其美，陋者加之更益其陋。使以绝代佳人而微施粉泽，略染腥红③，有不增娇益媚者乎？使以媸颜陋妇而丹铅④其面，粉藻其姿，有不惊人骇众者乎？询其所以然之故，则以白者可使再白，黑者难使遽白；黑上加之以白，是欲故显其黑，而以白物相形之也。试以一墨一粉，先分二处，后合一处而观之，其分处之时，黑自黑而白自白，虽云各别其性，未甚相仇也；迨其合处，遂觉黑不自安，而白欲求去。相形相碍，难以一朝居者，以天下之物，相类者可使同居，即不相类而相似者，亦可使之同居，至于非但不相类、不相似，而且相反之物，则断断勿使同居，同居必为难矣。此言粉之不可混施也。脂则不然，面白者可用，面黑者亦可用。但脂粉二物，其势相依，面上有粉而唇上涂脂，则其色灿然可爱，倘面无粉泽而止丹唇，非但红色不显，且能使面上之黑色变而为紫，以紫之为色，非系天生，乃红黑二色合而成之者也。黑一见红，若逢故物，不求合而自合，精光相射，不觉紫气东来⑤，使乘老子青牛，竟有五色灿然之瑞矣。若是，则脂粉二物，竟与若辈无缘，终身可不用矣，何以世间女子人人不舍，刻刻相需，而人亦未尝以脂粉多施，摈而不纳者？曰：不然。予所论者，乃面色最黑之人，所谓不相类、不相似，而且相反者也。若介在黑白之间，则相类而相似矣，既相类而相似，有何不可同居？但须施之有法，使浓淡得宜，则二物争效其灵矣。从来傅粉之面，止耐远观，难于近视，以其不能匀也。画士着色，用胶始匀，无胶则研杀不合。人面非同纸绢，万无用胶之理，此其所以不匀也。有法焉：请以一次分为二次，自淡而浓，由薄而厚，则可保无是患矣。请以他事喻之。砖匠以石灰粉壁，必先上粗灰一次，后上细灰一次；先上不到之处，后上者补之；后上偶遗之处，又有先上者衬之，是以厚薄相均，泯然无迹。使以二次所上之灰，并为一次，则非但拙匠难匀，巧者亦不能遍及矣。粉壁且然，况粉面乎？今以一次所傅之粉，分为二次傅之，先傅一次，俟其稍干，然后再傅第二次，则浓者淡而淡者浓，虽出无心，自能巧合，远观近视，无不宜矣。（尤展成云：体验至此，真老于温柔乡者。）此法不但能匀，且能变换肌肤，使黑者渐白。何也？染匠之于布帛，无不由浅而深，其在深浅之间者，则非浅非深，另有一色，即如文字之有过文也。如欲染紫，必先使白变红，再使红变为紫，红即白紫之过文，未有由白竟紫者也。如欲染青，必使白变为蓝，再使蓝变为青，蓝即白青之过文，未有由白竟青者也。如妇人面容稍黑，欲使竟变为白，其势实难。今以薄粉先匀一次，是其面上之色已在黑白之间，非若曩时之纯黑矣；再上一次，是使淡白变为深白，非使纯黑变为全白也，难易之势，不大相径庭哉？由此推之，则二次可广为三，深黑可同于浅，人间世上，无不可用粉匀面之妇人矣。此理不待验而始明，凡读是编者，批阅至此，即知湖上笠翁原非蠢物，不止为风雅功臣，亦可谓红裙知己。初论面容黑白，未免立说过严。非过严也，使知受病实深，而后知德医人果有起死回生之力也。舍此更有二说，皆浅乎此者，然亦不可不知：匀面必须匀项，否则前白后黑，有如戏场之鬼脸。匀面必记掠眉，否则霜花覆眼，几类春生之社婆⑥。至于点唇之法，又与匀面相反，一点即成，始类樱桃之体；若陆续增添，二三其手，即有长短宽窄之痕，是为成串樱桃，非一粒也。

[注释]

①此为杜甫《虢国夫人》诗中的句子，原诗是："虢国夫人承主恩，平明上马入宫门。却嫌脂粉涴颜色，淡扫蛾眉朝至尊。"见《全唐诗》卷二三四。或认为是张祜的《集灵台二首》之二，见《全唐诗》卷五一一。

②虢国夫人：杨贵妃三姊，原嫁裴氏，后为唐玄宗宠幸，天宝七年（748）被封为虢国夫人。

③腥红：应是"猩红"之误。"猩红"，或作"猩色"，即如猩血一般的鲜红色。宋陆游《花下小酌》诗云："柳色初深燕子回，猩红千点海棠开。"见《剑南诗稿》卷八十一。

④丹铅：即丹砂和铅粉。古时文人多用来校勘文字，因此常称考订工作为丹铅点勘。而且，女子化妆涂唇时也用丹砂，称点丹；女子搽脸时也用铅粉，铅粉又称铅华。本文中是说丑女的化妆，就像是用丹铅涂抹，越抹越难看。

⑤紫气东来：老子出函谷关的典故。《史记·老子列传》中说老子出关后莫知所终，司马贞索隐引刘向《列仙传》云："老子西游，关令尹喜望见有紫气浮关，而老子果乘青牛而过也。"于是，后世常以"紫气东来"或"东来紫气"指祥瑞之气。本文中是说女子化妆不得要领而胡乱涂抹，黑红掺杂，谓之"紫气东来"，有调侃之意。

⑥社婆：古时称人出生时头发与眉毛皆白者，男曰社公，女曰社婆，或者称为"天老"。宋俞琰《席上腐谈》卷上云："又有头如雪而肌肉纯白者，或者以为社日受胎，故男曰社公，女曰社婆。"

治服第三

古云："三世长者知被服，五世长者知饮食。"①俗云："三代为宦，着衣吃饭。"②古语今词，不谋而合，可见衣食二事之难也。饮食载于他卷，兹不具论，请言被服一事。寒贱之家，自羞褴褛，动以无钱置服为词，谓一朝发迹，男可翩翩裘马，妇则楚楚衣裳。孰知衣衫之附于人身，亦犹人身之附于其地。人与地习，久始相安，以极奢极美之服，而骤加俭朴之躯，则衣衫亦类生人，常有不服水土之患。宽者似窄，短者疑长，手欲出而袖使之藏，项宜伸而领为之曲，物不随人指使，遂如桎梏其身。"沐猴而冠"③为人指笑者，非沐猴不可着冠，以其着之不惯，头与冠不相称也。（余澹心云：此所谓三家村妇学宫妆院体，愈增其丑者。被笠翁拈破，为之哂然。）此犹粗浅之论，未及精微。"衣以章身"④，请晰其解。章者，著也，非文采彰明之谓也。身非形体之身，乃智愚贤不肖之实备于躬，犹"富润屋，德润身"⑤之身也。同一衣也，富者服之章其富，贫者服之益章其贫；贵者服之章其贵，贱者服之益章其贱。有德有行之贤者，与无品无才之不肖者，其为章身也亦然。设有一大富长者于此，衣百结之衣，履踵决之履⑥，一种丰腴气象，自能跃出衣履之外，不问而知为长者。是敝服垢衣，亦能章人之富，况罗绮而文绣者乎？丐夫菜佣窃得美服而被焉，往往因之得祸，以服能章贫，不必定为短褐，有时亦在长裾耳。"富润屋，德润身"之解，亦复如是。富人所处之屋，不必尽为画栋雕梁，即居茅舍数椽，而过其门入其室者，常见荜门圭窦⑦之间，自有一种旺气，所谓"润"也。公卿将相之后，子孙式微⑧，所居门第未尝稍改，而经其地者觉有冷气侵入，此家门枯槁之过，润之无其人也。从来读

《大学》者,未得其解,释以雕镂粉藻之义,果如其言,则富人舍其旧居,另觅新居而加以雕镂粉藻;则有德之人亦将弃其旧身,另易新身,而后谓之心广体胖乎?甚矣,读书之难,而章句训诂之学非易事也。(尤展成云:说书解颐,可补《大学衍义》⑨。)予尝以此论见之说部⑩,今复叙入《闲情》。噫!此等诠解,岂好闲情、作小说者所能道哉?偶寄云尔。

[注释]

①三世长者知被服,五世长者知饮食:此二句为曹丕《诏群臣》文中语,见《三国志·魏书·魏文帝纪》,意思是说穿衣吃饭这样的日常生活问题,只有年长者才能知道得多一些。此语在后世常被引用,《太平御览》卷六八九引此语后解释说:"被服饮食,难晓也。"

②此二句为宋代谚语,意思是说,穿衣吃饭是人的生活不可缺少的,不论是连续几代当官或者当多大的官,都是如此。元陶宗仪《辍耕录》卷十二《著衣吃饭》一则云:"谚云:'三代仕宦,学不得著衣吃饭。'按《魏书》,文帝诏群臣云:'三世长者知被服,五世长者知饮食。'则古已有此语。"本文的引述和陶宗仪文略有不同。

③沐猴而冠:沐猴即猕猴。猕猴戴冠徒具人形,但不改猴子本性,比喻人虚有其表,但毕竟不像人样。《史记·项羽本纪》云:"人言楚人沐猴而冠耳,果然。"这里讽刺项羽,后世即以此为成语,讽刺那些性情急躁、没有耐性、办事无成的人。本文用此成语,意在说明冠对于人的重要性,既彰显礼仪,又必须使冠与人的身份相称。

④衣以章身:《左传·闵公二年》云:"衣,身之章也;佩,衷之旗也。"于是此后称衣服为章身之具。

⑤此二句出自《礼记·大学》,原文是:"富润屋,德润身,心广体胖。故君子必诚其意。"意思是说,富人重视装修房屋,有德之人重视个人修养。本文中指为人在世应是有德之身。

⑥踵决之履:踵决,脚后跟露在鞋外。《庄子·让王》写曾子住在卫国

时穷困潦倒,"捉襟而肘见,纳履而踵决"。本文中指这种露着脚后跟的破鞋。

⑦荜门圭窦:"荜"同"筚",荜门,即竹片编的门,指穷人家的院门或屋门。圭窦,墙上凿门,上锐下方,形状如圭,指穷人住房的门户。"荜门圭窦"或作"筚门圭窬",指穷人家的房宅。

⑧式微:"式"为发语词;"微",意即衰落。《诗经·邶风·式微》云:"式微式微,胡不归?"前人注解说,式微是天将暮的意思。后来以此词泛指事物由盛而衰的情形。

⑨《大学衍义》:宋代大儒真德秀著,43卷,阐释"四书"之一的《大学》的精义,援引儒家经典和史实,并加以解说,讲述修齐治平之道。尤侗此评语中说,李渔对于《大学》经义的发挥可以作为《大学衍义》的补充。

⑩予尝以此论见之说部:指李渔所著小说《十二楼》中的第十一种《生我楼》,其中第一回《破常戒造屋生儿,插奇标卖身作父》中写道:"四书上有两句云:'富润屋,德润身。'这个'润'字,从来读书之人都不得其解。不必定是起楼造屋,使他焕然一新,方才叫做润泽,就是荒园一所,茅屋几间,但使富人住了,就有一种旺气。此乃时运使然,有莫之为而为者。若说'润屋'的'润'字,是兴工动作粉饰出来的,则是'润身'的'润'字,也要改头换面,另造一副形骸,方才叫做润身。"

首　饰

珠翠宝玉,妇人饰发之具也,然增娇益媚者以此,损娇掩媚者亦以此。所谓增娇益媚者,或是面容欠白,或是发色带黄,有此等奇珍异宝覆于其上,则光芒四射,能令肌发改观,与玉蕴于山而山灵、珠藏于泽而泽媚同一理也。若使肌白发黑之佳人满头翡翠,环鬓金珠,但见金而不见人,犹之花藏叶底,月在云中,是尽可出头露面之人,而故作藏头盖面之事。巨眼者见之,犹能略迹求真,谓

图3-10 贵妇头饰

其美丽当不止此,使去粉饰而全露天真,还不知如何妩媚;使遇皮相之流,止谈妆饰之离奇,不及姿容之窈窕,是以人饰珠翠宝玉,非以珠翠宝玉饰人也。故女子一生,戴珠顶翠之事,止可一月,万勿多时。所谓一月者,自作新妇于归之日始,至满月卸妆之日止。只此一月,亦是无可奈何。父母置办一场,翁姑婚娶一次,非此艳妆盛饰,不足以慰其心。过此以往,则当去桎梏而谢羁囚,终身不修苦行矣。一簪一珥,便可相伴一生。此二物者,则不可不求精善。富贵之家,无妨多设金玉犀贝之属,各存其制,屡变其形(图3-10),或数日一更,或一日一更,皆未尝不可。贫贱之家,力不能办金玉者,宁用骨角,勿用铜锡。骨角耐观,制之佳者,与犀贝无异,铜锡非止不雅,且能损发。簪珥之外,所当饰鬓者,莫妙于时花数朵,较之珠翠宝玉,非止雅俗判然,且亦生死迥别。《清平调》之首句云:"名花倾国两相欢。"[①]欢者,喜也,相欢者,彼既喜我,我亦喜彼之谓也。(尤展成云:"欢"字妙解!碎挪花打人,未免杀风景矣。)国色乃人中之花,名花乃花中之人,二物可称同调，正当晨夕与共者也。汉武云："若得阿娇，贮之金屋。"②吾谓金屋可以不设，药栏花榭则断断应有，不可或无。富贵之家如得丽人，则当遍访名花，植于阃内，使之旦夕相亲，珠围翠绕之荣不足道也。晨起簪花，听其自择。喜红则红，爱紫则紫，随心插戴，自然合宜，所谓两相欢也。寒素之家如得美妇，屋旁稍有隙地，亦当种树栽花，以备点缀云鬟之用。他事可俭，此事独不可俭。妇人青春有几？男子遇色为难。尽有公侯将相、富室大家，或苦缘分之悭，或病中宫③之妒，欲亲美色而毕世不能。我何人斯，而擅有此乐？不得一二事娱悦其心，不得一二物妆点其貌，是为暴殄天物，犹倾精米洁饭于粪壤之中也。即使赤贫之家，卓锥无地，欲艺时花而不能者，亦当乞诸名园，购之担上。即使日费几文钱，不过少饮一杯酒，既悦妇人之心，复娱男子之目，便宜不亦多乎？更有俭于此者，近日吴门所制象生花④，穷精极巧，与树头摘下者无异，纯用通草，每朵不过数文，可备月馀之用。绒绢所制者，价常倍之，反不若此物之精雅，又能肖真。而时人所好，偏在彼而不在此，岂物不论美恶，止论贵贱乎？噫！相士用人者，亦复如此，奚止于物？

　　吴门所制之花，花象生而叶不象生，户户皆然，殊不可解。若去其假叶而以真者缀之，则因叶真而花益真矣。亦是一法。

　　时花之色，白为上，黄次之，淡红次之，最忌大红，尤忌木红。玫瑰，花之最香者也，而色太艳，止宜压在鬐下，暗受其香，勿使花形全露，全露则类村妆，以村妇非红不爱也。

　　花中之茉莉，舍插鬓之外，一无所用。可见天之生此，原为助妆而设，妆可少乎？珠兰亦然。珠兰之妙，十倍茉莉，但不能处处皆有，是一恨事。

　　予前论髻⑤，欲人革去"牡丹头""荷花头""钵盂头"等怪形，而以假髮作云龙等式。客有过之者，谓："吾侪立法，当使天下去赝存真，奈何教人为伪？"予曰：生今之世，行古之道，立言则善，谁其从之？不若因势利导，使之渐近自然。妇人之首，不能无饰，自昔为然矣，与其饰以珠翠宝玉，不若饰之以髲。髲虽云假，原是妇人头上之物，以此为饰，可谓还其固有，又无穷奢极靡之滥费，与崇尚时花，鄙黜珠玉，同一理也。予岂不能为高世之论哉？虑其无裨人情耳。

簪之为色，宜浅不宜深，欲形其发之黑也。玉为上，犀之近黄者、蜜蜡⑥之近白者次之，金银又次之，玛瑙琥珀皆所不取。簪头取象于物（图3-11），如龙头、凤头、如意头、兰花头之类是也。但宜结实自然，不宜玲珑雕斫；宜与发相依附，不得昂首而作跳跃之形。盖簪头所以压发，服贴为佳，悬空则谬矣。

饰耳之环，愈小愈佳，或珠一粒，或金银一点，此家常佩戴之物，俗名"丁香"，肖其形也。若配盛妆艳服，不得不略大其形，但勿过丁香之一倍二倍。既当约小其形，复宜精雅其制，切忌为古时络索之样，时非元夕，何须耳上悬灯？若再饰以珠翠，则为福建之珠灯，丹阳之料丝灯矣。其为灯也犹可厌，况为耳上之环乎？

唐代金钗　　宋代银钗

图3-11　金钗、银钗

[注释]

①名花倾国两相欢：李白《清平调》三首之中第三首的第一句，全诗是："名花倾国两相欢，常得君王带笑看。解释春风无限恨，沉香亭北倚栏杆。"见《全唐诗》卷一六四、卷八九〇。

②若得阿娇，贮之金屋：此语见班固《汉武故事》。汉武帝刘彻为太子时，长公主欲以其女阿娇许嫁与他，刘彻说："若得阿娇作妇，当作金屋贮之。"后来成为成语"金屋贮娇"或"金屋藏娇"。

③中宫：古代皇宫中皇后所住的地方，代指皇后。有时也以"中宫"指富贵大户人家的正妻。

④象生花：象生，模仿天然的真实物件而制作的工艺品，如用彩纸、通草、绢纱制成的人物、花果、鸟兽等，因其形象逼真，很像真的，故名象生。"象生花"即是这样的花朵。中国古代制作象生类工艺品由来已久，而且技艺高超，宋代《西湖老人繁胜录》、吴自牧《梦粱录》及明代田汝成《西湖游览志馀》等都有记述。

⑤予前论髻：见前《修容第二·盥栉》一节中论"蟠龙髻"一段。

⑥蜜蜡：琥珀的一种。松脂或枫脂入土所形成的物质，颜色赤者曰赤珀，淡者曰金珀，又称蜜腊，可做首饰。

衣　衫

妇人之衣，不贵精而贵洁，不贵丽而贵雅，不贵与家相称，而贵与貌相宜。绮罗文绣之服，被垢蒙尘，反不若布服之鲜美，所谓贵洁不贵精也。红紫深艳之色，违时失尚，反不若浅淡之合宜，所谓贵雅不贵丽也。贵人之妇，宜披文采，寒俭之家，当衣缟素，所谓与人相称也。（尤展成云：绝世佳人，粗服乱头都好，否则霓裳羽衣亦牺牛文绣耳。又云：王昭君胡服更娇，万贵妃戎妆愈媚，闺阁中偶一为之，亦自殢人。）然人有生成之面，面有相配之衣，衣有相配之色，皆一定而不可移者。今试取鲜衣一袭，令少妇数人先后服

图3-12 王昭君(薛旦杂剧《昭君梦》插图)

之,定有一二中看,一二不中看者,以其面色与衣色有相称、不相称之别,非衣有公私向背于其间也。使贵人之妇之面色,不宜文采而宜缟素,必欲去缟素而就文采,不几与面为仇乎?故曰不贵与家相称,而贵与貌相宜。大约面色之最白最嫩,与体态之最轻盈者,斯无往而不宜。色之浅者显其淡,色之深者愈显其淡;衣之精者形其娇,衣之粗者愈形其娇。此等即非国色,亦去夷光、王嫱[①](图3-12)不远矣,然当世有几人哉?稍近中材者,即当相体裁衣,不得混施色相矣。相体裁衣之法,变化多端,不应胶柱而论,然不得已而强言其略,则在务从其近而已。面颜近白者,衣色可深可浅;其近黑者,则不宜浅而独宜深,浅则愈彰其黑矣。肌肤近腻者,衣服可精可粗;其近糙者,则不宜精而独宜粗,精则愈形其糙矣。然而贫贱之家，求为精与深而不能，富贵之家欲为粗与浅而不可，则奈何？曰：不难。布苎有精粗深浅之别，绮罗文采亦有精粗深浅之别，非谓布苎必粗而罗绮必精，锦绣必深而缟素必浅也。绸与缎之体质不光、花纹突起者，即是精中之粗，深中之浅；布与苎之纱线紧密、漂染精工者，即是粗中之精，浅中之深。凡予所言，皆贵贱咸宜之事，既不详绣户而略衡门，亦不私贫家而遗富室。盖美女未尝择地而生，佳人不能选夫而嫁，务使读是编者，人人有裨，则怜香惜玉之念，有同雨露之均施矣。

迩来衣服之好尚，其大胜古昔，可为一定不移之法者；又有大背情理，可为人心世道之忧者，请并言之。其大胜古昔，可为一定不移之法者，大家富室，衣色皆尚青是已。（青非青也，元也。因避讳，故易之。[②]）记予儿时所见，女子之少者，尚银红桃红，稍长者尚月白，未几而银红桃红皆变大红，月白变蓝，再变则大红变紫，蓝变石青。迨鼎革以后，则石青与紫皆罕见，无论少长男妇，皆衣青矣，可谓"齐变至鲁，鲁变至道"[③]，变之至善而无可复加者矣。其递变至此也，并非有意而然，不过人情好胜，一家浓似一家，一日深于一日，不知不觉，遂趋到尽头处耳。然青之为色，其妙多端，不能悉数。但就妇人所宜者而论，面白者衣之，其面愈白，面黑者衣之，其面亦不觉其黑，此其宜于貌者也。年少者衣之，其年愈少，年老者衣之，其年亦不觉甚老，此其宜于岁者也。贫贱者衣之，是为贫贱之本等，富贵者衣之，又觉脱去繁华之习，但存雅素之风，亦未尝失其富贵之本来，此其宜于分者也。他色之衣，极不耐污，略沾茶酒之色，稍侵油腻之痕，非染不能复着，染之即成旧衣。此色不然，惟其极浓也，凡淡乎此者，皆受其侵而不觉；惟其极深也，凡浅乎此者，皆纳其污而不辞，此又其宜于体而适于用者也。贫家止此一衣，无他美服相衬，亦未尝尽现底里，以覆其外者色原不艳，即使中衣敝垢，未甚相形也；如用他色于外，则一缕欠精，即彰其丑矣。富贵之家，凡有锦衣绣裳，皆可服之于内，风飘袂起，五色灿然，使一衣胜似一衣，非止不掩中藏，且莫能穷其底蕴。诗云"衣锦尚䌹"④，恶其文之著也。此独不然，止因外色最深，使里衣之文越著，有复古之美名，无泥古之实害。二八佳人，如欲华美其制，则青上洒线，青上堆花，较之他色更显。反复求之，衣色之妙，未有过于此者。后来即有所变，亦皆举一废百，不能事事咸宜，此予所谓大胜古昔，可为一定不移之法者也。至于大背情理，可为人心世道之忧者，则零拼碎补之服，俗名呼为"水田衣"者是已。衣之有缝，古人非好为之，不得已也。人有肥瘠长短之不同，不能象体而织，是必制为全帛，剪碎而后成之，即此一条两条之缝，亦是人身赘瘤，万万不能去之，故强存其迹。赞神仙之美者，必曰"天衣无缝"，明言人间世上，多此一物故也。而今且以一条两条广为数十百条，非止不似天衣，且不使类人间世上，然而愈趋愈下，将肖何物而后已乎？推原其始，亦非有意为之，盖由缝衣之奸匠，明为裁剪，暗作穿窬，逐段窃取而藏之，无由出脱，创为此制，以售其奸。（尤展成云：此制最古，自褒氏裂帛⑤始也。一笑!）（图3-13）不料人情厌常喜怪，不惟不攻其弊，且群然则而效之。毁成片者为零星小块，全帛何罪，使受寸磔之刑？缝碎裂者为百衲僧衣，女子何辜，忽现出家之相？风俗好尚之迁移，常有关于气数，此制不昉⑥于今，而昉于崇祯末年。予见而诧之，尝谓人曰："衣衫无故易形，殆有若或使之者，六合以内，得无有土崩瓦解之事乎？"未几而闯氛四起，割裂中原，人谓予言不幸偶中。方今圣人御世，万国来归，车书一统之朝，此等制度，自应潜革。倘遇同心，谓刍荛⑦之言不甚訾谬，交相劝谕，勿效前辙，则予为是言也，亦犹鸡鸣犬吠之声，不为无补于盛治耳。

云肩以护衣领，不使沾油，制之最善者也。但须与衣同色，近观则有，远视若无，斯为得体。即使难于一色，亦须不甚相悬。若

图 3-13 褒姒

衣色极深，而云肩极浅，或衣色极浅，而云肩极深，则是身首判然，虽曰相连，实同异处，此最不相宜之事也。予又谓云肩之色，不惟与衣相同，更须里外合一，如外色是青，则夹里之色亦当用青，外色是蓝，则夹里之色亦当用蓝。何也？此物在肩，不能时时服贴，稍遇风飘，则夹里向外，有如飓吹残叶，风卷败荷，美人之身不能不现历乱萧条之象矣。若使里外一色，则任其整齐颠倒，总无是患。然家常则已，出外见人，必须暗定以线，勿使与服相离，盖动而色纯，总不如不动之为愈也。

妇人之妆，随家丰俭，独有价廉功倍之二物，必不可无。一曰半臂，俗呼"背褡"⑧者是也；一曰束腰之带，俗呼"鸾绦"⑨者是也。妇人之体，宜窄不宜宽，一着背褡，则宽者窄，而窄者愈显其窄矣。妇人之腰，宜细不宜粗，一束以带，则粗者细，而细者倍觉其细矣。背褡宜着于外，人皆知之；鸾绦宜束于内，人多未谙。带藏衣内，则虽有若无，似腰肢本细，非有物缩之使细也。

裙制之精粗，惟视折纹之多寡。折多则行走自如，无缠身碍足之患；折少则往来局促，有拘挛桎梏之形。折多则湘纹易动，无风亦似飘飘；折少则胶柱难移，有态亦同木强⑩。故衣服之料，他或可省，裙幅必不可省。古云："裙拖八幅湘江水。"⑪幅既有八，则折纹之不少可知。予谓八幅之裙，宜于家常；人前美观，尚须十幅。盖裙幅之增，所费无几，况增其幅必减其丝。惟细縠轻绡可以八幅十幅，厚重则为滞物，与幅减而折少者同矣。即使稍增其值，亦与他费不同。妇人之异于男子，全在下体。男子生而愿为之有室，其所以为室者，只在几希之间耳。掩藏秘器，爱护家珍，全在罗裙几幅，可不丰其料而美其制，以贻采葑采菲⑫者诮乎？近日吴门所尚"百裥裙"，可谓尽美。予谓此裙宜配盛服，又不宜于家常，惜物力也。较旧制稍增，较新制略减，人前十幅，家居八幅，则得丰俭之宜矣。吴门新式，又有所谓"月华裙"者，一裥之中，五色俱备，犹皎月之现光华也，予独怪而不取。人工物料，十倍常裙，暴殄天物，不待言矣，而又不甚美观。盖下体之服，宜淡不宜浓，宜纯不宜杂。予尝读旧诗，见"飘飏血色裙拖地"⑬"红裙妒杀石榴花"⑭等句，颇笑前人之笨。若果如是，则亦艳妆村妇而已矣，乌足动雅人韵士之心哉？惟近制"弹墨裙"，颇饶别致，然犹未获我心，嗣当别出新裁，以正同调。思而未制，不敢轻以误人也。

[注释]

①夷光、王嫱：夷光即西施。王嘉《拾遗记》卷三云："越又有美女二人，一名夷光，一名修明，以贡于吴。"或以为"夷光"是西施本名。王嫱即王昭君，本名嫱，《汉书·元帝纪》作王樯，《汉书·匈奴传》作王墙，《后汉书·南匈奴传》作王嫱。

②此语为李渔自注。"元色"本应是"玄色"，即黑色，避清圣祖康熙

之名玄烨讳，改为"元"。

③齐变至鲁，鲁变至道：见《论语·雍也》，原文是："齐一变，至于鲁；鲁一变，至于道。"意思是说，齐国的政治及教育状况一有改革而达到鲁国的样子，鲁国的政治及教育状况一有改革而达到合于大道的境界。本文是说衣服的式样及颜色随着时代的潮流而发生变化。

④衣锦尚䌹：《礼记·中庸》云："《诗》曰：'衣锦尚䌹。'恶其文之著也。"今通行本《诗经》中无此句，而在《诗经·卫风·硕人》中云："衣锦褧衣。"

⑤褒氏裂帛：褒氏，即周幽王宠妃褒姒，然而"裂帛"或者"裂缯"之事一说为夏桀所宠之妺（mò）喜。晋皇甫谧《帝王世纪》云："妺喜好闻裂缯之声而笑，桀为发缯裂之，以顺适其意。"后世或谓褒姒也有裂缯帛之事，《东周列国志》第四回"褒人赎罪献美女，幽王烽火戏诸侯"中有较详描写。

⑥昉（fǎng）：本义是指天色方明，引申义为开始。《列子·黄帝》云"众昉同疑"，前人注云："昉，始也。"

⑦刍荛：刍，即割草；荛，即打柴。刍荛，指割草打柴的人。《诗经·大雅·板》云："先民有言，询于刍荛。"前人注解说："刍荛，薪采者。"后世即以"刍荛之言"表示个人陈述意见时的谦词。

⑧背褡：短衣无袖，仅护胸背，又名"两当"，即是一种有夹层的背心，可防寒，和当代人夏天所穿的单薄简易的背心有所不同。如元代秦简夫的杂剧《赵让礼肥》第一折云："我则见他穿着绵纳甲，斜披着一件破背褡。"

⑨鸾绦：绦，用丝线编成的带子，或称丝线绦。《礼记·内则》云："织纴组紃。"前人注解说："组、紃俱为绦，薄阔为组，似绳者为紃。"鸾绦，缀有小铃铛的丝带。

⑩木强：见前《选姿第一·态度》注④。

⑪裙拖八幅湘江水：这是唐李群玉《同郑相并歌姬小饮戏赠》诗中的句子，原诗是："裙拖六幅湘江水，鬓耸巫山一段云。风格只应天上有，歌声岂合世间闻。胸前瑞雪灯斜照，眼底桃花酒半醺。不是相如怜赋客，争教

容易见文君。"此诗又题作《杜丞相悰筵中赠美人》,见《全唐诗》卷五六九。诗中第二句,《全唐诗》作"鬓耸巫山一段云","鬓"字有误,应是"髻"字。本文李渔引句作"裙拖八幅湘江水",与原诗的"六幅"不符。

⑫采葑采菲:《诗经·邶风·谷风》云:"采葑采菲,无以下体。"葑与菲这两种青菜,人们只食用其叶,而其根不可食,在采摘的时候不会因为它们的根不好而连同叶一起抛弃。比喻意义是有一德可取即应当予以珍视,不能全盘否定。

⑬飘飏血色裙拖地:这是宋僧惠洪《秋千》诗中的句子,原诗是:"画架双裁翠络偏,佳人春戏小楼前。飘飏血色裙拖地,断送玉容人上天。花板润沾红杏雨,彩绳斜挂绿杨烟。下来闲处从容立,疑是蟾宫谪降仙。"已收入《千家诗》。

⑭红裙妒杀石榴花:这是唐万楚《五日观妓》诗中的句子,原诗是:"西施谩道浣春纱,碧玉今时斗丽华。眉黛夺将萱草色,红裙妒杀石榴花。新歌一曲令人艳,醉舞双眸敛鬓斜。谁道五丝能续命,却令今日死君家。"见《全唐诗》卷一四五。

鞋 袜

男子所着之履,俗名为鞋,女子亦名为鞋。男子饰足之衣,俗名为袜,女子独易其名曰"褙",其实褙即袜也①。古云"凌波小袜"②,其名最雅,不识后人何故易之?袜色尚白,尚浅红;鞋色尚深红,今复尚青,可谓制之尽美者矣。鞋用高底,使小者愈小,瘦者越瘦,可谓制之尽美又尽善者矣。然足之大者,往往以此藏拙,埋没作者一段初心,是止供丑妇效颦,非为佳人助力。近有矫其弊者,窄小金莲,皆用平底,使与伪造者有别。殊不知此制一设,则人人向高底乞灵,高底之为物也,遂成百世不祧之祀,有之则大者亦小,无之则小者亦大。尝有三寸无底之足,与四五寸有底之鞋同立一处,反觉四五寸之小,而三寸之大者,以有底则指尖向下,而秃者疑尖，无底则玉笋朝天，而尖者似秃故也。吾谓高底不宜尽去，只在减损其料而已。足之大者，利于厚而不利于薄，薄则本体现矣；利于大而不利于小，小则痛而不能行矣。我以极薄极小者形之，则似鹤立鸡群，不求异而自异。世岂有高底如钱，不扭捏而能行之大脚乎？

古人取义命名，纤毫不爽，如前所云，以"蟠龙"名髻，"乌云"为发之类是也。独于妇人之足，取义命名，皆与实事相反。何也？足者，形之最小者也；莲者，花之最大者也；而名妇人之足者，必曰"金莲"，名最小之足者，则曰"三寸金莲"。使妇人之足，果如莲瓣之为形，则其阔而大也，尚可言乎？极小极窄之莲瓣，岂止三寸而已乎？此"金莲"之义之不可解也。从来名妇人之鞋者，必曰"凤头"。世人顾名思义，遂以金银制凤，缀于鞋尖以实之。试思凤之为物，止能小于大鹏；方之众鸟，不几洋洋乎大观也哉？以之名鞋，虽曰赞美之词，实类讥讽之迹。如曰"凤头"二字但肖其形，凤之头锐而身大，是以得名；然则众鸟之头，尽有锐于凤者，何故不以命名，而独有取于凤？且凤较他鸟，其首独昂，妇人趾尖，妙在低而能伏，使如凤凰之昂首，其形尚可观乎？此"凤头"之义之不可解者也。若是，则古人之命名取义，果何所见而云然？岂终不可解乎？曰：有说焉。妇人裹足之制，非由前古，盖后来添设之事也。其命名之初，妇人之足亦犹男子之足，使其果如莲瓣之稍尖，凤头之稍锐，亦可谓古之小脚。无其制而能约小其形，较之今人，殆有过焉者矣。吾谓"凤头""金莲"等字相传已久，其名未可遽易，然止可呼其名，万勿肖其实；如肖其实，则极不美观，而为前人所误矣。不宁惟是，凤为羽虫之长，与龙比肩，乃帝王饰衣饰器之物也，以之饰足，无乃大亵名器乎？尝见妇人绣袜，每作龙凤之形，皆昧理僭分之大者，不可不为拈破。近日女子鞋头，不缀凤而缀珠，可称善变。珠出水底，宜在凌波袜下，且似粟之珠，价不甚昂，缀一粒于鞋尖，满足俱呈宝色。使登歌舞之氍毹，则为走盘之珠；使作阳台之云雨，则为掌上之珠。然作始者见不及此，亦犹衣色之变青，不知其然而然，所谓暗合道妙者也。予友余子澹心，向著《鞋袜辨》③一篇，考缠足之从来，核妇履之原制，精而且确，足与此说相发明，附载于后。

妇人鞋袜辨（余怀）

古妇人之足，与男子无异。《周礼》有屦人④，掌王及后之服屦，为赤舄、黑舄、赤繶、黄繶、青勾素履、葛履，辨外内命夫命妇之功屦、命屦、散屦。可见男女之履，同一形制，非如后世女子之弓弯细纤，以小为贵也。考之缠足，起于南唐李后主。后主有宫嫔窅娘⑤（图3-14），纤丽善舞，乃命作金莲，高六尺，

图3-14　窅娘

饰以珍宝,绷带缨络,中作品色瑞莲,令窅娘以帛缠足,屈上作新月状,着素袜,行舞莲中,回旋有凌云之态。由是人多效之,此缠足所自始也。唐以前未开此风,故词客诗人,歌咏美人好女,容态之殊丽,颜色之天姣,以至面妆首饰、衣褶裙裾之华靡,鬓发、眉目、唇齿、腰肢、手腕之婀娜秀洁,无不津津乎其言之,而无一语及足之纤小者。即如古乐府之《双行缠》云"新罗绣白胫,足趺如春妍"⑥,曹子建云"践远游之文履"⑦,李太白诗云"一双金齿屐,两足白如霜"⑧,韩致光诗云"六寸肤圆光致致"⑨,杜牧之诗云"钿尺裁量减四分"⑩,汉《杂事秘辛》⑪云"足长八寸,胫跗丰妍"。夫六寸八寸,素白丰妍,可见唐以前妇人之足,无屈上作新月状者也。即东昏潘妃,作金莲花帖地,令妃行其上,曰"此步步生金莲花"⑫,非谓足为金莲也。崔豹《古今注》"东晋有凤头重台之履"⑬,不专言妇人也。宋元丰以前,缠足者尚少,自元至今,将四百年,矫揉造作亦泰甚矣。古妇人皆着袜。杨太真死之日,马嵬媪得锦袜一只,过客一玩百钱。李太白诗云:"溪上足如霜,不着鸦头袜。"⑭袜一名"膝裤"⑮。宋高宗闻秦桧死,喜曰:"今后免膝裤中插匕首矣。"⑯则袜也,膝裤也,乃男女之通称,原无分别。但古有底,今无底耳。古有底之袜,不必着鞋,皆可行地;今无底之袜,非着鞋,则寸步不能行矣。张平子云:"罗袜凌蹑足容与。"⑰曹子建云:"凌波微步,罗袜生尘。"⑱李后主词云:"划袜下香阶,手提金缕鞋。"⑲古今鞋袜之制,其不同如此。至于高底之制,前古未闻,于今独绝。吴下妇人,有以异香为底,围以精绫者;有凿花玲珑,囊以香麝,行步霏霏,印香在地者。此则服妖⑳,宋元以来诗人所未及,故表而出之,以告世之赋"香奁"、咏"玉台"者㉑。(笠翁曰:"服妖"二字着眼,以此垂戒,非示劝也。)

袜色与鞋色相反,袜宜极浅,鞋宜极深,欲其相形而始露也。

今之女子，袜皆尚白，鞋用深红深青，可谓尽制。然家家若是，亦忌雷同。予欲更翻置色，深其袜而浅其鞋，则脚之小者更露。盖鞋之为色，不当与地色相同。地色者，泥土砖石之色是也。泥土砖石其为色也多深，浅者立于其上，则界限分明，不为地色所掩。如地青而鞋亦青，地绿而鞋亦绿，则无所见其短长矣。脚之大者则应反此，宜视地色以为色，则藏拙之法，不独使高底居功矣。鄙见若此，请以质之金屋主人，转询阿娇，定其是否。

[注释]

①褶即袜也：关于"袜"的来历，五代马缟《中华古今注》卷中"袜"一则云："三代及周著角袜，以带系于踝。至魏文帝吴妃，乃改样以罗为之。后加以彩绣画，至今不易。至隋炀帝宫人，织成五色立凤朱锦袜鞡。""褶"字读dié音时，其义指夹衣或上衣；读xí音时，其义为骑服；读zhé音时，其义为衣服上的皱褶。本文中谓女子的袜子为"褶"，是清初江浙一带的地方词语，不具有全国的普遍性。

②见前《选姿第一·手足》注⑥。

③《鞋袜辨》：即余怀所撰《妇人鞋袜辨》，除李渔将它引录于此文中之外，今还见存于王晫、张潮辑《檀几丛书》第四帙，又收入清末虫天子辑《香艳丛书》第二集。

④屦人：即《周礼》卷八《天官冢宰·屦人》一节。下文"掌王及后之……散屦"一段，即此节中开头的文字，余怀的引录与《周礼》原文略有差异。

⑤窅（yǎo）娘：五代南唐李后主的宫嫔。后主让她以帛缠足舞于金莲花中一事，清钱载《十国词笺略》亦有记述。关于缠足的来历，元陶宗仪《辍耕录》卷十《缠足》一节有考辨，认为起自窅娘，后世学者多信从。清袁枚亦有《缠足谈》1卷，考辨其事，见《香艳丛书》第二集。

⑥此二句见郭茂倩《乐府诗集》卷四十九《双行缠》，原文是："新罗绣行缠，足趺如春妍。他人不言好，独我知可怜。"余怀所引略有不同。

⑦践远游之文履:曹植《洛神赋》中的句子。

⑧这两句诗原题为《浣纱石上女》,其诗云:"玉面耶溪女,青娥红粉妆。一双金齿屐,两足白如霜。"见《全唐诗》卷一八四。

⑨六寸肤圆光致致:这是韩致光《屐子》诗中的句子,原诗是:"六寸肤圆光致致,白罗绣靸红托里。南朝天子欠风流,却重金莲轻绿齿。"见《全唐诗》卷六八三。韩致光即唐代诗人韩偓,字致光(或作致尧)。

⑩钿尺裁量减四分:这是唐杜牧《咏袜》诗中的句子,原诗是:"钿尺裁量减四分,纤纤玉笋裹轻云。五陵年少欺他醉,笑把花前出画裙。"见《全唐诗》卷五二四。

⑪《杂事秘辛》:汉无名氏撰,只1卷,今存,描写女子形体甚详细生动,其中云:"足长八寸,胫跗丰妍。"

⑫步步生金莲花:见前《选姿第一·手足》注③。

⑬凤头重(chóng)台之履:今查崔豹《古今注》,未见此语,余怀所记有误。此语实见于五代后唐马缟《中华古今注》。其中"冠子朵子扇子"一节云:"(秦始皇)令三妃九嫔……靸蹲凤头履。"凤头履,鞋头上有凤头装饰的女鞋。又其中《鞋子》一节云:"(南朝)宋有重台履。"重台履,即古代的一种高底鞋。

⑭溪上足如霜,不着鸦头袜:此二句是李白《越女词》五首的第一首中的句子,原诗是:"长干吴儿女,眉目艳新月。屐上足如霜,不着鸦头袜。"见《全唐诗》卷一八四。余怀的引诗与原诗略有不同。

⑮膝裤:古时的一种套裤,两条裤筒分别制作,上面到裆以下部位,结带相连,下面罩脚而无底,又名"角袜"。赵翼《陔馀丛考》卷三十三《袜膝裤》一节云:"袜即膝裤。然今俗袜有底,而膝裤无底,形制各别。"

⑯宋高宗此语见朱熹《朱子语类》:"秦太师死,高宗告杨郡王云:'朕今日始免得这膝裤中带匕首。'乃知高宗平日常防秦之为逆。"

⑰罗袜凌蹋足容与:张平子,即东汉张衡,字平子,此语见其所作《南都赋》,原文是:"修袖缭绕而满庭,罗袜蹑蹀而容与。"余怀的引诗与原诗略有不同。

⑱此二句为《洛神赋》中的句子。曹子建,即曹植。

⑲此二句为南唐后主李煜《菩萨蛮》词中的句子，原词的上阕是："花明月暗笼轻雾，今宵好向郎边去。刬袜步香阶，手提金缕鞋。"见《全唐诗》卷八八九。余怀的引诗与原诗略有不同。

⑳服妖：即奇装异服。古人认为，奇装异服能预兆人事的非常变乱，故称为服妖。《汉书·五行志》云："风俗狂慢，变节易度，则为剽轻奇怪之服，故有服妖。"

㉑赋"香奁"、咏"玉台"者："香奁"，指唐韩偓的诗集《香奁集》，其诗内容多写艳情，词藻华丽，人称为"香奁体"。"玉台"，指南朝陈徐陵编辑的诗歌选集《玉台新咏》，其中多有表现宫廷生活、男女私情的内容，后来文士模仿或拟作，称为"玉台体"或"宫体"。此文中余怀谓赋"香奁"、咏"玉台"者，指这一类香艳诗词乐府的作者们。

习技第四

"女子无才便是德。"①言虽近理，却非无故而云然。因聪明女子失节者多，不若无才之为贵。盖前人愤激之词，与男子因官得祸，遂以读书作宦为畏途，遗言戒子孙，使之勿读书、勿作宦者等也。此皆见噎废食之说，究竟书可竟弃，仕可尽废乎？吾谓才德二字，原不相妨。有才之女，未必人人败行；贪淫之妇，何尝历历知书？但须为之夫者，既有怜才之心，兼有驭才之术耳。至于姬妾婢媵，又与正室不同。（尤展成云：叶天寥以德才色为妇人三不朽②。笠翁以德属妻，以才色属妾，更为平论，且可息入宫之妒矣。）娶妻如买田庄，非五谷不殖，非桑麻不树，稍涉游观之物，即拔而去之，以其为衣食所出，地力有限，不能旁及其他也。买姬妾如治园圃，结子之花亦种，不结子之花亦种；成荫之树亦栽，不成荫之树亦栽，以其原为娱情而设，所重在耳目，则口腹有时而轻，不能顾名兼顾实也。使姬妾满堂，皆是蠢然一物，我欲言而彼默，我思静而彼喧，所答非所问，所应非所求，是何异于入狐狸之穴，舍宣淫而外，一无事事者乎？故习技之道，不可不与修容、治服并讲也。技艺以翰墨为上，丝竹次之，歌舞又次之，女工则其分内事，不必道也。（余澹心云：又是根本之论，可续《女史箴》③。）然尽有专攻男技，不屑女红④，鄙织纴为贱役，视针线如仇雠，甚至三寸弓鞋不屑自制，亦倩老妪贫女为捉刀人⑤者，亦何借巧藏拙，而失造物生人之初意哉！予谓妇人职业，毕竟以缝纫为主，缝纫既熟，徐及其他。予谈习技而不及女工者，以描鸾刺凤之事，闺阁中人人皆晓，无俟予为越俎之谈。其不及女工，而仍郑重其事，不敢竟遗者，虑开后世逐末之门，置纺绩蚕缫于不讲也。（尤展成云："掺掺

图 3-15 苏蕙

女手,可以缝裳。"⑥亦美人图也。灵芸之针⑦,苏蕙之织⑧,岂非闺中绝技?)(图 3-15)虽说闲情,无伤大道,是为立言之初意尔。

[注释]

①女子无才便是德:古代常见语,原始出处难以详考。明清时已很流行。如陈继儒《安得长者言》云:"男子有德便是才,女子无才便是德。"

②叶天寥以德才色为妇人三不朽:叶天寥即叶绍袁(1589—1648),字仲绍,号天寥,明末吴江人。天启五年(1625)进士,曾官工部主事。其著作与其妻沈宛君、女儿叶纨纨等全家人的诗文合编为《午梦堂集》。叶绍袁为《午梦堂集》所作《序》云:"丈夫有三不朽,立德立功立言,而妇人亦有三焉,德也,才与色也,几昭昭乎鼎千古矣。"

③《女史箴》:古代一种劝诫妇女的文辞,"箴"是文体名。《晋书·张华传》云:"华惧后族之盛,作《女史箴》以为讽。"画家顾恺之绘有《女史箴图》。

④女红（gōng）：即女子的工作，也作"女功"，主要指针线活，包括纺织、剪裁、缝纫、刺绣等。

⑤捉刀人：《世说新语·容止》云："魏武（曹操）将见匈奴使，自以形陋不足雄远国，使崔季珪（琰）代，帝自捉刀立床头。既毕，令间谍问曰：'魏王何如？'匈奴使答曰：'魏王雅望非常，然床头捉刀人，此乃雄也。'"后世称代人作文为"捉刀"。

⑥掺掺女手，可以缝裳：《诗经·魏风·葛屦》篇中的句子。掺掺，纤细之状。

⑦灵芸之针：灵芸，三国魏文帝曹丕宠爱的美人薛灵芸，妙于针工，能在黑暗中刺绣，当时宫内称她为"针神"。见王嘉《拾遗记》卷七。

⑧苏蕙之织：苏蕙是东晋时前秦窦滔妻，字若兰，武功人。丈夫窦滔官秦州刺史，后官安南将军，带宠姬赵阳台赴襄阳镇守，与家中断绝音信。苏蕙悲伤，织五彩锦作《回文璇玑图》诗，寄赠窦滔，中含诗800馀首，纵横反复读之，皆成章句，文词凄婉。窦滔得图感动，与苏蕙和好如初。见《晋书·列女传》。唐武则天曾作《苏氏织锦回文记》。

文　艺

学技必先学文。非曰先难后易，正欲先易而后难也。天下万事万物，尽有开门之锁钥。锁钥维何？"文理"二字是也。寻常锁钥，一钥止开一锁，一锁止管一门；而文理二字之为锁钥，其所管者不止千门万户。盖合天上地下，万国九州，其大至于无外，其小至于无内，一切当行当学之事，无不握其枢纽，而司其出入者也。此论之发，不独为妇人女子，通天下之士农工贾，三教九流，百工技艺，皆当作如是观。以许大世界，摄入文理二字之中，可谓约矣，不知二字之中，又分宾主。凡学文者，非为学文，但欲明此理也。此理既明，则文字又属敲门之砖，可以废而不用矣。天下技艺无穷，其源头止出一理。明理之人学技，与不明理之人学技，其难易判若天渊。然不读书不识字，何由明理？故学技必先学文。然女子所学之文，无事求全责备，识得一字，有一字之用，多多益善，少亦未尝不善；事事能精，一事自可愈精。予尝谓土木匠工，但有能识字记帐者，其所造之房屋器皿，定与拙匠不同，且有事半工倍之益。人初不信，后择数人验之，果如予言。粗技若此，精者可知。甚矣，字之不可不识，理之不可不明也。

妇人读书习字，所难只在入门。入门之后，其聪明必过于男子，以男子念纷，而妇人心一故也。导之入门，贵在情窦未开之际，开则志念稍分，不似从前之专一。然买姬置妾，多在三五、二八之年，娶而不御，使作蒙童求我者，宁有几人？如必俟情窦未开，是终身无可授之人矣。惟在循循善诱，勿阻其机，"扑作教刑"①一语，非为女徒而设也。先令识字，字识而后教之以书。识字不贵多，每日仅可数字，取其笔画最少、眼前易见者训之。由易而难，由少而多，日积月累，则一年半载以后，不令读书而自解寻章觅句矣。乘其爱看之时，急觅传奇之有情节、小说之无破绽者，听其翻阅，则书非书也，不怒不威而引人登堂入室之明师也。其故维何？以传奇、小说所载之言，尽是常谈俗语，妇人阅之，若逢故物。譬如一句之中，共有十字，此女已识者七，未识者三，顺口念去，自然不差。是因已识之七字，可悟未识之三字，则此三字也者，非我教之，传奇、小说教之也。由此而机锋相触，自能曲喻旁通。再得男子善为开导，使之由浅而深，则共枕论文，较之登坛讲艺，其为时雨之化，难易奚止十倍哉？十人之中，拔其一二最聪慧者，日与谈诗，使之渐通声律，但有说话铿锵、无重复聱牙之字者，即作诗能文之料也。苏夫人说："春夜月胜于秋夜月，秋夜月令人惨凄，春夜月令人和悦。"②此非作诗，随口所说之话也。东坡因其出口合律，许以能诗，传为佳话。此即说话铿锵，无重复聱牙，可以作诗之明验也。其馀女子，未必人人若是，但能书义稍通,则任学诸般技艺,皆是锁钥到手,不忧阻隔之人矣。

妇人读书习字,无论学成之后受益无穷,即其初学之时,先有裨于观者:只须案摊书本,手捏柔毫,坐于绿窗翠箔之下,便是一幅画图。班姬续史③之容(图3-16),谢庭咏雪④之态(图3-17),不过如是,何必睹其题咏,较其工拙,而后有闺秀同房之乐哉?噫!此等画图,人间不少,无奈身处其地,皆作寻常事物观,殊可惜耳。

欲令女子学诗,必先使之多读,多读而能口不离诗,以之作话,则其诗意诗情,自能随机触露,而为天籁自鸣矣。至其聪明之所发,思路之由开,则全在所读之诗之工拙,选诗与读者,务在善迎其机。然则选者维何?曰:在"平易尖颖"四字。平易者,使之易明且易学;尖颖者,妇人之聪明,大约在纤巧一路,读尖颖之诗,如逢故我,则喜而愿学,所谓迎其机也。所选之诗,莫妙于晚唐及宋人,初、中、盛三唐,皆所不取;至汉、魏、晋之诗,皆

图3-16 班昭

图3-17 谢道韫

秘勿与见，见即阻塞机锋，终身不敢学矣。此予边见，高明者阅之，势必哑然一笑。然予才浅识陋，仅足为女子之师，至高峻词坛，则生平未到，无怪乎立论之卑也。

女子之善歌者，若通文义，皆可教作诗馀。盖长短句法，日日见于词曲之中，入者既多，出者自易，较作诗之功为尤捷也。曲体最长，每一套必须数曲，非力赡者不能。诗馀短而易竟，如《长相思》《浣溪沙》《如梦令》《蝶恋花》之类，每首不过一二十字，作之可逗灵机。但观诗馀选本，多闺秀女郎之作，为其词理易明，口吻易肖故也。然诗馀既熟，即可由短而长，扩为词曲，其势亦易。果能如是，听其自制自歌，则是名士佳人合而为一，千古来韵事韵人，未有出于此者。吾恐上界神仙，自鄙其乐，咸欲谪向人寰而就之矣。此论前人未道，实实创自笠翁，有由此而得妙境者，切勿忘其所本。（余澹心云：世有享此福者，只宜多叫笠翁！）

以闺秀自命者，书、画、琴、棋四艺，均不可少。然学之须分缓急，必不可已者先之，其馀资性能兼，不妨次第并举，不则一技擅长，才女之名著矣。琴列丝竹，别有分门⑤，书则前说已备。善教由人，善习由己，其工拙浅深，不可强也。画乃闺中末技，学不学听之。至手谈⑥（图3-18）一节，则断不容已，教之使学，其利于人己者，非止一端。妇人无事，必生他想，得此遣日，则妄念不生，一也；女子群居，争端易酿，以手代舌，是喧者寂之，二也；男女对坐，静必思淫，鼓瑟鼓琴之暇，焚香啜茗之馀，不设一番功课，则静极思动，其两不相下之势，不在几案之前，即居床笫之上矣。一涉手谈，则诸想皆落度外，缓兵降火之法，莫善于此。但与妇人对垒，无事角胜争雄，宁饶数子而输彼一筹，则有喜无嗔，笑容可掬；若有心使败，非止当下难堪，且阻后来弈兴矣。纤指拈棋，踌躇不下，静观此态，尽勾消魂。必欲胜之，恐天地间无此忍人也。

图3-18 女子学习围棋

双陆、投壶诸技，皆在可缓。骨牌赌胜，亦可消闲，且易知易学，似不可已。

[注释]

①扑作教刑："扑"，作名词时是戒尺或鞭子，作动词时是持戒尺或鞭子击打。《尚书·舜典》云："扑作教刑。"前人注解说："扑，榎楚也，不勤道业则挞之。"又说："扑作教刑者，夏楚二物，学校之刑也。"由此可知，扑是古时用来教育生徒的一种手段。

②苏夫人：即宋苏轼妻王氏。她所说的这三句话见宋赵令畤《侯鲭录》卷四："元祐七年正月，东坡先生在汝阴州，堂前梅花大开，月色鲜霁，先生王夫人曰：'春月色胜如秋月色，秋月色令人凄惨，春月色令人和悦。'

先生大喜曰：'吾不知子能诗耶，此真诗家语耳。'"本文的引录，文字略有差异。

③班姬续史：班姬，即班昭，东汉史学家班彪之女、班固之妹。嫁与曹世叔，常受诏入宫为皇后及诸贵人当教师，被称为"曹大家"。班固著《汉书》未完成，汉和帝命班昭续成之。见《后汉书》本传。

④谢庭咏雪：即谢道韫咏雪故事，见《世说新语·言语》及《晋书·列女》。

⑤别有分门：指下一节《丝竹》，其中对于女子学习乐器有较详介绍。

⑥手谈：即下围棋。语出《世说新语·巧艺》："王中郎（坦之）以围棋是坐隐，支公（遁）以围棋为手谈。"

丝 竹

丝竹之音，推琴为首。古乐相传至今，其已变而未尽变者，独此一种，馀皆末世之音也。妇人学此，可以变化性情，欲置温柔乡，不可无此陶熔之具。然此种声音，学之最难，听之亦最不易。凡令姬妾学此者，当先自问其能弹与否。主人知音，始可令琴瑟在御，不则弹者铿然，听者茫然，强束官骸以俟其阕，是非悦耳之音，乃苦人之具也，习之何为？凡人买姬置妾，总为自娱。己所悦者，导之使习；己所不悦，戒令勿为，是真能自娱者也。（尤展成云："弹琴对文君，春风吹鬓影。"①应让相如独步。）尝见富贵之人，听惯弋阳、四平②等腔，极嫌昆调之冷，然因世人雅重昆调，强令歌童习之，每听一曲，攒眉许久，座客亦代为苦难，此皆不善自娱者也。予谓人之性情，各有所嗜，亦各有所厌，即使嗜之不当，厌之不宜，亦不妨自攻其谬。自攻其谬，则不谬矣。予生平有三癖，皆世人共好而我独不好者：一为果中之橄榄，一为馔中之海参，一为衣中之茧绸。此三物者，人以食我，我亦食之；人以衣我，我亦衣之；然未尝自沽而食，自购而衣，因不知其精美之所在也。谚云："村人吃橄榄，不知回味。"予真海内之村人也。因论习琴，而谬谈至此，诚为饶舌。

人问：主人善琴，始可令姬妾学琴，然则教歌舞者，亦必主人善歌善舞而后教乎？须眉丈夫之工此者，有几人乎？曰：不然。歌舞难精而易晓，闻其声音之婉转，睹见体态之轻盈，不必知音始能领略，座中席上主客皆然，所谓雅俗共赏者是也。琴音易响而难明，非身习者不知，惟善弹者能听。伯牙不遇子期，相如不得文君，尽日挥弦，总成虚鼓。吾观今世之为琴，善弹者多，能听者少；延名师、教美妾者尽多，果能以此行乐，不愧文君、相如之名者绝少。务实不务名，此予立言之意也。（余澹心云：足补嵇康《琴赋》③之所不足，昌黎《琴操》④之所未言。）若使主人善操，则当舍诸技而专务丝桐。"妻子好合，如鼓瑟琴。"⑤"窈窕淑女，琴瑟友之。"⑥琴瑟非他，胶漆男女，而使之合一；联络情意，而使之不分者也。花前月下，美景良辰，值水阁之生凉，遇绣窗之无事，或夫唱而妻和，或女操而男听，或两声齐发，韵不参差，无论身当其境者俨若神仙，即画成一幅合操图，亦足令观者消魂，而知音男妇之生妒也。

丝音自蕉桐⑦而外，女子宜学者，又有琵琶、弦索⑧、提琴⑨之三种（图3-19）。琵琶极妙，惜今时不尚，善弹者少，然弦索之音，实足以代之。弦索之形较琵琶为瘦小，与女郎之纤体最宜。近日教习家，其于声音之道，能不大谬于宫商者，首推弦索，时曲次之，戏曲又次之。予向有场内无文、场上无曲之说，非过论也。止为初学之时，便以取舍得失为心，虑其调高和寡，止求为"下里巴人"，不愿作"阳春白雪"，故造到五七分即止耳。提琴较之弦索，形愈小而声愈清，度清曲者必不可少。提琴之音，即绝少美人之音也。春容⑩柔媚，婉转断续，无一不肖。即使清曲不度，止令善歌二人，一吹洞箫，一拽提琴，暗谱悠扬之曲，使隔花间柳者听之，

图3-19 女子学习丝竹

图3-20 女子学习提琴

俨然一绝代佳人，不觉动怜香惜玉之思也。

丝音之最易学者，莫过于提琴（图3-20），事半功倍，悦耳娱神。吾不能不德创始之人，令若辈尸而祝之⑪也。

竹音之宜于闺阁者，惟洞箫一种（图3-21）。笛可暂而不可常。至笙、管二物，则与诸乐并陈，不得已而偶然一弄，非绣窗所应有也。盖妇人奏技，与男子不同，男子所重在声，妇人所重在容。吹笙搦管之时，声则可听，而容不耐看，以其气塞而腮胀也，花容月貌为之改观，是以不应使习。妇人吹箫，非止容颜不改，且能愈增娇媚。何也？按风作调，玉笋为之愈尖；簇口为声，朱唇因而越小。画美人者，常作吹箫图，以其易于见好也。或箫或笛，如使二女并吹，其为声也倍清，其为态也更显，焚香啜茗而领略之，皆能使身不在人间世也。

吹箫品笛之人，臂上不可无钏⑫。钏又勿使太宽，宽则藏于袖

图 3-21 女子吹箫（二图）

中，不得见矣。

[注释]

①此二句是唐代李贺《咏怀》诗二首其一中的句子，原诗前四句是："长卿怀茂陵，绿草垂石井。弹琴看文君，春风吹鬓影。"见《全唐诗》卷三九〇。此处所引与原诗略有不同。

②弋阳、四平：见前《词曲部·音律第三》注⑪。

③嵇康《琴赋》：见《嵇康集》，又见《全三国文》卷四十七，《艺文类聚》卷四十四亦引录。

④昌黎《琴操》：昌黎即韩愈，《琴操》见《全唐诗》卷三三六。

⑤妻子好合，如鼓瑟琴：《诗经·小雅·常棣》中的句子，意思是夫妻恩爱和睦，像是琴瑟音调和谐。

⑥窈窕淑女，琴瑟友之：《诗经·周南·关雎》中的句子，也是以琴瑟比喻男女恋人之间的情感和谐。

⑦蕉桐：即焦桐，本书原刊本误作"蕉"。《后汉书·蔡邕传》记蔡邕听到有人烧桐木做饭，桐木爆裂的声音清脆响亮，知是良木，就把这块桐木从火中抢出来，造成一张琴，而桐木的尾部留下烧焦之痕，于是这琴就称为"焦尾琴"，或称"焦桐"，成为历史上最贵重的名琴之一。后世的诗文中也常见用"焦桐"作为琴的代称。

⑧弦索：见前《词曲部·音律第三》注㉓。本文是指各种丝弦乐器。

⑨提琴：乐器的一种。形制及拉弓样式基本上同于胡琴，但有四根弦。《清朝通典》卷六十六有较详介绍。

⑩春容：见前《词曲部·词采第二·戒浮泛》注①。

⑪尸而祝之：见前《词曲部·音律第三》注⑯。本文谓"尸而祝之"，是风趣之语。

⑫钏：女子戴在手腕上的镯子，又名条脱。

歌　舞

　　《演习部》在已载者，一语不赘。彼系泛论优伶，此则单言女乐。然教习声乐者，不论男女，二册皆当细阅。

　　昔人教女子以歌舞，非教歌舞，习声容也。欲其声音婉转，则必使之学歌；学歌既成，则随口发声，皆有燕语莺啼之致，不必歌而歌在其中矣。欲其体态轻盈，则必使之学舞；学舞既熟，则回身举步，悉带柳翻花笑之容，不必舞而舞在其中矣（图3-22）。古人立法，常有事在此而意在彼者，如良弓之子先学为箕，良冶之子先学为裘①。妇人之学歌舞，即弓冶之学箕裘也。后人不知，尽以声容二字属之歌舞，是歌外不复有声，而征容必须试舞，凡为女子者，即有飞燕之轻盈，夷光之妩媚，舍作乐无所见长。然则一日之中，其为清歌妙舞者有几时哉？若使声容二字，单为歌舞而设，则其教习声容，犹在可疏可密之间。若知歌舞二事，原为声容而设，

图3-22-1 女子歌舞（之一）

图3-22-2 女子歌舞（之二）

则其讲究歌舞，有不可苟且塞责者矣。但观歌舞不精，则其贴近主人之身，而为𪠲雨尤云②之事者，其无娇音媚态可知也。

"丝不如竹，竹不如肉。"③此声乐中三昧语，谓其渐近自然也。予又谓男音之为肉，造到极精处，止可与丝竹比肩，犹是肉中之丝、肉中之竹也。何以知之？但观人赞男音之美者，非曰"其细如丝"，则曰"其清如竹"，是可概见。至若妇人之音，则纯乎其为

闲情偶寄 213

肉矣。语云："词出佳人口。"予曰：不必佳人，凡女子之善歌者，无论妍媸美恶，其声音皆迥别男人，貌不扬而声扬者有之，未有面目可观而声音不足听者也。但须教之有方，导之有术，因材而施，无拂其天然之性而已矣。歌舞二字，不止谓登场演剧，然登场演剧一事，为今世所极尚，请先言其同好者。

一曰取材。取材维何？优人所谓"配脚色"是已。喉音清越而气长者，正生、小生之料也；喉音娇婉而气足者，正旦、贴旦之料也，稍次则充老旦；喉音清亮而稍带质朴者，外末之料也；喉音悲壮而略近嚤杀④者，大净之料也。至于丑与副净，则不论喉音，只取性情之活泼，口齿之便捷而已。然此等脚色，似易实难。男优之不易得者二旦，女优之不易得者净丑。不善配脚色者，每以下选充之，殊不知妇人体态不难于庄重妖娆，而难于魁奇洒脱，苟得其人，即使面貌娉婷，喉音清婉，可居生旦之位者，亦当屈抑而为之。盖女优之净丑，不比男优仅有花面之名，而无抹粉涂胭之实，虽涉诙谐谑浪，犹之名士风流。若使梅香之面貌胜于小姐，奴仆之词曲过于官人，则观者听者倍加怜惜，必不以其所处之位卑，而遂卑其才与貌也。

二曰正音。正音维何？察其所生之地，禁为乡土之言，使归《中原音韵》之正者是已。乡音一转而即合昆调者，惟姑苏一郡。一郡之中，又止取长、吴二邑⑤，馀皆稍逊，以其与他郡接壤，即带他郡之音故也。即如梁溪⑥境内之民，去吴门不过数十里，使之学歌，有终身不能改变之字，如呼酒钟为"酒宗"之类是也。近地且然，况愈远而愈别者乎？然不知远者易改，近者难改；词语判然、声音迥别者易改，词语声音大同小异者难改。譬如楚人往粤，越人来吴，两地声音判如霄壤，或此呼而彼不应，或彼说而此不言，势必大费精神，改唇易舌，求为同声相应而后已。止因自任为难，故转觉其易也。至入附近之地，彼所言者，我亦能言，不过出口收音之稍别,改与不改,无甚关系,往往因仍苟且,以度一生。止因自视为易,故转觉其难也。正音之道,无论异同远近,总当视易为难。选女乐者,必自吴门是已⑦。然尤物之生,未尝择地,燕姬赵女、越妇秦娥见于载籍者,不一而足。"惟楚有材,惟晋用之。"⑧此言晋人善用,非曰惟楚能生材也。予游遍域中,觉四方声音,凡在二八上下之年者,无不可改,惟八闽、江右二省,新安、武林二郡,较他处为稍难耳。正音有法,当择其一韵之中,字字皆别,而所别之韵,又字字相同者,取其吃紧一二字,出全副精神以正之。正得一二字转,则破竹之势已成,凡属此一韵中相同之字,皆不正而自转矣。请言一二以概之。九州以内,择其乡音最劲、舌本最强者而言,则莫过于秦晋二地。不知秦晋之音,皆有一定不移之成格。秦音无东钟⑨,晋音无真文⑩;秦音呼东钟为真文,晋音呼真文为东钟。此予身入其地,习处其人,细细体认而得之者。秦人呼中庸之中为"肫",通达之通为"吞",东南西北之东为"敦",青红紫绿之红为"魂",凡属东钟一韵者,字字皆然,无一合于本韵,无一不涉真文。岂非秦音无东钟,秦音呼东钟为真文之实据乎?我能取此韵中一二字,朝训夕诂,导之改易,一字能变,则字字皆变矣。晋音较秦音稍杂,不能处处相同,然凡属真文一韵之字,其音皆仿佛东钟,如呼子孙之孙为"松",昆腔之昆为"空"之类是也。即有不尽然者,亦在依稀仿佛之间。正之亦如前法,则用力少而成功多。是使无东钟而有东钟,无真文而有真文,两韵之音,各归其本位矣。秦晋且然,况其他乎?大约北音多平而少入,多阴而少阳。吴音之便于学歌者,止以阴阳平仄不甚谬耳。然学歌之家,尽有度曲一生,不知阴阳平仄为何物者,是与蠹鱼日在书中,未尝识字等也。予谓教人学歌,当从此始。平仄阴阳既谙,使之学曲,可省大半工夫。正音改字之论,不止为学歌而设,凡有生于一方,而不屑为一方之士者,皆当用此法以掉其舌。至于身在青云，有率吏临民之责者，更宜洗涤方音，讲求韵学，务使开口出言，人人可晓。常有官说话而吏不知，民辩冤而官不解，以致误施鞭扑，倒用劝惩者。声音之能误人，岂浅鲜哉！

正音改字，切忌务多。聪明者每日不过十馀字，资质钝者渐减。每正一字，必令于寻常说话之中，尽皆变易，不定在读曲念白时。若止在曲中正字，他处听其自然，则但于眼下依从，非久复成故物，盖借词曲以变声音，非假声音以善词曲也。

三曰习态。态自天生，非关学力，前论声容，已备悉其事矣。而此复言习态，抑何自相矛盾乎？曰：不然。彼说闺中，此言场上。闺中之态，全出自然；场上之态，不得不由勉强，虽由勉强，却又类乎自然，此演习之功之不可少也。生有生态，旦有旦态，外末有外末之态，净丑有净丑之态，此理人人皆晓，又与男优相同，可置弗论，但论女优之态而已。男优妆旦，势必加以扭捏，不扭捏不足以肖妇人；女优妆旦，妙在自然，切忌造作，一经造作，又类男优矣。人谓妇人扮妇人，焉有造作之理，此语属赘。不知妇人登场，定有一种矜持之态；自视为矜持，人视则为造作矣。须令于演剧之际，只作家内想，勿作场上观，始能免于矜持造作之病。此言旦脚之态也。然女态之难，不难于旦，而难于生；不难于生，而难于外末净丑；又不难于外末净丑之坐卧欢娱，而难于外末净丑之行走哭泣。总因脚小而不能跨大步，面娇而不肯妆瘁容故也。然妆龙像龙，妆虎像虎，妆此一物，而使人笑其不似，是求荣得辱，反不若设身处地，酷肖神情，使人赞美之为愈矣[11]。至于美妇扮生，较女妆更为绰约。潘安、卫玠[12]，不能复见其生时，借此辈权为小像，无论场上生姿，曲中耀目，即于花前月下偶作此形，与之坐谈对弈，啜茗焚香，虽歌舞之馀文，实温柔乡之异趣也。

[注释]

①这两句话出自《礼记·学记》:"良冶之子,必学为裘;良弓之子,必学为箕。"意思是说铁匠的孩子常见父亲补锅,就一定会补皮衣;弓匠的孩子常见父亲制弓,就一定会编簸箕。后来就以学裘学箕比喻子承父业。本文中对成语的本义有所发挥,意思是说,弓匠的孩子没有学会制弓,却学会了编簸箕;铁匠的孩子没有学会补锅,却学会了补皮衣。而比喻的意思是,女子努力学习声容,即使不专门学歌舞,歌舞也学会了。

②殢雨尤云:男女恋昵不分离之意。柳永《浪淘沙慢》词云:"殢雨尤云,有万般千种相怜惜。"

③丝不如竹,竹不如肉:丝弦类乐器(琵琶、胡琴等)不如竹管类乐器(笛、箫、笙等),竹管类乐器不如人用口歌唱。《晋书·孟嘉传》亦云:"(桓温)又问:'听妓,丝不如竹,竹不如肉,何谓也?'嘉答曰:'渐近使之然。'一坐咨嗟。"

④噍杀(jiāo shài):《礼记·乐记》云:"是故志微、噍杀之音作,而民思忧。"《史记·乐书》作"焦衰",张守节正义云:"其乐音噍戚、杀急,不舒缓也。"后世即以噍杀之声指音乐声或呼叫声紧迫而急促。

⑤长、吴二邑:即苏州府下属的长洲、吴县二县。

⑥梁溪:本为河名,在今江苏无锡市西,发源于惠山,流入太湖。于是古代诗文中常以梁溪代指无锡县。本文即是此意。

⑦选女乐者,必自吴门是已:意思是说,挑选女优,一定要挑苏州一带的女孩子。这种现象在南宋至元代时已是如此。宋张炎《山中白云词》云,南宋末时演《韫玉》传奇,"惟吴中子弟为第一"。元王沂《伊滨集》卷十二有《和陆友仁尺五城南诗》九首,其九云:"尺五城南贾客船,吴绫卖尽买茸毡。犹嫌吴女吴音拙,载入都门学管弦。"明代中期昆山腔崛起,吴地人学唱昆腔较容易,于是苏州籍的优伶特别受欢迎。明末范濂《云间据目抄》卷四记载,有松江人潘方伯、华亭人顾正心等都从苏州购得优伶,于是松江一带皆崇尚苏州戏,这使得"苏人鬻身学戏者甚众"。徐树丕《识小录》亦云:"十馀年来苏城女戏盛行……不肖者习焉不察,滔滔皆是也。"这种情况,到清代依然如此。《红楼梦》小说中写贾府办戏班,特派贾蔷

"从姑苏采买了十二个女孩子，并聘了教习"。

⑧惟楚有材，惟晋用之：语出《左传·襄公二十六年》："虽楚有材，晋实用之。"或简化为成语"楚材晋用"。

⑨秦音无东钟：秦地（今陕甘一带）的方言没有"东钟"韵，即发不出韵母为－ong（或－eng）的语音，而是把－ong（或－eng）韵都说成－en（或－in或－un）韵。

⑩晋音无真文：晋地（今山西）的方言没有"真文"韵，即发不出韵母为－en（或－in或－un）的语音，而是把－en（或－in或－un）韵都说成－ong（或－eng）韵。

⑪反不若设身处地，酷肖神情，使人赞美之为愈矣：这几句话的意思是说，女优演净角，要忘记女性的自身特征，演好角色，演得惟妙惟肖，使人赞美，这才是正确的敬业态度。清沈起凤《谐铎》卷八《死嫁》所记女优磬儿，年轻貌美而演大净楚霸王项羽，演得逼真，引发磬儿和文士詹湘亭的一段恋情。沈起凤并据此故事撰作了传奇《千金笑》。这一故事虽然发生在李渔之后百年左右，但却能说明本文中的见解。

⑫潘安、卫玠：潘安，即晋代潘岳，字安仁。年轻时貌美，乘车出行时，老妪跟随他的车子抛入水果，以至于"掷果满车"。见《世说新语·容止》注引晋裴启《语林》。后世诗文及小说戏曲中常称他为潘安或潘郎。卫玠，晋人，字叔宝，风姿秀异，有玉人之称。住在建业（今南京）时，人们闻其名，围观如堵墙，不久他就死了，于是时人谓之"看杀卫玠"。潘安与卫玠二人在后世便被作为美男子的代称。

卷四　居室部

房舍第一

人之不能无屋,犹体之不能无衣。衣贵夏凉冬燠,房舍亦然。堂高数仞,榱题数尺①,壮则壮矣,然宜于夏而不宜于冬。登贵人之堂,令人不寒而栗,虽势使之然,亦寥廓有以致之;我有重裘,而彼难挟纩②故也。及肩之墙,容膝之屋,俭则俭矣,然适于主而不适于宾。造寒士之庐,使人无忧而叹,虽气感之耳,亦境地有以迫之;此耐萧疏,而彼憎岑寂故也。吾愿显者之居,勿太高广。夫房舍与人,欲其相称。(王安节云:无一语不入人情三昧。)画山水者有诀云:"丈山尺树,寸马豆人。"③使一丈之山,缀以二尺三尺之树,一寸之马,跨以似米似粟之人,称乎?不称乎?使显者之躯,能如汤文④之九尺十尺,则高数仞为宜,不则堂愈高而人愈觉其矮,地愈宽而体愈形其瘠,何如略小其堂,而宽大其身之为得乎?处士之庐,难免卑隘,然卑者不能耸之使高,隘者不能扩之使广,而污秽者、充塞者则能去之使净,净则卑者高而隘者广矣。吾贫贱一生,播迁流离,不一其处,虽债而食,赁而居,总未尝稍污其座。性嗜花竹,而购之无资,则必令妻孥忍饥数日,或耐寒一冬,省口体之奉,以娱耳目。人则笑之,而我怡然自得也。(杜于皇⑤云:笠翁有赏花绝句云:"酒债诗逋偿未了,又拖花债到新年。"⑥即其事也。)性又不喜雷同,好为矫异,常谓人之葺居治宅,与读书作文同一致也。譬如治举业者,高则自出手眼,创为新异之篇;其极卑者,亦将读熟之文移头换尾,损益字句而后出之,从未有抄写全篇,而自名善用者也。乃至兴造一事,则必肖人之堂以为堂,窥人之户以立户,稍有不合,不以为得,而反以为耻。常见通侯贵戚,掷盈千累万之资以治园圃,必先谕大匠曰:亭则法某人之制,榱则遵谁氏之规,勿使稍异。而操运斤之权者,至大厦告成,必骄语居功,谓其立户开窗,安廊置阁,事事皆仿名园,纤毫不谬。噫!陋矣。以构造园亭之胜事,上之不能自出手眼,如标新创异之文人,下之至不能换尾移头,学套腐为新之庸笔,尚嚣嚣以鸣得意,何其自处之卑哉!予尝谓人曰:生平有两绝技,自不能用,而人亦不能用之,殊可惜也。人问:绝技维何?予曰:一则辨审音乐,一则置造园亭。(何省斋⑦云:已点《琵琶》《西厢》诸剧⑧,铁处成金;兹更欲家家引入桃源,鸡犬皆仙,真铸世矣!)性嗜填词,每多撰著,海内共见之矣。设处得为之地,自选优伶,使歌自撰之词曲,口授而躬试之,无论新裁之曲,可使迥异时腔,即旧日传奇,一概删其腐习而益以新格,为往时作者别开生面,此一技也。一则创造园亭,因地制宜,不拘成见,一榱一桷,必令出自己裁,使经其地、入其室者,如读湖上笠翁之书,虽乏高才,颇饶别致,岂非圣明之世,文物之邦,一点缀太平之具哉?噫!吾老矣,不足用也。请以崖略⑨付之简篇,供嗜痂⑩者采择。收其一得,如对笠翁,则斯编实为神交之助尔。

土木之事,最忌奢靡。匪特庶民之家当崇俭朴,即王公大人亦当以此为尚。盖居室之制,贵精不贵丽,贵新奇大雅,不贵纤巧烂漫。凡人止好富丽者,非好富丽,因其不能创异标新,舍富丽无所见长,只得以此塞责。(周栎园⑪云:撒漫使钱,是世间第一省力事,无怪其然。)譬如人有新衣二件,试令两人服之,一则雅素而新奇,一则辉煌而平易,观者之目,注在平易乎?在新奇乎?锦绣绮罗,谁不知贵,亦谁不见之?缟衣互裳,其制略新,则为众目所射,以其未尝睹也。凡予所言,皆属价廉工省之事,即有所费,亦不及雕镂粉藻之百一。且古语云:"耕当问奴,织当访婢。"予贫士也,仅识寒酸之事。欲示富贵,而以绮丽胜人,则有从前之旧制在。

新制人所未见,即缕缕言之,亦难尽晓,势必绘图作样。然有图所能绘，有不能绘者。不能绘者十之九，能绘者不过十之一。因其有而会其无，是在解人善悟耳。

[注释]

①堂高数仞，榱（cuī）题数尺：榱题，伸出屋檐的椽子头。语出《孟子·尽心下》："堂高数仞，榱题数尺，我得志弗为也。"后世以此指称富家高大的房屋建筑。

②挟纩：指穿棉衣。纩，丝绵。《左传·宣公十二年》云："三军之士，皆如挟纩。"本文中谓"我有重裘，而彼难挟纩"，意思是说我穿着厚皮袄，他连棉衣都没得穿。

③丈山尺树，寸马豆人：五代荆浩《画山水赋》中语，原文是："凡画山水，意在笔先。丈山尺树，寸马豆人。远人无目，远树无枝，远山无石，隐隐如眉。远水无波，高与云齐。此是诀也。"

④汤文：即商汤和周文王。《孟子·告子下》记曹交之语云："交闻，文王十尺，汤九尺，今交九尺四寸以长，食粟而已，如何则可？"参见前《词曲部·结构第一·戒讽刺》注⑫。

⑤杜于皇：即杜浚，字于皇（或作于箟），号茶村，湖北黄冈人，侨居江宁。明末曾中乡试，入清不仕，以文著名，与余怀、白梦鼎齐名，时人称之为"鱼肚白"。杜浚是李渔的文字知己，除为《闲情偶寄》作眉评之外，还为李渔的小说《无声戏》（即《连城璧》）、《十二楼》及传奇《凰求凤》作序，为传奇《玉搔头》《巧团圆》作评。

⑥李渔有《从卖花者贳柑橘数本，约来岁偿其值》诗云："萧然不顾灶无烟，仰屋惟嗟买树钱。酒贳诗逋偿未了，又拖花债到新年。"见《笠翁诗集》卷三。此处杜于皇的引文略有差误。

⑦何省斋：即何采，字濮源，号省斋，桐城人，占籍江宁。顺治六年（1649）进士，历官左春坊、侍读，不到30岁即弃官归家。何采是李渔的重要文友，为李渔芥子园中题写"一房山"册页匾。

⑧已点《琵琶》《西厢》诸剧：指李渔改写《琵琶记·寻夫》一出及评论《南西厢》的不足，见前《词曲部·音律第三》及《演习部·变调第

二·变旧成新》各节。

⑨崖略：梗概、大略。《庄子·知北游》云："夫道杳然难言哉，将为汝言其崖略。"

⑩嗜痂：或称嗜痂之癖。见前《词曲部·音律第三》注㉑。

⑪周栎园：即周亮工，字元亮，号栎园，祥符（今河南开封）人。明崇祯十三年（1640）进士，清初历官至福建左布政使、户部右侍郎。周亮工为李渔的《资治新书》二集作序，又为李渔芥子园中题写手卷额"天半朱霞"。

向　背

屋以面南为正向。然不可必得，则面北者宜虚其后，以受南薰；面东者虚右，面西者虚左，亦犹是也。如东、西、北皆无馀地，则开窗借天以补之。牖之大者，可低小门二扇；穴之高者，可敌低窗二扇，不可不知也。

途　径

径莫便于捷，而又莫妙于迂。凡有故作迂途，以取别致者，必另开耳门一扇，以便家人之奔走，急则开之，缓则闭之，斯雅俗俱利，而理致兼收矣。

高　下

房舍忌似平原，须有高下之势，不独园圃为然，居宅亦应如是。前卑后高，理之常也。然地不如是，而强欲如是，亦病其拘。总有因地制宜之法：高者造屋，卑者建楼，一法也；卑处叠石为山，高处浚水为池，二法也。又有因其高而愈高之，竖阁磊峰于峻坡之上；因其卑而愈卑之，穿塘凿井于下湿之区。总无一定之法，神而明之，存乎其人，此非可以遥授方略者矣。

出檐深浅

居宅无论精粗，总以能避风雨为贵。常有画栋雕梁，琼楼玉栏，而止可娱晴，不堪坐雨者，非失之太敞，则病于过峻。故柱不宜长，长为招雨之媒；窗不宜多，多为匿风之薮；务使虚实相半，长短得宜。又有贫士之家，房舍宽而馀地少，欲作深檐以障风雨，则苦于暗；欲置长牖以受光明，则虑在阴。剂其两难，则有添置活檐一法。何为活檐？法于瓦檐之下，另设板棚一扇，置转轴于两头，可撑可下。晴则反撑，使正面向下，以当檐外顶格①；雨则正撑，使正面向上，以承檐溜②。是我能用天，而天不能窘我矣。

[注释]

①顶格：即今天所说的天花板。檐外顶格，指房檐里侧和前墙之间的天花板。下节《置顶格》则指屋内的天花板。

②檐溜：房檐的滴水。

置顶格

精室不见椽瓦，或以板覆，或用纸糊，以掩屋上之丑态，名为"顶格"，天下皆然。予独怪其法制未善。何也？常因屋高檐矮，意欲取平，遂抑高者就下，顶格一概齐檐，使高敞有用之区，委之不见不闻，以为鼠窟，良可慨也。亦有不忍弃此，竟以顶板贴椽，仍作屋形，高其中而卑其前后者，又不美观，而病其呆笨。予为新制,以顶格为斗笠之形,可方可圆,四面皆下,而独高其中。且无多费,仍是平格之板料,但令工匠画定尺寸,旋而去之。如作圆形,则中间旋下一段是弃物矣,即用弃物作顶,升之于上,止增周围一段竖板,长仅尺许,少者一层,多则二层,随人所好,方者亦然。造成之后,若糊以纸,又可于竖板之上裱贴字画,圆者类手卷,方者类册叶,简而文,新而妥,以质高明,必当取其有裨。方者可用竖板作门,时开时闭,则当壁橱四张,纳无限器物于中,而不之觉也。

甃　地①

古人茅茨②土阶,虽崇俭朴,亦以法制未尽备也。惟幕天者可以席地,梁栋既设,即有阶除,与戴冠者不可跣足,同一理也。且土不覆砖,尝苦其湿,又易生尘。有用板作地者,又病其步履有声,喧而不寂。以三和土甃地,筑之极坚,使完好如石,最为丰俭得宜。而又有不便于人者:若和灰和土不用盐卤,则燥而易裂;用之发潮,又不利于天阴。且砖可挪移,而甃成之土不可挪移,日后改迁,遂成弃物,是又不宜用也。不若仍用砖铺,止在磨与不磨之间,别其丰俭,有力者磨之使光,无力者听其自糙。予谓极糙之砖,犹愈于极光之土。但能自运机杼,使小者间大,方者合圆,别成文理,或作冰裂,或肖龟纹,收牛溲马渤③入药笼,用之得宜,其价值反在参苓④之上。此种调度,言之易而行之甚难,仅存其说而已。(周栎园云:有以石子布地者,最为雅观。然有最不便处,用之露天,易于生草。剪之不胜其剪,拔而去之,又于石子有碍。初时未尝不用沙填,久之带土拖泥,前沙尽没。事有最妙而不可行者,此类是也。)

[注释]

①甃（zhòu）地：甃，原意为用砖垒井，后来将用砖砌物皆称"甃"。甃地，即用砖铺地。

②茅茨：茅草屋顶，也指茅屋，或谦称自家房舍。本文指远古时期人们简陋的住处，《韩非子·五蠹》云"尧之王天下也，茅茨不翦，采椽不斫"，即是此意。

③牛溲马渤：牛溲即牛遗，车前草的别名；马渤又名屎菰，生长在湿地及腐土上的一种菌类。这两种都可作药用。后来以此比喻至贱之物也有一定的用途。韩愈《进学解》中说："玉札丹砂，赤箭青芝，牛溲马渤，败鼓之皮，俱收并蓄，待用无遗者，医师之良也。"

④参苓：人参和茯苓。泛指贵重的中药。

洒　扫

精美之房，宜勤洒扫。然洒扫中亦具大段学问，非僮仆所能知也。欲去浮尘，先用水洒，此古人传示之法，今世行之者，十中不得一二。盖因童子性懒，虑有汲水之烦，止扫不洒，是以两事并为一事，惜其力也。久之习为固然，非特童子忘之，并主人亦不知扫地之先，更有一事矣。彼但知两者并一是省事法，殊不知因其懒也，遂以一事化为数十事。服役者既以为苦，而指使者亦觉其繁，然总不知此数十事者，皆从一事苟简而生之者也。精舍之内，自明窗净几而外，尚有图书翰墨、古董器玩之种种，无一不忌浮尘。不洒而扫，是以红尘掺物，物物皆受其蒙，并栋梁之上、榱桷①之间亦生障翳，势必逐件擦磨，始现本来面目，手不停挥者，半日才能竣事，不亦劳乎？（王左车云：读此始知尼山不迁。）若能先洒后扫，则扫过之后，只须麈尾②一拂，一日清晨之事毕矣，何指使服役之纷纷哉？此洒水之不容已也。（至理名言，愈理愈出。③）然勤扫不如勤洒，人则知之；多洒不如轻扫，人则未知之也。饶其善洒，不能处处皆遍，究竟干地居多，服役者不知，以其既经洒湿，则任意挥扫无妨。扬尘舞蹈之际，障翳之生也更多，故运帚切记勿重；匪特勿重，每于歇手之际，必使帚尾着地，勿令悬空，如扫一帚起一帚，则与挥扇无异，是扬灰使起，非抑尘使伏也。此是一法。又有闭门扫地之诀，不可不知。如人先扫房舍，后及阶除，则将房舍之门紧闭，俟扫完阶除后，略停片刻，然后开门，始无灰尘入户之患。臧获④不知，以为房舍扫完，其事毕矣，此后渐及门外，与内绝不相蒙，岂知有顾此失彼之患哉！顺风扬灰，一帚可当十帚，较之未扫更甚。此皆世人所忽，故拈出告之，然未免饶舌。（眼前勾当，人苦不知。）

洒扫二事，势必相因，缺一不可，然亦有时以孤行为妙，是又不可不知。先洒后扫，言其常也，若旦旦如是，则土胶于水，积而不去，日厚一日，砖、板受其虚名，而有土阶之实矣。故洒过数日，必留一日勿洒，止令童子轻轻用帚，不致扬尘，是数日所积者一朝去之，则水土交相为用，而不交相为害矣。（读笠翁书，如登浮屠，未有不一级高一级者。）

[注释]

①橡桷：即橡子。见前《词曲部·宾白第四》注②。

②麈尾：又名拂尘，因用驼鹿尾毛制成，故名。六朝时已常见为士大夫或文士使用，如《世说新语·容止》云："王夷甫（衍）容貌整丽，妙于谈玄，恒捉白玉柄麈尾，与手都无分别。"后世道士常手执麈尾，一般百姓之家也常见以麈尾作为家庭日用的掸尘工具。

③此条眉评，当承上为王左车评，下两条同。

④臧获：古代对于奴婢的贱称。《荀子·王霸》云："如是，则虽臧获不肯与天子易势业。"前人注云："臧获，奴婢也。"扬雄《方言》谓在荆淮海岱间人们骂男奴为臧，骂女婢为获。后世古文中即以臧获代指奴婢。

藏垢纳污

欲营精洁之房，先设藏垢纳污之地。何也？爱精喜洁之士，一物不整齐，即如目中生刺，势必去之而后已。然一人之身，百工之所为备，能保物物皆精乎？且如文人之手，刻不停批；绣女之躬，时难罢刺。唾绒满地，金屋为之不光；残稿盈庭，精舍因而欠好。是极韵之物，尚能使人不韵，况其他乎？（王安节云：求韵人于千古，定推笠翁首座。谓有人再出其上，吾不信也。）故必于精舍左右，另设小屋一间，有如复道，俗名"套房"是也。凡有败笺弃纸、垢砚秃毫之类，卒急不能料理者，姑置其间，以俟暇时检点。妇人之闺阁亦然，残脂剩粉无日无之，净之将不胜其净也。此房无论大小，但期必备。如贫家不能办此，则以箱笼代之，案旁榻后皆可置。先有容拙之地，而后能施其巧，此藏垢之不容已也。至于纳污之区，更不可少。凡人有饮即有溺[①]，有食即有便。如厕之时尚少，可于溷厕之外，不必另筹去路。至于溺之为数，一日不知凡几，若不择地而遗，则净土皆成粪壤，如或避洁就污，则往来仆仆，是率天下而路也[②]。此为寻常好洁者言之。若夫文人运腕，每至得意疾书之际，机锋一转，则断不可续。然而寝食可废，便溺不可废也。"官急不知私急"，俗不云乎？常有得句将书而阻于溺，及溺后觅之杳不可得者，予往往验之，故营此最急。当于书室之旁，穴墙为孔，嵌以小竹，使遗在内而流于外，秽气罔闻，有若未尝溺者，无论阴晴寒暑，可以不出户庭。此予自为计者，而亦举以示人，其无隐讳可知也。

[注释]

①溺（niào）：小便。《史记·范雎蔡泽列传》云："宾客饮者醉，更溺

雎。"张守节正义云:"溺,古尿字。"

②是率天下而路也:语出《孟子·滕文公上》:"如必自为而后用之,是率天下而路也。"意思是让天下的人都奔走于道路。本文中借用此语,意思是每天为出门小便的事不停地奔走。

窗栏第二

吾观今世之人，能变古法为今制者，其惟窗栏二事乎？窗栏之制，日新月异，皆从成法中变出。"腐草为萤"①，实具至理，如此则造物生人，不枉付心胸一片。但造房建宅与置立窗轩，同是一理，明于此而暗于彼，何其有聪明而不善扩乎？予往往自制窗栏之格，口授工匠使为之，以为极新极异矣，而偶至一处，见其已设者，先得我心之同然，因自笑为辽东白豕②。独房舍之制不然，求为同心甚少。门窗二物，新制既多，予不复赘，恐其又蹈白豕辙也。惟约略言之，以补时人之偶缺。

[注释]

①腐草为萤：《礼记·月令》云："季夏之月……腐草为萤。"于是后世文人认为萤火虫是腐草所化，如张岱《夜航船》卷十七《四灵部》云："萤火，腐草所化。"

②辽东白豕：产于辽东地区的白猪。辽东，汉代郡名，相当于今天辽宁省东南部辽河以东一带，郡治在襄平（今辽阳北）。汉朱浮《与幽州牧彭宠书》云："往时辽东有豕，生子白头，异而献之。行至河东，见群豕皆白，怀惭而还。若以子之功论于朝廷，则为辽东豕也。"见《后汉书·朱浮传》。后世文中即以此为典故，喻人少见多怪。或称为"辽豕"。

制体宜坚

窗棂以明透为先，栏杆以玲珑为主，然此皆属第二义；具首重者，止在一字之坚，坚而后论工拙。尝有穷工极巧以求尽善，乃不逾时而失头堕趾，反类画虎未成者，计其新而不计其旧也。总其大纲，则有二语：宜简不宜繁，宜自然不宜雕斫。凡事物之理，简则可继，繁则难久，顺其性者必坚，戕其体者易坏。木之为器，凡合笋①使就者，皆顺其性以为之者也；雕刻使成者，皆戕其体而为之者也；一涉雕镂，则腐朽可立待矣。故窗棂栏杆之制，务使头头有笋，眼眼着撒②。然头眼过密，笋撒太多，又与雕镂无异，仍是戕其体也，故又宜简不宜繁。根数愈少愈佳，少则可坚；眼数愈密最贵，密则纸不易碎。然既少矣，又安能密？曰：此在制度之善，非可以笔舌争也。窗栏之体，不出纵横、欹斜、屈曲三项，请以萧斋③制就者，各图一则以例之。

纵横格

是格也，根数不多，而眼亦未尝不密，是所谓头头有笋、眼眼着撒者，雅莫雅于此，坚亦莫坚于此矣。是从陈腐中变出。由此推之，则旧式可化为新者，不知凡几。但取其简者、坚者、自然者变之，事事以雕镂为戒，则人工渐去，而天巧自呈矣。（图4-01　原图一）

图4-01　原图一　纵横格

欹斜格 （系栏）

此格甚佳，为人意想所不到，因其平而有笋者，可以着实，尖而无笋者，没处生根故也。然赖有躲闪法，能令外似悬空，内偏着实，止须善藏其拙耳。当于尖木之后，另设坚固薄板一条，托于其后，上下投笋，而以尖木钉于其上，前看则无，后观则有。其能幻有为无者，全在油漆时善于着色。如栏杆之本体用朱，则所托之板另用他色。他色亦不得泛用，当以屋内墙壁之色为色。如墙系白粉，此板亦作粉色；壁系青砖，此板亦肖砖色。自外观之，止见朱色之纹，而与墙壁相同者，混然一色，无所辨矣。至栏杆之内向者，又必另为一色，勿与外同，或青或蓝，无所不可，而薄板向内之色，则当与之相合。自内观之，又别成一种文理，较外尤可观也。（图4-02　原图二）

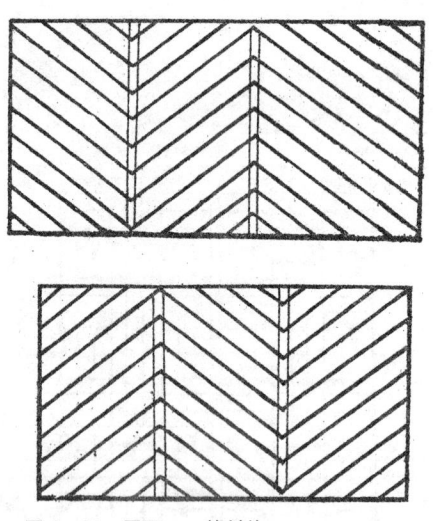

图4-02　原图二　欹斜格

屈曲体 （系栏）

此格最坚，而又省费，名"桃花浪"，又名"浪里梅"。曲木另造，花另造，俟曲木入柱投笋后，始以花塞空处，上下着钉，借此联络，虽有大力者挠之，不能动矣。花之内外，宜作两种，一作桃，一作梅，所云"桃花浪""浪里梅"是也。浪色亦忌雷同，或蓝或绿，否则同是一色，而以深浅别之，使人一转足之间，景色判然。是以一物幻为二物，又未尝于平等材料之外，另费一钱。凡予所为，强半皆若是也。（图4-03 原图三）

图4-03 原图三 屈曲体

[注释]

①合笋：即"合榫"。本文中以"笋"字代"榫"字，下文同。

②撒：指木工做器物时，在榫头加入的小木楔，起固定作用。这样的一

头较厚一头较薄的小木楔，或用于其他地方，如垫桌子腿等，也称为撒。见后《器玩部·制度第一·几案》。

③萧斋：即书斋。唐李肇《国史补》卷中云："梁武帝造寺，令萧子云飞白大书'萧'字，至今一'萧'字存焉。李约竭产自江南买归东洛，匾于小亭以玩之，号为萧斋。"其后李约的此亭归于张彦远叔祖，仍号为萧斋，张彦远《历代名画记》卷一《叙画之兴废》记此事。后世一般文人的书斋也称为萧斋，一般的寺院也称为萧寺。

取景在借

开窗莫妙于借景，而借景之法，予能得其三昧。向犹私之，乃今嗜痂者众，将来必多依样葫芦，不若公之海内，使物物尽效其灵，人人均有其乐。但期于得意酣歌之顷，高叫笠翁数声，使梦魂得以相傍，是人乐而我亦与焉，为愿足矣。向居西子湖滨，欲购湖舫一只，事事犹人，不求稍异，止以窗格异之。人询其法，予曰：四面皆实，独虚其中，而为"便面"①之形。实者用板，蒙以灰布，勿露一隙之光；虚者用木作框，上下皆曲而直其两旁，所谓便面是也。纯露空明，勿使有纤毫障翳。是船之左右，止有二便面，便面之外，无他物矣。坐于其中，则两岸之湖光山色，寺观浮屠，云烟竹树，以及往来之樵人牧竖，醉翁游女，连人带马尽入便面之中，作我天然图画。且又时时变幻，不为一定之形。非特舟行之际，摇一橹变一象，撑一篙换一景，即系缆时，风摇水动，亦刻刻异形。是一日之内，现出百千万幅佳山佳水，总以便面收之。而便面之制，又绝无多费，不过曲木两条、直木两条而已。世有掷尽金钱，求为新异者，其能新异若此乎？此窗不但娱己，兼可娱人。不特以舟外无穷之景色摄入舟中，兼可以舟中所有之人物，并一切几席杯盘射出窗外，以备来往游人之玩赏。何也？以内视外，固是一幅便面山水；而以外视内，亦是一幅扇头人物。譬如拉妓邀僧，呼朋聚友，与之弹棋观画，分韵拈毫，或饮或歌，任眠任起，自外观之，无一不同绘事。同一物也，同一事也，此窗未设以前，仅作事物观；一有此窗，则不烦指点，人人俱作画图观矣。夫扇面非异物也，肖扇面为窗，又非难事也。世人取象乎物，而为门为窗者，不知凡几，独留此眼前共见之物，弃而弗取，以待笠翁，讵非咄咄怪事②乎？所恨有心无力，不能办此一舟，竟成欠事。兹且移居白门，为西子湖之薄幸人矣。此愿茫茫，其何能遂？不得已而小用其机，置此窗于楼头，以窥钟山气色，然非创始之心，仅存其制而已。

予又尝作观山虚牖，名"尺幅窗"，又名"无心画"，姑妄言之。浮白轩③中，后有小山一座，高不逾丈，宽止及寻，而其中则有丹崖碧水，茂林修竹，鸣禽响瀑，茅屋板桥，凡山居所有之物，无一不备。盖因善塑者肖予一像，神气宛然，又因予号笠翁，顾名思义，而为把钓之形。予思既执纶竿，必当坐之矶上，有石不可无水，有水不可无山，有山有水，不可无笠翁息钓归休之地，遂营此窟以居之。是此山原为像设，初无意于为窗也。后见其物小而蕴大，有"须弥芥子"④之义，尽日坐观，不忍阖牖，乃瞿然曰："是山也，而可以作画；是画也，而可以为窗；不过损予一日杖头钱⑤，为装潢之具耳。"遂命童子裁纸数幅，以为画之头尾，及左右镶边。头尾贴于窗之上下，镶边贴于两旁，俨然堂画一幅，而但虚其中。非虚其中，欲以屋后之山代之也。坐而观之，则窗非窗也，画也；山非屋后之山，即画上之山也。不觉狂笑失声，妻孥群至，又复笑予所笑，而"无心画""尺幅窗"之制，从此始矣。

予又尝取枯木数茎，置作天然之牖，名曰"梅窗"。生平制作之佳，当以此为第一。己酉之夏⑥，骤涨滔天，久而不涸，斋头淹死榴、橙各一株，伐而为薪，因其坚也，刀斧难入，卧于阶除者累日。予见其枝柯盘曲，有似古梅，而老干又具盘错之势，似可取而为器者，因筹所以用之。是时栖云谷⑦中幽而不明，正思辟牖，乃幡然曰："道在是矣！"遂语工师，取老干之近直者，顺其本来，不加斧凿，为窗之上下两旁，是窗之外廓具矣。再取枝柯之一面盘曲、一面稍平者，分作梅树两株，一从上生而倒垂，一从下生而仰接，其稍平之一面则略施斧斤，去其皮节而向外，以便糊纸；其盘曲之一面，则匪特尽全其天，不稍戕斫，并疏枝细梗而留之。既成之后，剪彩作花，分红梅、绿萼二种，缀于疏枝细梗之上，俨然活梅之初着花者。同人见之，无不叫绝。予之心思，讫于此矣。后有所作，当亦不过是矣。

便面不得于舟，而用于房舍，是屈事矣。然有移天换日之法在，亦可变昨为今，化板成活，俾耳目之前，刻刻似有生机飞舞，是亦未尝不妙，止废我一番筹度耳。予性最癖，不喜盆内之花，笼中之鸟，缸内之鱼，及案上有座之石，以其局促不舒，令人作囚鸾絷凤之想。故盆花自幽兰、水仙而外，未尝寓目。鸟中之画眉，性酷嗜之，然必另出己意而为笼，不同旧制，务使不见拘囚之迹而后已。自设便面以后，则生平所弃之物，尽在所取。从来作便面者，凡山水人物、竹石花鸟以及昆虫，无一不在所绘之内，故设此窗于屋内，必先于墙外置板，以备成物之用。一切盆花笼鸟、蟠松怪石，皆可更换置之。如盆兰吐花，移之窗外，即是一幅便面幽兰；盎菊舒英，纳之牖中，即是一幅扇头佳菊。或数日一更，或一日一更；即一日数更，亦未尝不可。但须遮蔽下段，勿露盆盎之形。而遮蔽之物，则莫妙于零星碎石，是此窗家家可用，人人可办，讵非耳目之前第一乐事？得意酣歌之顷，可忘作始之李笠翁乎？

湖舫式

此湖舫式也。不独西湖，凡居名胜之地，皆可用之。但便面止可观山临水，不能障雨蔽风，是又宜筹退步，以补前说之不逮。退步云何？外设推板，可开可阖，此易为之事也。但纯用推板，则幽而不明；纯用明窗，又与扇面之制不合，须以板内嵌窗之法处之。其法维何？曰：即仿梅窗之制，以制窗棂。亦备其式于右。（图4-04原图四）

便面窗外推板装花式

四围用板者，既取其坚，又省制棂装花人工之半也。中作花树者，不失扇头图画之本色也。用直棂间于其中者，无此则花树无所倚靠，即勉强为之，亦浮脆而难久也。棂不取直而作欹斜之势，又使上宽下窄者，欲肖扇面之折纹；且小者可以独扇，大则必分双扇，其中间合缝

图4-04　原图四　湖舫式（二图）

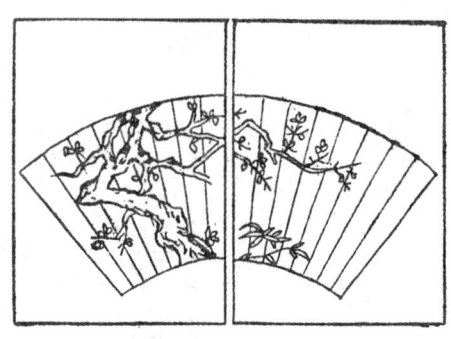

图4-05　原图五　便面窗外推板装花式

处，糊纱糊纸，无直木以界之，则纱与纸无所依附故也。若是，则棂与花树纵横相杂，不几泾渭难分，而求工反拙乎？曰：不然。有两法盖藏，勿虑也。花树粗细不一，其势莫妙于参差，棂则极匀而又贵乎极细，须以极坚之木为之，一法也。油漆并着色之时，棂用白粉，与糊窗之纱纸同色，而花树则绘五彩，俨然活树生花，又一法也。若是泾渭自分，而便面与花，判然有别矣。梅花止备一种，此外或花或鸟，但取简便者为之，勿拘一格。惟山水人物，必不可用。板与花棂俱另制，制就花棂，而后以板镶之。即花与棂，亦难合造，须使花自花而棂自棂，先分后合。其连接处，各损少许以就之，或以钉钉，或以胶粘，务期可久。（图4-05　原图五）

便面窗花卉式、　便面窗虫鸟式

诸式止备其概，馀可类推。然此皆为窗外无景，求天然者不得，故以人力补之；若远近风物尽有可观，则焉用此碌碌为哉？昔人云："会心处正不在远。"[⑧]若能实具一段闲情，一双慧眼，则过目之物尽是画图，入耳之声无非诗料。譬如我坐窗内，人行窗外，无论见少年女子是一幅美人图，即见老妪白叟扶杖而来，亦是名人画幅中必不可无之物；见婴儿群戏是一幅百子图，即见牛羊并牧、

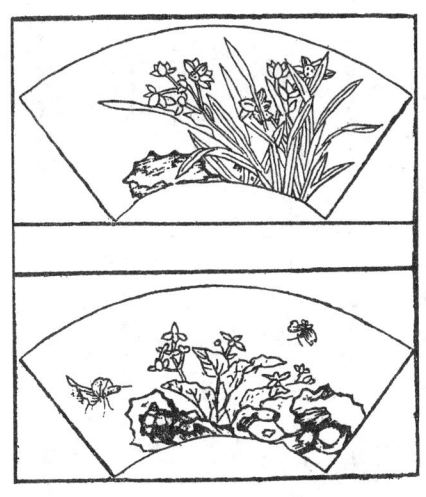
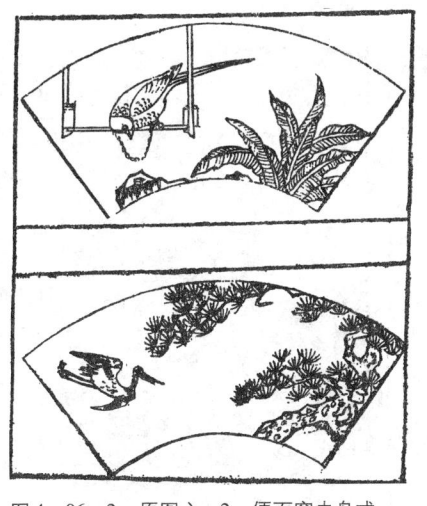

图4-06-1 原图六-1 便面窗花卉式（二图）

图4-06-2 原图六-2 便面窗虫鸟式（二图）

鸡犬交哗，亦是词客文情内未尝偶缺之资。"牛溲马渤，尽入药笼"，予所制便面窗，即雅人韵士之药笼也。（图4-06-1 原图六-1、图4-06-2 原图六-2）

此窗若另制纱窗一扇，绘以灯色花鸟，至夜篝灯^⑨于内，自外视之，又是一盏扇面灯。即日间自内视之，光彩相照，亦与观灯无异也。

山水图窗

凡置此窗之屋，进步宜深，使座客观山之地去窗稍远，则窗之外廊为画，画之内廊为山，山与画连，无分彼此，见者不问而知为天然之画矣。浅促之屋，坐在窗边，势必倚窗为栏，身之大半出于窗外，但见山而不见画，则作者深心有时埋没，非尽善之制也。（图4-07 原图七）

闲情偶寄 239

图4-07 原图七 山水图窗

图4-08 原图八 尺幅窗图式

尺幅窗图式

尺幅窗图式,最难摹写。写来非似真画,即似真山,非画上之山与山中之画也。前式虽工,虑观者终难了悟,兹再绘一纸,以作副墨⑩。且此窗虽多开少闭,然亦间有闭时;闭时用他楅⑪他棂,则与画意不合,丑态出矣。必须照式大小,作木楅一扇,以名画一幅裱之,嵌入窗中,又是一幅真画,并非"无心画"与"尺幅窗"矣。但观此式,自能了然。(图4-08 原图八)

裱楅如裱回屏,托以麻布及厚纸,薄则明而有光,不成画矣。

梅窗

制此之法,总论已备之矣,其略而不详者,止有取老干作外廓一事。外廓者,窗之四面,即上下两旁是也。若以整木为之,则向内者古朴可爱,而向外一面屈曲不平,以之着墙,势难贴伏。必取整木一段,分中锯开,以有锯路者着墙,天然未斫者向内,则天巧人工,俱有所用之矣。(图4-09 原图九)

图4-09 原图九 梅窗

[注释]

①便面：古代人用来遮挡面部的扇状物件。《汉书·张敞传》云："自以便面拊马。"前人注解说："便面，所以障面，盖扇之类也。不欲见人，以此自障面，则得其便，故曰便面，亦曰屏面。"后世也称团扇或折扇为便面。

②咄咄怪事：见前《词曲部·音律第三》注⑰。

③浮白轩：李渔在南京的别墅"芥子园"中的一处建筑，其友人程邃（穆倩）赠虚白匾，题额名曰"浮白轩"。参见后文《联匾第四·虚白匾》。

④须弥芥子：佛教语。《维摩经·不思议品中》云："芥子纳须弥，须弥至大至高，芥子至微至小，岂可芥子之内入得须弥山乎？"又云："若菩萨住是解脱者，以须弥之高广，内芥子中，无所增减，须弥山王本相如故。"本意是说诸相非真，巨细可以相容，后世多以此语比喻小处可以容大。李渔在南京建别墅名为芥子园，即取此意。其《笠翁一家言文集》卷四《芥子园杂联》前有小序云："此予金陵别业也。地止一丘，故名'芥

闲情偶寄 241

子',状其微也。往来诸公,见其稍具丘壑,谓取'芥子纳须弥'之义,其然岂其然乎?"又《笠翁一家言文集》卷三有《与龚芝麓大宗伯》书信一封,原刊本有眉评云:"尤展成评:入芥子园者,见所未见,读《闲情偶寄》一书者,闻所未闻。使得市隐名园,展其胸中丘壑,更不知作何等奇观。"

⑤杖头钱:《世说新语·任诞》云:"阮宣子(脩)常步行,以百钱挂杖头,至酒店便独酣畅。"本文中李渔借用此词指花费不多。

⑥己酉之夏:即康熙八年己酉(1669)的夏天。李渔的芥子园建成于此年的初夏。龚鼎孳为李渔所题"芥子园"匾额,署曰"己酉初夏为笠翁道兄书",可证。见后《联匾第四·碑文额》。

⑦栖云谷:李渔的别墅"芥子园"中的一处景观。其友人方亨咸赠石光匾,题额名曰"栖云谷"。见后《联匾第四·石光匾》。

⑧会心处正不在远:《世说新语·言语》记晋简文帝司马昱云:"简文入华林园,顾谓左右曰:会心处不必在远。翳然林水,便自有濠、濮间想也,觉鸟兽禽鱼自来亲人。"此处引文略有差异。

⑨篝灯:即灯笼。因灯笼外面装有竹编并糊有纸的挡风笼子,故称篝灯。

⑩副墨:即按原文多誊写一份作为备用的副本。此处指备用的画稿。

⑪槅(gé):窗上用木条制成的格子。清代顾张思《土风录》卷四《槅子》有较详细的记述。

墙壁第三

"峻宇雕墙","家徒壁立"①,昔人贫富,皆于墙壁间辨之。故富人润屋②,贫士结庐,皆自墙壁始。墙壁者,内外攸分而人我相半者也。俗云:"一家筑墙,两家好看。"居室器物之有公道者,惟墙壁一种,其馀一切皆为我之学也。然国之宜固者城池,城池固而国始固;家之宜坚者墙壁,墙壁坚而家始坚。其实为人即是为己,人能以治墙壁之一念治其身心,则无往而不利矣。人笑予止务闲情,不喜谈禅讲学,故偶为是说以解嘲,未审有当于理学名贤及善知识③否也。

[注释]

①家徒壁立:形容家贫穷一无所有。《史记·司马相如列传》云:"相如乃与驰归成都,家居徒四壁立。"司马贞索隐云:"徒,空也。家空无资储,但有四壁而已。"

②润屋:使居室华丽生辉。见前《声容部·治服第三》注⑤。

③善知识:佛教语,意为了悟一切知识、高明出众的人。《释氏要览》卷上《称谓·善知识》引《摩诃般若经》云:"能说空、无相、无作、无生、无灭法及一切种智,令人心入欢喜信乐,是名善知识。"明代陈沂撰有杂剧《善知识苦海回头》,剧名即用此概念。

界　墙

界墙者,人我公私之畛域①,家之外廓是也。莫妙于乱石垒成,不限大小方圆之定格,垒之者人工,而石则造物生成之本质也。其次则为石子。石子亦系生成，而次于乱石者，以其有圆无方，似执一见，虽属天工，而近于人力故耳。然论二物之坚固，亦复有差；若云美人入画，则彼此兼擅其长矣。此惟傍山邻水之处得以有之，陆地平原，知其美而不能致也。予见一老僧建寺，就石工斧凿之馀，收取零星碎石几及千担，垒成一壁，高广皆过十仞，嶙峋崭绝，光怪陆离，大有峭壁悬崖之致。此僧诚韵人也。迄今三十馀年，此壁犹时时入梦，其系人思念可知。砖砌之墙，乃八方公器，其理其法，是人皆知，可以置而弗道。至于泥墙土壁，贫富皆宜，极有萧疏雅淡之致，惟怪其跟脚过肥，收顶太窄，有似尖山，又且或进或出，不能如砖墙一截而齐，此皆主人监督之不善也。若以砌砖墙挂线之法，先定高低出入之痕，以他物建标于外，然后以筑板因之，则有旃墙粉堵②之风，而无败壁颓垣之象矣。

[注释]

①畛域：范围，界限。《庄子·秋水》云："泛泛乎，其若四方之无穷，其无所畛域。"本文指私家房宅与外边的界限。

②旃墙粉堵：旃墙，用毡围成的墙。粉堵，用石灰粉刷的墙。旃墙粉堵泛指建制考究的墙壁。

女　墙

《古今注》云："女墙者，城上小墙。一名睥睨，言于城上窥人也。"①予以私意释之，此名甚美，似不必定指城垣，凡户以内之及肩小墙，皆可以此名之。盖女者，妇人未嫁之称，不过言其纤小，若定指城上小墙，则登城御敌，岂妇人女子之事哉？至于墙上嵌花或露孔，使内外得以相视，如近时园圃所筑者，益可名为女墙，盖仿睥睨之制而成者也。其法穷奇极巧，如《园冶》②所载诸式，殆无遗义矣。

但须择其至稳极固者为之，不则一砖偶动，则全壁皆倾，往来负荷者，保无一时误触之患乎？坏墙不足惜，伤人实可虑也。予谓自顶及脚皆砌花纹，不惟极险，亦且大费人工。其所以洞彻内外者，不过使代琉璃屏，欲人窥见室家之好耳。止于人眼所瞩之处，空二三尺，使作奇巧花纹，其高乎此及卑乎此者，仍照常实砌，则为费不多，而又永无误触致崩之患。此丰俭得宜，有利无害之法也。

[注释]

①此段引文，晋崔豹《古今注》及五代马缟《中华古今注》都未见，李渔所记有误。睥睨（bìnì）：或作埤堄、埤䀹、陴䀹，古代城墙上有瞭望孔的短墙。今查《释名》，卷五《释宫室》云："上垣曰睥睨，言于其孔中睥睨非常也。亦曰陴，陴，裨也，言裨助城之高也。亦曰女墙，言卑小比之于城，若女子之于丈夫也。"

②《园冶》：明末计成所撰作的一种介绍庭园建置与观赏的著作，共3卷，今存于《喜咏轩丛书》戊编。

厅　壁

厅壁不宜太素，亦忌太华。名人尺幅自不可少，但须浓淡得宜，错综有致。予谓裱轴不如实贴。轴虑风起动摇，损伤名迹，实贴则无是患，且觉大小咸宜也。实贴又不如实画，"何年顾虎头，满壁画沧州"①，自是高人韵事。予斋头偶仿此制，而又变幻其形，良朋至止，无不耳目一新，低回留之不能去者。因予性嗜禽鸟，而又最恶樊笼，二事难全，终年搜索枯肠，一悟遂成良法。乃于厅旁四壁，倩四名手，尽写着色花树，而绕以云烟，即以所爱禽鸟，蓄于虬枝老干之上。画止空迹，鸟有实形，如何可蓄？曰：不难，蓄之须自鹦鹉始。从来蓄鹦鹉者必用铜架，即以铜架去其三面，止存立脚之一条，并饮水啄粟之二管。先于所画松枝之上，穴一小小壁孔，后以架鹦鹉者插入其中，务使极固，庶往来跳跃，不致动摇。松为着色之松，鸟亦有色之鸟，互相映发，有如一笔写成。良朋至止，仰观壁画，忽见枝头鸟动，叶底翎张，无不色变神飞，诧为仙笔；乃惊疑未定，又复载飞载鸣②，似欲翱翔而下矣。谛观熟视，方知个里情形，有不抵掌叫绝，而称巧夺天工者乎？若四壁尽蓄鹦鹉，又忌雷同，势必间以他鸟。鸟之善鸣者，推画眉第一。然鹦鹉之笼可去，画眉之笼不可去也，将奈之何？予又有一法：取树枝之拳曲似龙者，截取一段，密者听其自如，疏者网以铁线，不使太疏，亦不使太密，总以不致飞脱为主。蓄画眉于中，插之亦如前法。此声方歇，彼喙复开；翠羽初收，丹睛复转。因禽鸟之善鸣善啄，觉花树之亦动亦摇；流水不鸣而似鸣，高山是寂而非寂。座客别去者，皆作殷浩书空，谓咄咄怪事③，无有过此者矣。

[注释]

①何年顾虎头，满壁画沧州：顾虎头，即晋代画家顾恺之。此二句是杜甫《题玄武禅师屋壁》中的句子，原诗云："何年顾虎头，满壁画沧州。赤日石林气，青天江海流。锡飞常近鹤，杯渡不惊鸥。似得庐山路，真随惠远游。"见《全唐诗》卷二二七及《千家诗》。

②载飞载鸣：描述鸟儿边飞边鸣的神态。语出《诗经·小雅·小宛》："题彼脊令，载飞载鸣。"

③咄咄怪事：见前《词曲部·音律第三》注⑰。

书房壁

书房之壁，最宜潇洒。欲其潇洒，切忌油漆。油漆二物，俗物也，前人不得已而用之，非好为是沾沾者。门户窗棂之必须油漆，蔽风雨也；厅柱榱楹之必须油漆，防点污也。若夫书室之内，人迹罕至，阴雨弗浸，无此二患而亦蹈此辙，是无刻不在桐腥漆气之中，何不并漆其身而为厉①乎？石灰垩壁，磨使极光，上着也；其次则用纸糊。纸糊可使屋柱窗楹共为一色，即壁用灰垩，柱上亦须纸糊，纸色与灰，相去不远耳。壁间书画自不可少，然粘贴太繁，不留馀地，亦是文人俗态。天下万物，以少为贵。步嶂②非不佳，所贵在偶尔一见，若王恺之四十里，石崇之五十里，则是一日中哄市，锦绣罗列之肆廛而已矣。看到繁缛处，有不生厌倦者哉？昔僧玄览住荆州陟屺寺，张璪画古松于斋壁，符载赞之，卫象诗之，亦一时三绝，览悉加垩焉。人问其故，览曰："无事疥吾壁也。"③诚高僧之言，然未免太甚。若近时斋壁，长笺短幅尽贴无遗，似冲繁道上之旅肆，往来过客无不留题，所少者只有一笔。一笔维何？"某年月日某人同某在此一乐"是也。此真疥壁，吾请以玄览之药药之。

糊壁用纸，到处皆然，不过满房一色白而已矣。予怪其物而不化，窃欲新之。新之不已，又以薄蹄变为陶冶④，幽斋化为窑器，虽居室内，如在壶中，又一新人观听之事也。先以酱色纸一层糊壁作底，后用豆绿云母笺，随手裂作零星小块，或方或扁，或短或长，或三角或四五角，但勿使圆，随手贴于酱色纸上，每缝一条，必露出酱色纸一线，务令大小错杂，斜正参差，则贴成之后，满房皆冰裂碎纹，有如哥窑⑤美器。其块之大者，亦可题诗作画，置于零星小块之间，有如铭钟勒卣⑥，盘上作铭，无一不成韵事。问予所费几何，不过于寻常纸价之外，多一二剪合之工而已。同一费钱，而有庸腐新奇之别，止在稍用其心。"心之官则思。"⑦如其不思，则焉用此心为哉？

糊纸之壁，切忌用板。板干则裂，板裂而纸碎矣。用木条纵横作楅，如围屏之骨子然。前人制物备用，皆经屡试而后得之，屏不用板而用木楅，即是故也。即如糊刷用棕，不用他物，其法亦经屡试，舍此而另换一物，则纸与糊两不相能，非厚薄之不均，即刚柔之太过，是天生此物以备此用，非人不能取而予之。人知巧莫巧于古人，孰知古人于此亦大费辛勤，皆学而知之，非生而知之者也。

壁间留隙地，可以代橱。此仿伏生藏书于壁⑧之义，大有古风，但所用有不合于古者。此地可置他物，独不可藏书，以砖土性湿，容易发潮，潮则生蠹，且防朽烂故也。然则古人藏书于壁，殆虚语乎？曰：不然。东南西北，地气不同，此法止宜于西北，不宜于东南。西北地高而风烈，有穴地数丈而始得泉者。湿从水出，水既不得，湿从何来？即使有极潮之地，而加以极烈之风，未有不返湿为燥者。故壁间藏书，惟燕赵秦晋则可，此外皆应避之。即藏他物，亦宜时开时阖，使受风吹；久闭不开，亦有霾湿生虫之患。莫妙于空洞其中，止设托板，不立门扇，仿佛书架之形，有其用而不侵吾地，且有磐石之固，莫能摇动。此妙制善算，居家必不可无者。予又有壁内藏灯之法，可以养目，可以省膏，可以一物而备两室之用，取以公世，亦贫士利人之一端也。我辈长夜读书，灯光射目，最耗元神。有用瓦灯贮火，留一隙之光，仅照书本，馀皆闭藏于内而不用者。予怪以有用之光置无用之地，犹之暴殄天物，因效匡衡凿壁⑨之义，于墙上穴一小孔，置灯彼屋而光射此房，彼行彼事，我读我书，是一灯也，而备全家之用，又使目力不竭于焚膏⑩，较之瓦灯，其利奚止十倍？以赠贫士，可当分财。使予得拥厚资，其不吝亦如是也。

[注释]

①漆其身而为厉：这是春秋时期豫让的典故。《史记·刺客列传》："豫让又漆身为厉，吞炭为哑。"

②步幛：即步障。古代富贵人家出行时用来遮避风尘或者障蔽内外的屏幕，晋代比较流行。《世说新语·汰侈》记载："君夫（王恺）作紫丝布步

障、碧绫里四十里,石崇作锦步障五十里以敌之。""步障"也作"步鄣"。

③无事疥吾壁也:此故事见唐段成式《酉阳杂俎》前集卷十二《语资》:"大历末,禅师玄览住荆州陟屺寺,道高有风韵,人不可得而亲。张璪尝画古松于斋壁,符载赞之,卫象诗之,亦一时三绝,览悉加垩焉。人问其故,览曰:'无事疥吾壁也。'"此故事后人多有引述,如宋代董逌《广川画跋》卷一《书惠林禅师松林图》等。

④薄蹄变为陶冶:薄,竹子编成的器具。《荀子·礼论》云:"陶器不成物,薄器不成内。"前人注云:"薄器,竹苇之器。"蹄,竹制的捕兔的器具。《庄子·外物》云:"蹄者所以在兔,得兔而忘蹄。"陶冶,烧制的陶器或冶炼的金属器具。"薄蹄变为陶冶",指房间中隔墙所用的材料越来越坚固,由竹制的变为瓷器或金属的。

⑤哥窑:宋代瓷窑名。窑址在今浙江龙泉市南七十里华琉山下。南宋人章生一、生二兄弟在这里烧制瓷器,生一所制瓷器称为哥窑,生二所制瓷器称为弟窑。哥窑瓷器更加精致工巧,名扬天下。

⑥卣(yǒu):商周时的礼器,即中型的酒樽,有铭文者更为可贵。

⑦心之官则思:出自《孟子·告子上》:"心之官则思,思则得之,不思则不得也。"意思是说,心作为人身体的重要器官,就是用来进行思考的,思考就能得到正理,不思考就不能得到。

⑧伏生藏书于壁:伏生,秦汉之际济南人,名胜,字子贱,秦朝时曾官博士。秦始皇下令焚书,伏生把儒家经典著作《尚书》藏于夹壁中,汉朝建立之后,他取出观看,只存29篇,是用隶书写成的,后世称之为"今文尚书"。见《史记·儒林列传》。

⑨匡衡凿壁:刘歆《西京杂记》记载:"匡衡字稚圭,勤学而无烛,邻舍有烛而不逮,衡乃穿凿引其光,以书映光而读之。"后世即以凿壁偷光作为家贫读书的典故。

⑩焚膏:膏,油脂,指灯烛。韩愈《进学解》云:"焚膏油以继晷,恒兀兀以穷年。"后来就以焚膏指点灯读书。

闲情偶寄 249

联匾第四

　　堂联斋匾，非有成规。不过前人赠人以言，多则书于卷轴，少则挥诸扇头；若止一二字、三四字，以及偶语一联，因其太少也，便面难书，方策不满，不得已而大书于木。彼受之者，因其坚巨难藏，不便内之笥中，欲举以示人，又不便出诸怀袖，亦不得已而悬之中堂，使人共见。此当日作始者偶然为之，非有成格定制，画一而不可移也。讵料一人为之，千人万人效之，自昔徂今，莫知稍变。夫礼乐制自圣人，后世莫敢窜易，而殷因夏礼，周因殷礼，尚有损益于其间，矧器玩竹木之微乎？予亦不必大肆更张，但效前人之损益可耳。锢习繁多，不能尽革，姑取斋头已设者，略陈数则，以例其馀。非欲举世则而效之，但望同调者各出新裁，其聪明什佰于我。投砖引玉，正不知导出几许神奇耳。

　　有诘予者曰："观子联匾之制，佳则佳矣，其如挂一漏万何？由子所为者而类推之，则《博古图》①中，如樽罍、琴瑟、几杖、盘盂之属，无一不可肖像而为之，胡仅以寥寥数则为也？"予曰：不然。凡予所为者，不徒取异标新，要皆有所取义。凡人操觚握管②，必先择地而后书之，如古人种蕉代纸③，刻竹留题，册上挥毫，卷头染翰，剪桐作诏④，选石题诗，是之数者，皆书家固有之物，不过取而予之，非有蛇足于其间也。若不计可否而混用之，则将来牛鬼蛇神无一不备，予其作俑之人乎！

　　图中所载诸名笔，系绘图者勉强肖之，非出其人之手。缩巨为细，自失原神，观者但会其意可也。

[注释]

①《博古图》：宋代王黼等奉宋徽宗之命编撰的关于古器物杂考的图书，有十卷本和三十卷本两种。

②操觚握管：操觚即执简，握管即执笔，古文中常以操觚握管代指文士的写作生涯。

③种蕉代纸：唐代书法家怀素的典故。宋陶谷《清异录》卷上《草木门·绿天》一则记云："怀素居零陵庵东郊，治芭蕉，亘带数万。取叶代纸而书，号其所曰'绿天庵'，曰种纸。"《说郛》卷一二〇《绿天》一则记与此同。

④剪桐作诏：剪桐叶作诏书的典故，"剪"亦作"翦"。周成王与其弟叔虞小时候一同玩耍，用桐叶剪作圭的形状给唐虞说："把这个封给你。"周公说天子无戏言，于是就把唐虞封于晋。见《史记·晋世家》。《吕氏春秋·重言》亦有记述。

蕉叶联①

蕉叶题诗，韵事也；状蕉叶为联，其事更韵。但可置于平坦贴服之处，壁间门上皆可用之，以之悬柱则不宜，阔大难掩故也。其法先画蕉叶一张于纸上，授木工以板为之，一样二扇，一正一反，即不雷同。后付漆工，令其满灰密布，以防碎裂。漆成后，始书联句，并画筋纹。蕉色宜绿，筋色宜黑，字则宜填石黄，始觉陆离可爱，他色皆不称也。用石黄乳金更妙，全用金字则太俗矣。此匾悬之粉壁，其色更显，可称"雪里芭蕉"②。（图4-10-原图十）

[注释]

①蕉叶联：制作为蕉叶形状的对联。本节图示蕉叶联，是李渔的朋友包璿题赠，包或作郎。对联为："般般制作皆奇，岂止文章惊海内；处处逢迎不绝，非徒车马驻江干。"上联落款为"山阴郎璿题赠"，下联落款为"笠翁先生"。

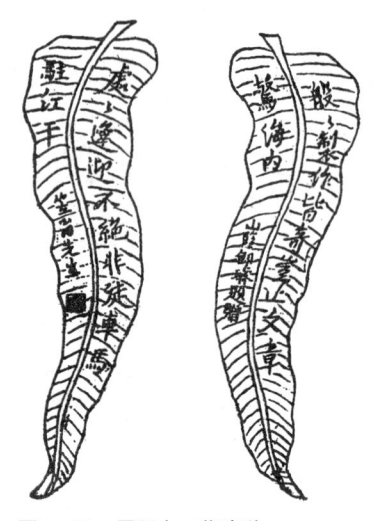

图4-10　原图十　蕉叶联

郎璲,字冶山,号星玉,浙江山阴(今绍兴)人,曾为李渔的《笠翁一家言文集》作序。李渔《笠翁一家言诗词集》卷一有五言律诗《赠郎冶山》。

②雪里芭蕉:唐代诗人画家王维有传世名画《雪里芭蕉图》。李渔把此蕉叶联挂于粉壁上,亦借用此名相称。

此君联①

"宁可食无肉,不可居无竹。"②竹可须臾离乎?竹之可为器也,自楼阁几榻之大,以至笥奁杯箸之微,无一不经采取,独至为联为匾诸韵事弃而弗录,岂此君之幸乎?用之请自予始。截竹一筒,剖而为二,外去其青,内铲其节,磨之极光,务使如镜,然后书以联句,令名手镌之,掺以石青或石绿,即墨字亦可。以云乎雅,则未有雅于此者;以云乎俭,亦未有俭于此者。不宁惟是,从来柱上加联,非板不可,柱圆板方,柱窄板阔,彼此抵牾,势难贴服,何如以圆合圆,纤毫不谬,有天机凑泊之妙乎?此联不用铜钩挂柱,用则多此一物,是为赘瘤。止用铜钉上下二枚,穿眼实钉,勿使动移。其穿眼处,反择有字处穿之,钉钉后仍用掺字之色补于钉上,混然一色,不见钉形尤妙。钉蕉叶联亦然。(图4-11 原图十一)

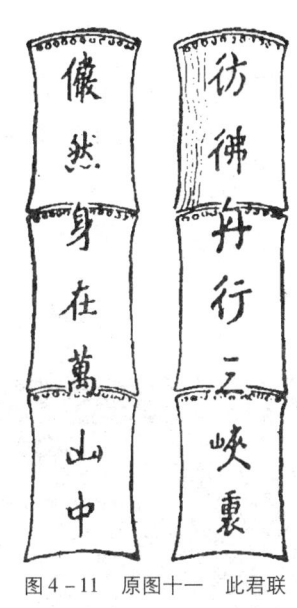

图4-11 原图十一 此君联

[注释]

①此君联:用竹子制作的对联,"此君"即竹。《世说新语·任诞》云:"王子猷(徽之)尝暂寄人空宅住,便令种竹。或问:'暂住何烦尔?'王啸咏良久,直指竹曰:'何可一日无此君!'"于是后世文人便称竹为"此君"。本节用竹制作的一副对联,其文曰:"仿佛舟行三峡里,俨然身在万山中。"当是李渔自己制作。

②此二句是苏轼《于潜僧绿筠轩》诗中的句子,原诗为:"宁可食无肉,不可居无竹。无肉令人瘦,无竹令人俗。人瘦尚可肥,俗士不可医。旁人笑此言,似高还似痴。"见《东坡诗集注》卷二十九。

碑文额①

三字额，平书者多，间有直书者，匀作两行。匾用方式，亦偶见之。然皆白地黑字，或青绿字。兹效石刻为之，嵌于粉壁之上，谓之匾额可，谓之碑文亦可。名虽石，不果用石，用石费多而色不显，不若以木为之。其色亦不仿墨刻之色，墨刻色暗，而远视不甚分明。地用黑漆，字填白粉，若是则值既廉，又使观者耀目。此额惟墙上开门者宜用之，又须风雨不到之处。客之至者，未启双扉，先立漆书壁经之下，不待搴帷②入室，已知为文士之庐矣。（图4-12　原图十二）

图4-12　原图十二　碑文额

[注释]

①碑文额：制作成碑文式样的匾额。本节图示的三字碑文额，是龚鼎孳为李渔的芥子园所题，落款为"己酉初夏为笠翁道兄书，龚鼎孳"，即康熙八年（1669）夏天所题。龚鼎孳，见前《词曲部·音律第三》注⑲。

②搴（qiān）帷：搴，撩开，揭起，或作"攓"。搴帷，即撩开帐幕观看里边的情形。

手卷额①

额身用板，地用白粉，字用石青石绿，或用炭灰代墨，无一不可。与寻常匾式无异，止增圆木二条，缀于额之两旁，若轴心然。左画锦纹，以象装潢之色；右则不宜太工，但象托画之纸色而已。天然图卷，绝无穿凿之痕，制度之善，庸有过于此者乎？眼前景，手头物，千古无人计及，殊可怪也。（图4－13　原图十三）

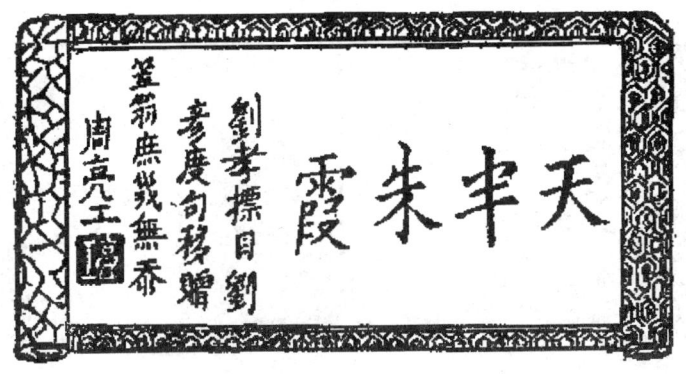

图4－13　原图十三　手卷额

[注释]

①手卷额：手卷式样的匾额。手卷，本节图示的手卷额，是周亮工为李渔题写。其文曰："天半朱霞，刘孝标目刘彦度句，移赠笠翁庶几无忝，周亮工。"周亮工，见前《房舍第一》注⑪。碑文"天半朱霞"，见《南史·刘讦传》："族祖孝标与书称之曰：'讦超超绝俗，如半天朱霞，歘矫矫出尘，如云中白鹤。皆俭岁之粱稷，寒年之纤纩。'"

册页匾①

用方板四块，尺寸相同，其后以木绾之。断而使续，势取乎曲，然勿太曲。边画锦纹，亦象装潢之色。止用笔画，勿用刀镌，镌者粗略，反不似笔墨精工。且和油入漆，着色为难，不若画色之可深可浅，随取随得也。字则必用刲劂②。各有所宜，混施不可。（图4-14　原图十四）

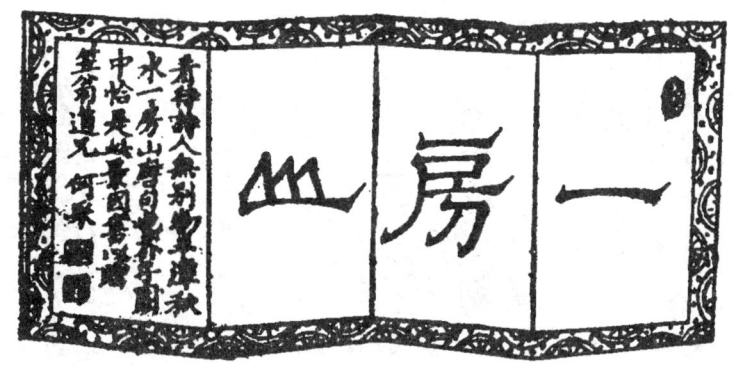

图4-14　原图十四　册页匾

[注释]

①册页匾：制作成册页式样的匾额。此册页匾是何采为李渔题写。何采，见前《房舍第一》注⑦。此匾题字曰"一房山"，后题小字云："看待诗人无别物，半潭秋水一房山，唐句也。芥子园中恰是此景，因书以赠笠翁道兄，何采。"所谓唐句，本是唐代李洞《山居喜友人见访》诗中的句子。李洞，字才江，京兆人，唐朝宗室。原诗云："入云晴飐茯苓还，日暮逢迎木石间。看待诗人无别物，半潭秋水一房山。"见《全唐诗》卷七二三。

②刲劂（jī jué）：刻刀。《楚辞·哀时命》："握刲劂而不用兮，操规榘而无所施。"前人注云："应劭曰：刲，曲刀；劂，曲凿。"

虚白匾[1]

"虚室生白"[2],古语也。且无事不妙于虚,实则板矣。用薄板之坚者,贴字于上,镂而空之,若制糖食果馅之木印。务使二面相通,纤毫无障。其无字处,坚以灰布,漆以退光。俟既成后,贴洁白绵纸一层于字后。木则黑而无泽,字则白而有光,既取玲珑,又类墨刻,有匾之名,去其迹矣。但此匾不宜混用,择房舍之内暗外明者置之。若屋后有光,则先穴通其屋,以之向外,不则置于入门之处,使正面向内。从来屋高门矮,必增横板一块于门之上。以此代板,谁曰不佳?(图4-15 原图十五)

图4-15 原图十五 虚白匾

[注释]

①虚白匾:指镂成白痕的阴文字匾额。本节图示的虚白匾,是程邃为李渔题赠。程邃(1605—1691),字穆倩,歙县人,占籍江宁(今南京)。明末诸生,入清未出仕,工诗善画。著作有《萧然吟》《会心吟》等。李渔与他交往密切,有《担灯行赠程子穆倩》《食笋歌又赠程子穆倩》等诗,俱见《笠翁一家言诗集》卷一。此匾题字为"浮白轩",落款为"笠翁先生属书,程邃"。浮白轩是李渔芥子园中的一处轩堂,见前《窗栏第二·取景在借》一节。

②虚室生白:语出《庄子·人间世》:"瞻彼阕者,虚室生白,吉祥止止。"

石光匾[①]

即"虚白"一种，同实而异名。用于磊石成山之地，择山石偶断处，以此续之。亦用薄板一块，镂字既成，用漆涂染，与山同色，勿使稍异。其字旁凡有隙地，即以小石补之，粘以生漆，勿使见板。至板之四围，亦用石补，与山石合成一片，无使有甓䃜[②]之痕，竟似石上留题，为后人凿穿以存其迹者。字后若无障碍，则使通天，不则亦贴绵纸，取光明而塞障碍。（图4-16 原图十六）

图4-16 原图十六 石光匾

[注释]

①石光匾：形式同虚白匾。本节图示的石光匾，是方亨咸为李渔题赠。方亨咸，字吉偶，号邵村，安徽桐城人，方拱乾（字坦庵）次子。顺治四年（1647）进士，历官主事、郎中、陕西道御史。李渔《耐歌词》中有《好时光》12首，是对于方亨咸《春词》的和作。此匾题字为"栖云谷"，后题署"弟亨咸"。栖云谷是李渔芥子园中的一处景观，见前《窗栏第二·

取景在借》一节。

②襞襀：修饰、装点，或作"襞积"。

秋叶匾[1]

御沟题红[2]，千古佳事；取以制匾，亦觉有情。但制红叶与制绿蕉有异：蕉叶可大，红叶宜小；匾取其横，联妙在直。是亦不可不知也。（图4-17　原图十七）

图4-17　原图十七　秋叶匾

[注释]

①秋叶匾：秋叶形状的匾额。本节图示的秋叶匾，题为"来山阁"，这是李渔芥子园中一处阁名。落款为"延初"，其人不详。单锦珩《李渔年谱》云："延初，已知友人中无此字号者，同时人李长祚字延初，句容籍，扬州兴化人，明遗民，或即其人。"可参考。见《李渔全集》第十九卷，浙江古籍出版社1991年版，第68页。

②御沟题红：即红叶题诗故事。唐宋两代笔记小说记红叶题诗故事有多处。《本事诗》谓是顾况事，《云溪友议》谓是卢渥事，《北梦琐言》谓是李茵事，《玉溪编事》谓是侯继图事，《青琐高议》谓是于佑事，《补侍儿小名录》谓是贾全虚事。元明时又有杂剧与传奇多种演此故事。明郎瑛《七修类稿·辩证类上·红叶诗》有较详考证。

山石第五

　　幽斋磊石，原非得已。不能致身岩下，与木石居，故以一卷代山，一勺代水，所谓无聊之极思也。然能变城市为山林，招飞来峰①使居平地，自是神仙妙术，假手于人以示奇者也，不得以小技目之。且磊石成山，另是一种学问，别是一番智巧。尽有丘壑填胸②、烟云绕笔之韵士，命之画水题山，顷刻千岩万壑，及倩磊斋头片石，其技立穷，似向盲人问道者。故从来叠山名手，俱非能诗善绘之人。见其随举一石，颠倒置之，无不苍古成文，纡回入画，此正造物之巧于示奇也。譬之扶乩召仙，所题之诗与所判之字，随手便成法帖③，落笔尽是佳词，询之召仙术士，尚有不明其义者。若出自工书善咏之手，焉知不自人心捏造？妙在不善咏者使咏，不工书者命书，然后知运动机关，全由神力。其叠山磊石，不用文人韵士，而偏令此辈擅长者，其理亦若是也。然造物鬼神之技，亦有工拙雅俗之分，以主人之去取为去取。主人雅而取工，则工且雅者至矣；主人俗而容拙，则拙而俗者来矣。有费累万金钱，而使山不成山、石不成石者，亦是造物鬼神作祟，为之摹神写像，以肖其为人也。一花一石，位置得宜，主人神情已见乎此矣，奚俟察言观貌，而后识别其人哉？

[注释]

　　①飞来峰：山峰名，在杭州灵隐山东南。《舆地记》云："晋咸和中，西僧慧理登此山，叹曰：'此是中天竺国灵鹫山之小岭，不知何年飞来。'因号其峰曰飞来，亦名灵鹫峰。"

　　②丘壑填胸：丘壑，本义指深山幽谷。宋黄庭坚《题子瞻枯木》诗云：

"胸中元自有丘壑，故作老木蟠风霜。"见《豫章集》卷五。诗意以丘壑比喻画家画山水画时在心中的构思布局，后人也由此称人的思虑深远为"胸有丘壑"。

③法帖：名家书法作品的拓本或者印本，如《淳化阁法帖》《历代帝王名臣法帖》等。

大　山

山之小者易工，大者难好。予邀游一生，遍览名园，从未见有盈亩累丈之山，能无补缀穿凿之痕，遥望与真山无异者。犹之文章一道，结构全体难，敷陈零段易。唐宋八大家之文，全以气魄胜人，不必句栉字笓，一望而知为名作。以其先有成局，而后修饰词华，故粗览细观同一致也。若夫间架未立，才自笔生，由前幅而生中幅，由中幅而生后幅，是谓以文作文，亦是水到渠成之妙境；然但可近视，不耐远观，远观则襞襀缝纫之痕出矣。书画之理亦然。名流墨迹，悬在中堂，隔寻丈而观之，不知何者为山，何者为水，何处是亭台树木，即字之笔画杳不能辨，而只览全幅规模，便足令人称许。何也？气魄胜人，而全体章法之不谬也。至于累石成山之法，大半皆无成局，犹之以文作文，逐段滋生者耳。名手亦然，矧庸匠乎？然则欲累巨石者，将如何而可？必俟唐宋诸大家复出，以八斗才人，变为五丁力士①，而后可使运斤②乎？抑分一座大山为数十座小山，穷年俯视，以藏其拙乎？曰：不难。用以土代石之法，既减人工，又省物力，且有天然委曲之妙。混假山于真山之中，使人不能辨者，其法莫妙于此。累高广之山，全用碎石，则如百衲僧衣③，求一无缝处而不得，此其所以不耐观也。以土间之，则可泯然无迹，且便于种树。树根盘固，与石比坚，且树大叶繁，混然一色，不辨其为谁石谁土。立于真山左右，有能辨为积累而成者乎？此法不论石多石少，亦不必定求土石相半，土多则是土山带石，石多则是石山带土。土石二物原不相离，石山离土，则草木不生，是童山④矣。

[注释]

①五丁力士：即五位大力士。传说秦惠王打算伐蜀却不识道路，于是造了五个石牛，把金块放在石牛的尾巴下面，扬言石牛会屙金子。蜀王负力信以为真，派五丁把石牛拉回国，于是秦国循踪而发现了通往蜀国的道路，名曰石牛道。见《水经注》卷二十七《沔水》。又一说是秦惠王要献五位美女给蜀王，蜀王派五丁迎五女，途遇一大蛇入山穴中，五丁拉蛇，致使山崩，秦五美女上山皆化为石。见汉扬雄《蜀王本纪》及晋常璩《华阳国志》卷三《蜀志》等。李白《蜀道难》诗中说"地崩山摧壮士死"，"壮士"即指五丁。

②运斤：斤，即斧，竖刃为斧，横刃为斤。运斤，出自《庄子·徐无鬼》"运斤成风"。本文借用"运斤"一词代指实际操作。

③百衲僧衣：僧人穿的百衲衣。百衲，言其补缀之多。

④童山：不生草木之山。语出《管子·国准》："有虞之王，枯泽童山。"

小　山

小山亦不可无土，但以石作为主，而土附之。土之不可胜石者，以石可壁立，而土则易崩，必仗石为藩篱故也。外石内土，此从来不易之法。

言山石之美者，俱在透、漏、瘦三字。此通于彼，彼通于此，若有道路可行，所谓透也；石上有眼，四面玲珑，所谓漏也；壁立当空，孤峙无倚，所谓瘦也。然透、瘦二字在在宜然，漏则不应太甚。若处处有眼，则似窑内烧成之瓦器，有尺寸限在其中，一隙不容偶闭者矣。塞极而通，偶然一见，始与石性相符。

瘦小之山，全要顶宽麓窄，根脚一大，虽有美状，不足观矣。

石眼忌圆，即有生成之圆者，亦粘碎石于旁，使有棱角，以避混全之体。

石纹石色取其相同，如粗纹与粗纹当并一处，细纹与细纹宜在一方，紫碧青红，各以类聚是也。然分别太甚，至其相悬接壤处，反觉异同，不若随取随得，变化从心之为便。至于石性，则不可不依；拂其性而用之，非止不耐观，且难持久。石性维何？斜正纵横之理路是也。

石　壁

假山之好，人有同心；独不知为峭壁，是可谓叶公之好龙矣。山之为地，非宽不可；壁则挺然直上，有如劲竹孤桐，斋头但有隙地，皆可为之。且山形曲折，取势为难，手笔稍庸，便贻大方之诮。壁则无他奇巧，其势有若累墙，但稍稍纡回出入之，其体嶙峋，仰观如削，便与穷崖绝壑无异。且山之与壁，其势相因，又可并行而不悖者。凡累石之家，正面为山，背面皆可作壁。匪特前斜后直，物理皆然，如椅榻舟车之类；即山之本性亦复如是，逶迤其前者，未有不崭绝其后，故峭壁之设，诚不可已。但壁后忌作平原，令人一览而尽。须有一物焉蔽之，使座客仰观不能穷其颠末，斯有万丈悬岩之势，而绝壁之名为不虚矣。蔽之者维何？曰：非亭即屋。或面壁而居，或负墙而立，但使目与檐齐，不见石丈人[①]之脱巾露顶，则尽致矣。

石壁不定在山后，或左或右，无一不可，但取其地势相宜。或原有亭屋，而以此壁代照墙[②]，亦甚便也。

[注释]

①石丈人：对石头的戏称，出自米芾拜石的典故。叶梦得《石林燕语》卷十云，米芾知无为军时，在州廨见立石甚奇，即命具袍笏下拜，呼为"石丈"。又见《梁溪漫志》卷六《米元章拜石》。《宋史》则说米芾拜石时呼石为"石兄"。清初张潮有杂剧《拜石丈》，亦写此故事。

②照墙：古代私家房宅或寺院大门前的一段矮墙，或称照壁，俗称"影门墙"。

石　洞

假山无论大小，其中皆可作洞。洞亦不必求宽，宽则藉以坐人。如其太小，不能容膝，则以他屋联之，屋中亦置小石数块，与此洞若断若连，是使屋与洞混而为一，虽居屋中，与坐洞中无异矣。洞中宜空少许，贮水其中而故作漏隙，使涓滴之声从上而下，旦夕皆然。置身其中者，有不六月寒生，而谓真居幽谷者，吾不信也。

零星小石

贫士之家，有好石之心而无其力者，不必定作假山。一卷特立，安置有情，时时坐卧其旁，即可慰泉石膏肓①之癖。若谓如拳之石亦须钱买，则此物亦能效用于人，岂徒为观瞻而设？使其平而可坐，则与椅榻同功；使其斜而可倚，则与栏杆并力；使其肩背稍平，可置香炉茗具，则又可代几案。花前月下，有此待人，又不妨于露处，则省他物运动之劳，使得久而不坏，名虽石也，而实则器矣。且捣衣之砧，同一石也，需之不惜其费；石虽无用，独不可作捣衣之砧乎？王子猷劝人种竹②，予复劝人立石；有此君不可无此丈③。同一不急之务，而好为是谆谆者，以人之一生，他病可有，俗不可有；得此二物，便可当医，与施药饵济人，同一婆心之自发也。

[**注释**]

①泉石膏肓：意为爱好山水成癖，如病入膏肓。语出《旧唐书·田游岩传》："游岩曰：'臣泉石膏肓，烟霞痼疾。'"

②王子猷劝人种竹：见前《联匾第四·此君联》注①。

③此丈：即石。见前《石壁》一节注①。

卷五　器玩部

制度第一

人无贵贱,家无贫富,饮食器皿,皆所必需。"一人之身,百工之所为备"①,子舆氏尝言之矣。至于玩好之物,惟富贵者需之,贫贱之家,其制可以不问。然而粗用之物,制度果精,入于王侯之家,亦可同乎玩好;宝玉之器,磨砻②不善,传于子孙之手,货之不值一钱。知精粗一理,即知富贵贫贱同一致也。予生也贱,又罹奇穷,珍物宝玩虽云未尝入手,然经寓目者颇多。每登荣庑之堂③,见其辉煌错落者星布棋列,此心未尝不动,亦未尝随见随动,因其材美,而取材以制用者未尽善也。至入寒俭之家,睹彼以柴为扉,以瓮作牖,大有黄虞三代④之风,而又怪其纯用自然,不加区画。如瓮可为牖也,取瓮之碎裂者联之,使大小相错,则同一瓮也,而有哥窑冰裂之纹⑤矣。柴可为扉也,取柴之入画者为之,使疏密中綮,则同一扉也,而有农户儒门之别矣。人谓变俗为雅,犹之点铁成金,惟具山林经济者能此,乌可责之一切?予曰:垒雪成狮,伐竹为马,三尺童子皆优为之,岂童子亦抱经济乎?有耳目即有聪明,有心思即有智巧,但苦自画为愚,未尝竭思穷虑以试之耳。

[注释]

①此语见《孟子·滕文公上》:"且一人之身,而百工之所为备。"下句之"子舆",即孟轲。

②磨砻:打磨器物。"砻"也作"砻"。

③荣庑(wǔ)之堂:高大华美的豪宅。庑,大而美之意。《集韵》云:"庑,一曰大也。"又《诗经·大雅·绵》:"周原膴膴。"前人注解说:"膴膴,美也。"

④黄虞三代：黄虞，黄帝和虞舜时代的合称，三代指夏、商、周。

⑤哥窑冰裂之纹：哥窑，见前《居室部·墙壁第三·书房壁》注⑤。冰裂之纹，指陶瓷器皿在烧制过程中自然形成的如冰破裂似的纹路。哥窑瓷器的特点即是胎细质白，微带灰色，有冰裂纹。

几　案

予初观《燕几图》①，服其人之聪明什佰于我，因自置无力，遍求置此者，讯其果能适用与否，卒之未得其人。夫我竭此大段心思，不可不谓经营惨淡，而人莫之则效者，其故何居？以其太涉繁琐，而且无此极大之屋，尽列其间，以观全势故也。凡人制物，务使人人可备，家家可用，始为布帛菽粟之才，否则售冕旒而沽玉食，难乎其为购者矣。故予所言，务舍高远而求卑近。几案之设，予以庀材②无资，尚未经营及此。但思欲置几案，其中有三小物必不可少。

一曰抽替③。此世所原有者也，然多忽略其事，而有设有不设。不知此一物也，有之斯逸，无此则劳，且可藉为容懒藏拙之地。文人所需，如简牍刀锥、丹铅胶糊之属，无一可少，虽曰司之有人，藏之别有其处，究竟不能随取随得，役之如左右手也。予性卞急④，往往呼童不至，即自任其劳。书室之地，无论远近迂捷，总以举足为烦，若抽替一设，则凡卒急所需之物尽内其中，非特取之如寄，且若有神物俟乎其中，以听主人之命者。至于废稿残牍，有如落叶飞尘，随扫随有，除之不尽，颇为明窗净几之累，亦可暂时藏纳，以俟祝融，所谓容懒藏拙之地是也。知此则不独书案为然，即抚琴观画、供佛延宾之座，俱应有此。一事有一事之需，一物备一物之用。《诗》云"童子佩觿"⑤，《鲁论》云"去丧无所不佩"⑥，人身且然，况为器乎？

一曰隔板，此予所独置也。冬月围炉，不能不设几席。火气上炎，每致桌面台心为之碎裂，不可不预为计也。当于未寒之先，另设活板一块，可用可去，衬于桌面之下，或以绳悬，或以钩挂，或于造桌之时，先作机毂以待之，使之待受火气，焦则另换，为费不多。此珍惜器具之婆心，虑其暴殄天物，以惜福也。

一曰桌撒⑦。此物不用钱买，但于匠作挥斤之际，主人费启口之劳，僮仆用举手之力，即可取之无穷，用之不竭。从来几案与地不能两平，挪移之时必相高低长短，而为桌撒，非特寻砖觅瓦时费辛勤，而且相称为难，非损高以就低，即截长而补短。此虽极微极琐之事，然亦同于临渴凿井，天下古今之通病也，请为世人药之。凡人兴造之际，竹头木屑，何地无之？但取其长不逾寸，宽不过指，而一头极薄，一头稍厚者，拾而存之，多多益善，以备挪台撒脚之用。如台脚所虚者少，则止入薄者，而留其有馀者于脚外，不则尽数入之。是止一寸之木，而备高低长短数则之用，又未尝费我一钱，岂非极便于人之事乎？但须加以油漆，勿露竹头木屑之本形。何也？一则使之与桌同色，虽有若无；一则恐童子扫地之时，不能记忆，仍谬认为竹头木屑而去之，势必朝朝更换，将亦不胜其烦；加以油漆，则知为有用之器而存之矣。只此极细一着，而有两意存焉，况大者乎？劳一人以逸天下，予非无功于世者也。

[注释]

① 《燕几图》：宋黄伯思撰著，介绍"几"式家具的制作。

② 庀（pǐ）材：庀，具备。庀材，即准备好开工需要的各种材料。

③ 抽替：即抽屉。

④ 卞急：性情急躁。《左传·定公三年》："庄公卞急而好洁。"前人注云："卞，躁疾也。"

⑤ 童子佩觿（xī）：《诗经·卫风·芄兰》："芄兰之支，童子佩觿。"前

人注解说:"觿所以解结,成人之佩也。人君治成人之事,虽童子犹佩觿早成其德。"觿,解开绳结的角锥,古时人们佩带在身上以备常用,自儿童时就开始佩带此物。本文以此说明居室之内器物的放置应根据其用途予以适当搭配。

⑥去丧无所不佩:见《论语·乡党》。意思是丧服期满之后什么东西都可以佩带。

⑦桌撒:见前《居室部·窗栏第二·制体宜坚》注②。

椅　杌

器之坐者有三:曰椅、曰杌、曰凳①（图5-01）。三者之制,以时论之,今胜于古,以地论之,北不如南；维扬之木器,姑苏之竹器,可谓甲于古今、冠乎天下矣,予何能赘一词哉！但有二法未备,予特创而补之,一曰暖椅,一曰凉杌。（余澹心云:温凉二座,可称挽回造化、调燮阴阳矣。）予冬月著书,身则畏寒,砚则苦冻,欲多设盆炭,使满室俱温,非止所费不赀,且几案易于生尘,不终日而成灰烬世界。若止设大小二炉以温手足,则厚于四肢而薄于诸体,是一身而自分冬夏,并耳目心思,亦可自号孤臣孽子②矣。计万全而筹尽适,此暖椅之制所由来也。制法列图于后。一物而充数物之用,所利于人者,不止御寒而已也。（此法夏伤生冷,发于秋冬,不可治也。有效之奈何!③）盛暑之月,流胶铄金,以手按之,无物不同汤火,况木能生此者乎？凉杌亦同他杌,但杌面必空其中,有如方匣,四围及底,俱以油灰嵌之,上覆方瓦一片。此瓦须向窑内定烧,江西福建为最,宜兴次之,各就地之远近,约同志数人,敛出其资,倩人携带,为费亦无多也。先汲凉水贮杌内,以瓦盖之,务使下面着水,其冷如冰,热复换水,水止数瓢,为力亦无多也。其不为椅而为杌者,夏月少近一物,少受一物之暑气,四面

图 5-01 椅、机、凳等家具

无障,取其透风;为椅则上段之料势必用木,两胁及肩又有物以障之,是止顾一臀而周身皆不问矣。(余澹心云:心定自凉。)此制易晓,图说皆可不备。

暖椅式(图 5-02 原图十八)

如太师椅而稍宽,彼止取容臀,而此则周身全纳故也。如睡翁椅而稍直,彼止利于睡,而此则坐卧咸宜,坐多而卧少也。前后置门,两旁实镶以板,臀下足下俱用栅。用栅者,透火气也;用板者,使暖气纤毫不泄也;前后置门者,前进人而后进火也。然欲省事,则后门可以不设,进人之处亦可以进火。此椅之妙,全在安抽替于脚栅之下。只此一物,御尽奇寒,使五官四肢均受其利而弗觉。另置扶手匣一具,其前后尺寸,倍于轿内所用者。入门坐定,置此匣于前,以代几案。倍于轿内所用者,欲置笔砚及书本故也。

图5-02　原图十八　暖椅式

抽替以板为之，底嵌薄砖，四围镶铜。所贮之灰，务求极细，如炉内烧香所用者。置炭其中，上以灰覆，则火气不烈而满座皆温，是隆冬时别一世界。（王左车云：阳春有脚④，自设此法，人人坐春风中矣。）况又为费极廉，自朝抵暮，止用小炭四块，晓用二块至午，午换二块至晚。此四炭者，秤之不满四两，而一日之内，可享室暖无冬之福，此其利于身者也。若至利于身而无益于事，仍是宴安之具，此则不然。扶手用板，镂去掌大一片，以极薄端砚补之，胶以生漆，不问而知火气上蒸，砚石常暖，永无呵冻之劳，此又利于事者也。不宁惟是，炭上加灰，灰上置香，坐斯椅也，扑鼻而来者，只觉芬芳竟日，是椅也，而又可以代炉。炉之为香也散，此之为香也聚，由是观之，不止代炉，而且差胜于炉矣。有人斯有体，有体斯有衣，焚此香也，自下而升者能使氤氲透骨，是椅也而又可

图 5-03　孟浩然骑驴踏雪寻梅

代薰笼。薰笼之受衣也，止能数件；此物之受衣也，遂及通身。迹是论之，非止代一薰笼，且代数薰笼矣。（宋澹仙云：暖椅之制，众美毕具，慧心巧思，登峰造极，直名之曰"笠翁椅"。）倦而思眠，倚枕可以暂息，是一有座之床。饥而就食，凭几可以加餐，是一无足之案。游山访友，何烦另觅肩舆，只须加以柱杠，覆以衣顶，则冲寒冒雪，体有馀温，子猷之舟⑤可弃也，浩然之驴⑥（图5-03）可废也，又是一可坐可眠之轿。日将暮矣，尽纳枕簟于其中，不须臾而被窝尽热；晓欲起也，先置衣履于其内，未转睫而襦袴皆温。是身也，事也，床也，案也，轿也，炉也，薰笼也，定省晨昏之孝子也，送暖偎寒之贤妇也，总以一物焉代之。（范文白⑦云：物之新巧，文之奇横，适足相当。）苍颉造字而天雨粟，鬼夜哭⑧，以造化灵秘之气泄尽而无遗也。此制一出，得无重犯斯忌，而重杞人之忧乎？

[注释]

①曰椅、曰杌、曰凳：椅、杌、凳三者的区别是，四脚有靠背者为椅，四脚高腿为凳，四脚矮腿为杌。"杌"，或亦作"兀"。俞樾《茶香室三钞》卷二十七《宋时椅子兀子犹未通行》一则云："宋陆游《老学庵笔记》云：徐敦立言往时士大夫家妇女坐椅子、兀子，则人皆讥笑其无法度。……或云禁中尚用之，但外间不复用耳。按此说则知宋时犹未通行椅子、兀子也。"

②孤臣孽子：《孟子·尽心上》："独孤臣孽子，其操心也危，其虑患也深，故达。"前人注云："孤臣，远臣；孽子，庶子。"

③此条眉评，当承前为余澹心评。

④阳春有脚：比喻能够给人们带来温暖。五代后周王仁裕《开元天宝遗事》卷下《有脚阳春》一则云："宋璟爱民恤物，朝野归美。时人咸谓璟为'有脚阳春'，言所至之处如阳春煦物也。"《幼学琼林》卷一《天文》云："恩可遍施，乃曰阳春有脚。"本文中以此比喻李渔所设计的暖椅。

⑤子猷之舟：晋王徽之，字子猷。《世说新语·任诞》记他于雪夜乘小船访戴逵，造门不前而返，谓："吾本乘兴而行，兴尽而返，何必见戴？"本文借用这个典故，指冒雪访友之舟。

⑥浩然之驴：浩然，即唐代诗人孟浩然，他外出游玩爱骑着一头驴。孟浩然有《唐城馆中早发寄杨使君》诗云："访人留后信，策蹇赴前程。""蹇"即为跛足或驽钝之驴。见《全唐诗》卷一六〇。王维画有《孟浩然骑驴踏雪寻梅图》，流传于世。宋董逌《广川画跋》卷二《书孟浩然骑驴图》云："孟夫子一世畸人，其不合于时宜也。当其……跨驴冒雪陟山阪行襄阳道上时，其得句自宜挟冰霜霰雪，使人吟诵之，犹齿颊生寒。此非特奥室白雪有味而可讽也。"后世文人多有为此图题诗者。元代马致远有杂剧《风雪骑驴孟浩然》，明朱有燉有杂剧《孟浩然踏雪寻梅》，皆演此事。本文借用这个典故，指冒雪访友所乘之驴。

⑦范文白：即范骧，字文白，号默庵，浙江海宁人。明末为贡生，入清未出仕，主要从事著述。除为《闲情偶寄》写眉评之外，还为李渔的诗文写评语，为《凰求凤》传奇作序。

⑧天雨粟，鬼夜哭：见《淮南子·本经训》，原文云："昔者苍颉作书而天雨粟，鬼夜哭。"前人注解说："苍颉始视鸟迹之文，造书契，则诈伪萌生；诈伪萌生，则去本趋末，弃耕作之业而务锥刀之利。天知其将饿，故为雨粟；鬼恐为书文所劾，故夜哭也。"

床　帐

人生百年，所历之时，日居其半，夜居其半。日间所处之地，或堂或庑，或舟或车，总无一定之在，而夜间所处，则止有一床。是床也者，乃我半生相共之物，较之结发糟糠①，犹分先后者也。人之待物，其最厚者当莫过此。（王左车云：七尺卧众香，六时酣极乐。此二国上并成一家，更何必生逢尧与舜禅耶！②）然怪当世之人，其于求田问舍③，则性命以之，而寝处晏息之地，莫不务从苟简，以其只己见而无人见故也。若是，则妻妾婢媵是人中之榻也，亦因己见而人不见，悉听其为无盐嫫姆④、蓬头垢面而莫之讯乎？予则不然。每迁一地，必先营卧榻而后及其他，以妻妾为人中之榻，而床笫乃榻中之人也。（余澹心云：巧语快论！真不减"匡说诗，解人颐"⑤。）欲新其制，苦乏匠资；但于修饰床帐之具，经营寝处之方，则未尝不竭尽绵力，犹之贫士得妻，不能变村妆为国色，但令勤加盥栉，多施膏沐而已。其法维何？一曰床令生花，二曰帐使有骨，三曰帐宜加锁，四曰床要着裙。

曷云"床令生花"？夫瓶花盆卉，文人案头所时有也，日则相亲，夜则相背，虽有天香扑鼻，国色眡人，一至昏黄就寝之时，即欲不为纨扇之捐，不可得矣。殊不知白昼闻香，不若黄昏嗅味。白昼闻香，其香仅在口鼻；黄昏嗅味，其味直入梦魂。法于床帐之内先设托板，以为坐花之具；而托板又勿露板形，妙在鼻受花香，俨若身眠树下，不知其为妆造也者。先为小柱二根，暗钉床后，而以帐悬其外。托板不可太大，长止尺许，宽可数寸，其下又用小木数段，制为三角架子，用极细之钉，隔帐钉于柱上，而后以板架之，务使极固。架定之后，用彩色纱罗制成一物，或像怪石一卷，或作彩云数朵，护于板外以掩其形。中间高出数寸，三面使与帐平，而以线缝其上，竟似帐上绣出之物，似吴门堆花之式是也。若欲全体相称，则或画或绣，满帐俱作梅花，而以托板为虬枝老干，或作悬崖突出之石，无一不可。帐中有此，凡得名花异卉可作清供者，日则与之同堂，夜则携之共寝。即使群芳偶缺，万卉将穷，又有炉内龙涎，盘中佛手，与木瓜、香楠等物，可以相继。若是，则身非身也，蝶也，飞眠宿食尽在花间；人非人也，仙也，行起坐卧无非乐境。予尝于梦酣睡足、将觉未觉之时，忽嗅蜡梅之香，咽喉齿颊尽带幽芬，似从脏腑中出，不觉身轻欲举，谓此身必不复在人间世矣。既醒，语妻孥曰："我辈何人，遽有此乐，得无折尽平生之福乎？"妻孥曰："久贱常贫，未必不由于此。"此实事，非欺人语也。

　　曷云"帐使有骨"？床居外，帐居内，常也。亦有反此旧制，而使帐出床外者，善则善矣，其如夏月驱蚊，匿于床栏曲折之处，有若负嵎[6]，欲求美观，而以膏血殉之，非长策也，不若仍从旧制。其不从旧制，而使帐出床外者，以床有端正之体，帐无方直之形，百计撑持，终难服贴，总以四角之近柱者软而无骨，不能肖柱以为形，有犄角抵牾之势也，故须别为赋形，而使之有骨。用不粗不细之竹，制为一顶及四柱，俟帐已挂定而后撑之，是床内有床，旧制之便与新制之精，二者兼而有之矣。床顶及柱，令置轿者为之，其价颇廉，仅费中人一饭之资耳。

　　曷云"帐宜加锁"？设帐之故有二：蔽风、隔蚊是也。蔽风之利十之三，隔蚊之功十之七，然隔蚊以此，闭蚊于中而使之不得出者亦以此。蚊之为物也，体极柔而性极勇，形极微而机极诈。薄暮而驱，彼宁受奔驰之苦，挞伐之危，守死而弗去者十之八九。及其去也，又必择地而攻，乘虚以入。昆虫庶类之善用兵法者，莫过于蚊。其择地也，每弃后而攻前；其乘虚也，必舍垣而窥户。帐前两幅之交接处，皆其据险扼要、伏兵伺我之区也。或于风动帐开之际，或于取器入溺之时，一隙可乘，遂鼓噪而入。法于门户交关之地，上、中、下共设三纽，若妇人之衣扣然。至取溺器⑦时，先以一手绾帐，勿使大开，以一手提之使入，其出亦然。若是，则坚壁固垒，彼虽有奇勇异诈，亦无所施其能矣。至于驱除之法，当使人在帐中，空洞其外，始能出而无阻。世人逐蚊，皆立帐檐之下，使所开之处蔽其大半，是欲其出而闭之门也。犯此弊者十人而九，何其习而不察，亦至此乎？

曷云"床要着裙"？爱精美者，一物不使稍污。常有绮罗作帐，精其始而不能善其终，美其上而不得不污其下者，以贴枕着头之处，在妇人则有膏沐之痕，在男子亦多脑汗之迹，日积月累，无瑕者玷而可爱者憎矣，故着裙之法不可少。此法与增添顶柱之法相为表里。欲令着裙，先必使之生骨，无力不能胜衣也。即于四竹柱之下，各穴一孔，以三横竹内之，去簟尺许，与枕相平，而后以布作裙，穿于其上，则裙污而帐不污，裙可勤涤，而帐难频洗故也。

至于枕簟被褥之设，不过取其夏凉冬暖，请以二语概之，曰：求凉之法，浇水不如透风；致暖之方，增绸不如加布。是予贫士所知者。至于羊羔美酒，亦足御寒，广厦重冰，尽堪避暑，理则固然，未尝亲试。"知之为知之，不知为不知"⑧，此圣贤无欺之学，不敢以细事而忽之也。

[注释]

①糟糠：即结发妻子。《后汉书·宋弘传》记载："弘曰：臣闻贫贱之知不可忘，糟糠之妻不下堂。"意思是说在贫贱时与妻一同食糟糠充饥，后世就用糟糠作为结发妻子的代称。

②此条眉评中疑有误字。"七尺",原刊本作"七天",翼圣堂刊本作"七尺";"二国上",翼圣堂刊本作"二国土"。皆费解。

③求田问舍:即谋划着买地与建房,指置家立业。语出《三国志·魏书·陈登传》中刘备对许汜所说之语:"而君求田问舍,言无可采,是元龙(陈登)所讳也,何缘当与君语?"后世使用此成语,一般是指谈论求田问舍之事会引起关心国事的英雄们耻笑,如辛弃疾《水龙吟·登建康赏心亭》词云:"求田问舍,怕应羞见,刘郎才气。"本文只取置家立业之义。

④无盐嫫姆:无盐,战国时齐宣王后。刘向《列女传》记载,齐国无盐邑有女名钟离春,貌极丑,四十岁而未出嫁,自谒见齐宣王,陈述时弊,齐宣王纳之为后。《东周列国志》第八十九回《马陵道万弩射庞涓,咸阳市五牛分商鞅》中写有她的故事。又见刘向《新序·杂事二》。嫫姆,传说黄帝时期的丑妇人,《荀子·赋》中有"嫫母力父,是之喜也"一语,前人注云:"嫫母,丑女,黄帝时人。"或谓嫫母是黄帝之妃,《汉书·古今人表》云:"母,黄帝妃,生仓林。"后世以无盐嫫姆作为丑女的代表。

⑤此二语出自《汉书·匡衡传》,原文是:"无说诗,匡鼎来;匡说诗,解人颐。"宋周密《齐东野语》卷六《解颐》一则云:"'匡说诗,解人颐',盖言其善于讲诵,能使人喜而至于解颐也。"解颐,即开颜欢笑。

⑥负嵎:《孟子·尽心下》:"有众逐虎,虎负嵎,莫之敢撄。""嵎"通"隅"。本文是说蚊子躲藏在床角曲折之处,像虎负隅似的。

⑦溺器:尿壶。

⑧此二语出自《论语·为政》,原文是:"知之为知之,不知为不知,是知也。"

橱 柜

造橱立柜,无他智巧,总以多容善纳为贵。尝有制体极大而所容甚少,反不若渺小其形而宽大其腹,有事半功倍之势者。制有善不善也。善制无他,止在多设搁板。橱之大者,不过两层、三层,至四层而止矣。若一层止备一层之用，则物之高者大者容此数件，而低者小者亦止容此数件矣。实其下而虚其上，岂非以上段有用之隙，置之无用之地哉？当于每层之两旁，别钉细木二条，以备架板之用。板勿太宽，或及进身之半，或三分之一，用则活置其上，不则撤而去之。如此层所贮之物，其形低小，则上半截皆为馀地，即以此板架之，是一层变为二层。总而计之，则一橱变为两橱，两柜合成一柜矣，所裨不亦多乎？或所贮之物，其形高大，则去而容之，未尝为板所困也。此是一法。至于抽替之设，非但必不可少，且自多多益善。而一替之内，又必分为大小数格，以便分门别类，随所有而藏之，譬如生药铺中，有所谓"百眼橱"者。此非取法于物，乃朝廷设官之遗制，所谓五府六部①群僚百执事，各有所居之地与所掌之簿书钱谷是也。医者若无此橱，药石之名盈千累百，用一物寻一物，则卢医扁鹊②无暇疗病，止能为刻舟求剑之人矣。此橱不但宜于医者，凡大家富室，皆当则而效之，至学士文人，更宜取法。能以一层分作数层，一格画为数格，是省取物之劳，以备作文著书之用。则思之思之，鬼神通之；心无他役，而鬼神得效其灵矣。

[注释]

①五府六部：古代朝廷设置的中央官制的简称。东汉时称太傅、太尉、司徒、司空、大将军为五府。隋初设立吏部、祠部、度支、左户、都官、五兵为六部；唐代改祠部为礼部、度支为户部、左户为工部、都官为刑部、五兵为兵部，合称六部，统归尚书省管辖；宋代沿用；元代统归中书省管辖；明代废中书省，各部独立，相沿至清末。

②卢医扁鹊：即指扁鹊一人。扁鹊，战国时名医，原名秦越人，勃海郡郑人。因其家于卢国，又名卢医。见《史记·扁鹊仓公列传》。后世各地有卢医庙，即是祀奉扁鹊。

箱笼箧笥

随身贮物之器，大者名曰箱笼，小者称为箧笥。制之之料，不出革、木、竹三种；为之关键①者，又不出铜、铁二项，前人所制亦云备矣。后之作者，未尝不竭尽心思，务为奇巧，总不出前人之范围；稍出范围即不适用，仅供把玩而已。予于诸物之体，未尝稍更，独怪其枢钮太庸，物而不化，尝为小变其制，亦足改观。法无他长，惟使有之若无，不见枢钮之迹而已。止备二式者，腹稿虽多，未经尝试，不敢以待验之方误人也。予游东粤，见市廛所列之器，半属花梨、紫檀，制法之佳，可谓穷工极巧，止怪其镶铜裹锡，清浊不伦。无论四面包镶，锋棱埋没，即于加锁置键之地，务设铜枢，虽云制法不同，究竟多此一物。譬如一箱也，磨砻极光，照之如镜，镜中可使着屑乎？一笥也，攻治极精，抚之如玉，玉上可使生瑕乎？有人赠我一器，名"七星箱"，以中分七格，每格一替，有如星列故也。外系插盖，从上而下者。喜其不钉铜枢，尚未生瑕着屑，因筹所以关闭之。遂付工人，命于中心置一暗闩，以铜为之，藏于骨中而不觉，自后而前，抵于箱盖。盖上凿一小孔，勿透于外，止受暗闩少许，使抽之不动而已。乃以寸金小锁，锁于箱后。置之案上，有如浑金粹玉，全体昭然，不为一物所掩。觅关键而不得，似于无锁；窥中藏而不能，始求用钥。此其一也。后游三山②，见所制器皿无非雕漆，工则细巧绝伦，色则陆离可爱，亦病其设关置键之地难免赘瘤，以语工师，令其稍加变易。工师曰："吾地般倕③颇多，如其可变，不自今日始矣。欲泯其迹，必使无关键而后可。"予曰："其然，岂其然乎？"因置暖椅告成，欲增一匣置于其上，以代几案，遂使为之。上下四旁，皆听工人自为雕漆，俟其成后，就所雕景物而区画之。前面有替可抽者，所雕系

"博古图"，樽罍钟磬之属是也；后面无替而平者，系折枝花卉，兰菊竹石是也。皆备五彩，视之光怪陆离。但抽替太阔，开闭时多不合缝，非左进右出，即右进左出。予顾而筹之，谓必一法可当二用，既泯关键之迹，又免出入之疵，使适用美观均收其利而后可。乃命工人亦制铜闩一条，贯于抽替之正中，而以薄板掩之，此板即作分中之界限。夫一替分为二格，乃物理之常，乌知有一物焉贯于其中，为前后通身之把握哉？得此一物贯于其中，则抽替之出入皆直如矢，永无左出右入、右出左入之患矣。前面所雕"博古图"，中系三足之鼎，列于两旁者一瓶一炉。予鼓掌大笑曰："'执柯伐柯，其则不远。'④即以其人之道，反治其身足矣！"遂付铜工，令依三物之成式，各制其一，钉于本等物色之上，鼎与炉瓶皆铜器也，尚欲肖其形与色而为之，况真者哉？不问而知其酷似矣。鼎之中心穴一小孔，置二小钮于旁，使抽替闭足之时，铜闩自内而出，与钮相平。闩与钮上俱有眼，加以寸金小锁，似鼎上原有之物，虽增而实未尝增也。（杜于皇云：既绾抽替不使歪斜，又可加锁，是铜闩一物备二用。先生之制，物物皆然，不独此也。）锁则锁矣，抽开之时，手执何物？不几便于入而穷于出乎？曰：不然。瓶炉之上原当有耳，加以铜圈二枚，执此为柄，抽之不烦馀力矣。此区画正面之法也。铜闩既从内出，必在后面生根，未有不透出本匣之背者，是铜皮一块与联络补缀之痕，俱不能泯矣。乌知又有一法，为天授而非人力者哉！所雕诸卉，菊在其中，菊色多黄，与铜相若，即以铜皮数层，剪千叶菊花一朵，以暗闩之透出者穿入其中，胶之甚固，若是则根深蒂固，谁得而动摇之？予于此一物也，纯用天工，未施人巧，若有鬼物伺乎其中，乞灵于我，为开生面者。制之既成，工师告予曰："八闽之为雕漆，数百年于兹矣，四方之来购此者，亦百千万亿其人矣，从未见创法立规有如今日之奇巧者，请行此法，以广其传。"予曰："姑迟之，俟新书告成，流布未晚。"窃恐世人先睹其物而后见其书，不知创自何人，反谓剿袭成功以为己有，讵非不白之冤哉？工师为谁？魏姓，字兰如；王姓，字孟明。闽省雕漆之佳，当推二人第一。自不操斤，但善于指使，轻财尚友，雅人也。

[注释]

①关键：门或箱笼等加锁地方的设置，或作关楗。

②三山：南京城西南的三座小山，在长江东岸，突出至江中，是江防要地，又名护国山。南齐谢朓有《晚登三山望京邑》诗，见《谢宣城集》。唐李白《登金陵凤凰台》诗云："三山半落青天外，二水中分白鹭洲。"见《李太白诗集》卷二十一。

③般倕：鲁般和倕的合称。鲁般，又名鲁班、公输班，春秋时鲁国的能工巧匠。《孟子·离娄上》云："离娄之明，公输子之巧，不以规矩，不能成方员。"前人注解说："公输子，鲁班，鲁之巧人也。或以为鲁昭公之子。"倕，尧时的能工巧匠。《吕氏春秋·离谓》云："周鼎著倕而龁其指。"前人注解说："倕，尧之巧工。"后世以般倕代指一般的工匠。

④执柯伐柯，其则不远：见《诗经·豳风·伐柯》，原文是"伐柯伐柯，其则不远"，李渔引文有误。

骨　董①

是编于骨董一项，缺而不备，盖有说焉。崇尚古器之风，自汉魏晋唐以来，至今日而极矣。百金贸一卮，数百金购一鼎，犹有病其价廉工俭而不足用者。常有为一渺小之物，而费盈千累万之金钱，或弃整陌连阡之美产，皆不惜也。夫今人之重古物，非重其物，重其年久不坏；见古人所制与古人所用者，如对古人之足乐也。若是，则人与物之相去，又有间矣。设使制用此物之古人至今犹在，肯以盈千累万之金钱与整陌连阡之美产，易之而归，与之坐谈往事乎？吾知其必不为也。予尝谓人曰：物之最古者莫过于书，以其合古人之心思面貌而传者乎？其书出自三代，读之如见三代之人；其书本乎黄虞，对之如生黄虞之世；舍此则皆物矣。物不能代古人言，况能揭出心思而现其面貌乎？古物原有可嗜，但宜崇尚于富贵之家，以其金银太多，藏之无具，不得不为长房缩地之法②，敛丈为尺，敛尺为寸，如"藏银不如藏金，藏金不如藏珠"之说，愈轻愈小，而愈便收藏故也。矧金银太多，则慢藏海盗，贸为古董，非特穿窬不取，即误攫入手，犹将掷而去之。迹是而观，则古董、金银为价之低昂，宜其倍蓰③而无算也。乃近世贫贱之家，往往效颦于富贵，见富贵者偶尚绮罗，则耻布帛为贱，必觅绮罗以肖之；见富贵者单崇珠翠，则鄙金玉为常，而假珠翠以代之。事事皆然，习以成性，故因其崇旧而黜新，亦不觉生今而反古。有八口晨炊不继，犹舍旦夕而问商周；一身活计茫然，宁遣妻孥而不卖古董者。人心矫异，讵非世道之忧乎？予辑是编，事事皆崇俭朴，不敢侈谈珍玩，以为末俗扬波。且予窭人④也，所置物价，自百文以及千文而止，购新犹患无力，况买旧乎？《诗》云："惟其有之，是以似之。"⑤生平不识古董，亦借口维风，以藏其拙。

[注释]

①骨董：指私家收藏或进行交易的古代文物、古玩之类。宋吴自牧《梦粱录》卷十三《团行》云："买卖七宝者，谓之骨董行。"宋以后一些文士著作中一般皆作"骨董"，如明董其昌著有《骨董十三说》。后来又俗称"古董"，如清代有花部戏曲《张古董借妻》。本文中"骨董"与"古董"兼用。

②长房缩地之法：见前《演习部·变调第二·缩长为短》注②。

③倍蓰：照原数等加为倍，五倍为蓰。《孟子·滕文公上》云："夫物之不齐，物之情也。或相倍蓰，或相什佰，或相千万。"

④窭人：穷苦之人。窭，本义为贫穷而住处简陋。《诗经·邶风·北门》："出自北门，忧心殷殷。终窭且贫，莫知我艰。"

⑤惟其有之，是以似之：见《诗经·小雅·裳裳者华》，原文是："左之左之，君子宜之。右之右之，君子有之。维其有之，是以似之。"《左传·襄公三年》记祁奚能举善，引《诗经》中此语作"惟其有之，是以似之"。本文中李渔引文同《左传》。

炉　瓶

炉瓶之制，其法备于古人，后世无容蛇足。但护持衬贴之具，不妨意为增减。如香炉既设，则锹箸①随之，锹以拨灰，箸以举火，二物均不可少。箸之长短，视炉之高卑，欲其相称，此理易明，人尽知之；若锹之方圆，须视炉之曲直，使勿相左，此理亦易明，而为世人所忽。入炭之后，炉灰高下不齐，故用锹作准以平之，锹方则灰方，锹圆则灰圆，若使近边之地炉直而锹曲，或炉曲而锹直，则两不相能，止平其中而不能平其外矣，须用相体裁衣之法，配而用之。然以铜锹压灰，究难齐截，且非一锹二锹可了。此非僮仆之事，皆必主人自为之者。予性最懒，故每事必筹躲懒之法，尝制一木印印灰，一印可代数十锹之用。初不过为省繁惜劳计耳，讵料制成之后，非止省力，且极美观，同志相传，遂以为一定不移之法。譬如炉体属圆，则仿其尺寸，镟一圆板为印，与炉相若，不爽纤毫，上置一柄，以便手持。但宜稍虚其中，以作内昂外低之势，若食物之馒首②然。方者亦如是法。加炭之后，先以箸平其灰，后用此板一压，则居中与四面皆平，非止同于刀削，且能与镜比光，共油争滑，是自有香灰以来，未尝现此娇面者也。既光且滑，可谓极精，予顾而思之，犹曰尽美矣，未尽善也，乃命梓人③镂之。凡于着灰一面，或作老梅数茎，或为菊花一朵，或刻五言一绝，或雕八卦全形，只须举手一按，现出无数离奇，使人巧天工两擅其绝，是自有香炉以来，未尝开此生面者也。湖上笠翁实有裨于风雅，非僭词也。请名此物为"笠翁香印"。方之眉公诸制④，物以人名者，孰高孰下，谁实谁虚，海内自有定评，非予所敢饶舌。用此物者，最宜神速，随按随起，勿迟瞬息，稍一逗留，则气闭火息矣。雕成之后，必加油漆，始不沾灰。焚香必需之物，香锹香箸之外，复有贮香之盒，与插锹箸之瓶之数物者，皆香与炉之股肱手足，不可或无者也。

然此外更有一物，势在必需，人或知之而多不设，当为补入清供。夫以箸拨灰，不能免于狼藉，炉肩鼎耳之上，往往蒙尘，必得一物扫除之。此物不须特制，竟用蓬头小笔一枝，但精其管，使与濡墨者有别，与锹箸二物同插一瓶，以便次第取用，名曰"香帚"。至于炉有底盖，旧制皆然，其所以用此者，亦非无故。盖以覆灰，使风起不致飞扬；底即座也，用以隔手，使移动之时，执此为柄，以防手汗沾炉，使之有迹，皆有为而设者也。然用底时多，用盖时少。何也？香炉闭之一室，刻刻焚香，无时可闭；无风则灰不自扬，即使有风，亦有窗帘所隔，未有闭熄有用之火，而防未必果至之风者也。是炉盖实为赘瘤，尽可不设。而予则又有说焉：炉盖有时而需，但前人制法未善，遂觉有用为无用耳。盖以御风，固也。独不思炉不贮火，则非特盖可不用，并炉亦可不设；如其必欲置火，则盖之火熄，用盖何为？予尝于花晨月夕及暑夜纳凉，或登最高之台，或居极敞之地，往往携炉自随，风起灰扬，御之无策，始觉前人呆笨，制物而不善区画之，遂使贻患及今也。同是一盖，何不于顶上穴一大孔，使之通气，无风置之高阁，一见风起，则取而覆之，风不得入，灰不致扬，而香气自下而升，未尝少阻，其制不亦善乎？止将原有之物，加以举手之劳，即可变无益为有裨。昔人点铁成金，所点者不必是铁，所成者亦未必皆金，但能使不值钱者变而值钱,即是神仙妙术矣。此炉制也。

瓶以磁者为佳,养花之水清而难浊,且无铜腥气也。然铜者有时而贵,以冬月生冰,磁者易裂,偶尔失防,遂成弃物,故当以铜者代之。然磁瓶置胆,即可保无是患。胆用锡,切忌用铜,铜一沾水即发铜青,有铜青而再贮以水,较之未有铜青时,其腥十倍,故宜用锡。且锡柔易制,铜劲难为,价亦稍有低昂,其便不一而足也。磁瓶用胆,人皆知之,胆中着撒⑤,人则未之行也。插花于瓶,必令中窾,其枝梗之有画意者随手插入,自然合宜,不则挪移布置之力不可少矣。有一种倔强花枝,不肯听人指使,我欲置左,彼偏向右,我欲使仰,彼偏好垂,须用一物制之。所谓撒也,以坚木为之,大小其形,勿拘一格,其中则或扁或方,或为三角,但须圆形其外,以便合瓶。此物多备数十,以俟相机取用。总之不费一钱,与桌撒一同拾取,弃于彼者,复收于此。斯编一出,世间宁复有弃物乎?

[注释]

①锹箸:处理炉中香灰所用的小铲和竹筷。

②馒首:即当代所谓的馒头。古时蒸制馒头有悠久的历史。《初学记》卷二十六引晋代束皙的《饼赋》作"曼头"。宋胡仔《苕溪渔隐丛话》后集卷二十八《东坡二》引录《上庠录》云:"两学公厨,例于三八课试日设别馔,春秋炊饼,夏冷淘,冬馒头,而馒头尤有名。"宋高承《事物纪原》卷九《馒头》有较详考证。明清时,馒头在中国南方和北方都已成为一种常见的食品,清初朱素臣的传奇作品《翡翠园》中,有位皂隶就名叫王馒头。俞樾《茶香室丛钞》卷二十一《馒头》一则,引古籍考证说,"馒头"古作"糯头",见束皙《饼赋》。本卷又有《馒头不可多食》一则云:"宋龚鼎臣《东原录》云:枢密学士张公奎,尝言顷在疾告,既愈,仁宗问:'因何得疾?'公曰:'因食馒头。'仁宗曰:'馒头岂是多食之物邪?'余食馒头往往成疾,今则并不能食矣,书此自叹。"

③梓人：木匠。《仪礼·大射》云："工人士与梓人，升至北阶两楹之间。"前人注云："工人士、梓人，皆司空之属。"这里是说工人士、梓人等都是司空管辖之下的从事建造等役的工匠。柳宗元《梓人传》即是为一位木工所作的传记。

④眉公诸制：眉公，即陈继儒（1558—1639），字仲醇，号眉公，又号麋公，松江华亭（今属上海市）人。隐居于昆山，工诗善文，兼擅书法及绘画。著作编为《陈眉公全集》。冠其名的制作有"眉公布""眉公糕""眉公马桶"等，参见后文《饮馔部·肉食第三·猪》一节记述。

⑤撒：见前《居室部·窗栏第二·制体宜坚》注②。

屏　轴

十年之前，凡作围屏及书画卷轴者，止有巾条、斗方及横批三式。近年幻为合锦，使大小长短以至零星小幅，皆可配合用之，亦可谓善变者矣。然此制一出，天下争趋，所见皆然，转眄又觉陈腐，反不若巾条、斗方诸式，以多时不见为新矣，故体制更宜稍变。变用何法？曰：莫妙于冰裂碎纹，如前云所载糊房之式①，最与屏轴相宜，施之墙壁犹觉精材粗用，未免亵视牛刀②耳。法于未书未画之先，画冰裂碎纹于全幅纸上，照纹裂开，各自成幅，征诗索画既毕，然后合而成之。须于画成未裂之先，暗书小号于纸背，使知某属第一，某居第二，某横某直，某角与某角相连，其后照号配成，始无攒凑不来之患。其相间之零星细块必不可少，若憎其琐屑而不画，则有宽无窄，不成其为冰裂纹矣。但最小者，勿用书画，止以素描间之，若尽有书画，则纹理模糊不清，反为全幅之累。此为先画纸绢，后征诗画者而言，盖立法之初，不得不为其简且易者。追裱之既熟，随取现成书画，皆可裂作冰纹，亦犹裱合锦之法，不过变四方平正之角，为曲直纵横之角耳。此裱匠之事，我授意而使彼为之者耳。更有书画合一之法，则其权在我，授意于作书作画之人,裱匠则行其无事者也。"诗中有画,画中有诗"③,此古来成语;作画者取诗意命题,题诗者就画意作诗,此亦从来成格。然究竟诗自诗而画自画,未见有混而一之者也。混而一之,请自今始。法于画大幅山水时,每于笔墨可停之际,即留馀地以待诗,如峭壁悬崖之下,长松古木之旁,亭阁之中,墙垣之隙,皆可留题作字者也。凡遇名流,即索新句,视其地之宽窄,以为字之大小,或为鹅帖④行书,或作蝇头小楷。即以题画之诗,饰其所题之画,谓当日之原迹可,谓后来之题咏亦可,是"诗中有画,画中有诗"二语,昔作虚文,今成实事,亦游戏笔墨之小神通也。请质高明,定其可否。

[注释]

①前云所载糊房之式:见前《居室部·墙壁第三·书房壁》。

②牛刀:杀牛的刀。《论语·阳货》云:"子之武城,闻弦歌之声,夫子莞尔而笑曰:割鸡焉用牛刀?"后以此语比喻大材小用。本文中比喻精材粗用,意思相仿。

③诗中有画,画中有诗:指诗中所描写的景物有如图画,图画中描绘的景物富有诗意。苏轼《东坡题跋五·书摩诘蓝田烟雨图》评论王维的画作时说:"味摩诘之诗,诗中有画;观摩诘之画,画中有诗。"

④鹅帖:即鹅群帖。世传为王羲之之子王献之的手笔,实为后世人的伪造。因王羲之有以所书《道德经》换鹅的故事,于是才有这样的附会。本文以鹅帖泛指一般书法家的行书作品。

茶 具

茗注莫妙于砂壶,砂壶之精者,又莫过于阳羡①,是人而知之矣。然宝之过情,使与金银比值,无乃仲尼不为之已甚②乎?置物但取其适用,何必幽渺其说,必至理穷义尽而后止哉!凡制茗壶,其嘴务直，购者亦然，一曲便可忧，再曲则称弃物矣。盖贮茶之物与贮酒不同，酒无渣滓，一斟即出，其嘴之曲直可以不论；茶则有体之物也，星星之叶，入水即成大片，斟泻之时，纤毫入嘴，则塞而不流。啜茗快事，斟之不出，大觉闷人。直则保无是患矣，即有时闭塞，亦可疏通，不似武夷九曲③之难力导也。

贮茗之瓶，止宜用锡。无论磁铜等器，性不相能，即以金银作供，宝之适以祟之耳。但以锡作瓶者，取其气味不泄；而制之不善，其无用更甚于磁瓶。询其所以然之故，则有二焉。一则以制成未试，漏孔繁多。凡锡工制酒壶茶注等物，于其既成，必以水试，稍有渗漏，即加补苴，以其为贮茶贮酒而设，漏即无所用之矣；一到收藏干物之器，即忽视之，犹木工造盆造桶则防漏，置斗置斛则不防漏，其情一也。乌知锡瓶有眼，其发潮泄气反倍于磁瓶，故制成之后，必加亲试，大者贮之以水，小者吹之以气，有纤毫漏隙，立督补成。试之又必须二次，一在将成未镟之时，一在已成既镟之后。何也？常有初时不漏，迨镟去锡时，打磨光滑之后，忽然露出细孔，此非屡验谛视者不知。此为浅人道也。一则以封盖不固，气味难藏。凡收藏香美之物，其加严处全在封口，封口不密，与露处同。吾笑世上茶瓶之盖必用双层，此制始于何人？可谓七窍俱蒙者矣。单层之盖，可于盖内塞纸，使刚柔互效其力，一用夹层，则止靠刚者为力，无所用其柔矣。塞满细缝，使之一线无遗，岂刚而不善屈曲者所能为乎？即靠外面糊纸，而受纸之处又在崎岖凹凸之场，势必剪碎纸条，作蓑衣样式，始能贴服。试问以蓑衣覆物，能使内外不通风乎？故锡瓶之盖，止宜厚不宜双。藏茗之家，凡收藏不即开者，于瓶口向上处，先用绵纸二三层，实褙封固，俟其既干，然后覆之以盖，则刚柔并用，永无泄气之时矣。其时开时闭者，则于盖内塞纸一二层，使香气闭而不泄。此贮茗之善策也。若盖用夹层，则向外者宜作两截，用纸束腰，其法稍便。然封外不如封内，究竟以前说为长。

[注释]

①阳羡：即江苏宜兴。汉代置阳羡县，治所在今宜兴南。宋太平兴国初年改称宜兴。宜兴自古产茶著名，并出产陶制茶壶，称为宜兴壶。宜兴壶创制于明万历年间，以制作精美著称于世，清吴骞《阳羡名陶录》有详细记述。

②仲尼不为之已甚：此语出自《孟子·离娄下》，原文是："孟子曰：仲尼不为已甚者。"本义是孔子不做过分的事情。又见《论语·泰伯》中记孔子说"疾之已甚，乱也"，可知孔子的基本思想是讲中庸之道，不赞成"已甚"，认为痛恨太甚也是祸害。本文借用经典之语，仅取"太过分"之意，认为如果酷爱宜兴紫砂壶如同金银一般，那就太过分了。

③武夷九曲：武夷山在江西、福建两省交界处，相传有汉武夷君居此，故名。其山势绵延一百二十馀里，有三十六峰、三十七岩，溪流缭绕其间，分为九曲，道书称为十六洞天。

酒 具

酒具用金银，犹妆奁之用珠翠，皆不得已而为之，非宴集时所应有也。富贵之家，犀则不妨常设，以其在珍宝之列，而无炫耀之形，犹仕宦之不饰观瞻者。象与犀①同类，则有光芒太露之嫌矣。且美酒入犀杯，另是一种香气。唐句云："玉碗盛来琥珀光。"②玉能显色，犀能助香，二物之于酒，皆功臣也。至尚雅素之风，则磁杯当首重已。旧磁可爱，人尽知之，无如价值之昂，日甚一日，尽为大力者所有，吾侪贫士，欲见为难。然即有此物，但可作骨董收藏，难充饮器。何也？酒后擎杯，不能保无坠落，十损其一，则如雁行中断，不复成群。备而不用，与不备同。贫家得以自慰者，幸有此耳。然近日冶人，工巧百出，所制新磁，不出成、宣二窑③下，至于体式之精异，又复过之。其不得与旧窑争值者，多寡之分耳。吾怪近时陶冶，何不自爱其力，使日作一杯，月制一盏，世人需之不得，必待善价而沽④，其利与多制滥售等也，何计不出此？曰：不然。我高其技，人贱其能，徒让垄断⑤于捷足之人耳。

[注释]

①象与犀：指象牙和犀角，用这两种材料制成的酒杯特别贵重。

②玉碗盛来琥珀光：这是李白《客中行》诗中的句子，原诗云："兰陵美酒郁金香，玉碗盛来琥珀光。但使主人能醉客，不知何处是他乡。"见《全唐诗》卷一八一。又已收入《千家诗》，脍炙人口。

③成、宣二窑：明代成化、宣德年间在江西景德镇设置的烧制瓷器的官窑。成窑制品以彩釉瓷最为突出，细腻纯洁，白釉晶莹如脂，色彩柔和，造型轻灵秀美，表里精致如一。清谷应泰《博物要览·新旧饶窑、成窑》有详细介绍。宣窑，又称宣德窑，彩瓷和青花瓷都非常著名，选料、制样、画器、题款无不精美，是明代瓷器中的妙品。清朱琰《陶说》卷三《饶州窑、宣德窑》有详细介绍。

④待善价而沽：意为等有识货者给个好价就卖掉。语出《论语·子罕》："子贡曰：'有美玉于斯，韫椟而藏诸？求善贾（gǔ）而沽诸？'子曰：'沽之哉！沽之哉！我待贾者也。'"

⑤垄断：原作"龙断"，本义是指断而高、可以登上而望远的冈垄。语出《孟子·公孙丑下》："古之为市者，以其所有，易其所无者，有司者治之耳。有贱丈夫焉，必求龙断而登之，以左右望而罔市利。"许慎《说文解字·贝部》释"买"字作"登垄断而网市利"。今通作"垄断"，用作经济学概念，实则是借用古典名词。

碗　碟

碗莫精于建窑①，而苦于太厚。江右所制者，虽窃建窑之名，而美观实出其上，可谓青出于蓝者矣。其次则论花纹，然花纹太繁，亦近鄙俗，取其笔法生动，颜色鲜艳而已。碗碟中最忌用者，是有字一种，如写《前赤壁赋》《后赤壁赋》之类。此陶人造孽之事，购而用之者，获罪于天地神明不浅。请述其故。"惜字一千，延寿一纪"，此文昌垂训之词②。虽云未必果验，然字画出于圣贤，苍颉造字而鬼夜哭③，其关乎气数，为天地神明所宝惜可知也。用有字之器，不为损福，但用之不久而损坏，势必倾委作践，有不与造孽陶人中分其咎者乎？陶人但司其成，未见其败，似彼罪犹可原耳。字纸委地，遇惜福之人，则收付祝融，因其可焚而焚之也。至于有字之废碗，坚不可焚，一似入火不热入水不濡之神物。因其坏而不坏，遂至倾而又倾，道旁见者，虽有惜福之念，亦无所施，有时抛入街衢，遭千万人之践踏，有时倾入溷厕，受千百载之欺凌，文字之祸，未有甚于此者。吾愿天下之人，尽以惜福为念，凡见有字之碗，即生造孽之虑。买者相戒不取，则卖者计穷；卖者计穷，则陶人视为畏途而弗造矣。文字之祸，其日消乎？此犹救弊之末着。倘有惜福缙绅，当路于江右者，出严檄一纸，遍谕陶人，使不得于碗上作字，无论赤壁等赋不许书磁，即成化、宣德年造，及某斋某居等字，尽皆削去。试问有此数字，果得与成窑、宣窑比值乎？无此数字，较之常值增减半文乎？有此无此，其利相同，多此数笔，徒造千百年无穷之孽耳。制抚藩臬，以及守令诸公，尽是斯文宗主，宦豫章者④，急行是令，此千百年未造之福，留之以待一人。时哉时哉，乘之勿失！

[注释]

①建窑：古瓷窑名，在福建，窑址有多处。其一是宋代窑设在建安县，后迁建阳县，所制碗盘茶盏等为上品。其二在德化县，产白瓷，明清时以精制佛像著名，又称德化瓷。宋陶谷《清异录》、清朱琰《陶说·建窑》等皆

有详细介绍。

②文昌垂训之词：文昌，古时谓天上斗魁六星的总称，见《史记·天官书》。因科举高中为魁元或魁首，于是人们认为崇祀文昌星可祈求功名遂愿。后世又附会说文昌神即梓潼帝君，相传他是西晋时张亚，字儒美，居于蜀七曲山，作战死，后人立庙祭祀，庙在蜀剑州梓潼县，其事详见五代南唐谭峭《化书》。唐宋时对他屡次追封至英显王，元仁宗延祐三年（1316）又追封他为"辅文开化文昌司禄宏仁帝君"。道家认为玉帝命梓潼掌文昌府及人间功名禄位之事，因此称为梓潼帝君。后世有学者不赞成此说。明末谈迁《枣林杂俎·和集》引《五杂组》云："俗云南斗注生，北斗注死，故以北斗为司命。而文昌者，斗魁戴匡，六星之一也，俗以魁，故祠文昌以祈科第。因其近斗也，故亦称文昌司命云。傅会甚矣，至以蜀梓潼神为文昌化身，又可笑也。"清代又有新的说法，俞樾认为文昌即是汉代的梓潼文君，即文参。其所著《茶香室三钞》卷十九《梓潼文君》一节有考辨，其中引益州太守高朕《修周公礼殿记》及其后洪氏跋文云："故府梓潼文君，建武中益州太守文参也。按甲午为建武十年，后世祀梓潼帝君为文昌，疑即以此传讹。"并引《华阳国志·序志篇》云：梓潼文君即忠义镇远将军义侯文齐，字子奇，梓潼人，汉平帝时为益州太守，不顺服王莽，光武帝刘秀嘉之，"惟洪氏云文参，余所见《华阳国志》则作文奇，或传刻之讹"。《茶香室四钞》卷二十《文昌祠记》又有考辨，并云："然余谓文昌实即汉时梓潼文君，人也，非星也。余诗文中屡及之，他日当并为一编，刻以行世。"俞樾还撰作传奇《梓潼传》，今有刊本存世，共10出，演述梓潼文君之事，剧前附刻关于文昌的考辨资料。本文中李渔所谓文昌"惜字一千，延寿一纪"的训词，出处未详。中国古代有爱惜字纸的传统，或附会为文昌神的训词，以使人们警醒。

③苍颉造字而鬼夜哭：见前《制度第一·椅杌》注⑧。

④宦豫章者：在豫章做官的人。豫章，即今江西南昌。汉代在此置豫章郡，隋代改为县，属洪州，治所在今南昌市。

灯　烛

灯烛辉煌，宾筵之首事也。然每见衣冠盛集，列山珍海错，倾玉醴琼浆，几部鼓吹，频歌叠奏，事事皆称绝畅，而独于歌台色相，稍近模糊。令人快耳快心，而不能大快其目者，非主人吝惜兰膏，不肯多设，只以灯煤作祟，非剔之不得其法，即司之不得其人耳。吾为六字诀以授人，曰："多点不如勤剪。"勤剪之五，明于不剪之十。原其不剪之故，或以观场念切，主仆相同，均注目于梨园，置晦明于不问；或以奔走太劳，职无专委，因顾彼以失此，致有炬而无光，所谓司之不得其人也。欲正其弊，不过专责一人，择其谨朴老成、不耽游戏者，则二患庶几可免。然司之得人，剔之不得其法，终为难事。大约场上之灯，高悬者多，卑立者少。剔卑灯易，剔高灯难。非以人就灯而升之使高，即以灯就人而降之使卑，剔一次必须升降一次，是人与灯皆不胜其劳，而座客观之亦觉代为烦苦，常有畏难不剪而听其昏黑者。予创二法以节其劳，一则已试而可自信者，一则未敢遽信而待试于人者。已试维何？长三四尺之烛剪是已。以铁为之，务为极细，粗则重而难举；然举之有法，说在后幅。有此长剪，则人不必升，灯亦不必降，举手即是，与剔卑灯无异矣。未试维何？暗提线索，用傀儡登场之法①是已。法于梁上暗作长缝一条，通于屋后，纳挂灯之绳索于中，而以小小轮盘仰承其下，然后悬灯。灯之内柱外幕②，分而为二，外幕系定于梁间，不使上下，内柱之索上跨轮盘。欲剪灯煤，则放内柱之索，使之卑以就人，剪毕复上，自投外幕之中，是外幕高悬不移，俨然以静待动。同一灯也，而有劳逸之分，劳所当劳，逸所当逸，较之内外俱下，而且有碍手碍脚之繁者，先踞一筹之胜矣。其不明抽以索，而必暗投梁缝之中，且贯通于屋后者，其故何居？欲埋伏抽索之人于屋后，使不露形，但见轮盘一转，其灯自下，剪毕复上，总无抽拽之形，若有神物厕于梁间者。予创为是法，非有心炫巧，不过善藏其拙。盖场上多立一人，多生一人之障蔽。使以一人剪灯，一人抽索，了此及彼，数数往来，则座客止见人行，无复洗耳听歌之暇矣。故藏人屋后，撤去一半藩篱，耳目之前，何等清静。藏人屋后者，亦不必定在墙垣之外，厅堂必有退步，屏障以后，即其处也。或隔绛纱，或悬翠箔，但使内见外，而外不见内，则人工不露而天巧可施矣。每灯一盏，用索一条，以蜡磨光，欲其不涩。梁间一缝，可容数索，但须预编字号，系以小牌，使抽者便于识认。剪灯者将及某号，即预放某索以待之，此号方升，彼号即降，观其术者，如入山阴道中，明知是人非鬼，亦须诧异惊神，鼓掌而观，又是一番乐事。惜予囊悭无力，未及指使匠工，悬美法以待人，即谓自留馀地亦可。

梁上凿缝，势有不能，为悬灯细事而损伤巨料，无此理也。如置此法于造屋之先，则于梁成之后，另镶薄板二条，空洞其中而蒙蔽其下，然后升梁于柱，以俟灯索，此一法也。已成之屋，亦如此法，但先置绳索于中，而后周遭以板。此法之设，不止定为观场，即于元夕张灯，寻常宴客，皆可用之，但比长剪之法为稍费耳。

制长剪之法，视屋之高卑以为长短，短者三尺，长者四五尺，直其身而曲其上，如鸟喙然，总以细巧坚劲为主。然用之有法，得其法则可行，不得其法则虽设而不适于用，犹弃物也。盖以铁为剪，又长数尺，是其体不能不重，只手高擎，势必摇动于上，剪动则灯亦动；灯剪俱动，则他东我西，虽欲剪之，不可得矣。法以右手持剪，左手托之，所托之处，高右手尺许。剪体虽重，不过一二斤，只手孤擎则不足，双手效力则有馀；擎而剪之者一手，按之使不动摇者又有一手，其势虽高，何足虑乎？孤掌难鸣，众擎易举，天下事，类如是也。

长剪虽佳，予终恶其体重，倘能以坚木为身，止于近灯煤处用铁，则尽美而又尽善矣。思而未制，存其说以俟解人。

长剪难于概用，惟有烛无衣，与四围有衣而空洞其下者可以用之。若明角灯、珠灯，皆无隙可入，虽有长剪，何所用之？至于梁间放索，则是灯皆可。二事亦可并行，行之法，又与前说相反：灯柱居中不动，而提起外幕以俟剪，剪毕复下。又合居重驭轻之法，听人所好而为之。

[注释]

①傀儡登场之法：即傀儡戏表演时采用的方法。傀儡戏有多种，《东京梦华录》卷五《京瓦伎艺》记述的有杖头傀儡、悬丝傀儡、药发傀儡，此外还有水傀儡（艺人在水中进行表演）、肉傀儡（用小孩扮作傀儡进行表演）等。本文中所说的"傀儡登场"是指悬丝傀儡，也叫提线傀儡。

②内柱外幕：古时厅堂中的油灯，灯架固定在房柱上，称为内柱。灯的外侧加一个纸罩，用来防风，称为外幕。

笺　简①

笺简之制，由古及今，不知几千万变。自人物器玩，以迨花鸟昆虫，无一不肖其形，无日不新其式；人心之巧，技艺之工，至此极矣。予谓巧则诚巧，工则至工，但其构思落笔之初，未免驰高骛远，舍最近者不思，而遍索于九天之上、八极②之内，遂使光灿陆离者总成赘物，与书牍之本事无干。予所谓至近者非他，即其手中所制之笺简是也。既名笺简，则笺简二字中便有无穷本义。鱼书雁帛③而外，不有竹刺④之式可为乎？书本之形可肖乎？卷册便面，锦屏绣轴之上，非染翰挥毫之地乎？石壁可以留题，蕉叶曾经代纸，岂竟未之前闻，而为予之臆说乎？至于苏蕙娘所织之锦⑤，又

图 5-04　薛涛

后人思之慕之，欲书一字于其上而不可复得者也。我能肖诸物之形似为笺，则笺上所列，皆题诗作字之料也。还其固有，绝其本无，悉是眼前韵事，何用他求？已命奚奴逐款制就，售之坊间，得钱付梓人⑥，仍备剞劂⑦之用，是此后生生不已，其新人见闻，快人挥洒之事，正未有艾。即呼予为薛涛⑧（图5-04）幻身，予亦未尝不受，盖须眉男子之不传，有愧于知名女子者正不少也。已经制就者，有韵事笺八种，织锦笺十种。韵事者何？题石、题轴、便面、书卷、剖竹、雪蕉、卷子、册子是也。锦纹十种，则尽仿回文织锦之义，满幅皆锦，止留縠纹缺处代人作书，书成之后，与织就之回文无异。十种锦纹各别，作书之地亦不雷同。惨淡经营，事难缕述，海内名贤欲得者，倩人向金陵购之。是集内种种新式，未能悉

闲情偶寄　297

走寰中，借此一端，以陈大概。售笺之地即售书之地，凡予生平著作，皆萃于此。有嗜痂之癖者，贸此以去，如偕笠翁而归。千里神交，全赖乎此。只今知己遍天下，岂尽谋面之人哉？（金陵书铺廊坊间有"芥子园名笺"五字者，即其处也。⑨）

是集中所载诸新式，听人效而行之；惟笺帖之体裁，则令奚奴⑩自制自售，以代笔耕，不许他人翻梓。已经传札布告，诫之于初矣。倘仍有垄断之豪，或照式刊行，或增减一二，或稍变其形，即以他人之功冒为己有，食其利而抹煞其名者，此即中山狼之流亚也。当随所在之官司而控告焉，伏望主持公道。至于倚富恃强，翻刻湖上笠翁之书者，六合以内，不知凡几。我耕彼食，情何以堪？誓当决一死战，布告当事，即以是集为先声。总之天地生人，各赋以心，即宜各生其智，我未尝塞彼心胸，使之勿生智巧，彼焉能夺吾生计，使不得自食其力哉！

[注释]

①笺简：信纸。古代书信，写在纸上的为笺，写在竹片上的为简。纸笺一般用小幅而华贵的纸张，制作也较为考究。唐代由于薛涛笺的流行，蜀笺因而较著名，元代费著有《蜀笺谱》。简或称"简牍""简书"。晋杜预《春秋序》云："大事书之于策，小事简牍而已。"前人注解说："大竹曰策，小竹曰简，木版为牍。"

②八极：八方极远的地方。《淮南子·地形训》云："八纮之外，乃有八极。"

③鱼书雁帛：代指书信。鱼书，或称鱼素，古代传递书信的一种方式。蔡邕《饮马长城窟行》诗云："客从远方来，遗我双鲤鱼。呼儿烹鲤鱼，中有尺素书。"于是后世诗文中常见以"鱼书"代指书信。雁帛是汉朝苏武的典故。《汉书·苏武传》记苏武出使匈奴被拘不屈，流放于北海牧羊，后来汉朝与匈奴和亲，汉武帝索要苏武，匈奴诡言苏武已死。汉朝诡言说汉武帝在上林苑射雁，得到雁足所系帛书，知苏武在北方某大泽中。于是苏武得以

返汉。清许鸿磐写苏武故事的杂剧即名为《雁帛书》。后世即以"雁足""雁帛""雁书"代指书信。

④竹刺：古时的名片。因将姓名刺于竹片，所以叫竹刺。《释名·释书契》云："书称刺，书以笔刺纸简之上也。"

⑤苏蕙娘所织之锦：即苏蕙所织的回文锦。苏蕙，见前《声容部·习技第四》注⑧。本节下文"尽仿回文织锦之义"，亦是苏蕙典故。

⑥梓人：见前《炉瓶》一节注③。

⑦剞劂：见前《居室部·联匾第四·册页匾》注②。

⑧薛涛：唐代名妓，字洪度，能诗，通音律，唐代著名诗人白居易、元稹、杜牧等都曾与她唱和。《全唐诗》卷八〇三存其诗1卷，《唐才子传》卷六记其事迹。又《情史》卷二十《情鬼类》亦记有薛涛事。薛涛在成都时，曾让匠人制作彩色诗笺，时人称之为"薛涛笺"。唐李匡文《资暇集》卷下《薛涛笺》一则云："松花笺其来旧矣。元和初，薛涛尚斯色，而好制小笺，惜其幅大，不欲长，乃命匠人狭小之。蜀中才子既以为便，后减诸笺亦如是，特名曰'薛涛笺'。"本文李渔自谓为薛涛幻身，即是从制作文笺这一层意思上作比拟的。

⑨此句是李渔原注。翼圣堂刊本为"金陵承恩寺中有'芥子园名笺'五字署门者，即其处也"，与芥子园刊本不同。

⑩奚奴：即仆人，或作"傒奴"。《周礼·天官·序官》云："酒人……奚三百人。"前人注解说："古者从坐男女没入县官为奴，其少才知以为奚。今之侍史官婢。或曰：奚，宦女。"据此，奚奴的本义指女奴，后来也用来通称男女奴仆。

位置①第二

器玩未得,则讲购求;及其既得,则讲位置。位置器玩与位置人才同一理也。设官授职者,期于人地相宜;安器置物者,务在纵横得当。设以刻刻需用者,而置之高阁,时时防坏者,而列于案头,是犹理繁治剧之材,处清静无为之地,黼黻皇猷②之品,作驱驰孔道之官。有才不善用,与空国无人等也。他如方圆曲直,齐整参差,皆有就地立局之方,因时制宜之法。能于此等处展其才略,使人入其户、登其堂,见物物皆非苟设,事事具有深情,非特泉石勋猷③于此足征全豹,即论庙堂经济④,亦可微见一斑。未闻有颠倒其家、而能整齐其国者也。

[注释]

①位置:即安置,本文中指器玩摆放的布局与秩序。

②黼黻(fǔ fú)皇猷:黼黻,古代礼服上绘绣的花纹。《左传·桓公二年》云:"火龙黼黻,昭其文也。"前人注解说,礼服上绘绣的火与龙的图案,白与黑谓之黼,黑与青谓之黻。皇猷,即帝王的谋划。黼黻皇猷合在一起,指古代帝王所用的高贵器物。

③泉石勋猷:在布置园林、安排水流山石方面显示的才能与成就。

④庙堂经济:庙堂,古代帝王遇到大事就告于宗庙或议于明堂,于是即以此代指朝廷,如《庄子·秋水》云"王巾笥而藏之庙堂之上",宋范仲淹《岳阳楼记》云"居庙堂之高则忧其民,处江湖之远则忧其君"等。经济,即经国济民,指治理国家的方略及才能。本文中李渔认为,如果在布置园林方面有谋划且有章法,那么由此可看出他在治理国家方面也会显示出才能和方略。

忌排偶

"胪列古玩,切忌排偶。"①此陈说也。予生平耻拾唾馀,何必更蹈其辙。但排偶之中,亦有分别。有似排非排,非偶是偶;又有排偶其名,而不排偶其实者。皆当疏明其说,以备讲求。如天生一日,复生一月,似乎排矣,然二曜②出不同时,且有极明微明之别,是同中有异,不得竟以排比目之矣。所忌乎排偶者,谓其有意使然,如左置一物,右无一物以配之,必求一色相俱同者与之相并,是则非偶而是偶,所当急忌者矣。若夫天生一对,地生一双,如雌雄二剑,鸳鸯二壶,本来原在一处者,而我必欲分之,以避排偶之迹,则亦矫揉执滞,大失物理人情之正矣。即避排偶之迹,亦不必强使分开,或比肩其形,或连环其势,使二物合成一物,即排偶其名,而不排偶其实矣。大约摆列之法,忌作八字形,二物并列,不分前后、不爽分寸者是也;忌作四方形,每角一物,势如小菜碟者是也;忌作梅花体,中置一大物,周遭以小物是也;馀可类推。当行之法,则与时变化,就地权宜,视形体为纵横曲直,非可预设规模者也。如必欲强拈一二,若三物相俱,宜作品字格,或一前二后,或一后二前,或左一右二,或右一左二,皆谓错综;若以三者并列,则犯排矣。四物相共,宜作心字及火字格,择一或高或长者为主,馀前后左右列之,但宜疏密断连,不得均匀配合,是谓参差;若左右各二,不使单行,则犯偶矣。此其大略也,若夫润泽之,则在雅人君子。

[注释]

①胪列古玩,切忌排偶:此二句是关于摆放古玩器物的一条古训,出处未详。排偶之意,是排列整齐而且力求对称,这样做就会显得呆板。应该是

错落有致而且有一定的章法，才能显得有序而高雅。

②二曜：指日和月。或作"二耀"。《南齐书·王融传》云："偶化两仪，均明二耀。"日、月与五星又称"七曜"。

贵活变

幽斋陈设，妙在日异月新。若使古董生根，终年鲍系[①]一处，则因物多腐象，遂使人少生机，非善用古玩者也。居家所需之物，惟房舍不可动移，此外皆当活变。何也？眼界关乎心境，人欲活泼其心，先宜活泼其眼。即房舍不可动移，亦有起死回生之法。譬如造屋数进，取其高卑广隘之尺寸不甚相悬者，授意匠工，凡作窗棂门扇，皆同其宽窄而异其体裁，以便交相更替。同一房也，以彼处门窗挪入此处，便觉耳目一新，有如房舍皆迁者；再入彼屋，又换一番境界，是不特迁其一，且迁其二矣。房舍犹然，况器物乎？或卑者使高，或远者使近，或二物别之既久，而使一旦相亲，或数物混处多时，而使忽然隔绝，是无情之物变为有情，若有悲欢离合于其间者。但须左之右之，无不宜之，则造物在手，而臻化境矣。人谓朝东夕西，往来仆仆，何许子之不惮烦[②]乎？予曰：陶土行之运甓[③]（图5－05），视此犹烦，未有笑其多事者；况古玩之可亲，犹胜于甓，乐此者不觉其疲，但不可为饱食终日无所用心者道。

古玩中香炉一物，其体极静，其用又妙在极动，是当一日数迁其位，片刻不容胶柱者也。人问其故，予以风帆喻之。舟行所挂之帆，视风之斜正为斜正，风从左而帆向右，则舟不进而且退矣。位置香炉之法亦然。当由风力起见，如一室之中有南北二牖，风从南来，则宜位置于正南，风从北入，则宜位置于正北；若风从东南或从西北，则又当位置稍偏，总以不离乎风者近是。若反风所向，则风去香随，而我不沾其味矣。又须启风来路，塞风去路，如风从南

图 5-05 陶侃运甓

来而洞开北牖,风从北至而大辟南轩,皆以风为过客,而香亦传舍④视我矣。须知器玩之中,物物皆可使静,独香炉一物,势有不能。"爱之,能勿劳乎?"⑤待人之法也,吾于香炉亦云。

[注释]

①匏系:像瓠子一样悬吊在那里。语出《论语·阳货》:"吾岂匏瓜也哉!焉能系而不食?"

②何许子之不惮烦:语出《孟子·滕文公上》:"与百工交易,何许子之不惮烦?"本文借用孟子之语,只取"为什么这么不怕麻烦"之意。

③陶士行之运甓:陶士行,即晋代荆州刺史陶侃,字士行;运甓,搬运砖瓦用来磨炼意志。《晋书·陶侃传》云:"侃在(荆)州无事,辄朝运百

甓于斋外，暮运于斋内。人问其故，答曰：'吾方致力中原，过尔优逸，恐不堪事。'"明代有无名氏作传奇《运甓记》演其故事。

④传舍：古代供往来行人休息住宿的处所，即驿站或旅店。《史记·郦生陆贾列传》云："沛公至高阳传舍，使人召郦生（食其）。"这高阳传舍即是设在高阳的一处旅店。

⑤爱之，能勿劳乎：语出《论语·宪问》，原文是："爱之，能勿劳乎？忠焉，能勿诲乎？"

卷六 饮馔部

蔬食第一

吾观人之一身,眼耳鼻舌,手足躯骸,件件都不可少。其尽可不设而必欲赋之,遂为万古生人之累者,独是口腹二物。口腹具,而生计繁矣;生计繁,而诈伪奸险之事出矣;诈伪奸险之事出,而五刑不得不设。君不能施其爱育,亲不能遂其恩私,造物好生而亦不能不逆行其志者,皆当日赋形不善,多此二物之累也。草木无口腹,未尝不生;山石土壤无饮食,未闻不长养。何事独异其形,而赋以口腹?即生口腹,亦当使如鱼虾之饮水,蜩螗①之吸露,尽可滋生气力,而为潜跃飞鸣。若是,则可与世无求,而生人之患熄矣。乃既生以口腹,又复多其嗜欲,使如溪壑之不可厌;多其嗜欲,又复洞其底里,使如江海之不可填。以致人之一生,竭五官百骸之力,供一物之所耗而不足哉!吾反复推详,不能不于造物是咎。亦知造物于此,未尝不自悔其非,但以制定难移,只得终遂其过。甚矣,作法慎初,不可草草定制。吾辑是编而谬及饮馔,亦是可已不已之事。其止崇俭啬、不导奢靡者,因不得已而为造物饰非,亦当虑始计终,而为庶物弭患。如逞一己之聪明,导千万人之嗜欲,则匪特禽兽昆虫无噍类②,吾虑风气所开,日甚一日,焉知不有易牙复出,烹子求荣③,杀婴儿以媚权奸④,如亡隋故事者哉!一误岂堪再误,吾不敢不以赋形造物视作覆车。

声音之道,丝不如竹,竹不如肉⑤,为其渐近自然。吾谓饮食之道,脍不如肉⑥,肉不如蔬,亦以其渐近自然也。草衣木食,上古之风,人能疏远肥腻,食蔬蕨而甘之,腹中菜园不使羊来踏破⑦,是犹作羲皇之民,鼓唐虞之腹,与崇尚古玩同一致也。所怪于世者,弃美名不居,而故异端其说,谓佛法如是,是则谬矣。吾辑

《饮馔》一卷,后肉食而首蔬菜,一以崇俭,一以复古;至重宰割而惜生命,又其念兹在兹,而不忍或忘者矣。

[注释]

①蜩螗(tiáotáng):蝉的别名。《诗经·大雅·荡》:"如蜩如螗,如沸如羹。"前人注释云,蝉属,其叫嘈杂,像是开了锅的汤水似的。

②噍(jiào)类:"噍"的本义是咀嚼,噍类,即是指活着的人。《汉书·高帝纪上》:"(项羽)尝攻襄城,襄城无噍类,所过无不残灭。"前人注解说:"青州俗呼无子遗者为无噍类。"

③易牙复出,烹子求荣:易牙,春秋时齐桓公幸臣,擅长烹调术,传说他曾烹其子以媚齐桓公。此事在东周及秦汉之际不少文献中都有记述。《韩非子·二柄》云:"桓公好味,易牙蒸其子首而进之。"《管子·小称》亦有记述。又《东周列国志》第二十九回《管夷吾病榻论相》亦叙及此事。

④杀婴儿以媚权奸:隋炀帝时开凿大运河,麻叔谋为开河督护,至宁陵时患风痹,医士说应以肥嫩羊肉加入药物蒸熟食用。当地有富民陶榔儿家祖坟靠近河道,担心开河时被挖,就偷来别人家小孩杀死蒸熟献给麻叔谋。麻叔谋得知是小儿之肉,竟然也欣然食用,下令使河道绕弯避开陶家坟地。于是陶榔儿以及乡间其他的恶人也都偷杀小儿讨麻叔谋的赏赐。事见《开河记》。郑瑄《昨非庵日纂》卷二十《冥果》一节亦有叙述。

⑤丝不如竹,竹不如肉:见前《声容部·习技第四·歌舞》注③。

⑥脍不如肉:"脍",本义指细切的肉,有时特指鱼肉。《论语·乡党》云"食不厌精,脍不厌细",其中的"脍"指细切的肉或鱼。《孟子·尽心下》所谓的"脍炙","脍"是细切之肉,"炙"是烹炒之肉。唐段成式《酉阳杂俎》卷四《物革》记一位南孝廉,"善斫脍,縠薄丝缕,轻可吹起"。本文中"脍"应是单指鱼肉,和猪、牛、羊肉比较。

⑦腹中菜园不使羊来踏破:语出隋侯白《启颜录》:"有人常食蔬茹,忽食羊肉,梦五藏神曰:'羊踏破菜园。'"本文借此为幽默之语,意思是说素食者胃里只有蔬菜,不能吃进羊肉来混杂。

笋

论蔬食之美者，曰清，曰洁，曰芳馥，曰松脆而已矣。不知其至美所在，能居肉食之上者，只在一字之鲜。《记》曰："甘受和，白受采。"①鲜即甘之所从出也。此种供奉，惟山僧野老躬治园圃者，得以有之，城市之人向卖菜佣求活者，不得与焉。然他种蔬食，不论城市山林，凡宅旁有圃者，旋摘旋烹，亦能时有其乐。至于笋之一物，则断断宜在山林，城市所产者，任尔芳鲜，终是笋之剩义。此蔬食中第一品也，肥羊嫩豕，何足比肩。但将笋肉齐烹，合盛一簋②，人止食笋而遗肉，则肉为鱼而笋为熊掌③可知矣。购于市者且然，况山中之旋掘者乎？食笋之法多端，不能悉纪，请以两言概之，曰："素宜白水，荤用肥猪。"茹斋者食笋，若以他物伴之，香油和之，则陈味夺鲜，而笋之真趣没矣。白煮俟熟，略加酱油，从来至美之物，皆利于孤行，此类是也。以之伴荤，则牛羊鸡鸭等物皆非所宜，独宜于豕，又独宜于肥。肥非欲其腻也，肉之肥者能甘，甘味入笋，则不见其甘，但觉其鲜之至也。烹之既熟，肥肉尽当去之，即汁亦不宜多存，存其半而益以清汤。调和之物，惟醋与酒。此制荤笋之大凡也。笋之为物，不止孤行并用各见其美，凡食物中无论荤素，皆当用作调和。菜中之笋与药中之甘草，同是必需之物，有此则诸味皆鲜，但不当用其渣滓，而用其精液。庖人之善治具者，凡有焯笋④之汤，悉留不去，每作一馔，必以和之，食者但知他物之鲜，而不知有所以鲜之者在也。《本草》⑤中所载诸食物，益人者不尽可口，可口者未必益人，求能两擅其长者，莫过于此。东坡云："宁可食无肉，不可居无竹。无肉令人瘦，无竹令人俗。"⑥不知能医俗者，亦能医瘦，但有已成竹未成竹之分⑦耳。

[注释]

①甘受和,白受采:见《礼记·礼器》,原文是:"君子曰:甘受和,白受采。忠信之人,可以学礼。"前人注解说:"甘受和白受采者,记者举此二物,喻忠信之人可得学礼。甘为众味之本,不偏主一味,故得受五味之和。白是五色之本,不偏主一色,故得受五色之采。以其质素,故能包受众味及众采也。"

②簋(guǐ):古代祭祀时盛黍或稷的器皿。《诗经·秦风·权舆》:"于我乎,每食四簋。"前人注释说:"内方外圆曰簋,以盛黍稷;外方内圆曰簠,用贮稻粱。"本文中以簋称一般的盛饭食的器皿。

③肉为鱼而笋为熊掌:《孟子·告子上》云:"鱼,我所欲也;熊掌,亦我所欲也。二者不可得兼,舍鱼而取熊掌者也。"本文比喻肉和笋皆人所欲,二者不可得兼,则舍肉而取笋。

④焯笋:把笋切片后在烧开的水里过一遍。"焯"本音为 zhuō,在这里作俗语应读为 chāo 或 chuō。

⑤《本草》:本名为《神农本草经》,因书所记各药以草类为主,故称为《本草》。其名始见于《汉书·平帝纪》,因此疑其作者为汉时人。后世医家对它不断进行修订,如南朝梁时陶弘景修订为《医别录》,唐代有苏恭的《唐本草》和陈藏器的《本草拾遗》,五代时有后蜀韩保升等的《蜀本草》,宋代有《嘉祐补注本草》和《政和重修经史证类本草》等。明代李时珍在前代成果的基础上又进行全面修订,删繁补缺,勘订讹误,成为集大成的中草药学文献《本草纲目》,亦简称《本草》。本书有关引述《本草》的文字,基本上都出自《本草纲目》。

⑥宁可食无肉,不可居无竹。无肉令人瘦,无竹令人俗:见前《居室部·联匾第四·此君联》注②。

⑦已成竹未成竹之分:已成竹指已经长成的竹子,或称"成竹"。苏轼《文与可画筼筜谷偃竹记》云"故画竹必先得成竹于胸中"(《经进东坡文集》卷四十九),即是已成之竹。未成竹指竹笋。

蕈①

求至鲜至美之物于笋之外,其惟蕈乎?蕈之为物也,无根无蒂,忽然而生,盖山川草木之气,结而成形者也。然有形而无体。凡物有体者必有渣滓,既无渣滓,是无体也。无体之物,犹未离乎气也。食此物者,犹吸山川草木之气,未有无益于人者也。其有毒而能杀人者,《本草》云以蛇虫行②之故。予曰不然。蕈大几何,蛇虫能行其上?况又极弱极脆而不能载乎?盖地之下有蛇虫,蕈生其上,适为毒气所钟,故能害人。毒气所钟者能害人,则为清虚之气所钟者,其能益人可知矣。世人辨之原有法,苟非有毒,食之最宜。此物素食固佳,伴以少许荤食尤佳,盖蕈之清香有限,而汁之鲜味无穷。

[注释]

①蕈(xùn):菌类植物,似蘑菇而盖较小,如今天所谓金针菇之类。《尔雅·释草·菌》有记述,前人注解说:"今云地菌,即俗呼地菌者是也。"

②蛇虫行:蛇类从上面爬过。《本草纲目》卷二十八《菜之五·芝栭类》释"天花蕈"云:"时珍曰:五台多蛇,蕈感其气而生,故味美而无益,其价颇珍。"又释"土菌"云:"气味甘寒有毒。……菌冬春无毒,夏秋有毒,有蛇虫从下过也。"据此可知《本草纲目》的原文并不是说蛇虫从蕈的"上面"爬过,李渔却加以辩驳,实属理解有误。

莼①

陆之蕈,水之莼,皆清虚妙物也。予尝以二物作羹,和以蟹之黄,鱼之肋,名曰"四美羹"。座客食而甘之,曰:"今而后,无下箸处②矣！"

[注释]

①莼：野菜名。生长在湖边或河边水中，又名水葵或乌葵，叶椭圆形，有长柄浮水面，可作羹汤，味道鲜美。晋张翰想起家乡的莼菜和鲈鱼味道鲜美，就辞官归乡，可见莼菜的美味对吃过莼菜的人具有很大的诱惑力。

②无下箸处：没有下筷子的地方。意思是说吃过四美羹之后，其他菜都不值得下筷子了。

菜①

世人制菜之法，可称百怪千奇，自新鲜以至于腌糟酱腊，无一不曲尽奇能，务求至美，独于起根发轫之事缺焉不讲，予甚惑之。其事维何？有八字诀云："摘之务鲜，洗之务净。"务鲜之论，已悉前篇。蔬食之最净者，曰笋，曰蕈，曰豆芽；其最秽者，则莫如家种之菜。灌肥之际，必连根带叶而浇之；随浇随摘，随摘随食，其间清浊，多有不可问者。洗菜之人，不过浸入水中，左右数漉，其事毕矣。孰知污秽之湿者可去，干者难去，日积月累之粪，岂顷刻数漉之所能尽哉？故洗菜务得其法，并须务得其人。以懒人、性急之人洗菜，犹之乎弗洗也。洗菜之法，入水宜久，久则干者浸透而易去；洗叶用刷，刷则高低曲折处皆可到，始能涤尽无遗。若是，则菜之本质净矣。本质净而后可加作料，可尽人工，不然，是先以污秽作调和，虽有百和之香，能敌一星之臭乎？噫！富室大家食指②繁盛者，欲保其不食污秽，难矣哉！

菜类甚多，其杰出者则数黄芽。此菜萃于京师，而产于安肃③，谓之"安肃菜"，此第一品也。每株大者可数斤，食之可忘肉味。不得已而思其次，其惟白下④之水芹乎！予自移居白门⑤，每食菜、食葡萄，辄思都门⑥；食笋、食鸡豆，辄思武陵⑦。物之美者，犹令人每食不忘，况为适馆授餐之人乎？

菜有色相最奇，而为《本草》《食物志》诸书之所不载者，则西秦所产之头发菜是也。予为秦客，传食于塞上诸侯。一日脂车⑧将发，见炕上有物，俨然乱发一卷，谬谓婢子栉发所遗，将欲委之而去。婢子曰："不然，群公所饷之物也。"询之土人，知为头发菜。浸以滚水，拌以姜醋，其可口倍于藕丝、鹿角等菜。携归饷客，无不奇之，谓珍错中所未见。此物产于河西，为值甚贱，凡适秦者皆争购异物，因其贱也而忽之，故此物不至通都，见者绝少。由是观之，四方贱物之中，其可贵者不知凡几，焉得人人物色之？发菜之得至江南，亦千载一时之至幸也。

[注释]

①菜：这里指腌制的咸菜。

②食指：古代指家中人口，明清时多有此说法。如明钱子正《溪上所见》诗云："家中食指众，谋生拙于人。"见《绿苔轩集》卷五。

③安肃：即今河北徐水。此地于宋宣和七年（1125）置安肃县，明清时均隶属于保定府。1914年改名徐水县。

④白下：即南京。东晋咸和三年（328），陶侃讨苏峻，筑白石垒，后因以为城。故城在今南京市北。唐武德九年（626），改金陵为白下，移治白下故城。因此，后世或称南京为白下。

⑤白门：即南京。南朝宋时建康城西门叫白门，因为西方为金，五行学说认为金气白，故称白门。后来也就以白门代指南京。如唐代李白《金陵酒肆留别》诗云："白门柳花满店香，吴姬压酒唤客尝。"见《全唐诗》卷一七四。诗中白门即指南京。

⑥都门：原指京城城门。《汉书·王莽传》云："兵从宣平城门入，民间所谓都门也。"前人注云："长安城东出北头第一门。"后也以此代指京城。唐代白居易《长恨歌》云"翠华摇摇行复止，西出都门百馀里"，这里

的"都门"显然不是指长安的东城门,而是指长安城。清代说都门即指北京。如杨静亭《都门纪略》(道光二十五年刊行)、复侬氏和杞庐氏的《都门纪变百咏》、民国时期蒋芷侪的《都门识小录》以及魏元旷的《都门琐记》和《都门怀旧记》等,都是记述北京的杂事。

⑦武陵:古代有武陵郡及武陵县,即今湖南常德市。

⑧脂车:妇女乘坐的车。因妇女多涂脂抹粉,故名。

瓜 茄 瓠 芋 山药

瓜、茄、瓠、芋诸物,菜之结而为实者也。实则不止当菜,兼作饭矣。增一箪菜①,可省数合②粮者,诸物是也。一事两用,何俭如之?贫家购此,同于籴粟。但食之各有其法:煮冬瓜、丝瓜忌太生;煮王瓜③、甜瓜忌太熟;煮茄、瓠利用酱醋,而不宜于盐;煮芋不可无物伴之,盖芋之本身无味,借他物以成其味者也;山药则孤行并用无所不宜,并油盐酱醋不设,亦能自呈其美,乃蔬食中之通材也。

[注释]

①一箪菜:即一盘菜。箪,见前《笋》一节注②。

②合(gě):量度粮食的量词,十合为一升。

③王瓜:别名土瓜。古代种植王瓜历史悠久,《礼记·月令·孟夏之月》云:"王瓜生苦菜秀。"又名栝楼或天瓜。

葱 蒜 韭

葱、蒜、韭三物,菜味之至重者也。菜能芬人齿颊者,香椿头是也;菜能秽人齿颊及肠胃者,葱、蒜、韭是也。椿头明知其香,而食者颇少,葱、蒜、韭尽识其臭,而嗜之者众,其故何软?以椿头之味虽香而淡，不若葱、蒜、韭之气甚而浓。浓则为时所争尚，甘受其秽而不辞；淡则为世所共遗，自荐其香而弗受。吾于饮食一道，悟善身处世之难。一生绝三物不食，亦未尝多食香椿，殆所谓夷惠之间①者乎？

予待三物有差。蒜则永禁弗食；葱虽弗食，然亦听作调和；韭则禁其终而不禁其始②，芽之初发，非特不臭，且具清香，是其孩提之心之未变也。

[注释]

①夷惠之间：夷惠，指伯夷和柳下惠，此二人是古代清高廉洁之士的代表。夷惠之间，即不夷不惠，介于二者之间，意思是折中而不偏激。语出扬雄《法言·渊骞》："不夷不惠，可否之间也。"

②禁其终而不禁其始：这里的"始"与"终"指韭菜的幼嫩时和长老时，意思是对于韭菜不吃老的而不拒绝吃嫩的。

萝卜

生萝卜切丝作小菜，伴以醋及他物，用之下粥最宜。但恨其食后打嗳①，嗳必秽气。予尝受此厄于人，知人之厌我亦若是也，故亦欲绝而弗食。然见此物大异葱蒜，生则臭，熟则不臭②，是与初见似小人而卒为君子者等也。虽有微过，亦当恕之，仍食勿禁。

[注释]

①打嗳：浙江一带方言俗语，即打嗝。

②生则臭，熟则不臭：萝卜生吃之后打嗝时有臭气，而炒熟或炖熟的萝卜则没有异味。

芥辣汁

菜有具姜桂之性者乎？曰：有，辣芥是也。制辣汁之芥子，陈者绝佳,所谓愈老愈辣是也。以此拌物,无物不佳。食之者如遇正人,如闻谠论①,困者为之起倦,闷者以之豁襟,食中之爽味也。予每食必备,窃比于夫子之不撤姜②也。

[注释]

①谠(dǎng)论:谠,正直。谠言是正直之言,谠论是正直之论。
②夫子之不撤姜:《论语·乡党》篇中云:"不撤姜食,不多食。"

谷食第二

食之养人,全赖五谷。使天止生五谷而不产他物,则人身之肥而寿也,较此必有过焉,保无疾病相煎、寿夭不齐之患矣。试观鸟之啄粟,鱼之饮水,皆止靠一物为生,未闻于一物之外,又有为之肴馔酒浆、诸饮杂食者也。乃禽鱼之死,皆死于人,未闻有疾病而死,及天年自尽而死者,是止食一物,乃长生久视之道也。人则不幸而为精腆①所误,多食一物,多受一物之损伤,少静一时,少安一时之淡泊。其疾病之生,死亡之速,皆饮食太繁、嗜欲过度之所致也。此非人之自误,天误之耳。天地生物之初,亦不料其如是,原欲利人口腹,孰意利之反以害之哉!然则人欲自爱其生者,即不能止食一物,亦当稍存其意,而以一物为君②。使酒肉虽多,不胜食气,即使为害,当亦不甚烈耳。

[注释]

①精腆(tiǎn):精致而美好的食物。

②以一物为君:某一种居于主要地位的为"君"。中药讲君臣佐使,指中医在用药时,某一种起主治作用的为君,起辅佐作用的为臣,治疗兼症和起制约作用的为佐,药引为使。本文是指人的食物以某一种为主。

饭 粥

粥饭二物,为家常日用之需,其中机彀,无人不晓,焉用越俎者强为致词?然有吃紧二语,巧妇知之而不能言者,不妨代为喝破,使姑传之媳①,母传之女,以两言代千百言,亦简便利人之事也。先就粗者言之。饭之大病,在内生外熟,非烂即焦;粥之大病,在上清下淀,如糊如膏。此火候不均之故,惟最拙最笨者有之,稍能炊爨者必无是事。然亦有刚柔合道,燥湿得宜,而令人咀之嚼之,有粥饭之美形,无饮食之至味者。其病何在?曰:把②水无度,增减不常之为害也。其吃紧二语,则曰:"粥水忌增,饭水忌减。"米用几何,则水用几何,宜有一定之度数。如医人用药,水一钟③或钟半,煎至七分或八分,皆有定数。若以意为增减,则非药味不出,即药性不存,而服之无效矣。不善执爨者,用水不均,煮粥常患其少,煮饭常苦其多。多则逼而去之,少则增而入之,不知米之精液全在于水,逼去饭汤者,非去饭汤,去饭之精液也。精液去则饭为渣滓,食之尚有味乎?粥之既熟,水米成交,犹米之酿而为酒矣。虑其太厚而入之以水,非入水于粥,犹入水于酒也。水入而酒成糟粕,其味尚可咀乎?故善主中馈者,把水时必限以数,使其勺不能增,滴无可减,再加以火候调匀,则其为粥为饭,不求异而异乎人矣。

宴客者有时用饭,必较家常所食者稍精。精用何法?曰:使之有香而已矣。予尝授意小妇,预设花露④一盏,俟饭之初熟而浇之,浇过稍闭,拌匀而后入碗。食者归功于谷米,诧为异种而讯之,不知其为寻常五谷也。此法秘之已久,今始告人。行此法者,不必满釜浇遍,遍则费露甚多,而此法不行于世矣。止以一盏浇一隅,足供佳客所需而止。露以蔷薇、香橼⑤(图6-01)、桂花三种为上,勿用玫瑰,以玫瑰之香,食者易辨,知非谷性所有。蔷薇、香橼、桂花三种,与谷性之香者相若,使人难辨,故用之。

[注释]

①姑传之媳:古代"姑"的概念常指婆婆。先秦时《国语·鲁语下》云:"吾闻之先姑。"后世又称媳妇的婆婆和公公为"姑嫜"或"姑章",

图6-01 香橼

如杜甫《新婚别》诗云"妾身未分明,何以拜姑嫜"等。本文中是说婆婆把做粥的绝招传给儿媳妇。

②挹(yì):舀取或酌取。《诗经·小雅·大东》云:"维北有斗,不可以挹酒浆。"

③钟:同"盅"字,即小茶杯。

④花露:古代"花露"一词有多种含义。一是指花上的露水。二是指用花液制成的香水,用于洒在衣物或住室内,产生芳香气味。三是有酒名花露,如清代翟灏《风俗编》卷二十七《饮食》记有花露酒。本文中花露应是指烹调时所用的香精,洒在菜肴中增加特殊的香味。

⑤香橼(yuán):即枸橼,也名香圆。其果入药。《本草纲目》卷三十《果二·枸橼》云:"枸橼产闽广间……其实状如人手,有手指,俗呼为佛手柑。……味不甚佳而香气袭人。"

汤

汤即羹之别名也。羹之为名,雅而近古;不曰羹而曰汤者,虑人古雅其名,而即郑重其实,似专为宴客而设者。然不知羹之为物,与饭相俱者也。有饭即应有羹,无羹则饭不能下,设羹以下饭,乃图省俭之法,非尚奢靡之法也。古人饮酒,即有下酒之物;食饭,即有下饭之物。世俗改下饭为"厦饭",谬矣。前人以读史为下酒物①，岂下酒之"下"亦从"厦"乎？"下饭"二字，人谓指肴馔而言，予曰不然。肴馔乃滞饭之具，非下饭之具也。食饭之人见美馔在前，匕箸迟疑而不下，非滞饭之具而何？饭犹舟也，羹犹水也；舟之在滩，非水不下，与饭之在喉，非汤不下，其势一也。且养生之法，食贵能消；饭得羹而即消，其理易见。故善养生者，吃饭不可无羹；善作家者，吃饭亦不可无羹。宴客而为省馔计者，不可无羹；即宴客而欲其果腹始去，一馔不留者，亦不可无羹。何也？羹能下饭，亦能下馔故也。近来吴越张筵，每馔必注以汤，大得此法。吾谓家常自膳，亦莫妙于此。宁可食无馔，不可饭无汤。有汤下饭，即小菜不设，亦可使哺啜如流；无汤下饭，即美味盈前，亦有时食不下咽。予以一赤贫之士，而养半百口之家，有饥时而无馑日者，遵是道也。

[注释]

①读史为下酒物：即苏舜钦以《汉书》下酒的典故。宋龚明之《中吴纪闻》卷二《苏子美饮酒》一节云，苏舜钦每晚读书时，都要喝一斗酒。读《汉书》时，常常是一大杯接着一大杯地喝。他的岳父杜衍听说后，笑道："有如此下酒物，一斗诚不为多也。"于是后世文士常借用此典故，自谓读好书可助酒兴。清初廖燕的杂剧《醉画图》，写廖燕自己在家中饮酒，自言道："宋时有个苏子美，曾把《汉书》下酒，我于今把什么下来？"孔尚任《桃花扇本末》中说，李木庵总宪（楠）遣使送岁金，"即索《桃花扇》为围炉下酒之物"。《桃花扇》第四出《侦戏》又写杨文骢对阮大铖说："且把抄本赐教，权当《汉书》下酒罢。"这些事例，足见苏舜钦以《汉书》下酒故事影响很大。

糕　饼

谷食之有糕饼，犹肉食之有脯脍①。《鲁论》云："食不厌精，脍不厌细。"②制糕饼者，于此二句当兼而有之。食之精者，米麦是也；脍之细者，粉面是也。精细兼长，始可论及工拙。求工之法，坊刻所载甚详，予使拾而言之，以作制饼制糕之印板，则观者必大笑曰：笠翁不拾唾馀，今于饮食之中，现增一副依样葫芦矣！冯妇下车③，请戒其始。只用二语括之，曰："糕贵乎松，饼利于薄。"

[注释]

①脯脍：脯，干肉。《礼记·内则》云："牛脩，鹿脯，田豕脯。"前人注解说："脯，皆析干肉也。"脍，切细的肉。《礼记·内则》云："肉腥，细者为脍，大者为轩。"

②食不厌精，脍不厌细：见《论语·乡党》。

③冯妇下车：冯妇故事见《孟子·尽心下》："晋人有冯妇者，善搏虎，卒为善士。则之野，有众逐虎，虎负嵎，莫之敢撄。望见冯妇，趋而迎之。冯妇攘臂下车，众皆悦之，其为士者笑之。"后世把改不了旧习惯而重操旧业称为"冯妇下车"或"再作冯妇"。

面

南人饭米，北人饭面，常也。《本草》云："米能养脾，麦能补心。"①各有所裨于人者也。然使竟日穷年止食一物，亦何其胶柱口腹，而不肯兼爱心脾乎？予南人而北相，性之刚直似之，食之强横亦似之。一日三餐，二米一面，是酌南北之中，而善处心脾之道也。但其食面之法，小异于北，而且大异于南。北人食面多作饼，予喜条分而缕晰之，南人之所谓"切面"是也。南人食切面，其油盐酱醋等作料，皆下于面汤之中，汤有味而面无味，是人之所重者不在面而在汤，与未尝食面等也。予则不然，以调和诸物，尽归于面，面具五味而汤独清，如此方是食面，非饮汤也。所制面有二种,一曰"五香面",一曰"八珍面"。五香膳己,八珍饷客,略分丰俭于其间。五香者何?酱也,醋也,椒末也,芝麻屑也,焯笋或煮蕈煮虾之鲜汁也。先以椒末、芝麻屑二物拌入面中,后以酱醋及鲜汁三物和为一处,即充拌面之水,勿再用水。拌宜极匀,擀宜极薄,切宜极细,然后以滚水下之,则精粹之物尽在面中,尽勾咀嚼,不似寻常吃面者,面则直吞下肚,而止咀咂其汤也。八珍者何?鸡、鱼、虾三物之肉,晒使极干,与鲜笋、香蕈、芝麻、花椒四物,共成极细之末,和入面中,与鲜汁共为八种。酱醋亦用,而不列数内者,以家常日用之物,不得名之以珍也。鸡鱼之肉,务取极精,稍带肥腻者弗用,以面性见油即散,擀不成片,切不成丝故也。但观制饼饵者,欲其松而不实,即拌以油,则面之为性可知已。鲜汁不用煮肉之汤,而用笋、蕈、虾汁者,亦以忌油故耳。所用之肉,鸡、鱼、虾三者之中,惟虾最便,屑米为面,势如反掌,多存其末,以备不时之需;即膳己之五香,亦未尝不可六也。拌面之汁,加鸡蛋青一二盏更宜,此物不列于前而附于后者,以世人知用者多,列之又同剿袭耳。

[注释]

①米能养脾,麦能补心:《本草纲目》卷二十二《谷之一·麻麦稻类》释"稻"云:"思邈曰:糯米味甘,脾之谷也。脾病宜食之。……时珍曰:糯米性温,酿酒则热,熬饧犹甚,故脾肺虚寒者宜之。"本卷又释"小麦"云:"小麦气味甘,微寒,无毒……养心气,心病宜食之。"

粉

粉之名目甚多,其常有而适于用者,则惟藕、葛①、蕨②、绿豆四种。藕、葛二物,不用下锅,调以滚水,即能变生成熟。昔人云："有仓卒客，无仓卒主人。"欲为仓卒主人，则请多储二物。且卒急救饥，亦莫善于此。驾舟车行远路者，此是糇粮[3]中首善之物。粉食之耐咀嚼者，蕨为上，绿豆次之。欲绿豆粉之耐嚼，当稍以蕨粉和之。凡物入口而不能即下，不即下而又使人咀之有味、嚼之无声者，斯为妙品。吾遍索饮食中，惟得此二物。绿豆粉为汤，蕨粉为下汤之饭，可称二耐，齿牙遇此，殆亦所谓劳而不怨者哉！

[注释]

①葛：植物名。多年生的蔓草，块根可入药，也可制淀粉；其茎的纤维可织葛布。《诗经·周南·葛覃》："葛之覃兮，施于中谷。"可知人们利用葛已有悠久的历史。

②蕨：菜名。《诗经·召南·草虫》云："陟彼南山，言采其蕨。"前人注解说，蕨初生时形似小儿拳，故又名拳菜。今亦称拳菜。其茎紫色，可制淀粉。

③糇（hóu）粮：干粮。《诗经·大雅·公刘》云："乃积乃仓，乃裹糇粮。"

肉食第三

"肉食者鄙"①,非鄙其食肉,鄙其不善谋也。食肉之人之不善谋者,以肥腻之精液,结而为脂,蔽障胸臆,犹之茅塞其心,使之不复有窍也。此非予之臆说,夫有所验之矣。诸兽食草木杂物,皆狡猾而有智。虎独食人,不得人则食诸兽之肉,是匪肉不食者,虎也。虎者,兽之至愚者也。何以知之?考诸群书则信矣。虎不食小儿②,非不食也,以其痴不惧虎,谬谓勇士而避之也。虎不食醉人,非不食也,因其醉势猖獗,目为劲敌而防之也。虎不行曲路,人遇之者,引至曲路即得脱。其不行曲路者,非若澹台灭明之行不由径③,以颈直不能回顾也。使知曲路必脱,先于周行食之矣。《虎苑》云:"虎之能搏狗者,牙爪也。使失其牙爪,则反伏于狗矣。"④迹是观之,其能降人降物而藉之为粮者,则专恃威猛,威猛之外,一无他能,世所谓"有勇无谋"者,虎是也。予究其所以然之故,则以舍肉之外,不食他物,脂腻填胸,不能生智故也。然则"肉食者鄙,未能远谋",其说不既有征乎?吾今虽为肉食作俑,然望天下之人,多食不如少食。无虎之威猛而益其愚,与有虎之威猛而自昏其智,均非养生善后之道也。

[注释]

①肉食者鄙:《左传·庄公十年》记曹刿语,原文是:"曹刿请见,其乡人曰:'肉食者谋之,又何间焉?'刿曰:'肉食者鄙,未能远谋。'"

②虎不食小儿:此语及下文"虎不食醉人""虎不行曲路",可参见《渊鉴类涵》卷十二《虎》:"杂志曰……虎不食小儿,儿痴不知虎可惧,故不食。又不食醉人,必坐守以俟其醒,非俟其醒,俟其惧也。……人遇之者,当作势

与敌，而屡退至曲路，即可避去。盖虎项短，不能回顾，止直行故也。"

③澹台灭明之行不由径：澹台灭明，孔子的学生，字子羽。《论语·雍也》云："（子游）曰：'有澹台灭明者，行不由径，非公事，未尝至于偃之室也。'"《史记·仲尼弟子列传》对于澹台灭明亦有记述。

④此段引文见王稚登《虎苑》，本出自《韩非子·二柄》，原文是："夫虎之所以能服狗者，爪牙也。使虎释其爪牙而使狗用之，则虎反服于狗矣。"《虎苑》引文与《韩非子》有异。

猪

食以人传者，"东坡肉"①是也。卒急听之，似非豕之肉，而为东坡之肉矣。噫！东坡何罪，而割其肉，以实千古馋人之腹哉？甚矣，名士不可为，而名士游戏之小术，尤不可不慎也。至数百载而下，糕、布等物，又以眉公得名。取"眉公糕""眉公布"②之名，以较"东坡肉"三字，似觉彼善于此矣。而其最不幸者，则有溷厕中之一物，俗人呼为"眉公马桶"。噫！马桶何物，而可冠以雅人高士之名乎？予非不知肉味，而于豕之一物，不敢浪措一词者，虑为东坡之续也。即溷厕中之一物，予未尝不新其制，但蓄之家，而不敢取以示人，尤不敢笔之于书者，亦虑为眉公之续也。

[注释]

①东坡肉：因苏轼的喜好而命名的红烧肉。宋周紫芝《竹坡诗话》卷二记载说，苏轼（东坡）在黄州（今湖北黄冈），戏作《食猪肉》诗云："黄州好猪肉，价贱如粪土。富者不肯吃，贫者不解煮。慢着火，少着水，火候足时他自美。每日起来打一碗，饱得自家君莫管。"于是后世肴馔中有一道菜就称为"东坡肉"。明沈德符《野获编》卷二十六《物带人号》一则云："肉之大胾不割者，名东坡肉。"据此，东坡肉的特点是将大块猪肉进行红烧。

②眉公糕、眉公布：眉公即陈继儒，见前《器玩部·制度第一·炉瓶》

注④。眉公糕、眉公布、眉公马桶等当是陈继儒创意而制作的物件,其中眉公布在《松江府志》中有记载。

羊

物之折耗最重者,羊肉是也。谚有之曰:"羊几贯,帐难算,生折对半熟对半,百斤止剩念①馀斤,缩到后来只一段。"大率羊肉百斤,宰而割之,止得五十斤,迨烹而熟之,又止得二十五斤,此一定不易之数也。但生羊易消,人则知之;熟羊易长,人则未之知也。羊肉之为物,最能饱人,初食不饱,食后渐觉其饱,此易长之验也。凡行远路及出门作事,卒急不能得食者,啖此最宜。秦之西鄙,产羊极繁,土人日食止一餐,其能不枵腹②者,羊之力也。《本草》载羊肉,比人参、黄芪,参芪补气,羊肉补形③。予谓补人者羊,害人者亦羊。凡食羊肉者,当留腹中馀地,以俟其长。倘初食不节而果其腹,饭后必有胀而欲裂之形,伤脾坏腹,皆由于此,葆生者不可不知。

[注释]

①念:即"廿",其读音为"念",于是南方人称"二十"为"念"。

②枵腹:枵,意为空虚。枵腹,即空腹,指饥饿。

③羊肉补形:《本草纲目》卷五十上《兽之一·畜类·羊》云:"羊肉有形之物,能补有形肌肉之气,故曰补可去弱,人参羊肉之属。人参补气,羊肉补形。凡味同羊肉者皆补血虚,盖阳生则阴长也。"

牛 犬

猪、羊之后,当及牛、犬。以二物有功于世,方劝人戒之之不暇，尚忍为制酷刑乎？略此二物，遂及家禽，是亦以羊易牛①之遗意也。

[注释]

①以羊易牛：用羊替换牛。语出《孟子·梁惠王上》。梁惠王见有人牵牛走过，将杀牛衅钟，不忍见牛死，但又不能不办衅钟之事，就说："何可废也？以羊易之，不识有诸？"本文借用此语，意思是说不写杀牛杀狗的事了，只写杀家禽吧。

鸡

鸡亦有功之物，而不讳其死者，以功较牛、犬为稍杀。天之晓也，报亦明，不报亦明，不似畎亩①、盗贼，非牛不耕、非犬之吠则不觉也。然较鹅鸭二物，则淮阴羞伍绛、灌②矣。烹饪之刑，似宜稍宽于鹅鸭。卵之有雄者弗食，重不至斤外者弗食，即不能寿之，亦不当过夭之耳。

[注释]

①畎（quǎn）亩：即田地。《庄子·让王》云："（舜）居于畎亩之中，而游尧之门。"前人注解说："垄上曰亩，垄中曰畎。"

②淮阴羞伍绛、灌：指淮阴侯韩信不肯和绛侯周勃、颍阴侯灌婴为伍。《史记·淮阴侯列传》记载："（信）居常鞅鞅，羞与绛、灌等列。"本文说鸡毕竟于人有功，不能与鸭鹅同列。

鹅

鹅鹅①之肉无他长，取其肥且甘而已矣。肥始能甘，不肥则同于嚼蜡。鹅以固始为最②，讯其土人，则曰："豢之之物，亦同于人。食人之食，斯其肉之肥腻亦同于人也。"犹之豕肉以金华为最③，婺人豢豕，非饭即粥，故其为肉也甜而腻。然则固始之鹅，金华之豕，均非鹅豕之美，食美之也。食能美物，奚俟人言？归而求之，有馀师矣。但授家人以法，彼虽饲以美食，终觉饥饱不时，不似固始、金华之有节，故其为肉也，犹有一间之殊。盖终以禽兽畜之，未尝稍同于人耳。"继子得食，肥而不泽"④，其斯之谓欤？

有告予食鹅之法者，曰：昔有一人，善制鹅掌。每豢肥鹅将杀，先熬沸油一盂，投以鹅足，鹅痛欲绝，则纵之池中，任其跳跃。已而复擒复纵，炮瀹⑤如初。若是者数四，则其为掌也，丰美甘甜，厚可径寸，是食中异品也。予曰：惨哉斯言！予不愿听之矣。物不幸而为人所畜，食人之食，死人之事。偿之以死亦足矣，奈何未死之先，又加若是之惨刑乎？二掌虽美，入口即消，其受痛楚之时，则有百倍于此者。以生物多时之痛楚，易我片刻之甘甜，忍人不为，况稍具婆心者乎？地狱之设，正为此人，其死后炮烙之刑⑥，必有过于此者。

[注释]

①鲵鲵：鹅叫声，也代指鹅。语出《孟子·滕文公下》："他日，其母杀是鹅也，与之食之。其兄自外至，曰：'是鲵鲵之肉也。'出而哇之。"

②鹅以固始为最：固始古代属光州，在今河南省东南部，相传此县所产之鹅大而肥美。

③豕肉以金华为最：金华即金华府，即今浙江金华市，相传此地所产的猪肉味美特异，至今金华火腿全国著名。

④此语出自《淮南子·缪称训》，原文是："继子得食，肥而不泽，情不相与往来也。"本义是说，继子受后母虐待，衣食不足，尽管看上去不算瘦，但毕竟营养不良而面上无光泽。本文借用此语来比喻养猪养鹅，意思是说，一般人家养的猪或鹅只是"继子得食"，不如金华之猪、固始之鹅的饲

料精美。

⑤炮瀹（yuè）：炮是烧烤，瀹是用水煮，合为一词指制作肉食。本文李渔所述某人食鹅掌的方法，出处未详。而另有一事与此相似。张鷟《朝野佥载》记述：唐武则天时张易之、张昌宗兄弟爱吃鹅掌，方法是制作一个大铁蒸笼，笼中燃着炭火，火旁放一个铜盆，盆中盛着五味汁。鹅被放进铁笼，受到烘烤，必然焦渴，就饮那五味汁，而汤汁已被烤热，鹅内外受热，不一会儿就毛落肉熟而死，食用则肉味极鲜美。本文记述这样虐杀动物以饱口福的残忍行为，李渔是不赞成而且是极力反对的。

⑥炮烙之刑：古代的一种酷刑。方法是把人用烧红的铜格子活活烙死。《史记·殷本纪》中司马贞索隐云：纣王"见蚁布铜斗，足废而死，于是为铜格，炊炭其下，使罪人步其上"。裴骃集解则说此刑名"炮格"，"膏铜柱，下加之炭，令有罪者行焉，辄堕炭中，妲己笑，名为炮格之刑"。《封神演义》第六回《纣王无道造炮烙》有较详细的描写。

鸭

禽属之善养生者，雄鸭是也。何以知之，知之于人之好尚。诸禽尚雌，而鸭独尚雄；诸禽贵幼，而鸭独贵长。故养生家有言："烂蒸老雄鸭，功效比参芪。"使物不善养生，则精气必为雌者所夺，诸禽尚雌者，以为精气之所聚也。使物不善养生，则情窍一开，日长而日瘠矣，诸禽贵幼者，以其泄少而存多也。雄鸭能愈长愈肥，皮肉至老不变，且食之与参芪比功，则雄鸭之善于养生，不待考核而知之矣。（陈简侯①云：创论过多，使观者不觉，所谓"司空见惯浑闲事"②也。）然必俟考核，则前此未之闻也。

[注释]

①陈简侯：即陈枚，字简侯，浙江钱塘（今杭州市）人。生平未详，著作有《留青采珍集》《留青新集》等。

②司空见惯浑闲事：刘禹锡诗句。孟棨《本事诗·情感》云，司空李绅宴请刘禹锡。让歌女劝酒，刘赋诗云："司空见惯浑闲事，断尽江南刺史肠。"后世以"司空见惯"比喻事情屡见不鲜。

野禽　野兽

野味之逊于家味者，以其不能尽肥；家味之逊于野味者，以其不能有香也。家味之肥，肥于不自觅食而安享其成；野味之香，香于草木为家而行止自若。是知丰衣美食，逸处安居，肥人之事也；流水高山，奇花异木，香人之物也。肥则必供刀俎，靡有孑遗①；香亦为人朵颐②，然或有时而免。二者不欲其兼，舍肥从香而已矣。

野禽可以时食，野兽则偶一尝之。野禽如雉、雁、鸠、鸽、黄雀、鹌鹑之属，虽生于野，若畜于家，为可取之如寄也。野兽之可得者惟兔、獐、鹿、熊、虎诸兽，岁不数得，是野味之中又分难易。难得者何？以其久住深山，不入人境，槛阱③之入，是人往觅兽，非兽来挑人也。禽则不然，知人欲弋④而往投之，以觅食也，食得而祸随之矣。是兽之死也，死于人；禽之毙也，毙于己。食野味者，当作如是观。惜禽而更当惜兽，以其取死之道为可原也。

[注释]

①靡有孑遗：即没有剩下。《诗经·大雅·云汉》云："周馀黎民，靡有孑遗。"这里指周朝的百姓没有存活者。后世也以此指物，如《后汉书·应劭传》云："逆臣董卓，荡覆王室，典宪焚燎，靡有孑遗。"本文指肥美的家禽供人食用，无有剩下。

②朵颐：指人鼓动腮颊嚼食的样子。《易经·颐卦》云："观我朵颐，凶。"前人注解说："朵是动义，如手之捉物，谓之朵也。今动其颐，故知嚼也。"

③槛阱：捕捉野兽用的木笼子或陷坑。《后汉书·宋均传》云："（九

江）郡多虎暴，数为民患，常募役设槛阱，而犹多伤害。"前人注解说："槛为机以捕兽，阱谓穿地陷之。"也作"阱槛"。

④弋：古代射鸟的一种方法，即用细绳系在箭上而射。《诗经·郑风·女曰鸡鸣》云："将翱将翔，弋凫与雁。"前人注解说："谓以绳系矢而射也。"

鱼

鱼藏水底，各自为天，自谓与世无求，可保戈矛之不及矣。乌知网罟①之奏功，较弓矢罝罘②为更捷。无事竭泽而渔，自有吞舟不漏之法。然鱼与禽兽之生死，同是一命，觉鱼之供人刀俎，似较他物为稍宜。何也？水族难竭而易繁。胎生卵生之物，少则一母数子，多亦数十子而止矣。鱼之为种也似粟，千斯仓而万斯箱③，皆于一腹焉寄之。苟无沙汰之人，则此千斯仓而万斯箱者生生不已，又变而为恒河沙数④。至恒河沙数之一变再变，以至千百变，竟无一物可以喻之，不几充塞江河而为陆地，舟楫之往来能无恙乎？故渔人之取鱼虾，与樵人之伐草木，皆取所当服，伐所不得不伐者也。我辈食鱼虾之罪，较食他物为稍轻。兹为约法数章，虽难比乎祥刑⑤，亦稍差于酷吏。

食鱼者首重在鲜，次则及肥，肥而且鲜，鱼之能事毕矣。然二美虽兼，又有所重在一者。如鲟、如鲚⑥（图6-02）、如鲫、如鲤，皆以鲜胜者也，鲜宜清煮作汤；如鳊、如白、如鲥、如鲢，皆以肥胜者也，肥宜厚烹作脍。烹煮之法，全在火候得宜。先期而食者肉生，生则不松；过期而食者肉死，死则无味。迟客之家，他馔或可先设以待，鱼则必须活养，候客至旋烹。鱼之至味在鲜，而鲜之至味又只在初熟离釜之片刻，若先烹以待，是使鱼之至美，发泄于空虚无人之境；待客至而再经火气，犹冷饭之复炊，残酒之再

图6-02 鳜鱼

热,有其形而无其质矣。煮鱼之水忌多,仅足伴鱼而止,水多一口,则鱼淡一分。司厨婢子,所利在汤,常有增而复增,以致鲜味减而又减者,志在厚客,不能不薄待庖人耳。更有制鱼良法,能使鲜肥迸出,不失天真,迟速咸宜,不虞火候者,则莫妙于蒸。置之镟内,入陈酒、酱油各数盏,覆以瓜姜及蕈笋诸鲜物,紧火蒸之极熟。此则随时早暮,供客咸宜,以鲜味尽在鱼中,并无一物能侵,亦无一气可泄,真上着也。

[注释]

①网罟(gǔ):罟,网的通称。或谓捕兽的网为"网",捕鱼的网为"罟"。《易经·系辞下》云:"(包牺氏)作结绳而为网罟。"前人注解说:"取兽曰网,取鱼曰罟。"

②罝罘(jūfú):或作"罘罝"。罝与罘都是指捕兔的网,也以"罝罘"泛指一般捕兽的网。《庄子·胠箧》云:"削格罗落罝罘之知多,则兽乱于泽矣。"

③千斯仓而万斯箱:语出《诗经·小雅·甫田》:"乃求千斯仓,乃求万斯箱。"前人注解说,意为粟米很多,求仓以贮之,求车以载之。

④恒河沙数：原为佛教语。见《金刚经·一体同观分》："是诸恒河所有沙数，佛世界如是，宁为多不？"后以恒河沙数形容极大的数目。

⑤祥刑：《尚书·吕刑》云："王曰：'吁！来，告尔祥刑。'"祥刑，即不重惩治而重德教的刑罚。《古今图书集成》中有《祥刑典》。

⑥鲚（jì）：鱼名，又名鲫花鱼，即鳜鱼。《本草纲目·鳞部三·鳜鱼》有介绍。

虾

笋为蔬食之必需，虾为荤食之必需，皆犹甘草之于药也。善治荤食者，以焯虾之汤，和入诸品，则物物皆鲜，亦犹笋汤之利于群蔬。笋可孤行，亦可并用；虾则不能自主，必借他物为君。若以煮熟之虾单盛一箧①，非特华筵必无是事，亦且令食者索然。惟醉者糟者，可供匕箸。是虾也者，因人成事之物，然又必不可无之物也。"治国若烹小鲜"②，此小鲜之有裨于国者。

[注释]

①箧：见前《蔬食第一·笋》一节注②。

②治国若烹小鲜：见《老子》第六十章，原文是"治大国若烹小鲜"。

鳖

"新粟米炊鱼子饭，嫩芦笋煮鳖裙羹。"①林居之人述此以鸣得意，其味之鲜美可知矣。予性于水族无一不嗜，独与鳖不相能，食多则觉口燥，殊不可解。一日，邻人网得巨鳖，召众食之，死者接踵，染指其汁者，亦病数月始痊。予以不喜食此，得免于召，遂得免于死。岂性之所在，即命之所在耶？予一生侥幸之事难更仆数。

乙未居武林②，邻家失火，三面皆焚，而予居无恙。己卯之夏③，遇大盗于虎爪山，贿以重资者得免，不则立毙。予囊无一钱，自分必死，延颈受诛，而盗不杀。至于甲申、乙酉之变④，予虽避兵山中，然亦有时入郭，其至幸者，才徙家而家焚，甫出城而城陷，其出生于死，皆在斯须倏忽之间。噫！予何修而得此于天哉！报施无地，有强为善而已矣。

[注释]

①新粟米炊鱼子饭，嫩芦笋煮鳖裙羹：宋张景诗。《全宋诗》第二册收录张景诗作，附录二散句为"新粟米炊鱼子饭，嫩冬瓜煮鳖鱼裙"，注谓《宋诗纪事补遗》卷四引《舆地纪胜》，而查《舆地纪胜》中未见此诗。

②乙未居武林：乙未为顺治十二年（1655），武林即杭州。李渔于顺治六年（1649）39岁时从故乡兰溪移家杭州。

③己卯之夏：即明崇祯十二年（1639）的夏天。此年李渔29岁，在故乡兰溪，也曾避兵乱至金华。

④甲申、乙酉之变：即明崇祯十七年甲申（1644）发生的李自成攻占北京、明朝亡国的大变故，顺治二年乙酉（1645）发生的清兵南下、南明福王小朝廷灭亡的大变故。

蟹

予于饮食之美，无一物不能言之，且无一物不穷其想象，竭其幽渺而言之；独于蟹螯一物，心能嗜之，口能甘之，无论终身一日皆不能忘之。至其可嗜可甘与不可忘之故，则绝口不能形容之。此一事一物也者，在我则为饮食中痴情，在彼则为天地间之怪物矣。予嗜此一生。每岁于蟹之未出时，即储钱以待，因家人笑予以蟹为命，即自呼其钱为"买命钱"。自初出之日始，至告竣之日止，未尝虚负一夕，缺陷一时。同人知予癖蟹，招者饷者皆于此日，予因呼九月、十月为"蟹秋"。虑其易尽而难继，又命家人涤瓮酿酒，以备糟之醉之之用。糟名"蟹糟"，酒名"蟹酿"，瓮名"蟹瓮"。向有一婢，勤于事蟹，即易其名为"蟹奴"，今亡之矣。蟹乎！蟹乎！汝于吾之一生，殆相终始者乎①！所不能为汝生色者，未尝于有螃蟹无监州处作郡②，出俸钱以供大嚼，仅以悭囊③易汝。即使日购百筐，除供客外，与五十口家人分食，然则入予腹者有几何哉？蟹乎！蟹乎！吾终有愧于汝矣。

蟹之为物至美，而其味坏于食之之人。以之为羹者，鲜则鲜矣，而蟹之美质何在？以之为脍者，腻则腻矣，而蟹之真味不存。更可厌者，断为两截，和以油、盐、豆粉而煎之，使蟹之色、蟹之香与蟹之真味全失。此皆似嫉蟹之多味，忌蟹之美观，而多方蹂躏，使之泄气而变形者也。世间好物，利在孤行。蟹之鲜而肥，甘而腻，白似玉而黄似金，已造色香味三者之至极，更无一物可以上之。和以他味者，犹之以爝火④助日，掬水益河，冀其有裨也，不亦难乎？凡食蟹者，只合全其故体，蒸而熟之，贮以冰盘，列之几上，听客自取自食。剖一筐，食一筐，断一螯，食一螯，则气与味纤毫不漏。出于蟹之躯壳者，即入于人之口腹，饮食之三昧，再有深入于此者哉？凡治他具，皆可人任其劳，我享其逸，独蟹与瓜子、菱角三种，必须自任其劳。旋剥旋食则有味，人剥而我食之，不特味同嚼蜡，且似不成其为蟹与瓜子、菱角，而别是一物者。此与好香必须自焚，好茶必须自斟，僮仆虽多，不能任其力者，同出一理。讲饮食清供之道者，皆不可不知也。

宴上客者势难全体，不得已而羹之，亦不当和以他物，惟以煮鸡鹅之汁为汤，去其油腻可也。

瓮中取醉蟹，最忌用灯，灯光一照，则满瓮俱沙，此人人知忌者也。有法处之，则可任照不忌。初醉之时，不论昼夜，俱点油灯一盏，照之入瓮，则与灯光相习，不相忌而相能，任凭照取，永无变沙之患矣。（此法都门有用之者。）

[注释]

①殆相终始者乎：李渔自谓自始至终爱吃螃蟹。这一嗜好在其他文章中也有表述。李渔《笠翁一家言文集》卷一有《蟹赋》一篇，赋前小序云："天下食物之美，有过于螃蟹者乎？予昔误听人言，谓江瑶柱、西施舌二种，足居其右。迨游八闽，食荔枝而甘之，窃疑造物有私，胡独厚此一方而薄尽天下，既啖以佳果，复餍以美馔，闽人之暴殄天物，不太甚乎？及食所谓居蟹右者，悉淮阴之绛、灌，求为侪伍而不屑者也。……以是知南方之蟹，合山珍海错而较之，当居第一，不独冠乎水族、甲于介虫而已也。"《笠翁诗集》卷一也有几首诗写吃螃蟹事。一是《谢蟹歌为归安令君何紫雯作》，一是《丁巳小春偕顾梁汾典籍、吴云文文学，集吴念庵斋头啖蟹甚畅，即席同赋，韵限蟹头蟹尾》，一是《念庵招饮后，蟹遭雾障，售者寥寥。越十日而复招啖蟹，予子及婿皆在焉。因复歌之，仍用蟹头鱼尾之韵》。可参看。

②有螃蟹无监州处作郡：监州，即监察州县官之官。李渔自谓选择一处不受监察的州县做官，可以自由快活，想吃螃蟹就吃螃蟹，不必受人拘束。

③悭囊：又名扑满，即储钱罐。因其口小，钱币易入而不易取出，故称悭囊。古代文士诗文中常写到悭囊，也讽刺那些吝啬的人为"破悭囊"。本文中"悭囊"一词是谦称自己的一点数目不大的积蓄。

④爝火：即炬火。《庄子·逍遥游》云："日月出矣，而爝火不息，其为光也，不亦难乎？"前人注解说："爝火，犹炬火也。"

零星水族

予担簦①二十年，履迹几遍天下。四海②历其三，三江五湖③则俱未尝遗一，惟九河④未能环绕，以其迂僻者多，不尽在舟车可抵之境也。历水既多，则水族之经食者，自必不少，因知天下万物之繁,未有繁于水族者,载籍所列诸鱼名,不过十之六七耳。常有奇形异状,味亦不群,渔人竟日取之,土人终年食之,咨询其名,皆不知为何物者。无论其他,即吴门、京口诸地所产水族之中,有一种似鱼非鱼,状类河豚而极小者,俗名"斑子鱼"⑤,味之甘美,几同乳酪,又柔滑无骨,真至味也,而《本草》《食物》诸书,皆所不载。近地且然,况寥廓而迂僻者乎?海错之至美,人所艳羡而不得食者,为闽之"西施舌"⑥"江瑶柱"⑦二种。"西施舌"予既食之,独"江瑶柱"未获一尝,为入闽恨事。所谓"西施舌"者,状其形也。白而洁,光而滑,入口咂之,俨然美妇之舌,但少朱唇皓齿牵制其根,使之不留而即下耳。此所谓状其形也。若论鲜味,则海错中尽有过之者,未甚奇特,朵颐此味之人,但索美舌而咂之,即当屠门大嚼⑧矣。其不甚著名而有异味者,则北海之鲜鰤⑨,味并鲥鱼,其腹中有肋,甘美绝伦。世人以在鲟鳇腹中者为"西施乳",若与此肋较短长,恐又有东家西家⑩之别耳。

河豚为江南最尚之物,予亦食而甘之。但询其烹饪之法,则所需之作料甚繁,合而计之,不下十馀种,且又不可缺一,缺一则腥而寡味。然则河豚无奇,乃假众美成奇者也。有如许调和之料施之他物,何一不可擅长,奚必假杀人之物以示异乎?食之可,不食亦可。若江南之鲚⑪,则为春馔中妙物。食鲥鱼及鲟鳇有厌时,鲚则愈嚼愈甘,至果腹而犹不能释手者也。

[注释]

①担簦(dēng):簦,一种有柄的笠,形状如伞,代指一般的防雨之具。担簦,或作"檐簦",意为旅途奔波辛苦。《史记·平原君虞卿列传》云:"虞卿者,游说之士也。蹑蹻檐簦,说孝成王。"李渔的诗中也曾用"担簦"一词,其七律诗《予携妇女出游,有笑其失计者,诗以解嘲》云:"尽怪饥驱似饱腾,纷纷儿女共车乘。须知我作浮家客,欲免人呼行脚僧。

岁俭移民常就食，力衰呼侣伴担簦。他时绝粒长途上，纵死还疑拔宅升。"见《笠翁诗集》卷二。

②四海：古时候人们认为中国四周皆有海，于是把中国称为海内，把外国称为海外。四海，意为天下，如说"四海之内，皆兄弟也"。本文中李渔所谓"四海历其三"，当是指北海（渤海）、东海、南海，还有一海未历者为"西海"。

③三江五湖：语出《淮南子·本经训》："舜乃使禹疏三江五湖。"然而关于三江和五湖的说法历来有多种。关于三江：《国语·越语》云"三江环之"，前人注谓吴江、钱塘江、浦阳江为三江；《汉书·地理志》云"三江既入"，前人注谓北江、东江、南江为三江；《水经注·沔水》引晋郭璞注谓岷江、松江、浙江为三江。李渔自谓去过三江，可能是指钱塘江、长江、珠江。关于五湖：《周礼·夏官·职方氏》谓"东南曰扬州……其川三江，其浸五湖"，而前人对于五湖的说法不一。或谓太湖为五湖，或谓太湖及附近四湖为五湖，或谓太湖及洞庭、鄱阳等湖合称五湖。李渔自谓去过五湖，可能是指太湖及附近的四个湖。

④九河：古代黄河自孟津之下分为九道，称为九河。《尚书·禹贡》云"九河既道"，前人注解引《尔雅》谓黄河分出的九河为："徒骇一，太史二，马颊三，覆釜四，胡苏五，简六，絜七，钩盘八，鬲津九。"因黄河九河古道变动很大，难以详考，后世一般认为山东德州以北、天津市以南的黄河入海口三角洲一带的黄河古道为九河。本文李渔说"九河未能环绕"，大概即是指这一带地区。

⑤斑子鱼：即河豚鱼。宋叶梦得《石林诗话》云："今浙人食河豚，始于上元前，柳絮时人已不食，谓之斑子。"

⑥西施舌：一种贝类动物，其肉如人舌状，且白而嫩，味道极其鲜美，人美其名曰西施舌。宋胡仔《苕溪渔隐丛话》后集卷二十四《梅都官》一节引《诗说隽永》云："福州岭口有蛤属，号西施舌，极甘脆。其出时天气正热，不可致远。吕居仁有诗云：'海上凡鱼不识名，百千生命一杯羹。无端更号西施舌，重与儿童起妄情。'"

⑦江瑶柱：一种贝类动物，也称江瑶或江珧，壳大而薄，肉极鲜美，制

成肴馔称江瑶柱。古代食江瑶有悠久的历史。宋吴曾《能改斋漫录》卷十五《车螯》、《本草纲目》卷四十六《介》都有详细介绍。

⑧屠门大嚼：经过屠家之门，故意做出大嚼的样子，比喻羡慕他人而不能得到，就想象为已经得到的情状而自慰。三国魏曹植《曹子建集》卷九《与吴季重书》云："过屠门而大嚼，虽不得肉，贵且快意。"

⑨鳓（lè）：鱼名。产于东南海洋中，状如鲥鱼，小头细鳞，或名勒鱼，味道鲜美。

⑩东家西家：即西施家和东施家。西施是越国著名美女，而东施效颦成为笑柄。《太平寰宇记》卷九十六载越州诸暨县苎萝里有西施东施家。后世因此以东施为丑女的典型代表，以西施为美女的典型代表。本文谓东家西家，亦取美丑之别的意思。

⑪鲚（jì）：即鮆鱼，又名刏鱼，或名刀鱼。《山海经·南山经》云："（浮玉之山）苕水出于其阴，北流注于具区，其中多鮆鱼。"具区即是太湖。前人注解说："鮆鱼狭薄而长，头大者尺馀，太湖中今饶之，一名刀鱼。"

不载果食茶酒说

果者酒之仇，茶者酒之敌，嗜酒之人必不嗜茶与果，此定数也。凡有新客入座，平时未经共饮，不知其酒量浅深者，但以果饼及糖食验之。取到即食，食而似有踊跃之情者，此即茗客，非酒客也；取而不食，及食不数四而即有倦色者，此必巨量之客，以酒为生者也。以此法验嘉宾，百不失一。予系茗客而非酒人，性似猿猴，以果代食，天下皆知之矣。讯以酒味则茫然，与谈食果饮茶之事，则觉井井有条，滋滋多味。兹既备述饮馔之事，则当于二者加详，胡以缺而不备？曰：惧其略也。性既嗜此，则必大书特书，而且为罄竹之书，若以寥寥数纸终其崖略①，则恐笔欲停而心未许，不觉其言之汗漫而难收也。且果可略而茶不可略，茗战之兵法，富于《三略》②《六韬》③，岂《孙子》十三篇④所能尽其灵秘者哉？是用专辑一编，名为《茶果志》，孤行可，尾于是集之后亦可。至于曲蘖⑤一事，予既自谓茫然，如复强为置吻，则假口他人乎？抑强不知为知，以欺天下乎？假口则仍犯剿袭之戒；将欲欺人，则茗客可欺，酒人不可欺也。倘执其所短而兴问罪之师，吾能以茗战战之乎？不若绝口不谈之为愈耳。

[注释]

①崖略：梗概，大略。见前《居室部·房舍第一》注⑨。

②《三略》：古代兵书，相传为黄石公作，又称《黄石公三略》。已失传。

③《六韬》：古代兵书，是汉代人假托吕尚之名编著的，分文韬、武韬、龙韬、虎韬、豹韬、犬韬六个部分，故名《六韬》。有传世之本，为"武学七书"之一。

④《孙子》十三篇：古代兵法著作，春秋时孙武著。《汉书·艺文志》著录《孙子兵法》八十二篇，但传世之本只有十三篇。

⑤曲蘖：酒母。《尚书·说命下》："若为酒醴，尔惟曲蘖。"后世也代指酒，如杜甫《归来》诗云："凭谁给曲蘖，细酌老江干。"

卷七 种植部

已载群书者片言不赘,非补未逮之论,即传自验之方,欲睹陈言,请翻诸集。

木本第一

草木之种类极杂,而别其大较有三,木本、藤本、草本是也。木本坚而难瘘,其岁较长者,根深故也。藤本之为根略浅,故弱而待扶,其岁犹以年纪。草本之根愈浅,故经霜辄坏,为寿止能及岁。是根也者,万物短长之数也,欲丰其得,先固其根,吾于老农老圃之事,而得养生处世之方焉。人能虑后计长,事事求为木本,则见雨露不喜,而睹霜雪不惊;其为身也,挺然独立,至于斧斤之来,则天数也,岂灵椿古柏之所能避哉?如其植德①不力,而务为苟延,则是藤本其身,止可因人成事,人立而我立,人仆而我亦仆矣。至于木槿其生,不为明日计者,彼且不知根为何物,遑计入土之浅深,藏荄②之厚薄哉?是即草木之流亚也。噫!世岂乏草木之行,而反木其天年,藤其后裔者哉?此造物偶然之失,非天地处人待物之常也。

[注释]

①植德:植,树立。植德,即树立自身的品德。

②荄(gāi):《尔雅·释草》云:"荄,根。"前人注解说:"凡草根一名荄。藏荄,即藏根于土。"

牡 丹

牡丹得王于群花,予初不服是论,谓其色其香,去芍药有几?择其绝胜者与角雌雄,正未知鹿死谁手。及睹《事物纪原》①,谓武后冬月游后苑,花俱开而牡丹独迟,遂贬洛阳,因大悟曰:强项若此，得贬固宜，然不加九五之尊，奚洗八千之辱②乎？（韩诗"夕贬潮阳路八千"。）物生有候，葭动以时，苟非其时，虽十尧不能冬生一穗；后系人主，可强鸡人③使昼鸣乎？如其有识，当尽贬诸卉而独崇牡丹。花王之封，允宜肇于此日，惜其所见不逮，而且倒行逆施。诚哉其为武后也。予自秦之巩昌④，载牡丹十数本而归，同人嘲予以诗，有"群芳应怪人情热，千里趋迎富贵花"之句。予曰：彼以守拙得贬，予载之归，是趋冷非趋热也。兹得此论，更发明矣。艺植之法，载于名人谱帙者，纤发无遗，予倘及之，又是拾人牙后⑤矣。但有吃紧一着，花谱偶载而未之悉者，请畅言之。是花皆有正面，有反面，有侧面。正面宜向阳，此种花通义也。然他种或能委曲，独牡丹不肯通融，处以南面即生，俾之他向则死，此其肮脏不回之本性，人主不能屈之，谁能屈之？予尝执此语同人，有迕其说者。予曰："匪特士民之家，即以帝王之尊，欲植此花，亦不能不循此例。"同人诘予曰："有所本乎？"予曰："有本。吾家太白⑥诗云：'名花倾国两相欢，常得君王带笑看。解释春风无限恨，沉香亭北倚栏杆。'倚栏杆者向北，则花非南面而何？"同人笑而是之。斯言得无定论？

[注释]

①《事物纪原》：宋高承撰，共10卷，内容为考察各种事物的源起及流变。今有《四库全书》本。

②八千之辱：指韩愈被贬官于潮州一事。因韩愈有《左迁至蓝关示侄孙湘》诗云："一封朝奏九重天，夕贬潮阳路八千。欲为圣朝除弊事，肯将衰朽惜残年？云横秦岭家何在，雪拥蓝关马不前。知汝远来应有意，好收吾骨瘴江边。"见《全唐诗》卷三四四及《千家诗》。

③鸡人：古代负责报晓之官。《周礼·春官·鸡人》云："鸡人掌供鸡牲，辨其物。"后世文人诗文中常以鸡人指夜间报更者。如王维《和贾舍人

早朝大明宫之作》诗云"绛帻鸡人报晓筹,尚衣方进翠云裘"(《全唐诗》卷一二八),又如李商隐《马嵬二首》之二诗云"空闻虎旅传宵柝,无复鸡人报晓筹"(《全唐诗》卷五三九)等。

④巩昌:古代巩昌府,治所在今甘肃陇西。

⑤拾人牙后:或称"拾人牙慧",意为蹈袭陈言。语出《世说新语·文学》:"殷中军(浩)云:'康伯未得我牙后慧。'"

⑥吾家太白:即李白,李渔与李白同姓,故如此称呼。此诗即李白所作《清平调》三首之三,见前《声容部·治服第三·首饰》注①。

梅

花之最先者梅,果之最先者樱桃。若以次序定尊卑,则梅当王于花,樱桃王于果,犹瓜之最先者曰王瓜,于义理未尝不合,奈何别置品题,使后来居上?首出者不得为圣人,则辟草昧致文明者,谁之力欤?虽然,以梅冠群芳,料舆情必协;但以樱桃冠群果,吾恐主持公道者,又不免为荔枝号屈矣。姑仍旧贯,以免抵牾。种梅之法,亦备群书,无庸置吻,但言领略之法而已。花时苦寒,即有妻梅①之心,当筹寝处之法。否则衾枕不备,露宿为难,乘兴而来者,无不尽兴而返,即求为驴背浩然②,不数得也。观梅之具有二:山游者必带帐房,实三面而虚其前,制同汤网③,其中多设炉炭,既可致温,复备暖酒之用。此一法也。园居者设纸屏数扇,覆以平顶,四面设窗,尽可开闭,随花所在,撑而就之。此屏不止观梅,是花皆然,可备终岁之用。立一小匾,名曰"就花居"。花间竖一旗帜,不论何花,概以总名曰"缩地花"。此一法也。若家居所植者,近在身畔,远亦不出眼前,是花能就人,无俟人为蜂蝶矣。然而爱梅之人,缺陷有二:凡到梅开之时,人之好恶不齐,天之功过亦不等,风送香来,香来而寒亦至,令人开户不得,闭户不得,是可爱者风,而可憎者亦风也。雪助花妍,雪冻而花亦冻,令人去之不可,留之不可,是有功者雪,有过者亦雪也。其有功无过,可爱而不可憎者惟日,既可养花,又堪曝背,是诚天之循吏也。使止有日而无风雪,则无时无日不在花间,布帐纸屏皆可不设,岂非梅花之至幸,而生人之极乐也哉!然而为之天者,则甚难矣。

蜡梅者,梅之别种,殆亦共姓而通谱者欤?然而有此令德,亦乐与联宗。吾又谓别有一花,当为蜡梅之异姓兄弟,玫瑰是也。气味相孚,皆造浓艳之极致,殆不留馀地待人者矣。人谓过犹不及,当务适中,然资性所在,一往而深,求为适中,不可得也。

[注释]

①妻梅:以梅为妻。宋代林逋的典故。林逋(967—1028),宋钱塘(今杭州市)人,字君复,隐居于西湖孤山,种梅养鹤自娱,有"梅妻鹤子"之称。卒谥和靖先生。《宋史》有传。

②驴背浩然:见《器玩部·制度第一·椅杌》注⑥。

③汤网:商汤出巡,见野地有人用网捕兔,张网四面,欲把兔类全部猎尽,就下令去掉三面之网,只留下一面。诸侯听说此事,都赞扬商汤的仁德。见《史记·殷本纪》。后世便以汤网比喻刑政的宽大。本文以汤网比喻帐房,却是去其一面而留下三面之意,和汤网的本义又有所不同。

桃

凡言草木之花,矢口即称桃李,是桃李二物,领袖群芳者也。其所以领袖群芳者,以色之大都不出红白二种,桃色为红之极纯,李色为白之至洁,"桃花能红李能白"①一语,足尽二物之能事。然今人所重之桃,非古人所爱之桃;今人所重者为口腹计,未尝究及观览。大率桃之为物,可目者未尝可口,不能执两端事人。凡欲桃实之佳者，必以他树接②之，不知桃实之佳，佳于接，桃色之坏，亦坏于接。桃之未经接者，其色极娇，酷似美人之面，所谓"桃腮""桃靥"者，皆指天然未接之桃，非今时所谓碧桃、绛桃、金桃、银桃之类也。即今诗人所咏、画图所绘者，亦是此种。此种不得于名园，不得于胜地，惟乡村篱落之间，牧童樵叟所居之地，能富有之。欲看桃花者，必策蹇③郊行，听其所至，如武陵人之偶入桃源，始能复有其乐。如仅载酒园亭，携姬院落，为当春行乐计者，谓赏他卉则可，谓看桃花而能得其真趣，吾不信也。噫！色之极媚者莫过于桃，而寿之极短者亦莫过于桃，"红颜薄命"之说，单为此种。凡见妇人面与相似而色泽不分者，即当以花魂视之，谓别形体不久也。然勿明言，至生涕泣。

[注释]

①桃花能红李能白：这是宋唐庚《剑州道中见桃花盛开而梅花犹有存者》诗中的句子，原诗前四句是："桃花能红李能白，春深无处无颜色。不应尚有数枝梅，可是东君苦留客。"见《全宋诗》第二十三册。古诗中述及桃花红李花白的诗句甚多，如唐贺知章《望人家桃李花》诗云："桃花红兮李花白，照灼城隅复南陌。"见《全唐诗》卷一一二。李渔所著小说《拂云楼》中，有一位丫鬟名叫能红，小说中写道："这个梅香反大小姐两岁，小姐二八，他已二九。原名叫做桃花，因与小姐同学读书，先生见他资颖出众，相貌可观，将来必有良遇，恐怕以'桃花'二字见轻于人，说她是个婢子，故此告过主人，替他改了名字，叫做能红，依旧不失桃花之意，所谓'桃花能红李能白'也。"

②接：果树的嫁接。中国古代对于果树的嫁接技术起源很早，北魏贾思勰《齐民要术》卷四《种枣》即介绍了嫁接枣树的技术。

③策蹇：赶着驴子行路，或即骑驴行路。"蹇"字本意指跛脚或驽钝，古时称驴子为"蹇卫"，即行动迟缓的驴子。参见前《器玩部·制度第一·椅杌》注⑥所述孟浩然所骑之驴。古代称驴为卫由来已久。唐李匡文《资

暇集》卷下《驴为卫》一则云："代呼驴为卫，于文字未见。今卫地出驴，义在斯乎？或说以其有轴、有槽，譬如诸卫有胄槽也，因目为卫。"宋代以后呼驴为卫已较普遍。岳珂《桯史》卷五《大小寒》引诗云："蹇卫冲风怯晓寒，也随举子到长安。"明代马中锡《中山狼传》云："墨者东郭先生……策蹇驴，囊图书。"清代王士禛《池北偶谈》卷二十六《女侠》云"腰剑，骑黑卫"，即是骑一头黑驴。

李

李是吾家果①，花亦吾家花，当以私爱嬖之，然不敢也。唐有天下，此树未闻得封。天子未尝私庇，况庶人乎？以公道论之可已。与桃齐名，同作花中领袖，然而桃色可变，李色不可变也。"邦有道，不变塞焉，强哉矫；邦无道，至死不变，强哉矫。"②自有此花以来，未闻稍易其色，始终一操，涅而不淄③，是诚吾家物也。至有稍变其色，冒为一宗，而此类不收，仍加一字以示别者，则郁李④是也。李树较桃为耐久，逾三十年始老，枝虽枯而子仍不细，以得于天者独厚，又能甘淡守素，未尝以色媚人也。若仙李之盘根，则又与灵椿比寿。我欲绳武⑤而不能，以著述永年⑥而已矣。

[注释]

①吾家果：李渔姓李，因此称李为家果。

②此段引文见《礼记·中庸》，原文是："故君子和而不流，强哉矫；中立而不倚，强哉矫；国有道，不变塞焉，强哉矫；国无道，至死不变，强哉矫。""强哉矫"即是说"刚强得很啊"。本文引《中庸》之语，仅取刚强的意思来赞扬李树。

③涅而不淄：即染而不黑。语出《论语·阳货》，原文云："不曰坚乎？磨而不磷；不曰白乎？涅而不淄。"

④郁李：木名，即唐棣。《论语·子罕》云："唐棣之华，偏其反而。"

又名"常棣",《诗经·小雅·常棣》云:"常棣之华,鄂不韡韡。"其仁称郁李仁,可入药,见《政和证类本草》卷十四《郁李仁》。

⑤绳武:或云"绳祖",即继承祖先。语出《诗经·大雅·下武》:"昭兹来许,绳其祖武。"前人注解说:"绳,继也;武,迹也。"

⑥永年:即长寿之意。《尚书·毕命》云:"资富能训,惟以永年。"

杏

种杏不实①者,以处子②常系之裙系树上,便结子累累。予初不信,而试之果然。是树性喜淫者,莫过于杏,予尝名为"风流树"。噫!树木何取于人,人何亲于树木,而契爱若此动乎情也?情能动物,况于人乎!其必宜于处子之裙者,以情贵乎专;已字人者,情有所分而不聚也。予谓此法既验于杏,亦可推而广之。凡树木之不实者,皆当系以美女之裳;即男子之不能诞育者,亦当衣以佳人之裤。盖世间慕女色而爱处子,可以情感而使之动者,岂止一杏而已哉!

[注释]

①不实:不结果实。

②处子:即处女,未出嫁的姑娘。《孟子·告子下》云:"逾东家墙而搂其处子,则得妻。"

梨

予播迁四方,所止之地,惟荔枝、龙眼、佛手诸卉,为吴越诸邦不产者,未经种植,其馀一切花果竹木,无一不经葺理;独梨花一本,为眼前易得之物,独不能身有其树为楂梨主人,可与少陵不咏海棠①,同作一等欠事。然性爱此花,甚于爱食其果。果之种类不一，中食者少，而花之耐观，则无一不然。雪为天上之雪，此是人间之雪；雪之所少者香，此能兼擅其美。唐人诗②云："梅虽逊雪三分白，雪却输梅一段香。"此言天上之雪。料其输赢不决，请以人间之雪为天上解围。

[注释]

①少陵不咏海棠：少陵即杜甫，字少陵。杜甫的诗中未见咏海棠，见下文《海棠》一节注⑧。

②唐人诗：此诗应为宋人卢梅坡诗，李渔误记为唐人诗。见《千家诗》中《雪梅》（二首选一），原诗云："梅雪争春未肯降，骚人搁笔费评章。梅须逊雪三分白，雪却输梅一段香。"

海　棠

"海棠有色而无香"，此《春秋》责备贤者之法①。否则无香者众，胡尽恕之，而独于海棠（图7-01）是咎？然吾又谓海棠不尽无香，香在隐跃之间，又不幸而为色掩。如人生有二技，一技稍粗，则为精者所隐；一术太长，则六艺皆通，悉为人所不道。王羲之善书，吴道子善画，此二人者，岂仅工书善画者哉？苏长公不善棋酒②，岂遂一子不拈，一卮不设者哉？诗文过高，棋酒不足称耳。吾欲证前人有色无香之说，执海棠之初放者嗅之，另有一种清芬，利于缓咀，而不宜于猛嗅。使尽无香，则蜂蝶过门不入矣，何以郑谷《咏海棠》③诗云："朝醉暮吟看不足，羡他蝴蝶宿深枝。"有香无香，当以蝶之去留为证。且香之与臭，敌国也。《花谱》④云："海棠无香而畏臭，不宜灌粪。"去此者必即彼，若是，则海棠无香之说，亦可备证于前，而稍白于后矣。（沈因伯⑤云：海棠知己。千古奇冤，因此而白。）噫！"大音希声"⑥，"大羹不和"⑦，奚必如兰如麝，扑鼻薰人，而后谓之有香气乎？

图 7-01 海棠

图 7-02 秋海棠

王禹偁《诗话》云："杜子美避地蜀中，未尝有一诗及海棠，以其生母名海棠也。"⑧生母名海棠，予空疏未得其考，然恐子美即善吟，亦不能物物咏到。一诗偶遗，即使后人议及父母。甚矣，才子之难为也。鼎革以前，吾乡杜姓者，其家海棠绝胜，予岁岁纵览，未尝或遗。尝赠以诗云："此花不比别花来，题破东君着意培。不怪少陵无赠句，多情偏向杜家开。"⑨似可为少陵解嘲。

秋海棠（图7-02）一种，较春花更媚。春花肖美人，秋花更肖美人；春花肖美人之已嫁者，秋花肖美人之待年者；春花肖美人之绰约可爱者，秋花肖美人之纤弱可怜者。处子之可怜，少妇之可爱，二者不可得兼，必将娶怜而割爱矣。相传秋海棠初无是花，因女子怀人不至，涕泣洒地，遂生此花，名为"断肠花"⑩。噫！同一泪也，洒之林中，即成斑竹，洒之地上，即生海棠，泪之为物神矣哉！

春海棠颜色极佳，凡有园亭者不可不备，然贫士之家不能必有，当以秋海棠补之。此花便于贫士者有二：移根即是，不须钱买，一也；为地不多，墙间壁上，皆可植之。性复喜阴，秋海棠所取之地，皆群花所弃之地也。

[注释]

①《春秋》责备贤者之法：见前《演习部·选剧第一》注③。本文述及海棠，其花色艳丽宜人，而人们还责备它的"无香"，这就如《春秋》对于贤者的责难颇为相似。宋陈思《海棠谱》云："刘渊材谓人曰：'平生死无恨，所恨者五事耳。'人问其故，渊材欲说，敛目不言久之，曰：'吾论不入时耳，吾恐尔曹轻易之。'问者力请，乃答曰：'第一恨鲥鱼多骨，二恨金橘太酸，三恨莼菜性冷，四恨海棠无香，五恨曾子固不能诗。'闻者大笑。渊材瞠目答曰：'诸子果轻易吾论也。'"这一故事，皆为指摘美中不足之事，其中"海棠无香"为其中之一。

②苏长公不善棋酒：苏长公即苏轼，他不擅长下棋，也不爱饮酒。

③《咏海棠》：郑谷原诗题为《海棠》，全诗云："春风用意匀颜色，销

得携觞与赋诗。秾丽最宜新著雨，娇娆全在欲开时。莫愁粉黛临窗懒，梁广丹青点笔迟。朝醉暮吟看不足，羡他蝴蝶宿深枝。"见《全唐诗》卷六七五。

④《花谱》：分类介绍各种花卉名目、特征及相关诗文的书，不止一种。如宋王观的《芍药谱》、陆游的《牡丹谱》、刘蒙的《菊谱》、范成大的《梅谱》、陈思的《海棠谱》、明代高濂的《兰谱》等。李渔所说的《花谱》，当是指明代王象晋编撰的《群芳谱》。此书今未见。至清代康熙四十七年（1708）由汪灏等编撰成书的《御定佩文斋广群芳谱》100卷，即是在王象晋《群芳谱》的基础上加以增补而成的。《广群芳谱》的卷二十二至卷五十三，即标为"花谱一"至"花谱三十二"；《广群芳谱》的卷八十七至卷九十二，即标为"卉谱一"至"卉谱六"。《闲情偶寄·种植部》中引用《花谱》的文字，即与《广群芳谱》中的"花谱""卉谱"部分基本相同。

⑤沈因伯：李渔的女婿，名心友，字因伯。顺治十八年（1661）前后来李家，后为李渔主持家政，甚得李渔信任。李渔有《怀阿倩沈因伯暨吾女淑昭》《阿倩沈因伯寄诗文入都求改政，喜其力学，寄诗勉之》《阿倩沈因伯四十初度时伴予客苕川是日初至》等诗，见《笠翁诗集》卷一。

⑥大音希声：见前《词曲部·音律第三·鱼模当分》注④。

⑦大羹不和：大羹是古时祭祀用的肉汁。出自《左传·桓公二年》，原文为"大羹不致"，"不致"的意思是不加调料。本文谓"大羹不和"，意思相同。

⑧这里所引王禹偁《诗话》中语，见清吴景旭《历代诗话》卷三十八《讳闲》；又见明代彭大翼《山堂肆考》卷一九九。关于杜甫诗中没有咏海棠者，又见于宋葛立方《韵语阳秋》卷十六，云："杜子美居蜀，累年吟咏殆遍，海棠奇艳，而杜诗独不及，何耶？郑谷诗云'浣花溪上空惆怅，子美无心为发扬'是已。"宋代其他文士的著作也曾提及此事，如何薳《春渚纪闻》卷六《东坡事实·营妓比海棠绝句》一则记苏轼逸事，说苏东坡在黄州时，某日宴聚遇营妓李琪，李琪想得到东坡的字，苏东坡为她题诗云："东坡七岁黄州住，何事无言及李琪。恰似西川杜工部，海棠虽好不留诗。"

⑨此诗见《笠翁一家言诗集》卷三，题为《杜园海棠》，原诗云："此

花非比别花来,说破东君着意培。不怪少陵无赠句,多情偏向杜家开。"本文所引此诗个别文字稍异。

⑩断肠花:秋海棠的别名。《广群芳谱》卷三十六云:"昔有妇人怀人不见,恒洒泪于北墙之下。后洒处生草,其花甚媚,色如妇面,其叶正绿反红,秋开,名曰断肠花,即今海棠也。"

玉 兰

世无玉树,请以此花当之(图7-03)。花之白者尽多,皆有叶色相乱,此则不叶而花,与梅同致。千干万蕊,尽放一时,殊盛事也。但绝盛之事,有时变为恨事。众花之开,无不忌雨,而此花尤甚。一树好花,止须一宿微雨,尽皆变色,又觉腐烂可憎,较之无花,更为乏趣。群花开谢以时,谢者既谢,开者犹开,此则一败俱败,半瓣不留。语云:"弄花一年,看花十日。"为玉兰主人者,常有延伫经年,不得一朝盼望者,讵非香国中绝大恨事?故值此花一开,便宜急急玩赏,玩得一日是一日,赏得一时是一时。若初开不玩而俟全开,全开不玩而俟盛开,则恐好事未行,而杀风景者至矣。噫!天何仇于玉兰,而往往三岁之中,定有一二岁与之为难哉!

图7-03 玉兰

辛　夷①

辛夷，木笔，望春花，一卉而数异其名，又无甚新奇可取，"名有馀而实不足"者，此类是也。园亭极广，无一不备者方可植之，不则当为此花藏拙。

[注释]

①辛夷：香木名，其花含苞时尖如笔头，故又名木笔。在江南正月开花，在北方二月开花，因此又名望春花。《广群芳谱》卷三十八记辛夷云，又名辛雉、猴桃、木笔、迎春。屈原《九歌》云"辛夷楣兮药房"，可见辛夷得名由来已久。扬雄《甘泉赋》云"得辛雉于林薄"，即是指辛夷。韩愈《感春》诗五首之一云："辛夷高花最先开，青天露出始此回。"见《全唐诗》卷三三九。辛夷，也作辛荑，明清之际侯方域《赠人》诗云："夹道朱楼一径斜，王孙初御富平车。青溪尽种辛荑树，不数东风桃李花。"

山　茶

花之最不耐开，一开辄尽者，桂与玉兰是也；花之最能持久，愈开愈盛者，山茶（图7-04）、石榴是也。然石榴之久，犹不及山茶；榴叶经霜即脱，山茶戴雪而荣。则是此花也者，具松柏之骨，挟桃李之姿，历春夏秋冬如一日，殆草木而神仙者乎？又况种类极多，由浅红以至深红，无一不备。其浅也，如粉如脂，如美人之腮，如酒客之面；其深也，如朱如火，如猩猩之血，如鹤顶之珠。可谓极浅深浓淡之致，而无一毫遗憾者矣。得此花一二本，可抵群花数十本。惜乎予园仅同芥子，诸卉种就，不能再纳须弥①，仅取盆中小树，植于怪石之旁。噫！善善而不能用，恶恶而不能去，予其郭公②也夫！

图7-04 山茶

[注释]

①再纳须弥：即"芥子纳须弥"的典故，见《居室部·窗栏第二·取景在借》注④。

②郭公：即傀儡。北齐后主高纬爱好傀儡表演，谓之郭公。时人戏为之作《郭公歌》。本文中李渔谓自己不能作主，则如同傀儡。

紫　薇①

人谓禽兽有知，草木无知。予曰：不然。禽兽草木尽是有知之物，但禽兽之知，稍异于人，草木之知，又稍异于禽兽，渐蠢则渐愚耳。何以知之？知之于紫薇树（图7-05）之怕痒。知痒则知痛，知痛痒则知荣辱利害，是去禽兽不远，犹禽兽之去人不远也。人谓树之怕痒者，只有紫薇一种，馀则不然。予曰：草木同性，但观此树性痒，即知无草无木不知痛痒，但紫薇能动，他树不能动耳。人又问：既然不动，何以知其识痛痒？予曰：就人喻之，怕痒之人，搔之即动，亦有不怕痒之人，听人搔扒而不动者，岂人亦不知痛痒乎？由是观之，草木之受诛锄，犹禽兽之被宰杀，其苦其

图 7-05 紫薇

痛,俱有不忍言者。人能以待紫薇者待一切草木,待一切草木者待禽兽与人,则斩伐不敢妄施,而有疾痛相关之义矣。

[注释]

①紫薇:《广群芳谱》卷三十八介绍:紫薇,一名满堂红,一名百日红,四五月开花,开谢接续,可至八九月,故名。一名怕痒花,人以手爪其肤,彻顶动摇,故名。

绣　球[①]

天工之巧,至开绣球(图7-06)一花而止矣。他种之巧,纯用天工,此则诈施人力,似肖尘世所为而为者。剪春罗、剪秋罗[②]诸花亦然。天工于此,似非无意,盖曰:"汝所能者,我亦能之;我所能者,汝实不能为也。"若是,则当再生一二蹴球之人,立于树上,则天工之斗巧者全矣。其不屑为此者,岂以物可肖,而人不足肖乎?

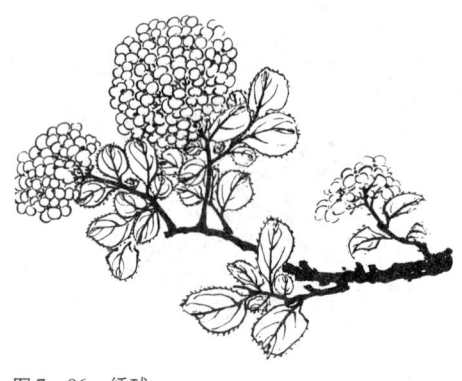

图 7-06 绣球

[注释]

①绣球：又名八仙花、紫阳花。夏日开花，有白色、粉白色，或有变种为蓝色，极具观赏价值。明陈继儒《岩栖幽事》记蜀地有紫绣球。唐元稹有《六年春遣怀》诗八首之七云："童稚痴狂撩乱走，绣球花仗满堂前。病身一到缌帷下，还向临阶背日眠。"见《全唐诗》卷四〇四。又《醒世恒言·苏小妹三难新郎》中写苏老泉春日在京师寓中院内观赏绣球花，题写七律诗赞颂，刚写得四句为："天巧玲珑玉一邱，迎眸烂漫总清幽。白云疑向枝间出，明月应从此处留。"因到堂前会客，搁笔而去，小妹见诗笺而续写四句为："瓣瓣折开蝴蝶翅，团团围就水晶球。假饶借得香风送，何羡梅花在陇头。"

②剪春罗、剪秋罗：详见后《草本第三·金钱》一节。

紫　荆①

紫荆一种，花之可已者也。但春季所开，多红少紫，欲备其色，故间植之。然少枝无叶，贴树生花，虽若紫衣少年，亭亭独立，但觉窄袍紧袂，衣瘦身肥，立于翩翩舞袖之中，不免代为踧踖②。

[注释]

①紫荆：又名紫珠。多于庭院种植，以供观赏。其花深紫，其皮可入药。《广群芳谱》卷三十八云："一名满堂红，丛生，春开紫花，甚细碎。"

②踧踖（cùjí）：恭敬的样子。《论语·乡党》云："君在，踧踖如也。"前人注解说："恭敬之貌。"同时也有因过于恭敬而显出拘谨不安之状。

栀　子[①]

栀子（图7-07）花无甚奇特，予取其仿佛玉兰。玉兰忌雨，而此不忌；玉兰齐放齐凋，而此则开以次第。惜其树小而不能出檐，如能出檐，即以之权当玉兰，而补三春恨事，谁曰不可？

图7-07　栀子

[注释]

①栀子：原作卮子。《广群芳谱》卷三十八云："卮，酒器也，卮子象之，故名。今俗加木作栀。……一名越桃，一名鲜支。"

杜鹃 樱桃

杜鹃、樱桃二种，花之可有可无者也。所重于樱桃者，在实不在花；所重于杜鹃者，在西蜀之异种①，不在四方之恒种②。如名花俱备，则二种开时，尽有快心而夺目者，欲览馀芳，亦愁少暇。

[注释]

①西蜀之异种：指四川的杜鹃花品种最为名贵。古代传说，古蜀帝名杜宇，又称为望帝，死后化为杜鹃鸟，又名子规；或谓其魂魄又化为杜鹃花，又名映山红。《广群芳谱》卷三十九引《草花谱》云："杜鹃花出蜀中者佳，谓之川鹃花。"古代诗文中常见使用这一典故，如李白《宣城见杜鹃花》诗云"蜀国曾闻子规鸟，宣城还见杜鹃花"，白居易《琵琶行》诗云"其间旦暮闻何物？杜鹃啼血猿哀鸣"，李商隐《锦瑟》诗云"庄生晓梦迷蝴蝶，望帝春心托杜鹃"，等。杜鹃又名山石榴，白居易有《喜山石榴花开》《题山石榴花》《题孤山寺山石榴花》等，都是指杜鹃花。

②恒种：恒，平常、普通之义，恒种即到处都能见到的一般品种。

石 榴

芥子园之地不及三亩，而屋居其一，石居其一，乃榴之大者，复有四五株。是点缀吾居，使不落寞者，榴也；盘踞吾地，使不得尽栽他卉者，亦榴也。榴之功罪，不几半乎？然赖主人善用，榴虽多，不为赘也。榴性喜压，就其根之宜石者，从而山之①，是榴之根即山之麓也；榴性喜日，就其阴之可庇者，从而屋之，是榴之地即屋之天也；榴之性又复喜高而直上，就其枝柯之可傍，而又借为天际真人②者，从而楼之，是榴之花即吾倚栏守户之人也。此芥子园主人③区处石榴之法，请以公之树木者。

[注释]

①山之:"山"字在此处为名词动化,即"造成小山"之意。下文"屋之""楼之"同样是名词动化格式,即"以此造屋""以此造楼"之意。

②天际真人:即天上神仙。语出《世说新语·容止》:"桓(温)大司马曰:'诸君莫轻道仁祖(谢尚),企脚北窗下弹琵琶,故自有天际真人想。'"

③芥子园主人:李渔自称。因其故居有芥子园,故名。

木 槿①

木槿朝开而暮落,其为生也良苦。与其易落,何如弗开?造物生此,亦可谓不惮烦矣。有人曰:不然。木槿者,花之现身说法以儆愚蒙者也。花之一日,犹人之百年。人视人之百年,则自觉其久,视花之一日,则谓极少而极暂矣。不知人之视人,犹花之视花,人以百年为久,花岂不以一日为久乎?无一日不落之花,则无百年不死之人可知矣。此人之似花者也。乃花开花落之期虽少而暂,犹有一定不移之数,朝开暮落者,必不幻而为朝开午落,午开暮落;乃人之生死,则无一定不移之数,有不及百年而死者,有不及百年之半与百年之二三而死者;则是花之落也必焉,人之死也忽焉。使人亦如木槿之为生,至暮必落,则生前死后之事,皆可自为政矣,无如其不能也。此人之不能似花者也。人能作如是观,则木槿一花,当与萱草并树。睹萱草则能忘忧②,睹木槿则能知戒。

[注释]

①木槿:落叶灌木,夏秋开红白或紫色花。古时又名朝菌,《庄子·逍遥游》云:"朝菌不知晦朔。"前人注解说,朝菌一名朱槿、赤槿,又名日及。晋成公绥有《日及赋序》文云:"日及者,华甚鲜茂,荣于仲夏,讫于

孟秋。"见《艺文类聚》卷八十九。木槿花开放时间很短，朝开暮落。白居易《放言》五首之五云："松树千年终是朽，槿花一日自为荣。"见《全唐诗》卷四三八。王安石有《君难托》诗云："槿花朝开暮还坠，妾身与花宁独异。"见《王荆公诗注》卷二十一。

②忘忧：萱草又名忘忧草。见后《草本第三·萱》及注。

桂

秋花之香者，莫能如桂（图7-08）。树乃月中之树①，香亦天上之香也。但其缺陷处，则在满树齐开，不留馀地。予有《惜桂》诗云："万斛黄金碾作灰，西风一阵总吹来。早知三日都狼藉，何不留将次第开？"②盛极必衰，乃盈虚一定之理，凡有富贵荣华一蹴而至者，皆玉兰之为春光，丹桂之为秋色。

图7-08 桂花

[注释]

①月中之树：即桂树。传说月中有桂树，树下有吴刚，常斫此树，树创随合。段成式《酉阳杂俎》前集卷一《天咫》一则有记述。

②此诗见《笠翁一家言诗集》卷三，原诗云："十斛黄金散满台，西风一阵去还来。早知三日都狼藉，何不留将次第开？"与此文引诗的文字略有不同。

合 欢

"合欢蠲忿，萱草忘忧"①，皆益人情性之物，无地不宜种之。然睹萱草而忘忧，吾闻其语矣，未见其人也。对合欢而蠲忿，则不必讯之他人，凡见此花者，无不解愠成欢，破涕为笑。是萱草可以不树，而合欢则不可不栽。栽之之法，《花谱》不详，非不详也，以作谱之人，非真能合欢之人也。渔人谈稼事，农父著樵经，有约略其词而已。凡植此花，不宜出之庭外，深闺曲房是其所也。此树朝开暮合，每至昏黄，枝叶互相交结，是名"合欢"。植之闺房者，合欢之花宜置合欢之地，如椿萱宜在承欢之所②，荆棣宜在友于之场③，欲其称也。此树栽于内室，则人开而树亦开，树合而人亦合。人既为之增愉，树亦因而加茂，所谓人地相宜者也。使居寂寞之境，不亦虚负此花哉？灌勿太肥，常以男女同浴之水，隔一宿而浇其根，则花之芳妍较常加倍。此予既验之法，以无心偶试而得之。如其不信，请同觅二本，一植庭外，一植闺中，一浇肥水，一浇浴汤，验其孰盛孰衰，即知予言谬不谬矣。

[注释]

①合欢蠲（juān）忿，萱草忘忧：此二句见晋嵇康《养生论》，原文云："且豆令人种，榆令人瞑，合欢蠲忿，萱草忘忧，愚智所共知也。"《广群芳谱》卷三十九记合欢花，一名合昏，一名夜合，一名青棠。蠲忿，免除忿恨与烦恼。崔豹《古今注》云："欲蠲人之忿，则赠之青棠，一名合欢，合欢则忘忿。"元龙辅《女红馀志》记唐代杜羔事云："杜羔妻赵氏，

每于端午取夜合花置枕中，羔稍不乐，取少许入酒，令婢送饮，便觉欢然。""萱草忘忧"，见后《草本第三·萱》及注。

②椿萱宜在承欢之所：椿萱，古时代指父母，椿为父而萱为母。唐牟融《送徐浩》诗云："知君此去情偏切，堂上椿萱雪满头。"见《全唐诗》卷四六七。承欢，本义为迎合人意，博取欢心，特指子女侍奉父母，谓为承欢膝下。本文意思是说椿萱应栽种在侍奉双亲的庭院内。

③荆棣宜在友于之场：荆棣，即紫荆和棠棣，古时常用来代指兄弟友爱。南朝梁吴均《续齐谐记》记有一则"紫荆树"的故事，说田氏三兄弟议分家产，分妥后又想把房宅地上的紫荆树一分为三，不想此树为同根三荆，于是三兄弟决定不再分家。《醒世恒言》卷二《三孝廉让产立高名》的"入话"部分讲述了这一故事。《诗经·小雅·常棣》云："常棣之华，鄂不韡韡。凡今之人，莫如兄弟。""友于"一词出自《尚书·君陈》："惟孝友于兄弟。"后世即以友于称兄弟之间的友爱。本文意思是说荆棣应栽种在兄弟和睦相处的场所。

木芙蓉①

水芙蓉之于夏，木芙蓉（图7-09）之于秋，可谓二季功臣矣。然水芙蓉必须池沼，"所谓伊人，在水一方"②者，不可数得。茂叔③之好，徒有其心而已。木则随地可植。况二花之艳，相距不远。虽居岸上，如在水中，谓之秋莲可，谓之夏莲亦可，即自认为三春之花，东皇④未去也亦可。凡有篱落之家，此种必不可少。如或傍水而居，隔岸不见此花者，非至俗之人，即薄福不能消受之人也。

[注释]

①木芙蓉：或名芙蓉花树、地芙蓉、木莲等。唐白居易《白氏长庆集》卷二十有《木芙蓉花下招客饮》诗，诗中云"莫怕秋无伴愁物，水莲花尽

图7-09 木芙蓉

木莲开",水莲花即荷花,木莲即木芙蓉。

②此二句见《诗经·秦风·蒹葭》,原诗云:"蒹葭苍苍,白露为霜。所谓伊人,在水一方。"

③茂叔:即周敦颐(1017—1073),其字茂叔,北宋理学家。居住在庐山,筑室名濂溪书屋。濂溪本是他的出生地。死后谥号为元公,著作编为《周元公集》9卷,世称濂溪先生。周敦颐喜爱莲花,所作《爱莲说》脍炙人口。本文说"茂叔之好"即是爱莲。

④东皇:司春之神。因东方为春,色为青,故春神为东皇,又名青帝。杜甫《杜工部诗史补遗》卷十《幽人》一首云:"风帆倚翠盖,暮把东皇衣。"前人注解说:"东皇,乃东方青帝也。"《幼学琼林》卷一《岁时》云:"东方之神曰太皞,乘震而司春,甲乙属木,木则旺于春,其色青,故春帝曰青帝。"

夹竹桃[①]

夹竹桃一种,花则可取,而命名不善。以竹乃有道之士,桃则佳丽之人,道不同不相为谋,合而一之,殊觉矛盾。请易其名为

"生花竹"，去一桃字，便觉相安。且松、竹、梅素称三友，松有花，梅有花，惟竹无花，可称缺典②。得此补之，岂不天然凑合？亦女娲氏之五色石也。

[注释]

①夹竹桃：花淡红色，性有毒，娇艳如桃花，而叶斜长似竹，故名夹竹桃。原产于岭南，后传于北方。《广群芳谱》卷二十六云："夹竹桃与五色佛桑俱是岭南北来货，夹竹桃花不甚佳而堪久藏。"清初屈大均《广东新语》卷二十五《夹竹桃》一节云："夹竹桃，一名桃柳。叶如柳，花如绛桃，故曰桃柳。枝干如篊竹而促节，故曰夹竹。本桃类，而其质得竹之三柳之七，柳多而竹少，故不曰夹柳桃。"

②缺典：指古代典籍中缺少的章节或相关内容。如宋徐天麟《东汉会要·原序》云："今详于西汉而略于东都，岂不犹为缺典？"又《文献通考》卷一三七《乐考十·丝之属》云："此为琴之纲领，而说者罕，乃缺典也。"

瑞　香

茂叔以莲为花之君子①，予为增一敌国，曰：瑞香乃花之小人。何也？《谱》载此花"一名麝囊，能损花，宜另植"②。予初不信，取而嗅之，果带麝味，麝则未有不损群花者也。同列众芳之中，即有朋侪之义，不能相资相益，而反祟之，非小人而何？幸造物处之得宜，予以不能为患之势。其开也，必于冬春之交，是时群花摇落，诸卉未荣，及见此花者，仅有梅花、水仙二种，又在成功将退之候，当其锋也未久，故罹其毒也亦不深，此造物之善用小人也。使易冬春之交而为春夏之交，则花王亦几被篡，矧下此者乎？唐宋诸名流，无不怜香嗜色，赞以诗词者，皆以蚤春无花，得此可搔目痒，又但见其佳，而未逢其虐耳。予僭为香国平章③，焉得不秉公持正？宁使一小人怒而欲杀，不敢不为众君子密堤防也。

[注释]

①茂叔以莲为花之君子：茂叔，即周敦颐，见前《木芙蓉》一节注③。他所作《爱莲说》中云："莲，花之君子者也。"

②此语见《广群芳谱》卷四十一，记云，瑞香一名露甲，一名紫蓬莱，一名风流树，"性畏寒，冬月须收暖室或窖内，夏月置之阴处，勿见日。此花名麝囊，能损花，宜另种"。瑞香花大者又名为锦薰笼。明杨慎《升庵诗话》卷十二《瑞香花诗》，谓此花即《楚辞》中的"露甲"。屈大均《广东新语》卷二十五谓瑞香又名夺香花。

③香国平章：平章，官名。唐代设置尚书、中书、门下三省长官为宰相，其他官员代行此职务者，称为"同中书门下平章事"，或简称"同平章事"。其中"平章军国重事"的职务还要高于宰相。于是后世诗文中多以平章代称宰相。此文中"香国平章"，即是李渔自谓为"百花王国宰相"之意。

茉　莉

茉莉（图7-10）一花，单为助妆而设，其天生以媚妇人者乎？是花皆晓开，此独暮开。暮开者，使人不得把玩，秘之以待晓妆也。是花蒂上皆无孔，此独有孔。有孔者，非此不能受簪，天生以为立脚之地也。若是，则妇人之妆，乃天造地设之事耳。植他树皆为男子，种此花独为妇人。既为妇人，则当眷属视之矣。妻梅者止一林逋①，妻茉莉者当遍天下而是也。

欲艺此花，必求木本。藤本一样看花，但苦经年即死，视其死而莫之救，亦仁人君子所不乐为也。木本最难过冬，予尝历验收藏之法。此花痿于寒者什一，毙于干者什九，人皆畏冻而滴水不浇，是以枯死。此见噎废食之法，有避呕逆而经时绝粒，其人尚存者

图7-10 茉莉

乎？稍暖微浇，大寒即止，此不易之法。但收藏必于暖处，箴罩②必不可无，浇不用水而用冷茶，如斯而已。予艺此花三十年，皆为燥误，如今识此，以告世人，亦其否极泰来③之会也。

[注释]

①林逋：见前《木本第一·梅》注①。

②箴罩：竹篾编成的罩子，上蒙以席子或布，对种植的花草有保暖作用。

③否（pǐ）极泰来："否"与"泰"皆为《易经》中的卦名。又《易经·杂卦》云："否泰，反其类也。""否极泰来"，或云"否终则泰"，意为闭塞到了极点就会转为通泰，亦即物极必反之意。

藤本第二

藤本之花，必须扶植。扶植之具，莫妙于从前成法之用竹屏。或方其眼，或斜其槅①，因作葳蕤②柱石，遂成锦绣墙垣，使内外之人，隔花阻叶，碍紫间红，可望而不可亲，此善制也。无奈近日茶坊酒肆，无一不然，有花即以植花，无花则以代壁。此习始于维扬，今日渐及他处矣。市井若此，高人韵士之居，断断不应若此。避市井者，非避市井，避其劳劳攘攘之情、锱铢必较之陋习也。见市井所有之物，如在市井之中，居处习见，能移性情，此其所以当避也。即如前人之取别号，每用川、泉、湖、宇等字，其初未尝不新，未尝不雅，迨后商贾者流，家效而户则之，以致市肆标榜之上，所书姓名非川即泉，非湖即宇，是以避俗之人，不得不去之若浼。迩来缙绅先生悉用斋、庵二字，极宜；但恐用者过多，则而效之者又入从前标榜，是今日之斋、庵，未必不是前日之川、泉、湖、宇。虽曰名以人重，人不以名重，然亦实之宾也。已噪寰中者仍之继起，诸公似应稍变。人问植花既不用屏，岂遂听其滋蔓于地乎？曰：不然。屏仍其故，制略新之。虽不能保后日之市廛，不又变为今日之园圃，然新得一日是一日，异得一时是一时，但愿贸易之人，并性情风俗而变之。变亦不求尽变，市井之念不可无，垄断之心不可有。觅应得之利，谋有道之生，即是人间大隐。若是，则高人韵士，皆乐得与之游矣，复何劳扰锱铢之足避哉？花屏之制有三，列于《藤本》之末③。

[注释]

①槅：见前《居室部·窗栏第二·取景在借》注⑪。

②葳蕤（wēiruí）：藤类植物繁茂纷披的状态。

③列于《藤本》之末：据此语，本书《藤本第二》之末应当有关于花屏的制作，但是，今天各种版本的《闲情偶寄》，在《藤本》一章之末却未列这项内容。

蔷　薇

结屏①之花，蔷薇（图7-11）居首。其可爱者，则在富于种而不一其色。大约屏间之花，贵在五彩缤纷，若上下四旁皆一其色，则是佳人忌作之绣，庸工不绘之图，列于亭斋，有何意致？他种屏花，若木香、酴醾、月月红诸本，族类有限，为色不多，欲其相间，势必旁求他种。蔷薇之苗裔极繁，其色有赤，有红，有黄，有紫，甚至有黑；即红之一色，又判数等，有大红、深红、浅红、肉红、粉红之异。屏之宽者，尽其种类所有而植之，使条梗蔓延相错，花时斗丽，可傲步障于石崇②。然征名考实，则皆蔷薇也。是屏花之富者，莫过于蔷薇。他种衣色虽妍，终不免于捉襟露肘。

图7-11　蔷薇

[注释]

①结屏：即上节所谓制作鲜花屏风或屏障。

②石崇：晋代人，他作步障事见《居室部·墙壁第三·书房壁》注②。

木 香

木香花密而香浓，此其稍胜蔷薇①者也。然结屏单靠此种，未免冷落，势必依傍蔷薇。蔷薇宜架，木香宜棚者，以蔷薇条干之所及，不及木香之远也。木香作屋，蔷薇作垣，二者各尽其长，主人亦均收其利矣。

[注释]

①稍胜蔷薇：《广群芳谱》卷四十三云："木香，灌生，条长，有刺如蔷薇。有三种花，开于四月，惟紫心白花者为最秀。"因其有刺，故此文中把它和蔷薇比较。

酴 醾①

酴醾之品，亚于蔷薇、木香，然亦屏间必须之物，以其花候稍迟，可续二种之不继也。"开到酴醾花事了"②，每忆此句，情兴为之索然。

[注释]

①酴醾（túmí）：或作荼蘼、荼䕷、酴醿、酴釄。因其花色似酴醾酒，故名。宋张邦基《墨庄漫录》卷九云："酴醾花或作荼蘼，一名木香，有二品。一种花大而棘长条而紫心者为酴醾，一品花小而繁，小枝而檀心者为木香。"

②开到酴醾花事了：这是宋代王淇《春暮游小园》诗中的句子，原诗是："一从梅粉褪残妆，涂抹新红上海棠。开到荼蘼花事了，丝丝天棘出莓

墙。"见《千家诗》。

月月红

俗云:"人无千日好,花难四季红。"四季能红者,现有此花,是欲矫俗言之失也。花能矫俗言之失,何人情反听其验乎?缀屏之花,此为第一。所苦者树不能高,故此花一名"瘦客"。然予复有用短之法,乃为市井之人强迫而成者也。法在屏制之第三幅。此花有红、白及淡红三本,结屏必须同植。

此花又名"长春",又名"斗雪",又名"胜春",又名"月季"。予于种种之外,复增一名曰"断续花"。花之断而能续、续而复能断者,只有此种。因其所开不繁,留为可继,故能绵邈若此;其馀一切之不能续者,非不能续,正以其不能断耳。

姊妹花

花之命名,莫善于此。一蓓七花者曰"七姊妹",一蓓十花者曰"十姊妹"。观其浅深红白,确有兄长娣幼之分,殆杨家姊妹①现身乎?余极喜此花,二种并植,汇其名为"十七姊妹"。但怪其蔓延太甚,溢出屏外,虽日刈月除,其势犹不可遏。岂觉与过多,酿成不戢之势欤?此无他,皆同心不妒之过也,妒则必无是患矣。故善御女戎②者,妙在使之能妒。

[注释]

①杨家姊妹:指唐玄宗的爱妃杨玉环及其姊妹。杨玉环得宠后被封为贵妃,其大姊、三姊、八姊分别被封为韩国夫人、虢国夫人、秦国夫人。

②女戎:意指女祸。《国语·晋语一》云:"史苏告大夫曰:'有男戎必

有女戎。若晋以男戎胜戎，而戎亦必以女戎胜晋。'"前人注释云："戎，兵也。女兵，言其祸犹兵也。"

玫 瑰

花之有利于人，而无一不为我用者，芰荷①是也；花之有利于人，而我无一不为所奉者，玫瑰是也。芰荷利人之说，见于本传②。玫瑰之利，同于芰荷，而令人可亲可溺，不忍暂离，则又过之。群花止能娱目，此则口眼鼻舌以至肌体毛发，无一不在所奉之中。可囊可食，可嗅可观，可插可戴，是能忠臣其身，而又能媚子其术者也。花之能事，毕于此矣。

[注释]

①芰（jì）荷：芰为菱的一种，两角为菱，四角为芰。荷即莲花，详见后《草本第三·芙蕖》注①。

②本传：指《广群芳谱》卷六十六《菱》。释文云，菱亦名芰，两角者为菱，三角或四角者为芰；并云，芰之仁晒干贮藏，"为粥为糕为果皆可代粮……以救荒歉，盖泽农有利之物也"。

素 馨①

素馨一种，花之最弱者也。无一枝一茎不需扶植，予尝谓之"可怜花"。

[注释]

①素馨：又名悉耶茗。佛经中称为鬘华，是梵文苏摩那的省译。花白色，畏寒，须养于温室中。《广群芳谱》卷四十三介绍素馨花云："一名那悉茗花，一名野悉蜜花，来自西域。枝干袅娜，似茉莉而小，叶纤而绿……须屏架扶

起,不然不克自竖。雨中妩态,亦自媚人。"并引录《龟山志》之文云:"昔刘王有侍女名素馨,冢上生此花,因以得名。"此刘王即唐末南汉王刘隐,《广州志》亦记云:"城西九里曰花田,弥望皆素馨花。《南征录》云,南海刘隐时有美人葬于此,至今花香异于他处。"此花从国外传来,在中国养植已有悠久的历史。宋代刘克庄有《即事》诗云:"着身素馨国,荀令未为香。"见《后村集》卷十二。宋吴曾《能改斋漫录》卷十五《素馨花》一则有介绍。又清初屈大均《广东新语》卷二十七《素馨花》一节,记广东素馨花情形甚详,其中云:"珠江南岸,有村曰庄头,周里许,悉种素馨。""东莞称素馨为河南花,以其生在珠江南岸之河南村也。""谚曰'槟榔辟寒,素馨辟暑',故粤人以二物为贵,献客者先以槟榔,次以素馨。"

凌 霄①

藤花之可敬者,莫若凌霄(图7-12)。然望之如天际真人,卒急不能招致,是可敬亦可恨也。欲得此花,必先蓄奇石古木以待,不则无所依附而不生,生亦不大。予年有几,能为奇石古木之先辈而蓄之乎?欲有此花,非入深山不可。行当即之,以舒此恨。

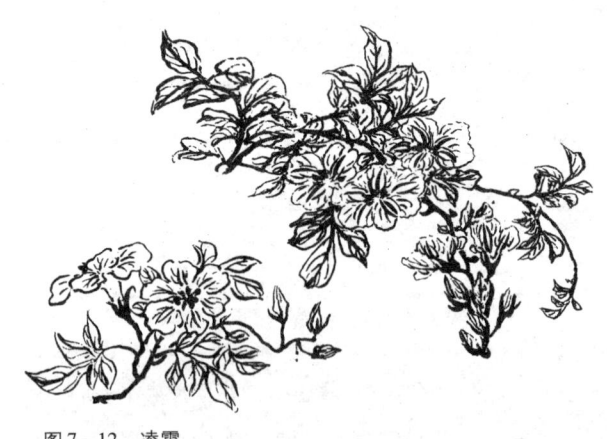

图7-12 凌霄

[注释]

①凌霄:藤本花,名称甚多。《广群芳谱》卷四十三云:其名又有紫葳、陵苕、女葳、苃华、武威、瞿陵、鬼目等。宋梅尧臣有《凌霄花赋》,见《宛陵集》卷六十。

真珠兰①

此花与叶,并不似兰,而以兰名者,肖其香也。即香味亦稍别,独有一节似之:兰花之香,与之习处者不觉,骤遇始闻之,疏而复亲始闻之,是花亦然。此其所以名兰也。闽、粤有木兰②,树大如桂,花亦似之,名不附桂而附兰者,亦以其香隐而不露,耐久闻而不耐急嗅故耳。凡人骤见而即觉其可亲者,乃人中之玫瑰,非友中之芝兰也。

[注释]

①真珠兰:《广群芳谱》卷四十四《兰蕙》附录介绍云:"真珠兰,一名鱼子兰,色紫,蓓蕾如珠,花开成穗,其香甚浓。"

②木兰:《广群芳谱》卷三十八云:"木兰,一名木莲,一名黄心,一名林兰,一名杜兰,一名广心树。"并注云"其香如兰"。晋成公绥、唐李华皆作有《木兰赋》。湖北黄陂有木兰山,因山上多木兰树而得名。

草本第三

草本之花，经霜必死；其能死而不死，交春复发者，根在故也。常闻有花不待时，先期使开之法，或用沸水浇根，或以硫磺代土，开则开矣，花一败而树随之，根亡故也。然则人之荣枯显晦，成败利钝，皆不足据，但询其根之无恙否耳。根在，则虽处厄运，犹如霜后之花，其复发也，可坐而待也；如其根之或亡，则虽处荣肬显耀①之境，犹之奇葩烂目，总非自开之花，其复发也，恐不能坐而待矣。予谈草木，辄以人喻。岂好为是哓哓②者哉？世间万物，皆为人设。观感一理，备人观者，即备人感。天之生此，岂仅供耳目之玩、情性之适而已哉？

[注释]

①荣肬显耀：富贵之家高大华美的庭院。荣肬，见《器玩部·制度第一》注③。

②哓（xiāo）哓：争辩声。韩愈《重答张籍书》云："择其可语者诲之，犹时与我悖，其声哓哓。"见《昌黎集》卷十四。本文谓"好为是哓哓者"，即好辩论者，如《孟子·滕文公下》所说的"好辩者"。

芍 药①

芍药（图7-13）与牡丹媲美，前人署牡丹以"花王"，署芍药以"花相"②，冤哉！予以公道之。"天无二日，民无二王"③，牡丹正位于香国，芍药自难并驱。虽别尊卑，亦当在五等诸侯之列，岂王之下，相之上，遂无一位一座，可备酬功之用者哉？历翻种植

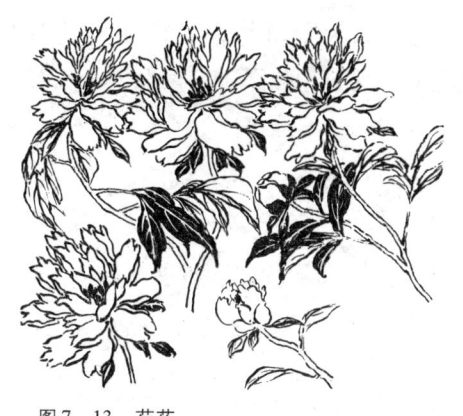

图 7-13 芍药

之书,非云"花似牡丹而狭",则曰"子似牡丹而小"④。由是观之,前人评品之法,或由皮相而得之。噫!人之贵贱美恶,可以长短肥瘦论乎?每于花时奠酒,必作温言慰之曰:"汝非相材也,前人无识,谬署此名,花神有灵,付之勿较,呼牛呼马,听之而已。"予于秦之巩昌⑤,携牡丹、芍药各数十本而归,牡丹活者颇少,幸此花无恙,不虚负戴之劳。岂人为知己死者,花反为知己生乎?

[注释]

①芍药:或作"勺药",草本花。或谓芍药与牡丹同种,草本为芍药,木本为牡丹,又称木芍药。《诗经·郑风·溱洧》云:"维士与女,伊其相谑,赠之以勺药。"或谓此诗中的"勺药"即是牡丹。晋崔豹《古今注》记芍药有草芍药、有木芍药,花大而色深者为木芍药,即牡丹。宋吴曾《能改斋漫录》卷四《汉以牡丹为木芍药》一节有较详考辨。

②花相:即花中之宰相。前人品花者称牡丹为花王,称芍药为花相。宋杨万里《多稼亭前两槛芍药红白对开二百朵》诗云:"好为花王作花相,不应只遣侍甘泉。"前人注解说:"论花者以牡丹王,芍药近侍。"

③此二句见《孟子·万章上》:"孔子曰:天无二日,民无二王。"

④此二句见《广群芳谱》卷四十五《芍药》:"叶似牡丹而狭长,初夏开花,有红白紫数色……结子似牡丹子而小。"李渔的引文有差误。

⑤巩昌:见前《木本第一·牡丹》注④。

兰

"兰生幽谷,无人自芳"①(图7-14),是已。然使幽谷无人,兰之芳也,谁得而知之?谁得而传之?其为兰也,亦与萧艾同腐而已矣。"如入芝兰之室,久而不闻其香"②,是已。然既不闻其香,与无兰之室何异?虽有若无,非兰之所以自处,亦非人之所以处兰也。吾谓芝兰之性,毕竟喜人相俱,毕竟以人闻香气为乐。文人之言,只顾赞扬其美,而不顾其性之所安,强半皆若是也。然相俱贵乎有情,有情务在得法;有情而得法,则坐芝兰之室,久而愈闻其香。兰生幽谷与处曲房,其幸不幸相去远矣。兰之初着花时,自应易其座位,外者内之,远者近之,卑者尊之;非前倨而后恭,人之重兰非重兰也,重其花也,叶则花之舆从而已矣。居处一定,则当美其供设,书画炉瓶,种种器玩,皆宜森列其旁。但勿焚香,香薰

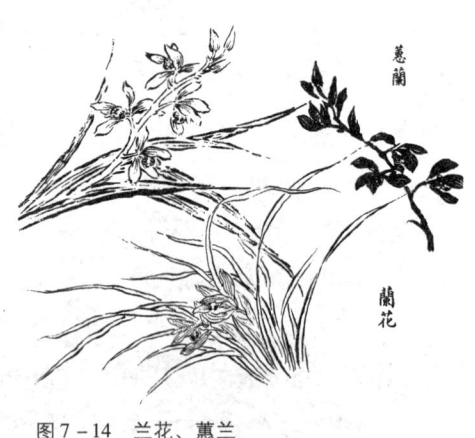

图7-14 兰花、蕙兰

即谢,匪妒也,此花性类神仙,怕亲烟火,非忌香也,忌烟火耳。若是,则位置堤防之道得矣。然皆情也,非法也,法则专为闻香。"如入芝兰之室,久而不闻其香"者,以其知入而不知出也,出而再入,则后来之香,倍乎前矣。故有兰之室不应久坐,另设无兰者一间以作退步,时退时进,进多退少,则刻刻有香,虽坐无兰之室,若依倩女之魂[3]。是法也,而情在其中矣。如止有此室,则以门外作退步,或往行他事,事毕而入,以无意得之者,其香更甚。此予消受兰香之诀,秘之终身,而泄于一旦,殊可惜也。

此法不止消受兰香,凡属有花房舍,皆应若是。即焚香之室亦然,久坐其间,与未尝焚香者等也。门上布帘必不可少,护持香气,全赖乎此。若止靠门扇开闭,则门开尽泄,无复一线之留矣。

[注释]

①兰生幽谷,无人自芳:此语出自《孔子家语·在厄》,原文是:"芝兰生于深林,不以无人而不芳;君子修道立德,不为困穷而败节。"又《淮南子·说山训》云"兰生幽谷,不为莫服而不芳",意思相同。

②此语出自《孔子家语·六本》,原文是:"与善人居,如入芝兰之室,久而不闻其香,即与之化矣。与不善人居,如入鲍鱼之肆,久而不闻其臭,亦与之化矣。"后世以芝兰之室喻贤士所居之处。本文引用此语,说明兰的香气浓郁,早已见于经典。

③倩女之魂:唐代陈玄祐的小说《离魂记》写张倩女与表兄王宙相爱,身卧病榻而魂随爱人而去,五年后始得还魂。元郑光祖的杂剧《倩女离魂》、明传奇《离魂记》皆演述此故事。

蕙

蕙之与兰,犹芍药之与牡丹,相去皆止一间耳。而世之贵兰者必贱蕙,皆执成见、泥成心也。人谓蕙之花不如兰,其香亦逊。吾谓蕙诚逊兰，但其所以逊兰者，不在花与香而在叶，犹芍药之逊牡丹者，亦不在花与香而在梗。牡丹系木本之花，其开也，高悬枝梗之上，得其势则能壮其威仪，是花王之尊，尊于势也。芍药出于草本，仅有叶而无枝，不得一物相扶，则委而仆于地矣，官无舆从，能自壮其威乎？蕙兰之不相敌也反是。芍药之叶苦其短，蕙之叶偏苦其长；芍药之叶病其太瘦，蕙之叶翻病其太肥。当强者弱，而当弱者强，此其所以不相称，而大逊于兰也。兰蕙之开，时分先后。兰终蕙继，犹芍药之嗣牡丹，皆所谓兄终弟及，欲废不能者也。善用蕙者，全在留花去叶，痛加剪除，择其稍狭而近弱者，十存二三；又皆截之使短，去两角而尖之，使与兰叶相若，则是变蕙成兰，而与"强干弱枝"①之道合矣。

[注释]

①强干弱枝：语出《史记·汉兴以来诸侯王年表序》："而汉郡八九十，形错诸侯间，犬牙相临，秉其厄塞地利，强本干弱枝叶之势，尊卑明而万事各得其所矣。"

水　仙①

水仙一花，予之命也。予有四命，各司一时：春以水仙、兰花为命，夏以莲为命，秋以秋海棠为命，冬以蜡梅为命。无此四花，是无命也；一季缺予一花，是夺予一季之命也。水仙以秣陵②为最，予之家于秣陵，非家秣陵，家于水仙之乡也。记丙午之春③，先以度岁无资，衣囊质尽，迨水仙开时，则为强弩之末，索一钱不得矣。欲购无资，家人曰："请已之。一年不看此花，亦非怪事。"予曰："汝欲夺吾命乎？宁短一岁之寿，勿减一岁之花。且予自他乡冒雪而归，就水仙也，不看水仙，是何异于不返金陵，仍在他乡卒岁乎？"家人不能止，听予质簪珥购之。予之钟爱此花，非痂癖④也。其色其香，其茎其叶，无一不异群葩，而予更取其善媚。妇人中之面似桃，腰似柳，丰如牡丹、芍药，而瘦比秋菊、海棠者，在在有之；若如水仙之淡而多姿，不动不摇，而能作态者，吾实未之见也。以"水仙"二字呼之，可谓摹写殆尽。使吾得见命名者，必颡然下拜。

不特金陵水仙为天下第一，其植此花而售于人者，亦能司造物之权，欲其早则早，命之迟则迟，购者欲于某日开，则某日必开，未尝先后一日。及此花将谢，又以迟者继之，盖以下种之先后为先后也。至买就之时，给盆与石而使之种，又能随手布置即成画图，皆风雅文人所不及也。岂此等末技，亦由天授，非人力邪？

[注释]

①水仙：养植于水中之花，清香淡雅。《广群芳谱》卷五十二云："六朝人呼为雅蒜"，单瓣者为水仙，千瓣者名玉玲珑。元程棨《三柳轩杂识》云："水仙为雅客。"

②秣陵：即南京。此地在春秋时楚国名为金陵，秦朝时改为秣陵，宋代又曾置秣陵县。

③丙午之春：即康熙五年（1666）春。此时李渔住在江宁（今南京）。

④痂癖：即"嗜痂之癖"的简称。见前《词曲部·音律第三》注㉑。

芙蕖①

芙蕖（图7-15）与草本诸花，似觉稍异；然有根无树，一岁一生，其性同也。《谱》云："产于水者曰草芙蓉，产于陆者曰旱莲。"②则谓非草本不得矣。予夏季倚此为命者，非故效颦于茂叔③，而袭成说于前人也。以芙蕖之可人，其事不一而足，请备述之。葩当令时，只在花开之数日，前此后此皆属过而不问之秋矣。芙蕖则不然。自荷钱出水之日，便为点缀绿波，及其劲叶既生，则又日高一日，日上日妍，有风既作飘飖之态，无风亦呈袅娜之姿，是我于花之未开，先享无穷逸致矣。迨至菡萏④成花，娇姿欲滴，后先相继，自夏徂秋，此时在花为分内之事，在人为应得之资者也。及花之既谢，亦可告无罪于主人矣，乃复蒂下生蓬，蓬中结实，亭亭独立，犹似未开之花，与翠叶并擎，不至白露为霜，而能事不已。此皆言其可目者也。可鼻则有荷叶之清香，荷花之异馥，避暑而暑为之退，纳凉而凉逐之生。至其可人之口者，则莲实与藕，皆并列盘餐，而互芬齿颊者也。只有霜中败叶，零落难堪，似成弃物矣，乃摘而藏之，又备经年裹物之用。是芙蕖也者，无一时一刻，不适耳目之观；无一物一丝，不备家常之用者也。有五谷之实，而不有其名；兼百花之长，而各去其短。种植之利，有大于此者乎？予四命之中，此命为最。无如酷好一生，竟不得半亩方塘，为安身立命之地；仅凿斗大一池，植数茎以塞责，又时病其漏⑤，望天乞水以救之。殆所谓不善养生，而草菅其命者哉。

图7-15 芙蕖

[注释]

①芙蕖：即荷花的别名，或作夫渠。关于荷的名称较多，亦常见混称，其实各个概念是有区别的。《尔雅·释草》云："荷，芙蕖……其华菡萏，其实莲，其根藕。"据此，荷或芙蕖是总名，花名菡萏，结子为莲子，根茎名藕。而芙蕖又别称芙蓉，或作夫蓉。屈原《离骚》云"集芙蓉以为裳"，白居易《长恨歌》云"太液芙蓉未央柳"，都是指荷花。芙蓉又和木芙蓉相对而称水芙蓉，参见前《木本第一·木芙蓉》注①。

②此二句是李渔引用《花谱》之语，而在《广群芳谱》卷二十九《荷花》一节引"杜诗注"云："产于陆者曰木芙蓉，产于水者曰草芙蓉。"

③茂叔：即周敦颐，见前《木本第一·木芙蓉》注③。

④菡萏：见前注①。

⑤漏：指池中因土质不好而漏水。

罂　粟①

花之善变者，莫如罂粟（图7-16），次则数葵，馀皆守故不迁者矣。艺此花如蓄豹，观其变也。牡丹谢而芍药继之，芍药谢而罂粟继之，皆繁之极、盛之至者也。欲续三葩，难乎其为继矣。

图7-16　罂粟

[注释]

①罂粟:《广群芳谱》卷四十六云,罂粟又名米囊花、御米花、米壳花,又名象谷。又引《学圃杂疏》云:"芍药之后,罂粟花最繁华。其物能变,加意灌植,妍好千态。"唐雍陶《西归出斜谷》诗云"万里客愁今日散,马前初见米囊花",即是指罂粟花,见《全唐诗》卷五一八。

葵

花之易栽易盛,而又能变化不穷者,止有一葵(图7-17)。是事半于罂粟,而数倍其功者也。但叶之肥大可憎,更甚于蕙。俗云:"牡丹虽好,绿叶扶持。"人谓树之难好者在花,而不知难者反易。古今来不乏明君,所不可必得者,忠良之佐耳。

图7-17 葵

萱

萱花①(图7-18)一无可取,植此同于种菜,为口腹计则可耳。至云对此可以忘忧,佩此可以宜男,则千万人试之,无一验者。书之不可尽信,类如此矣。

图7-18 萱

[注释]

①萱花:即萱草,又名谖草、忘忧草。《诗经·卫风·伯兮》:"焉得谖草,言树之背。"前人注解说:"谖草令人忘忧,背北堂也。"又说:"忧以生疾,恐将危身,欲忘之。"《广群芳谱》卷四十六《萱花》云:"萱,一名忘忧,一名疗愁,一名宜男。"宜男,即利于女子生男。晋周处《风土记》云:"怀妊妇人佩其花则生男,故名宜男。"曹植《宜男花颂》云:"草号宜男,既煜且贞。"晋傅玄亦有《宜男花赋》。本文中李渔不相信宜男的说法,自有独立见识。

鸡 冠[①]

予有《收鸡冠花子》一绝云:"指甲搔花碎紫雯,虽非异卉也芳芬。时防撒却还珍惜,一粒明年一朵云。"[②]此非溢美之词,道其实也。花之肖形者尽多,如绣球、玉簪、金钱、蝴蝶、剪春罗之属,皆能酷似,然皆尘世中物也;能肖天上之形者,独有鸡冠花(图7-19)一种。氤氲其象而媛媞其文,就上观之,俨然庆云[③]一朵。乃当日命名者,舍天上极美之物,而搜索人间。鸡冠虽肖,然而贱视花容矣,请易其字曰"一朵云"。此花有红、紫、黄、白四色,红者为红云,紫者为紫云,黄者为黄云,白者为白云。又有一种五色者,即名为"五色云"。以上数者,较之"鸡冠",谁荣谁辱?花如有知,必将德我。

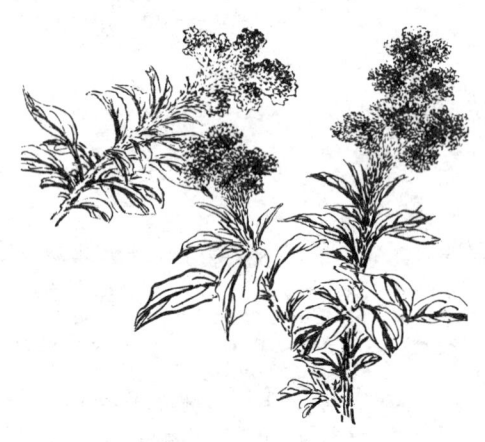

图7-19 鸡冠

[注释]

①鸡冠:即鸡冠花。《广群芳谱》卷五十二云:"俗名波罗奢花,有一

种小者名为后庭花，有扫帚鸡冠花，有扇面鸡冠花，有缨珞鸡冠花。有深紫、浅红、纯白、浅黄四色，又有紫黄各半名鸳鸯鸡冠花。"相传明代永乐年间著名才士解缙某日陪侍成祖皇帝，皇上让解缙作鸡冠花诗，解缙咏道"鸡冠本是胭脂染"，刚吟一句，皇上从袖中取出一枝白鸡冠花，说让咏这一种，解缙忙改口接道："今日为何浅淡妆？只因五更贪报晓，至今仍带满头霜。"由此故事可知鸡冠花有红白各色，也可见解缙才思敏捷。

②引诗见《笠翁一家言诗集》卷三。

③庆云：五色云，也叫景云、卿云，古时认为是祥瑞之气。《汉书·天文志》云："若烟非烟，若云非云，郁郁纷纷，萧索轮囷，是谓庆云。喜气也。"

玉　簪①

花之极贱而可贵者，玉簪（图7-20）是也。插入妇人髻中，孰真孰假，几不能辨，乃闺阁中必需之物。然留之弗摘，点缀篱间，亦似美人之遗。呼作"江皋玉佩"②，谁曰不可？

图7-20　玉簪

[注释]

①玉簪：又名白萼、白鹤仙、季女。《广群芳谱》卷四十六记玉簪花云："汉武帝宠李夫人，取玉簪搔头，后宫人皆效之，玉簪花之名取此。"宋黄庭坚有《玉簪花》诗云："宴罢瑶池阿母家，嫩琼飞上紫云车。玉簪堕地无人拾，化作江南第一花。"见《御定佩文斋咏物诗选》卷三六五。

②江皋玉佩：传说中郑交甫在江边遇仙女而获赠玉佩的故事，原见《韩诗内传》："郑交甫遵彼汉皋台下，遇二女，与言曰：'愿请子之佩。'二女与交甫，交甫受而怀之，超然而去。十步循探之，即亡矣，回顾二女，亦即亡矣。"故事又见刘向《列仙传》卷上《江妃二女》。曹植《洛神赋》有"感交甫之弃言兮，怅犹豫而狐疑"二句，晋郭景纯《江赋》有"感交甫之丧佩"，皆借用这一典故。本文谓玉簪花是美人所赠，也很快会丧失，就像郑交甫得仙女赠佩一样。

凤　仙①

凤仙（图7-21），极贱之花，止宜点缀篱落，若云备染指甲之用，则大谬矣。纤纤玉指，妙在无瑕，一染猩红，便称俗物。况所染

图7-21　凤仙

之红，又不能尽在指甲，势必连肌带肉而丹之。迨肌肉褪清之后，指甲又不能全红，渐长渐退，而成欲谢之花矣。始作俑者②，其俗物乎？

[注释]

①凤仙：花名。又名小桃红、急性子、旱珍珠，俗称寄寄草。其花捣碎可用来染指甲，故又名指甲草。清顾张思《土风录》卷二《凤仙花染指甲》一节有较详细介绍。

②始作俑者：见前《词曲部·宾白第四·词别繁减》注①。

金　钱①

金钱、金盏②、剪春罗③、剪秋罗④（图7-22）诸种，皆化工所作之小巧文字。因牡丹、芍药一开，造物之精华已竭，欲续不能，欲断不可，故作轻描淡写之文，以延其脉。吾观于此，而识造物纵横之才力亦有穷时，不能似源泉混混⑤，愈涌而愈出也。合一岁所开之花，可作天工一部全稿。梅花、水仙，试笔之文也，其气虽雄，其机尚涩，故花不甚大，而色亦不甚浓。开至桃、李、棠、杏等花，则文心怒发，兴致淋漓，似有不可阻遏之势矣；然其花之大犹未甚，浓犹未至者，以其思路纷驰而不聚，笔机过纵而难收，其势之不可阻遏者，横肆也，非纯熟也。迨牡丹、芍药一开，则文心笔致俱臻化境，收横肆而归纯熟，舒蓄积而罄光华，造物于此，可谓使才务尽，不留丝发之馀矣。然自识者观之，不待终篇而知其难继。何也？世岂有开至树不能载、叶不能覆之花，而尚有一物焉高出其上、大出其外者乎？有开至众彩俱齐、一色不漏之花，而尚有一物焉红过于朱、白过于雪者乎？斯时也，使我为造物，则必善刀而藏⑥矣。乃天则未肯告乏也，夏欲试其技，则从而荷之；秋欲

图7-22 剪秋罗

试其技,则从而菊之;冬则计穷力竭,尽可不花,而犹作蜡梅一种以塞责之。数卉者,可不谓之芳妍尽致,足殿群芳者乎?然较之春末夏初,则皆强弩之末矣。至于金钱、金盏、剪春罗、剪秋罗、滴滴金、石竹诸花,则明知精力不继,篇帙寥寥,作此以塞纸尾,犹人诗文既尽,附以零星杂著者是也。由是观之,造物者,极欲骋才、不肯自惜其力之人也;造物之才,不可竭而可竭,可竭而终不可竟竭者也。究竟一部全文,终病其后来稍弱。其不能弱始劲终者,气使之然,作者欲留馀地而不得也。吾谓才人著书,不应取法于造物,当秋冬其始,而春夏其终,则是能以蔗境⑦行文,而免于江淹才尽⑧之诮矣。(王安节云:夫子自道也。)

[注释]

①金钱:又名子午花。《广群芳谱》卷四十七《金钱》一节云:"郑荣尝作金钱花诗,未就,梦一红裳女子掷钱与之,曰:'为君润笔。'及觉,探怀中得花数朵,遂戏呼为金钱花。"郑荣是宋代人,此故事仅为传说,其实金钱花之名在宋代之前已经有了。唐段成式《酉阳杂俎》卷十九《广动

植四》云:"金钱花,一云本出外国,梁大同二年进来中土。"唐代诗人多有歌咏金钱花的诗作,如罗隐有《金钱花》诗,见《甲乙集》卷二。

②金盏:即金盏草,一名杏叶草。《广群芳谱》卷四十七《金盏花》一节云:"一名长春花。"此处有注解说:"金盏,其花形也;长春,言耐久也。"

③剪春罗:草本花名,或写作翦春罗,又名剪红罗、剪金花、碎剪罗。《广群芳谱》卷四十六有介绍。

④剪秋罗:草本花名,又名汉宫秋。《广群芳谱》卷四十六有介绍。

⑤源泉混混:语出《孟子·离娄下》:"原泉混混,不舍昼夜。"本文引此语略有差异。

⑥善刀而藏:语出《庄子·养生主》,所述庖丁解牛完毕,"为之四顾,为之踌躇满志,善刀而藏之"。前人注解说:"善刀,善,犹拭也。"后世引用此语,指干完一件事之后把所用的得力的工具收好。

⑦蔗境:《世说新语·排调》记顾恺之吃甘蔗时先从梢吃起,问他为何这样,他回答说:"渐至佳境。"因为甘蔗的中间及根部比梢甜,后吃有馀味。后世即以蔗境比喻处境越来越好。

⑧江淹才尽:即"江郎才尽"的典故。江淹(444—505),字文通,南朝著名文学家,晚年才思衰退,诗文无佳句,时人谓之江郎才尽。后世以此为成语,比喻文思减弱或衰退。

蝴蝶花

此花巧甚。蝴蝶,花间物也,此即以蝴蝶为花(图7-23)。是一是二,不知周之梦为蝴蝶欤?蝴蝶之梦为周欤?非蝶非花,恰合庄周梦境。

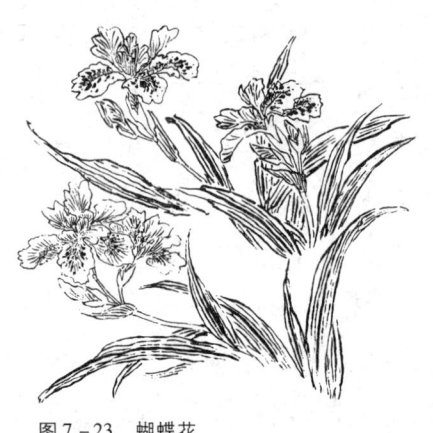

图 7-23 蝴蝶花

菊

菊花者（图 7-24），秋季之牡丹、芍药也。种类之繁衍同，花色之全备同，而性能持久复过之。从来种植之书，是花皆略，而叙牡丹、芍药与菊者独详。人皆谓三种奇葩，可以齐观等视，而予独判为两截，谓有天工人力之分。何也？牡丹、芍药之美，全仗天工，非由人力。植此二花者，不过冬溉以肥，夏浇以湿，如是焉止矣。其开也，烂漫芬芳，未尝以人力不勤，略减其姿而稍俭其色。菊花之美，则全仗人力，微假天工。（倪闇公①云：渊明股栗②！）艺菊之家，当其未入土也，则有治地酿土之劳；既入土也，则有插标记种之事。是萌芽未发之先，已费人力几许矣。迨分秧植定之后，劳瘁万端，复从此始。防燥也，虑湿也，摘头也，掐叶也，芟蕊也，接枝也，捕虫掘蚓以防害也，此皆花事未成之日，竭尽人力以俟天工者也。即花之既开，亦有防雨避霜之患，缚枝系蕊之勤，置盎引水之烦，染色变容之苦，又皆以人力之有馀，补天工之不足者也。为此一花，自春徂秋，自朝迄暮，总无一刻之暇。必如是，其

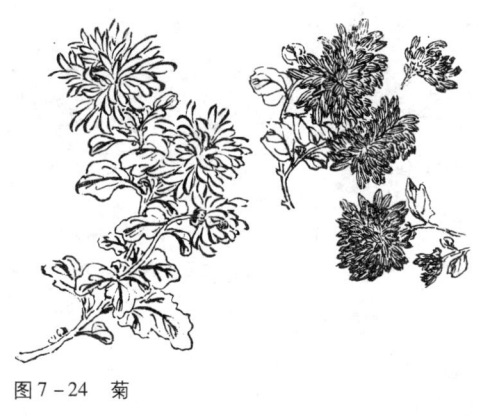

图 7-24 菊

为花也始能丰丽而美观，否则同于婆娑野菊，仅堪点缀疏篱而已。若是，则菊花之美，非天美之，人美之也。人美之而归功于天，使与不费辛勤之牡丹、芍药齐观等视，不几恩怨不分，而公私少辨乎？吾知敛翠凝红而为沙中偶语③者，必花神也。

自有菊以来，高人逸士无不尽吻揄扬，而予独反其说者，非与渊明作敌国。艺菊之人终岁勤动，而不以胜天之力予之，是但知花好，而昧所从来。饮水忘源，并置汲者于不问，其心安乎？从前题咏诸公，皆若是也。予创是说，为秋花报本，乃深于爱菊，非薄之也。

予尝观老圃之种菊，而慨然于修士之立身与儒者之治业。使能以种菊之无逸者砺其身心，则焉往而不为圣贤？使能以种菊之有恒者攻吾举业，则何虑其不掇青紫④？乃士人爱身爱名之心，终不能如老圃之爱菊，奈何！

[注释]

①倪闇公（1626—1687）：即倪灿，字闇公，号雁园，浙江钱塘（今杭州）人，占籍江宁。康熙十八年（1679）举博学鸿词，授检讨。他除为

《闲情偶寄》写眉评之外，还为李渔的诗文写评语。

②股栗：大腿发抖，形容非常害怕的样子。《史记·酷吏列传》云："至则族灭瞯氏首恶，馀皆股栗。"此条评语谓李渔对于菊花有独特的见解，这使爱菊成癖的陶渊明非常害怕。下文又谓"非与渊明作敌国"，意思是李渔自认为与陶渊明爱菊的观点相左。

③沙中偶语：偶语，相聚议论或窃窃私语。《史记·秦始皇本纪》云："有敢偶语《诗》《书》者弃市。""偶语"或作"耦语"，《汉书·高帝纪》云："诽谤者族，耦语者弃市。"沙中偶语，见《史记·留侯世家》："上在洛阳南宫，从复道望见诸将往往相与坐沙中语。上曰：'此何语？'留侯曰：'陛下不知乎？此谋反耳。'"后世诗文中即以"偶语"或"沙中偶语"代指发表不满言论或提出抱不平意见。

④掇（duó）青紫：指取得较高官职。汉代官制，丞相、太尉皆金印紫绶，御史大夫银印青绶，此三府官最崇贵。《汉书·夏侯胜传》云："士病不明经术，经术苟明，其取青紫如俯拾地芥耳。"后世常以贵官之服为青紫，以科举高中得授显官为取青紫或掇青紫。"掇"即拾取之意。元明清小说戏曲中常见文士自恃才高，大言说掇青紫如拾芥。如《西厢记》第四本第三折，张生说："小生托夫人馀荫，凭着胸中之才，视官如拾芥耳。"

菜①

菜为至贱之物，又非众花之等伦，乃《草本》《藤本》中反有缺遗，而独取此花殿后，无乃贱群芳而轻花事乎？曰：不然。菜果至贱之物，花亦卑卑不数之花，无如积至残至卑者而至盈千累万，则贱者贵而卑者尊矣。"民为贵，社稷次之，君为轻"②者，非民之果贵，民之至多至盛为可贵也。园圃种植之花，自数朵以至数十百朵而止矣，有至盈阡溢亩，令人一望无际者哉？曰：无之。无则当推菜花为盛矣。一气初盈，万花齐发，青畴白壤，悉变黄金，不诚洋洋乎大观也哉！当是时也，呼朋拉友，散步芳塍，香风导酒客寻帘,锦蝶与游人争路,郊畦之乐,什佰园亭,惟菜花之开,是其候也。

[注释]

①菜:这里指油菜。农家大面积种植,春天开花时,田野间一片金黄。刘禹锡《再游玄都观》诗云:"百亩庭中半是苔,桃花净尽菜花开。"见《全唐诗》卷三六五及《千家诗》,可知菜花的盛开略晚于桃花。

②此语见《孟子·尽心下》。

众卉第四

草木之类，各有所长，有以花胜者，有以叶胜者。花胜则叶无足取，且若赘疣，如葵花、蕙草之属是也。叶胜则可以无花，非无花也，叶即花也，天以花之丰神色泽归并于叶而生之者也。不然，绿者叶之本色，如其叶之，则亦绿之而已矣，胡以为红，为紫，为黄，为碧，如老少年、美人蕉、天竹、翠云草诸种，备五色之陆离，以娱观者之目乎？即其青之绿之，亦不同于有花之叶，另具一种芳姿。是知树木之美，不定在花，犹之丈夫之美者，不专主于有才，而妇人之丑者，亦不尽在无色也。观群花令人修容，观诸卉则所饰者不仅在貌。

芭 蕉

幽斋但有隙地，即宜种蕉（图7-25）。蕉能韵人而免于俗，与竹同功，王子猷偏厚此君[1]，未免挂一漏一。蕉之易栽，十倍于竹，一二月即可成荫。坐其下者，男女皆入画图，且能使台榭轩窗尽染碧色，"绿天"之号，洵不诬也。竹可镌诗，蕉可作字，皆文士近身之简牍。乃竹上止可一书，不能削去再刻；蕉叶则随书随换，可以日变数题，尚有时不烦自洗，雨师代拭者，此天授名笺，不当供怀素一人之用[2]。予有题蕉绝句云："万花题遍示无私，费尽春来笔墨资。独喜芭蕉容我俭，自舒晴叶待题诗。"[3]此芭蕉实录也。

图7-25 芭蕉

[注释]

①王子猷偏厚此君：王子猷即王徽之，"此君"即竹。见《居室部·联匾第四·此君联》注①。

②供怀素一人之用：即怀素"种蕉代纸"的典故，见《居室部·联匾第四》注③。

③《笠翁一家言诗集》卷三《芭蕉二首》，其二云："百花题遍示无私，费尽名笺耗却思。独喜芭蕉能俭我，自舒晴叶待题诗。"文字与本节所引录的略有不同。

翠　云①

草色之最蒨②者，至翠云而止。非特草木为然，尽世间苍翠之色，总无一物可以喻之，惟天上彩云，偶一幻此。是知善着色者惟有化工，即与倾国佳人眉上之色并较浅深，觉彼犹是画工之笔，非化工之笔也③。

[注释]

①翠云：即翠云草。《广群芳谱》卷八十八云："翠云草，性喜阴，色苍翠可爱……其根遇土便生，见日则消。栽于虎刺、芭蕉、秋海棠下极佳。"

②蒨：绛色，即深红色。《尔雅·释草》"茹藘茅蒐"一语之后有郭璞注云："今之蒨也，可以染绛。"又有注解说："蒨，本或作茜。"

③化工：谓造化之工，即自然创造之工。贾谊《鵩鸟赋》云："且夫天地为炉，造化为工。"画工：即画师的绘画技术。李渔所谓"画工之笔"与"化工之笔"，原为明代李贽语，李贽《焚书》卷三《杂述·杂说》云："《拜月》《西厢》，化工也；《琵琶》，画工也。夫所谓画工者，以其能夺天地之化工，而其孰知天地之无工乎？今夫天之所生，地之所长，百卉俱在，人见而爱之矣，至觅其工，了不可得，岂其智固不能得之欤？要知造化无工，虽有神圣，亦不能识化工之所在，而其谁能得之？由此观之，画工虽巧，已落二义矣。"本文中李渔谓"画工"为人工描画的颜色，"化工"为自然生成的颜色。

虞美人①

虞美人花叶并娇，且动而善舞，故又名"舞草"。《谱》云："人或抵掌歌《虞美人》曲，即叶动如舞。"②予曰：舞则有之，必歌《虞美人》曲，恐未必尽然。盖歌舞并行之事，一姬试舞，众姬必歌以助之，闻歌即舞，势使然也。若谓必歌《虞美人》曲，则此曲能歌者几？歌稀则和寡，此草亦得借口藏其拙矣。

[注释]

①虞美人：草本花名，又名丽春花、锦被花等。《酉阳杂俎》卷十九《广动植四·草篇》谓又名舞草，出雅州。关于虞美人草能舞的记载很多。《雅州草木记》云："雅州名山县出虞美人草，花叶两相对，人或近之，即

向人而俯；如为唱《虞美人》曲，则此草相应而舞，他曲则否。"宋沈括《梦溪笔谈》卷五《乐律》记述，沈括曾对此草奏《虞美人》曲，此草即枝叶皆动。贾黄中《贾氏谈录》有《虞美人草》一节，记述略同。这样的传说为许多人信从，并见诸诗文，如辛弃疾《浪淘沙》词云："不肯过江东，玉帐匆匆。至今草木忆英雄。唱著虞兮当日曲，便舞春风。"但是，有人亦对此提出质疑，如宋范镇《东斋纪事》卷四云："虞美人草，唱他曲亦动，传者误矣。"俞樾《茶香室续钞》卷二十五《虞美人》一节对此有考辨，并引周亮工《书影》云："娱美人草，蜀中传虞美人草。余以虞作娱，意其草柔纤，为歌气所动，故其叶至小者或动摇，美人以为娱乐耳。"

②引文见《广群芳谱》卷四十六。本文中李渔也不赞成虞美人草听《虞美人》曲而能舞的说法，观点较为客观。

书带草

书带草其名极佳，苦不得见。《谱》载出淄川城北郑康成读书处，名"康成书带草"①。噫！康成雅人，岂作王戎钻核②故事，不使种传别地耶？康成婢子知书③，使天下婢子皆不知书，则此草不可移，否则处处堪栽也。

[注释]

①康成书带草：见《广群芳谱》卷八十八记书带草。并引唐陆龟蒙《书带草赋》云："彼碧者草，云书带名。先儒既没，后代还生。"文中"先儒"即指郑玄，字康成，东汉末大儒。又宋代苏轼有《书轩》诗云："庭下已生书带草，使君疑是郑康成。"见《东坡诗集注》卷二十九。另见明末张岱《夜航船》卷十六引晋伏琛《三齐略记》云："郑玄字康成，居城南山中教授。山下有草如薤，叶长而细，坚韧异常，时人名为'康成书带'。"

②王戎钻核：王戎，晋代人，"竹林七贤"之一，官至司徒，性贪吝。《晋书·王戎传》云："家有好李，常出货之，恐人得种，常钻其核。以此

获讥于世。"

③康成婢子知书：康成即郑玄，《世说新语·文学》云："郑玄家奴婢皆读书。"

老少年

此草一名"雁来红"① （图7－26），一名"秋色"，一名"老少年"，皆欠妥切。雁来红者，尚有蓼花一种，经秋弄色者又不一而足，皆属泛称；惟"老少年"三字相宜，而又病其俗。予尝易其名曰"还童草"，似觉差胜。此草中仙品也，秋阶得此，群花可废。此草植之者繁，观之者众，然但知其一，未知其二，予尝细玩而得之。盖此草不特于一岁之中经秋更媚，即一日之中亦到晚更媚，总之后胜于前，是其性也。此意向矜独得，及阅徐竹隐②诗，有"叶从秋后变，色向晚来红"一联，不知确有所见如予，知其晚来更媚乎？抑下句仍同上句，其晚亦指秋乎？难起九原而问之，即谓先予一着可也。

图7－26 雁来红

[注释]

①雁来红：老少年多生在江南一带，至秋天雁来时颜色更为鲜红，故有此名。《广群芳谱》卷八十八《老少年》一节有介绍，并引宋杨万里《雁来红》诗云："开了原无雁，看来不是花。若为黄更紫，还借叶为葩。藜苋真可择，鸡冠却较差。未应槲菊辈，赤脚却容他。"此花还有一名为"后庭花"。明徐光启《农政全书》卷五十九《救荒本草·后庭花》亦有介绍。

②徐竹隐：即宋代徐似道，字子渊，号竹隐。此二句诗今见《全宋诗》第四十七册，徐似道诗后附散句，注云采自《全芳备祖》前集卷二十七。李渔引录徐竹隐诗当是采自《全芳备祖》。

天　竹①

竹无花而以夹竹桃代之，竹不实而以天竹补之，皆是可以不必然而强为蛇足之事。然蛇足之形自天生之，人亦不尽任咎也。

[注释]

①天竹：即南天竹。元李衎《竹谱》称之为蓝田竹。吴其濬《植物名实图考》卷二十六《南天竹》有较详介绍。

虎　刺①

"长盆栽虎刺，宣石作峰峦。"②布置得宜，是一幅案头山水。此虎丘卖花人长技也，不可谓非化工手笔。然购者于此，必熟视其为原盆与否。是卉皆可新移，独虎刺必须久植，新移旋踵者百无一活，不可不知。

[注释]

①虎刺：又名伏牛花。茎有刺，花淡黄色，根叶或入药。李时珍《本

草纲目》卷三十六《木三·虎刺》、《广群芳谱》卷八十一《木四》有较详介绍。

②此二句为何人诗未详。宣石，即宣州所产之石，适宜作盆景。

苔①

苔者，至贱易生之物，然亦有时作难：遇阶砌新筑，冀其速生者，彼必故意迟之，以示难得。予有《养苔》诗云："汲水培苔浅却池，邻翁尽日笑人痴。未成斑藓浑难待，绕砌频呼绿拗儿。"②然一生之后，又令人无可奈何矣。

[注释]

①苔：苔藓类隐花植物，又名水衣、地衣、苔衣、青苔。《广群芳谱》卷九十一云："苔衣之类有五：在水曰陟厘，在石曰石濡，在瓦曰屋游，在墙曰垣衣，在地曰地衣。"古代诗文中常见写苔。如南朝宋谢灵运《岭表赋》有"萝蔓绝攀，苔衣流滑"句；唐王维《鹿柴》诗云"返景入深林，复照青苔上"，见《全唐诗》卷一二八；唐刘禹锡《陋室铭》有"苔痕上阶绿，草色入帘青"句等。

②李渔此诗见《笠翁一家言诗集》卷三，第二句原作"邻翁拍手笑人痴"，与此文引录稍有不同。诗中"绿拗儿"一词，用五代后梁王彦章创建园林的典故。《广群芳谱》卷九十一引录《花史》云："王彦章葺园亭，叠墙种花，急欲苔藓少助野意，而经年不生，顾弟子曰：'叵耐这绿拗儿。'"

萍

杨入水为萍①，是花中第一怪事。花已谢而辞树，其命绝矣，乃又变为一物，其生方始，殆一物而两现其身者乎？人以杨花喻命薄之人②，不知其命之厚也，较天下万物为独甚。吾安能身作杨花，而居水陆二地之胜乎？

水上生萍，极多雅趣；但怪其弥漫太甚，充塞池沼，使水居有如陆地，亦恨事也。有功者不能无过，天下事其尽然哉？

[注释]

①这里说"杨入水为萍"，实即指"杨花入水为萍"。《广群芳谱》卷九十一云："萍，处处池沼有之，季春始生，杨花入水所化。"苏轼《水龙吟·次韵章质夫杨花词》云："似花还似非花，也无人惜从教坠……晓来雨过，遗踪何在，一池萍碎。"此句之后原有作者自注云："杨花落水为浮萍，验之信然。"然而前人对此说已有疑义。俞樾《茶香室丛钞》卷二十二《柳絮不化萍》一则引宋姚宽《西溪丛语》云："絮中有小青子，著水泥沙滩上，即生小青芽，乃柳之苗也。东坡谓絮化为浮萍，误矣。"

②以杨花喻命薄之人：古代诗文中常把柳絮称为杨花，杨花和柳絮都很轻，随风飘荡，本身不能自主，因此常见用来形容女子命薄。如宋代周晋《柳梢青》词咏柳絮云："西湖南陌东城，甚管定，年年送春。薄幸东风，薄情游子，薄命佳人。"

竹木第五

未经种植者不载。

竹木者何？树之不花者也。非尽不花，其见用于世者，在此不在彼，虽花而犹之弗花也。花者，媚人之物，媚人者损己，故善花之树多不永年，不若椅桐梓漆①之朴而能久。然则树即树耳，焉如花为？善花者曰："彼能无求于世则可耳，我则不然。雨露所同也，灌溉所独也；土壤所同也，肥泽所独也。子不见尧之水、汤之旱②乎？如其雨露或竭，而土不能滋，则奈何？盍舍汝所行而就我？"不花者曰："是则不能，甘为竹木而已矣。"

[注释]

①椅桐梓漆：出自《诗经·鄘风·定之方中》，原文为："树之榛栗，椅桐梓漆，爰伐琴瑟。"前人注解说："椅实桐，皮曰椅。"这六种树木长成材之后伐之可制琴瑟。本文中以四种树代指各种不善开花之树。

②尧之水、汤之旱：即尧时发生的大水灾，汤时发生的大旱灾。《史记·五帝本纪》云："尧曰：'嗟，四岳，汤汤洪水滔天，浩浩怀山襄陵，下民其忧，有能使治者？'"于是派鲧治水。《孟子·滕文公上》亦云："当尧之时，天下犹未平，洪水横流，泛滥于天下。"《庄子·秋水》云："汤之时，八年七旱。"晋皇甫谧《帝王世纪》云："汤自伐桀后，大旱七年，洛川竭。"

竹

俗云："早间种树，晚上乘凉。"喻词也。予于树木中求一物以实之，其惟竹乎？种树欲其成荫，非十年不可，最易活者莫如杨柳，求其荫可蔽日，亦须数年。惟竹不然，移入庭中，即成高树，能令俗人不舍，不转盼而成高士之庐。神哉此君，真医国手也！种竹之方，旧传有诀云："种竹无时，雨过便移，多留宿土，记取南枝。"①予悉试之，乃不可尽信之书也。三者之内，惟一可遵，"多留宿土"是也。移树最忌伤根，土多则根之盘曲如故，是移地而未尝移土，犹迁人者并其卧榻而迁之，其人醒后尚不自知其迁也。若俟雨过方移，则沾泥带水，有几许未便。泥湿则松，水沾则濡，我欲留土，其如土湿而苏，随锄随散之，不可留何？且雨过必晴，新移之竹，晒则叶卷，一卷即非活兆矣。予易其词曰："未雨先移。"天甫阴而雨犹未下，乘此急移，则宿土未湿，又复带潮，有如胶似漆之势，我欲多留，而土能随我，先据一筹之胜矣。且栽移甫定而雨至，是雨为我下，坐而受之，枝叶根本，无一不沾滋润之利。最忌者日，而日不至；最喜者雨，而雨即来；去所忌而投以喜，未有不欣欣向荣者。此法不止种竹，是花是木皆然。至于"记取南枝"一语，尤难遵奉。移竹移花，不易其向，向南者仍使向南，自是草木之幸。然移草木就人，当随人便，不能尽随草木之便。无论是花是竹，皆有正面，有反面，正面向人，反面向空隙，理也。使记南枝而与人相左，犹娶新妇进门，而听其终年背立，有是理乎？故此语只当不说，切勿泥之。总之，移花种竹只有四字当记，"宜阴忌日"是也。琐琐繁言，徒滋疑扰。

[注释]

①此四句诀见《广群芳谱》卷八十五，原文为："须记向背谚云：'种竹无时，雨过便移，多留宿土，记取南枝。'冬至前后半月，栽竹难活，盖天地闭塞，无生意也。"又云："忌火日及西南风，花木皆同。"

松　柏

"苍松古柏"，美其老也。一切花竹，皆贵少年，独松、柏与梅三物，则贵老而贱幼。欲受三老之益者，必买旧宅而居。若俟手栽，为儿孙计则可，身则不能观其成也。求其可移而能就我者，纵使极大，亦是五更，非三老矣①。予尝戏谓诸后生曰："欲作画图中人，非老不可。三五少年，皆贱物也。"后生询其故。予曰："不见画山水者，每及人物，必作扶筇曳杖之形，即坐而观山临水，亦是老人矍铄之状。从来未有俊美少年厕②于其间者。少年亦有，非携琴捧画之流，即挈盒持樽之辈，皆奴隶于画中者也。"后生辈欲反证予言，卒无其据。引此以喻松柏，可谓合伦。如一座园亭，所有者皆时花弱卉，无十数本老成树木主宰其间，是终日与儿女子习处，无从师会友时矣。名流作画，肯若是乎？噫！予持此说一生，终不得与老成为伍，乃今年已入画，犹日坐儿女丛中。殆以花木为我，而我为松柏者乎？

[注释]

①亦是五更，非三老矣：古代设三老五更之位，以养老人。《礼记·文王世子》云："遂设三老五更，群老之席位焉。"前人注云："三老五更各一人也，皆年老更事致仕者也，天子以父兄养之，示天下之孝悌也。"汉代沿续此制。《汉书·礼乐志》云："养三老五更于辟雍。"《后汉书·明帝纪》云："尊事三老，兄事五更。"郑玄认为汉代三老与五更各为一人，蔡邕认为三老为三人、五更为五人。根据前人的解释，当是三老比五更的年纪更大。本文中李渔言及松柏，认为其树龄长者已可称之为五更，但是还不能称之为三老。

②厕：置于。见前《词曲部·结构第一·戒讽刺》注⑥。

梧 桐

梧桐一树，是草木中一部编年史也，举世习焉不察，予特表而出之。（倪闇公云：奇辟至此，视开凿混沌为家常事矣。）花木种自何年？为寿几何岁？询之主人，主人不知，询之花木，花木不答。谓之"忘年交"①则可，予以"知时达务"②则不可也。梧桐不然，有节可纪，生一年，纪一年。树有树之年，人即纪人之年，树小而人与之小，树大而人随之大，观树即所以观身。《易》曰："观我生进退。"③欲观我生，此其资也。予垂髫种此，即于树上刻诗以纪年，每岁一节，即刻一诗，惜为兵燹所坏，不克有终。犹记十五岁《刻桐诗》④云："小时种梧桐，桐叶小于艾。簪头刻小诗，字瘦皮不坏。刹那三五年，桐大字亦大。桐字已如许，人大复何怪。还将感叹词，刻向前诗外。新字日相催，旧字不相待。顾此新旧痕，而为悠忽戒。"（又云：与汤之《盘铭》⑤同一警惕，皆人所当三复⑥者。）此予婴年著作，因说梧桐，偶尔记及，不则竟忘之矣。即此一事，便受梧桐之益。然则编年之说，岂欺人语乎？

[注释]

①忘年交：古时称不拘年龄辈分而结交的朋友。古籍中记述的此类事例甚多，如东汉末孔融与祢衡、南朝梁范云与何逊、唐张镒与陆贽、宋钱惟演与梅尧臣等。

②知时达务：古时谓"时务"为当世的要事，能识时务者即是智谋之士。《三国志·蜀书·诸葛亮传》中"时先主屯新野"一句后，裴松之注引《襄阳记》云："德操曰：'儒生俗世，岂识时务？识时务者在乎俊杰。'"据此，知时达务即是通晓时务之事。本文说主人不知树木的年岁，则不能说是"知时达务"，是风趣之语。

③观我生进退:《易经·观卦》中语。《易经·象辞》解释说:"观我生进退,未失道也。"本义是说观察民情,不失正道。本文中引用《易经》此语,是说从对于树的观察而了解自己的作为,不失做人之道。

④《刻桐诗》:李渔原诗题为《续刻桐诗》,见《笠翁一家言诗集》卷一,诗前有小序云:"此予总角时作。向有韶龄一刻,皆儿时所为,灾于兵火,百无一存。兹记忆数篇,列于简首,以示编年之义。"原诗同此处引诗的文字略有差异,原诗云:"小时种梧桐,桐本细如艾。针尖刻小诗,字瘦皮不坏。刹那三五年,桐大字亦大。桐字已如许,人长亦奚怪。好将感叹词,刻向前诗外。新字日相催,旧字不相待。顾此新旧痕,而为悠忽戒。"

⑤汤之《盘铭》:即商汤《盘铭》文字"苟日新,日日新,又日新"。见前《词曲部·结构第一·脱窠臼》注③。此条眉评是说李渔儿童时所作《刻桐诗》中关于新与旧的议论,和汤之《盘铭》的"日新"之说意义相近,都是激励人不断奋进的警语。

⑥三复:即"三复白圭"的省略。《论语·先进》云:"南容三复白圭,孔子以其兄之子妻之。"前人注解说:"《诗》云:'白圭之玷,尚可磨也;斯言之玷,不可为也。'南容读诗至此,三反复之,是其心慎言也。"所引诗句见《诗经·大雅·抑》。后世因而用此成语形容慎言谨行。

槐　榆

树之能为荫者,非槐即榆。《诗》云:"于我乎,夏屋渠渠。"①此二树者,可以呼为"夏屋",植于宅旁,与肯堂肯构②无别。人谓夏者大也,非时之所谓夏也。予曰:古人以厦为大者,非无取义。夏日之屋,非大不凉,与三时有别,故名厦为屋。训夏以大,予特未之详耳。

[注释]

①见《诗经·秦风·权舆》:"于我乎,夏屋渠渠,今也每食无馀。"前

人注解说：夏，大也；夏屋，即祭祀时盛馔肴的器具。也有人把"夏屋"解释为高大的房屋。本文中引《诗经》语，"夏屋"取高大房屋之义。

②肯堂肯构：《尚书·大诰》云："若考作室，既底法，厥子乃弗肯堂，矧肯构？"前人注解说："以作室喻治政也，父已致法，子乃不肯为堂基，况肯构立屋乎？"于是后世以"肯堂肯构"比喻子承父业。本文谓种槐、榆两种树在房宅旁，可以和房宅一样由后人继承。

柳

柳贵乎垂，不垂则可无柳。柳条贵长，不长则无袅娜之致，徒垂无益也。此树为纳蝉之所，诸鸟亦集。长夏不寂寞，得时闻鼓吹者，是树皆有功，而高柳为最。总之，种树非止娱目，兼为悦耳。目有时而不娱，以在卧榻之上也；耳则无时不悦。鸟声之最可爱者，不在人之坐时，而偏在睡时。鸟音宜晓听，人皆知之；而其独宜于晓之故，人则未之察也。鸟之防弋，无时不然。卯辰以后，是人皆起，人起而鸟不自安矣。虑患之念一生，虽欲鸣而不得，鸣亦必无好音，此其不宜于昼也。晓则是人未起，即有起者，数亦寥寥，鸟无防患之心，自能毕其能事，且扪舌一夜，技痒于心，至此皆思调弄，所谓"不鸣则已，一鸣惊人"①者是已，此其独宜于晓也。庄子非鱼，能知鱼之乐②；笠翁非鸟，能识鸟之情。凡属鸣禽，皆当呼予为知己。种树之乐多端，而其不便于雅人者亦有一节：枝叶繁冗，不漏月光。隔婵娟③而不使见者，此其无心之过，不足责也。然匪树木无心，人无心耳。使于种植之初，预防及此，留一线之馀天，以待月轮出没，则昼夜均受其利矣。

[注释]

①不鸣则已，一鸣惊人：语出《史记·滑稽列传》："此鸟不飞则已，

一飞冲天;不鸣则已,一鸣惊人。"后世以此为成语,比喻平时默默无闻,突然有惊人的作为。本文中只是说鸟一夜未鸣,天亮后一鸣而惊人。

②知鱼之乐:见《庄子·秋水》:"惠子曰:'子非鱼,安知鱼之乐?'庄子曰:'子非我,安知我不知鱼之乐?'"

③婵娟:指月亮。唐孟郊《婵娟篇》诗云:"花婵娟,泛春泉;竹婵娟,笼晓烟;妓婵娟,不长妍;月婵娟,真可怜。"见《全唐诗》卷三七二。于是后世以"婵娟"代指月,如苏轼《水调歌头》词云:"但愿人长久,千里共婵娟。"

黄 杨

黄杨每岁长一寸,不溢分毫,至闰年反缩一寸①,是天限之木也。植此宜生怜悯之心。予新授一名曰"知命树"。天不使高,强争无益,故守困厄为当然。冬不改柯,夏不易叶,其素行原如是也。使以他木处此,即不能高,亦将横生而至大矣;再不然,则以才不得展而至瘁,弗复自永其年矣。困于天而能自全其天,非知命君子能若是哉?最可悯者,岁长一寸是已;至闰年反缩一寸,其义何居?岁闰而我不闰,人闰而已不闰,已见天地之私;乃非止不闰,又复从而刻之,是天地之待黄杨,可谓不仁之至、不义之甚者矣。乃黄杨不憾天地,枝叶较他木加荣,反似德之者,是知命之中又知命焉。莲为花之君子,此树当为木之君子。莲为花之君子,茂叔知之②;黄杨为木之君子,非稍能格物之笠翁,孰知之哉?

[注释]

①闰年反缩一寸:《广群芳谱》卷七十九云:"黄杨,木理细腻,性坚致难长。岁长一寸,遇闰年反缩一寸,谓之厄运。"注解云:"考之《尔雅》,桐茮菣皆厄闰,不独黄杨。"苏轼《监洞霄宫俞康直郎中所居》诗四首之一《退圃》云:"园中草木春无数,只有黄杨厄闰年。"自注云:"俗说

黄杨岁长一寸，遇闰退三寸。"见《分类东坡诗》卷二。本文中李渔谓"反缩一寸"，与苏轼的说法略有差异。

②茂叔知之：茂叔，即周敦颐，字茂叔。见前《木本第一·木芙蓉》注③。

棕　榈

树直上而无枝者，棕榈是也。予不奇其无枝，奇其无枝而能有叶。植于众芳之中，而下不侵其地、上不蔽其天者，此木是也。较之芭蕉，大有克己妨人之别。

枫　柏①

草之以叶为花者，翠云、老少年是也；木之以叶为花者，枫与柏是也。枫之丹，柏之赤，皆为秋色之最浓。而其所以得此者，则非雨露之功，霜之力也。霜于草木，亦有有功之时，其不肯数数见者，虑人之狎之也。枯众木而独荣二木，欲示德威②之一斑耳。

[注释]

①枫柏：枫树和柏树。柏树即乌桕，或名鸦桕，因乌鸦喜欢吃它的种子，故名。其叶到秋后经霜变红，和枫树特点相同。

②德威：德行与威严。此处指天公对于世间动植物握有生杀之权，德威并用。

冬　青

冬青一树，有松柏之实而不居其名，有梅竹之风而不矜其节，殆"身隐焉文"①之流亚欤？然谈傲霜砺雪之姿者，从未闻一人齿及。是之推不言禄②，而禄亦不及。予窃忿之，当易其名为"不求人知树"。

[注释]

①身隐焉文：语出《左传·僖公二十四年》，介之推对母亲说："言，身之文也。身将隐，焉用文之？"意思是：言论是身体的文饰。既然我决定隐居，还用得着文饰吗？本文引用此语，是说冬青树有介之推的品格。

②之推不言禄：之推即介之推，春秋时晋国人。曾随晋公子重耳流亡十九年，重耳回国后即位为晋文公，介之推不言功，重耳竟然忘记了此人，没有封给他爵禄。于是介之推带母亲逃往深山中隐居，被烧死在山里。其事迹见《左传·僖公二十四年》《史记·晋世家》，《东周列国志》第三十七回有较详描写。

卷八 颐养部

行乐第一

伤哉！造物生人一场，为时不满百岁。彼夭折之辈无论矣，姑就永年者道之，即使三万六千日尽是追欢取乐时，亦非无限光阴，终有报罢之日。况此百年以内，有无数忧愁困苦、疾病颠连、名缰利锁、惊风骇浪阻人燕游，使徒有百岁之虚名，并无一岁二岁享生人应有之福之实际乎？又况此百年以内，日日死亡相告，谓先我而生者死矣，后我而生者亦死矣，与我同庚比算、互称弟兄者又死矣。噫！死是何物，而可知凶不讳，日令不能无死者惊见于目，而恒闻于耳乎？是千古不仁，未有甚于造物者矣。（王左车云：造物不仁，全赖广长舌[①]匡其不逮。）虽然，殆有说焉。不仁者，仁之至也。知我不能无死，而日以死亡相告，是恐我也。恐我者，欲使及时为乐，当视此辈为前车也。康对山[②]构一园亭，其地在北邙山麓，所见无非丘陇。客讯之曰："日对此景，令人何以为乐？"对山曰："日对此景，乃令人不敢不乐。"达哉斯言！予尝以铭座右。兹论养生之法，而以行乐先之；劝人行乐，而以死亡怵之，即祖是意。欲体天地至仁之心，不能不蹈造物不仁之迹。

养生家授受之方，外藉药石，内凭导引，其借口颐生而流为放辟邪侈者，则曰"比家"。三者无论邪正，皆术士之言也。予系儒生，并非术士。术士所言者术，儒家所凭者理。《鲁论·乡党》[③]一篇，半属养生之法。予虽不敏，窃附于圣人之徒，不敢为诞妄不经之言以误世。有怪此卷以颐养命名，而觅一丹方不得者，予以空疏谢之。又有怪予著《饮馔》一篇，而未及烹饪之法，不知酱用几何，醋用几何，醯椒香辣用几何者。予曰：苟若是，是一庖人而已矣，乌足重哉！人曰：若是，则《食物志》[④]《尊生笺》[⑤]《卫生录》⑥等书，何以备列此等？予曰：是诚庖人之书也。士各明志，人有弗为。

[注释]

①广长舌：即能言善辩之舌。见前《声容部·修容第二·盥栉》注⑥。

②康对山：即康海（1475—1540），字号对山，陕西武功人，弘治十五年（1502）状元。著作编为《对山集》。

③《鲁论·乡党》：《鲁论》即《论语》，见前《词曲部·宾白第四·少用方言》注⑤。

④《食物志》：撰人不详。大概是介绍各种食物的原料及制作的流行读物。

⑤《尊生笺》：即明代高濂所撰《遵生八笺》，19卷，今存于《四库全书》。

⑥《卫生录》：撰者不详。可能是据元代罗天益的《卫生宝鉴》等养生类书籍摘录而成的一种流行读物。

贵人行乐之法

人间至乐之境，惟帝王得以有之；下此则公卿将相，以及群辅百僚，皆可以行乐之人也。然有万几在念，百务萦心，一日之内，除视朝听政、放衙理事、治人事神、反躬修己之外，其为行乐之时有几？曰：不然。乐不在外而在心。心以为乐，则是境皆乐，心以为苦，则无境不苦。身为帝王，则当以帝王之境为乐境；身为公卿，则当以公卿之境为乐境。凡我分所当行、推诿不去者，即当摈弃一切悉视为苦，而专以此事为乐。谓我为帝王，日有万几之冗，其心则诚劳矣，然世之艳慕帝王者，求为片刻而不能，我之至劳，人之所谓至逸也。为公卿将相、群辅百僚者，居心亦复如是，则不必于视朝听政、放衙理事、治人事神、反躬修己之外，别寻乐境，即此得为之地,便是行乐之场。一举笔而安天下,一矢口而遂群生,以天下群生之乐为乐,何快如之?若于此外稍得清闲,再享一切应有之福,则人皇可比玉皇,俗吏竟成仙吏,何蓬莱三岛之足羡哉!此术非他,盖用吾家老子"退一步"法①。以不如己者视己,则日见可乐;以胜于己者视己,则时觉可忧。从来人君之善行乐者,莫过于汉之文、景;其不善行乐者,莫过于武帝。以文、景于帝王应行之外不多一事,故觉其逸;武帝则好大喜功,且薄帝王而慕神仙,是以徒见其劳。人臣之善行乐者,莫过于唐之郭子仪;而不善行乐者,则莫如李广。子仪既拜汾阳王,志愿已足,不复他求,故能极欲穷奢,备享人臣之福;李广则耻不如人,必欲封侯而后已,是以独当单于,卒致失道后期而自刭。故善行乐者,必先知足。二疏②云:"知足不辱,知止不殆。"不辱不殆,至乐在其中矣。

[注释]

①吾家老子"退一步"法:老子名李耳,李渔与之同姓,故自谓"吾家老子"。通行本《老子》书中未见"退一步"之语,当是第六十九章中"吾不敢为主而为客,不敢进寸而退尺"的引申意义。即遇事时不能只和上一等相比,应当和下一等相比,以这样的思想方法求得心安意平。

②二疏:即汉代疏广、疏受叔侄二人。《汉书·疏广传》云,汉宣帝地节年间立皇太子,疏广官太傅,疏受官少傅,在职五年,"广谓受曰:'吾闻知足不辱,知止不殆,功遂身退,天之道也。'"于是二人辞官归乡。所言"知足不辱,知止不殆"二句,本为老子之语。《老子》第四十四章云:"故知足不辱,知止不殆,可以长久。"又第三十二章云:"夫亦将知止,知止可以不殆。"意思是:知道满足就不会遭到屈辱,知道适可而止就不会遇到危险。只有这样,才能长久平安。

富人行乐之法

劝贵人行乐易,劝富人行乐难。何也?财为行乐之资,然势不宜多,多则反为累人之具。华封人①祝帝尧富寿多男,尧曰:"富则多事。"华封人曰:"富而使人分之,何事之有?"由是观之,财多不分,即以唐尧之圣、帝王之尊,犹不能免多事之累,况德非圣人而位非帝王者乎?陶朱公②屡致千金,屡散千金,其致而必散,散而复致者,亦学帝尧之防多事也。兹欲劝富人行乐,必先劝之分财;劝富人分财,其势同于拔山超海③,此必不得之数也。财多则思运④,不运则生息不繁。然不运则已,一运则经营惨淡,坐起不宁,其累有不可胜言者。财多必善防,不防则为盗贼所有,而且以身殉之。然不防则已,一防则惊魂四绕,风鹤皆兵,其恐惧觳觫⑤之状,有不堪目睹者。且财多必招忌。语云:"温饱之家,众怨所归。"以一身而为众射之的,方且忧伤虑死之不暇,尚可与言行乐乎哉?甚矣!财不可多,多之为累,亦至此也。然则富人行乐,其终不可冀乎?曰:不然。多分则难,少敛则易。处比户可封之世,难于售恩;当民穷财尽之秋,易于见德。少课锱铢之利,穷民即起颂扬;略蠲升斗之租,贫佃即生歌舞。本偿而子息未偿,因其贫也而贳之,一券才焚,即噪冯驩⑥之令誉;赋足而国用不足,因其匮也而助之,急公偶试,即来卜式⑦之美名。果如是,则大异于今日之富民,而又无损于本来之故我。觊觎者息而仇怨者稀,是则可言行乐矣。其为乐也,亦同贵人,不必于持筹握算之外,别寻乐境,即此宽租减息、仗义急公之日,听贫民之欢欣赞颂,即当两部鼓吹⑧;受官司之奖励称扬,便是百年华衮⑨。荣莫荣于此,乐亦莫乐于此矣。至于悦色娱声、眠花籍柳、构堂建厦、啸月嘲风诸乐事,他人欲得,所患无资,业有其资,何求弗遂?是同一富也,昔为最难行乐之人，今为最易行乐之人。即使帝尧不死，陶朱现在，彼丈夫也，我丈夫也，吾何畏彼哉？去其一念之刻而已矣。

[注释]

①华封人：远古时华地之民。华封人祝尧事见《庄子·天地》："尧观乎华，华封人曰：'嘻！圣人。请祝圣人，使圣人寿。'尧曰：'辞。''使圣人富。'尧曰：'辞。''使圣人多男子。'尧曰：'辞。'封人曰：'寿，富，多男子，人之所欲也。汝独不欲，何也？'尧曰：'多男子则多惧，富则多事，寿则多辱。是三者，非所以养德也，故辞。'封人曰：'……多男子而授之职，则何惧之有？富而使人分之，则何事之有？'"本文引录尧与华封人的对话，重点在取"富而使人分之"之义，表述自己所认为的富人行乐之法。

②陶朱公：即春秋时的范蠡。史载他辅佐越王勾践灭吴兴越，功成之后弃官远去，至陶地（今山东定陶一带），自称朱公，经商致富。后世以陶朱公指称大富翁。也传说范蠡携西施避居于五湖之地，明代汪道昆撰作有杂剧《五湖游》演其事。

③拔山超海：形容极难办到的事。《孟子·梁惠王上》云："挟太山以超北海，语人曰：'我不能。'是诚不能也。"本文对原成语加以变化，意思相同。

④思运：谋划着进行运作，指经营。

⑤觳觫：恐惧而发抖的样子。语出《孟子·梁惠王上》："王曰：'舍之。吾不忍其觳觫，若无罪而就死地。'"本文中指人的恐惧状态，像是将被宰杀的牛似的。

⑥冯谖：战国时人，也作冯煖、冯谖。曾为孟尝君门客，为主人收债于薛，假称孟尝君的命令，尽焚债户借券，以此市义于民。后来孟尝君遇难到薛地，受到民众的欢迎和拥护，并终于得冯谖之力而复位。事见《战国策·齐策》及《史记·孟尝君列传》。《东周列国志》第九十四回《冯谖弹铗客孟尝》有较详描写，又有元代钟嗣成杂剧《冯谖烧券》、清代周起杂剧《冯谖市义》皆演其事。本文中李渔认为富人应当效法冯谖烧券，以仁义

待人。

⑦卜式：汉代河南人，以养羊而致大富。汉武帝时对匈奴作战，军费开支浩大，卜式多次把私财捐献给国家。汉武帝赐其官为中郎将，后来官至御史大夫，赐爵关内侯。《汉书》有传。本文中李渔认为富人应当效法卜式，把多馀的财物捐献给国家，流传美名。

⑧两部鼓吹：鼓吹，古时仪仗队所奏的音乐，也指演奏鼓吹乐的乐器班子。两部鼓吹，南朝孔稚圭的典故。《南齐书·孔稚圭传》云，孔稚圭的房子四周长满杂草，又有水坑，蛙声聒噪，别人问他："欲为陈蕃乎？"孔回答说："我以此当两部鼓吹，何必期效仲举？"

⑨百年华衮：华，言其多彩。衮，古代上公之服。晋范宁《春秋穀梁传序》云："一字之褒，宠逾华衮之赠；片言之贬，辱过市朝之挞。"百年华衮，意为宦门荣耀可达百年之久。

贫贱行乐之法

穷人行乐之方，无他秘巧，亦止有"退一步"法①。我以为贫，更有贫于我者；我以为贱，更有贱于我者；我以妻子为累，尚有鳏寡孤独之民，求为妻子之累而不能者；我以胼胝为劳，尚有身系狱廷，荒芜田地，求安耕凿之生而不可得者。以此居心，则苦海尽成乐地。（逸少云"我卒当以乐死"，即是此境。②）如或向前一算，以胜己者相衡，则片刻难安，种种桎梏幽囚之境出矣。一显者旅宿邮亭，时方溽暑，帐内多蚊，驱之不出，因忆家居时堂宽似宇，簟冷如冰，又有群姬握扇而挥，不复知其为夏，何遽困厄至此！因怀至乐，愈觉心烦，遂致终夕不寐。一亭长露宿阶下，为众蚊所啮，几至露筋③，不得已而奔走庭中，俾四体动而弗停，则啮人者无由厕足；乃形则往来仆仆，口则赞叹嚣嚣，一似苦中有乐者。显者不解，呼而讯之，谓："汝之受困，什佰于我，我以为苦，而汝以为乐，其故维何？"亭长曰："偶忆某年，为仇家所陷，身系狱中。维时亦当暑月，狱卒防予私逸，每夜拘挛手足，使不得动摇，时蚊蚋之繁，倍于今夕，听其自啮，欲稍稍规避而不能，以视今夕之奔走不息，四体得以自如者，奚啻仙凡人鬼之别乎！以昔较今，是以但见其乐，不知其苦。"显者听之，不觉爽然自失。④此即穷人行乐之秘诀也。不独居心为然，即铸体炼形，亦当如是。譬如夏月苦炎，明知为室庐卑小所致，偏向骄阳之下来往片时，然后步入室中，则觉暑气渐消，不似从前酷烈；若畏其湫隘而投宽处纳凉，及至归来，炎蒸又加十倍矣。冬月苦冷，明知为墙垣单薄所致，故向风雪之中行走一次，然后归庐返舍，则觉寒威顿减，不复凛冽如初；若避此荒凉而向深居就燠，及其再入，战栗又作何状矣。由此类推，则所谓退步者，无地不有，无人不有，想至退步，乐境自生。予为两间第一困人，其能免死于忧，不枯槁于迍邅蹭蹬⑤者，皆用此法。又得管城⑥一物，相伴终身，以扫千军则不足，以除万虑则有馀。然非善作退步，即楮墨⑦亦能困人。想虞卿著书⑧，亦用此法，我能公世，彼特秘而未传耳。

由亭长之说推之，则凡行乐者，不必远引他人为退步，即此一身，谁无过来之逆境？大则灾凶祸患，小则疾病忧伤。"执柯伐柯，其则不远。"⑨取而较之，更为亲切。凡人一生，奇祸大难非特不可遗忘，还宜大书特书，高悬座右。其裨益于身者有三：孽由己作，则可知非痛改，视作前车；祸自天来，则可止怨释尤，以弭后患；至于忆苦追烦，引出无穷乐境，则又警心惕目之馀事矣。（王安节云：视尝胆为饮醇，方能作此儆戒。）如曰省躬罪己，原属隐情，难使他人共睹，若是则有包含韫藉之法；或止书罹患之年月，而不及其事；或别书隐射之数语，而不露其详；或撰作一联一诗，悬挂起居亲密之处，微寓己意，不使人知，亦淑慎其身之妙法也。此皆湖上笠翁瞒人独做之事，笔机所到，欲讳不能，俗语所谓"不打自招"者，非乎？

[注释]

① "退一步"法：见前《贵人行乐之法》注①。

② 此条评语当是承前为王左车评。逸少，即晋代王羲之，其字逸少。《晋书·王羲之传》云："不远千里，遍游东中诸郡，穷诸名山，泛沧海，叹曰：'我卒当以乐死。'"

③ 露筋：被蚊子咬尽血肉而露出筋，形容蚊害之惨。江苏高邮县城南有露筋庙，俗称仙女庙，宋米芾《露筋庙碑》记述道，有一女子露处于田野间，义不寄宿于村中农家，被蚊咬啮，露筋而死。后人于此处立庙祭祀她。欧阳修有《憎蚊诗》云："尝闻高邮间，猛虎死凌辱。哀哉露筋女，万古仇不复。"见《文忠集》卷三。清代杨潮观所撰杂剧《感天后神女露筋》，亦演此事。

④ 此段文字讲述的"显者旅宿邮亭"故事，又见李渔所著小说《鹤归楼》的第一回《安恬退反致高科，忌风流偏来绝色》，略有差异，录于此处，可供参考。其文云："近日有个富民，出门作客，歇在饭店之中，时当酷夏，蚊声如雷，自己悬了纱帐，卧在其中，但闻轰轰之声，不见嗷嗷之状。回想在家的乐处，丫鬟打扇，伴当驱蚊，连这种恶声也无由入耳，就不觉怨怅起来。另有一个穷人，与他同房宿歇，不但没有纱帐，连单被也不见一条，睡到半夜，被蚊虻叮不过，只得起来行走，在他纱帐外面跑来跑去，竟像被人赶逐的一般，要使浑身的肌肉动而不静，省得蚊虻着体。富民看见此状，甚有怜悯之心。不想那个穷人不但不叫苦，还自己称赞，说他是个福人，把'快活'二字叫不绝口。富民惊诧不已，问他：'劳苦异常，那些快乐？'穷人道：'我起先也曾怨苦，忽然想到一处，就不觉快活起来。'富民问他：'想到那一处？'穷人道：'想到牢狱之中罪人受苦的形状，此时上了枷床，浑身的肢体动掸不得，就被蚊虻叮死，也只好做露筋娘娘，要学我这舒展自由、往来无碍的光景，怎得能勾？所以身虽劳碌，心境一毫不苦，不知不觉就自家得意起来。'富人听了，不觉通身汗下，才晓得睡在帐中思念家中的不是。"

⑤ 迍邅（zhūnzhān）蹭蹬（cèngdèng）：迍邅，或作"屯邅"，意为

道路难行，或比喻处境不利，进退两难。《易经·屯卦》有"屯如邅如"一句，前人注解说："屯是屯难，邅是邅回。"蹎蹬，即遭受挫折、困顿失意。两词连用更加强调困顿处境。

⑥管城：即毛笔。韩愈有《毛颖传》，为毛笔作传，称之为"管城子"。后世的诗文中即以管城子或管城作为毛笔的代称。其实是因为毛笔的笔杆多用竹制，而竹为管状，故韩愈对它如此命名。本文谓管城相伴终身，指文士的写作生涯。

⑦楮墨：即纸和墨，参见前《词曲部·音律第三》注⑧。也指文字或书画。本文中楮墨亦指文士的写作生涯。

⑧虞卿著书：《史记·平原君虞卿列传》记载，虞卿离开赵国之后，困于梁，"魏齐已死，不得意，乃著书……世传之曰《虞氏春秋》"。

⑨执柯伐柯，其则不远：见《诗经·豳风·伐柯》，原文是："伐柯伐柯，其则不远。"由于前人据《诗经》诗句把做媒称为"执柯"，因此本文的引录便与原文有异。诗句的意思是：用装着木柄的斧头砍树，其取法不待远求。

家庭行乐之法

世间第一乐地，无过家庭。"父母俱存，兄弟无故，一乐也。"①是圣贤行乐之方，不过如此。而后世人情之好向，往往与圣贤相左。圣贤所乐者，彼则苦之；圣贤所苦者，彼反视为至乐而沉溺其中。如弃现在之天亲而拜他人为父，撇同胞之手足而与陌路结盟，避女色而就娈童，舍家鸡而寻野鹜，是皆情理之至悖，而举世习而安之。其故无他，总由一念之恶旧喜新，厌常趋异所致。若是，则生而所有之形骸，亦觉陈腐可厌，胡不并易而新之，使今日魂附一体，明日又附一体，觉愈变愈新之可爱乎？其不能变而新之者，以生定故也。然欲变而新之，亦自有法。时易冠裳，迭更帏座，而照之以镜，则似换一规模矣。即以此法而施之父母兄弟、骨肉妻孥，以结交滥费之资，而鲜其衣饰，美其供奉，则居移气，养移体，一岁而数变其形，岂不犹之谓他人父，谓他人母，而与同学少年互称兄弟，各家美丽共缔姻盟者哉？（菩萨语！[②]）有好游狭斜者，荡尽家资而不顾，其妻迫于饥寒而求去。临去之日，别换新衣而佐以美饰，居然绝世佳人。其夫抱而泣曰："吾走尽章台，未尝遇此娇丽。由是观之，匪人之美，衣饰美之也。倘能复留，当为勤俭克家，而置汝金屋。"妻善其言而止。后改荡从善，卒如所云。又有人子不孝而为亲所逐者，鞠于他人，越数年而复返，定省承欢，大异畴昔。其父讯之，则曰："非予不爱其亲，习久而生厌也。兹复厌所习见，而以久不睹者为可亲矣。"众人笑之，而有识者怜之。何也？习久而厌其亲者，天下皆然，而不能自明其故。此人知之，又能直言无讳，盖可以为善之人也。此等罕譬曲喻，皆为劝导愚蒙。谁无至性，谁乏良知，而俟予为木铎[③]？但观孺子离家，即生哭泣，岂无至乐之境十倍其家者哉？性在此而不在彼也。人能以孩提之乐境为乐境，则去圣人不远矣。

[注释]

①此为孟子所谓的人生三乐之一。《孟子·尽心上》云："孟子曰：君子有三乐，而王天下不与存焉。父母俱存，兄弟无故，一乐也；仰不愧于天，俯不怍于人，二乐也；得天下英才而教育之，三乐也。"

②此句评语当承前为王安节评。

③木铎：见前《词曲部·结构第一·戒讽刺》注①。

道途行乐之法

"逆旅"二字，足概远行，旅境皆逆境也。然不受行路之苦，不知居家之乐，此等况味，正须一一尝之。予游绝塞而归，乡人讯曰："边陲之游乐乎？"予曰："乐。"有经其地而惮焉者曰："地则不毛，人皆异类，睹沙场而气索，闻钲鼓而魂摇，何乐之有？"予曰："向未离家，谬谓四方一致，其饮馔服饰皆同于我，及历四方，知有大谬不然者。然止游通邑大都，未至穷边极塞，又谓远近一理，不过稍变其制而已矣。及抵边陲，始知地狱即在人间，罗刹①原非异物，而今而后，方知人之异于禽兽者几希②，而近地之民去绝塞之民者，反有霄壤幽明之大异也。不入其地，不睹其情，乌知生于东南，游于都会，衣轻席暖，饭稻羹鱼之足乐哉！"此言出路之人，视居家之乐为乐也；然未至还家，则终觉其苦。又有视家为苦，借道途行乐之法，可以暂娱目前，不为风霜车马所困者，又一方便法门也。向平欲俟婚嫁既毕，遨游五岳③；李固与弟书，谓周观天下，独未见益州，似有遗憾④；太史公因游名山大川，得以史笔妙千古⑤。是游也者，男子生而欲得，不得即以为恨者也。有道之士，尚欲挟资裹粮，专行其志，而我以糊口资生之便，为益闻广见之资，过一地即览一地之人情，经一方则睹一方之胜概，而且食所未食，尝所欲尝，蓄所馀者而归遗细君⑥，似得五侯之鲭⑦，以果一家之腹，是人生最乐之事也，奚事哭泣阮途⑧，而为乘槎驭骏者所窃笑哉？

[注释]

①罗刹：佛经中恶鬼的通称，有男罗刹、女罗刹，十分凶恶。古代诗中借用此词指恶鬼或恶人。蒲松龄《聊斋志异》卷四有《罗刹海市》一篇，写马骥漂流到东海中大罗刹国，其国人即如罗刹模样。

②人之异于禽兽者几希：此语见《孟子·离娄下》。意思是说人类和禽兽本质上都是动物，不同之处很少。

③向平：即向长，字子平，东汉朝歌（今河南淇县一带）人。光武帝建武年间，他把子女的婚嫁之事办理完毕，自认为已经了却心愿，就不再过

问家事，出游名山大川，竟不知所终。

④此见《水经注》卷三十三《江水一》："固今年五十七，鬓发已白，所为容身而游，满腹而去。周观天下，独未见益州耳。昔严夫子常言：'经有五，涉其四；州有九，游其八。'欲类此子矣。"

⑤太史公即司马迁。见前《词曲部·宾白第四·少用方言》注⑥。

⑥归遗（kuì wèi）细君：细君，即妻子。古时诸侯之妻称小君，也称细君，后世便以细君为妻的通称。《汉书·东方朔传》云："复赐酒一石，肉百斤，归遗细君。"这里是说汉武帝赏赐东方朔许多东西，东方朔都带回家交给了妻子。本文用东方朔的典故。

⑦五侯之鲭（qīng）：鲭即青鱼。《西京杂记》卷二云："娄护丰辩，传食五侯间，各得其欢心，竞致奇膳，护乃合以为鲭，世称五侯鲭，以为奇味焉。"五侯是汉成帝同日所封的舅氏王谭、王商、王立、王根、王逢时五人，鲭是鱼和肉合起来烹制而成的菜肴。后世称佳肴美味为五侯鲭。

⑧哭泣阮途：《晋书·阮籍传》记阮籍事云："时率意独驾，不由径路，车迹所穷，辄恸哭而返。"于是阮籍穷途痛哭一事便成为典故，后世诗文中常见。清代张潮所撰杂剧《笔歌》四种之一为《穷途哭》，即演此事。

春季行乐之法

人有喜怒哀乐，天有春夏秋冬。春之为令，即天地交欢之候，阴阳肆乐之时也。人心至此，不求畅而自畅，犹父母相亲相爱，则儿女嬉笑自如，睹满堂之欢欣，即欲向隅而泣，泣不出也。然当春行乐，每易过情，必留一线之馀春，以度将来之酷夏。盖一岁难过之关，惟有三伏，精神之耗，疾病之生，死亡之至，皆由于此。故俗话云："过得七月半，便是铁罗汉。"非虚语也。思患预防，当在三春行乐之时，不得纵欲过度，而先埋伏病根。花可熟观，鸟可倾听，山川云物之胜可以纵游，而独于房欲之事略存馀地。盖人当此际，满体皆春。春者，泄尽无遗之谓也。（王左车云：这方是汝州春风①。)草木之春,泄尽无遗而不坏者,以三时皆蓄,而止候泄于一春,过此一春,又皆蓄精养神之候矣。人之一身,能保一时尽泄而三时皆不泄乎?尽泄于春,而又不能不泄于夏,虽草木不能不枯,况人身之浮脆者乎?欲留枕席之馀欢,当使游观之尽致。何也?分心花鸟,便觉体有馀闲;并力闺帏,易致身无宁刻。然予所言,皆防已甚之词也。若使杜情而绝欲,是天地皆春而我独秋,焉用此不情之物,而作人中灾异乎?

[注释]

①汝州春风:宋代理学家程颢的典故。春风,比喻待人亲近,像春风一般暖人。朱熹《近思录·十四》记载:"侯思圣(仲良)云:朱公掞(光庭)见明道(程颢)于汝,归谓人曰:'光庭在春风中坐了一个月。'"后人形容受别人温情相待为"如坐汝州春风",或"如坐春风"。宋孙应时《和陈亮功张次夔二同年唱酬廉字诚字之作》诗二首其二云:"汝州春风中,试坐一月来。"见《烛湖集》卷十四。

夏季行乐之法

酷夏之可畏,前幅虽露其端,然未尽暑毒之什一也。使天只有三时而无夏,则人之死也必稀,巫医僧道之流皆苦饥寒而莫救矣。止因多此一时,遂觉人身叵测,常有朝人而夕鬼者。《戴记》云:"是月也,阴阳争,死生分。"①危哉斯言!令人不寒而栗矣。凡人身处此候,皆当时时防病,日日忧死。防病忧死,则当刻刻偷闲以行乐。从来行乐之事,人皆选暇于三春,予独息机于九夏②。以三春神旺,即使不乐,无损于身;九夏则神耗气索,力难支体,如其不乐,则劳神役形,如火益热,是与性命为仇矣。《月令》以仲冬为闭藏③;予谓天地之气闭藏于冬,人身之气当令闭藏于夏。试观隆冬之月,人之精神愈寒愈健，较之暑气铄人，有不可同年而语者。凡人苟非民社系身，饥寒迫体，稍堪自逸者，则当以三时行事，一夏养生。过此危关，然后出而应酬世故，未为晚也。追忆明朝失政以后，大清革命之先，予绝意浮名，不干寸禄，山居避乱，反以无事为荣。夏不谒客，亦无客至，匪止头巾不设，并衫履而废之。或裸处乱荷之中，妻孥觅之不得；或偃卧长松之下，猿鹤过而不知。洗砚石于飞泉，试茗奴以积雪；欲食瓜而瓜生户外，思啖果而果落树头，可谓极人世之奇闻，擅有生之至乐者矣。后此则徙居城市，酬应日纷，虽无利欲熏人，亦觉浮名致累。计我一生，得享列仙之福者，仅有三年。今欲续之，求为闰馀而不可得矣。伤哉！人非铁石，奚堪磨杵作针；寿岂泥沙，不禁委尘入土。予以劝人行乐，而深悔自役其形。噫！天何惜于一闲，以补富贵荣胀④之不足哉！

[注释]

①《戴记》即《大戴礼记》，其中《月令·仲夏之月》云："是月也，日长至，阴阳争，死生分。"李渔的引文不完整。

②九夏：即夏季。因夏季三个月共九十天，古时人称之为"九夏"。如南朝梁萧统《锦带书·十二月启林钟六月》中云："三伏渐终，九夏将谢。"见《昭明文集》卷三。

③闭藏：即收藏。《管子·四时》云："春赢育，夏养长，秋聚收，冬闭藏。"

④富贵荣胀：即富家豪门。见前《器玩部·制度第一》注③。

秋季行乐之法

过夏徂秋，此身无恙，是当与妻孥庆贺重生，交相为寿者矣。又值炎蒸初退，秋爽媚人，四体得以自如，衣衫不为桎梏，此时不乐，将待何时？况有阻人行乐之二物，非久即至。二物维何？霜也，雪也。霜雪一至，则诸物变形，非特无花，亦且少叶；亦时有月，难保无风。若谓"春宵一刻值千金"①，则秋价之昂，宜增十倍。有山水之胜者，乘此时蜡屐而游，不则当面错过。何也？前此欲登而不可，后此欲眺而不能，则是又有一年之别矣。有金石之交者，及此时朝夕过从，不则交臂而失。何也？褦襶②阻人于前，咫尺有同千里；风雪欺人于后，访戴③何异登天？则是又负一年之约矣。至于姬妾之在家，一到此时，有如久别乍逢，为欢特异。何也？暑月汗流，求为盛妆而不得，十分娇艳，惟四五之仅存；此则全副精神，皆可用于青鬟翠黛之上。久不睹而今忽睹，有不与远归新娶同其燕好者哉？为欢即欲，视其精力短长，总留一线之馀地。能行百里者，至九十而思休；善登浮屠者，至六级而即下④。此房中秘术，请为少年场授之。

[注释]

①春宵一刻值千金：此为苏轼《春宵》诗中的句子，原诗为："春宵一刻值千金，花有清香月有阴。歌管楼台声细细，秋千院落夜沉沉。"见《千家诗》。

②褦襶（nàidài）：夏天避暑的斗笠。或谓暑天谒客，戴斗笠而束身之状，称为褦襶子，比喻不晓事。三国魏程晓《嘲热客》诗云："平生三伏时，道里无行车。闭门避暑卧，出入不相过。只今褦襶子，触热到人家。主人闻客来，嚬蹙奈此何。"见《古文苑》卷八十三。前人注解说："褦襶，不晓事之名。"本文意思是说，因有褦襶的典故，夏天不是访客的季节，这就阻挡了朋友见面的机会。

③访戴：王徽之雪夜访戴逵的典故。见前《器玩部·制度第一·椅杌》注⑤。

④善登浮屠者，至六级而即下：浮屠即塔。善于登塔的游客，登到第六层就应该下来。以此说明做事不要达到极点、要适可而止的道理。

冬季行乐之法

　　冬天行乐,必须设身处地,幻为路上行人,备受风雪之苦,然后回想在家,则无论寒燠晦明,皆有胜人百倍之乐矣。尝有画雪景山水,人持破伞,或策蹇驴,独行古道之中,经过悬崖之下,石作狰狞之状,人有颠蹶之形者。此等险画,隆冬之月,正宜悬挂中堂。主人对之,即是御风障雪之屏,暖胃和衷之药。若杨国忠之肉阵[1],党太尉之羊羔美酒[2],初试或温,稍停则奇寒至矣。善行乐者,必先作如是观,而后继之以乐,则一分乐境,可抵二三分,五七分乐境,便可抵十分十二分矣。然一到乐极忘忧之际,其乐自能渐减,十分乐境,只作得五七分,二三分乐境,又只作得一分矣。须将一切苦境,又复从头想起,其乐之渐增不减,又复如初。此善讨便宜之第一法也。譬之行路之人,计程共有百里,行过七八十里,所剩无多,然无奈望到心坚,急切难待,种种畏难怨苦之心出矣。但一回头,计其行过之路数,则七八十里之远者可到,况其少而近者乎?譬如此际止行二三十里,尚馀七八十里,则苦多乐少,其境又当何如?此种想念,非但可为行乐之方,凡居官者之理繁治剧,学道者之读书穷理,农工商贾之任劳即勤,无一不可倚之为法。噫!人之行乐,何与于我,而我为之嗓敝舌焦,手腕几脱。是殆有媚人之癖,而以楮墨代脂韦[3]者乎?

[注释]

①肉阵:唐玄宗时,杨国忠生活豪奢荒淫,冬天选身体肥胖的婢妾列在前面以遮风,号为肉阵,又名肉屏风。见王仁裕《开元天宝遗事》卷下《肉阵》。

②党太尉之羊羔美酒:党太尉即党进,宋初时人,曾官太尉,其生活豪

奢荒淫同于唐代杨国忠。《绿窗新话》卷二引录宋无名氏《湘江近事》云："陶谷学士尝买得党太尉家故妓。过定陶，取雪水烹团茶，谓妓曰：'党太尉家应不识此？'妓曰：'彼粗人也，安有此景？但能于销金帐下，浅斟低唱，饮羊羔美酒耳。'谷愧其言。"此事又见《宋稗类钞》卷十五、《锦绣万花谷》前集卷二、明陈继儒《辟寒部》等书引述，大同小异。

③以楮墨代脂韦：楮墨，即纸和墨，见前《贫贱行乐之法》注⑦。脂韦，脂即油脂，韦即软皮。《楚辞》中屈原《卜居》云："宁廉洁正直以自清乎？将突梯滑稽如脂如韦以洁楹乎？"后世文人即以脂韦比喻阿谀和圆滑。本文谓以楮墨代脂韦，是指用严肃的文字写作代替阿谀之词。

随时即景就事行乐之法

行乐之事多端，未可执一而论。如睡有睡之乐，坐有坐之乐，行有行之乐，立有立之乐，饮食有饮食之乐，盥栉有盥栉之乐，即袒裼裸裎、如厕便溺，种种秽亵之事，处之得宜，亦各有其乐。苟能见景生情，逢场作戏，即可悲可涕之事，亦变欢娱。如其应事寡才，养生无术，即征歌选舞之场，亦生悲戚。兹以家常受用，起居安乐之事，因便制宜，各存其说于左①。

睡

有专言法术之人，遍授养生之诀，欲予北面事之。予讯益寿之功，何物称最？颐生之地，谁处居多？如其不谋而合，则奉为师，不则友之可耳。其人曰："益寿之方，全凭导引；安生之计，惟赖坐功。"予曰："若是，则汝法最苦，惟修苦行者能之。予懒而好动，且事事求乐，未可以语此也。"其人曰："然则汝意云何？试言之，不妨互为印政。"予曰："天地生人以时，动之者半，息之者半。动则旦，而息则暮也。苟劳之以日，而不息之以夜，则旦旦而伐之，其死也，可立而待矣。吾人养生亦以时，扰之以半，静之以半,扰则行起坐立,而静则睡也。如其劳我以经营,而不逸我以寝处,则岌岌乎殆哉!其年也,不堪指屈矣。若是,则养生之诀,当以善睡居先。睡能还精,睡能养气(图8-01),睡能健脾益胃,睡能坚骨壮筋。如其不信,试以无疾之人与有疾之人,合而验之。人本无疾而劳之以夜,使累夕不得安眠,则眼眶渐落而精气日颓,虽未即病,而病之情形出矣。患疾之人,久而不寐,则病势日增;偶一沉酣,则其醒也必有油然勃然之势。是睡非睡也,药也;非疗一疾之药,乃治百病、救万民、无试不验之神药也。兹欲从事导引,并力坐功,势必先遣睡魔,使无倦态而后可。予忍弃生平最效之药,而试未必果验之方哉?"其人艴然而去,以予不足教也。予诚不足教哉!但自陈所得,实为有见而然,与强辩饰非者稍别。前人睡诗云:"花竹幽窗午梦长,此中与世暂相忘。华山处士如容见,不觅仙方觅睡方。"②近人睡诀云:"先睡心,后睡眼。"③此皆书本唾馀,请置弗道,道其未经发明者而已。

睡有睡之时,睡有睡之地,睡又有可睡可不睡之人,请条晰言之。由戌至卯,睡之时也。未戌而睡,谓之先时,先时者不祥,谓与疾作思卧者无异也;过卯而睡,谓之后时,后时者犯忌,谓与长夜不醒者无异也。且人生百年,夜居其半,穷日行乐,犹苦不多,况

图8-01 善睡养气

以睡梦之有馀，而损宴游之不足乎？有一名士善睡，起必过午，先时而访，未有能晤之者。予每过其居，必俟良久而后见。一日闷坐无聊，笔墨具在，乃取旧诗一首，更易数字而嘲之曰："吾在此静睡，起来常过午；便活七十年，止当三十五。"同人见之，无不绝倒。此虽谑浪，颇关至理。是当睡之时，止有黑夜，舍此皆非其候矣。然而午睡之乐，倍于黄昏，三时皆所不宜，而独宜于长夏。非私之也，长夏之一日，可抵残冬之二日；长夏之一夜，不敌残冬之半夜。使止息于夜，而不息于昼，是以一分之逸，敌四分之劳，精力几何，其能堪此？况暑气铄金，当之未有不倦者。倦极而眠，犹饥之得食，渴之得饮，养生之计，未有善于此者。午餐之后，略逾寸晷，俟所食既消，而后徘徊近榻。又勿有心觅睡，觅睡得睡，其为睡也不甜。必先处于有事，事未毕而忽倦，睡乡之民自来招我。桃源、天台诸妙境，原非有意造之，皆莫知其然而然者。予最爱旧诗中有"手倦抛书午梦长"④一句。手书而眠，意不在睡，抛书而寝，则又意不在书，所谓莫知其然而然也。睡中三昧，惟此得之。此论睡之时也。睡又必先择地。地之善者有二：曰静，曰凉。不静之地，止能睡目，不能睡耳，耳目两岐，岂安身之善策乎？不凉之地，止能睡魂，不能睡身，身魂不附，乃养生之至忌也。至于可睡可不睡之人，则分别于"忙闲"二字。就常理而论之，则忙人宜睡，闲人可以不必睡。然使忙人假寐，止能睡眼，不能睡心，心不睡而眼睡，犹之未尝睡也。其最不受用者，在将觉未觉之一时，忽然想起某事未行，某人未见，皆万万不可已者，睡此一觉，未免失事妨时，想到此处，便觉魂趋梦绕，胆怯心惊，较之未睡之前，更加烦躁，此忙人之不宜睡也。闲则眼未阖而心先阖，心已开而眼未开，已睡较未睡为乐，已醒较未醒更乐，此闲人之宜睡也。然天地之间，能有几个闲人？必欲闲而始睡，是无可睡之时矣。有暂逸其心以妥梦魂之法：凡一日之中急切当行之事，俱当于上半日告竣，有未竣者，则分遣家人代之，使事事皆有着落，然后寻床觅枕以赴黑甜⑤，则与闲人无别矣。此言可睡之人也。而尤有吃紧一关未经道破者，则在莫行歹事。"半夜敲门不吃惊"，始可于日间睡觉，不则一闻剥啄，即是逻卒到门矣。

坐

从来善养生者，莫过于孔子。何以知之？知之于"寝不尸，居不容"⑥二语。使其好饰观瞻，务修边幅，时时求肖君子，处处欲为圣人，则其寝也，居也，不求尸而自尸，不求容而自容；则五官四体，不复有舒展之刻。岂有泥塑木雕其形，而能久长于世者哉？"不尸""不容"四字，绘出一幅时哉圣人、宜乎崇祀千秋而为风雅斯文之鼻祖也。吾人燕居坐法（图8-02），当以孔子为师，勿务端庄而必正襟危坐，勿同束缚而为胶柱难移。抱膝长吟，虽坐也，而不妨同于箕踞⑦；支颐丧我，行乐也，而何必名为坐忘⑧？但见面与身齐，久而不动者，其人必死。此图画真容之先兆也。

图8-02　坐伴诗书

行

贵人之出，必乘车马。逸则逸矣，然于造物赋形之义，略欠周全。有足而不用，与无足等耳，反不若安步当车之人，五官四体皆能适用。此贫士骄人语。乘车策马，曳履寒裳，一般同是行人，止有动静之别。使乘车策马之人，能以步趋为乐，或经山水之胜，或逢花柳之妍，或遇戴笠之贫交，或见负薪之高士，欣然止驭，徒步为欢，有时安车而待步，有时安步以当车，其能用足也，又胜贫士一筹矣。至于贫士骄人，不在有足能行，而在缓急出门之可恃。事属可缓，则以安步当车；如其急也，则以疾行当马。有人亦出，无人亦出；结伴可行（图8-03），无伴亦可行。不似富贵者假足于人，人或不来，则我不能即出，此则有足若无，大悖谬于造物赋形之义耳。兴言及此，行殊可乐！

图8-03　行观山景

立

立分久暂,暂可无依,久当思傍。亭亭独立之事,但可偶一为之,旦旦如是,则筋骨皆悬,而脚跟如砥,有血脉胶凝之患矣。或倚长松,或凭怪石,或靠危栏作轼,或扶瘦竹为筇;既作羲皇上人,又作画图中物⑨,何乐如之!但不可以美人作柱,虑其础石太纤,而致栋梁皆仆也。

饮

宴集之事,其可贵者有五:饮量无论宽窄,贵在能好;饮伴无论多寡,贵在善谈;饮具无论丰啬,贵在可继;饮政无论宽猛,贵在可行;饮候无论短长,贵在能止。备此五贵,始可与言饮酒之乐;不则曲蘖宾朋,皆凿性斧身之具也。予生平有五好,又有五不好,事则相反,乃其势又可并行而不悖。五好、五不好维何?不好酒,而好客;不好食,而好谈;不好长夜之欢,而好与明月相随而不忍别;不好为苛刻之令,而好受罚者欲辩无辞;不好使酒骂坐之人,而好其于酒后尽露肝膈。坐此五好、五不好,是以饮量不胜蕉叶⑩,而日与酒人为徒。近日又增一种癖好、癖恶:癖好音乐,每听必至忘归;而又癖恶座客多言,与竹肉之音相乱。饮酒之乐,备于五贵、五好之中,此皆为宴集宾朋而设。若夫家庭小饮与燕闲独酌,其为乐也,全在天机逗露之中,形迹消忘之内。有饮宴之实事,无酬酢之虚文。睹儿女笑啼,认作斑斓之舞⑪;听妻孥劝诫,若闻金缕之歌⑫。苟能作如是观,则虽谓朝朝岁旦、夜夜元宵可也。又何必座客常满,樽酒不空,日藉豪举以为乐哉?

谈

读书,最乐之事,而懒人常以为苦;清闲,最乐之事,而有人病其寂寞。就乐去苦,避寂寞而享安闲,莫若与高士盘桓,文人讲论。何也？"与君一夕话，胜读十年书。"既受一夕之乐，又省十年之苦，便宜不亦多乎？"因过竹院逢僧话，又得浮生半日闲。"[13]既得半日之闲，又免多时之寂，快乐可胜道乎？善养生者，不可不交有道之士；而有道之士，多有不善谈者。有道而善谈者，人生希觏，是当时就日招，以备开聋启聩之用者也。即云我能挥麈，无假于人，亦须借朋侪起发，岂能若西域之钟簴[14]，不叩自鸣者哉？

沐浴

盛暑之月，求乐事于黑甜之外，其惟沐浴乎？潮垢非此不除，浊污非此不净，炎蒸暑毒之气亦非此不解。此事非独宜于盛夏，自严冬避冷、不宜频浴外，凡遇春温秋爽，皆可借此为乐。而养生之家则往往忌之，谓其损耗元神也。吾谓沐浴既能损身，则雨露亦当损物，岂人与草木有二性乎？然沐浴损身之说，亦非无据而云然。予尝试之。试于初下浴盆时，以未经浇灌之身，忽遇澎湃奔腾之势，以热投冷，以湿犯燥，几类水攻。此一激也，实足以冲散元神，耗除精气。而我有法以处之：虑其太激，则势在尚缓；避其太热，则利于用温。解衣磅礴之秋，先调水性，使之略带温和，由腹及胸，由胸及背，惟其温而缓也，则有水似乎无水，已浴同于未浴。俟与水性相习之后，始以热者投之，频浴频投，频投频搅，使水乳交融而不觉，渐入佳境而莫知，然后纵横其势，反侧其身，逆灌顺浇，必至痛快其身而后已。此盆中取乐之法也。至于富室大家，扩盆为屋，注水于池者，冷则加薪，热则去火，自有以逸待劳之法，想无俟贫人置喙也。

听琴观棋

弈棋尽可消闲，似难借以行乐；弹琴实堪养性，未易执此求欢。以琴必正襟危坐而弹，棋必整槊横戈以待。百骸尽放之时，何必再期整肃？万念俱忘之际，岂宜复较输赢？常有贵禄荣名付之一掷，而与人围棋赌胜，不肯以一着相饶者，是与让千乘之国，而争箪食豆羹者何异哉？故喜弹不若喜听，善弈不如善观。人胜而我为之喜，人败而我不必为之忧，则是常居胜地也；人弹和缓之音而我为之吉，人弹噍杀⑮之音而我不必为之凶，则是长为吉人也。或观听之馀，不无技痒，何妨偶一为之，但不寝食其中而莫之或出，则为善弹善弈者耳。

看花听鸟

花鸟二物，造物生之以媚人者也。既产娇花嫩蕊以代美人，又病其不能解语，复生群鸟以佐之。此段心机，竟与购觅红妆，习成歌舞，饮之食之，教之诲之以媚人者，同一周旋之至也。而世人不知，目为蠢然一物，常有奇花过目而莫之睹，鸣禽悦耳而莫之闻者。至其捐资所买之侍妾，色不及花之万一，声仅窃鸟之绪馀，然而睹貌即惊，闻歌辄喜，为其貌似花而声似鸟也。噫！贵似贱真，与叶公之好龙何异？予则不然。每值花柳争妍之日，飞鸣斗巧之时，必致谢洪钧⑯，归功造物，无饮不奠，有食必陈，若善士信妪之佞佛者。夜则后花而眠，朝则先鸟而起，惟恐一声一色之偶遗也。及至莺老花残，辄怏怏如有所失。是我之一生，可谓不负花鸟；而花鸟得予，亦所称"一人知己，死可无恨"者乎！

蓄养禽鱼

鸟之悦人以声者，画眉、鹦鹉二种。而鹦鹉之声价，高出画眉上，人多癖之，以其能作人言耳。予则大违是论，谓鹦鹉所长止在羽毛，其声则一无可取。鸟声之可听者，以其异于人声也。鸟声异于人声之可听者，以出于人者为人籁，出于鸟者为天籁也。使我欲听人言，则盈耳皆是，何必假口笼中？况最善说话之鹦鹉，其舌本之强，犹甚于不善说话之人，而所言者又不过口头数语。是鹦鹉之见重于人，与人之所以重鹦鹉者，皆不可诠解之事。至于画眉之巧，以一口而代众舌，每效一种，无不酷似，而复纤婉过之，诚鸟中慧物也。予好与此物作缘，而独怪其易死。既善病而复招尤，非殁于己，即伤于物，总无三年不坏者。殆亦多技多能所致欤？

鹤、鹿二种之当蓄，以其有仙风道骨也。然所耗不赀，而所居必广，无其资与地者，皆不能蓄。且种鱼养鹤，二事不可兼行，利此则害彼也。然鹤之善唳善舞，与鹿之难扰易驯，皆品之极高贵者，麟凤龟龙而外，不得不推二物居先矣。乃世人好此二物，又分轻重于其间，二者不可得兼，必将舍鹿而求鹤矣。显贵之家，匪特深藏苑囿，近置衙斋，即倩人写真绘像，必以此物相随。予尝推原其故，皆自一人始之，赵清献公⑰是也。琴之与鹤（图8-04），声价倍增，讵非贤相提携之力欤？

家常所蓄之物，鸡犬而外，又复有猫。鸡司晨，犬守夜，猫捕鼠，皆有功于人而自食其力者也。乃猫为主人所亲昵，每食与俱，尚有听其搴帷入室，伴寝随眠者。鸡栖于埘，犬宿于外，居处饮食

图8-04　赵清献公琴鹤相随

皆不及焉。而从来叙禽兽之功，谈治平之象者，则止言鸡犬而并不及猫。亲之者是，则略之者非；亲之者非，则略之者是；不能不惑于二者之间矣。曰：有说焉。昵猫而贱鸡犬者，犹癖谐臣媚子，以其不呼能来，闻叱不去；因其亲而亲之，非有可亲之道也。鸡犬二物，则以职业为心，一到司晨守夜之时，则各司其事，虽豢以美食，处以曲房，使不即彼而就此，二物亦守死弗至；人之处此，亦因其远而远之，非有可远之道也。即其司晨守夜之功，与捕鼠之功亦有间焉。鸡之司晨，犬之守夜，忍饥寒而尽瘁，无所利而为之，纯公无私者也；猫之捕鼠，因去害而得食，有所利而为之，公私相半者也。清勤自处，不屑媚人者，远身之道；假公自为，密迩其君者，固宠之方。是三物之亲疏，皆自取之也。然以我司职业于人间，亦必效鸡犬之行，而以猫之举动为戒。噫！亲疏可言也，祸福不可言也。猫得自终其天年，而鸡犬之死，皆不免于刀锯鼎镬之罚。观于三者之得失，而悟居官守职之难。其不冠进贤[18]，而脱然于宦海浮沉之累者，幸也。

浇灌竹木

"筑成小圃近方塘，果易生成菜易长。抱瓮太痴机太巧，从中酌取灌园方。"[19]此予山居行乐之诗也。能以草木之生死为生死，始可与言灌园之乐，不则一灌再灌之后，无不畏途视之矣。殊不知草木欣欣向荣，非止耳目堪娱，亦可为艺草植木之家，助祥光而生瑞气。不见生财之地万物皆荣，退运之家群生不遂？气之旺与不旺，皆于动植验之。若是，则汲水浇花，与听信堪舆、修门改向者无异也。不视为苦，则乐在其中。督率家人灌溉，而以身任微勤，节其劳逸，亦颐养性情之一助也。

[注释]

①于左：即"如下"或"如后"。因古籍文字为竖排版，行序为自右至左。

②此睡诗见宋周密《齐东野语》卷十六《睡》一节，原文是："花竹幽窗午梦长，此中与世暂相忘。华山处士如容见，不觅仙方觅睡方。然则睡亦有方邪？希夷之说，不过谓举世以为息魂离神不动耳。"诗中"华山处士"即是宋初陈抟，字图南，宋太宗赐其号为希夷先生。

③先睡心，后睡眼：见宋周密《齐东野语》卷十六《睡》一节，原文是："近世西山蔡季通有睡诀云：'睡侧而屈，觉正而伸，早晚以时，先睡心，后睡眼。'晦庵以为此古今未发之妙。然睡心睡眼之语，本出《千金方》，季通特引此说，晦庵偶未之记耳。"西山蔡季通，即南宋人蔡元定，字季通，学者尊之为西山先生。晦庵即朱熹，字元晦，号晦庵，他对于蔡元定的说法给予高度称赞，但是这几句睡诀不是蔡元定的原创，周密指出此说出自《千金方》，即孙思邈的医学著作《千金要方》。本文中李渔谓"近人睡诀"，当是清初人引述的前人言论，李渔亦未详出处。

④手倦抛书午梦长：此为宋蔡确《夏日登车盖亭》诗三首之其三，原诗为："纸屏石枕竹方床，手倦抛书午梦长。睡觉宛然成独笑，数声渔笛在沧浪。"见《宋诗纪事》卷二十二。蔡确，字持正，宋神宗时官至参知政事、尚书右仆射。周密《齐东野语》卷十八《昼寝》引录此诗，文字稍异。《古今事文类聚后集》卷二十一收录此诗，题为《车盖亭》。

⑤黑甜：酣睡，也指昼寝。苏轼《发广州》诗云："三杯软饱后，一枕黑甜余。"自注云："俗谓睡为黑甜。"见《东坡集》后集卷四。后来也称睡乡为黑甜乡。

⑥寝不尸，居不容：见《论语·乡党》。杨伯峻《论语译注》中华书局1980年版第107页，谓此二句应为"寝不尸，居不客"，意思是：孔子睡觉不像死尸一样（直挺着），平日在家里坐着不像见客人那样（跪着两膝在席上）。由此认为，孔子的坐式可能像蹲，见段玉裁《说文解字注》。

⑦箕踞：坐在席上或地上，两脚向前伸开，两手放在膝上，形同簸箕。这是一种傲慢不敬或随意散诞的坐姿。《庄子·至乐》云"庄子则方箕踞鼓

盆而歌"，就是这样的姿态。朱翌《猗觉寮杂记》卷下对"箕踞"一词有较详考辨。

⑧坐忘：道家所追求的物我两忘、淡泊无思虑的精神境界。《庄子·大宗师》云："何谓坐忘？颜回曰：堕肢体，黜聪明，离形去知，同于大通，此谓坐忘。"

⑨画图中物：即老年人。前《种植部·竹木第五·松柏》一节云"欲作画图中人，非老不可"，又说"不见画山水者，每及人物，必作扶筇曳杖之形，即坐而观山临水，亦是老人矍铄之状"，可参看。

⑩蕉叶：浅的酒杯，形状如蕉叶。此文中以蕉叶代指酒。

⑪斑斓之舞：即老莱子彩衣娱亲的典故，见前《词曲部·科诨第五·重关系》注①。

⑫金缕之歌：五代后蜀韦縠《才调集》卷二有无名氏作《金缕衣》诗云："劝君莫惜金缕衣，劝君须惜少年时。"（《唐诗三百首》署为杜秋娘作）诗意为劝诫人们珍惜时光。

⑬这是唐代李涉《登山》诗中的句子，原诗是："终日昏昏醉梦间，忽闻春尽强登山。因过竹院逢僧话，又得浮生半日闲。"见《全唐诗》卷四七七及《千家诗》。

⑭钟簴（jù）：簴，亦作"虡"。钟簴，即悬置钟鼓等乐器的架子。本文以钟簴代指西域传入中国的自鸣钟。

⑮噍杀：声音急促。见前《声容部·习技第四·歌舞》注④。

⑯洪钧：古时人们认为天化育万物，因此称天为洪钧。《文选》中张华答何劭诗之二云："洪钧陶万类，大块禀群生。"前人注解说："洪钧，大钧，谓天也。大块，谓地也。"

⑰赵清献公：即赵抃，字阅道，宋代衢州人。仁宗时以龙图阁学士知成都，赴任时匹马前往，以一琴一鹤自随。卒谥清献。事见《宋史》本传。

⑱进贤：冠名，古时儒者所戴的缁布冠，称进贤冠。《后汉书·舆服志下》、宋高承《事物纪原》卷三《进贤冠》有较详记述。

⑲此诗见《笠翁诗集》卷三，为《伊园十便》之四，题曰《灌园便》。

闲情偶寄

止忧第二

忧可忘乎？不可忘乎？曰：可忘者非忧，忧实不可忘也。然则忧之未忘，其何能乐？曰：忧不可忘而可止，止即所以忘之也。如人忧贫而劝之使忘，彼非不欲忘也，啼饥号寒者迫于内，课赋索逋者攻于外，忧能忘乎？欲使贫者忘忧，必先使饥者忘啼，寒者忘号，征且索者忘其逋赋而后可，此必不得之数也。若是，则"忘忧"二字徒虚语耳。犹慰下第者以来科必发，慰老而无嗣者以日后必生，迨其不发不生，亦止听之而已，能归咎慰我者而责之使偿乎？语云："临渊羡鱼，不如退而结网。"①慰人忧贫者，必当授以生财之法；慰人下第者，必先予以必售之方；慰人老而无嗣者，当令蓄姬买妾，止妒息争，以为多男从出之地。若是，则为有裨之言，不负一番劝谕。止忧之法，亦若是也。忧之途径虽繁，总不出可备、难防之二种，姑为汗竹②，以代树萱③。

[注释]

①语出《汉书·董仲舒传》，其贤良对策中有句云："临渊羡鱼，不如退而结网。"

②汗竹：即汗简或汗青，指书写成文的著作。因古代还没有纸的时候，文章是写在竹片上的，做法是先把竹片用火烤，使之出汗，干燥后容易写字而且不受虫蛀，于是引申此意称书册为汗竹或汗青。

③树萱：即种植萱草。相传萱草能使人忘忧，又名忘忧草。见前《种植部·草本第三·萱》注①。

止眼前可备之忧

拂意之境，无人不有，但问其易处不易处，可防不可防。如易处而可防，则于未至之先，筹一计以待之。此计一得，即委其事于度外，不必再筹，再筹则惑我者至矣。贼攻于外而民扰于中，其可乎？俟其既至，则以前画之策取而予之，切勿自动声色。声色动于外，则气馁于中。此以静待动之法，易知亦易行也。

止身外不测之忧

不测之忧，其未发也，必先有兆。现乎蓍龟①，动乎四体者，犹未必果验。其必验之兆，不在凶信之频来，而反在吉祥之事之太过。乐极悲生，否伏于泰②，此一定不移之数也。命薄之人，有奇福，便有奇祸；即厚德载福之人，极祥之内，亦必酿出小灾。盖天道好还，不敢尽私其人，微示公道于一线耳。达者处此，无不思患预防，谓此非善境，乃造化必忌之数，而鬼神必瞷之秋也。萧墙③之变，其在是乎？止忧之法有五：一曰谦以省过，二曰勤以砺身，三曰俭以储费，四曰恕以息争，五曰宽以弭谤。率此而行，则忧之大者可小，小者可无；非巡环④之数，可以窃逃而幸免也。只因造物予夺之权，不肯为人所测识，料其如此，彼反未必如此，亦造物者颠倒英雄之惯技耳。

[注释]

①蓍龟：古时用于占卜的蓍草和龟甲，筮用蓍草，卜用龟甲。《易经·系辞上》云："探赜索隐，钩深致远，以定天下之吉凶，成天下之亹亹者，莫大乎蓍龟。"

②否伏于泰：《易经》中有否卦和泰卦，后世就用泰与否来解释命运的好坏、事情的顺逆，如说"否极泰来""否终则泰"等。本文说"否伏于泰"，是指在顺境中即已潜藏着某种祸因或危机。

③萧墙：古代宫廷里或大户人家的宅院中分隔内外的小墙。《论语·季氏》云："吾恐季孙之忧，不在颛臾，而在萧墙之内也。"前人注解说："萧之言肃也，墙谓屏也。君臣相见之礼，至屏而加肃敬焉，是以谓之萧墙。"后世就把从内部产生的祸乱称为"祸起萧墙"或"变生萧墙"。

④巡环：应是"循环"。

调饮啜第三

　　《食物本草》①一书，养生家必需之物。然翻阅一过，即当置之。若留匕箸之旁，日备考核，宜食之物则食之，否则相戒勿用，吾恐所好非所食，所食非所好，曾晳睹羊枣而不得咽②，曹刿鄙肉食而偏与谋③，则饮食之事亦太苦矣。尝有性不宜食而口偏嗜之，因惑《本草》之言，遂以疑虑致疾者。弓蛇之为祟④，岂仅在形似之间哉！食色性也⑤，欲藉饮食养生，则以不离乎性者近是。

[注释]

①《食物本草》：明卢和撰，2卷，其内容是介绍各种可以食用的植物。今存于《格致丛书》。

②曾晳睹羊枣而不得咽：曾晳，孔子的学生，名点，字晳，曾参的父亲，爱食羊枣。羊枣，果名，初生色黄，熟则发黑，颇像羊屎。《孟子·尽心下》云："曾晳嗜羊枣，而曾子不忍食羊枣。"

③曹刿鄙肉食而偏与谋：《左传》中曹刿论战的典故，见《饮馔部·肉食第三》注①。

④弓蛇之为祟：即杯弓蛇影的典故。汉应劭《风俗通》卷九《怪神》记杜宣饮酒时见杯中好像有一条蛇，酒后胸腹作痛，多方医治不愈。后来得知原是墙上挂的一张赤弩弓映在酒杯中，形状似蛇，于是病愈。《晋书·乐广传》也有类似的记述。后世即以杯弓蛇影或蛇影杯弓形容某人由于被误解的原因而疑神疑鬼，自相惊扰。

⑤食色性也：语出《孟子·告子上》，前人注解说："人之甘食悦色者，人之性也。"

爱食者多食

生平爱食之物，即可养身，不必再查《本草》①。春秋之时，并无《本草》，孔子性嗜姜，即不撤姜食，性嗜酱，即不得其酱不食②，皆随性之所好，非有考据而然。孔子于姜、酱二物，每食不离，未闻以多致疾。可见性好之物，多食不为祟也。但亦有调剂君臣之法，不可不知。"肉虽多，不使胜食气。"③此即调剂君臣之法。肉与食较，则食为君而肉为臣；姜、酱与肉较，则又肉为君而姜、酱为臣矣。虽有好④不好之分，然君臣之位不可乱也。他物类是。

[注释]

①《本草》：这里指明李时珍所著《本草纲目》，也指《食物本草》。

②不撤姜食、不得其酱不食：见《论语·乡党》。原文是："不撤姜食，不多食。"又云："不得其酱，不食。"

③肉虽多，不使胜食气：此语亦出自《论语·乡党》。"食"读为 shì；"气"读为 jì，《说文》引作"既"。"既""气""饩"在古文中通用。意思是说，宴席上的肉食虽然很多，吃的时候不要超过主食。

④好（hào）：这里的意思为"爱好"。

怕食者少食

凡食一物而凝滞胸膛，不能克化者，即是病根，急宜消导。世间只有瞑眩之药①，岂有瞑眩之食乎？喜食之物，必无是患，强半皆所恶也。故性恶之物即当少食，不食更宜。

[注释]

①瞑眩之药：瞑眩，即头晕目眩。《尚书·说命上》云："若药弗瞑眩，

厥疾弗瘳。"前人注解说："瞑眩者，令人愤闷之意也。"本文引用经典之词，意思是说食物与药物的功用不同。

太饥勿饱

欲调饮食，先匀饥饱。大约饥至七分而得食，斯为酌中之度，先时则早，过时则迟。然七分之饥，亦当予以七分之饱，如田畴之水，务与禾苗相称，所需几何，则灌注几何，太多反能伤稼，此平时养生之火候也。有时迫于繁冗，饥过七分而不得食，遂至九分十分者，是谓太饥。其为食也，宁失之少，勿犯于多。多则饥饱相搏而脾气受伤，数月之调和，不敌一朝之紊乱矣。

太饱勿饥

饥饱之度，不得过于七分是已。然又岂无饕餮[①]太甚，其腹果然之时？是则失之太饱。其调饥之法，亦复如前，宁丰勿啬。若谓逾时不久，积食难消，以养鹰之法[②]处之，故使饥肠欲绝，则似大熟之后，忽遇奇荒。贫民之饥可耐也，富民之饥不可耐也，疾病之生多由于此。从来善养生者，必不以身为戏。

[注释]

①饕餮（tāotiè）：原为恶兽名。黄帝时缙云氏之子贪残，人们称之为饕餮。《尚书·舜典》云："窜三苗于三危。"前人注解说："三苗，国名。缙云氏之后，为诸侯，号饕餮。"《左传·文公十八年》亦云："缙云氏有不才子，贪于饮食……天下之民以比三凶，谓之饕餮。"本文中用此词，取贪吃之义。

②养鹰之法：猎人养鹰有一套控制其饥饱的方法，鹰太饥则体力不济，

太饱则不肯捕食。白居易有《放鹰》诗云："十月鹰出笼，草枯雉兔肥。下韝随指顾，百掷无一遗。鹰翅疾如风，鹰爪利如锥。本为鸟所设，今为人所资。孰能使之然，有术甚易知。取其向背性，制在饥饱时。不可使长饱，不可使长饥。饥则力不足，饱则背人飞。乘饥纵搏击，未饱须縶维。所以爪翅功，而人坐收之。圣明驭英雄，其术亦如斯。鄙语不可弃，吾闻诸猎师。"见《全唐诗》卷四二四。本文论述人的养生，认为在饥饱问题上也可参考养鹰之法。

怒时哀时勿食

喜怒哀乐之始发，均非进食之时。然在喜乐犹可，在哀怒则必不可。怒时食物易下而难消，哀时食物难消亦难下，俱宜暂过一时，候其势之稍杀。饮食无论迟早，总以入肠消化之时为度。早食而不消，不若迟食而即消。不消即为患，消则可免一餐之忧矣。

倦时闷时勿食

倦时勿食，防瞌睡也。瞌睡则食停于中，而不得下。烦闷时勿食，避恶心也。恶心则非特不下，而呕逆随之。食一物，务得一物之用。得其用则受益，不得其用，岂止不受益而已哉！

节色欲第四

行乐之地，首数房中。而世人不善处之，往往启妒酿争，翻为祸人之具。即有善御者，又未免溺之过度，因以伤身，精耗血枯，命随之绝。是善处不善处，其为无益于人者一也。至于养生之家，又有近姹远色之二种，各持一见，水火其词。噫！天既生男，何复生女，使人远之不得，近之不得，功罪难予，竟作千古不决之疑案哉！予请为息争止谤，立一公评，则谓阴阳之不可相无，犹天地之不可使半也。天苟去地，非止无地，亦并无天。江河湖海之不存，则日月奚自而藏？雨露凭何而泄？人但知藏日月者地也，不知生日月者亦地也；人但知泄雨露者地也，不知生雨露者亦地也。地能藏天之精，泄天之液，而不为天之害，反为天之助者，其故何居？则以天能用地，而不为地所用耳。天使地晦，则地不敢不晦；迨欲其明，则又不敢不明。水藏于地，而不假天之风，则波涛无据而起；土附于地，而不逢天之候，则草木何自而生？是天也者，用地之物也；犹男为一家之主，司出纳吐茹①之权者也。地也者，听天之物也；犹女备一人之用，执饮食寝处之劳者也。果若是，则房中之乐，何可一日无之？但顾其人之能用与否，我能用彼，则利莫大焉。参苓芪术②皆死药也，以死药疗生人，犹以枯木接活树，求其气脉之贯，未易得也。黄婆姹女③皆活药也，以活药治活人，犹以雌鸡抱雄卵，冀其血脉之通，不更易乎？凡借女色养身而反受其害者，皆是男为女用，反地为天者耳。倒持干戈，授人以柄，是被戮之人之过，与杀人者何尤？人问：执子之见，则老"不见可欲，使心不乱"④之说，不几谬乎？予曰：正从此说参来，但为下一转语："不见可欲，使心不乱，常见可欲，亦能使心不乱。"何也？人能摒绝嗜欲，使声色货利不至于前，则诱我者不至，我自不为人诱，苟非入山逃俗，能若是乎？使终日不见可欲而遇之一旦，其心之乱也，十倍于常见可欲之人。不如日在可欲之中，与若辈习处，则是"司空见惯浑闲事"⑤矣，心之不乱，不大异于不见可欲而忽见可欲之人哉？老子之学，避世无为之学也；笠翁之学，家居有事之学也。二说并存，则游于方之内外，无适不可。

[注释]

①出纳吐茹：出纳，财物的付出和收入。此词来源较早，《论语·尧曰》云："出纳之吝，谓之有司。"吐茹，本义指吐出和吃进。《诗经·大雅·烝民》云："人亦有言，柔则茹之，刚则吐之。"引申义也指物品的交付与收存。本文中"出纳吐茹"一词指家庭中财物的收入与支出皆为男人管理。

②参苓芪术：人参、茯苓、黄芪、白术四种中药的合称，泛指一般珍贵的中药。

③黄婆姹（chà）女：古代养生家称脾为黄婆，道家炼丹称水银为姹女，也称少女为姹女。本文中黄婆姹女泛指妇女。李渔认为女人对于男人来说也是药物，这一观点在他的其他著作中也有表现。小说《肉蒲团》，现在一般认为是李渔所作，其中也有类似的议论。第一回《说女色开端》中说："女色二字，原于人无损……他的药性，与人参、附子相同，而亦交相为用。只是一件，人参、附子虽是大补之物，只宜长服，不宜多服，只可当药，不可当饭。若还不论分两，不拘时度，饱吃下去，也会伤人。女色的利害，与此一般。长服则有阴阳交济之功，多服则有水火相克之弊；当药则有宽中解郁之乐，当饭则有伤精耗血之忧。世上之人若晓得把女色当药，不可太疏，亦不可太密；不可不好，亦不可酷好。未近女色之际，当思曰：'此药也，非毒也，胡为惧之？'既近女色之际，当思曰：'此药也，非饭也，胡为溺之？'如此则阳不尤，阴不郁，岂不有益于人哉？"

④不见可欲，使心不乱：见《老子》第三章，原文是"不见可欲，使民心不乱"。意思是说，不显露能够引发贪欲的东西，使百姓不至于受到诱

惑。本文中引用老子的话，故意省略"民"字，指人们心中的欲望。

⑤司空见惯浑闲事：刘禹锡诗句。孟棨《本事诗·情感》记载，唐司空李绅宴请刘禹锡，让歌女劝酒，刘即席赋诗云："司空见惯浑闲事，断尽江南刺史肠。"《唐诗纪事》卷三十九又记为扬州大司马杜鸿渐与刘禹锡事。后来"司空见惯"就成为一个典故，比喻事情屡见不鲜。

节快乐过情之欲

乐中行乐，乐莫大焉。使男子至乐，而为妇人者尚有他事萦心，则其为乐也，可无过情①之虑。使男妇并处极乐之境，其为地也，又无一人一物搅挫其欢，此危道也。决尽堤防之患，当刻刻虑之。然而但能行乐之人，即非能虑患之人；但能虑患之人，即是可以不必行乐之人。此论徒虚设耳。必须此等忧虑历过一遭，亲尝其苦，然后能行此乐。噫！求为三折肱②之良医，则囊中妙药存者鲜矣，不若早留馀地之为善。

[注释]

①过情：即超过实情。《孟子·离娄下》云："故声闻过情，君子耻之。"本文中意为过分或过度。

②三折肱：见前《词曲部·音律第三·拗句难好》注⑤。

节忧患伤情之欲

忧愁困苦之际，无事娱情，即念房中之乐。此非自好，时势迫之使然也。然忧中行乐，较之平时，其耗精损神也加倍。何也？体虽交而心不交，精未泄而气已泄。试强愁人以欢笑，其欢笑之苦更甚于愁，则知忧中行乐之可已。虽然，我能言之，不能行之，但较平时稍节则可耳。

节饥饱方殷之欲

饥、寒、醉、饱四时，皆非取乐之候。然使情不能禁，必欲遂之，则寒可为也，饥不可为也，醉可为也，饱不可为也。以寒之为苦在外，饥之为苦在中，醉有酒力之可凭，饱无轻身之足据。总之，交媾者，战也，枵腹者不可使战；并处者，眠也，果腹者不可与眠。饥不在肠而饱不在腹，是为行乐之时矣。

节劳苦初停之欲

劳极思逸，人之情也，而非所论于耽酒嗜色之人。世有喘息未定，即赴温柔乡者，是欲使五官百骸、精神气血，以及骨中之髓、肾内之精，无一不劳而后已。此杀身之道也。疾发之迟缓虽不可知，总无不胎病于内者。节之之法有缓急二种：能缓者，必过一夕二夕；不能缓者，则酣眠一觉以代一夕，酣眠二觉以代二夕。惟睡可以息劳，饮食居处皆不若也。

节新婚乍御之欲

新婚燕尔，不必定在初娶，凡妇人未经御而乍御者，即是新婚。无论是妻是妾，是婢是妓，其为燕尔之情则一也。乐莫乐于新相知[①]，但观此一夕之为欢，可抵寻常之数夕，即知此一夕之所耗，亦可抵寻常之数夕。能保此夕不受燕尔之伤，始可以道新婚之乐。不则开荒辟昧，既以身任奇劳，献媚要功，又复躬承异瘁。终身不二色者，何难作背城一战；后宫多嬖侍者，岂能为不败孤军？危哉！危哉！当筹所以善此矣。善此当用何法？曰：静之以心，虽曰燕尔新婚，只当行其故事。"说大人，则藐之"②，御新人，则旧之。仍以寻常女子相视，而不致大动其心。过此一夕二夕之后，反以新人视之，则可谓驾驭有方，而张弛合道者矣。

[注释]

①乐莫乐于新相知：此语出自屈原《九歌·少司命》，原诗为："悲莫悲兮生别离，乐莫乐兮新相知。"

②此语见《孟子·尽心下》："孟子曰：说大人，则藐之，勿视其巍巍然。"意思是：说起那些尊贵的大人物，就要小看他们，不要看他们势位显赫的样子。本文是联想起孟子的话来和"御新人，则旧之"相对比。

节隆冬盛暑之欲

最宜节欲者隆冬，而最难节欲者亦是隆冬；最忌行乐者盛暑，而最便行乐者又是盛暑。何也？冬夜非人不暖，贴身惟恐不密，倚翠偎红之际，欲念所由生也。三时苦于襁褓①，九夏②独喜轻便，袒裼裸裎③之时，春心所由荡也。当此二时，劝人节欲，似乎不情，然反此即非保身之道。节之为言，明有度也；有度则寒暑不为灾，无度则温和亦致戾。节之为言，示能守也；能守则日与周旋而神旺，无守则略经点缀而魂摇。由有度而驯至能守，由能守而驯至自然，则无时不堪昵玉，有暇即可怜香。将鄙是集为可焚，而怪湖上笠翁之多事矣。

[注释]

①襁褓：见前《行乐第一·秋季行乐之法》注②。

②九夏：见前《行乐第一·夏季行乐之法》注②。

③袒裼裸裎（tǎnxīluǒchéng）：即赤身露体。语出《孟子·公孙丑上》："尔为尔，我为我，虽袒裼裸裎于我侧，尔焉能我哉！"

却病第五

病之起也有因，病之伏也有在，绝其因而破其在，只在一字之和。俗云："家不和，被邻欺。"病有病魔，魔非善物，犹之穿窬之盗、起讼构难之人也。我之家室有备，怨谤不生，则彼无所施其狡猾，一有可乘之隙，则环肆奸欺而祟我矣。然物必先朽而后虫生之，苟能固其根本，荣其枝叶，虫虽多，其奈树何？人身所当和者，有气血、脏腑、脾胃、筋骨之种种，使必逐节调和，则头绪纷然，顾此失彼，穷终日之力，不能防一隙之疏。防病而病生，反为病魔窃笑耳。有务本之法，止在善和其心。心和则百体皆和。即有不和，心能居重驭轻，运筹帷幄，而治之以法矣。否则内之不宁，外将奚恃？然而和心之法，则难言之。哀不至伤，乐不至淫，怒不至于欲触，忧不至于欲绝。"略带三分拙，兼存一线痴；微聋与暂哑，均是寿身资。"此和心诀也。三复①斯言，病其可却。

[注释]

①三复：即三遍。《论语·先进》云："南容三复《白圭》，孔子以其兄之子妻之。"意思是说南容读《诗经》中的《白圭》之诗读了三遍，孔子就把侄女嫁给了他。后来人们用这个典故，形容说话或行动十分谨慎。本文是说把前四句"和心诀"读三遍，认真领会其中的意思。

病未至而防之

病未至而防之者，病虽未作，而有可病之机与必病之势，先以药物投之，使其欲发不得，犹敌欲攻我，而我兵先之，预发制人者也。如偶以衣薄而致寒，略为食多而伤饱，寒起畏风之渐，饱生悔食之心，此即病之机与势也。急饮散风之物而使之汗，随投化积之剂而速之消。在病之自视如人事，机才动而势未成，原在可行可止之界，人或止之，则竟止矣。较之戈矛已发，而兵行在途者，其势不大相径庭哉？

病将至而止之

病将至而止之者，病形将见而未见，病态欲支而难支，与久疾乍愈之人同一意况。此时所患者切忌猜疑。猜疑者，问其是病与否也。一作两歧之念，则治之不力，转盼而疾成矣。即使非疾，我以是疾处之，寝食戒严，务作深沟高垒之计；刀圭毕备，时为出奇制胜之谋。以全副精神，料理奸谋未遂之贼，使不得揭竿而起者，岂难行不得之数哉？

病已至而退之

病已至而退之，其法维何？曰：止在一字之静。敌已深矣，恐怖何益？"剪灭此而后朝食"[1]，谁不欲为？无如不可猝得。宽则或可渐除，急则疾上又生疾矣。此际主持之力，不在卢医扁鹊[2]，而全在病人。何也？召疾使来者，我也，非医也。我由寒得，则当使之并力去寒；我自欲来，则当使之一心治欲。最不解者，病人延医，不肯自述病源，而只使医人按脉。药性易识，脉理难精，善用药者时有，能悉脉理而所言必中者，今世能有几人哉？徒使按脉定方，是以性命试医，而观其中用否也。所谓主持之力不在卢医扁鹊，而全在病人者，病人之心专一，则医人之心亦专一，病者二三其词，则医人什百其径，径愈宽则药愈杂，药愈杂则病愈繁矣。昔许胤宗③谓人曰：古之上医，病与脉值，惟用一物攻之。今人不谙脉理，以情度病，多其药物以幸有功，譬之猎人，不知兔之所在，广络原野以冀其获，术亦昧矣。此言多药无功，而未及其害。以予论之，药味多者不能愈疾，而反能害之。如一方十药，治风者有之，治食者有之，治痨伤虚损者亦有之。此合则彼离，彼顺则此逆，合者顺者即使相投，而离者逆者又复于中为祟矣。利害相攻，利卒不能胜害，况其多离少合，有逆无顺者哉？故延医服药，危道也。不自为政，而听命于人，又危道中之危道也。慎而又慎，其庶几乎！

[注释]

①此语出自《左传·成公二年》："齐侯曰：吾姑翦灭此而朝食。"李渔引文与此稍有不同。后以"灭此朝食"为成语，形容斗志坚决，要立即消灭敌人。

②卢医扁鹊：即指扁鹊一人。见前《器玩部·制度第一·橱柜》注②。

③许胤宗：唐初名医。《旧唐书·方伎传》记他在南朝陈时仕为义兴太守，唐武德年间官终散骑侍郎。所云"古之上医"一段，本文所引仅为大意，其原文是："古之名手，唯是别脉，脉既精别，然后识病……今人不能别脉，莫识病源，以情臆度，多安药味。譬之于猎，未知兔所，多发人马，空地遮围，或冀一人偶然逢也。如此疗疾，不亦疏乎？"

疗病第六

"病不服药，如得中医。"[①]此八字金丹，救出世间几许危命！进此说于初得病时，未有不怪其迂者，必俟刀圭药石[②]无所不投，人力既穷，沉疴如故，不得已而从事斯语，是可谓天人交迫，而使就"中医"者也。乃不攻不疗，反致霍然，始信八字金丹信乎非谬。以予论之，天地之间只有贪生怕死之人，并无起死回生之药。"药医不死病，佛度有缘人。"旨哉斯言，不得以谚语目之矣。然病之不能废医，犹旱之不能废祷。明知雨泽在天，匪求能致，然岂有晏然坐视，听禾苗稼穑之焦枯者乎？自尽其心而已矣。予善病一生，老而勿药。百草尽经尝试，几作神农后身，然于大黄解结之外，未见有呼应极灵，若此物之随试随验者也。生平著书立言，无一不由杜撰，其于疗病之法亦然。每患一症，辄自考其致此之由，得其所由，然后治之以方，疗之以药。所谓方者，非方书所载之方，乃触景生情，就事论事之方也；所谓药者，非《本草》必载之药，乃随心所喜，信手拈来之药也。明知无本之言不可训世，然不妨姑妄言之，以备世人之妄听。凡阅是编者，理有可信则存之，事有可疑则阙之，不以文害辞，不以辞害志，是所望于读笠翁之书者。

药笼应有之物，备载方书；凡天地间一切所有，如草木金石，昆虫鱼鸟，以及人身之便溺，牛马之溲渤，无一或遗，是可谓两者至备之书，百代不刊之典。今试以《本草》一书高悬国门，谓有能增一疗病之物，及正一药性之讹者，予以千金。吾知轩岐[③]复出，卢扁[④]再生，亦惟有屏息而退，莫能觊觎者矣。然使不幸而遇笠翁，则千金必为所攫。何也？药不执方，医无定格。同一病也，同一药也，尽有治彼不效，治此忽效者；彼是则此非，彼非则此是，必居一于此矣。又有病是此病，药非此药，万无可用之理，或被庸医误投，或为臧获⑤谬取，食之不死，反以回生者。迹是而观，则《本草》所载诸药性，不几大谬不然乎？更有奇于此者，常见有人病入膏肓，危在旦夕，药饵攻之不效，刀圭试之不灵，忽于无心中瞥遇一事，猛见一物，其物并非药饵，其事绝异刀圭，或为喜乐而病消，或为惊慌而疾退。"救得命活，即是良医；医得病痊，便称良药。"由是观之，则此一物与此一事者，即为《本草》所遗，岂得谓之全备乎？虽然，彼所载者，物性之常；我所言者，事理之变。彼之所师者人，人言如是，彼言亦如是，求其不谬则幸矣；我之所师者心，心觉其然，口亦信其然，依傍于世何为乎？究竟予言似创，实非创也，原本于方书之一言："医者，意也。"⑥以意为医，十验八九，但非其人不行。吾愿以拆字射覆⑦者改卜为医，庶几此法可行，而不为一定不移之方书所误耳。

[注释]

①病不服药，如得中医：见前《词曲部·宾白第四·词别繁减》注②。

②刀圭药石：刀圭，古代量取药物的用具。明董谷《碧里杂存》卷上《刀圭》一节云："前在京师买得古错刀三枚，京师人谓之长钱……其钱形正似今之剃刀，其上一圈正似圭璧之形，中一孔即贯索之处。盖服食家举刀取药，仅满其上之圭，故谓之刀圭，言其少耳。刀即钱之别名。"一般也以刀圭代指药物。药石，方药与砭石，都是中医治病的药物。刀圭药石合在一起，代指各种药物。

③轩岐：也称"岐黄"，即轩辕黄帝和岐伯的合称，相传此二人是医家之祖。后世也以"轩岐"或"岐黄"作为中医学术的代称。

④卢扁：即卢医扁鹊。见前《器玩部·制度第一·橱柜》注②。

⑤臧获：即奴仆。见前《居室部·房舍第一·洒扫》注④。

⑥医者，意也：这是古代中医理论的一条重要名言。原见《后汉书·

闲情偶寄　457

方术列传·郭玉传》:"医之为言意也。"又唐初名医许胤宗亦有此语,《旧唐书·方伎传》云:"医者意也,在人思虑。又脉候幽微,苦其难别,意之所解,口莫能宣。"参见前《却病第五·病已至而退之》注③。

⑦拆字射覆:拆字,古代的一种占卜术。术士让求占者任举一字,对此字的笔画加以增减变化,随机附会,解释吉凶祸福或预测未来之事。也称测字、相字、破字。射覆,见前《词曲部·格局第六·小收煞》注③。本文中以"拆字射覆者"代指各种从事占卜之业者。

本性酷好之药

一曰本性酷好之物可以当药。凡人一生,必有偏嗜偏好之一物,如文王之嗜菖蒲菹①,曾皙之嗜羊枣②,刘伶之嗜酒③,卢仝之嗜茶④,权长孺之嗜瓜⑤,皆癖嗜也。癖之所在,性命与通,剧病得此,皆称良药。医士不明此理,必按《本草》而稽查药性,稍与症左,即鸩毒视之。此异疾之不能遽瘳也。予尝以身试之。庚午之岁⑥,疫疠盛行,一门之内,无不呻吟,而惟予独甚。时当夏五,应荐杨梅,而予之嗜此,较前人之癖菖蒲、羊枣诸物,殆有甚焉,每食必过一斗。因讯妻孥曰:"此果曾入市否?"妻孥知其既有而未敢遽进,使人密讯于医。医者曰:"其性极热,适与症反。无论多食,即一二枚亦可丧命。"家人识其不可,而恐予固索,遂诡词以应,谓此时未得,越数日或可致之。讵料予宅邻街,卖花售果之声时时达于户内,忽有大声疾呼而过予门者,知其为杨家果⑦也。予始穷诘家人,彼以医士之言对。予曰:"碌碌巫咸⑧,彼乌知此?急为购之!"及其既得,才一沁齿而满胸之郁结俱开,咽入腹中则五脏皆和,四体尽适,不知前病为何物矣。家人睹此,知医言不验,亦听其食而不之禁,病遂以此得痊。由是观之,无病不可自医,无物不可当药。但须以渐尝试,由少而多,视其可进而进之,始不以身为孤注。又有因嗜此物，食之过多因而成疾者，又当别论。不得尽执以酒解酲⑨之说，遂其势而益之。然食之既厌而成疾者，一见此物即避之如仇。不相忌而相能，即为对症之药可知已。

[注释]

①菖蒲菹：菖蒲根炖肉做成的菜肴。《周礼·醢人》云："朝事之豆，其实……昌本……"前人注解说，昌就是菖蒲，其根"切四寸为菹"。《左传·僖公三十年》云："王使周公阅来聘，飨有昌歜。"前人注解说，此昌歜即是菖蒲菹。《吕氏春秋·遇合》云："文王嗜菖蒲菹，孔子闻而服之，缩颈而食之三年，然后胜之。"这即是"文王嗜菖蒲菹"一语的出处。意思是说，周文王爱吃菖蒲菹这道菜，孔子听说了，也尝试着做着吃，他捏着鼻子勉强吃了三年，之后对于菖蒲菹的嗜好便超过了周文王。本文提及此事，是作为一种特殊的嗜好予以列举。

②曾晳之嗜羊枣：见前《调饮啜第三》注②。

③刘伶之嗜酒：刘伶，字伯伦，晋沛国人。"竹林七贤"之一。其饮酒之事迹见《晋书·刘伶传》及《世说新语·任诞》等记载。刘伶纵酒放达，乘鹿车，携一壶酒，让仆人荷锸相随，说："死便埋我。"他撰作《酒德颂》，自谓"惟酒是务，焉知其馀"。后世诗文中常以刘伶为纵情嗜酒、蔑视礼法、狂放不羁、逃避现实的典型人物。

④卢仝之嗜茶：卢仝，唐代诗人，其嗜茶事古籍中多见记述。卢仝所作《走笔谢孟谏议寄新茶》诗云："一碗喉吻润，两碗破孤闷。三碗搜枯肠，唯有文字五千卷。四碗发轻汗，平生不平事，尽向毛孔散。五碗肌骨轻，六碗通仙灵。七碗吃不得也，唯觉两腋习习清风生。"见《全唐诗》卷三八八。宋苏轼有《游诸佛舍一日饮酽茶七盏戏书勤师壁》云："示病维摩元不病，在家灵运已忘家。何须魏帝一丸药，且尽卢仝七碗茶。"见《东坡诗集注》卷八。清代陆廷灿《续茶经》引述诸书记卢仝事多条：济源王屋山玉泉有卢仝煎茶处，卢仝曾作《茶歌》，宋画家刘松年画有《卢仝煮茶图》等。

闲情偶寄　459

⑤权长孺之嗜瓜：嗜瓜当是"嗜爪"，《闲情偶寄》的几种刻本皆误。权长孺，唐时人，其嗜食人爪甲事多见记述。宋钱易《南部新书》卷五记权长孺有嗜人爪甲之癖。元陶宗仪《说郛》卷二十六《异嗜》记云："唐权长孺嗜人爪甲，见之则流涎。"

⑥庚午之岁：即明崇祯三年（1630）。此年李渔20岁，家乡一带疫疠流行，李渔及其妻皆染病。李渔有《内子病》诗记此事，诗云："身才离枕簟，病已及妻孥。倩谁扶病媳，翻累白头姑。"见《笠翁诗集》卷二。

⑦杨家果：即杨梅，与杨姓为同一"杨"字，故呼为杨家果。语出《世说新语·言语》："梁国杨氏子九岁，甚聪慧。孔君平诣其父，父不在，乃呼儿出。为设果，果有杨梅，孔指以示儿曰：'此是君家果。'儿应声答曰：'未闻孔雀是夫子家禽。'"

⑧巫咸：古代传说中的神巫名，或谓为黄帝时人，或谓为尧时人，或谓为商代人。屈原《离骚》中有"巫咸将夕降兮"一句，前人注解说："巫咸，古神巫也。当殷中宗之世。"本文中指庸医。

⑨以酒解酲（chéng）：即以酒解酒。酲，饮酒之后昏乱困乏如病之状态，或称病酒。以酒解酒的说法始于刘伶，《世说新语·任诞》记刘伶对神起誓云："天生刘伶，以酒为名，一饮一斛，五斗解酲。"前人注解说："酒病为酲。"

其人急需之药

二曰其人急需之物可以当药。人无贵贱穷通，皆有激切所需之物。如穷人所需者财，富人所需者官，贵人所需者升擢，老人所需者寿，皆卒急欲致之物也。惟其需之甚急，故一投辄喜，喜即病痊。如人病入膏肓，匪医可救，则当疗之以此。力能致者致之，力不能致，不妨给之以术。家贫不能致财者，或向富人称贷，伪称亲友馈遗，安置床头，予以可喜，此救贫病之第一着也。未得官者，或急为纳粟①，或谬称荐举②；已得官者，或真谋铨补③，或假报量移④。至于老人欲得之遐年，则出在星相巫医之口，予千予百，何足吝哉！是皆"即以其人之道，反治其人之身"者也。虽然，疗诸病易，疗贫病难。世人忧贫而致疾，疾而不可救药者，几与恒河沙比数。焉能假太仓⑤之粟，贷郭况之金⑥，是人皆予以可喜，而使之霍然尽愈哉？

[注释]

①纳粟：或称"内粟""入粟"。古代富民向官府捐献粮食，以换取官爵或减免刑罚，或者为子弟争取到入国子监为监生及直接参加京城的科考等权利，都叫纳粟。

②荐举：向朝廷推荐任用。汉代即有此法，《汉书·平帝纪》记皇帝曾下诏说："诸有臧及内恶未发而获荐举者，皆勿案验，令士厉精乡进，不以小疵妨大材。"后世虽然有了科举制度，但是荐举仍然是经常采用的选拔人才的方法之一。

③铨补：吏部对官员进行考核，称为铨选；被录用者称为铨录；对选录者补授某些官职的缺额，称为铨补。

④量（liáng）移：唐宋时，被贬谪到远方的官员遇赦而酌情移近安置，称为量移。后世也有的著作中称升迁为量移，这不是量移的本义。顾炎武《日知录》卷三十二《量移》、袁枚《随园随笔》卷下《量移之讹》对"量移"有较详考辨。本文中量移指升迁。

⑤太仓：古代京城里储粮的大仓。《史记·平准书》云："太仓之粟，陈陈相因，充溢露积于外，至腐败不可食。"

⑥郭况之金：郭况，东汉光武帝郭皇后之弟，以其金多而为历史上的最大富豪之一。《后汉书·皇后纪上》云："光武郭皇后讳圣通"，其弟被封为了阳安侯，"京师号况家为金穴"。王嘉《拾遗记》卷六云："（郭况）累金数亿，家僮四百馀人，以黄金为器，工冶之声，震于都鄙。时人谓郭氏之室不雨而雷，言其铸锻之声盛也。"后世就以郭况为多金者的代表。

一心钟爱之药

三曰一心钟爱之人可以当药。人心私爱,必有所钟。常有君不得之于臣,父不得之于子,而极疏极远极不足爱之人,反为精神所注、性命以之者,即是钟情之物也。或是娇妻美妾,或为狎客娈童,或系至亲密友,思之弗得与得而弗亲,皆可以致疾。即使致疾之由非关于此,一到疾痛无聊之际,势必念及私爱之人。忽使相亲,如鱼得水,未有不耳清目明,精神陡健,若病魔之辞去者。此数类之中,惟色为甚,少年之疾,强半犯此。父母不知,谬听医士之言,以色为戒,不知色能害人,言其常也,情堪愈疾,处其变也。人为情死,而不以情药之,岂人为饥死,而仍戒令勿食,以成首阳之志①乎?凡有少年子女,情窦已开,未经婚嫁而至疾,疾而不能遽瘳②者,惟此一物可以药之。即使病躯羸弱,难使相亲,但令往来其前,使知业为我有,亦可慰情思之大半。犹之得药弗食,但嗅其味,亦可内通腠理,外壮筋骨,同一例也。至若闺门以外之人,致之不难,处之更易。使近卧榻,相昵相亲,非招人与共,乃赎药使尝也。仁人孝子之养亲,严父慈母之爱子,俱不可不预蓄是方,以防其疾。

[注释]

①首阳之志:即伯夷、叔齐的典故。此二人是商代孤竹君的两个儿子,周武王灭商兴周,他们耻食周粟,逃至首阳山,采薇而食,竟然饿死在山里。见《史记·伯夷列传》。《论语·季氏》云:"伯夷叔齐饿于首阳之下,民到于今称之。"本文中指不让某病人吃饭,让他像伯夷和叔齐那样饿死。

②瘳(chōu):病愈。《诗经·郑风·风雨》:"既见君子,云胡不瘳?"也可引申为恢复元气。

一生未见之药

　　四曰一生未见之物可以当药。欲得未得之物，是人皆有，如文士之于异书，武人之于宝剑，醉翁之于名酒，佳人之于美饰，是皆一往情深，不辞困顿，而欲与相俱者也。多方觅得而使之一见，又复艰难其势而后出之，此驾驭病人之术也。然必既得而后留难之，许而不能卒与，是益其疾矣。所谓异书者，不必微言秘籍，搜藏破壁而后得之。凡属新编，未经目睹者，即是异书，如陈琳之檄①，枚乘之文②，皆前人已试之药也。须知奇文通神，鬼魅遇之无有不辟者。而予所谓文人，亦不必定指才士，凡系识字之人，即可以书当药。传奇野史，最祛病魔，倩人读之，与诵咒辟邪无异也。他可类推，勿拘一辙。富人以珍宝为异物，贫家以罗绮为异物，猎山之民见海错而称奇，穴处之家入巢居而赞异。物无美恶，希觏为珍；妇少妍媸，乍亲必美。昔未睹而今始睹，一钱所购，足抵千金。如必俟希世之珍，是索此辈于枯鱼之肆③矣。

[注释]

　　①陈琳之檄：指陈琳归附曹操之后所作的檄文。《三国志·魏书·王粲传》裴松之注引《典略》云："琳作诸书及檄，草成呈太祖。太祖先苦头风，是日疾发，卧读陈琳所作，翕然而起曰：'此愈我病。'数加厚赐。"

　　②枚乘之文：指枚乘著名的赋作《七发》，今存于《文选》。赋文假设楚太子有病，吴客前来问病，陈说七件事启发太子；篇末写太子听罢，"涩然汗出，霍然病已"。可见此赋是一剂治病的良药。

　　③枯鱼之肆：卖干鱼的集市。《庄子·外物》云："吾得升斗水然活耳，君乃言此，曾不如早索我于枯鱼之肆。"后世以"枯鱼之肆"为成语，形容处境困窘、得不到及时救助而早已死去多时。

平时契慕之药

　　五曰平时契慕之人可以当药。凡人有生平向往，未经谋面者，如其惠然肯来，以此当药，其为效也更捷。昔人传韩非书至秦，秦王见之曰："寡人得见此人与之游，死不恨矣！"①汉武帝读相如《子虚赋》而善之，曰："朕独不得与此人同时哉！"②晋时宋纤有远操，沉静不与世交，隐居酒泉，不应辟命③。太守杨宣慕之，画其像于阁上，出入视之。④是秦王之于韩非，武帝之于相如，杨宣之于宋纤，可谓心神毕射、寤寐相求者矣。使当秦王、汉帝、杨宣卧疾之日，忽致三人于榻前，则其霍然起舞，执手为欢，不知疾之所从去者，有不待事毕而知之矣。凡此皆言秉彝⑤至好出自中心，故能愉快若此。其因人赞美而随声附和者不与焉。

[注释]

　　①此语见《史记·老子韩非列传》："人或传其书至秦。秦王见《孤愤》《五蠹》之书，曰：'嗟乎！寡人得见此人与之游，死不恨矣！'"

　　②此语见《史记·司马相如列传》。《汉书·司马相如传》记述略同。

　　③辟命：即辟召之命。古代某些德才兼备之士因推荐而被征召入仕。

　　④宋纤事见《晋书·隐逸传》："（宋纤）少有远操，沈靖不与世交，隐居于酒泉南山。……太守杨宣画其像于阁上，出入视之。"

　　⑤秉彝：执守天之常道。《诗经·大雅·烝民》云："民之秉彝，好是懿德。"前人注解说："彝，常。"又说："秉，执也。……民所执持有常道。"

素常乐为之药

六曰素常乐为之事可以当药。病人忌劳,理之常也。然有"乐此不疲"一说作转语,则劳之适以逸之,亦非拘士①所能知耳。予一生疗病,全用是方,无疾不试,无试不验,徒痈浣肠之奇,不是过也。予生无他癖,惟好著书,忧藉以消,怒藉以释,牢骚不平之气藉以铲除。因思诸疾之萌蘖,无不始于七情,我有治情理性之药,彼乌能祟我哉!故于伏枕呻吟之初,即作开卷第一义;能起能坐,则落毫端,不则但存腹稿。迨沉疴将起之日,即新编告竣之时。一生剖劂,孰使为之?强半出造化小儿之手。此我辈文人之药,"止堪自怡悦,不堪持赠君"②者。而天下之人,莫不有乐为之一事,或耽诗癖酒,或慕乐嗜棋,听其欲为,莫加禁止,亦是调理病人之一法。总之,御疾之道,贵在能忘;切切在心,则我为疾用,而死生听之矣。知其力乏,而故授以事,非扰之使困,乃迫之使忘也。

[注释]

①拘士:拘泥成法不知变通的儒士,或称拘儒。王充《论衡·须颂》云:"方今天下太平,可以作未?不知也。是谓拘儒。"

②止堪自怡悦,不堪持赠君:此二句是南朝齐梁时陶弘景诗中的句子,原诗题为《诏问山中何所有赋此以答》,诗云:"山中何所有,岭上多白云。止可自怡悦,不堪持寄君。"本文的引录有差误。

生平痛恶之药

七曰生平痛恶之物与切齿之人忽而去之,亦可当药。人有偏好,即有偏恶。偏好者致之,既可已疾,岂偏恶者辟之使去,逐之使远,独不可当沉疴之《七发》①乎?无病之人,目中不能容屑,去一可憎之物,如拔眼内之钉。病中睹此,其为累也更甚。故凡遇病人在床,必先计其所仇者何人,憎而欲去者何物,人之来也屏之,物之存也去之。或诈言所仇之人灾伤病故,暂快一时之心,以缓须臾之死;须臾不死,或竟不死也,亦未可知。刲股救亲②,未必能活;割仇家之肉以食亲,痼疾未有不起者。仇家之肉,岂有异味可尝,而怪色奇形之可辨乎?暂欺以方,亦未尝不可。此则充类至义之尽也。愈疾之法,岂必尽然,得其意而已矣。

以上诸药,创自笠翁,当呼为《笠翁本草》③。其馀疗病之药及攻疾之方,效而可用者尽多。但医士能言,方书可考,载之将不胜载。悉留本等之事,以归分内之人,俎不越庖④,非言其可废也。总之,此一书者,事所应有,不得不有;言所当无,不敢不无。"绝无仅有"之号,则不敢居;"虽有若无"之名,亦不任受。殆亦可存而不必尽废者也。

[注释]

①《七发》:汉代枚乘的赋作。见前《一生未见之药》注②。

②刲(kuī)股救亲:割大腿上的肉救治父母的病。封建时代以割股疗亲为至孝,这样的行为总是要受到官府表彰及社会舆论的赞扬。如春秋时晋公子重耳流亡于列国时,介子推曾割股肉以啖君,《庄子·盗跖》云:"介子推至忠也,自割其股以食(晋)文公。"又《新五代史·何泽传》云:"五代之际,民苦于兵,往往因亲疾以割股,或既丧而割乳庐墓,以规免州县赋役。"

③《笠翁本草》:李渔谓自己所创的医学著作可比附历代增修的《本草》,因而如此命名。

④俎不越庖:成语"越俎代庖"的转义。《庄子·逍遥游》云:"庖人虽不治庖,尸祝不越樽俎而代之矣。"于是"越俎代庖"形成成语,意为超越本职而代替他人做事。俎不越庖,即不越俎代庖之意。